I0763284

# ДЕКАМЕРОН

## Джованни Боккаччо

**Декамерон**

Джованни Боккаччо

Перевод: Александр Николаевич Веселовский



«Декамерон», произведение итальянского писателя Раннего Возрождения Джованни Боккаччо, представляет собой серию тонких, ироничных новелл, проникнутых гуманистическими идеями, духом свободомыслия и антиклерикализма, неприятием аскетической морали. Эротические картинки, жизнеутверждающий юмор весьма неожиданно являют нам нравы XIV века.

ISBN: 978-1-7638223-5-1

# ДЕКАМЕРОН

***Начинается книга, называется Декамерон, прозванная principe galeotto, в которой содержится сто новелл, рассказанных в течение десяти дней семью дамами и тремя молодыми людьми.***

# Введение

Соболезновать удрученным – человеческое свойство, и хотя оно пристало всякому, мы особенно ожидаем его от тех, которые сами нуждались в утешении и находили его в других. Если кто-либо ощущал в нем потребность и оно было ему отрадно и приносило удовольствие, я – из числа таковых. С моей ранней молодости и по ею пору я был воспламенен через меру высокою, благородною любовью, более, чем, казалось бы, приличествовало моему низменному положению, – если я хотел о том рассказать; и хотя знающие люди, до сведения которых это доходило, хвалили и ценили меня за то, тем не менее любовь заставила меня претерпевать многое, не от жестокости любимой женщины, а от излишней горячности духа, воспитанной неупорядоченным желанием, которое, не удовлетворяясь возможной целью, нередко приносило мне больше горя, чем бы следовало. В таком-то горе веселые беседы и посильные утешения друга доставили мне столько пользы, что, по моему твердому убеждению, они одни и причиной тому, что я не умер. Но по благоусмотрению того, который, будучи сам бесконечен, поставил непреложным законом всему сущему иметь конец, моя любовь, – горячая паче других, которую не в состоянии была порвать или поколебать никакая сила намерения, ни совет, ни страх явного стыда, ни могущая последовать опасность, – с течением времени сама собою настолько ослабела, что теперь оставила в моей душе лишь то удовольствие, которое она обыкновенно приносит людям, не пускающимся слишком далеко в ее мрачные волны. Насколько прежде она была тягостной, настолько теперь, с удалением страданий, я ощущаю ее как нечто приятное. Но с прекращением страданий не удалилась память о благодеяниях, оказанных мне теми, которые, по своему расположению ко мне, печалились о моих невзгодах; и я думаю, память эта исчезнет разве со смертью. А так как, по моему мнению, благодарность заслуживает, между всеми другими добродетелями, особой хвалы, а противоположное ей – порицания, я, дабы не показаться неблагодарным, решился теперь, когда я могу считать себя свободным, в возврат того, что сам получил, по мере возможности уготовить некое облегчение, если не тем, кто мне помог (они по своему разуму и счастью, может быть, в том и не нуждаются), то по крайней мере имеющим в нем потребу. И хотя моя поддержка, или, сказать лучше, утешение, окажется слабым для нуждающихся, тем не менее, мне кажется, что с ним надлежит особливо обращаться туда, где больше чувствуется в нем необходимость, потому что там оно и пользы принесет больше, и будет более оценено. А кто станет отрицать, что такого рода утешение, каково бы оно ни было, приличнее предлагать прелестным дамам, чем мужчинам? Они от страха и стыда таят в нежной груди любовное пламя, а что оно сильнее явного, про то знают все, кто его испытал; к тому же связанные волею, капризами, приказаниями отцов, матерей, братьев и мужей, они большую часть времени проводят в тесной замкнутости своих покоев, и, сидя почти без дела, желая и не желая в одно и то же время, питают различные мысли, которые не могут же быть всегда веселыми. Если эти мысли наведут на них порой грустное расположение духа, вызванное страстным желанием, оно, к великому огорчению, останется при них, если не удалят его новые разговоры; не говоря уже о том, что женщины менее выносливы, чем мужчины. Всего этого не случается с влюбленными мужчинами, как-то легко усмотреть. Если их постигнет грусть или удручение мысли, у них много средств облегчить его и обойтись, ибо, по желанию, они могут гулять, слышать и видеть многое, охотиться за птицей и зверем, ловить рыбу, ездить верхом, играть или торговать. Каждое из этих занятий может привлечь к себе душу, всецело или отчасти, устранив от нее грустные мысли, по крайней мере на известное время, после чего, так или иначе, либо наступает утешение, либо умаляется печаль. Вот почему, желая отчасти исправить несправедливость фортуны, именно там поскупившейся на поддержку, где меньше было силы, – как то мы видим у слабых женщин, – я намерен сообщить на помощь и развлечение любящих (ибо остальные удовлетворяются иглой, веретеном и мотовилом) сто новелл, или, как мы их назовем, басен, притч и историй, рассказанных в течение десяти дней в обществе семи дам и трех молодых людей в губительную пору прошлой чумы, и несколько песенок, спетых этими дамами для своего удовольствия. В этих новеллах встретятся забавные и печальные случаи любви и другие необычайные происшествия, приключившиеся как в новейшие, так и в древние времена. Читая их, дамы в одно и то же время получат и удовольствие от рассказанных в них забавных приключений и полезный совет, поскольку они узнают, чего им следует избегать и к чему стремиться. Я думаю, что и то и другое обойдется не без умаления скуки; если, даст бог, именно так и случится, да возблагодарят они Амура, который, освободив меня от своих уз, дал мне возможность послужить их удовольствию.

# ДЕНЬ ПЕРВЫЙ

Начинается первый день Декамерона, в котором, после того как автор рассказал, по какому поводу собрались и беседовали выступающие впоследствии лица, под председательством Пампинеи, рассуждают о чем кому заблагорассудится.

Всякий раз, прелестные дамы, как я, размыслив, подумаю, насколько вы от природы сострадательны, я прихожу к убеждению, что вступление к этому труду покажется вам тягостным и грустным, ибо таким именно является начертанное в челе его печальное воспоминание о прошлой чумной смертности, скорбной для всех, кто ее видел или другим способом познал. Я не хочу этим отвратить вас от дальнейшего чтения, как будто и далее вам предстоит идти среди стенаний и слез: ужасное начало будет вам тем же, чем для путников неприступная, крутая гора, за которой лежит прекрасная, чудная поляна, тем более нравящаяся им, чем более было труда при восхождении и спуске. Как за крайнею радостью следует печаль, так бедствия кончаются с наступлением веселья, – за краткой грустью (говорю: краткой, ибо она содержится в немногих словах) последуют вскоре утеха и удовольствие, которые я вам наперед обещал и которых, после такого начала, никто бы и не ожидал, если бы его не предупредили. Сказать правду: если бы я мог достойным образом повести вас к желаемой мною цели иным путем, а не столь крутою тропой, я охотно так бы сделал; но так как нельзя было, не касаясь того воспоминания, объяснить причину, почему именно приключились события, о которых вы прочтете далее, я принимаюсь писать, как бы побужденный необходимостью.

Итак, скажу, что со времени благотворного вочеловечения сына божия минуло 1348 лет, когда славную Флоренцию, прекраснейший изо всех итальянских городов, постигла смертоносная чума, которая, под влиянием ли небесных светил, или по нашим грехам посланная праведным гневом божиим на смертных, за несколько лет перед тем открылась в областях востока и, лишив их бесчисленного количества жителей, безостановочно подвигаясь с места на место, дошла, разрастаясь плачевно, и до запада. Не помогали против нее ни мудрость, ни предусмотрительность человека, в силу которых город был очищен от нечистот людьми, нарочно для того назначенными, запрещено ввозить больных, издано множество наставлений о сохранении здоровья. Не помогали и умиленные моления, не однажды повторявшиеся, устроенные благочестивыми людьми, в процессиях или другим способом. Приблизительно к началу весны означенного года болезнь начала проявлять свое плачевное действие страшным и чудным образом. Не так, как на востоке, где кровотечение из носа было явным знамением неминуемой смерти, – здесь в начале болезни у мужчин и женщин показывались в пахах или подмышками какие-то опухоли, разраставшиеся до величины обыкновенного яблока или яйца, одни более, другие менее; народ называл их gavoccioli (чумными бубонами); в короткое время эта смертельная опухоль распространялась от указанных частей тела безразлично и на другие, а затем признак указанного недуга изменялся в черные и багровые пятна, появлявшиеся у многих на руках и бедрах и на всех частях тела, у иных большие и редкие, у других мелкие и частые. И как опухоль являлась вначале, да и позднее оставалась вернейшим признаком близкой смерти, таковым были пятна, у кого они выступали. Казалось, против этих болезней не помогали и не приносили пользы ни совет врача, ни сила какого бы то ни было лекарства: таково ли было свойство болезни, или невежество врачующих (которых, за вычетом ученых медиков, явилось множество, мужчин и женщин, не имевших никакого понятия о медицине) не открыло ее причин, а потому не находило подобающих средств, – только немногие выздоравливали и почти все умирали на третий день после появления указанных признаков, одни скорее, другие позже, – большинство без лихорадочных или других явлений. Развитие этой чумы было тем сильнее, что от больных, через общение с здоровыми, она переходила на последних, совсем так, как огонь охватывает сухие или жирные предметы, когда они близко к нему подвинуты. И еще большее зло было в том, что не только беседа или общение с больными переносило на здоровых недуг и причину общей смерти, но, казалось, одно прикосновение к одежде или другой вещи, которой касался или пользовался больной, передавало болезнь дотрогивавшемуся. Дивным покажется, что я теперь скажу, и если б того не видели многие и я своими глазами, я не решился бы тому поверить, не то что написать, хотя бы и слышал о том от человека, заслуживающего доверия. Скажу, что таково было свойство этой заразы при передаче ее от одного к другому, что она приставала не только от человека к человеку, но часто видали и нечто большее: что вещь, принадлежавшая больному или умершему от такой болезни, если к ней прикасалось живое существо не человеческой породы, не только заражала его недугом, но и убивала в непродолжительное время. В этом, как сказано выше, я убедился собственными глазами, между прочим, однажды на таком примере: лохмотья бедняка, умершего от такой болезни, были выброшены на улицу; две свиньи, набредя на них, по своему обычаю, долго теребили их рылом, потом зубами, мотая их со стороны в сторону, и по прошествии короткого времени, закружившись немного, точно поев отравы, упали мертвые на злополучные тряпки.

Такие происшествия и многие другие, подобные им и более ужасные, порождали разные страхи и фантазии в тех, которые, оставшись в живых, почти все стремились к одной, жестокой цели; избегать больных и удаляться от общения с ними и их вещами; так поступая, воображали сохранить себе здоровье. Некоторые полагали, что умеренная жизнь и воздержание от всех излишеств сильно помогают борьбе со злом; собравшись кружками, они жили, отделившись от других, укрываясь и запираясь в домах, где не было больных и им самим было удобнее; употребляя с большой умеренностью изысканнейшую пищу и лучшие вина, избегая всякого излишества, не дозволяя кому бы то ни было говорить с собою и не желая знать вестей извне – о смерти или больных, – они проводили время среди музыки и удовольствий, какие только могли себе доставить. Другие, увлеченные противоположным мнением, утверждали, что много пить и наслаждаться, бродить с песнями и шутками, удовлетворять, по возможности, всякому желанию, смеяться и издеваться над всем, что приключается – вот вернейшее лекарство против недуга. И как говорили, так, по мере сил, приводили и в исполнение, днем и ночью странствуя из одной таверны в другую, выпивая без удержу и меры, чаще всего устраивая это в чужих домах, лишь бы прослышали, что там есть нечто им по вкусу и в удовольствие. Делать это было им легко, ибо все предоставили и себя и свое имущество на произвол, точно им больше не жить; оттого большая часть домов стала общим достоянием, и посторонний человек, если вступал в них, пользовался ими так же, как пользовался бы хозяин. И эти люди, при их скотских стремлениях, всегда, по возможности, избегали больных. При таком удрученном и бедственном состоянии нашего города почтенный авторитет как божеских, так и человеческих законов почти упал и исчез, потому что их служители и исполнители, как и другие, либо умерли, либо хворали, либо у них осталось так мало служилого люда, что они не могли отправлять никакой обязанности; почему всякому позволено было делать все, что заблагорассудится.

Многие иные держались среднего пути между двумя, указанными выше: не ограничивая себя в пище, как первые, не выходя из границ в питье и других излишествах, как вторые, они пользовались всем этим в меру и согласно потребностям, не запирались, а гуляли, держа в руках кто цветы, кто пахучие травы, кто какое другое душистое вещество, которое часто обоняли, полагая полезным освежать мозг такими ароматами, – ибо воздух казался зараженным и зловонным от запаха трупов, больных и лекарств. Иные были более сурового, хотя, быть может, более верного мнения, говоря, что против зараз нет лучшего средства, как бегство перед ними. Руководясь этим убеждением, не заботясь ни о чем, кроме себя, множество мужчин и женщин покинули родной город, свои дома и жилья, родственников и имущества и направились за город, в чужие или свои поместья, как будто гнев божий, каравший неправедных людей этой чумой, не взыщет их, где бы они ни были, а намеренно обрушится на оставшихся в стенах города, точно они полагали, что никому не остаться там в живых и настал его последний час.

Хотя из этих людей, питавших столь различные мнения, и не все умирали, но не все и спасались; напротив, из каждой группы заболевали многие и повсюду, и как сами они, пока были здоровы, давали в том пример другим здоровым, они изнемогали, почти совсем покинутые. Не станем говорить о том, что один горожанин избегал другого, что сосед почти не заботился о соседе, родственники посещали друг друга редко, или никогда, или виделись издали: бедствие воспитало в сердцах мужчин и женщин такой ужас, что брат покидал брата, дядя племянника, сестра брата и нередко жена мужа; более того и невероятнее: отцы и матери избегали навещать своих детей и ходить за ними, как будто то были не их дети. По этой причине мужчинам и женщинам, которые заболевали, а их количества не исчислить, не оставалось другой помощи, кроме милосердия друзей (таковых было немного), или корыстолюбия слуг, привлеченных большим, не по мере жалованьем; да и тех становилось не много, и были то мужчины и женщины грубого нрава, не привычные к такого рода уходу, ничего другого не умевшие делать, как подавать больным, что требовалось, да присмотреть, когда они кончались; отбывая такую службу, они часто вместе с заработком теряли и жизнь. Из того, что больные бывали покинуты соседями, родными и друзьями, а слуг было мало, развилась привычка, дотоле неслыханная, что дамы красивые, родовитые, заболевая, не стеснялись услугами мужчины, каков бы он ни был, молодой или нет, без стыда обнажая перед ним всякую часть тела, как бы то сделали при женщине, лишь бы того потребовала болезнь – что, быть может, стало впоследствии причиной меньшего целомудрия в тех из них, которые исцелялись от недуга. Умирали, кроме того, многие, которые, быть может, и выжили бы, если б им подана была помощь. От всего этого и от недостаточности ухода за больными, и от силы заразы, число умиравших в городе днем и ночью было столь велико, что страшно было слышать о том, не только что видеть. Оттого, как бы по необходимости, развились среди горожан, оставшихся в живых, некоторые Привычки, противоположные прежним. Было в обычае (как то видим и теперь), что родственницы и соседки собирались в дому покойника и здесь плакали вместе с теми, которые были ему особенно близки; с другой стороны, у дома покойника сходились его родственники, соседи и многие другие горожане и духовенство, смотря по состоянию усопшего, и сверстники несли его тело на своих плечах, в погребальном шествии со свечами и пением, в церковь, избранную им еще при жизни. Когда сила чумы стала расти, все это было заброшено совсем или по большей части, а на место прежних явились новые порядки. Не только умирали без сходбища многих жен, но много было и таких, которые кончались без свидетелей, и лишь очень немногим доставались в удел умильные сетования и горькие слезы родных; вместо того, наоборот, в ходу были смех и шутки и общее веселье: обычай, отлично усвоенный, в видах здоровья, женщинами, отложившими большею частью свойственное им чувство сострадания. Мало было таких, тело которых провожали бы до церкви более десяти или двенадцати соседей; и то не почтенные, уважаемые граждане, а род могильщиков из простонародья, называвших себя беккинами и получавших плату за свои услуги: они являлись при гробе и несли его торопливо и не в ту церковь, которую усопший выбрал до смерти, а чаще в ближайшую, несли при немногих свечах или и вовсе без них, за четырьмя или шестью клириками, которые, не беспокоя себя слишком долгой или торжественной службой, с помощью указанных беккинов, клали тело в первую попавшуюся незанятую могилу. Мелкий люд, а может быть и большая часть среднего сословия представляли гораздо более плачевное зрелище: надежда либо нищета побуждали их чаще всего не покидать своих домов и соседства; заболевая ежедневно тысячами, не получая ни ухода, ни помощи ни в чем, они умирали почти без изъятия. Многие кончались днем или ночью на улице; иные, хотя и умирали в домах, давали о том знать соседям не иначе, как запахом своих разлагавшихся тел. И теми и другими умиравшими повсюду все было полно. Соседи, движимые столько же боязнью заражения от трупов, сколько и состраданием к умершим, поступали большею частью на один лад: сами, либо с помощью носильщиков, когда их можно было достать, вытаскивали из домов тела умерших и клали у дверей, где всякий, кто прошелся бы, особливо утром, увидел бы их без числа; затем распоряжались доставлением носилок, но были и такие, которые за недостатком в них клали тела на доски. Часто на одних и тех же носилках их было два или три, но случалось не однажды, а таких случаев можно бы насчитать множество, что на одних носилках лежали жена и муж, два или три брата, либо отец и сын и т. д. Бывало также не раз, что за двумя священниками, шествовавшими с крестом перед покойником, увяжутся двое или трое носилок с их носильщиками следом за первыми, так что священникам, думавшим хоронить одного, приходилось хоронить шесть или восемь покойников, а иногда и более. При этом им не оказывали почета ни слезами, ни свечой, ни сопутствием, наоборот, дело дошло до того, что об умерших людях думали столько же, сколько теперь об околевшей козе. Так оказалось воочию, что если обычный ход вещей не научает и мудрецов переносить терпеливо мелкие и редкие утраты, то великие бедствия делают даже недалеких людей рассудительными и равнодушными. Так как для большого количества тел, которые, как сказано, каждый день и почти каждый час свозились к каждой церкви, не хватало освященной для погребения земли, особливо если бы по старому обычаю всякому захотели отводить особое место, то на кладбищах при церквах, где все было переполнено, вырывали громадные ямы, куда сотнями клали приносимые трупы, нагромождая их рядами, как товар на корабле, и слегка засыпая землей, пока не доходили до краев могилы.

Не передавая далее во всех подробностях бедствия, приключившиеся в городе, скажу, что, если для него година была тяжелая, она ни в чем не пощадила и пригородной области. Если оставить в стороне замки (тот же город в уменьшенном виде), то в разбросанных поместьях и на полях жалкие и бедные крестьяне и их семьи умирали без помощи медика и ухода прислуги по дорогам, на пашне и в домах, днем и ночью безразлично, не как люди, а как животные. Вследствие этого и у них, как у горожан, нравы разнуздались, и они перестали заботиться о своем достоянии и делах; наоборот, будто каждый наступивший день они чаяли смерти, они старались не уготовлять себе будущие плоды от скота и земель и своих собственных трудов, а уничтожать всяким способом то, что уже было добыто. Оттого ослы, овцы и козы, свиньи и куры, даже преданнейшие человеку собаки, изгнанные из жилья, плутали без запрета по полям, на которых хлеб был заброшен, не только что не убран, но и не сжат. И многие из них, словно разумные, покормившись вдоволь в течение дня, на ночь возвращались сытые, без понукания пастуха, в свои жилища.

Но оставляя пригородную область и снова обращаясь к городу, можно ли сказать что-либо больше того, что по суровости неба, а быть может и по людскому жестокосердию между мартом и июлем, – частью от силы чумного недуга, частью потому, что вследствие страха, обуявшего здоровых, уход за больными был дурной и их нужды не удовлетворялись, – в стенах города Флоренции умерло, как полагают, около ста тысяч человек, тогда как до этой смертности, вероятно, и не предполагали, что в городе было столько жителей. Сколько больших дворцов, прекрасных домов и роскошных помещений, когда-то полных челяди, господ и дам, опустели до последнего служителя включительно! Сколько именитых родов, богатых наследии и славных состояний осталось без законного наследника! Сколько крепких мужчин, красивых женщин, прекрасных юношей, которых, не то что кто-либо другой, но Гален, Гиппократ и Эскулап признали бы вполне здоровыми, утром обедали с родными, товарищами и друзьями, а на следующий вечер ужинали со своими предками на том свете!

Мне самому тягостно так долго останавливаться на этих бедствиях; поэтому, опустив в рассказе о них то, что можно, скажу, что в то время, как наш город при таких обстоятельствах почти опустел, случилось однажды (как я потом слышал от верного человека), что во вторник утром в досточтимом храме Санта Мария Новелла, когда там почти никого не было, семь молодых дам, одетых, как было прилично по времени, в печальные одежды, простояв божественную службу, сошлись вместе; все они были связаны друг с другом дружбой, или соседством, либо родством; ни одна не перешла двадцативосьмилетнего возраста, и ни одной не было меньше восемнадцати лет; все разумные и родовитые, красивые, добрых нравов я сдержанно-приветливые. Я назвал бы их настоящими именами, если б у меня не было достаточного повода воздержаться от этого: я не желаю, чтобы в будущем какая-нибудь из них устыдилась за следующие повести, рассказанные либо слышанные ими, ибо границы дозволенных удовольствий ныне более стеснены, чем в ту пору, когда в силу указанных причин они были свободнейшими не только по отношению к их возрасту, но и к гораздо более зрелому; я не хочу также, чтобы завистники, всегда готовые укорить человека похвальной жизни» получили повод умалить в чем бы то ни было честное имя достойных женщин своими непристойными речами. А для того, чтобы можно было понять, не смешивая, что каждая из них будет говорить впоследствии, я намерен назвать их именами, отвечающими всецело или отчасти их качествам. Из них первую и старшую по летам назовем Пампинеей, вторую – Фьямметтой, третью – Филоменой, четвертую – Емилией, затем Лауреттой – пятую, шестую – Неифилой, последнюю, не без причины, Елизой. Все они, собравшись в одной части церкви, не с намерением, а случайно, сели как бы кружком и, после нескольких вздохов, оставив сказывание «отче наш», вступили во многие и разнообразные беседы о злобе дня. По некотором времени, когда остальные замолчали, Пампинея так начала говорить:

– Милые мои дамы, вы, вероятно, много раз слышали, как и я, что пристойное пользование своим правом никому не приносит вреда. Естественное право каждого рожденного – поддерживать, сохранять и защищать, насколько возможно, свою жизнь; это так верно, что иногда, случалось, убивали без вины людей, лишь бы сохранить себе жизнь. Если то допускают законы, пекущиеся о благоустроении всех смертных, то не подобает ли тем более нам и всякому другому принимать, не во вред никому, доступные нам меры к сохранению нашей жизни? Как соображу я наше поведение нынешним утром, да и во многие прошлые дни, и подумаю, как и о чем мы беседовали, я убеждаюсь, да и вы подобно мне, что каждая из нас боится за себя. Не это удивляет меня, а то, что при нашей женской впечатлительности мы не ищем никакого противодействия тому, чего каждая из нас страшится по праву. Кажется мне, мы живем здесь как будто потому, что желаем или обязаны быть свидетельницами, сколько мертвых тел отнесено на кладбище; либо слышать, поют ли здешние монахи, число которых почти свелось в ничто, свою службу в положенные часы;

доказывать своей одеждой всякому приходящему качество и количество наших бед. Выйдя отсюда, мы видим, как носят покойников или больных; видим людей, когда-то осужденных властью общественных законов на изгнание за их проступки, неистово мечущихся по городу, точно издеваясь над законами, ибо они знают, что их исполнители умерли либо больны; видим, как подонки нашего города, под названием беккинов, упивающиеся нашей кровью, ездят и бродят повсюду на мучение нам, в бесстыдных песнях укоряя нас в нашей беде. И ничего другого мы не слышим, как только: такие-то умерли, те умирают; всюду мы услышали бы жалобный плач – если бы были на то люди. Вернувшись домой (не знаю, бывает ли с вами то же, что со мною), я, не находя там из большой семьи никого, кроме моей служанки, прихожу в трепет и чувствую, как у меня на голове поднимаются волосы; куда бы я ни пошла и где бы ни остановилась, мне представляются тени усопших, не такие, каковыми я привыкла их видеть, и пугающие меня страшным видом, неизвестно откуда в них явившимся. Вот почему и здесь, и в других местах, и дома я чувствую себя нехорошо, тем более, что, мне кажется, здесь, кроме нас, не осталось никого, у кого, как у нас, есть и кровь в жилах и готовое место убежища. Часто я слышала о людях (если таковые еще остались), которые, не разбирая между приличным и недозволенным, руководясь лишь вожделением, одни или в обществе, днем и ночью совершают то, что приносит им наибольшее удовольствие. И не только свободные люди, но и монастырские заключенники, убедив себя, что им прилично и пристало делать то же, что и другим, нарушив обет послушания и отдавшись плотским удовольствиям, сделались распущенными и безнравственными, надеясь таким образом избежать смерти. Если так (а это очевидно), то что же мы здесь делаем? Чего дожидаемся? О чем грезим? Почему мы безучастнее и равнодушнее к нашему здоровью, чем остальные горожане? Считаем ли мы себя менее ценными, либо наша жизнь прикреплена к телу более крепкой цепью, чем у других, и нам нечего заботиться о чем бы то ни было, что бы могло повредить ей? Но мы заблуждаемся, мы обманываем себя; каково же наше неразумие, если мы так именно думаем! Стоит нам только вспомнить, сколько и каких молодых людей и женщин похитила эта жестокая зараза, чтобы получить тому явное доказательство. И вот для того, чтобы, по малодушию или беспечности, нам не попасться в то, чего мы могли бы при желании избегнуть тем или другим способом, я считала бы за лучшее (не знаю, разделите ли вы мое мнение), чтобы мы, как есть, покинули город, как то прежде нас делали и еще делают многие другие, и, избегая паче смерти недостойных примеров, отправились честным образом в загородные поместья, каких у каждой из нас множество, и там, не переходя ни одним поступком за черту благоразумия, предались тем развлечениям, утехе и веселью, какие можем себе доставить. Там слышно пение птичек, виднеются зеленеющие холмы и долины, поля, на которых жатва волнуется, что море, тысячи пород деревьев и небо более открытое, которое, хотя и гневается на нас, тем не менее не скрывает от нас своей вечной красы; все это гораздо прекраснее на вид, чем пустые стены нашего города. К тому же там и воздух прохладнее, большое обилие всего необходимого для жизни в такие времена и менее неприятностей. Ибо если и там умирают крестьяне, как здесь горожане, неприятного впечатления – потому менее, что дома и жители встречаются реже, чем в городе. С другой стороны, здесь, если я не ошибаюсь, мы никого не покидаем, скорее, поистине, мы сами можем почитать себя оставленными, ибо наши близкие, унесенные смертью или избегая ее, оставили нас в таком бедствии одних, как будто мы были им чужие. Итак, никакого упрека нам не будет, если мы последуем этому намерению; горе и неприятность, а может быть и смерть могут приключиться, коли не последуем. Поэтому, если вам заблагорассудится, я полагаю, мы хорошо и как следует поступим, если позовем своих служанок и, велев им следовать за нами с необходимыми вещами, будем проводить время сегодня здесь, завтра там, доставляя себе те удовольствия и развлечения, какие возможны по времени, и пребывая таким образом до тех пор, пока не увидим (если только смерть не постигнет нас ранее), какой исход готовит небо этому делу. Вспомните, наконец, что нам не менее пристало удалиться отсюда с достоинством, чем многим другим оставаться здесь, недостойным образом проводя время.

Выслушав Пампинею, другие дамы не только похвалили ее совет, но, желая последовать ему, начали было частным образом промеж себя толковать о способах, как будто, выйдя отсюда, им предстояло тотчас же отправиться в путь. Но Филомена, как женщина рассудительная, сказала: – Хотя все, что говорила Пампинея, очень хорошо, не следует так спешить, как вы, видимо, желаете. Вспомните, что все мы – женщины, и нет между нами такой юной, которая не знала бы, каково одним женщинам жить своим умом и как они устраиваются без присмотра мужчины. Мы подвижны, сварливы, подозрительны, малодушны и страшливы; вот почему я сильно опасаюсь, как бы, если мы не возьмем иных руководителей, кроме нас самих, наше общество не распалось слишком скоро и с большим ущербом для нашей чести, чем было бы желательно. Потому хорошо бы позаботиться о том прежде, чем начать дело. – Тогда сказала Елиза: – Справедливо, что мужчина – глава женщины и что без мужского руководства наши начинания редко приходят к похвальному концу. Но где нам достать таких мужчин? Каждая из нас знает, что большая часть ее ближних умерли, другие, оставшиеся в живых, бегут, собравшись кружками, кто сюда, кто туда, мы не знаем, где они; бегут от того же, чего желаем избежать и мы. Просить посторонних было бы неприлично; потому, если мы хотим себе благоуспеяния, надо найти способ так устроиться, чтобы не последовало неприятности и стыда там, где мы ищем веселья и покоя.

Пока дамы пребывали в таких беседах, в церковь вошли трое молодых людей, из которых самому юному было, однако, не менее двадцати пяти лет и в которых ни бедствия времени, ни утраты друзей и родных, ни боязнь за самих себя не только не погасили, но и не охладили любовного пламени. Из них одного звали Памфило, второго – Филострато, третьего – Дионео; все они были веселые и образованные люди, а теперь искали, как высшего утешения в такой общей смуте, повидать своих дам, которые, случайно, нашлись в числе упомянутых семи, тогда как из остальных иные оказались в родстве с некоторыми из юношей. Они увидели дам не скорее, чем те заметили их, почему Пампинея заговорила, улыбаясь: – Видно, судьба благоприятствует нашим начинаниям, послав нам этих благоразумных и достойных юношей, которые будут нам руководителями и слугами, если мы не откажемся принять их на эту должность. Неифила, лицо которой зарделось от стыда, ибо она была любима одним из юношей, сказала: – Боже мой, Пампинея, подумай, что ты говоришь! Я знаю наверно, что ни об одном из них, кто бы он ни был, нельзя ничего сказать, кроме хорошего, считаю их годными на гораздо большее дело, чем это, и думаю, что не только нам, но и более красивым и достойным, чем мы, их общество было бы приятно и почетно. Но, так как хорошо известно, что они влюблены в некоторых из нас, я боюсь, чтобы не последовало, без нашей или их вины, злой славы или нареканий, если мы возьмем их с собою. – Сказала тогда Филомена: – Все это ничего не значит: лишь бы жить честно и не было у меня угрызений совести, а там пусть говорят противное, господь и правда возьмут за меня оружие. Если только они расположены пойти, мы вправду могли бы сказать, как Пампинея, что судьба благоприятствует нашему путешествию.

Услышав эти ее речи, другие девушки не только успокоились, но и с общего согласия решили позвать молодых людей, рассказать им свои намерения и попросить их, как одолжения, сопровождать их в путешествии. Вследствие этого, не теряя более слов и поднявшись, Пампинея, приходившаяся родственницей одному из юношей, направилась к ним, стоявшим и глядевшим на дам; весело поздоровавшись и объяснив свое намерение, она попросила их от лица всех не отказать сопутствовать им – в чистых и братских помыслах. Молодые люди подумали сначала, что над ними насмехаются; убедившись, что Пампинея говорит серьезно, они с радостью ответили, что готовы, и, не затягивая дела, прежде чем разойтись, сговорились, что им предстояло устроить для путешествия. Велев надлежащим образом приготовить все необходимое и наперед послав оповестить туда, куда затеяли идти, на следующее утро, то есть в среду, на рассвете, дамы с несколькими прислужницами и трое молодых людей с тремя слугами, выйдя из города, пустились в путь и не прошли более двух малых миль, как прибыли к месту, в котором решено было расположиться на первый раз. Оно лежало на небольшом пригорке, со всех сторон несколько удаленном от дорог, полном различных кустарников и растений в зелени, приятных для глаз. На вершине возвышался палаццо с прекрасным, обширным двором внутри, с открытыми галереями, залами и покоями, прекрасными как в отдельности, так и в общем, украшенными замечательными картинами; кругом полянки и прелестные сады, колодцы свежей воды и погреба, полные дорогих вин – что более пристало их знатокам, чем умеренным и скромным дамам. К немалому своему удовольствию, общество нашло к своему прибытию все выметенным; в покоях стояли приготовленные постели, все устлано цветами, какие можно было достать по времени года, и тростником. Когда по приходе все сели, Дионео, отличавшийся перед всеми другими веселостью и остроумными выходками, обратился к дамам: – Ваш ум более, чем наша находчивость, привел нас сюда; я не знаю, что вы намерены делать с вашими мыслями; свои я оставил за воротами города, когда, недавно тому назад, вышел из них вместе с вами; поэтому, либо приготовьтесь веселиться, хохотать и петь вместе со мною (насколько, разумеется, приличествует вашему достоинству), либо пустите меня вернуться к своим мыслям в постигнутый бедствиями город. – Весело отвечала ему Пампинея, как будто и она точно так же отогнала от себя свои мысли: – Ты прекрасно сказал, Дионео, будем жить весело, не по другой же причине мы убежали от скорбей. Но так как все, не знающее меры, длится недолго, я, начавшая беседы, приведшие к образованию столь милого общества, желаю, чтобы наше веселье было продолжительным, и потому полагаю необходимым нам всем согласиться, чтобы между нами был кто-нибудь главным, которого мы почитали бы и слушались как набольшего и все мысли которого были бы направлены к тому, чтобы нам жилось весело. Но для того чтоб каждый мог испытать как бремя заботы, так и удовольствие почета я при выборе из тех и других никто, не испытав того и другого, не ощущал зависти, я полагаю, чтобы каждому из нас, по очереди, присваивались на день и бремя и честь: пусть первый будет избран всеми нами, последующие назначаемы, как приблизится время вечерен, по усмотрению того или той, кто в тот день был старшим; этот назначенный пусть все устраивает и, на время своего начальства, располагает по своему произволу местом пребывания и распорядком нашей жизни.

Эти речи в высшей степени понравились, и Пампинея была единогласно избрана на первый день, тогда как Филомена, часто слышавшая в разговорах, как почетны листья лавра и сколько чести они доставляют достойно увенчанным ими, быстро подбежала к лавровому дереву и, сорвав несколько веток, сделала прекрасный, красивый венок и возложила его на Пампинею. С тех пор, пока держалось их общество, венок был для всякого другого знаком королевской власти или старшинства.

Став королевой, Пампинея велела всем умолкнуть и, распорядившись позвать слуг трех юношей и своих четырех служанок, среди общего молчания сказала: – Для того чтоб мне первой подать вам пример, каким образом наше общество, преуспевая в порядке и удовольствии и без зазора, может существовать и держаться, пока нам заблагорассудится, я, во-первых, назначаю Пармено, слугу Дионео, моим сенешалем, поручая ему заботиться и пещись о челяди и столовой. Сирис, слуга Памфило, пусть будет нашим расходчиком и казначеем, повинуясь приказаниям Пармено. Тиндаро будет при Филострато и двух других молодых людях, прислуживая им в их покоях, когда его товарищи, отвлеченные своими обязанностями, не могли бы этому отдаться. Моя служанка Мизия и Личиска, прислужница Филомены, будут постоянно при кухне, тщательно заботясь о приготовлении кушаний, какие закажет им Пармено. Кимера и Стратилия, горничные Лауретты и Фьямметты, будут, по моему приказанию, убирать дамские комнаты и наблюдать за чистотою покоев, где мы будем собираться; всякому вообще дорожащему нашим расположением, мы предъявляем наше желание и требование, чтобы, куда бы он ни пошел, откуда бы ни возвратился, что бы ни слышал или видел, он воздержался от сообщения нам каких-либо известий извне, кроме веселых. – Отдав вкратце эти приказания, встретившие общее сочувствие, Пампинея встала и весело сказала: –З десь у нас сады и поляны и много других приятных мест, пусть каждый гуляет в свое удовольствие, но лишь только ударит третий час, пусть будет здесь на месте, чтобы нам можно было обедать, пока прохладно.

Когда новая королева отпустила таким образом веселое общество, юноши и прекрасные дамы тихо направились по саду, разговаривая о приятных вещах, плетя венки из различных веток и любовно распевая. Проведя таким образом время, пока настал срок, назначенный королевой, и вернувшись домой, они убедились, что Пармено ревностно принялся за исполнение своей обязанности, ибо, вступив в залу нижнего этажа, они увидели столы, накрытые белоснежными скатертями, чары блестели как серебро и все было усеяно цветами терновника. После того как по распоряжению королевы подали воду для омовения рук, все пошли к местам, назначенным Пармено. Явились тонко приготовленные кушанья и изысканные вина, и, не теряя времени и слов, трое слуг принялись служить при столе; и так как все было хорошо и в порядке устроено, все пришли в отличное настроение и обедали среди приятных шуток и веселья. Когда убрали со стола, королева велела принести инструменты, так как все дамы, да и юноши умели плясать, а иные из них играть и петь; по приказанию королевы, Дионео взял лютню, Фьямметта – виолу, и оба стали играть прелестный танец, а королева, отослав прислугу обедать, составила вместе с другими дамами и двумя молодыми людьми круг и принялась тихо ходить в круговой пляске; когда она кончилась, начали петь хорошенькие, веселые песни. Так провели они время, пока королеве не показалось, что пора отдохнуть; когда она всех отпустила, трое юношей удалились в свои отделенные от дамских покои, где нашли хорошо приготовленные постели и все было полно цветов, как и в зале; удалились также и дамы и, раздевшись, пошли отдохнуть.

Только что пробил девятый час, как королева, поднявшись, подняла и других дам, а также и молодых людей, утверждая, что долго спать днем вредно. И вот все направились к лужайке с высокой зеленой травой, куда солнце не доходило ни с какой стороны. Веял мягкий ветерок; когда по приказанию королевы все уселись кругом на зеленой траве, она сказала: – Вы видите, солнце еще высоко и жар стоит сильный, только и слышны что цикады на оливковых деревьях; пойти куда-нибудь было бы несомненно глупо. Здесь в прохладе хорошо, есть шашки и шахматы, и каждый может доставить себе удовольствие, какое ему более по нраву. Но если бы вы захотели последовать моему мнению, мы провели бы жаркую часть дня не в игре, в которой по необходимости состояние духа одних портится, без особого удовольствия других, либо смотрящих на нее, – а в рассказах, что может доставить удовольствие слушающим одного рассказчика. Вы только что успеете рассказать каждый какую-нибудь повесть, как солнце уже будет на закате, жар спадет, и мы будем в состоянии пойти в наше удовольствие, куда нам захочется. Если то, что я предложила, вам нравится (а я готова следовать вашему желанию), так и сделаем; если нет, то пусть каждый до вечернего часа делает, что ему угодно. – И дамы, и мужчины равно высказались за рассказы. – Коли вам это нравится, – сказала королева, – то я решаю, чтобы в этот первый день каждому вольно было рассуждать о таких предметах, о каких ему заблагорассудится. И, обратившись к сидевшему по правую руку Памфило, она любезно попросила его начать рассказы какой-нибудь своей новеллой. Услышав приказ, Памфило начал, при общем внимании, таким образом.

## Новелла первая

**Сэр Чаппеллетто обманывает лживой исповедью благочестивого монаха и умирает; негодяй при жизни, по смерти признан святым и назван San Ciappelletto.**

Милые дамы! За какое бы дело ни принимался человек, ему достоит начинать его во чудесное и святое имя того, кто был создателем всего сущего. Потому и я, на которого первого выпала очередь открыть наши беседы, хочу рассказать об одном из чудных его начинаний, дабы, услышав о нем, наша надежда на него утвердилась, как на незыблемой почве, и его имя восхвалено было нами во все дни. Известно, что все существующее во времени – преходяще и смертно, исполнено в самом себе и вокруг скорби, печали и труда, подвержено бесконечным опасностям, которые мы, живущие в нем и составляющие его часть, не могли бы ни вынести, ни избежать, если бы особая милость божия не давала нам на то силы и предусмотрительности. Нечего думать, что эта милость нисходит к нам и пребывает в нас за наши заслуги, а дается она по его собственной благости и молитвами тех, кто, подобно нам, были смертными людьми, но, следуя при жизни его велениям, теперь стали вместе с ним вечными и блаженными. К ним, как к заступникам, знающим по опыту нашу слабость, мы и обращаемся, моля их о наших нуждах, может быть не осмеливаясь возносить наши молитвы к такому судии, как он. Тем больше мы признаем его милосердие к нам, что, при невозможности проникнуть смертным Оком в тайны божественных помыслов, нередко случается, что, введенные в заблуждение молвой, такого мы избираем перед его величием заступника, который навеки им осужден; а, несмотря на это, он, для которого нет тайны, обращая более внимания на чистосердечие молящегося, чем на его невежество или осуждение призываемого, внимает молящим, как будто призываемый ими удостоился перед его лицом спасения. Все это ясно будет из новеллы, которую я хочу рассказать вам: я говорю «ясно» с точки зрения человеческого понимания, не божественного промысла.

Рассказывают о Мушьятто Францези, что, когда из богатого и именитого купца он стал кавалером и собирался поехать в Тоскану вместе с Карлом Безземельным, братом французского короля, вызванным и побужденным к тому папой Бонифацием, он увидел, что дела его там и здесь сильно запутаны, как-то нередко у купцов, и что распутать их не легко и не скоро, и потому он решился поручить ведение их нескольким лицам. Все дела он устроил; только одно у него осталось сомнение: где ему отыскать человека, способного взыскать его долги с некоторых бургундцев? Причина сомнения была та, что он знал бургундцев за людей охочих до ссоры, негодных и не держащих слова, и он не в состоянии был представить себе человека настолько коварного, что он мог бы с уверенностью противопоставить его коварству бургундцев. Долго он думал об этом вопросе, когда пришел ему на память некий сэр Чеппарелло из Прато, часто хаживавший к нему в Париже. Этот Чеппарелло был небольшого роста, одевался чистенько, а так как французы, не понимая, что означает Чеппарелло, думали, что это то же, что на их языке chapel, то есть венок, то они и прозвали его не capello, a Ciappelletto, потому что, как я уже сказал, он был мал ростом. Так его всюду и знали за Чаппеллетто, и лишь немногие за сэра Чеппарелло. Жизнь этого Чаппеллетто была такова: был он нотариусом, и для него было бы величайшим стыдом, если бы какой-нибудь из его актов (хотя их было у него немного) оказался не фальшивым; таковые он готов был составлять по востребованию и охотнее даром, чем другой за хорошее вознаграждение. Лжесвидетельствовал он с великим удовольствием, прошеный и непрошеный; в то время во Франции сильно веровали в присягу, а ему ложная клятва была нипочем, и он злостным образом выигрывал все дела, к которым его привлекали с требованием: сказать правду по совести. Удовольствием и заботой было для него посеять раздор, вражду и скандалы между друзьями, родственниками и кем бы то ни было, и чем больше от того выходило бед, тем было ему милее. Если его приглашали принять участие в убийстве или каком другом дурном деле, он шел на то с радостью, никогда не отказываясь, нередко и с охотой собственными руками нанося увечье и убивая людей. Кощунствовал он на бога и святых страшно, из-за всякой безделицы, ибо был гневлив не в пример другим. В церковь никогда не ходил и глумился неприличными словами над ее таинствами, как ничего не стоящими; наоборот, охотно ходил в таверны и посещал другие непристойные места. До женщин был охоч, как собака до палки, зато в противоположном пороке находил больше удовольствия, чем иной развратник. Украсть и ограбить он мог бы с столь же спокойной совестью, с какой благочестивый человек подал бы милостыню; обжора и пьяница был он великий, нередко во вред и поношение себе; шулер и злостный игрок в кости был он отъявленный. Но к чему тратить слова? Худшего человека, чем он, может быть, и не родилось. Положение и влияние мессера Мушьятто долгое время прикрывали его злостные проделки, почему и частные люди, которых он нередко оскорблял, и суды, которые он продолжал оскорблять, спускали ему. Когда мессер Мушьятто вспомнил о сэре Чеппарелло, жизнь которого прекрасно знал, ему представилось, что это и есть человек, какого надо для злостных бургундцев: потому, велев позвать его, он сказал: «Ты знаешь, сэр Чаппеллетто, что я отсюда уезжаю совсем; между прочим, есть у меня дела с бургундцами, обманщиками, и я не нахожу человека, более тебя подходящего, которому я мог бы поручить взыскать с них мое. Теперь тебе делать нечего, и если ты возьмешься за это, я обещаю снискать тебе расположение суда и дать тебе приличную часть суммы, какую ты взыщешь». Сэр Чаппеллетто, который был без дела и не особенно богат благами мира сего, видя, что удаляется тот, кто долго был ему поддержкой и убежищем, немедля согласился, почти побуждаемый необходимостью, и объявил, что готов с полной охотой. На том сошлись. Сэр Чаппеллетто, получив доверенность мессера Мушьятто и рекомендательные королевские письма, отправился, но отъезде мессера Мушьятто, в Бургундию, где его никто почти не знал. Здесь, наперекор своей природе, он начал взыскивать долги мягко и дружелюбно и делать дело, за которым приехал, как бы предоставляя себе расходиться под конец. Во время этих занятий, пребывая в доме двух братьев флорентийцев, занимавшихся ростовщичеством и чествовавших его ради мессера Мушьятто, он заболел. Братья тотчас же послали за врачами и людьми, которые бы за ним ходили, и сделали все необходимое для его здоровья; но всякая помощь была напрасна, потому что, по словам медиков, сэру Чаппеллетто, уже старику, к тому же беспорядочно пожившему, становилось хуже со дня на день, болезнь была смертельная. Это сильно печалило братьев; однажды они завели такой разговор по соседству с комнатой, где лежал больной сэр Чаппеллетто: «Что мы с ним станем делать? – говорил один другому. – Плохо нам с ним: выгнать его, больного, из дому было бы страшным зазором и знаком неразумия: все видели, как мы его раньше приняли, потом доставили ему тщательный уход и врачебную помощь – и вдруг увидят, что мы выгоняем его, больного, при смерти, внезапно из дому, когда он и не в состоянии был сделать нам что-либо неприятное. С другой стороны, он был таким негодяем, что не захочет исповедаться и приобщиться святых тайн, и если умрет без исповеди, ни одна церковь не примет его тела, которое бросят в яму, как собаку. Но если он и исповедается, то у него столько грехов и столь ужасных, что выйдет то же, ибо не найдется такого монаха или священника, который согласился бы отпустить их ему; так, не получив отпущения, он все же угодит в яму. Коли это случится, то жители этого города, которые беспрестанно поносят нас за наше ремесло, представляющееся им неправедным, и которые не прочь нас пограбить, увидев это, поднимутся на нас с криком: „Нечего щадить этих псов ломбардцев, их и церковь не принимает!“ И бросятся они на наши дома и, быть может, не только разграбят наше достояние, но к тому же лишат и жизни. Так или иначе, а нам плохо придется, если он умрет».

Сэр Чаппеллетто, лежавший, как я сказал, поблизости от того места, где они таким образом беседовали, при том изощренном слухе, какой часто бывает у больных, услышал, что о нем говорили. Велев их позвать к себе, он сказал: «Я не желаю, чтобы вы беспокоились по моему поводу и боялись потерпеть из-за меня. Я слышал, что вы обо мне говорили, и вполне уверен, что так бы все и случилось, как вы рассчитывали, если бы дело пошло так, как предполагаете. Но оно выйдет иначе. При жизни я так много оскорблял господа, что если накануне смерти я сделаю то же в течение какого-нибудь часа, вины от того будет ни больше, ни меньше. Потому распорядитесь позвать ко мне святого, хорошего монаха, какого лучше найдете, если таковой есть, и предоставьте мне действовать: я наверно устрою и ваши и мои дела так хорошо, что вы останетесь довольны». Братья, хотя и не питали большой надежды, тем не менее отправились в один монастырь и потребовали какого-нибудь святого, разумного монаха, который исповедал бы ломбардца, занемогшего в их доме; им дали старика святой, примерной жизни, великого знатока св. писания, человека очень почтенного, к которому все горожане питали особое, великое уважение. Повели они его; придя в комнату, где лежал сэр Чаппеллетто, и подойдя к нему, он начал благодушно утешать его, а затем спросил, сколько времени прошло с его последней исповеди. Сэр Чаппеллетто, никогда не исповедовавшийся, отвечал: «Отец мой, по обыкновению я исповедоваюсь каждую неделю по крайней мере один раз, не считая недель, когда и чаще бываю на исповеди; правда, с тех пор, как я заболел, тому неделя, я не исповедовался: такое горе учинил мне мой недуг!» – «Хорошо ты делал, сын мой, – сказал монах, – делай так и впредь; вижу я, что мало мне придется услышать и спрашивать, так как ты так часто бываешь на духу». – «Не говорите этого, святой отец, – сказал сэр Чаппеллетто, – сколько бы раз и как ни часто я исповедовался, я всегда имел в виду принести покаяние во всех своих грехах, о каких только я помнил со дня моего рождения до времени исповеди; потому прошу вас, честнейший отец, спрашивать меня обо всем так подробно, как будто я никогда не исповедовался. Не смотрите на то, что я болен: я предпочитаю сделать неприятное моей плоти, чем, потакая ей, совершить что-либо к погибели моей души, которую мои спаситель искупил своею драгоценною кровью». Эти речи очень понравились святому отцу и показались ему свидетельством благочестивого настроения духа. Усердно одобрив такое обыкновение сэра Чаппеллетто, он начал его спрашивать, не согрешил ли он когда-либо с какой-нибудь женщиной? Сэр Чаппеллетто отвечал, вздыхая: «Отче, в этом отношении мне стыдно открыть вам истину, потому что я боюсь погрешить тщеславием». – «Говори, не бойся, никто еще не согрешал, говоря правду на исповеди или при другом случае». Сказал тогда сэр Чаппеллетто: «Если вы уверяете меня в этом, то я скажу вам: я такой же девственник, каким вышел из утробы моей матушки». – «Да благословит тебя господь! – сказал монах. – Хорошо ты сделал и, поступая таким образом, тем более заслужил, что, если бы захотел, ты мог бы совершать противоположное с большей свободой, чем мы и все те, кто связан каким-либо обетом». Потом он спросил его, не разгневал ли он бога грехом чревоугодия. «Да, и много раз», – отвечал сэр Чаппеллетто, глубоко вздохнув, потому что хотя он держал все посты в году, соблюдаемые благочестивыми людьми, и каждую неделю приобык по крайней мере три раза поститься на хлебе и воде, тем не менее он пил воду с таким наслаждением и охотою, с каким большие любители пьют вино, особливо устав после хождения на молитву, либо в паломничестве; часто также у него являлся аппетит к салату из трав, какой собирают крестьянки, отправляясь в поле; иногда еда казалась ему более вкусной, чем следовало бы, по его мнению, казаться тому, кто, подобно ему, постничает по благочестию, На это отвечал монах: «Сын мой, эти грехи в природе вещей, легкие, и я не хочу, чтобы ты излишне отягчал ими свою совесть. С каждым человеком, как бы он ни был свят, случается, что пища кажется ему вкусной после долгого голода, а питье после усталости». – «Не говорите мне этого в утешенье, отец мой, – возразил Чаппеллетто, – вы знаете, как и я, что все, делаемое ради господа, должно совершаться в чистоте и без всякой мысленной скверны; кто поступает иначе, грешит».

Монах умилился: «Я очень рад, что таковы твои мысли, и мне чрезвычайно нравится твоя чистая, честная совестливость. Но, скажи мне, не грешил ли ты любостяжанием, желая большего, чем следует, удерживая, что бы не следовало?» Отвечал на это сэр Чаппеллетто: «Я не желал бы, отец мой, чтобы вы заключили обо мне по тому, что я в доме у этих ростовщиков; у меня нет с ними ничего общего, я даже приехал сюда, чтобы их усовестить, убедить и отвратить от этого мерзкого промысла, и, может быть, успел бы в этом, если бы господь не взыскал меня. Знайте, что отец оставил мне хорошее состояние, большую часть которого я подал, по его смерти, на милостыню; затем, чтобы самому существовать и помогать нищей братье во Христе, я стал понемногу торговать, желая тем заработать, всегда разделяя свои прибытки с божьими людьми, одну половину обращая на свои нужды, другую, отдавая им. И так помог мне в том мой создатель, что мои дела устраивались от хорошего к лучшему». – «Хорошо ты поступил, – сказал монах, – но не часто ли предавался ты гневу?» – «Увы, – сказал сэр Чаппеллетто, – этому, скажу вам, я предавался часто. И кто бы воздержался, видя ежедневно, как люди безобразничают, не соблюдая божьих заповедей, не боясь божьего суда? Несколько раз в день являлось у меня желание – лучше умереть, чем жить, когда видел я молодых людей, гоняющихся за соблазнами, клянущихся и нарушающих клятву, бродящих по тавернам и не посещающих церкви, более следующих путям мира, чем путям господа». – «Сын мой, – сказал монах, – это святой гнев, и за это я не наложу на тебя эпитимии. Но, быть может, гнев побудил тебя совершить убийство, нанести кому-нибудь оскорбление или другую обиду?» – «Боже мой, – возразил сэр Чаппеллетто, – вы, кажется, святой человек, а говорите такие вещи! Да если бы у меня зародилась малейшая мысль совершить одно из тех дел, которые вы назвали, неужели, думаете вы, господь так долго поддержал бы меня? На такие вещи способны лишь разбойники и злодеи; я же всякий раз, как мне случалось видеть кого-нибудь из таковых, всегда говорил: „Ступай, да обратит тебя господь!“ Сказал тогда монах: „Скажи-ка мне, сын мой, да благословит тебя господь, не лжесвидетельствовал ли ты против кого-нибудь, не злословил ли, не отбирал ли чужое против желания владельца?“ – „Да, мессере, говорил я злое против другого: был у меня сосед, без всякого повода то и дело бивший свою жену; я однажды и сказал о нем дурное родственникам жены; такую я жалость почувствовал к этой бедняжке, которую он бог знает как колотил всякий раз, как напивался“. – „Хорошо, – продолжал монах, – ты сказал мне, что был купцом; не обманывал ли ты кого, как-то делают купцы?" – „Виноват, – отвечал сэр Чаппеллетто, – только не знаю, кого обманул: кто-то принес мне деньги за проданное ему сукно, я и положил их в ящик, не пересчитав, а месяц спустя нашел там четыре мелких монеты сверх того, что следовало; не видя того человека, я хранил деньги в течение года, чтобы отдать их ему, а затем подал их во имя божие". – „Это дело маловажное, ты сделал хорошо, так распорядившись", – сказал монах. Кроме того, еще о многих других вещах расспрашивал его святой отец, и на все он отвечал таким же образом. Монах хотел уже отпустить его, как сэр Чаппеллетто сказал: „Мессер, за мной есть еще один грех, о котором я не сказал вам". – „Какой же?" – спросил тот, а этот отвечал: „Я припоминаю, что однажды велел своему слуге вымести дом в субботу, после девятого часа, позабыв достодолжное уважение к воскресенью". – „Маловажное это дело, сын мой", – сказал монах. „Нет, не говорите, что маловажное, – сказал сэр Чаппеллетто, – воскресный день надо нарочито чтить, ибо в этот день воскрес из мертвых господь наш". Сказал тогда монах: „Не сделал ли ты еще чего?" – „Да, мессере, – отвечал сэр Чаппеллетто, – однажды, позабывшись, я плюнул в церкви божьей". Монах улыбнулся. „Сын мой, – сказал он, – об этом не стоит тревожиться; мы, монахи, ежедневно там плюем". – „И очень дурно делаете, – сказал сэр Чаппеллетто, – святой храм надо паче всего содержать в чистоте, ибо в нем приносится жертва божия". Одним словом, такого рода вещей он наговорил монаху множество, а под конец принялся вздыхать и горько плакать, что отлично умел делать, когда хотел. „Что с тобой, сын мой?" – спросил святой отец. Отвечал сэр Чаппеллетто: „Увы мне, мессере, один грех у меня остался, никогда я в нем не каялся, так мне стыдно открыть его: всякий раз, как вспомню о нем, плачу, как видите, и кажется мне, наверно господь никогда не смилуется надо мной за это прегрешение". – „Что ты это говоришь, сын мой? – сказал монах. – Если бы все грехи, когда бы то ни было совершенные людьми или имеющие совершиться до скончания света, были соединены в одном лице и человек тот так же бы раскаялся и умилился, как ты, то столь велики милость и милосердие божие, что господь простил бы их по своей благости, если бы он их исповедал. Потому говори, не бойся". Но сэр Чаппеллетто продолжал сильно плакать: „Увы, отец мой, – сказал он, – мой грех слишком велик, и я почти не верю, чтобы господь простил мне его, если не помогут ваши молитвы". – „Говори без страха, – сказал монах, – я обещаю помолиться за тебя богу". Сэр Чаппеллетто все плакал и ничего не говорил, а монах продолжал увещевать его. Долго рыдая, продержал сэр Чаппеллетто монаха в таком ожидании и затем, испустив глубокий вздох, сказал: „Отец мой, так как вы обещали помолиться за меня богу, я вам откроюсь: знайте, что, будучи еще ребенком, я выбранил однажды мою мать!“ Сказав это, он снова принялся сильно плакать. „Сын мой, – сказал монах, – и этот-то грех представляется тебе ужасным? Люди весь день богохульствуют, и господь охотно прощает раскаявшихся в своем богохульстве; а ты думаешь, что он тебя не простит? Не плачь, утешься; уверяю тебя, если бы ты был из тех, кто распял его на кресте, он простил бы тебе: так велико, как вижу, твое раскаяние“. – „Увы, отец мой, что это вы говорите! – сказал сэр Чаппеллетто. – Моя милая мама носила меня в течение девяти месяцев денно и нощно; и на руках носила более ста раз; дурно я сделал, что ее выбранил, тяжелый это грех! Если вы не помолитесь за меня богу, не простится он мне“. Когда монах увидел, что сэру Чаппеллетто не осталось сказать ничего более, он отпустил его и благословил, считая его святым человеком, ибо вполне веровал, что все сказанное сэром Чаппеллетто правда. И кто бы не поверил, услышав такие речи от человека в час смертный? После всего этого он сказал: „Сэр Чаппеллетто, с божьей помощью вы скоро выздоровеете, но если бы случилось, что господь призовет к себе вашу благословенную и готовую душу, не заблагорассудите ли вы, чтобы ваше тело было погребено в нашем монастыре?“ – „Да, мессере, – отвечал сар Чаппеллетто, – и я не желал бы другого места, так как вы обещали молиться за меня, не говоря уже о том, что я всегда был особенно предан вашему ордену. Потому прошу вас, как вернетесь к себе, распорядиться, чтобы мне принесли истинное тело Христово, которое вы каждое утро освящаете на алтаре, ибо, хотя и недостойный, я желаю с вашего разрешения причаститься его, а затем удостоиться святого, последнего помазания, дабы, прожив в грехах, по крайней мере умереть христианином“. Святой муж с радостью согласился, похвалил его намерение и сказал, что тотчас распорядится, чтобы ему все доставили. Так и было сделано.

Оба брата, сомневавшиеся, как бы не провел их сэр Чаппеллетто, поместились за перегородкой, отделявшей их от комнаты, где лежал сэр Чаппеллетто, и, прислушиваясь, легко могли слышать и уразуметь все, что сэр Чаппеллетто говорил монаху; слыша исповедь его проступков, они не раз готовы были прыснуть со смеха. «Вот так человек! – говорили они промеж себя, – ни старость, ни болезнь, ни страх близкой смерти, ни страх перед господом, на суд которого он должен предстать через какой-нибудь час, ничто не отвлекло его от греховности и желания умереть таким, каким жил». Услышав, что его обещали похоронить в церкви, они перестали заботиться о дальнейшем. Вскоре после того сэр Чаппеллетто причастился и, когда ему стало хуже через меру, соборовался; в тот же день, когда совершилась его примерная исповедь, вскоре после вечерни он скончался. Потому оба брата, приготовив на средства покойного приличные похороны и послав сказать монахам, чтобы они, по обычаю, явились вечером для всенощного бдения, а утром на погребение, устроили все для того необходимое. Благочестивый монах, исповедовавший его, услышав об его кончине, переговорил с приором монастыря и, созвав колокольным звоном братию, рассказал им, какой святой человек был сэр Чаппеллетто, судя по его исповеди. Он выразил надежду, что ради него господь проявит многие чудеса, и убеждал монахов принять его тело с подобающею честью и благоговением. Приор и легковерные монахи согласились; вечером отправились они туда, где лежало тело сэра Чаппеллетто; отслужили над ним большую торжественную панихиду, а утром в стихарях и мантиях, с книгами в руках и преднесением крестов, с пением отправились за телом и с большим почетом и торжеством отнесли его в церковь, сопровождаемые почти всем населением города, мужчинами и женщинами. Когда поставили его в церкви, святой отец, исповедовавший его, взойдя на амвон, начал проповедовать дивные вещи об его жизни и постничестве, девственности, об его простоте, невинности и святости и, между прочим, рассказал о том, что сэр Чаппеллетто, каясь, в слезах признал своим наибольшим грехом и как он насилу мог втолковать ему, что господь простит ему. Затем, обратившись с укором к слушателям, он сказал: «А вы, проклятые господом, хулите бога и матерь его и весь райский лик по поводу каждой соломинки, попавшей вам под ноги!» И много еще другого говорил он о его доброте и чистоте. Вскоре своими речами, к которым деревенский люд относился с полной верой, он так вбил им в головы благоговейные помыслы, что по окончании службы все в страшной давке бросились целовать ноги и руки покойника, разорвали в клочки бывшую на нем одежду; и счастливым считал себя тот, кому досталась хоть частичка. Пришлось оставить его таким образом в течение всего дня, дабы все могли видеть и лицезреть его. Когда наступила ночь, его благолепно похоронили в мраморной гробнице, в одной капелле; на следующий день стал понемногу приходить народ, ставить свечи и поклоняться и приносить обеты и вешать восковые фигурки – по обещанию. Так возросла молва об его святости и почитание его, что не было почти никого, кто бы в несчастии обратился к другому святому, а не к нему. Прозвали его и зовут San Ciappelletto и утверждают, что господи ради него много чудес проявил и еще ежедневно проявляет тем, кто с благоговением прибегает к нему.

Вот как жил и умер сэр Чаппеллетто из Прато; так-то, как вы слышали, он сделался святым. Я не отрицаю возможности, что он сподобился блаженства перед лицом господа, потому что, хотя его жизнь и была преступной и порочной, он мог под конец принести такое покаяние, что, быть может, господь смиловался над ним и принял его в царствие свое. Но это для нас тайна; рассуждая же о том, что нам видимо, я утверждаю, что ему скорее бы быть осужденным и в когтях диавола, чем в раю. Если это так, то мы можем познать в этом великую к нам милость господа, который, взирая не на наше заблуждение, а на чистоту веры и, несмотря на то, что мы делаем посредником его милосердия его же врага, которого принимаем за друга, так же внемлет нам, как если бы мы брали таким посредником действительно святого. Потому, дабы его благость сохранила нас в этом веселом обществе целыми и здоровыми среди настоящих бедствий, восхвалим того, во имя которого мы собрались, вознесем ему почитания и поручим ему наши нужды, в твердой уверенности, что он нас услышит. – Тут Памфило умолк.

## Новелла вторая

**Еврей Авраам, вследствие увещаний Джианнотто ди Чивиньи, отправляется к римскому двору и, увидя там развращенность служителей церкви, возвращается в Париж, где и становится христианином.**

Новелла Памфило, вызывавшая иногда смех у дам, в общем была одобрена. Ее выслушали со вниманием, и когда она была окончена, королева велела Неифиле, сидевшей рядом с Памфило, рассказать и свою новеллу, следуя установленному порядку развлечения. Неифила, отличавшаяся столько же приятностью обхождения, сколько и красотой, весело отвечала, что сделает это охотно, и начала так:

– Памфило в своем рассказе показал нам, что благость божия не взирает на наши заблуждения, если они исходят из причин, ускользающих от нашего ведения; я же хочу своим рассказом показать, что эта благость, терпеливо перенося недостатки тех, которые должны были бы всеми своими действиями и словами свидетельствовать о ней истинно, а поступают наоборот, тем самым дает нам доказательство своей непреложности, дабы мы с тем большей твердостью духа следовали тому, во что веруем.

Мне рассказывали, любезные дамы, что в Париже жил один богатый купец и хороший человек, по прозванию Джианнотто ди Чивиньи, ведший обширную торговлю сукнами. Он был в большой дружбе с одним очень богатым евреем, по имени Авраам, также купцом и очень честным и прямым человеком. Джианнотто, зная его честность и прямоту, сильно сокрушался о том, что душа этого достойного, мудрого и хорошего человека, по недостатку веры, будет осуждена. Поэтому он принялся дружески просить его оставить заблуждения иудейской веры и обратиться к истинной христианской, которая, как он сам мог видеть, будучи святой и совершенной, постоянно преуспевает и множится, тогда как, наоборот, его религия умаляется и приходит в запустение, – в чем он сам мог убедиться. Еврей отвечал, что он не знает более совершенной и святой религии, чем иудейская, и что он в ней родился, в ней намерен жить и умереть, и нет ничего, что бы могло отвратить его от этого намерения. Это, однако, не остановило Джианнотто, и через несколько дней он снова обратился к нему с подобными же речами, доказывая ему попросту, как это умеют делать купцы, по каким причинам наша религия лучше иудейской. Хотя еврей был большим знатоком иудейского закона, тем не менее, по большой ли дружбе, которую он питал к Джианнотто, или повлияли на него речи, вложенные святым духом в уста простого человека, только ему стали очень нравиться доводы Джианнотто, хотя, продолжая упорствовать в своей вере, он не позволял обратить себя. Как он упорствовал, так и Джианнотто не переставал убеждать его, пока, наконец, еврей, побежденный этой настойчивостью, сказал: «Хорошо, Джианнотто, ты хочешь, чтобы я сделался христианином, и я готов на это, но с тем, что сперва отправлюсь в Рим, дабы там увидать того, кого ты называешь наместником бога на земле, увидать его нравы и образ жизни, а также его братьев кардиналов; если они представятся мне таковыми, что по ним и из твоих слов я убеждусь в преимуществе твоей веры над моею, как это ты старался мне доказать, то я поступлю, как тебе сказал; коли нет, я как был, так и останусь евреем».

Выслушав это, Джианнотто был крайне опечален, говоря про себя: «Пропали мои труды даром, а между тем я думал употребить их с пользой, воображая, что уже обратил его. И в самом деле, если он отправится к римскому двору и насмотрится на порочную и нечестивую жизнь духовенства, то не только не сделается из еврея христианином, но если бы и стал христианином, наверно перешел бы снова в иудейство». Затем, обратясь к Аврааму, Джианнотто сказал: «Друг мой, зачем хочешь ты подвергать себя такому труду и большим издержкам, сопряженным с путешествием в Рим? Не говоря уже о том, что для такого богатого человека, как ты, каждое путешествие, морем или сухим путем, исполнено опасностей, – уже не думаешь ли ты, что здесь не найдется никого, кто бы окрестил тебя? Если у тебя есть сомнения по вопросу о вере, которую я тебе разъяснял, где, как не здесь, найдешь ты больших ученых и более мудрых людей, которые растолкуют тебе, что пожелаешь, или то, о чем спросишь? Вот почему, по моему мнению, это путешествие излишне. Представь себе, что там прелаты такие же, каких ты мог видеть и здесь, И даже лучше, потому что ближе к верховному пастырю. Итак, по моему совету, прибереги этот труд до другого раза, для какого-нибудь хождения к святым местам; тогда, быть может, и я буду тебе спутником». На это еврей отвечал: «Я верю, Джианнотто, что все так, как ты говоришь, но, сводя многое в одно слово, скажу тебе (если ты хочешь, чтобы я сделал то, о чем ты меня так просил), что я окончательно решил ехать; иначе я не сделаю ничего». Видя его решимость, Джианнотто сказал: «Поезжай с богом», а в то же время подумал про себя, что, если он увидит римский двор, никогда не сделается христианином. На этом он успокоился, так как теперь ему делать было нечего.

Еврей сел на коня и поспешно отправился ко двору в Рим. Прибыв туда, он был с почетом принят своими единоверцами евреями и жил там, не говоря никому о цели своего путешествия, осмотрительно наблюдая образ жизни папы, кардиналов и других прелатов и всех придворных. Из того, что он заметил сам, будучи человеком очень наблюдательным, и того, что слышал от других, он заключил, что все они вообще прискорбно грешат сладострастием, не только в его естественном виде, но и в виде содомии, не стесняясь ни укорами совести, ни стыдом, почему для получения милостей влияние куртизанок и мальчиков было не малой силой. К тому же он ясно увидел, что все они были обжоры, опивалы, пьяницы, наподобие животных, служившие не только сладострастию, но и чреву, более чем чему-либо другому. Всматриваясь ближе, он убедился, что все они были так стяжательны и жадны до денег, что продавали и покупали человеческую, даже христианскую кровь и божественные предметы, какие бы ни были, относились ли они до таинства, или до церковных должностей. Всем этим они пуще торговали, и было на то больше маклеров, чем в Париже для торговли сукнами или чем иным. Открытой симонии они давали название заступничества, объедение называли подкреплением, как будто богу не известны, не скажу, значения слов, но намерения развращенных умов, и его можно, подобно людям, обмануть названием вещей. Все это вместе со многим другим, о чем следует умолчать, сильно не нравилось еврею, как человеку умеренному и скромному, и потому, полагая, что он достаточно насмотрелся, он решил возвратиться в Париж, что и сделал.

Едва Джианнотто узнал, что он приехал, он пошел к нему, ни на что столь мало не рассчитывая, как на то, чтоб он стал христианином. Они радостно приветствовали друг друга, а когда еврей отдохнул несколько дней. Джианнотто спросил его, какого он мнения о святом отце, кардиналах и других придворных. На это еврей тотчас же ответил; «Худого я мнения, пошли им бог всякого худа! Говорю тебе так потому, что, если мои наблюдения верны, я не видел там ни в одном клирике ни святости, ни благочестия, ни добрых дел, ни образца для жизни или чего другого, а любострастие, обжорство, любостяжание, обман, зависть, гордыня и тому подобные и худшие пороки (если может быть что-либо хуже этого) показались мне в такой чести у всех, что Рим представился мне местом скорее дьявольских, чем божьих начинаний. Насколько я понимаю, ваш пастырь, а следовательно, и все остальные со всяким тщанием, измышлением и ухищрением стараются обратить в ничто и изгнать из мира христианскую религию, тогда как они должны были бы быть ее основой и опорой. И так как я вижу, что выходит не то, к чему они стремятся, а что ваша религия непрестанно ширится, являясь все в большем блеске и славе, то мне становится ясно, что дух святой составляет ее основу и опору, как религии более истинной и святой, чем всякая другая. А потому я, твердо упорствовавший твоим увещаниям и не желавший сделаться христианином, теперь говорю откровенно, что ничто не остановит меня от принятия христианства. Итак, идем в церковь и там, следуя обрядам вашей святой веры, окрести меня». Джианнотто, ожидавший совершенно противоположной развязки, услышав эти слова, был так доволен, как никогда. Отправясь с ним в собор Парижской богоматери, он попросил тамошних клириков окрестить Авраама. Услышав требование, они тотчас же это и сделали. Джианнотто был его восприемником и дал ему имя Джьованни. Впоследствии он поручил знающим людям наставить его вполне в нашей вере, которую он скоро усвоил, оказавшись потом человеком добрым, достойным и святой жизни.

## Новелла третья

**Еврей Мельхиседек рассказом о трех перстнях устраняет большую опасность, уготованную ему Саладином.**

Когда Неифила умолкла, окончив новеллу, встреченную общей похвалою, по желанию королевы так начала сказывать Филомена: – Рассказ Неифилы привел мне на память опасный случай, приключившийся с одним евреем; а так как о боге и об истине нашей веры уже было прекрасно говорено и не покажется неприличным, если мы снизойдем теперь к человеческим событиям и действиям, я расскажу вам новеллу, выслушав которую, вы станете осторожнее в ответах на вопросы, которые могли бы быть обращены к вам. Вам надо знать, милые подруги, что как глупость часто низводит людей из счастливого в страшно бедственное положение, так ум извлекает мудрого из величайших опасностей и доставляет ему большое и безопасное успокоение. Что неразумие приводит от благосостояния к беде-это верно, как-то видно из многих примеров, о которых мы не намерены рассказывать в настоящее время, имея в виду, что ежедневно их объявляются тысячи. А что ум бывает утешением, это я вам покажу, согласно обещанию, в коротком рассказе.

Саладин, доблесть которого не только сделала его из человека ничтожного султаном Вавилона, но и доставила ему многие победы над сарацинскими и христианскими королями, растратил в различных войнах и больших расходах свою казну; а так как по случайному обстоятельству ему оказалась нужда в большой сумме денег и он недоумевал, где ему добыть ее так скоро, как ему понадобилось, ему пришел на память богатый еврей, по имени Мельхиседек, отдававший деньги в рост в Александрии. У него, думалось ему, было бы чем помочь ему, если бы он захотел; но он был скуп, по своей воле ничего бы не сделал, а прибегнуть к силе Саладин не хотел. Побуждаемый необходимостью, весь отдавшись мысли, какой бы найти способ, чтобы еврей помог ему, он замыслил учинить ему насилие, прикрашенное неким видом разумности. Призвав его и приняв дружески, он посадил его рядом с собою и затем сказал: «Почтенный муж, я слышал от многих лиц, что ты очень мудр и глубок в божественных вопросах, почему я охотно желал бы узнать от тебя, какую из трех вер ты считаешь истинной: иудейскую, сарацинскую или христианскую?» Иудей, в самом деле человек мудрый, ясно догадался, что Саладин ищет, как бы уловить его на слове, чтобы привязаться к нему, и размыслил, что ему нельзя будет превознести ни одну из трех религий за счет других так, чтобы Саладин все же не добился своей цели. И так как ему представлялась необходимость в таком именно ответе, с которым он не мог бы попасться, он наострил свой ум, быстро надумал, что ему надлежало сказать, и сказал: «Государь мой, вопрос, который вы мне сделали, прекрасен, а чтобы объяснить вам, что я о нем думаю, мне придется рассказать вам небольшую повесть, которую и послушайте. Коли я не ошибаюсь (а, помнится, я часто о том слыхивал), жил когда-то именитый и богатый человек, у которого в казне, в числе других дорогих вещей, был чудеснейший драгоценный перстень. Желая почтить его за его качества и красоту и навсегда оставить его в своем потомстве, он решил, чтобы тот из его сыновей, у которого обрелся бы перстень, как переданный ему им самим, почитался его наследником и всеми другими был почитаем и признаваем за набольшего. Тот, кому достался перстень, соблюдал тот же порядок относительно своих потомков, поступив так же, как и его предшественник; в короткое время этот перстень перешел из рук в руки ко многим наследникам и, наконец, попал в руки человека, у которого было трое прекрасных, доблестных сыновей, всецело послушных своему отцу, почему он и любил их всех трех одинаково. Юноши знали обычай, связанный с перстнем, и каждый из них, желая быть предпочтенным другим, упрашивал, как умел лучше, отца, уже престарелого, чтобы он, умирая, оставил ему перстень. Почтенный человек, одинаково их всех любивший и сам недоумевавший, которого ему выбрать, кому бы завещать кольцо, обещанное каждому из них, замыслил удовлетворить всех троих: тайно велел одному хорошему мастеру изготовить два других перстня, столь похожих на первый, что сам он, заказавший их, едва мог признать, какой из них настоящий. Умирая, он всем сыновьям тайно дал по перстню. По смерти отца каждый из них заявил притязание на наследство и почет, и когда один отрицал на то право другого, каждый предъявил свой перстень во свидетельство того, что он поступает право. Когда все перстни оказались столь схожими один с другим, что нельзя было признать, какой из них подлинный, вопрос о том, кто из них настоящий наследник отцу, остался открытым, открыт и теперь. То же скажу я, государь мои, и о трех законах, которые бог отец дал трем народам и по поводу которых вы поставили вопрос: каждый народ полагает, что он владеет наследством и истинным законом, веления которого он держит и исполняет; но который из них им владеет – это такой же вопрос, как и о трех перстнях». Саладин понял, что еврей отлично сумел вывернуться из петли, которую он расставил у его ног, и потому решился открыть ему свои нужды и посмотреть, не захочет ли он услужить ему. Так он и поступил, объяснив ему, что он держал против него на уме, если бы он не ответил ему столь умно, как-то сделал. Еврей с готовностью услужил Саладину такой суммой, какая требовалась, а Саладин впоследствии возвратил ее сполна, да кроме того дал ему великие дары и всегда держал с ним дружбу, доставив ему при себе видное и почетное положение.

## Новелла четвертая

**Один монах, впав в грех, достойный тяжкой кары, искусно уличив своего аббата в таком же проступке, избегает наказания.**

Уже Филомена умолкла, кончив свой рассказ, когда сидевший возле нее Дионео, не выждав особого приказания королевы, ибо знал, что по заведенному порядку ему приходится говорить, начал сказывать так: – Любезные дамы, если я точно понял ваше общее намерение, то мы сошлись сюда затем, чтобы, рассказывая, забавлять друг друга. Поэтому я полагаю, что всякому, лишь бы он не шел наперекор этому правилу, дозволено (а что это так, нам сказала недавно королева) рассказать такую новеллу, которая, по его мнению, наиболее принесет удовольствия. Мы слышали, как Авраам спас свою душу благодаря благим советам Джианнотто ди Чивиньи, как Мельхиседек своею находчивостью уберег свое богатство от ловушки Саладина; поэтому, не ожидая укоров с вашей стороны, я намерен кратко рассказать, какою хитростью один монах избавился от тяжкого наказания.

Был в Луниджьяне, области недалеко отсюда отстоящей, монастырь, более богатый святостью и числом монахов, чем теперь; числе прочих был там молодой монах, силу и свежесть которого не могли ослабить ни посты, ни бдения. Однажды в полдень, когда все остальные монахи спали, а он один бродил вокруг своей церкви, находившейся в очень уединенном месте, он случайно увидел очень красивую девушку, быть может дочь какого-нибудь крестьянина, которая ходила по полям, сбирая травы. Едва увидел он ее, как им страшно овладело плотское вожделение; поэтому, приблизившись к ней, он вступил с нею в беседу, и так пошло дело от одного к другому, что он, стакнувшись с нею, повел ее в свою келью, так что никто того и не заметил. Пока, увлеченный слишком сильным вожделением, он баловался с нею, не особенно остерегаясь, случилось, что аббат, восстав от сна и проходя тихо мимо кельи, услышал шум, который они вдвоем производили. Чтобы лучше различить голоса, он осторожно подошел к двери кельи с целью прислушаться, распознал ясно, что внутри была женщина, и у него явилось искушение – велеть отворить себе; но затем он намыслил другой способ действия и, вернувшись в свою комнату, стал поджидать, пока монах выйдет. Монах же, хотя и отдавался величайшему наслаждению и удовольствию с той женщиной, не оставлял тем не менее и подозрений, и так как ему послышалось шарканье ног в дормитории, он, приложив глаз к небольшой щели, увидел как нельзя более ясно, что аббат подслушивает, и отлично понял, что он мог дознаться о присутствии девушки в его келье. Зная, что за это ему воспоследует большое наказание, он сильно опечалился; тем не менее ничего не показав о своем горе девушке, он быстро сообразил многие средства, изыскивая, не найдется ли какое-нибудь для него спасительное; и пришла ему на ум необычайная хитрость, которая и привела прямо к задуманной им цели. Сделав вид, что он уже достаточно пробыл с той девушкой, он сказал ей: «Я пойду посмотрю, как тебе выйти отсюда незамеченной; потому сиди смирно, пока я не вернусь». Выйдя из кельи и заперев ее на ключ, он прямо отправился в покой аббата и, вручив ему ключ, как-то делали, уходя, все монахи, с покойным видом сказал: «Мессере, сегодня утром я не успел велеть доставить все дрова, какие распорядился нарубить; потому, с вашего позволения, я пойду в лес и прикажу их привезти». Аббат, желая в точности разведать о проступке монаха и полагая, что он не догадался, что был им усмотрен, обрадовался такому случаю, охотно принял ключ и дал разрешение. Когда он увидел, что монах ушел, он принялся размышлять, как ему лучше поступить: отпереть ли келью в присутствии всей братии и обнаружить проступок, дабы потом у них не было повода роптать на него, когда он накажет монаха; либо наперед узнать от девушки, как было дело. Сообразив сам с собою, что то могла быть такая женщина, либо дочь такого человека, которой он не желал бы учинить стыда, показав ее всем монахам, он решился наперед посмотреть, кто она, а затем и решиться на что-нибудь. Тихо направившись к келье, он отпер ее и, войдя, запер дверь. Увидев аббата, девушка, вся растерянная, боясь посрамления, пустилась в слезы, а отец аббат, окинув ее глазами и увидев, что она красива и молода, хотя и был стар, внезапно ощутив не меньше позывы плоти, чем молодой монах, начал так про себя рассуждать: «Почему бы мне не отведать удовольствия, когда я могу добыть его? А неприятности и досады ведь всегда наготове, лишь бы захотеть. Она девушка красивая, и что она здесь, никто в мире того не ведает; если мне удастся уговорить ее послужить моей утехе, я недоумеваю, почему бы мне того не сделать? Кто об этом узнает? Никто не узнает и никогда, а скрытый грех наполовину прощен. Такого случая, быть может, никогда не представится, и я полагаю великую мудрость в том, чтобы воспользоваться благом, коли господь пошлет его кому-нибудь». Так говоря и совершенно изменив намерению, с каким отправился, он приблизился к девушке, принялся тихо утешать ее. Прося не плакать; так, от слова к слову, он дошел до того, что открыл ей свои желания. Девушка была не из железа и не из алмаза и очень легко склонилась на желание аббата. Обняв и поцеловав ее много раз, он взобрался на постель монаха и, взяв во внимание почтенный вес своего достоинства и юный возраст девушки, а может быть, боясь повредить ей излишней тяжестью, не возлег на нее, а возложил на себя и долгое время с нею забавлялся.

Монах, будто бы ушедший в лес, скрылся в дормитории и, как только увидел, что аббат один вошел в келью, совершенно успокоился, полагая, что его расчет будет иметь свое действие; увидев, что аббат заперся, он счел, что действие будет вернейшее. Выйдя из того места, где он обретался, он тихо подошел к щели, через которую слышал и видел все, что говорил, либо делал аббат. Когда аббату показалось, что он достаточно пробыл с девушкой, он запер ее в келье и вернулся в свою комнату; спустя некоторое время, услышав шаги монаха и полагая, что он вернулся из леса, он решил сильно пожурить его и приказать заключить, дабы одному владеть доставшейся добычей. Велев позвать его, он строго и с грозным видом побранил его и распорядился, чтобы его заперли в тюрьму. Монах тотчас же возразил: «Мессере, я еще недавно состою в ордене св. Бенедикта и не мог научиться всем его особенностям, а вы еще не успели наставить меня, что монахам следует подлежать женщинам точно так же, как постам и бдениям. Теперь, когда вы это мне показали, я обещаю вам, коли вы простите мне на этот раз, никогда более не грешить этим, а всегда делать так, как я видел, делали вы». Аббат, человек догадливый, тотчас постиг, что монах не только более смыслит в деле, но и видел все, что он делал; потому, угрызенный сознанием собственного проступка, он устыдился учинить монаху то, что сам, подобно ему, заслужил. Простив ему и наказав молчать о виденном, вместе с ним осторожно вывел девушку, и, надо полагать, они не раз приводили ее снова.

## Новелла пятая

**Маркиза Монферратская обедом, приготовленным из кур, и несколькими милыми словами подавляет безумную к ней страсть французского короля.**

Новелла, рассказанная Дионео, на первых порах слегка уязвила стыдом сердца слушавших дам, знаком чего был стыдливый румянец, показавшийся на их лицах, затем, переглядываясь между собою и едва удерживаясь от смеха, они, хихикая, дослушали рассказ. Когда он пришел к концу и они укорили рассказчика несколькими милыми словами, желая дать ему понять, что подобные новеллы не следует рассказывать дамам, королева, обратившись к Фьямметте, сидевшей с ней рядом на траве, приказала ей продолжать очередь. Грациозно и с веселым видом Фьямметта начала так: – Так как мне пришлось по нраву, что нашими новеллами мы принялись доказывать, какова сила находчивых, быстрых ответов, и по той же причине, что если в мужчине большим благоразумием является всегда искать любви женщины более родовитой, чем он, то в женщине величайшей осмотрительностью – уметь уберечься от любви к мужчине выше ее по положению: мне пришло в голову, прекрасные мои дамы, показать вам новеллой, которую мне приходится рассказать, как и какими поступками и словами одна благородная дама и сама сумела от одного уберечься и другое устранить.

Маркиз Монферратский, человек высокой доблести и гонфалоньер церкви, отправился за море в общем вооруженном хождении христиан. Когда однажды зашла речь о его храбрости при дворе короля Филиппа Кривого, также собиравшегося из Франции в тот же поход, какой-то рыцарь сказал, что под звездным сводом не найти другой такой пары, как маркиз и его супруга, потому что насколько между рыцарями маркиз был славен всякою доблестью, настолько его жена была красивейшею и достойнейшею между женщинами всего света. Слова эти так глубоко запали в душу французского короля, что, никогда не видав ее, он внезапно воспылал к ней любовью и решил сесть на корабли для похода, в который снаряжался только в Генуе, дабы, отправившись туда сухим путем, иметь благовидный предлог посетить маркизу, рассчитывая, что, так как маркиза дома не было, ему представится возможность исполнить свое желание. И как задумал, так и сделал, потому что, отправив всех вперед, он с небольшой свитой дворян выступил в путь и, приблизившись ко владениям маркиза, за день послал сказать его жене, чтобы она ждала его на следующее утро к обеду. Маркиза, умная и догадливая, велела любезно ответить, что эта милость для нее выше всех других и что король будет желанным гостем. Затем она раздумалась, что бы это могло означать, что такой король готовится посетить ее в отсутствие ее мужа; и она не ошиблась в предположении, что его привела к ней молва об ее красоте. Тем не менее, как умелая женщина, она решилась принять его с честью и, велев позвать оставшихся дома вельможных людей, с их совета распорядилась приготовить все нужное; но относительно обеда и припасов она пожелала озаботиться сама: приказав тотчас же собрать всех кур, какие только нашлись в окрестности, она из них одних заказала своим поварам кушанья для королевского стола. И вот король явился в назначенный день и был принят дамой с большим торжеством и почетом. Когда он увидел ее, она показалась ему гораздо более красивой, достойной и учтивой, чем он представлял ее себе со слов рыцаря, и он сильно диводался на нее и хвалил, тем более возгораясь в своих желаниях, чем более убеждался, что маркиза превышала его прежнее представление о ней. Когда он немного отдохнул в покоях, убранных всем, что подобало для принятия такого, как он, короля, и настал час обеда, король и маркиза уселись за одним столом, а прочие были чествуемы, согласно своему званию, за другими столами.

Многочисленные блюда, поочередно подносимые, превосходные, драгоценные вина приносили великую утеху королю, с удовольствием поглядывавшему порой на прелестную маркизу. Тем не менее, когда одно блюдо стало являться за другим, король пришел в некое изумление, распознав, что хотя кушанья были и разные, но все изготовлены не из чего другого, как из кур. Королю хорошо известно было, что местность, где он находился, должна была изобиловать разной дичью и что, наперед объявив даме о своем прибытии, он тем самым дал ей время и срок для охоты; тем не менее, хотя и сильно удивленный, он пожелал объясниться с нею только по поводу кур; с веселым видом обратясь к маркизе, он сказал: «Разве в этой стране выводятся одни куры без петуха?» Маркиза отлично уразумела вопрос, и так как ей показалось, что сам господь бог послал ей удобный случай выразить свои помышления, она отвечала: «Нет, государь мой, но здешние женщины, хотя и несколько отличны от других одеждой и почетом, созданы так же, как и в других местах». Услышав эти слова, король хорошо понял повод к обеду из кур и тайный смысл речей и убедился, что с такой женщиной нечего тратить слов и нет места для насилия и что как сам он опрометчиво воспылал к ней, так поступит мудро и к своей чести, потушив не к добру разгоревшееся пламя. Не продолжая шуточного разговора из боязни ответов маркизы, он отобедал, оставив всякую надежду; когда обед кончился, он, дабы поспешным отъездом прикрыть нечестную цель своего посещения, поблагодарил ее за оказанные ему почести и, поручив ее божию покровительству, отправился в Геную.

## Новелла шестая

**Некто уличает метким словом злостное лицемерие монахов.**

Когда все одобрили добродетель маркизы и милый урок, данный ею французскому королю, Емилия, сидевшая рядом с Фьямметтой, по желанию своей королевы, смело начала рассказ: – И я также не умолчу, как один почтенный мирянин уязвил скупого монаха словом столь же потешным, как и достойным похвалы.

Жил недавно тому назад, милые девушки, в нашем городе некий минорит, инквизитор нечестивой ереси, который, хотя и старался, как все они делают, казаться святым и рьяным любителем христианской веры, в то же время был не менее хорошим исследователем людей с туго набитым кошельком, чем тех, кто страдал умалением веры. При этой его ревности он случайно попал на одного порядочного человека, гораздо более богатого деньгами, чем умом, у которого, не по недостатку веры, а, говоря попросту, потому, вероятно, что он был возбужден вином и избытком веселья, сорвалось однажды в своем кругу слово, будто у него такое хорошее вино, что от него отведал бы и Христос. Когда о том донесли инквизитору, он, узнав, что у него были большие поместья и тугой кошелек, cum gladiis et fustibus и с великим спехом начал против него строжайший иск, ожидая от него не умаления неверия в обвиняемом, а наполнения собственных рук флоринами, как-то и случилось. Вызвав его, он спросил, правда ли то, что о нем сказывают. Простак отвечал, что правда, и сказал, как было дело. На это святейший инквизитор, особый почитатель св. Иоанна Златоуста, сказал: «Итак, ты сделал Христа пьяницей, любителем добрых вин, точно он Чинчильоне или кто-нибудь из вашей братии, пьяниц и завсегдатаев таверн? А теперь ты ведешь смиренные речи, желая дать понять, что это дело пустое. Не таково оно, как тебе кажется: ты заслужил за это костер, коли мы захотим поступить с тобой, как обязаны». Такие и многие другие речи он вел с ним с угрожающим видом, как будто тот был сам Эпикур, отрицающий бессмертие души. В короткое время он так настращал его, что простак поручил неким посредникам умастить его руки знатным количеством мази св. Иоанна Златоуста (сильно помогающей против заразного недуга любостяжания клириков и особливо миноритов, которым не дозволено прикасаться к деньгам), дабы он поступил с ним по милосердию. Эту мазь, как вполне действительную, хотя Гален и не говорит о ней ни в одном из своих медицинских сочинений, он пустил в дело так и в таком обилии, что огонь, которым ему пригрозили, милостиво сменился знаком креста, а дабы флаг был красивее – точно кающемуся предстояло идти в крестовый поход, – положили ему желтый крест на черном фоне. Кроме того, получив деньги, инквизитор задержал его на несколько дней при себе, положив ему в виде эпитимии каждое утро быть у обедни в Санта Кроче и представляться ему в обеденный час; в остальную часть дня ему предоставлено было делать, что угодно. Все это он исполнял прилежно, когда однажды утром услышал за обедней евангелие, из которого пелись следующие слова: «Вам воздается сторицею, и вы унаследуете жизнь вечную». Точно удержав их в памяти и явившись, согласно приказанию, перед лицо инквизитора в час обеда, он застал его за столом. Инквизитор спросил его, был ли он у обедни этим утром. «Да, мессере», – поспешно ответил он. На это инквизитор сказал: «Не услышал ли ты при этом чего-нибудь, что вызвало в тебе сомнение и о чем ты желаешь спросить?» – «Поистине, – отвечал простак, – ни в чем, что я слышал, я не сомневаюсь, напротив, все твердо почитаю истинным. Слышал я, правда, кое-что, что возбудило во мне и еще возбуждает сильное сожаление к вам и вашей братии, монахам, когда подумаю я о несчастном положении, в котором вы обрететесь на том свете». Сказал тогда инквизитор: «Что это за слово, что побудило тебя к такому о нас сожалению?» Простак отвечал: «Мессере, то было слово евангелия, говорящее: „Воздается вам сторицею". Инквизитор сказал: „Воистину так, но почему же эти слова расстроили тебя?" – „Я объясню вам это, мессере, – отвечал простак, – с той поры, как я стал ходить сюда, я видел, как каждый день подают отсюда множеству бедного люда чан, а иногда и два большущих чана с похлебкой, которую отнимают у вас и у братии этого монастыря как лишнюю; потому, если на том свете за каждый чан вам воздается сторицею, у вас похлебки будет столько, что вам всем придется в ней захлебнуться". Хотя все другие, бывшие за столом у инквизитора, рассмеялись, инквизитор, почувствовав, что укол обращен против их похлебочного лицемерия, совсем смутился, и если бы не стыд за вчиненное простаку дело, он вчинил бы ему другое за то, что потешной остротой он уколол и его и других тунеядцев. С досады он разрешил ему делать, что заблагорассудится, и больше к нему не являться.

## Новелла седьмая

**Бергамино своим рассказом о Примасе и аббате Клюньи ловко уличает необычную скупость Кане делла Скала.**

Забавный тон Емилии и ее новелла заставили и королеву и всех остальных смеяться, выхваливая небывалую выходку крестоносца. Когда смех прекратился и все успокоились, Филострато, за которым была очередь рассказывать, начал так: – Хорошо, достойные дамы, попасть в цель, которая не движется, но граничит почти с чудом, если что-нибудь необычайное покажется внезапно и стрелок внезапно же попадет в него. Греховная и грязная жизнь клириков, являющаяся во многих случаях почти точным показателем порочности, легко дает повод говорить о ней, укорять ее и порицать всякому, кто того желает; потому, хотя и хорошо сделал тот добрый человек, уличив инквизитора в лицемерном милосердии монахов, отдающих беднякам, что подобало бы отдать свиньям или выбросить, – более похвалы заслуживает, по моему мнению, тот, о котором я намерен рассказать, будучи наведен на то предыдущей новеллой: мессера Кане делла Скала, щедрого государя, он уязвил за внезапно и необычно проявившуюся в нем скупость, рассказав ему новеллу и в другом лице изобразив, что хотел сказать о себе и о нем. Рассказ следующий.

Как по всему свету гласит славная молва, мессер Кане делла Скала, которому счастье благоприятствовало во многом, был одним из самых замечательных и щедрых властителей, какие только известны были в Италии от времен императора Фридриха II и по сю пору. Затеяв устроить в Вероне знатное, чудесное празднество, к которому явилось бы со всех сторон множество народу, особенно потешных люден всякого рода, он внезапно, какая бы тому ни была причина, раздумал и, наградив некоторых из прибывших, отпустил их. Один только Бергамино, находчивый и красноречивый рассказчик, каким не представит его себе никто, кто его не слышал, не будучи ни награжден, ни отпущен, остался в надежде, что это случилось, быть может, не без будущей для него выгоды. Но у Кане засела мысль, что дать ему что-либо хуже потратить, чем если бы бросить в огонь, и он не говорил и не поручал передать ему о том ни слова. По прошествии нескольких дней, когда Бергамино увидел, что его не зовут и ничего не требуют от его ремесла и что, кроме того, он со своими конями и слугами проживается в гостинице, его стала забирать меланхолия; а он все еще выжидал, полагая, что будет не ладно, если он уедет. С собою он привез три прекрасных, дорогих костюма, подаренных ему другими синьорами, чтобы с почетом предстать на праздник, но так как хозяин требовал платы, он сначала отдал ему один костюм, затем, оставшись более долгое время, второй и принялся уже питаться на счет третьего, решив остаться и посмотреть, на сколько его хватит, а там и уехать. И вот, когда он уже начал питаться на счет третьего, случилось однажды, что, когда мессер Кане сидел за обедом, Бергамино предстал перед ним с печальным видом. Увидел его мессер Кане и сказал, более затем, чтоб помучить его, чем потешиться какой-нибудь его прибауткой: «Что с тобой, Бергамино? Ты так печален; расскажи нам что-нибудь». Тогда Бергамино, недолго думая, но словно долго о том поразмыслив, тотчас рассказал, чтобы поправить свои дела, следующую новеллу.

Государь мой, вам должно быть известно, что Примас был большой знаток латыни и, паче всякого другого, замечательный и находчивый стихотворец, и эти качества сделали его столь знаменитым и славным, что если лично его и не везде знали, не было почти никого, кто бы не знал по имени и молве, кто такой Примас. Случилось однажды, что он был в Париже в нищем виде, в каком большею частью обретался, потому что его доблести мало ценились людьми можными, и здесь услышал, как рассказывали об аббате Клюньи, которого считают самым богатым, по доходам, прелатом, какие только есть в божией церкви, за исключением папы; слышал он дивные вещи о его щедрости и что при его дворе постоянный праздник и никому, кто бы ни явился в его местопребывание, не было запрета есть и пить, лишь бы попросился, когда аббат за столом. Услышав о том, Примас, любивший водиться с именитыми людьми и синьорами, решился пойти и убедиться воочию в щедрости этого аббата, и спросил, далеко ли он живет от Парижа. Ему отвечали, что милях в шести, в своем поместье, и Примас рассчитал, что, выйдя рано утром, он может прибыть туда к обеденному часу. Попросив указать себе дорогу и не найдя никого, кто бы направлялся туда же, он побоялся, как бы ему, на его несчастье, не сбиться с пути и не зайти в такое место, где не так-то легко будет найти, что поесть; вот почему, на случай, если бы это приключилось и дабы ему не терпеть недостатка в пище, он решил захватить с собою три хлеба, полагая, что воды (хотя она ему и не особенно была по вкусу) он найдет всюду. Положив хлебы за пазуху, он отправился в путь, и так удачно, что ко времени обеда пришел к месту, где находился аббат. Войдя, он начал озираться кругом и, увидев множество накрытых столов и большие приготовления на кухне и все другое, потребное для обеда, сказал про себя: в самом деле этот аббат так щедр, как о нем говорят. Когда он некоторое время разглядывал кругом, сенешаль аббата велел подать воды для омовения рук, так как настал час обеда, и когда подали воду, рассадил всех за столом. Случилось так, что Примаса посадили как раз против двери, из которой аббат должен был выйти в столовую. Был при его дворе такой обычай, что на стол никогда не подавалось ни вина, ни хлеба и никакой еды и питья, пока не сел аббат. Когда сенешаль накрыл на стол, велел доложить аббату, что ждет его приказа, а обед готов. Аббат велел открыть покой, откуда был выход в залу; проходя, посмотрел вперед себя, и первый, случайно попавшийся ему на глаза, был Примас, плохо одетый и по виду ему незнакомый. Увидел его, и тотчас же взбрела ему на ум нехорошая мысль, никогда дотоле не приходившая ему: кого только я кормлю от моего достатка! Вернувшись к себе, он велел запереть дверь и спросил бывших с ним, не знает ли кто того бродягу, что сидит за столом прямо против двери его комнаты? Все отвечали, что не знают. Примаса с прогулки и непривычки поститься разбирал голод; подождав немного и увидя, что аббат не выходит, он вынул из-за пазухи один из трех хлебов, которые принес с собою, и принялся есть. Обождав некоторое время, аббат приказал одному из своих приближенных посмотреть, не ушел ли Примас. Тот отвечал:

«Нет, мессере, напротив, он ест хлеб, и это доказывает, что он принес его с собой». – «Пусть ест свое, коли есть, – сказал аббат, – а нашего сегодня он есть не будет». Ему хотелось, чтобы Примас сам собой ушел, ибо ему казалось неприличным спровадить его. Когда съеден был один хлеб, а аббат не являлся, Примас принялся за второй; и это также доложено было аббату, велевшему поглядеть, не убрался ли он. Наконец, когда аббат все еще не выходил. Примас, съев второй хлеб, начал есть и третий. Когда о том сказали аббату, он начал так размышлять, говоря про себя: «Что это за небывальщина пришла мне сегодня в голову? Что за скупость, что за озлобление – и к кому же? Сколько лет кормил я с моего стола всех желающих есть, невзирая на то, дворянин ли то был или крестьянин, бедный или богатый, именитый ли то был человек или обманщик; собственными глазами видел я, как мое добро пожирали бесчисленные бродяги, и никогда мне в голову не приходила мысль, которую я питаю по отношению к этому человеку. Наверно, скаредность овладела мною не к простому человеку: в том, кто мне представляется бродягой, должно быть нечто особенное, если мой дух оказался столь неподатливым к чествованию его. Сказав это, аббат пожелал узнать, кто он такой; узнав, что это Примас, пришедший поглядеть на его щедрость, о которой наслышался, и издавна известный аббату по слухам за достойного человека, он устыдился и, желая загладить вину, принялся ублажать его на разные лады. После обеда велел его богато одеть, как приличествовало достоинству Примаса, и, снабдив его деньгами и конем, предоставил ему выбор: остаться у него или уехать. Довольный этим, Примас воздал ему отменную благодарность и верхом вернулся в Париж, откуда пришел пешком.

Мессер Кане, как человек разумный, отлично понял, без всяких разъяснений, что разумел Бергамино, и, улыбаясь, сказал: «Бергамино, ты очень ловко показал свою обиду и искусство и мою скаредность – и то, чего ты от меня желаешь; поистине никогда скупость не овладевала мною, как только теперь, по отношению к тебе; но я прогоню ее той самой палкой, которую ты изобрел». И, велев уплатить хозяину Бергамино, одев его в свое богатое платье, снабдив деньгами и конем, предоставил на этот раз на его произвол – уехать или остаться при нем.

## Новелла восьмая

**Гвильельмо Борсьере в тонких выражениях укоряет в скупости мессера Эрмино де Гримальди.**

Рядом с Филострато сидела Лауретта; выслушав похвалы, которые расточали находчивости Бергамино, и, зная, что ей придется рассказать нечто, она, не ожидая приказания, так начала свой рассказ: – Предыдущая новелла побуждает меня, дорогие подруги, рассказать, каким образом один умелый потешник подобным же образом и небезуспешно укорил в скупости богатейшего купца; и хотя эта новелла по своему содержанию и походит на прошлую, она будет вам не менее приятна, коли вы возьмете в расчет, какое в ее развязке получилось благо.

Итак, жил в Генуе много времени тому назад родовитый человек по имени мессер Эрмино де Гримальди, далеко превосходивший, как все полагали, богатством в громадных имениях и деньгах богатейших граждан, каких только знали в Италии. И как богатством он превосходил всех итальянских богачей, так, и через меру, скупостью и скаредностью всех скупцов и скряг на свете, ибо не только не открывал кошелька, чтобы учествовать других, но и сам, против обыкновения генуэзцев, привыкших богато рядиться, претерпевал, лишь бы только не тратиться, большие лишения во всем, равно как в еде и питье. Вот почему, и по заслугам, его фамилия – де Гримальди – предана была забвению, и все звали его мессер Эрмино Скареда. В то время как, ничего не тратя, он преумножал свое достояние, случилось, что в Геную прибыл умелый потешный человек, благовоспитанный и красноречивый, по имени Гвильельмо Борсьере, не похожий на нынешних, которых, к стыду людей развращенных и презренных, желающих в наше время зваться и считаться благородными, скорее следовало бы прозвать ослами, воспитанными среди грязной и порочной черни, а не при дворе. Тогда как в те времена ремеслом и делом потешных людей было улаживать мировые в случае распрей и недовольств, возникавших между господами, заключать брачные и родственные союзы и дружбу, развеселять прекрасными, игривыми речами усталых духом, потешать дворы и резкими упреками, точно отцы, укорять порочных в их недостатках – и все это за малое вознаграждение: теперь они ухитряются убивать свое время, перенося злые речи от одного к другому, сея плевелы, рассказывая мерзости и непристойности, и, что хуже, совершая то и другое в присутствии людей, возводя друг на друга все дурное, постыдное и мерзкое, действительное или нет; и тот из них более люб, того более почитают и поощряют большими наградами жалкие и безнравственные синьоры, кто говорит и действует гнуснее других: достойный порицания стыд настоящего времени – ясное доказательство того, что добродетели, удалившись отсюда, оставили бедное человечество в подонках пороков.

Возвращаясь к тому, с чего я начала и от чего удалило меня немного, против ожидания, справедливое негодование, скажу, что упомянутого Гвильельмо встретили с почетом и охотно принимали именитые люди Генуи. Пробыв несколько дней в городе и услышав многое о скупости и скряжничестве мессера Эрмино, он возымел желание увидеть его. Мессер Эрмино слышал, что Гвильельмо Борсьере – человек достойный, и так как в нем, несмотря на его скупость, была искорка благородства, принял его с дружественными речами и веселым видом, вступил с ним во многие и разнообразные беседы и, разговаривая, повел его и бывших с ним генуэзцев в новый красивый дом, который построил себе, и, показав его, сказал: «Мессер Гвильельмо, вы видели и слышали многое, не укажете ли вы мне что-нибудь, нигде не виданное, что бы я мог велеть написать в зале этого дома?» Услышав эти неподходящие речи, Гвильельмо сказал: «Мессер, не думаю, чтобы я сумел указать вам на вещь невиданную – разве на чох или что-либо подобное; но коли вам угодно, я укажу вам на одно, чего, полагаю, вы никогда не видали». Мессер Эрмино сказал: «Прошу вас, скажите, что это такое?» Он не ожидал, что тот ответит, как ответил. На это Гвильельмо внезапно сказал: «Велите написать: „Благородство“. Когда мессер Эрмино услышал эти слова, им внезапно овладел стыд настолько сильный, что он изменил его настроение духа в почти противоположное тому, каким оно было дотоле. „Мессер Гвильельмо, – сказал он, – я велю написать его так, что ни вы и никто другой никогда не будете иметь основания сказать мне, что я не видел и не знавал его“. С этих пор и впредь (такую силу оказало слово Гвильельмо) он стал наиболее щедрым и приветливым дворянином, чествовавшим иностранцев и горожан, чем кто-либо другой в Генуе в его время.

## Новелла девятая

**Король Кипра, задетый заживо одной гасконской дамой, из малодушного становится решительным.**

Оставалось лишь Елизе получить последнее приказание королевы; не ожидая его, она весело начала так: – Часто случилось, юные дамы, что чего не сделали с человеком разные укоры и многие наказания, то делало одно слово, нередко случайно, не то что намеренно сказанное. Это очень хорошо видно из новеллы, рассказанной Лауреттой, и я хочу доказать вам то же коротким рассказом, ибо хорошие рассказы всегда служат на пользу и их надо слушать со вниманием, кто бы ни был их рассказчиком.

Итак, скажу, что во времена первого кипрского короля, по завоевании святой земли Готфридом Бульонским, случилось одной именитой гасконской даме отправиться в паломничество ко гробу господню и на обратном пути пристать в Кипре, где какие-то негодяи нанесли ей постыдное оскорбление. Не находя удовлетворения и сетуя, она надумалась обратиться к королю, но кто-то сказал ей, что труд будет напрасен, ибо король так малодушен и ничтожен, что не только не карает по закону оскорбления, нанесенные другим, но с презренной трусостью терпит множество оскорблений, учиняемых ему самому, почему всякий, у которого накипело какое-либо неудовольствие, срывал его на нем, нанося ему обиды и стыдя его. Услышав об этом и отчаявшись получить удовлетворение, дама решилась, дабы чем-нибудь утолить свой гнев, укорить короля в его малодушии и, отправившись к нему, с плачем сказала: «Государь мой, я пришла пред лицо твое не потому, что ожидаю удовлетворения за нанесенную мне обиду, а чтобы попросить тебя, в воздаяние за нее, научить меня переносить, подобно тебе, учиняемые тебе, как слышно, оскорбления, дабы, наученная тобой, я могла терпеливо перенести мое собственное, которое, бог тому свидетель, я охотно уступила бы, если бы могла, тебе: ты ведь такой выносливый!» Король, до тех пор медлительный и ленивый, точно пробудился от сна и, начав с обиды, учиненной той женщине, за которую строго наказал, стал с тех пор и впредь сурово преследовать всех, что-либо учинявших противное чести его венца.

## Новелла десятая

**Маэстро Альберта из Болоньи учтиво стыдит одну женщину, желавшую его пристыдить его любовью к ней.**

Елиза умолкла; обязательство последнего рассказа оставалось за королевой, которая с женственной грацией начала говорить: – Достойные девушки, как в ясные ночи звезды – украшение неба, а весною цветы – краса зеленых полей, так добрые нравы и веселую беседу красят острые слова. По своей краткости они гораздо более приличествуют женщинам, чем мужчинам, потому что много и долго говорить, когда без того можно обойтись, менее пристойно женщинам, чем мужчинам, хотя теперь мало или вовсе не осталось женщин, которые понимали бы тонкую остроту или, поняв ее, сумели бы на нее ответить – к общему стыду нашему, да и всех живущих. Потому что ту умелость, которая отличала дух прежних женщин, нынешние обратили на украшение тела, и та, на которой платье пестрее и больше на нем полос и украшений, полагает, что ее следует и считать выше и почитать более других, не помышляя о том, что если бы нашелся кто-нибудь, кто бы все это навьючил или навесил на осла, осел мог бы снести гораздо большую ношу, чем любая из них, и что за это его сочли бы не более, как все тем же ослом. Стыдно говорить мне это, потому что не могу я сказать про других, чего бы не сказала против себя: так разукрашенные, подкрашенные, пестро одетые, они стоят словно мраморные статуи, немые и бесчувственные, и так отвечают, когда их спросят, что лучше было бы, если бы они промолчали; а они уверяют себя, что их неумение вести беседу в обществе женщин и достойных мужчин исходит от чистоты духа, и свою глупость называют скромностью, как будто та женщина и честна, которая говорит лишь со служанкой или прачкой или своей булочницей; ведь если бы природа того хотела, как они в том уверяют себя, другим бы способом ограничила их болтливость. Правда, и в этом деле, как в других, надо брать в расчет время, и место, и лицо, с кем говоришь, ибо иногда случается, что женщина и мужчина думают острым словцом заставить покраснеть кого-нибудь, но не соразмерят хорошенько свои силы с силами другого и ощущают, что та краска стыда, которую они хотели навести на него, обращается на них самих. И вот для того, чтобы мы умели остеречься, и еще затем, чтобы на вас не оправдалась всюду ходящая пословица, что женщинам во всяком деле достается худшее, я желаю поучить вас последней из новелл этого дня, которую мне предстоит рассказать, дабы как благородством духа вы выделяетесь от других, так показали бы себя отличными и превосходством манер.

Не много лет прошло, как в Болонье жил, а может быть, еще и живет, знаменитейший и почти во всем свете славный медик, по имени маэстро Альберто. Уже старик под семьдесят лет, он обладал столь благородным духом, что, хотя естественный жар почти покинул его тело, он не избегал любовного пламени и, увидев на одном празднике красавицу вдову, по имени, как говорят, Мальгерита де Гизольери, сильно ему понравившуюся, воспринял это пламя в свою матерую грудь, как бы то сделал юноша; и ему казалось, что он не уснет покойно ночью, коли в предшествовавший день не поглядит на прелестное и нежное личико красавицы. По этой причине он постоянно показывался то пешком, то верхом, смотря по тому, как приходилось, перед домом той дамы, так что и она и многие другие догадались о причине его появлений и часто шутили промеж себя, что человек столь зрелый годами и умом – влюбился; точно они полагали, что прелестнейшая страсть любви содержится и обитает лишь в неразумных юношеских душах, а не в других. Когда маэстро Альберто продолжал являться, случилось однажды в праздник, что та дама, а с нею много других сидели перед дверью ее дома, и когда они увидели издали направлявшегося к ним маэстро Альберто, все вместе решили просить его к себе и оказать ему почет, а затем поглумиться над его страстью. Так и сделали; ибо, встав и пригласив его, повели его на прохладный двор, куда велели принести тонких вин и лакомств, а под конец в приятной и игривой форме задали ему вопрос: как могло статься, что он воспылал любовью к этой красавице, зная, что в нее влюблены многие красивые, благородные, прекрасные юноши? Поняв тонкий укор, маэстро отвечал с веселым видом: «Что я люблю, мадонна, не должно удивлять человека мудрого: особливо, что я люблю вас, ибо вы того стоите. И хотя у стариков, естественно, недостает сил, потребных для упражнения в любви, вместе с тем не отнято у них ни желание, ни понимание того, что значит быть любимым; а это они, естественно, тем более понимают, что у них н разумения больше, чем у юношей. А надежда, побуждающая меня любить вас, мадонна, любимую столькими молодыми людьми, в следующем: я много раз видел, как, вечеряя, женщины ели лупины и порей; и хотя в порее ни одна часть не вкусна, менее дурна и приятнее на вкус его головка, вы все вообще, побуждаемые развращенным аппетитом, ее-то и держите в руках, а едите листья, не только ни к чему не годные, но и неприятные на вкус. Почем я знаю, мадонна, что, и выбирая ухаживателей, вы не поступаете таким же образом? Если так, я был бы избран вами, а другие отвергнуты». Дама, устыдившись немного, подобно другим, сказала: «Маэстро, вы очень хорошо и мило проучили нас за наше надменное намерение, во всяком случае, ваша любовь дорога мне, как должна быть дорога любовь столь мудрого и достойного человека; потому свободно располагайте мною, как своею собственностью, лишь бы соблюдена была моя честь». Поднявшись вместе со своими спутниками, маэстро, весело и смеясь, простился с дамой и ушел. Так, не разобрав, над кем подшучивает, она, рассчитывавшая на победу, сама оказалась побежденной; от этого вы отлично убережетесь, коли будете благоразумны.

Уже солнце склонялось к вечеру и жар значительно спал, когда рассказы юных дам и трех юношей пришли к концу. Потому королева сказала шутливо: «Теперь, дорогие подруги, мне ничего не остается сделать в этот день моего правления, как только дать вам новую королеву, и пусть она по своему усмотрению устроит на следующий день свою и нашу жизнь в целях пристойного развлечения. Казалось бы, что дню еще далеко до ночи, но так как тот, кто не распорядится заблаговременно, не может устроить хорошо будущее, и затем, дабы можно было приготовить все, что новая королева найдет нужным назавтра, я решаю, чтобы следующие дни начинались с этого часа. Поэтому, во имя того, кем все живет, и в наше утешение пусть нашим царством руководит на следующий день юная и разумная Филомена». Так сказав и поднявшись, она сняла с себя лавровый венок и, почтительно возложив его на Филомену, первая преклонилась перед ней, как перед королевой, за нею все другие, равно как и юноши, предоставляя себя ее власти. Филомена, несколько покрасневшая от стыдливости, когда увидела себя венчанной на царство, вспомнила недавние речи Пампинеи и, чтобы не показаться простушкой, ободрившись, во-первых, утвердила в должностях всех назначенных Пампинеей, распорядилась тем, что следовало приготовить на следующее утро и к будущему ужину, на том же месте, где они пребывали, а затем начала держать такую речь: «Дорогие подруги, хотя Пампинея, более по своей любезности чем за мое достоинство назначила меня вашей королевой, я тем не менее не расположена в устроении нашего образа жизни следовать только моему мнению, но вместе с моим – и вашему; а для того, чтобы вы знали, что, по-моему, следует сделать, и могли бы впоследствии по вашему усмотрению прибавить что-либо или умалить, я намерена разъяснить вам это в нескольких словах. Если я хорошо пригляделась сегодня к распоряжениям Пампинеи, они показались мне в одно и то же время достойными хвалы и ведшими к удовольствию; поэтому, пока они, вследствие частого повторения или по другой причине, не прискучат, я не считаю нужным отменять их. Итак, распорядившись тем, что мы уже начали приводить в исполнение, встанем и, весело погуляв, когда солнце пойдет на закат, поужинаем на холодке, а там, после нескольких песенок и других развлечений, хорошо будет и пойти спать. Завтра, поднявшись пока прохладно, также пойдем повеселиться куда-нибудь, чем кому по нраву; и как сделали сегодня, вернемся в урочный час к обеду: попляшем и, встав от сна, как сегодня, вернемся сюда для рассказов, в которых, по моему мнению, и заключается наибольшее удовольствие, а в то же время и польза. Правда, я хочу начать нечто, чего Пампинея не могла сделать, будучи поздно избранной к правлению: хочу ограничить некоторым пределом то, о чем мы станем рассказывать, и объявлять вам о том наперед, дабы у каждого было время придумать какую-нибудь хорошенькую новеллу на данный сюжет. Если вам это приглянется, то он будет таков: так как с начала мира люди бывали увлекаемы разными случайностями судьбы и будут увлекаемы до конца, то пусть каждый расскажет о тех, кто после разных превратностей и сверх всякого ожидания достиг благополучной цели». Женщины и мужчины равно одобрили такой порядок и сказали, что будут ему следовать. Один лишь Дионео заявил, когда все остальные уже умолкли: «Мадонна, как все другие сказали, так скажу и я, что порядок, вами указанный, чрезвычайно хорош и достоин похвалы; но от вашей особой милости я прошу дара, который пусть будет утвержден за мной, пока будет состоять это общество; и дар этот следующий: чтобы это постановление не обязывало меня сказывать новеллу на данный сюжет, если я того не захочу, и я мог бы рассказать, какую мне заблагорассудится. А дабы никто не подумал, что я прошу этой милости, как человек, у которого рассказов нет в запасе, я готов быть всегда последним из сказывающих». Королева, знавшая его за забавного и веселого человека и отлично понявшая, что он просит того единственно с целью развеселить общество, если б оно устало от рассуждений, какой-нибудь смехотворной новеллой, весело и при общем согласии даровала ему эту милость. Поднявшись, все тихими шагами направились к потоку, светлые воды которого спускались с пригорка в долину, тенистую от множества деревьев, среди диких камней и зеленой травы. Здесь, разувшись и оголив руки и бродя в волнах, дамы затеяли промеж себя разные забавы. Когда приблизился час ужина, вернулись в палаццо, где поужинали с удовольствием. После ужина, когда принесли музыкальные инструменты, королева приказала завести танец, и чтобы вела его Лауретта, а Емилия спела канцону, сопровождаемая на лютне Дионео. Согласно этому приказу, Лауретта тотчас же начала и повела танец, а Емилия любовно запела следующую канцону:

*Я от красы моей в таком очарованье,*
*Что мне другой любви не нужно никогда*
*И вряд ли явится найти ее желанье.*
*Когда смотрюсь в себя, я в прелестях моих*
*То благо нахожу, что дух наш услаждает,*
*И новый случай ли, мысль старая ль – но их,*
*Утех столь сладостных, ничто не прогоняет.*
*И в мире, знаю я, мой взор не повстречает*
*Такого чудного предмета никогда,*
*Чтоб в душу новое мне влил очарованье.*
*В какой бы час себя ни пожелала я*
*Утешить благом тем, – оно навстречу зова*
*Спешит немедленно, – и тут душа моя*
*Вся наслаждения исполнена такого,*
*Что выразить его ничье не может слово,*
*И не поймет его тот смертный никогда,*
*Кто сам не испытал того очарованья.*
*А я, которая сгораю тем сильней,*
*Чем более на нем свои покою взгляды, –*
*Вкушая уж теперь высокие услады,*
*Что мне сулит оно, – и в будущем отрады*
*Еще я большей жду, с какою никогда*
*Сравниться не могло б ничье очарованье.*

Когда кончилась плясовая песня, которой все весело подпевали, хотя кое-кого она заставила и задуматься над ее словами, проплясали еще несколько мелких танцев. Уже прошла часть короткой ночи, и королеве угодно было положить конец первому дню; велев зажечь факелы, она приказала всем пойти отдохнуть до следующего утра, что все и сделали, вернувшись каждый в свой покой.

# ДЕНЬ ВТОРОЙ

Кончен первый день Декамерона, начинается второй, в который, под руководством Филомены рассуждают о тех, кто после разных превратностей и сверх всякого ожидания достиг благополучной цели.

Уже солнце повсюду разлило своим светом новый день и птицы, распевая веселые песни на зеленых ветках, свидетельствовали о том во всеуслышание, когда дамы и трое юношей встали и пошли в сад, где, тихо ступая по росистой траве и плетя красивые венки из цветов, долгое время гуляли из одной стороны в другую. И как в прошедший день, так поступили и теперь закусив, пока еще было прохладно, и занявшись пляской, они пошли отдохнуть, затем, встав в девятом часу, отправились, по усмотрению королевы, на свежий лужок и расселись вокруг нее. Она, красивая и привлекательная, с лавровым венком на голове, постояв в раздумье и окинув взором все общество, приказала Неифиле положить начало будущим рассказам. Та, без всяких оговорок, весело начала так рассказывать.

## Новелла первая

**Мартеллино, притворясь калекой, делает вид, что излечен мощами святого Арриго; когда его обман обнаружен, его бьют и хватают, и он в опасности быть повешенным, но в конце спасается.**

Часто случалось, дорогие дамы, что тот, кто пытался издеваться над другими, особливо над предметами, достойными уважения, оставался при своих шутках, иногда и к своему вреду. Вот почему, повинуясь велению королевы и дабы начать моей новеллой рассказы на поставленный ею вопрос, я намерена передать вам то, что приключилось с одним нашим согражданином, вначале несчастное, а потом, вне всякого его ожидания, и очень счастливое.

Недавно тому назад жил в Тревизо немец, по имени Арриго, который, будучи бедняком, носил тяжести по найму всем, кому требовалось; при всем том он считался человеком честным и святой жизни. По этой причине (правда ли, нет ли) случилось, что, когда он умер, в самый час его кончины, как утверждают тревизцы, все колокола главной церкви Тревизо, без чьего-либо прикосновения, принялись трезвонить. Приняв это за чудо, все стали говорить, что Арриго – святой, и когда народ со всего города сбежался к дому, где лежало его тело, понесли его, точно святые мощи, в главную церковь, куда стали приводить хромых, увечных, слепых и всех, пораженных какою-нибудь болезнью и недостатком, как будто всем надлежало исцелиться от одного прикосновения к этому телу.

Случилось, что во время этой суматохи и народного движения в Тревизо прибыло трое наших сограждан, из которых одного звали Стекки, второго Мартеллино, третьего Маркезе: люди, посещавшие дворы синьоров и потешавшие зрителей своими гримасами и необычным уменьем передразнивать всякого. Они, дотоле не бывавшие там никогда, удивились, увидя всех в суматохе, и, услышав тому причину, сами пожелали пойти и посмотреть. Оставили свои вещи в гостинице, а Маркезе и говорит: «Пойдем-ка поглядим на этого святого, только мне невдомек, как мы туда доберемся, ибо я слышал, что площадь полна немцев и другого вооруженного люда, которых туда поставил синьор этого города, чтобы не было беспорядков. Кроме того, и церковь, говорят, так набита народом, что никому больше не войти». Тогда Мартеллино, желавший на все это посмотреть, сказал: «За этим дело не станет, я уж найду средство добраться до святого тела». – «Каким образом?» – спросил Маркезе. Мартеллино отвечал: «Я расскажу тебе как: я прикинусь калекой, а ты с одной стороны, Стекки – с другой – пойдете, поддерживая меня, как будто я сам по себе не в состоянии идти, и представитесь, что хотите вести меня туда, дабы тот святой исцелил меня; не будет никого, кто бы, увидев нас, не уступил нам места и не дал пройти». Маркезе и Стекки одобрили этот способ; не мешкая долго, они вышли из гостиницы и отправились втроем в уединенное место, где Мартеллино так скривил себе кисти и пальцы, руки и ноги, а к тому же и рот, глаза и все лицо, что казался страшилищем, и не было никого, кто бы, увидев его, не признал в нем человека, в самом деле искалеченного и разбитого.

Взявши его так изуродованного, Маркезе и Стекки направились к церкви, приняв благочестивый вид, смиренно и бога ради прося каждого встречного дать им дорогу, чего добивались легко; в скором времени, обращая на себя внимание всех и при общих криках: «Посторонись, посторонись!», они добрались до места, где положено было тело святого Арриго. Несколько дворян, стоявших вокруг, быстро схватили Мартеллино и возложили его на тело, дабы таким образом он удостоился благодати здравия. В то время как все внимательно смотрели, что станется с Мартеллино, он, погодив немного, принялся (а умел он это делать превосходно) показывать, будто разжимает один палец, потом кисть руки, потом всю руку и таким образом выпрямился весь. Увидев это, народ так завопил во хвалу святого Арриго, что и грома не было бы слышно.

Стоял там случайно поблизости один флорентинец, очень хорошо знавший Мартеллино, но не признавший его, когда его привели так изуродованного; теперь, увидев его выпрямленного и признав его, он вдруг захохотал и сказал: «Убей его бог! Кто бы поверил, увидев, каким он пришел, что он в самом деле не калека?» Услышали эти слова некоторые тревизцы и тотчас же спросили: «Как так? Разве он не был калекой?» На это флорентинец отвечал «Да нет же, ей-богу, он всегда был таким же прямым, как всякий из нас, только, как вы могли убедиться сами, он лучше всякого другого владеет умением принимать такой вид, какой ему вздумается». Как только они услышали это, большего не ждали, бросились напором вперед и принялись кричать: «Взять этого предателя, что глумится над богом и святыми и, не будучи параличным, явился сюда в образе расслабленного, чтобы насмеяться над нашим святым и над нами». Так говоря, они взяли его и стащили с места, где он был; схватив его за волосы и сорвав с него одежду, они принялись бить его кулаками и ногами; тот не счел бы себя мужчиной, кто бы не поспешил к нему за тем же делом. Мартеллино кричал: «Помилосердуйте, ради бога!» – и, насколько мог, отбивался; но это не помогало: толпа становилась вокруг него все больше и больше. Увидев это, Стекки и Маркезе стали говорить про себя, что дело плохо, но, боясь за самих себя, не решались помочь ему; напротив, вместе с другими кричали, что его следует убить, а тем не менее держали на уме, как бы извлечь его из рук народа, который наверно бы умертвил его, если бы не уловка, к которой внезапно прибегнул Маркезе. Отправившись, как только мог поспешнее, к стоявшей там страже синьории и обратившись к тому, кто был на месте подесты, он сказал: «Помогите, ради бога! Какой-то мошенник отрезал у меня кошелек с сотней золотых флоринов; велите схватить его, пожалуйста, чтобы мне вернуть мое». Услышав это, двенадцать служилых людей тотчас же побежали туда, где бедного Мартеллино чесали без гребня, и, пробившись сквозь толпу с величайшими в мире усилиями, вырвали его из рук толпы, всего изломанного и истоптанного, и повели в ратушу. Сюда последовали за ним многие, считавшие себя осмеянными им, и, услышав, что он схвачен как воришка, также принялись показывать, что он и у них отрезал кошелек, так как они не находили другого, более подходящего предлога, чтобы насолить ему. Выслушав это, судья подесты, человек суровый, немедленно отведя Мартеллино в сторону, принялся его о том допрашивать, но Мартеллино отвечал шутками, как будто ни во что не ставил этот арест. Рассерженный этим, судья велел привязать его к дыбе и дать несколько хороших ударов, чтобы заставить его признаться в том, в чем те его обвиняли, а затем повесить. Когда Мартеллино снова спустили на землю и судья спросил его, правда ли то, что показывают на него те люди, Мартеллино, видя, что отнекивание ни к чему не поведет, сказал: «Господин мой, я готов открыть вам правду, но пусть каждый из обвиняющих объявит, когда и где я отрезал у него кошелек, а я вам скажу, что я сделал и что нет», – «Хорошо», – отвечал судья и велел позвать нескольких; из них один говорил, что Мартеллино отрезал у него кошелек неделю тому назад, другой, что за шесть дней, третий за четыре, а иные показали, что в тот же самый день. Услышав это, Мартеллино сказал: «Господин мой, все они нагло лгут, а что я говорю правду, тому я могу привести доказательство; пусть бы мне никогда не бывать в этом городе, если я когда-либо вступал в него прежде, чем теперь, недавно тому назад! И как только я прибыл, пошел посмотреть на святое тело; тут меня и отделали, как видите Что это истина, это вам могут подтвердить чиновник синьории, к которому предъявляются приезжие, его книга и, наконец, мой хозяин. Потому, если все окажется так, как я вам сказал, то соблаговолите не мучить и не изводить меня по просьбе этих негодяев».

Пока дело так обстояло, Маркезе и Стекки, услышав, что судья строго взялся за следствие и уже привязал Мартеллино к дыбе, перепугались сильно и говорили промеж себя: «Плохое дело мы учинили, со сковороды его стащили, а в огонь бросили!» Потому, принявшись усердно искать повсюду своего хозяина и найдя его, они объяснили ему все дело. Тот, рассмеявшись, повел их к Сандро Аголанти, жившему в Тревизо и бывшему в большой чести у синьора; рассказав ему все по порядку, он вместе с ними попросил его заняться делом Мартеллино. Сандро, вдоволь нахохотавшись, отправился к синьору и попросил послать за Мартеллино, что и было сделано. Те, что отправились за ним, нашли его в одной сорочке перед судьей совсем растерянного и сильно испуганного, потому что судья не хотел слышать никакого его извинения, напротив, питая некоторую нелюбовь к флорентийцам, был расположен повесить его и никоим образом не желал отдать его синьору, пока не принужден был сделать это против воли. Когда Мартеллино предстал перед синьором, он все рассказал ему по ряду и попросил его, за место всякой другой милости, отпустить его, потому что, пока он не будет во Флоренции, ему все будет чудиться петля на шее. Синьор много смеялся над этим приключением, подарил им по платью на человека, и все, втроем, избегнув, против ожидания, столь великой опасности, вернулись подобру-поздорову, восвояси.

# Новелла вторая

**Ринальдо д'Асти, будучи ограблен, является в Кастель Гвильельмо, где находит приют у одной вдовы и, вознагражденный за свои протори, возвращается домой здрав и невредим.**

Дамы без удержа смеялись над приключениями Мартеллино, о которых рассказала Неифила, а из юношей особенно смеялся Филострато, которому, как раз сидевшему рядом с Неифилой, королева и приказала продолжать сказывать. Нимало не медля, он так начал: – Прекрасные дамы, мне напрашивается на рассказ новелла о вещах святых, смешанных отчасти с бедственными и любовными, – новелла, которую, быть может, будет небесполезно выслушать, особенно тем, которые странствуют по небезопасным юдолям любви, где часто случается, что кто не прочел молитвы св. Юлиану, находит плохой приют и при удобной постели.

Итак, во времена маркиза Аццо Феррарского один купец, по имени Ринальдо д'Асти, прибыл по своим делам в Болонью Случилось, что, когда, устроив их и на пути домой, он выехал из Феррары, направляясь в Верону, он встретился с какими-то людьми, которые походили на купцов, а были разбойники и негодяи; он неосмотрительно вступил с ними в разговор и присоседился к ним. Те, увидев, что он купец, и полагая, что при нем деньги, решились его ограбить, лишь только представится время, а дабы у него не явилось подозрение, они, точно скромные и порядочные люди, беседовали с ним о вещах приличных и честных, показывая себя по отношению к нему, насколько могли и умели, обходительными и покорными, так что он счел большой удачей, что встретил их, потому что был один с своим верховым слугой.

Так путешествуя, переходя, как часто бывает в разговорах, от одного к другому, они напали на вопрос о молитвах, с которыми люди обращаются к богу; один из разбойников, – а их было трое, – и говорит Ринальдо: «А ты, почтенный человек, какую молитву привык творить в пути?» Ринальдо отвечал: «По правде, в такого рода делах я простоват и груб, мало знаю молитв, живу по старине и считаю два сольда за двадцать четыре динара, тем не менее у меня было всегда обыкновение сказывать во время путешествия по утрам, выезжая из гостиницы, „отче наш“ и

„богородицу“ за упокой отца и матери св. Юлиана, а затем уже молить бога и святого, чтобы на следующую ночь они доставили мне хороший ночлег. Часто в моей жизни бывал я, путешествуя, в больших опасностях, избежав которые я все же попадал на ночь в хорошее место и на добрый ночлег; потому я твердо убежден, что св. Юлиан, в честь которого я творю эти молитвы, выпросил мне эту милость у бога; и мне кажется, что и путь будет неудачен и на ночь я неудачно пристану, если эту молитву не скажу утром». – «А сегодня утром сказывал ты ее?» – спросил его тот, кто обратился к нему. Ринальдо отвечал: «Разумеется». Тогда тот, уже знавший, как может повернуться дело, сказал про себя: «Тебе она еще понадобится, потому что, если только у нас не будет неудачи, ты, сдается мне, попадешь на дурной ночлег». После того он сказал ему: «Я также много странствовал и никогда не сказывал той молитвы, хотя многие, слышал я, очень одобряли ее, и никогда еще не случалось, чтобы я, несмотря на то, попадал на дурной ночлег, а сегодня вечером ты, может быть, сам убедишься, кто из нас лучше приютится: ты ли, прочтя молитву, или я, ее не сказавши. Правда, я употребляю вместо нее другие: „Dirupisti, или „Intemerata“, либо „De profundis“, молитвы, оказывающие большую помощь, как говаривала моя бабушка“. Когда, беседуя таким образом о разных вещах, они продолжали путь, а те выжидали время и место для исполнения своего злого умысла, случилось, уже поздно, что по ту сторону Кастель Гвильельмо, при переправе через одну реку, те трое, рассчитав, что час не ранний и место уединенное и закрытое, напали на него, ограбили и, оставив его пешим и в одной сорочке, удаляясь, сказали: „Ступай и погляди, доставит ли тебе твой св. Юлиан хороший приют в эту ночь, а наш доставит его нам наверно“. Переправившись за реку, они удалились. Служитель Ринальдо, увидев, что на него напали, будучи трусом, ничего не сделал, чтобы помочь ему, а повернув своего коня, погнал его, пока не прибыл в Кастель Гвильельмо, куда приехал вечером, и заночевал, не заботясь об остальном. Ринальдо, оставшись в одной рубашке и босым, при сильном холоде и не прекращавшемся снеге, не знал, что ему делать; заметя, что уже наступила ночь, он, дрожа и стуча зубами, начал озираться, не увидит ли какого-нибудь пристанища, где бы он мог провести ночь, не умерев от стужи. Не видя ничего (ибо во время воины, незадолго перед тем бывшей в том крае, все было выжжено), побуждаемый холодом, он бегом направился в Кастель Гвильельмо, не зная, однакож, туда или в другое место убежал его слуга, и полагая, что, если он туда доберется, господь пошлет ему какую-нибудь помощь. Но темная ночь застигла его почти в одной миле от замка, потому он прибыл туда так поздно, что ворота уже были заперты, мосты подняты, и ему нельзя было войти. Печальный и неутешный, он со слезами озирался, где бы приютиться, чтобы на него по крайней мере не падал снег; случайно он увидел дом, несколько выступавший вперед за стену местечка, и решил пойти под этот уступ и пробыть там до рассвета. Отправившись туда, он нашел под выступом дверь, хотя и запертую, внизу которой, унылый и грустный, он и расположился на соломе, подобранной по соседству, беспрестанно сетуя на св. Юлиана и говоря, что не того он заслужил своей в него верой. Но св. Юлиан имел о нем попечение и, недолго медля, приготовил ему хороший приют. Жила в том замке вдова, красавица собою, каких немного, которую маркиз Аццо любил пуще жизни и держал здесь для своей надобности; жила вышереченная дама в том самом доме, под выступ которого пошел укрыться Ринальдо. Случилось, что за день перед тем приехал маркиз, чтобы провести ночь с вдовою, тайно распорядился приготовить себе в ее доме ванну и хороший ужин, но когда все было готово и вдова ожидала лишь прихода маркиза, явился к воротам замка служитель и принес маркизу известия, вследствие которых ему пришлось внезапно уехать. Поэтому, послав сказать даме, чтобы она не ждала его, он тотчас же отправился в путь; она, немного расстроенная, не зная, что делать, решила сама принять ванну, приготовленную для маркиза, а затем поужинать и лечь спать. Так она и села в ванну; а ванна была по соседству с дверью, у которой приютился с внешней стороны местечка бедный Ринальдо; потому, сидя в ванне, дама слышала, как он плакал и щелкал зубами, точно цапля; позвав свою прислужницу, она сказала ей: „Пойди наверх и посмотри, кто там за стеною у порога двери, кто он такой и что делает". Прислужница отправилась и, так как воздух был прозрачен, увидела Ринальдо, сидевшего, как сказано, в одной рубашке и без обуви и сильно дрожавшего. Она спросила его, кто он такой. Ринальдо, едва связывая слова от сильной дрожи, сказал ей, насколько мог кратко, кто он и как и почему он здесь, а затем принялся жалобно просить ее, чтобы она, по возможности, не дала ему умереть здесь ночью от холода. Растроганная этим, служанка вернулась к своей госпоже и все ей рассказала. Та, одинаково ощутив к нему жалость, вспомнила, что у ней есть ключ от той двери, иногда служившей для тайных посещений маркиза, и сказала: „Пойди и потихоньку отопри ему; вот и ужин, которого и есть некому, а приютить его места довольно“. Много похвалив госпожу за такое человеколюбие, служанка пошла, отворила Ринальдо, и, когда впустила его, дама, увидев его почти окоченевшим, сказала: „Полезай-ка, друг, в эту ванну, она еще не остыла“. Не ожидая дальнейших приглашений, он охотно это сделал, и когда тепло подкрепило его, ему показалось, будто он снова от смерти вернулся к жизни. Дама велела приготовить ему платье, бывшее ее мужа, незадолго перед тем умершего, и когда он надел его, оно оказалось будто сшитым по нем; в ожидании распоряжений хозяйки он принялся благодарить бога и св. Юлиана, избавивших его от недоброй ночи, которую он себе чаял, и приведших его к хорошему, как ему мнилось, пристанищу.

Когда хозяйка немного отдохнула, приказала развести большой огонь в одной горнице и, пройдя туда, спросила, как тому человеку можется. Служанка на это ответила: «Мадонна, он оделся, красивый мужчина и, кажется, хороший, благовоспитанный человек» – «Пойди-ка позови его, – говорит хозяйка, – скажи, чтобы пришел сюда погреться у огня, он и поужинает, ибо я знаю, что он не ужинал». Войдя в горницу и увидав даму, которая показалась ему из знатных, он почтительно приветствовал ее, воздав ей какую мог больше благодарность за оказанное ему благодеяние. Увидев и выслушав его и убедясь, что он действительно таков, как говорила ей служанка, дама весело приняла его, запросто посадила с собою у огня и расспросила о приключении, приведшем его сюда. Ринальдо рассказал ей все по ряду; дама уже слышала кое-что о том, когда слуга Ринальдо прибыл в замок, и потому, вполне поверив всему, что он ей рассказал, сообщила ему, что знала о его служителе и что на следующее утро ему легко будет разыскать его. Когда накрыли на стол, Ринальдо, по желанию хозяйки, совершив омовение рук, сел с нею вместе за ужин. Он был высокого роста, с красивым, приятным лицом и хорошими, изящными манерами, средней молодости; хозяйка, несколько раз окинув его глазами, очень его одобрила, и он запал ей на ум, так как ожидание маркиза на ночлег разбудило в ней похотливое чувство. После ужина, когда они встали из-за стола, она посоветовалась с своей служанкой, одобрит ли она ее, если, будучи обманутой маркизом, она воспользуется добром, которое судьба послала ей навстречу. Поняв желание своей госпожи, служанка, как могла и умела, убедила ее последовать ему; поэтому, вернувшись к камину, где она оставила Ринальдо, хозяйка стала смотреть на него любовно и сказала. «О чем вы так задумались, Ринальдо? Не о том ли, что вам не вернуть коня и кое-какого потерянного платья? Утешьтесь, будьте веселы: вы здесь как дома; скажу вам более: когда я увидела вас в этой одежде, бывшей моего покойного мужа, и мне показалось, что это – он, у меня сто раз являлось этим вечером желание обнять и поцеловать вас; и если бы не боязнь, что это вам не понравится, я наверно так бы и сделала». Услышав такие речи и видя блеск в глазах хозяйки, Ринальдо, как не дурак, подойдя к ней с распростертыми объятиями, сказал: «Мадонна, как подумаю я, что лишь благодаря вам я буду и впредь считать себя в числе живых, и представлю себе, от чего вы меня избавили, было бы недостойным с моей стороны, если б я не потщился сделать все, что вам по вкусу; потому, удовлетворите вашему желанию обнять и поцеловать меня, а я обниму и поцелую вас более, чем охотно». Нужды в словах более не представилось. Хозяйка, вся горевшая любовным желанием, тотчас же бросилась в его объятия; когда, страстно прижавшись к нему, она тысячу раз поцеловала и столько же получила поцелуев, выйдя оттуда, они вместе отправились в покой, тотчас же легли и, прежде чем наступил день, много раз утолили свою страсть. Когда же начала заниматься заря, они, по желанию хозяйки, поднялись, а дабы про это дело кто-нибудь не проведал, она дала Ринальдо кое-какое дрянное платье, набила деньгами его кошелек и, попросив его держать все в тайне и показав наперед, каким путем ему можно пойти, чтобы разыскать своего слугу, выпустила его через ту же калитку, в которую он вошел. Когда рассвело, он, будто придя издалека, вступил в замок, ворота которого были отворены, и нашел своего служителя; когда он переоделся в свое платье, бывшее в чемодане, и уже готовился сесть на коня слуги, случилось каким-то чудом, что три разбойника, ограбившие его накануне вечером и схваченные вскоре после того за другое содеянное ими преступление, были приведены в замок; по их сознании ему вернули его коня, платье и деньги, так что он ничего не потерял, кроме пары подвязок, о которых грабители не знали, куда их девали. Поэтому, возблагодарив бога и св. Юлиана, Ринальдо сел на коня и подобру-поздорову вернулся восвояси; а три разбойника отправились на другой день давать пинка ветру.

## Новелла третья

**Трое юношей, безрассудно растратив свое состояние, обеднели; их племянник, возвращаясь домой в отчаянии, знакомится на пути с аббатом и открывает в нем дочь английского короля, которая выходит за него замуж, а он, возместив дядьям все их убытки, возвращает их в прежнее положение.**

Приключения Ринальдо д'Асти выслушаны были дамами с удивлением, похвалена его набожность и возданы хвалы господу и св. Юлиану, помогшим ему в его крайней беде. И хотя о том и говорили наполовину втихомолку, не сочли несмышленой и женщину, которая сумела воспользоваться добром, посланным ей в дом богом. Пока, усмехаясь, они рассуждали о прекрасной ночи, ею проведенной, Пампинея, сидевшая рядом с Филострато, догадавшись (как то и оказалось), что очередь дошла до нее, и сосредоточившись, принялась размышлять о том, что ей рассказать, и по приказу королевы весело и смело начала так: – Достойные дамы, чем более говорят о случайностях фортуны, тем более остается рассказать о них, если внимательно присмотреться к ее ходу. И этому никто не должен удивляться, если разумно сообразит, что все, что мы по безрассудству зовем своим, находится в ее руках и что, стало быть, она по своему тайному решению беспрерывно передает все из одних рук в другие и из тех в эти, в порядке, нам неведомом. Хотя это очевидно и на всем оправдывается каждый день и уже доказано было в некоторых из предыдущих новелл, тем не менее, так как королеве заблагорассудилось, чтобы о том рассуждали, я присоединю к рассказанным, может быть, не без некоторой пользы для слушателей, и свою новеллу, которая, полагаю, вам понравится.

Был когда-то в нашем городе именитый человек, по имени Тедальдо, из рода, как полагают некоторые, Ламберти; другие утверждают, что он был из рода Аголанти, основываясь, быть может, скорее на ремесле, которым занимались впоследствии его сыновья, чем на чем ином, и сообразуясь с тем, чем Аголанти всегда занимались и еще занимаются. Но, оставив вопрос о том, к какому из двух родов он принадлежал, скажу, что в свое время Тедальдо был богатейшим человеком и что у него были три сына первый по имени Ламберто, второй Тедальдо, третий Аголанте, красивые и стройные юноши, хотя старший не достиг восемнадцатилетнего возраста, когда скончался богатейший мессер Тедальдо, оставив им, как своим законным наследникам, все свое движимое и недвижимое имущество. Очутившись богатыми людьми, с деньгами и поместьями, они принялись необузданно и без удержа мотать, руководясь исключительно своими желаниями: держали множество слуг, много дорогих коней, собак и птиц, жили открыто, тратясь на подарки и турниры, делая не только все то, что пристало благородным людям, но и что им, как юношам, могло взбрести на ум. Недолго вели они такую жизнь, как казна, оставленная им отцом, стала убывать, и, так как на их обычные траты не хватало одних доходов, они принялись продавать и закладывать свои имения; продавая сегодня одно, завтра другое, они и не заметили, как остались почти ни при чем, и нищета открыла им глаза, которые богатство держало замкнутыми. Поэтому, позвав однажды обоих братьев, Ламберто сказал им, каково было почетное положение их отца и каково их собственное, каково его богатство и бедность, до которой они дошли, беспутно мотая. И он убедил их, как только мог лучше, прежде чем объявится их нищета, продать то немногое, что у них осталось, и вместе уехать. Так они и сделали и, ни с кем не простившись, без огласки оставив Флоренцию, не останавливаясь нигде, отправились в Англию. Здесь наняли в Лондоне небольшой домик, ограничив свои расходы, и рьяно принялись за ростовщичество; и так благоприятствовала им судьба, что в течение немногих лет они накопили большую сумму денег. Поэтому, вернувшись с ними во Флоренцию, один за другим, они выкупили большую часть своих поместий; кроме того, купили и другие, женились и, продолжая свое прежнее занятие в Англии, послали туда заведовать своим делом племянника, по имени Алессандро, а сами, забыв, до чего довели их прежде беспорядочные траты и несмотря на то, что обзавелись семьями, стали мотать пуще прежнего, пользуясь у всех купцов полным кредитом на любую значительную сумму денег. Покрывать эти траты помогали им в течение нескольких лет деньги, доставлявшиеся Алессандро, который принялся отдавать деньги в рост баронам под залог их замков и других доходов, что приносило ему большую выгоду. Пока три брата жили так широко, а при недостаче денег занимали их, возлагая твердую надежду на Англию, случилось, против общего ожидания, что в Англии возникла война между королем и его сыном, почему весь остров разделился на партии, кто стоял за одного, кто за другого, вследствие чего все замки баронов были отобраны у Алессандро и не стало других доходов, которые могли бы его обеспечить. Надеясь со дня на день, что между сыном и отцом произойдет перемирие и что ему вернут все – и капитал и рост, Алессандро не покидал острова, а братья жили во Флоренции, ничем не ограничивая своих громадных трат, занимая с каждым днем более. Но так как в течение нескольких лет надежды не оправдывались событиями, три брата не только потеряли кредит, но и были внезапно схвачены, так как заимодавцы желали быть удовлетворены, имения их были недостаточны для уплаты, за недочет они сами остались в тюрьме, а их жены и малые дети отправились в деревню, кто сюда, кто туда, обнищалые, не зная, чего иного им и ожидать, кроме вечной нищеты.

Алессандро, много лет поджидавший в Англии мира, видя, что он не настает, и рассчитав, что оставаться ему столь же опасно для жизни, как и напрасно, решился вернуться в Италию и в одиночку отправился в путь. При выезде из Брюгге он случайно увидел бенедиктинского аббата, также выезжавшего оттуда в сопровождении многих монахов, со многими служителями и большим обозом впереди. За аббатом следовали два старых рыцаря, родственники короля, к которым Алессандро присоседился, как к знакомым, и они охотно взяли его с собою. Едучи с ними, он вежливо спросил их, что за монахи едут впереди со столькими слугами и куда они направляются. На это один из рыцарей отвечал: «Тот, что едет впереди, наш юный родственник, недавно избранный в аббаты одного из наибольших аббатств Англии; а так как он моложе, чем, по законам, допустимо для такого чина, мы едем с ним в Рим просить святого отца, дабы он отменил для него препятствие слишком юного возраста и затем утвердил в звании. Но об этом не следует говорить другим». Когда на пути новопоставленный аббат ехал то впереди, то позади своей свиты, как то делают путешествующие синьоры, что мы видим ежедневно, случилось ему приметить возле себя Алессандро, очень юного, статного, с очень красивым лицом, при этом с столь приятными манерами и обхождением, как только можно себе представить кого-либо. С первого взгляда он так удивительно понравился аббату, как никто другой; подозвав его, он любезно вступил с ним в беседу, расспрашивая, кто он, откуда едет и куда. Алессандро, откровенно объяснив ему свое положение, удовлетворил его любопытству и предоставил себя, по мере своих слабых сил, к его услугам. Услышав его прекрасные, умные речи, приглядевшись к его манерам и соображая, что он, несмотря на свое низкое ремесло, человек благородный, аббат еще более воспылал к нему сочувствием, исполнясь сострадания к его бедствиям, он дружески утешал его, говоря, что ему следует питать надежду, потому что, как человека достойного, господь возведет его снова, откуда низвергла судьба, и еще выше; и он попросил его, отправлявшегося в Тоскану, быть столь любезным остаться в его обществе, так как и он ехал туда же. Алессандро поблагодарил его за его слова утешения и сказал, что готов исполнить все его приказания.

Между тем как аббат продолжал путь, а лицезрение Алессандро возбуждало в его сердце новые чувства, случилось им через несколько дней приехать в одно селенье, не особенно богатое гостиницами. Когда аббат заявил желание пристать здесь, Алессандро устроил его в доме одного хозяина, своего хорошего знакомого, распорядившись приготовить ему комнату, где в доме было поудобнее; став почти что сенешалем аббата, он, как человек здесь знакомый, разместил всю его челядь по деревне, кого здесь, кого там, как было возможно; и когда аббат поужинал и с наступлением поздней ночи все пошли спать, Алессандро спросил хозяина, где ему лечь. Хозяин отвечал: «Право, не знаю; ты видишь, все полно, и я с моими спим на досках; правда, в комнате аббата есть несколько ларей, я могу повести тебя туда, постлать тебе какую-нибудь постель; там, коли хочешь и как можешь, проведи эту ночь». На это Алессандро сказал: «Как мне пойти в комнату аббата? Ты знаешь, она тесна и по тесноте никто из его монахов не мог в ней лечь. Если б я о том догадался, когда прилаживались на ночь, я бы положил монахов на ларях, а сам отправился бы, где теперь они спят». На это хозяин сказал: «Дело сделано; коли желаешь, ты можешь устроиться там наилучшим образом в свете; аббат почивает, полог спущен, я потихоньку положу тебе там пуховик, спи себе». Увидев, что все это можно сделать, ничуть не потревожив аббата, Алессандро согласился и устроился там по возможности тихо.

Аббат, не спавший, напротив, страстно отдавшийся мыслью своим новым желаниям, слышал, о чем хозяин говорил с Алессандро, а также и про то, где Алессандро прилег; крайне довольный, он начал так говорить про себя: «Господь послал благовремение моим желаниям; если я не воспользуюсь им, такого случая, быть может, долго не представится». Твердо решившись воспользоваться им, когда ему показалось, что все в гостинице успокоилось, он тихим голосом позвал Алессандро, предлагая ему лечь с собою. Тот, после долгих отговорок, разделся и лег. Аббат, положив ему руку на грудь, принялся щупать его, совсем так, как влюбленные девушки делают с своими милыми, чему Алессандро сильно удивился, подозревая, что аббата побуждает к такого рода щупанью, быть может, нечестная страсть. Эти подозрения тотчас же распознал аббат, сам ли догадавшись, или по какому-нибудь движению Алессандро; улыбнулся и, быстро сняв рубашку, которая была на нем, схватив руку Алессандро, возложил себе на грудь, со словами: «Брось свои глупые мысли, Алессандро, и, пощупав здесь, познай, что я скрываю». Положив руку на грудь аббата, Алессандро открыл две груди круглые, твердые и нежные, точно сделанные из слоновой кости; обретя их и тотчас познав, что перед ним женщина, не дожидаясь иного приглашения, он тотчас обнял ее и хотел уже поцеловать, когда она сказала ему: «Прежде, чем подступить ко мне ближе, выслушай, что я хочу сказать тебе. Как ты видишь, я – женщина, а не мужчина, выехав девушкой из дому, я направлялась к папе, дабы он выдал меня замуж. На твое счастье или мое несчастье, как увидела я тебя в тот день, воспылала к тебе такой любовью, какой ни одна женщина не любила; потому я решила взять в мужья тебя скорее, чем кого-либо другого; коли ты не хочешь иметь меня женой, удались тотчас и пойди к себе». Алессандро хотя и не знал, кто она, но имея в виду ее свиту, считал благородной и богатой, а что она красавица, это он видел, потому, недолго думая, отвечал, что если ей так угодно, то и ему очень по нраву. Тогда, сев на постели, перед иконой, на которой написан был лик господа нашего, она, надев ему на палец кольцо, велела обручиться с собою; затем, обнявшись, они, к великому удовольствию обеих сторон, наслаждались в продолжение остальной части ночи. Условившись относительно способа и порядка своих действий, Алессандро поднялся, вышел из комнаты тем же путем, каким вошел, так что никто и не узнал, где он провел ночь; безмерно веселый, он снова отправился в путь с аббатом и его свитой и через несколько дней прибыл в Рим.

Проведя здесь некоторое время, аббат с двумя рыцарями и Алессандро прямо явился к папе; после достодолжных приветствий аббат начал так говорить: «Святой отец, вы лучше других должны знать, что всякий, желающий жить хорошо и честно, обязан по возможности избегать всякого повода, который мог бы побудить его поступать иначе, и вот я, желающая жить честно, дабы совершить это в полноте, тайно убежала в одежде, которую вы на мне видите, с большою частью сокровищ английского короля, моего отца (желавшего выдать меня за шотландского короля, древнего старика, – меня, как видите, молодую), и пустилась в путь, чтобы явиться сюда, а ваше святейшество выдало бы меня замуж. А бежать заставила меня не столько дряхлость шотландского короля, сколько боязнь, в случае если б я вышла за него, совершить по моей юношеской слабости что-либо противное божеским законам и чести королевской крови моего отца. Когда я отправлялась сюда в такой решимости, думаю, что господь, один в совершенстве знающий, что каждому нужно, по своему милосердию явил моим глазам того, кого ему угодно сделать моим мужем; то был вот этот юноша (и она указала на Алессандро), которого вы видите подле меня, нравы и доблесть которого достойны любой знатной дамы, хотя, быть может, благородство его крови не такое, как королевской. Его я избрала, его хочу иметь мужем, и никогда не будет у меня другого, как бы то ни показалось моему отцу или кому иному. Этим устранился главный повод к моему путешествию; но мне желательно было довершить его, как для того, чтобы посетить святые и досточтимые места, которыми полон этот город, и ваше святейшество, так и для того, чтобы брачный союз, совершенный Алессандро и мною лишь перед богом, открыть пред вашим лицом, а стало быть и перед другими людьми. Потому я смиренно молю вас принять благосклонно, что приятно богу и мне, и дать нам свое благословение, дабы с ним, как бы с большим ручательством угодить тому, чьим вы являетесь наместником, мы могли, во славу господа и вашу, вместе жить и под конец умереть».

Удивился Алессандро, услышав, что его жена – дочь английского короля, и втайне исполнился чудесной радостью; но еще более удивились оба рыцаря и так разгневались, что, будь они в другом месте, а не перед папой, они учинили бы оскорбление Алессандро, а быть может, и даме. С другой стороны, изумился очень и папа и нарядом дамы и ее выбором, но, понимая, что дела назад не вернуть, пожелал удовлетворить ее просьбу. Наперед успокоив рыцарей, которых видел рассерженными, и восстановив их хорошие отношения к даме и Алессандро, он распорядился тем, что надлежало сделать. Когда настал назначенный им день, в присутствии всех кардиналов и многих других именитых людей, явившихся по его приглашению на устроенное им большое торжество, он велел позвать даму, одетую по-царски и показавшуюся столь красивой и привлекательной, что все ее по праву хвалили; вместе с ней и Алессандро, также великолепно одетого, по виду и манерам – не того молодца, что занимался ростовщичеством, а скорее королевича, которому те два рыцаря оказывали большой почет. Тут папа велел совершить наново и торжественно брачный обряд и после свадьбы, прекрасной и пышной, отпустил их с своим благословением.

По желанию Алессандро, а также и дамы, они, выехав из Рима, направились во Флоренцию, куда молва уже принесла весть о них; здесь граждане приняли их с большим почетом, а дама велела выпустить трех братьев, наперед распорядившись уплатить за них всем, а их самих и их жен восстановила в их имуществе. Одобряемый за это всеми, Алессандро с женой выехал из Флоренции, взяв с собою Аголанте; прибыв в Париж, они почетно были приняты королем. Затем оба рыцаря отправились в Англию и так повлияли на короля, что он вернул им свою милость и с большим торжеством принял дочь и своего зятя, которого вскоре после того с великой пышностью посвятил в рыцари, дав ему Корнуэльское графство. А он оказался столь доблестным и так умел действовать, что примирил сына с отцом, отчего острову последовало большое благо, а он приобрел любовь и расположение всего населения. Аголанте сполна вернули все, что были ему должны, и он возвратился во Флоренцию большим богачом, после того как Алессандро поставил его рыцарем. Граф и его жена зажили в славе, и, как говорят иные, он частью своею сметливостью и мужеством, частью помощью тестя, завоевал впоследствии Шотландию и был венчан на царство.

## Новелла четвертая

**Ландольфо Руффоло, обеднев, становится корсаром; взят генуэзцами, терпит крушение в море, спасается на ящике, полном драгоценностей, находит приют у одной женщины в Корфу и возвращается домой богатым человеком.**

Лауретта, сидевшая возле Пампинеи, видя, что она дошла до торжественного конца своей новеллы, не ожидая иного приглашения, начала говорить таким образом: – Прелестные дамы, по моему мнению, ни на чем не видать больше действия фортуны, как на человеке, возвысившемся из крайней нищеты к царственному положению, как то приключилось в новелле Пампинеи с ее Алессандро. А так как всякому из нас, кто станет впредь рассказывать о назначенном сюжете, придется держаться в его границах, я не постесняюсь рассказать вам новеллу, которая, хотя и содержит в себе еще большие бедствия, не представляет столь блестящей развязки. Я знаю хорошо, что, имея в виду последнюю, вы с меньшим вниманием выслушаете мой рассказ: но так как другого дать я не могу, меня извинят.

Морской берег от Реджио до Гаэты считается прелестнейшею частью Италии; там, очень близко от Салерно, есть высокая полоса, господствующая над морем, которую жители зовут Амальфийским берегом, он усеян мелкими городками с садами и ручьями, и там много богатых людей, ведущих торговлю так успешно, как никто иной. В числе упомянутых городов есть один, называемый Равелло, в котором и теперь водятся богатые люди, а прежде был богатейший человек, по имени Ландольфо Руффоло, которому его богатства не хватало, и он, желая его удвоить, едва не погубил вместе с ним и самого себя. И вот, сделав, по обыкновению купцов, свои расчеты, он купил большущее судно и, нагрузив его на собственные деньги разным товаром, отправился с ним в Кипр. Здесь он нашел несколько других судов, пришедших с товаром того же качества, какой привез и он; по этой причине ему пришлось не только продешевить привезенное, но чуть не бросить даром, когда он вздумал продавать его, что привело его почти к разорению. Сильно огорченный этим обстоятельством, не зная, как быть, и видя, что в короткое время из богатейшего человека он стал чуть не бедняком, он решился либо умереть, либо грабежом возместить свои убытки, чтобы не вернуться нищим туда, откуда выехал богачом. Найдя покупщика своему большому судну, на вырученные деньги и другие, полученные за товар, он купил небольшое корсарское судно, отлично вооружил его, снабдил всем необходимым для такого дела и принялся присваивать чужое добро, особенно турецкое. В этом деле судьба оказалась ему более благоприятной, чем в торговле: в какой-нибудь год он ограбил и захватил столько турецких кораблей, что, оказалось, он не только вернул все, утраченное им в торговле, но и более чем удвоил свое состояние. Вследствие этого, наученный первым горем утраты и видя себя обеспеченным, он сам себя убедил, дабы не пережить того горя вторично, что ему достаточно того, что есть, и нечего желать большего; поэтому он и решил вернуться со своим достатком домой и, не доверяя товару, он озаботился обратить свои деньги в какие-нибудь ценности, а на том самом судне, на котором их добыл, пошел на веслах в обратный путь.

Когда он был уже в Архипелаге и вечером поднялся сирокко, не только ему противный, но и взволновавший море, чего его крохотное судно не выдержало бы, он зашел в защищенный от того ветра залив, образованный небольшим островом, предполагая выждать здесь ветра более благоприятного. Вскоре вошли туда же с трудом, укрываясь от того же, от чего укрылся и Ландольфо, две большие генуэзские грузовые барки, шедшие из Константинополя. Люди, бывшие на них, увидев судно, загородили ему выход, узнав, кто его хозяин, которого по молве считали богатейшим, и, будучи по природе охочи до денег и грабежа, решились завладеть судном. Высадив на берег часть своих людей, с самострелами в руках и хорошо вооруженных, они поставили их на таком месте, что никто не мог сойти с судна, коли не желал быть застреленным; сами же, подтянувшись на лодках и пользуясь течением моря, подошли к небольшому судну Ландольфо и с небольшим трудом в короткое время овладели им и всем экипажем, из которого ни один человек не спасся; Ландольфо они перевезли на один из своих кораблей, судно все обобрали и затопили, а Ландольфо оставили в одной жалкой куртке.

На следующий день, когда ветер переменился, грузовые корабли пошли под парусами на запад; весь тот день шли благополучно, но к вечеру поднялся бурный ветер, который, вздымая высокие волны, разъединил один корабль от другого. Случилось, что корабль, на котором находился несчастный бедняк Ландольфо, силою того ветра хватившись об отмель повыше Кефалонии, дал трещину и разбился вдребезги, точно кусок стекла, брошенный об стену; море покрылось плававшим товаром, ящиками и досками, как обыкновенно бывает в таких случаях; и хотя ночь была темнейшая, а море волновалось и вздулось, несчастные и жалкие люди, кто умел плавать, бросились вплавь и стали цепляться за то, что случайно им попадалось. Между ними был и бедный Ландольфо; за день перед тем он несколько раз взывал к смерти, предпочитая обрести ее, чем вернуться домой нищим, каким себя видел, увидев смерть вблизи, он ужаснулся ее и, подобно другим, схватился за подвернувшуюся ему под руки доску: быть может, он не сразу утонет, а господь пошлет какую-нибудь помощь в его спасение. Оседлав доску, чувствуя, что море и ветер носят его туда и сюда, он продержался, как мог, до бела дня; когда настал день и он осмотрелся вокруг, ничего иного не увидел, кроме облаков и моря и ящика, который, носясь по морским волнам, иногда к нему приближался, к его великому ужасу, ибо он боялся, как бы ящик не ударился о него и не потопил; всякий раз, когда он подплывал близко, он отдалял его, насколько мог, рукою, как ни мало было у него сил. Как бы то ни было, случилось, что ветер, внезапно разнуздавшись в воздухе и обрушившись на море, так сильно ударил в ящик, а ящик о доску, на которой был Ландольфо, что она перевернулась, Ландольфо, выпустив ее, поневоле ушел под воду и, вынырнув, скорее помощью страха, чем силы, увидел, что доска от него очень далеко; боясь, что ему до нее не достать, он подплыл к ящику, который был вблизи, и, опершись грудью об его крышку, по возможности старался поддержать его руками в прямом положении. Таким-то образом, бросаемый морем туда и сюда, без пищи, ибо есть было нечего, напиваясь более, чем было желательно, не зная, где он, и ничего не видя, кроме моря, он провел весь тот день и следующую ночь. На другой день, по милости ли божьей, или по воле ветра, он, обратившийся почти в губку и крепко державшийся обеими руками за края ящика, как то, мы видим, делают утопающие, хватаясь за любой предмет, пристал у берега острова Корфу, где случайно бедная женщина мыла и чистила песком и морскою водою свою посуду. Заметив его приближение, не разглядев его образа, она в страхе и с криком попятилась назад. Он не в состоянии был говорить, зрение ослабело, почему он ничего и не сказал ей; но когда море понесло его к берегу, она распознала форму ящика, а приглядевшись и всмотревшись пристальнее, признала прежде всего руки, распростертые на ящике, затем лицо и сообразила, что это такое. Поэтому, движимая состраданием, выйдя несколько в море, уже улегшееся, и схватив Ландольфо за волосы, она вытянула его вместе с ящиком на берег; с трудом оттянув его руки от ящика, она взвалила последний на голову бывшей с нею дочки, а Ландольфо, точно малого ребенка, потащила в местечко, посадила в ванну и так его терла и мыла горячей водой, что к нему вернулось утраченное тепло, а отчасти и потерянные силы. Когда ей показалось, что настала пора, она вынула его из ванны, подкрепила хорошим вином и печеньем и продержала его так несколько дней, как могла лучше, пока он, с возвратом сил, не стал сознавать, где он; тогда добрая женщина сочла долгом отдать ему его ящик, который она для него приберегла, и сказать ему, чтобы далее он сам озаботился о себе; так она и сделала. Ландольфо, ничего не помнивший о ящике, тем не менее принял его, когда добрая женщина его принесла; он полагал, что ящик не может же быть столь малоценным, чтобы не окупить ему несколько дней существования; найдя его легковесным, он понизил свои надежды, но тем не менее, когда той женщины не было дома, вскрыл его, чтобы посмотреть, что внутри, и нашел множество драгоценных камней, отделанных и нет, а в них он кое-что понимал. Увидев их и познав большую их ценность, он восхвалил господа, не пожелавшего совсем оставить его, и совершенно утешился; но как человек, в короткое время дважды и жестоко постигнутый судьбою, он сообразил, что ему следует быть крайне осторожным, чтобы довезти эти вещи домой, поэтому, завернув их, как сумел, в кое-какие лохмотья, он сказал сострадательной женщине, что ящик ему не нужен, пусть возьмет его, коли хочет, а ему даст мешок. Женщина охотно это сделала, а он, воздав ей, какую мог, благодарность за оказанное ему благодеяние, взвалил мешок на плечи, удалился и, сев в лодку, переправился в Бриндизи; отсюда, держась берега, дошел до Трани, где встретил несколько своих сограждан, торговцев сукном. Они, почти бога ради, одели его в свое платье, когда он рассказал им о всех своих приключениях, кроме случая с ящиком; сверх того, ссудили ему коня и дали провожатых до Равелло, куда, по его словам, он желал вернуться. Здесь, почувствовав себя в безопасности и возблагодарив господа, приведшего его сюда, он развязал мешок и, рассмотрев все с большею внимательностью, чем прежде, нашел, что у него столько камней и такого достоинства, что, если продать их за подходящую и даже меньшую цену, он станет вдвое богаче, чем был при отъезде. Когда ему представился случай сбыть свои камни, он послал хорошую сумму денег в Корфу доброй женщине, извлекшей его из моря, в награду за услугу; то же сделал и относительно тех, кто приодел его в Трани; остальное оставил при себе и, не желая более заниматься торговлей, прожил привольно до конца своей жизни.

## Новелла пятая

**Андреуччио из Перуджии, прибыв в Неаполь для покупки лошадей, в одну ночь подвергается трем опасностям и, избежав всех, возвращается домой владельцем рубина.**

Камни, найденные Ландольфо, – так начала Фьямметта, до которой дошла очередь рассказа, – привели мне на память новеллу, не менее полную опасностей, чем новелла Лауретты, но тем от нее отличающуюся, что в той эти опасности приключались, быть может, в течение нескольких лет, в этой, как вы услышите, – в пределах одной ночи.

Жил, слыхала я, в Перуджии юноша по имени Андреуччио ди Пьетро, торговец лошадьми; услышав, что в Неаполе они дешевы, он, до тех пор никогда не выезжавший, положил в карман пятьсот золотых флоринов и отправился туда вместе с другими купцами. Прибыв в воскресенье под вечер и осведомившись у своего хозяина, он на другое утро пошел на торг, увидел множество лошадей, многие ему приглянулись, и он приценялся к тем и другим, но ни на одной не сошелся в цене, а чтобы показать, что он в самом деле покупатель, как человек неопытный и мало осторожный, он не раз вытаскивал свой кошелек с флоринами на показ всем приходившим и уходившим. Пока он так торговался и уже успел показать свой кошелек, случилось, что одна молодая сицилианка, красавица, но готовая услужить всякому за недорогую цену, прошла мимо него, так что он ее не видел, а она увидала его кошелек и тотчас же сказала про себя: «Кому бы жилось лучше меня, если бы эти деньги были моими?» И она пошла далее. Была с этой девушкой старуха, также сицилианка; когда она увидела Андреуччио, отстав от девушки и подбежав к нему, нежно его поцеловала; как заметила это девушка, не говоря ни слова, стала в стороне и начала поджидать старуху. Обратившись к ней и признав ее, Андреуччио радушно приветствовал ее; пообещав ему зайти к нему в гостиницу и не заводя долгих речей, она ушла, а Андреуччио вернулся торговаться, но в то утро ничего не купил.

Девушка, заметив сначала кошелек Андреуччио, а затем его знакомство со своей старухой, желая попытать, нет ли какого средства завладеть теми деньгами совсем или отчасти, принялась осторожно выпытывать, кто он и откуда, что здесь делает и как она с ним познакомилась. Та рассказала ей об обстоятельствах Андреуччио почти столь же подробно, как бы он сам рассказал о себе, так как долго жила в Сицилии у отца его, а потом и в Перуджии; она сообщила ей также, где он пристал и зачем приехал. Вполне осведомившись о его родственниках и их именах, девушка с тонким коварством основала на этом свой расчет – удовлетворить своему желанию; вернувшись домой, она дала старухе работы на весь день, дабы она не могла зайти к Андреуччио, и, позвав свою служанку, которую отлично приучила к такого рода послугам, под вечер послала ее в гостиницу, где остановился Андреуччио. Придя туда, она случайно увидела его самого, одного, стоявшего у двери, и спросила у нею о нем самом. Когда он ответил, что он самый и есть, она, отведя его в сторону, сказала: «Мессере, одна благородная дама этого города желала бы поговорить с вами, если вам то угодно». Услышав это, он задумался и, считая себя красивым парнем, вообразил, что та дама в него влюбилась, точно в Неаполе не было, кроме него, другого красивого юноши; он тотчас же ответил, что готов, и спросил, где и когда та дама желает поговорить с ним. На это девушка ответила: «Мессере, если вам угодно пойти, она ожидает вас у себя». Ничего не объявив о том в гостинице, Андреуччио поспешно сказал: «Так иди же впереди, я пойду за тобою».

Таким образом служанка привела его к дому той девушки, жившей в улице, называемой Мальпертуджио (Скверная Дыра), каковое прозвище показывает, насколько улица была благопристойна. Ничего о том не зная и не подозревая, воображая, что он идет в приличнейшее место и к милой даме, Андреуччио развязно вступил в дом за шедшей впереди служанкой, поднялся по лестнице, и когда служанка позвала свою госпожу, сказав: «Вот Андреуччио!» – увидел ее, вышедшую к началу лестницы в ожидании его. Она была еще очень молода, высокая, с красивым лицом, одетая и убранная очень пристойно. Когда Андреуччио подошел ближе, она сошла к нему навстречу три ступеньки с распростертыми объятиями, обвила его шею руками и так осталась некоторое время, не говоря ни слова, точно тому мешал избыток нежного чувства; затем в слезах она поцеловала его в лоб и прерывающимся голосом сказала: «О мой Андреуччио, добро пожаловать!» Изумленный столь нежными ласками, совсем пораженный, он отвечал: «Мадонна, я рад, что вижу вас!» Затем, взяв его за руку, она повела его наверх в свою залу, а оттуда, не говоря с ним ни слова, в свою комнату, благоухавшую розами, цветом померанца и другими ароматами;

здесь он увидел прекрасную постель с пологом, много платьев, висевших, по тамошнему обычаю, на вешалках, и другую красивую богатую утварь; почему, как человек неопытный, он твердо уверился, что имеет дело по меньшей мере с важной дамой.

Когда они уселись вместе на скамье у подножия кровати, она принялась так говорить: «Я вполне уверена, Андреуччио, что ты удивляешься и ласкам, которые я тебе расточаю, и моим слезам, так как ты меня не знаешь и, быть может, никогда обо мне не слышал. Но ты тотчас услышишь нечто, имеющее привести тебя в еще большее изумление это то, что я – сестра твоя. Говорю тебе: так как господь сделал мне такую милость, что я до моей смерти увидела одного из моих братьев (а как бы желала я увидеть их всех!), нет того часа, в который я не готова была бы умереть, так я утешена. Если ты, быть может, ничего не слыхал о том, я расскажу тебе. Пьетро, мой и твой отец, долгое время жил в Палермо, как ты, думаю я, сам мог проведать, и были там и еще есть люди, очень любившие его за его доброту и приветливость; но изо всех, так любивших его, мать моя, женщина хорошего рода и тогда вдова, любила его более всех, так что, отложив страх перед отцом и братьями и боязнь за свою честь, настолько сошлась с ним, что родилась я, – ты видишь, какая. Затем, когда по обстоятельствам Пьетро покинул Палермо и вернулся в Перуджию, он оставил меня, еще девочкой, с моей матерью и никогда, насколько я слышала, ни обо мне, ни о ней более не вспоминал. Не будь он мне отцом, я сильно попрекнула бы его за то, имея в виду неблагодарность, оказанную им моей матери (я оставляю в стороне любовь, которую ему следовало питать ко мне, как к своей дочери, прижитой не от служанки или негодной женщины), которая отдала в его руки все свое достояние и себя самое, не зная даже, кто он такой, и побуждаемая преданнейшею любовью. Но к чему говорить о том? Что дурно сделано, да и давно прошло, то гораздо легче порицать, чем поправить, так или иначе, но случилось именно так. Еще девочкой он оставил меня в Палермо, и когда я выросла почти такой, как меня видишь, моя мать, женщина богатая, выдала меня замуж за родовитого, хорошего человека из Джирженти, который, из любви к моей матери и ко мне, переехал на житье в Палермо. Там, как рьяный гвельф, он завел некии сношения с нашим королем Карлом, о чем, прежде чем они возымели действие, доведался король Федериго, это было причиной нашего бегства из Сицилии – в то время, как я надеялась стать знатнейшей дамой, какие только были на том острове. Итак, захватив немногое, что могли взять (говорю: немногое по отношению к многому, что было нашим), покинув имения и дворцы, мы удалились в этот город, где нашли короля Карла столь признательным к нам, что он вознаградил отчасти за убытки, понесенные нами ради него, дал нам поместья и дома и постоянно дает моему мужу, а твоему зятю, большие средства, как ты еще увидишь. Таким образом, я здесь, где по милости божией, не твоей, вижу и тебя, мой милый братец». – Так сказав, она снова обняла его и, проливая сладкие слезы, опять поцеловала его в лоб.

Когда Андреуччио выслушал эту басню, так связно и естественно рассказанную, причем у рассказчицы ни одно слово ни разу не завязло в зубах и не запинался язык; когда он вспомнил, что его отец в самом деле был в Палермо, зная по себе нравы юношей, охотно в молодости предающихся любви, видя нежные слезы и скромные объятия я поцелуи, он принял все, что она рассказала ему, более чем за истину, и когда она умолкла, ответил: «Мадонна, вам не должно показаться странным, если я удивлен, потому что в самом деле мой отец, почему бы то ни было, никогда не говорил о вашей матери, ни о вас, либо если и говорил, то до моего сведения это не дошло, и я ничего не знал о вас, как будто вас и не было; тем милее мне было обрести в вас сестру, чем более я здесь одинок и чем менее того чаял. По правде, я не знаю такого высокопоставленного человека, которому вы не были бы дороги, не то что мне, мелкому торговцу. Но разъясните мне, пожалуйста, как вы узнали, что я здесь?» На это она отвечала: «Сегодня утром мне рассказала о том одна бедная женщина, часто ходящая ко мне, ибо, по ее словам, она долгое время была при нашем отце в Палермо и Перуджии; и если бы мне не казалось более пристойным, чтобы ты явился в мой дом, чем я к тебе в чужой, я давно бы пришла к тебе». После этих речей она принялась подробно и поименно расспрашивать его о его родных, и Андреуччио о всех ответил; и это еще пуще побудило его поверить тому, во что верить следовало всего менее.

Так как беседа была долгая и жара большая, она велела подать греческого вина и лакомств и поднести Андреуччио; когда после того он собрался уходить, ибо было время ужина, она никоим образом не допустила до того и, притворившись сильно огорченной, сказала, обнимая его: «Увы мне! Теперь я вижу ясно, как мало ты меня любишь; кто бы мог поверить, что ты у сестры, никогда тобою дотоле не виданной, в ее доме, где должен был бы и остановиться по приезде, – а хочешь уйти отсюда и отправиться ужинать в гостиницу! Не правда ли, ты поужинаешь со мной?

И хотя моего мужа нет дома, что мне очень неприятно, я сумею, по мере женских сил, учествовать тебя хоть чем-нибудь». Не зная, что другое ответить, Андреуччио сказал «Я люблю тебя, как подобает любить сестру, но если я не пойду туда, меня прождут целый вечер, и я сделаю невежливость». Тогда она сказала. «Боже мой, точно у меня дома нет никого, с кем бы я могла послать сказать, чтобы тебя не дожидались! Хотя большею любезностью с твоей стороны и даже долгом было бы – послать сказать твоим товарищам, чтобы они пришли сюда поужинать; а там, если бы ты все-таки захотел уйти, вы могли бы отправиться вместе». Андреуччио ответил, что без товарищей он в этот вечер обойдется и что, коли ей так угодно, пусть располагает им по своему желанию. Тогда она показала вид, будто послала в гостиницу, дабы его не ждали к ужину; затем, после разных других разговоров, они уселись за роскошный ужин из нескольких блюд, который она хитро затянула до темной ночи. Когда встали из-за стола и Андреуччио пожелал удалиться, она сказала, что не допустит этого ни под каким видом, потому что не такой город Неаполь, чтобы ходить по нем ночью, особливо иностранцам; и что, посылая сказать, чтобы его не ждали к ужину, она сделала то же и относительно ночлега. Он поверил этому и, так как, вследствие ложного о ней представления, ему было приятно быть с нею, остался. После ужина завелись многие и долгие, не без причины, разговоры, уже прошла часть ночи, когда, оставив Андреуччио на ночлег в своей комнате и при нем мальчика, чтобы указать ему, коли что потребуется, она с своими служанками удалилась в другой покой.

Жар стоял сильный, потому Андреуччио, оставшись один, тотчас же разделся до сорочки, снял штаны, которые положил у изголовья, и так как у него явилась естественная потребность освободить желудок от излишней тяжести, спросил у мальчика, где это совершается; тот показал ему в одном из углов комнаты дверцу, сказав: «Войдите туда». Андреуччио пошел уверенно, но случайно ступил ногою на доску, другой конец которой оторван был от перекладины, на которой он стоял, вследствие чего доска поднялась, а вместе с нею провалился и он; так милостив был к нему господь, что он не потерпел при падении, хотя упал с некоторой высоты, что весь выпачкался в нечистотах, которыми полно было то место.

Как оно было устроено, это я расскажу вам, дабы вы лучше поняли рассказанное и то, что последовало: в узком проходе на двух перекладинах, шедших от одного дома к другому, прибито было, как то мы часто видим между двумя домами, несколько досок и на них устроено сиденье; одна из этих досок и свалилась вместе с Андреуччио. Обретясь в глубине прохода, опечаленный этим происшествием, он стал звать мальчика; но мальчик, услышав, как он упал, побежал сказать о том своей госпоже; та бросилась в комнату Андреуччио и тотчас же принялась искать, тут ли его платье; найдя его и в нем деньги, которые он, никому не доверяя, по глупости всегда носил с собою, и получив то, чему расставила западню, став из палермитянки сестрою перуджинца, она, более о нем не заботясь, поспешила запереть дверь, которой он вышел, когда упал. Когда мальчик не отвечал, Андреуччио стал звать его громче; но это не вело ни к чему. Потому в нем уже зародилось подозрение, и он начал, хотя и поздно, догадываться об обмане; вскарабкавшись на низкую стену, замыкавшую проход с улицы, и спустившись на нее, он направился к двери дома, хорошо ему знакомой, и здесь долго и напрасно звал, рвался и стучал. Пустившись в слезы, как человек, ясно понявший свое несчастие, он стал так говорить: «Увы мне, бедному, в какое короткое время лишился я пятисот флоринов – и сестры!» После многих других слов он снова принялся стучать в дверь и кричать, да так, что многие из ближайших соседей, проснувшись, встали, не будучи в силах вынести такой докуки, а одна из служанок той женщины, с виду совсем заспанная, подойдя к окну, сказала бранчиво: «Кто там стучится внизу?» – «Разве ты не узнаешь меня? – сказал Андреуччио. – Я Андреуччио, брат мадонны Фьордолизо!» А она ему в ответ: «Если ты слишком выпил, дружок, пойди и проспись, завтра вернешься; я не знаю, какой там Андреуччио и какой вздор ты несешь; ступай в добрый час и дай нам, пожалуйста, спать». – «Как! – сказал Андреуччио. – Ты будто не знаешь, о чем я говорю? Наверно, знаешь, но, уже если таково сицилианское родство, что забывается в столь короткое время, так отдай мне по крайней мере мое платье, которое я у вас оставил, и я готов уйти с богом». На это она сказала, чуть не смеясь: «Милый мой, мне кажется, ты бредишь». Сказать это, отойти и запереть окно было делом одного мига. Это окончательно убедило Андреуччио в его утратах; горе едва не обратило его великий гнев в ярость, и он решился добыть насилием, чего не мог вернуть словами; потому, схватив большой камень, он снова принялся бешено колотить в дверь, нанося гораздо большие удары, чем прежде. По этой причине многие из соседей, уже прежде разбуженные и вставшие, полагая, что какой-нибудь невежа выдумывает небылицы, чтобы досадить порядочной женщине, и рассерженные стуком, который он производил, высунулись в окна и принялись голосить, точно собаки с другой улицы лают на чужую: «Большое невежество – явиться в такой час к дому честных женщин с такой болтовней! Ступай-ка с богом, любезный, дай нам, пожалуйста, спать; если у тебя есть до нее дело, придешь завтра, а сегодня ночью не учиняй нам такого беспокойства». Подбодренный, быть может, этими словами, кто-то бывший в доме, сводник той женщины, которого Андреуччио не видел и о котором не слыхал, подошел к окну и голосом сильным, страшным и грозным сказал. «Кто там внизу?» Андреуччио, подняв голову на голос, увидел кого-то, показавшегося ему, насколько он мог разглядеть, ражим детиной, с черной густой бородой; точно он встал с постели после глубокого сна, он зевал и протирал глаза. Андреуччио отвечал не без некоторого страха: «Я – брат дамы, что в этом доме». Но тот не выждал конца ответа Андреуччио, напротив, грознее прежнего сказал: «Не понимаю, что меня удерживает сойти и дать тебе столько ударов палкой, сколько нужно, чтобы ты не двинулся. Осел ты надоедливый, видно, что пьяница, не даешь нам поспать в эту ночь». И, отойдя, он захлопнул окно.

Некоторые из соседей, лучше знавшие, что то был за человек, дружески сказали Андреуччио: «Бога ради, любезный, уходи с богом, не напрашивайся быть здесь убитым ночью; уходи, лучше будет». Вследствие этого, испуганный голосом и видом того человека и побуждаемый убеждениями людей, говоривших, казалось, из сострадания к нему, огорченный, как только может быть человек, и отчаявшись в деньгах, Андреуччио, идя в направлении, по которому днем, сам не зная куда, следовал за служанкой, пошел по дороге к гостинице. Так как ему самому неприятен был запах, от него исходивший, и он задумал повернуть к морю, дабы омыться, он взял влево и пошел по улице, называемой Каталонской. Когда он шел к верхней части города, случайно увидел впереди двух человек, направлявшихся к нему с фонарями в руках. Опасаясь, что это сыщики либо какие злонамеренные люди, он, избегая их, тихонько спрятался в пустом строении, которое увидел поблизости; но те, точно посланные нарочно, вошли в тот же дом, и здесь один из них, свалив с плеч какие то железные орудия, принялся вместе с другим осматривать их и говорить о них то и другое. Когда они беседовали, один из них сказал: «Что бы это значило? Я чувствую такую сильную вонь, какую никогда не ощущал». Сказав это, он поднял немного фонарь, и они увидели беднягу Андреуччио и в изумлении окликнули: «Кто там?» Андреуччио смолчал, но они, приблизившись к нему с фонарем, спросили, что он тут делает такой запачканный. Андреуччио объяснил им в полноте все, что с ним приключилось. Те, сообразив, где это могло с ним статься, сказали друг другу: «Наверно это было в доме Скарабоне Буттафуоко». Обратившись к Андреуччио, один из них сказал: «Хотя ты потерял деньги, любезный, но тебе следует много возблагодарить господа, что случайно ты упал и не мог потом вернуться в дом, ибо если б ты не свалился, будь уверен, что, как только ты заснул бы, тебя бы убили и вместе с деньгами ты утратил бы и жизнь. Но теперь плакаться не поможет; вернуть копейку-то же, что достать звезд с неба; а убить тебя могут, если тот прослышит, что ты когда-нибудь обронишь о том слово». Сказав это и немного посоветовавшись друг с другом, они обратились к нему: «Вот видишь ли, у нас явилась к тебе жалость: потому, если бы ты помог нам в одном деле, на которое мы снарядились, мы вполне уверены, что на твою долю придется нечто гораздо более ценное, чем то, что ты утратил». Андреуччио, как человек отчаявшийся, ответил, что он готов.

В тот день похоронили неаполитанского архиепископа, по имени мессер Филиппе Минутоло, похоронили в богатейших украшениях и с рубином в перстне, стоившем более пятисот флоринов; они и хотели пойти ограбить покойника и так разъяснили Андреуччио свой замысел. И вот Андреуччио, более из жадности, чем по разуму, отправился вместе с ними; когда они шли к главной церкви, а от Андреуччио сильно пахло, один из них сказал: «Как бы нам устроить, чтобы он немного помылся где бы то ни было, дабы от него не несло так страшно?» Другой сказал: «Да вот у нас поблизости колодец, при нем обыкновенно блок и большая бадья, пойдем туда и вымоем его поскорее». Придя к колодцу, они нашли веревку, но бадья была унесена, потому они решились привязать его к веревке и спустить в колодец; пусть вымоется внизу, и когда это сделает, дернет за веревку, они его и поднимут. Так и сделали. Случилось так, что, когда они спустили его в колодец, несколько служителей синьории, ощутив жажду от жары или потому, что гонялись за кем-нибудь, направились к колодцу, чтобы напиться. Когда те двое увидели их, тотчас же бросились бежать, так что сыщики, шедшие, чтобы напиться, их не заметили. Когда Андреуччио обмылся в глубине колодца, дернул за веревку; томимые жаждой, те люди сложили свои щиты, оружие и плащи и начали тянуть веревку, полагая, что на конце прицеплена бадья, полная воды. Когда Андреуччио увидел себя у краев колодца, он ухватился за них руками, отпустив веревку; увидев это, объятые внезапным страхом, те, не говоря ни слова, бросили веревку и принялись изо всех сил бежать. Сильно удивился тому Андреуччио и, если б хорошенько не удержался, упал бы на самое дно, быть может, не без вреда для себя или смертного случая; выйдя и увидя оружие, которого, как ему было известно, у его товарищей не было, он пришел в еще большее изумление. Сомневаясь и недоумевая и сетуя на свою судьбу, не тронув ничего, он решился уйти и пошел, сам не зная куда. На пути встретился с двумя своими товарищами, шедшими вытащить его из колодца; увидев его и сильно удивившись, они спросили его, кто вытянул его из колодца. Андреуччио отвечал, что не знает, и рассказал по порядку все, как было, и что он нашел у колодца. Догадавшись в чем дело, те, смеясь, рассказали ему, почему они убежали и кто те люди, которые его вытащили; не тратя более слов, ибо была уже полночь, они отправились к главной церкви, куда легко проникли и, подойдя к гробнице, мраморной и больших размеров, своим железным инструментом настолько приподняли тяжелую крышку, чтобы можно было пролезть человеку, и подперли ее. Когда это было сделано, один из них начал говорить: «Кому туда полезть?» Другой отвечал: «Не мне». – «И не мне, – сказал тот, – пусть полезет Андреуччио». – «Этого я не сделаю», – сказал Андреуччио, но те, обратившись к нему вдвоем, сказали: «Как не полезешь? Ей-богу, коли ты не пойдешь, мы так наколотим тебе голову этими железными кольями, что уложим мертвым». Андреуччио, из страха, полез и, влезая, подумал про себя: «Эти люди велят мне войти, чтобы обмануть меня, потому что, когда я передам им все и с трудом буду выбираться из гробницы, они уйдут себе по своим делам, а я останусь ни с чем». И вот он надумал заблаговременно взять свою долю; вспомнив о драгоценном перстне, о котором, он слышал, они говорили, как только спустился, снял его с пальца архиепископа и надел на свой; затем подал им посох и митру и перчатки, раздев покойника до сорочки, все им передал, говоря, что более ничего нет. Те утверждали, что там должен быть и перстень, пусть поищет повсюду; но он отвечал, что не находит его, и, показывая вид, будто ищет, подержал их некоторое время в ожидании. Они, с своей стороны, не менее хитрые, чем он, велели ему поискать хорошенько и, улучив время, выдернули подпорку, на которой держалась крышка, и убежали, оставив его в гробнице.

Каково было Андреуччио, когда он это услышал, всякий может себе представить. Несколько раз пытался он головой и плечами, как бы ему приподнять крышку, но труд был напрасен; потому, удрученный тяжелым горем, он в обмороке упал на труп архиепископа, и кто бы их тогда увидал, с трудом распознал бы, кто из них более мертв, архиепископ или он. Когда он пришел в себя, начал плакать навзрыд, увидев, что ему, без сомненья, не миновать одного из двух: либо умереть с голода и от вони среди червей мертвого тела, если никто более не придет открыть гробницу, либо, если придут и найдут его в ней, быть повешенным, как грабитель. Когда он был в таких мыслях и сильной печали, услышал, что по церкви ходят и говорят многие, пришедшие, как он догадался, за тем же делом, за каким приходил и он с своими товарищами. Его страх от того усилился. Но когда те вскрыли гробницу и поставили подпорку, стали спорить, кому туда войти, и никто не решался; наконец, после долгого препирательства один священник сказал: «Чего вы боитесь? Уж не думаете ли вы, что он вас съест? Мертвецы не едят живых; я войду туда». Так сказав, опершись грудью на край гробницы и отведя голову вне, он спустил ноги внутрь, чтобы влезть.. Увидя это, Андреуччио приподнялся и схватил священника за ногу как бы желая стащить его вниз. Почувствовав это, священник испустил сильнейший крик и быстро выскочил из гробницы; все остальные, испуганные этим, оставили ее открытой и пустились бежать, как будто за ними гналось сто тысяч дьяволов. Увидав это, обрадованный сверх ожидания, Андреуччио тотчас же выскочил и вышел из церкви тем же путем, каким вошел. Между тем наступил и день; идя наудачу, с перстнем на пальце, Андреуччио добрался до морского берега, а затем набрел и на свою гостиницу, где нашел, что и его товарищи и хозяин всю ночь беспокоились о том, что с ним сталось. Когда он рассказал им, что с ним было, совет хозяина был, чтоб он немедленно покинул Неаполь, что он тотчас же и сделал, и вернулся в Перуджию, обратив перстень в деньги, с которыми отправился покупать лошадей.

## Новелла шестая

**Мадонна Беритола найдена на одном острове с двумя ланями после того как потеряла двух сыновей; отправляется а Луниджьяну, где один из ее сыновей поступает в услужение к властителю страны, слюбился с его дочерью и посажен в тюрьму. Сицилия восстает против короля Карла: сын, узнанный матерью, женится на дочери своею господина; его брат найден, и оба возвращаются в прежнее высокое положение.**

Дамы, а равно и юноши много смеялись над приключениями Андреуччио, рассказанными Фьямметтои, когда Емилия, увидав, что новелла пришла к концу, по приказанию королевы, начала так: – Тяжелы и докучливы разнообразные превратности судьбы, и так как всякая беседа о них вызывает пробуждение духа, легко засыпающего под ее ласки, я полагаю, что никогда не лишне послушать о них счастливым и несчастным, настолько первых это делает осторожными, а вторых утешает. Потому, хотя об этом уже много было говорено ранее, я намерена рассказать вам по тому же поводу новеллу не менее правдивую, чем трогательную; ее развязка весела, но такова была скорбь и так продолжительна, что едва верится, что она смягчилась последовавшей радостью.

Вы должны знать, милейшие дамы, что по смерти императора Фридриха II королем Сицилии был венчан Манфред, при котором высокое положение занимал один родовитый человек из Неаполя, по имени Арригетто Капече; у него была красивая и родовитая жена, также неаполитанка, по имени мадонна Беритола Караччьола. Когда Арригетто держал в своих руках управление островом и услышал, что король Карл I победил и убил Манфреда при Беневенте и все королевство ему поддавалось, он, мало уповая на шаткую верность сицилианцев и не желая стать подданным врага своего повелителя, приготовлялся к бегству, но сицилианцы о том проведали, и он и многие другие друзья и служители короля Манфреда были внезапно преданы, как пленники, королю Карлу, а затем передана ему и власть над островом. В таком изменении вещей, не зная, что сталось с Арригетто и постоянно опасаясь того, что и приключилось, мадонна Беритола, боясь позора, покинула все, что имела, и, сев в лодку с своим, может быть восьмилетним сыном, по имени Джьусфреди, бедная и беременная, удалилась на Липари, где родила другого мальчика, которого назвали Скаччьято (изгнанник); здесь, взяв кормилицу, она со всеми своими села на небольшое судно, чтобы вернуться в Неаполь к своим родным. Но вышло иначе, чем она предполагала, ибо силой ветра судно, имевшее пойти в Неаполь, было отнесено к острову Понца, где, войдя в один небольшой морской залив, они стали выжидать времени, благоприятного для путешествия. Сойдя вместе с другими на остров и найдя на нем уединенное в стороне место, мадонна Беритола осталась здесь одна, чтобы поплакать о своем Арригетто. Таким образом она делала каждый день; случилось, что пока она предавалась своим сетованиям, подошла галера корсаров, так что ни корабельщик и никто другой того не приметил, преспокойно забрала всех и удалилась. Когда, по окончании сетования, мадонна Беритола вернулась к берегу, чтобы поглядеть на детей, как то делала обычно, никого там не нашла. Сначала она удивилась тому, затем, внезапно догадавшись, что случилось, вперила глаза в море и увидела галеру, еще не далеко ушедшую и увлекавшую за собой ее судно. Тут она ясно поняла, что потеряла не только мужа, но и детей; увидя себя бедной, одинокой, оставленной, не зная, придется ли ей найти кого-либо из них, она, призывая мужа и сыновей, упала на берегу без сознания. Не было там никого, кто бы холодной водой или другим средством снова призвал к ней оставившие ее силы, почему ее дух мог свободно блуждать по произволу; но когда к ее жалкому телу вернулись, вместе с слезами и воплями, утраченные силы, она долго звала детей и пристально обыскивала каждую пещеру. Когда она поняла, что ее труд напрасен, и увидела, что ночь наступает, она, все еще надеясь, сама не зная на что, стала помышлять о себе и, отойдя от берега, вернулась в ту пещеру, где приобыкла плакать и горевать. Когда прошла ночь в большом страхе и неописанном горе, наступил следующий день и уже прошел третий час, она, не поужинав перед тем вечером и побуждаемая голодом, принялась есть траву, поев, как могла, она, плача, отдалась различным мыслям о своей будущей судьбе. Пока она находилась в таком раздумье, увидела, как в одну пещеру неподалеку вошла лань, вышла оттуда по некотором времени и побежала в лес. Встав и войдя туда, откуда выбежала дань, она увидела двух ланят, рожденных, вероятно, в тот же день; они представились ей самыми милыми и хорошенькими созданиями в свете, и так как после недавних родов молоко у нее еще не иссякло, она бережно взяла ланят и приложила к своей груди. Не отказываясь от такого предложения, они начали сосать ее, как сосали бы мать, и с тех пор не делали никакого различия между ней и матерью. Таким образом, достойная женщина вообразила, что она нашла в пустыне хоть какое-нибудь общество; питаясь травой, водой утоляя жажду, порой плача, когда вспоминала о муже и детях и своей прошлой жизни, она решила здесь жить и умереть, не менее привязавшись к ланятам, чем к своим сыновьям.

Когда благородная дама пребывала таким образом, уподобившись зверям, случилось через несколько месяцев, что пизанское судно занесено было бурей туда же, куда и она прежде пристала, и пробыло там несколько дней. Был на том судне родовитый человек, по имени Куррадо, из рода маркизов Малеспини, с своей женой, достойной и святой женщиной; они совершили паломничество ко всем святым местам, какие есть в королевстве Апулии, и возвращались домой.

Однажды, чтобы отвести скуку, Куррадо с женой, несколькими слугами и собаками отправились внутрь острова; недалеко от места, где находилась мадонна Беритола, собака Куррадо стала гнать двух ланят, которые, уже подросши, ходили и паслись; преследуемые собаками, они пустились бежать не в иное какое место, как в пещеру, где была мадонна Беритола. Увидев это, вскочив и схватив палку, она прогнала собак, а тут подошел Куррадо с женой, следуя за собаками: увидев женщину, почерневшую, похудевшую и обросшую волосами, они дались диву, а она удивилась им и того более. Когда по ее просьбе Куррадо отозвал своих собак, после многих увещеваний, убедили ее сказать, кто она и что здесь делает, и она подробно открыла им свое положение, все приключения и свое суровое намерение. Как услыхал это Куррадо, очень хорошо знавший Арригетто Капече, заплакал от жалости и многими речами тщился отвлечь ее от столь жестокого решения, предлагая ей отвезти ее в свой дом и держать в чести, как бы свою сестру; пусть останется с ними, пока господь не пошлет ей в будущем более счастливой доли. Когда мадонна Беритола не склонялась на эти предложения, Куррадо оставил с ней свою жену, сказав ей, чтобы она велела принести чего-нибудь поесть, одела бы ее, всю оборванную, в одно из своих платьев и сделала бы все, чтобы увезти ее с собою. Оставшись с нею, достойная дама, вдвоем оплакав вместе с мадонной Беритолой ее несчастия, распорядилась доставлением одежды и еды и с величайшим в свете усилием убедила ее одеться и поесть; под конец, после многих просьб, уговорила ее, заявившую о своем нежелании пойти куда бы то ни было, где бы ее знали, отправиться с ними в Луниджьяну вместе с двумя ланятами и ланью, которая между тем вернулась и, не без великого изумления достойной дамы, стала весело ласкаться к мадонне Беритоле. И вот, когда наступила благоприятная погода, мадонна Беритола села на корабль вместе с Куррадо я его женой, с ними лань и двое ланят {по которым и мадонну Беритолу, имя которой не все знали, прозвали Каврюлой, то есть Ланью); с попутным ветром они скоро дошли да устья Магры, где, сойдя на берег, отправились в свои замки. Здесь стала жить мадонна Беритола при жене Куррадо, будто ее прислужница, во вдовьем наряде, честная, скромная и послушная, питая ту же любовь к своим ланятам и заботясь об их питании.

Корсары, захватившие в Понцо корабль, на котором приехала мадонна Беритола, не захватили ее, ибо не заметили, а со всеми другими отправились в Геную; здесь, когда разделяли добычу между хозяевами галеры, случилось так, что в числе прочего на долю некоего мессера Гаспаррино д'Орна досталась мамка мадонны Беритолы и при ней двое мальчиков; тот послал ее с детьми к себе домой, чтобы держать их в качестве слуг для домашнего обихода. Мамка, безмерно опечаленная утратой своей госпожи и бедственным положением, в каком видела себя и двух ребят, долго плакала; но, уразумев, что слезы ничему не помогут и что она вместе с ними в рабстве, как женщина умная я рассудительная, хотя и бедная, она прежде всего, как сумела, подбодрилась; затем, обсудив положение, в каком они очутились, рассчитала, что если узнают о звании обоих мальчиков, от того легко может последовать для них что-нибудь нехорошее; кроме того, надеясь, что судьба когда бы то ни было переменится и они будут в состоянии, коли доживут, вернуться в утраченное ими положение, она решила никому не обнаруживать, кто они, пока не настают на то время, и всем говорила, кто о той ее допрашивал, что это – ее дети. Старшего прозвали не Джьусфреди, а Джьяннотто из Прочиды, а меньшему она не озаботилась переменить имя и много старания приложила, чтобы объяснить Джьусфреди, почему она изменяла его имя и в каком опасном положении он может очутиться, если его узнают. Об этом она напоминала ему не однажды, а несколько раз и очень часто, и тот, как разумный мальчик, отлично следовал наставлениям мудрой мамки. Таким образом, дурно одетые, еще хуже обутые, отправлявшие всякую низменную работу, оба мальчика, а с ними и мамка, терпеливо прожили несколько лет в доме мессера Гаспаррино. Но у Джьяннотто, уже шестнадцатилетнего, дух был более мужественный, чем какой приличествует слуге; презрев низость рабского состояния, он ушел с галерами, шедшими в Александрию, и, покинув службу у мессере Гаспаррино, ходил в разные места, но нигде не успел пробиться. Под конец, может быть, три или четыре года спустя по своем уходе от мессера Гаспаррино, когда он стал красивым, рослым юношей, он услышал, что его отец, которого он считал умершим, еще жив, но в тюрьме и в плену у короля Карла. Почти отчаявшийся в своей доле, ведя бродячую жизнь, он добрался до Луниджьяны, где случайно попал в служение к Куррадо Малеспина, которому прислуживал очень умело и в его удовольствие. И хотя он изредка видел свою мать, бывшую при жене Куррадо, ни разу не признал ее, ни она его: так время изменило их обоих сравнительно с тем, какими они были, когда виделись в последний раз. Когда таким образом Джьяннотто был на службе у Куррадо, случилось, что одна дочь Куррадо, по имени Спина, оставшись вдовою по смерти Никколо да Гриньяно, вернулась в дом отца, красивая и милая, молодая, не многим более шестнадцати лет; случайно она загляделась на Джьяннотто, он на нее, и оба страстно влюбились друг в друга. И любовь эта недолго оставалась бесплодной, и много месяцев прошло прежде, чем о том кто-либо догадался. Слишком уверившись в этом, они стали вести себя менее сдержанно, чем подобало в таких делах; однажды, когда молодая женщина и Джьяннотто гуляли по прелестному густому лесу, они, оставив остальное общество, прошли далее, и так как им показалось, что они далеко других опередили, они уселись в прекрасном местечке, полном травы и цветов и окруженном деревьями, и отдались радостям взаимной любви. И, хотя они пробыли здесь долгое прем я, от великого наслаждения оно показалось им очень коротким, почему они и были застигнуты сначала матерью молодой женщины, потом Куррадо. Безмерно огорченный виденным им, он, не говоря ни слова о причине, велел трем своим слугам схватить обоих и повести связанных в один из своих замков, а сам, трепеща от гнева и негодования, сбирался подвергнуть обоих постыдной смерти. Мать молодой женщины, хоть и сильно взволнованная и считавшая дочь достойной всякого жестокого наказания за ее проступок, поняла из некоторых слов Куррадо, что он затевает против виновных; не будучи в состоянии вынести этого, она поспешила к разгневанному мужу и начала просить его, чтобы он не спешил неистово предаться желанию – стать на старости убийцей дочери и замарать руки в крови своего слуги, а нашел бы другой способ удовлетворить своему гневу, велев, например, заключить их, дабы они помучились и оплакали совершенный ими грех. Такие и многие иные речи держала ему благочестивая женщина, пока он не отложил намерения умертвить их, приказав заключить их по отдельным местам, и, при малой пище и больших неудобствах, стеречь, пока он не примет относительно их другого решения, что и было сделано. Какова была их жизнь в заточении, неустанных слезах и постах, более продолжительных, чем им было желательно, каждый может себе представить.

Когда таким образом Джьяннотто и Спина вели столь печальную жизнь и пробыли там уже год, а Куррадо не вспоминал о них, случилось, что король Пьетро Аррагонский, в согласии с мессером Джьяно ди Прочида, возмутил остров Сицилию и отнял ее у короля Карла, чему Куррадо, как гибеллин, очень обрадовался.

Когда Джьяннотто услыхал о том от одного из тех, кто его сторожил, глубоко вздохнув, сказал: «Увы мне, бедному! прошло четырнадцать лет, как я брожу в жалком виде по свету, ничего другого не ожидая, как этого события; теперь, как бы затем, чтобы мне нечего было более надеяться на удачу, оно совершилось, застав меня в тюрьме, откуда я не надеюсь выйти иначе, как мертвым!» – «Что такое? – спросил тюремщик. – Что тебе в том, что творят величайшие короли? Какое у тебя было дело в Сицилии?» На это Джьяннотто сказал: «Кажется, у меня сердце разорвется, как вспомню я, чем был там мой отец; хотя я был еще маленьким ребенком, когда бежал, но еще помню, что он был всему господином при жизни короля Манфреда». Тюремщик продолжал: «А кто был твой отец?» – «Моего отца, – отвечал Джьяннотто, – я могу теперь спокойно назвать, ибо вижу себя в опасности, в какую боялся впасть, назвав его. Его называли и еще зовут, коли он жив, Арригетто Капече, а мое имя не Джьяннотто, а Джьусфреди; и я ничуть не сомневаюсь, что если бы я вышел отсюда и вернулся в Сицилию, у меня было бы там высокое положение». Не пускаясь в дальнейший разговор, сторож как только улучил время, все рассказал Куррадо.

Как услышал это Куррадо, не показав тюремщику, что это его интересует, отправился к мадонне Беритоле и спросил по-дружески, был ли у нее от Арригетто сын, по имени Джьусфреди. Та отвечала в слезах, что если бы старший из двоих сыновей, которые у нее были, находился еще в живых, имя ему было бы такое и было бы ему двадцать два года. Услышав это, Куррадо догадался, что это тот самый, и ему пришло на мысль, что если все так, он может в одно и то же время учинить великое дело милосердия и снять стыд с себя и дочери, выдав ее за того юношу. Потому, тайно приказав позвать к себе Джьяннотто, он подробно расспросил его об его прошлой жизни. Найдя по многим признакам, что он в самом деле Джьюсфреди, сын Арригетто Капече, он сказал: «Джьяннотто, ты знаешь, какое и сколь великое оскорбление ты нанес мне в лице моей дочери, тогда как я обходился с тобою хорошо и по-дружески, как следует с слугами, и ты обязан был всегда искать и содействовать моей чести и чести моих. Многие другие предали бы тебя постыдной смерти, если б ты учинил им то, что сделал мне; но до этого не допустило меня мое сострадание. Теперь, когда оказывается, как ты говоришь, что ты сын родовитого человека и родовитой женщины, я хочу положить, коли ты сам того желаешь, конец твоим страданиям, извлечь тебя из бедствий и неволи и в одно и то же время восстановить твою и мою честь в подобающей мере. Как ты знаешь, Спина, которою ты овладел в любовной, хотя как тебе, так и ей, неприличной страсти, – вдова; у нее большое, хорошее приданое; каковы ее нравы, отец и мать – ты знаешь; о твоем настоящем положении я ничего не говорю. Потому, коли хочешь, я согласен, чтобы она, быв непочестным образом твоей любовницей, стала честным порядком тебе женой и чтобы ты в качестве моего сына оставался здесь со мною и с ней, сколько тебе заблагорассудится».

Тюрьма заставила Джьяннотто исхудать телом, но ни в чем не тронула его доблестного от рождения духа, ни полноты любви, которую он питал к своей милой; и хотя он страстно желал того, что предлагал ему Куррадо, и видел себя в его власти, тем не менее ни в одну сторону не удалился от того, что подсказало ему в ответ его великодушие, и ответил: «Куррадо, ни жажда власти, ни страсть к деньгам и никакая другая причина никогда не побуждали меня злоумышлять, как предатель, ни против твоей жизни, ни против того, что твое. Я любил твою дочь, люблю и буду любить всегда, ибо считаю ее достойной своей любви; и если я сошелся с нею менее чем честным образом, как то думают простецы, я совершил грех, всегда присущий молодости, желая устранить который, пришлось бы уничтожить и молодость; если бы старики пожелали вспомнить, что были юношами, и проступки других измерили собственными, а свои чужими, то и мой грех не показался бы столь тяжким, каким считаешь его ты и многие другие; да и совершил я его как друг, а не как недруг. Того, что ты предлагаешь мне устроить, я всегда желал, и если бы я думал, что это мне дозволят, давно бы о том попросил; теперь это будет мне тем милее, чем менее было на то надежды. Если у тебя нет намерения, какое обличают твои слова, то не питай меня ложной надеждой, вели меня вернуть в тюрьму и там удручить меня сколько тебе угодно, ибо как я буду любить Спину, буду из-за любви к ней всегда любить и тебя и питать к тебе уважение». Выслушав его, Куррадо удивился, счел его за человека великодушного, его любовь искреннею, и он стал ему тем милее. Поднявшись, он обнял и поцеловал его и, недолго мешкая, распорядился, чтобы сюда же тайным образом привели и Спину. Она побледнела, похудела и ослабела в тюрьме и казалась не той женщиной, какой была прежде, да и Джьяннотто казался другим человеком; в присутствии Куррадо они, по обоюдному согласию, заключили брачный союз по нашему обычаю. После того как в течение нескольких дней, когда никто еще не узнал о происшедшем, он велел доставлять им все, что им было нужно и желательно, и ему показалось, что настало время обрадовать их матерей; позвав свою жену и Кавриолу, он так обратился к ним: «Что сказали бы вы, мадонна, если бы я вернул вам вашего старшего сына – мужем одной из моих дочерей?» На это Кавриола отвечала: «Ничего иного я не могла бы вам ответить на это, как то, что если бы я могла быть еще паче обязанной вам, чем теперь, я стала бы таковой тем более, что вы возвратили бы мне нечто более дорогое для меня, чем я сама, и, возвратив в том виде, как вы сказали, вернули бы мне отчасти мою утраченную надежду». И она замолкла в слезах. Тогда Куррадо обратился к своей жене: «А тебе, жена, во что бы показалось, если бы я дал тебе такого зятя?» На это она отвечала:

«Не только что кто-нибудь из наших родовитых люден, но и проходимец пришелся бы мне по сердцу, если бы приглянулся вам». Тогда Куррадо сказал: «Надеюсь через несколько дней обрадовать этим вас обоих». Увидев, что к молодым людям вернулся их прежний вид, велев одеть их пристойно, он спросил Джьусфреди: «Приятно ли было бы тебе, сверх той радости, какую ты ощущаешь, увидеть здесь и твою мать?» На то Джьусфреди ответил: «Мне не верится, чтобы печаль ее бедственной судьбы еще оставила ее в живых; но если бы это было так, мне было бы это чрезвычайно дорого, ибо я думаю, что при ее советах я мог бы вернуть себе отчасти мое положение в Сицилии». Тогда Куррадо велел призвать туда обеих дам; они с большой радостью приветствовали молодую, не мало удивляясь, какое вдохновение побудило Куррадо к такому благодушию, что он соединил ее с Джьяннотто. Мадонна Беритола начала всматриваться в него под влиянием слов, слышанных от Куррадо. Тайная сила возбудила в ней какое-то воспоминание о младенческих очертаниях лица ее сына, и, не ожидая иного доказательства, она бросилась к нему на шею с распростертыми объятиями. Избыток любви и материнской радости не дали ей сказать ни слова, – наоборот, так прекратили всякую силу чувствительности, что она, точно мертвая, упала на руки сына. Он, хотя и сильно изумился, припоминая, что много раз видел ее в этом самом замке и все же не узнавал ее, тем не менее тотчас же ощутил чутьем свою мать и, порицая себя за свою прошлую беспечность, приняв ее в свои объятия и, пролив слезы, нежно поцеловал. После того как к мадонне Беритоле, которой сострадательно оказали помощь холодной водою и другими средствами жена Куррадо и Спина, вернулись утраченные силы, она снова со многими слезами и нежными словами обняла сына и, полная материнской нежности, тысячу и более раз поцеловала его, а он принимал это и смотрел на нее с почтением.

Когда эти достойные и радостные приветствия повторились три или четыре раза, не без великой радости и удовольствия присутствующих, когда один успел рассказать другому все свои приключения, а Куррадо объявил своим друзьям, к общему удовольствию, о своей новой родственной связи и распорядился устройством прекрасного, великолепного торжества, Джьусфреди сказал ему: «Куррадо, вы многим порадовали меня и долгое время держали в чести мою мать; теперь дабы не осталось не сделанным ничего, что вы в состоянии сделать, я прошу вас, чтобы вы и мою мать, и мой праздник, и меня самого развеселили присутствием брата, которого держит у себя в качестве слуги мессер Гаспаррино д'Орна, и меня полонивший, как я уже сказал вам, в корсарском набеге; а затем, чтобы вы послали в Сицилию кого-нибудь, кто бы точно осведомился об отношениях и положении страны, разузнал бы, что сталось с Арригетто, отцом моим, жив он или умер, а коли жив, в каком положении, – и, разузнав обо всем в полностн, вернулся бы к нам». Понравилась Куррадо просьба Джьусфреди и, не мешкая, он послал надежных людей в Геную. И Сицилию. Тот, кто отправился в Геную, разыскав мессера Гаспаррино, настоятельно попросил его от лица Куррадо доставить ему Скаччьято и его мамку, по порядку рассказав ему все, содеянное Куррадо по отношению к Джьусфреди и его матери. Сильно подивился мессер Гаспаррино, услышав это, и сказал: «Разумеется, я сделал бы для Куррадо все, что бы мог и что бы он ни захотел; живет у меня в доме уже лет с четырнадцать мальчик, о котором ты спрашиваешь, с матерью, коих я охотно ему доставлю; но скажи ему от меня, чтобы он остерегся доверяться и не доверялся рассказам Джьяннотто, который ныне зовет себя Джьусфреди, ибо он гораздо хитрее, чем полагает Куррадо». Так сказав и велев учествовать достойного человека, он тайно приказал позвать мамку и осторожно расспросил ее об этом деле. Та, услышав о восстании в Сицилии и узнав, что Арригетто жив, отложила страх, который прежде питала, все по порядку ему рассказала и объяснила ему причины, почему она держалась того образа действия, какому следовала. Увидев, что рассказы мамки отлично согласуются с рассказами посланного, мессер Гаспаррино возымел доверие к его словам, как человек очень тонкий, тем и другим способом расследовав это дело и все более находя обстоятельства, убеждавшие в его достоверности, он устыдился своего недостойного обращения с мальчиком и в возмездие за это выдал за него с большим приданым свою дочку, красавицу одиннадцати лет, ибо знал, кто такой и чем был Арригетто. После большого празднества, устроенного по этому поводу, он вместе с юношей и дочерью, с посланцем Куррадо и мамкой сел на хорошо вооруженную галеру и прибыл в Леричи, где был принят Куррадо, затем со всем своим обществом отправился в один из замков Куррадо неподалеку оттуда, где было приготовлено большое торжество. Какова была радость матери, вновь увидевшей своего сына, какова радость обоих братьев и всех троих при виде верной мамки, каков прием, оказанный всеми мессеру Гаспаррино и его дочери, и его привет всем и всех вообще по отношению к Куррадо и его жене с сыновьями и друзьями, всего этого не объяснить словами, почему я предоставляю вам, мои дамы, вообразить себе это.

Ко всему этому, дабы радость была полная, господь бог, который, коли начнет подавать, подает щедро, пожелал присоединить радостные вести о жизни н счастливом положении Арригетто Капече. Потому что, когда торжество было в разгаре и гости, женщины и мужчины, за столом и еще за первым блюдом, явился тот, кто был послан в Сицилию и, между прочим, рассказал об Арригетто, что он находился в заключении у короля Карла; когда в городе вспыхнуло восстание против короля, народ бешено бросился к тюрьме, перебил сторожей, а Арригетто вывели и, как заклятого врага короля Карла, сделали своим вождем, дабы, следуя за ним, гнать и убивать французов. Вследствие чего он вошел в великую милость у короля Пьетро, который восстановил его во всех его владениях и почестях;

почему он и занимает теперь высокое, хорошее положение. Его самого, присоединил посланный, он принял с величайшим почетом и невыразимо порадовался о жене и сыне, о которых после своего плена никогда ничего не слыхал; сверх того, он послал за ними легкое судно с несколькими именитыми людьми, которые и следуют за ним.

Посланного приняли и выслушали с большою радостью и восторгом; Куррадо вместе с некоторыми друзьями скоро снарядился навстречу именитым людям, прибывшим за мадонной Беритолой и Джьусфреди; их весело приветствовали и повели на пиршество, которое не было еще и в половине. Здесь и мадонна Беритола, и Джьусфреди, да, кроме их, и все другие обнаружили такую радость, увидя их, что о подобной не было и слыхано; а они, прежде чем сесть за стол, от лица Арригетто кланялись и благодарили, как лучше умели и могли, Куррадо и его жену за почет, оказанный жене и сыну Арригетто, предоставляя в распоряжение хозяев как его самого, так и все, что было бы в его власти. Затем, обратившись к мессеру Гаспаррино, заслуги которого были для них неожиданностью, они заявили свою полную уверенность, что, когда Арригетто узнает, что он сделал для Скаччьято, ему воздается подобная же и еще большая благодарность. После того они весело стали пировать на празднике двух молодых супруг и молодых супругов. Не в этот только день устроил Куррадо торжество для своего зятя и для других своих родичей и друзей, но и в течение многих других. Когда же празднество кончилось и мадонне Беритоле и Джьусфреди и другим показалось, что пора ехать, они, напутствуемые слезами Куррадо и его жены и мессера Гаспаррино, сев на ходкое судно и увозя с собою Спину, удалились; а так как ветер был благоприятный, то они скоро прибыли в Сицилию, где в пристани Арригетто встретил всех, и сыновей и дам, с такой радостью, что описать ее нет возможности. Здесь, говорят, они долгое время жили потом счастливо, памятуя господа бога в благодарность за полученное благодеяние.

## Новелла седьмая

**Султан Вавилонии отправляет свою дочь в замужество к королю дель Гарбо; ее бедствие разных случайностей она в течение четырех лет попадает в разных местах в руки к девяти мужчинам; наконец, возвращенная отцу, как девственница, отправляется, как и прежде намеревалась, в жены к королю дель Гарбо.**

Продлись новелла Емилии еще немного, и, может быть, жалость, возбужденная в молодых дамах приключениями мадонны Беритолы, заставила бы их пролить слезы. Когда рассказу положен был конец, королеве заблагорассудилось, чтобы продолжал Памфило, рассказав и свою новеллу, вследствие чего он с великой готовностью начал так: – Прелестные дамы, нам трудно бывает знать, что нам надо, ибо, как то часто видали, многие, полагая, что, разбогатев, они будут жить без заботы и опасений, не только просили о том бога молитвенно, но и настоятельно старались о приобретении, не избегая трудов и опасностей, и хотя это им и удавалось, находились-таки люди, которые из желания столь богатого наследия убивали их, а до того, прежде чем те разбогатели, они их любили и берегли их жизнь. Иные, воззойдя из низкого положения среди тысячи опасных битв, кровью братьев и друзей, к высоте царственной власти, в которой полагали высшее счастье, не только увидели и ощутили ее полной забот и страхов, но и познали ценою жизни, что за царским столом в золотом кубке пьется яд. Бывали многие, страстно желавшие телесной силы и красоты, иные украшений, не прежде приходившие к убеждению, что желание их дурно направлено, как сознав в этих предметах причину своей смерти, либо горестного существования. Не говоря раздельно о всех человеческих желаниях, я утверждаю, что нет ни одного, которое люди могли бы с полным сознанием предпочесть, как застрахованное от случайностей судьбы; почему, если бы мы захотели поступать как следует, мы должны были бы себя устроить так, чтобы избирать то и тем владеть, что подает нам тот, кто один знает, что нам нужно, и может нам то доставить. Но так как люди разным образом грешат желанием, а вы, прелестные дамы, сильно грешите одним, именно желанием быть красивыми, настолько, что, не довольствуясь прелестями, данными вам природой, вы с изумительным искусством стараетесь их умножить, – я хочу рассказать вам о роковой красоте одной сарацинки, которой, по причине ее красоты, пришлось в какие-нибудь четыре года сыграть свадьбу до девяти раз.

Много прошло тому времени, как в Вавилонии жил-был султан, по имени Беминедаб, которому в его жизни многое удавалось по его желанию. Была у него в числе других детей мужского и женского пола одна дочка, по имени Алатиэль, о которой все, кто ее видел, говорили, что она красивейшая женщина изо всех, какие тогда были на свете; а так как в большом поражении, которое он нанес многочисленному войску напавших на него арабов, король дель Гарбо оказал ему чудесную помощь, то султан и обещал ее ему в жены, о чем тот просил, как об особой милости; посадив ее с почетной свитой мужчин и женщин и драгоценной, богатой утварью на хорошо вооруженный и снаряженный корабль, он отправил ее к нему, поручив ее богу. Корабельщики, улучив благоприятную погоду, поставили паруса по ветру, вышли из Александрийского порта и несколько дней плыли счастливо; они миновали уже Сардинию и, казалось, были близки к цели своего путешествия, когда однажды поднялись противоположные ветры, все чрезвычайно порывистые, так обрушившиеся на корабль, где находилась девушка с корабельщиками, что несколько раз они считали себя погибшими. Тем не менее, как люди искусные, пустив в ход всякую сноровку и силу в борьбе с расходившимся морем, они выдержали два дня; когда настала третья ночь с начала бури, – а она не прекращалась, а все росла, – не зная, где они, и не будучи в состоянии того дознаться ни при помощи знакомого морякам измерения, ни на глаз, ибо небо, заволоченное тучами, было темно, как ночью, они почувствовали, когда были несколько выше Майорки, что корабль дал трещину. Вследствие этого, не видя другого средства спасения, и всякий имея в виду себя, а не других, они спустили в море лодку, и хозяин сошел в нее, рассчитав, что лучше довериться ей, чем надтреснутому судну; за ним стали бросаться туда же тот и другой из бывших на корабле людей, хотя те, кто уже спустился в лодку, противились тому с ножами в руках. Рассчитывая таким образом избежать смерти, они пошли ей навстречу, потому что лодка, не будучи в состоянии, по причине бури, выдержать столько народа, пошла ко дну, и все погибли. Что касается до корабля, гонимого стремительным ветром, хотя он раскололся и был почти полон воды, то на нем не осталось никого, кроме девушки и ее прислужниц, подавленных бурею и страхом и лежавших на полу замертво; на быстром ходу он ударился о берег острова Майорки, и такова и столь велика была его стремительность, что он почти целиком врезался в песок неподалеку от берега, может быть в расстоянии переброса камнем, и здесь, всю ночь качаемый морем, остановился, так как ветер не мог более сдвинуть его. Когда настал день и буря немного унялась, девушка, почти полумертвая, приподняла голову и, хотя была слаба, принялась звать то одного, то другого из своей свиты; но зов был напрасен, ибо призываемые были далеко. Потому, не слыша ответа и никого не видя, она очень изумилась и начала ощущать сильный трепет; поднявшись, как сумела, она увидела, что женщины, ей сопутствовавшие, да и другие лежат; потрогав то одну, то другую, после многих окликов она нашла, что лишь немногие остались в живых, другие же, частью от сильного недуга желудка, частью от страха, скончались, что увеличило ее ужас; тем не менее, побуждаемая необходимостью на что-нибудь решиться, ибо она видела себя одинокой, не зная и не понимая, где она, она настолько подбодрила тех, кто еще оставался в живых, что заставила их подняться; убедившись, что и они не знают, куда делись мужчины, увидев, что корабль ударился о берег и полон воды, она принялась вместе с ними горько плакать.

Уже был девятый час, а она не видела ни на берегу, ни в другом месте никого, кому могла бы внушить жалость к себе и желание подать помощь. Около девятого часа проезжал там, случайно возвращаясь из своего поместья, родовитый человек, по имени Перикон да Висальго, с несколькими слугами верхом. Увидев корабль, он быстро сообразил, в чем дело, и велел одному из своих сейчас же постараться взойти на него и доложить, что там такое. Слуга, взобравшись туда, хотя и не без затруднения, нашел молодую даму, а с ней немногих, при ней бывших, боязливо притаившуюся под носом корабля. Увидев его, они, в слезах, несколько раз принимались просить его сжалиться над ними; заметив, что их не понимают, а они его не разумеют, они старались знаками объяснить ему свое несчастье. Осмотрев все, как сумел лучше, слуга рассказал Перикону, что там было, а он, тотчас распорядившись забрать женщин и наиболее драгоценные вещи, какие там были и какие можно было достать, со всем этим отправился в свой замок. Здесь, когда женщины подкрепились пищей и отдыхом, он догадался по богатой утвари, что найденная им женщина должна быть из очень родовитых, в чем вскоре убедился по почету, который оказывали другие ей одной, и хотя девушка была тогда бледна и очень спала с лица от морской невзгоды, тем не менее ее черты показались Перикону прелестными, почему он тотчас же решился взять ее замуж, если она не замужем, а коли он не может получить ее в жены, то добиться ее любви.

Перикон был человек мужественного вида и очень крепкий; после того как в течение нескольких дней он велел холить ее как можно лучше и она вследствие того совсем оправилась, он увидел, что ее красота превосходит всякую оценку, и сильно сетовал, что не может понимать ее, ни она его и что таким образом он не в состоянии узнать, кто она; тем не менее, безмерно воспламененный ее красотою, он старался приятным и любовным обращением побудить ее удовлетворить без прекословия его желание. Но это не повело ни к чему, она решительно отвергала его ухаживания; и тем более разгоралась страсть Перикона. Когда девушка это заметила и, прожив несколько дней, убедилась, по обычаям народа, что она у христиан и в местности, где ей было мало проку в том, чтобы открыть, кто она, если бы она и сумела это сделать; когда она убедилась, что с течением времени, путем насилия или любви, ей все же придется удовлетворить желаниям Перикона, она решила сама с собой великодушно попрать невзгоды своей судьбы – и приказала своим служанкам, которых осталось всего три, никому не открывать кто она, разве они очутятся в таком месте, где им представится помощь к их освобождению, сверх того, она сильно убеждала их сохранить свое целомудрие, утверждая и свое решение, что никто, кроме мужа, не будет обладать ею. Ее женщины похвалили ее за это, обещая по мере сил исполнить ее наставления. Перикон, разгораясь с каждым днем тем более, чем ближе видел предмет желания и чем более ему отказывали в нем, пустил в ход уловку и ухищрения, приберегая насилие к концу. Заметив не раз, что девушке нравилось вино, которое она не привыкла пить вследствие запрета ее религии, он надумал взять ее вином, как первым служителем Венеры; притворившись, будто не обращает внимания на ее отвращение, он устроил однажды вечером, в виде торжественного праздника, хороший ужин, на который явилась и девушка, и здесь за столом, прекрасно обставленным, приказал прислуживавшему ей подносить ей разных вин, смешанных вместе. Тот это отлично исполнил, а она, не остерегавшаяся того, увлеченная прелестью напитка, выпила его более, чем приличествовало ее чести; вследствие чего, забыв все прошлые беды, она развеселилась и, увидав, как несколько женщин плясали на майоркский лад, принялась плясать на александрийский. Как заметил это Перикон, ему представилось, что он близок к исполнению своего желания, и, затянув ужин, среди еще большего обилия яств и питья, он продлил его на большую часть ночи. Наконец, когда ушли гости, он один с девушкой вошел в комнату; та, более разгоряченная вином, чем руководимая честностью, точно Перикон был одной из ее прислужниц, без всякого удержу стыдливости разделась в его присутствии и легла на постель. Перикон не замедлил последовать за нею; потушив все огни, быстро лег с нею рядом и, заключив ее в свои объятия, без всякого сопротивления с ее стороны стал любовным образом с нею забавляться. Когда она ощутила это, точно раскаявшись, что долго не склонялась к улещениям Перикона, не дожидаясь приглашения на столь же сладкие ночи, часто стала приглашать себя сама, не словами, ибо не умела объясняться, а делом.

Этому великому наслаждению ее и Перикона поперечила другая, более жестокая любовь, точно судьба не удовольствовалась тем, что сделала ее из супруги короля любовницей рыцаря. Был у Перикона брат лет двадцати пяти, красивый и свежий, как роза, по имени Марато; он увидел ее, она ему сильно понравилась и так как ему показалось, судя по ее обращению, что он ей приглянулся, и он полагал, что ничто не устраняет его от цели, которой он у нее добивался, как только строгая охрана Перикона, он возымел жестокую мысль, а за мыслью последовало, не мешкая, преступное исполнение. Случайно зашел в гавань города корабль, нагруженный товаром и направлявшийся в Кьяренцу в Романии; хозяевами судна были двое молодых генуэзцев; они уже подняли паруса, чтобы уйти, лишь только будет попутный ветер; с ними-то сговорился Марато, заказав, чтобы на следующую ночь они приняли его к себе вместе с женщиной. Уладив это, когда приблизилась ночь, он, рассчитав все, что следовало сделать, тайно отправился в дом ничуть не остерегавшегося его Перикона вместе с несколькими вернейшими товарищами, которых подговорил на то, что затевал, и, согласно условленному между ними порядку, спрятался там. Когда миновала часть ночи, он, впустя своих товарищей, пошел к комнате, где Перикон спал с девушкой, отворив покой, они убили спавшего Перикона, схватили даму, проснувшуюся и плакавшую, грозя ей смертью, если она поднимет шум; захватив большую часть драгоценных вещей Перикона, они, никем не замеченные, быстро направились к берегу, где без замедления Марато и его дама сели на корабль, тогда как его товарищи вернулись к себе. Пользуясь хорошим, крепким ветром, поставив паруса,

Марато отправился в путь. Дама горько и много сетовала как о своем первом несчастии, так и об этом, втором, но Марато помощью св. Встани, которым снабдил нас господь, принялся утешать ее так, что она, привыкнув к нему, забыла о Периконе.

Уже ей представлялось, что все обстоит благополучно, когда судьба готовила ей новое огорчение, будто не довольствуясь прошлыми: ибо, так как она была большой красавицей, как мы не раз говорили, и обладала приятными манерами, молодые хозяева корабля до того увлеклись ею, что, забыв все остальное, только о том и помышляли, чтобы услужить ей и сделать приятное, постоянно остерегаясь, как бы Марато не догадался о причине. Когда один дознался о любви другого, они держали о том тайный совет и сговорились приобрести эту любовь сообща, точно и любовь может быть подвержена тому же, чему товар или барыш. Заметив, что Марато сильно ее сторожит, а это препятствует их намерению, они, согласившись между собою, подошли к нему однажды, когда корабль быстро шел на парусах, а Марато стоял на корме и смотрел в море, ничуть не остерегаясь, и, быстро схватив его сзади, бросили в море; и прошли более мили, прежде чем кто-либо заметил, что Марато упал в воду. Когда дама услышала о том и не видела способа, каким бы вернуть Марато, принялась за новые сетования на корабле. Оба влюбленные тотчас же явились утешать ее и нежными словами и большими обещаниями, хоть она и немного в них понимала, старались успокоить ее, оплакивавшую не столько утрату Марато, сколько свое несчастье. После долгих уговоров, к которым они прибегали не раз и не два, когда им показалось, что она почти утешилась, они стали рассуждать промеж себя, кому из них первому повести ее к себе на ложе. Так как каждый желал быть первым и между ними не могло произойти относительно этого соглашения, они начали с крепких слов и крупного спора, который возбудил их к гневу: выхватив ножи, они бешено бросились друг на друга, а так как люди, что были на корабле, не могли разнять их, то они нанесли друг другу несколько ударов, от чего один тотчас же упал мертвым, другой, раненный в разные части тела, остался жить. Это очень огорчило даму, ибо она увидала себя одинокой, лишенной чьей-либо помощи и совета, и сильно опасалась, как бы не обрушился на нее гнев родных и друзей обоих хозяев, но просьбы раненого и скорое прибытие в Кьяренцу освободили ее от опасности смерти. Здесь, когда она и раненый сошли на берег и она поселилась с ним в гостинице, молва об ее великой красоте внезапно пронеслась по городу и дошла до Морейского принца, находившегося тогда в Кьяренце, почему он и пожелал поглядеть на нее. Увидев ее и найдя ее гораздо более красивой, чем говорила молва, он вдруг влюбился в нее так сильно, что ни о чем другом не мог и подумать. Услышав, каким образом она сюда прибыла, он сообразил, что может ее добыть. Когда он изыскивал к тому средства, родные раненого, узнав о том, не мешкая, доставили ее ему, что было принцу крайне приятно, равно как и даме, ибо ей представилось, что она избыла большой опасности. Увидев, что, помимо красоты, она украшена еще и царственными манерами, не будучи в состоянии узнать иным способом, кто она, он счел ее за знатную даму, а это удвоило его любовь к ней; окружив ее почетом, он обходился с ней не как с любовницей, а как с собственной женой. Вследствие этого, чувствуя себя очень хорошо сравнительно с прошлыми бедами, совсем ободрившись, она повеселела, и так расцвела ее красота, что, кажется, ни о чем другом не говорила вся Романия. Почему у Афинского герцога, юного, красивого и мужественного, приятеля и родственника принца, явилось желание увидеть ее; под предлогом посещения, как то нередко делал, он с прекрасной и почетной свитой прибыл в Кьяренцу, где был принят с почестями и большим торжеством. Когда по прошествии нескольких дней они заговорили о красоте той женщины, герцог спросил, в самом ли деле она так изумительна, как говорят. На это принц ответил: «Гораздо более, но я желаю, чтобы свидетельством тому были тебе не мои слова, а твои глаза». Когда герцог стал торопить с этим принца, оба отправились туда, где она находилась. Услышав об их посещении, она приняла их очень приветливо и с веселым видом; посадив ее между собою, они не могли насладиться беседою с нею, ибо она мало или вовсе не понимала их языка; поэтому каждый из них смотрел на нее как на диво, особенно герцог, который едва мог уверить себя, что это смертное создание; не замечая, что, глядя на нее, он впивал глазами любовный яд, и думая, что, любуясь на нее, он удовлетворял своему желанию, он роковым образом запутал себя, пламенно в нее влюбившись. Когда он ушел от нее вместе с принцем и улучил время поразмыслить сам с собою, он счел принца счастливейшим надо всеми, ибо столь прекрасное создание – в его власти; после многих и разнообразных дум, когда его горячая любовь перевесила в нем чувство чести, он решил, что бы от того ни произошло, отнять это блаженство у принца и по возможности осчастливить им самого себя. Решив, что ему следует поторопиться, отложив разум и справедливость, он направил все свои мысли на козни. Однажды, по злодейскому уговору с довереннейшим служителем принца, по имени Чуриачи, он тайно велел снарядить к отъезду своих коней и вещи; на следующую ночь означенный Чуриачи тихо впустил его с одним товарищем, вооруженных, в комнату принца, которого они увидели совершенно голым, по случаю сильной жары, стоявшим, пока дама спала, у окна, обращенного к морю, чтобы освежиться ветерком, веявшим с той стороны. Вследствие этого, научив наперед своего товарища, что ему делать, герцог тихо прошел по комнате до окна и, ударив принца ножом в бок, так что пронзил его насквозь, быстро схватил его и выбросил наружу. Дворец стоял над морем и был очень высок, а окно, у которого тогда находился принц, выходило на несколько домов, разрушенных напором моря; туда ходили редко или никогда, почему и случилось, как то предвидел герцог, что падение тела принца не было никем услышано, да и не могло быть. Увидев, что дело сделано, спутник герцога, схватив веревку, им для того принесенную, и, сделав вид, что хочет обласкать Чуриачи, быстро накинул ее ему на шею и так затянул, что тот не мог произвести шума; когда подоспел герцог, они его задушили и бросили туда же, куда кинули и принца. Совершив это и воочию убедившись, что их не слышали ни дама и никто другой, герцог взял в руки свечу и, поднеся ее к постели, тихонько раскрыл крепко спавшую даму; осмотрев ее всю, он много любовался ею, и если она понравилась ему одетая, то обнаженной несравненно более того. Потому, воспламенившись горячим вожделением и не смущаясь недавно совершенным преступлением, он с окровавленными еще руками лег возле нее и познал ее сонную, полагавшую, что то принц. Пробыв с нею некоторое время с величайшим наслаждением, он встал и, кликнув нескольких своих соучастников, велел взять даму так, чтобы не произошло шума; вынеся ее потаенной дверью, которой сам вошел, и посадив на коня, он, насколько мог тише, пустился в путь и вернулся в Афины. Но так как он был женат, то и устроил даму, опечаленную, как никто другой, не в Афинах, а в одном прекрасном своем поместье, которое было неподалеку за городом у моря; здесь он держал ее в тайне, распорядившись, чтобы ей прислуживали подобающим образом. На другой день придворные принца ждали до девятого часа, чтобы он поднялся; ничего не слыша, они отворили двери, лишь припертые, и, не найдя никого, предположили, что принц уехал куда-нибудь тайком, чтобы провести несколько дней в свое удовольствие с тою красавицей, и более о том не заботились. Так было дело, когда на другой день один юродивый, войдя в развалины, где лежали тела Чуриачи и принца, вытащил на веревке тело Чуриачи и поволок его за собой. Многие признали его не без малого изумления и, ласками побудив юродивого повести себя туда, откуда он вытащил тело, нашли там, к общей печали горожан, и тело принца, которое похоронили почетным образом, принявшись искать виновников столь великого преступления и видя, что Афинского герцога нет и он уехал тайно, рассудили, как то и было на самом деле, что совершил это он и что он же увез и даму. Потому, тотчас же поставив принцем брата убитого, они со всяким тщанием стали возбуждать его к мщению; уверившись по многим другим обстоятельствам, что дело было так, как они себе представляли, он, попросив помощи у друзей и родственников и подданных из разных местностей, вскоре собрал прекрасное, большое и сильное войско и пошел войной на Афинского герцога.

Услышав о том, герцог также собрал все свои силы на свою защиту, и ему на помощь пришло много синьоров, в числе которых были посланные константинопольским императором его сын Константин и племянник Мануил, с прекрасным и большим войском, которых герцог принял почетно, тем более герцогиня, ибо она приходилась им сродни. Когда со дня на день дело близилось к войне, герцогиня, улучив время, призвала их обоих в свою комнату и здесь, среди многих слез и речей, рассказала им всю историю, объяснив причины войны и указав на оскорбление, нанесенное ей герцогом в лице той женщины, которую он, как ей казалось, держит в тайне от всех, сильно на то жалуясь, она просила их, к чести герцога и ее утешению, доставить ей, какое могут лучше, удовлетворение. Молодые люди уже знали, как было дело, и потому, далее не расспрашивая, утешили герцогиню, как сумели, исполнив ее доброй надежды; узнав от нее, где находится та дама, они удалились, но, наслышавшись много раз, что ее хвалят за ее изумительную красоту, пожелали увидеть ее и попросили герцога показать ее им. Тот, забыв, что случилось с принцем вследствие того, что он показал ее ему, обещал это устроить и, велев приготовить великолепный обед в прелестнейшем саду, находившемся в том месте, где жила дама, повел их с немногими другими гостями на следующий день к ней обедать. Сидя рядом с нею, Константин принялся разглядывать ее, полный удивления, утверждая про себя, что такой красоты он никогда не видывал и что действительно можно извинить герцога, да и всякого другого, если из-за обладания такой красою он совершил предательство или другое бесчестное дело; когда он взглянул на нее раз и другой, всякий раз более расхваливая ее, с ним приключилось не иное, как то, что было и с герцогом. Вследствие этого, удалившись от нее влюбленным, он отложил всякую мысль о войне и стал думать, как бы отнять ее у герцога, отлично скрывая от всех свою любовь. Пока он горел этим пламенем, настало время выступить против принца, уже приближавшегося к владениям герцога, почему и герцог, и Константин, и все другие, по условленному порядку, вышли из Афин и отправились защищать границы, дабы принц не мог двинуться далее. Они стояли там несколько дней, когда Константин, у которого в уме и помыслах постоянно была та дама, сообразив, что теперь, когда герцог не при ней, ему очень легко будет добиться своего желания, представился сильно занемогшим, дабы иметь повод вернуться в Афины; потому, с соизволения герцога, передав свою власть Мануилу, он вернулся в Афины к сестре. Здесь по прошествии нескольких дней, наведя ее на разговор об оскорблении, которое, по его мнению, наносит ей герцог, содержа ту даму, он сказал ей, что, коли она пожелает, он окажет ей хорошую помощь, похитив ее из ее местопребывания и увезя. Герцогиня, полагавшая, что он делает это из любви к ней, а не к той женщине, сказала, что будет очень довольна, если только все устроится так, что герцог никогда не узнает об ее на то соизволении, это Константин обещал ей наверное. Поэтому герцогиня дала свое согласие поступить, как ему заблагорассудится. Велев тайно снарядить легкую лодку, Константин однажды вечером послал ее поблизости сада, где жила дама, наставив своих людей, что были в лодке, что им следовало делать; затем вместе с другими он отправился ко дворцу, где находилась дама. Здесь он радостно был принят теми, кто был в ее услужении, и ею самой; с ними и в сопровождении своих слуг и спутников Константина она пошла, по его желанию, в сад. Как бы под предлогом поговорить с нею от лица герцога, он один направился с нею к двери, выходившей на море и уже отпертой одним из его товарищей; подозвав лодку условленным знаком, он велел быстро схватить даму, посадить ее в лодку, а сам, обратившись к ее слугам, сказал: «Пусть никто из вас не трогается и не говорит ни слова, коли не хочет умереть, ибо я желаю не похитить у герцога его любовницу, а устранить стыд, учиняемый ею моей сестре». На это никто не осмелился ответить; потому, сев с своими в лодку и приблизившись к плакавшей даме, он приказал ударить в весла и отплыть. Гребцы не гребли, а летели и на рассвете следующего дня прибыли в Эгину. Здесь, сойдя на берег и отдыхая, Константин утешался с дамой, оплакивавшей свою роковую красоту; затем снова сев в лодку, они через несколько дней прибыли в Хиос, где из страха отцовских укоров и дабы у него не отняли похищенной женщины, Константин решился остановиться, как в безопасном месте. Несколько дней дама оплакивала свое несчастье, но затем, утешенная Константином, она, по примеру прошлого, начала находить удовольствие в том, что уготовляла ей судьба.

Когда все это так происходило, Осбек, бывший тогда королем турков и постоянно воевавший с императором, случайно прибыл в ту пору в Смирну и, услышав, что Константин ведет на Хиосе сладострастную жизнь с одной похищенной им женщиной, не принимая при том никаких предосторожностей, отправившись туда однажды ночью на нескольких легко вооруженных суднах и тихо войдя с своими людьми в город, многих захватил в постелях, прежде чем они спохватились, что явились враги; других, которые, очнувшись, взялись за оружие, они перебили и, выжегши весь город, нагрузив корабли добычей и пленниками, вернулись в Смирну. Когда прибыл туда Осбек, человек молодой, и, рассматривая добычу, встретил красавицу и узнал, что это та самая, которая была взята спящей на постели Константина, он был крайне рад увидеть ее и, не мешкая, взяв ее себе в жены, отпраздновал свадьбу и весело жил с нею в течение нескольких месяцев. Прежде чем все это приключилось, император вступил в договор с Базаном, королем Каппадокии, с тем, чтобы тот с одной стороны вышел с своими силами на Осбека, а он с своими нападет с другой, но он еще не успел вполне заключить договора, ибо Базан требовал нечто, что император не нашел удобным исполнить; услышав, что случилось с его сыном, безмерно опечаленный, он, не откладывая, исполнил требование каппадокийского короля, насколько возможно побуждая его выступить против Осбека и сам готовясь напасть на него с другой стороны. Прослышав о том, Осбек собрал войско и, прежде чем оба могущественные властителя успели обойти его, пошел против короля Каппадокии, оставив в Смирне под охраной своего верного слуги и друга свою красавицу жену. Встретившись по некотором времени с королем Каппадокии, он вступил в битву и был убит, а его войско поражено и рассеяно. Вследствие этого Базан стал свободно подвигаться к Смирне, и на пути все, как победителю, изъявляли ему покорность. Слуга Осбека, по имени Антиох, под охраной которого оставалась красавица, хотя был и в летах, но, видя ее столь прекрасной, влюбился в нее, не соблюдая верности своему другу и повелителю; и так как она знала его язык (что было ей очень приятно, ибо в течение нескольких лет ей пришлось жить точно глухой и немой, не понимая никого и не будучи никем понимаемой), то, побуждаемый любовью, он в несколько дней так с ней сблизился, что немного спустя, не обращая внимания на своего господина, обретавшегося на войне и во всеоружии, они обратили свою близость не только в дружескую, но и в любовную, на диво тешась под покровом постели. Когда они услышали, что Осбек побежден и убит, а Базан приближается и все грабит, они решили сообща не дожидаться его и, захватив большую часть драгоценностей, принадлежащих Осбеку, вместе тайком отправились в Родос.

Недолго прожили они здесь, как Антиох захворал насмерть; случайно заехал к нему один купец из Кипра, которого он очень любил и который был большим его другом; чувствуя, что настал его конец, он решил оставить ему и свое достояние и свою милую даму. Уже будучи близким к смерти, он, позвав их обоих, сказал так: «Вижу я несомненно, что кончаюсь, и это меня печалит, потому что никогда мне не жилось так, как теперь. Правда, я умираю довольный уже тем, что, так как умирать приходится, я вижу, что скончаюсь на руках двух лиц, которых люблю больше всех на свете, то есть на твоих руках, дорогой друг, и на руках этой женщины, которую я любил, после того как познал ее, больше самого себя. Правда, мне тяжело, что она по моей смерти останется здесь, ибо знаю, что она чужестранка, без помощи и совета; и было бы еще тяжелее, если бы я не знал, что ты здесь и озаботишься о ней из любви ко мне так же, как озаботился бы обо мне. Потому умоляю тебя изо всех сил, чтобы ты, в случае моей смерти, взял на попечение и мое имущество и ее и поступил бы с тем и другой, как сочтешь нужным во успокоение души моей. А тебя, дорогая, я прошу не забывать меня по моей смерти, дабы я там мог похвалиться, что здесь я любим самой красивой женщиной, какую только создала природа. Если вы обнадежите меня в этих двух отношениях, я без всякого сомнения отойду утешенный». Слушая эти речи, его друг купец, а также и дама плакали; когда он кончил, они стали утешать его, обещая честным словом исполнить, в случае его смерти, все, о чем он их просил. Не прошло много времени, как он скончался, и они похоронили его честным образом. Затем, спустя несколько дней, когда кипрский купец покончил все свои дела в Родосе и намеревался вернуться в Кипр на одном стоявшем там каталонском корабле, он спросил красавицу, что она думает делать, так как ему приходится вернуться в Кипр. Она отвечала, что, если ему то угодно, она охотно поедет с ним в надежде, что, из любви к Антиоху, он будет держать ее и обходиться с нею, как с сестрой. Купец ответил, что согласен исполнить всякое ее желание, а дабы оградить ее от всякой неприятности, какая могла бы с ней приключиться до прибытия в Кипр, выдал ее за свою жену. Когда они сели на корабль и им отвели комнату на носу, он, дабы дело не казалось противоречащим слову, лег с ней вдвоем на небольшой кроватке. Вследствие этого случилось, чего не было в мыслях ни у того, ни у другого, когда они отправились из Родоса, то есть, что, возбуждаемые темнотой и удобством и теплой постелью, влияние которой не малое, забыв о дружбе и любви к покойному Антиоху, увлекаемые одинаковым вожделением и взаимно раздражаясь, они породнились прежде, чем прибыли в Баффу, откуда был киприец.

Приехав в Баффу, она некоторое время жила с купцом. Случилось, что в Баффу прибыл по одному своему делу родовитый человек, по имени Антигон, богатый годами, еще более умом, но бедный благами мира, ибо во многих предприятиях на службе у кипрского короля судьба была ему враждебна. Когда однажды он проходил мимо дома, где жила красавица, а кипрский купец уехал в это время с товаром в Армению, он случайно увидал у окна дома эту женщину, а так как она была очень красива, он стал пристально разглядывать ее и припоминать сам себе, что он видал ее когда-то, но где – этого он никак не мог припомнить. Красавица, которая долгое время была игрушкой судьбы и бедствия которой приближались к концу, как только взглянула на Антигона, тотчас вспомнила, что видела его в Александрии на службе у отца и не в малых должностях, поэтому, внезапно восприяв надежду, что благодаря его совету, она может еще вернуться в царственное положение, и зная, что ее купца нет дома, она как можно скорее велела позвать Антигона. Когда он явился, она стыдливо спросила, не он ли Антигон из Фамагосты, как ей показалось. Антигон ответил утвердительно и, кроме того, сказал: «Мадонна, мне кажется, я признаю вас, но только не могу припомнить, где я вас видел, почему и прошу вас, если это не неприятно, привести мне на память, кто вы». Услышав, что он тот и есть, она, сильно плача, бросилась к нему на шею и по некотором времени спросила его, сильно изумлявшегося, не видал ли он ее в Александрии. Когда Антигон услышал этот вопрос, тотчас же признал, что это Алатиэль, дочка султана, которую полагали погибшей в море, он хотел выразить ей подобающее почтение, но она, не допустив его до того, попросила посидеть с ней некоторое время. Антигон так и сделал и почтительно спросил ее, как и когда и откуда она явилась сюда, так как во всем Египте существовала уверенность, что она несколько лет тому назад утонула в море. На это она отвечала: «Я бы желала, чтобы сталось скорее именно так, чем мне вести такую жизнь, какую я вела; думаю, что отец мой пожелал бы того же, если когда-либо об этом узнает». Сказав это, она снова принялась сильно плакать. Потому Антигон сказал: «Мадонна, не падайте духом, прежде чем окажется в том нужда; расскажите мне, пожалуйста, ваши приключения и какова была ваша жизнь, может быть, дело обстояло так, что мы еще найдем, с божьей помощью, хороший выход». – «Антигон, – сказала красавица, – мне показалось, когда я увидала тебя, что я вижу моего отца; движимая тою любовью и привязанностью, которые я обязана питать к нему, я открылась тебе, имея возможность не открыться, и немного найдется лиц, увидев которых я испытала бы такое удовольствие, какое ощущаю, увидев и узнав тебя раньше всякого другого; поэтому, что я постоянно таила в моей злосчастной судьбе, то я тебе открою, как своему отцу. Если ты, выслушав, усмотришь какой-нибудь способ вернуть меня в прежнее положение, прошу тебя употребить его; если не усмотришь, умоляю тебя никому никогда не говорить, что ты меня видел, либо что-либо обо мне слышал». Так сказав, она, все время плача, рассказала ему все, начиная с того дня, когда их разбило у Майорки, до этого времени. Все это заставило Антигона плакать от жалости; поразмыслив некоторое время, ом сказал: «Мадонна, так как среди ваших бедствий осталось неизвестным, кто вы такие, я без всякого сомнения верну вас отцу еще более ему милой, а затем и королю дель Гарбо – его женою». Когда она спросила его, как это станется, он по порядку разъяснил ей, что следует сделать; а для того, чтобы не случилось какой-нибудь другой проволочки, Антигон, тотчас же отправившись в Фамагосту. явился к королю, которому сказал: «Государь мой, коли вам угодно, вы можете в одно и то же время и себе доставить величайшую честь и мне, обедневшему на службе у вас, большую пользу без большой траты с вашей стороны». Король спросил, каким образом. Тогда Антигон сказал: «В Баффу прибыла красавица девушка, дочь султана, о которой долго ходила молва, что она утонула; чтобы соблюсти свою честь, она долгое время претерпевала большие невзгоды и теперь обретается в бедственном положении и желает вернуться к отцу. Если бы вам угодно было доставить ее ему под моей охраной, вам была бы от того большая честь, а мне великое благо; и не думаю, чтобы подобная услуга когда-либо вышла из памяти султана». Король, побуждаемый царственным великодушием, тотчас же ответил, что согласен; послав за нею с почетом, он велел привезти ее в Фамагосту, где король и королева приняли ее с неописанным торжеством и великолепными почестями. Когда король и королева стали затем расспрашивать ее о ее приключениях, она отвечала согласно наставлению, данному ей Антигоном, и все рассказала.

Несколько дней спустя король, по ее просьбе, отправил ее к султану с прекрасной и почетной свитой мужчин и женщин под начальством Антигона; с каким торжеством она была принята, равно как и Антигон с его товарищами, о том нечего и спрашивать. После того как она несколько отдохнула, султан пожелал узнать, как она осталась в живых и где так долго пребывала, не подавая ему никаких вестей о своем положении. Тогда девушка, отлично удержавшая в памяти наставления Антигона, начала говорить так: «Отец мой, на двадцатый, быть может, день по моем отъезде от вас наше судно, разбитое жестокой бурей, ударилось ночью о берег, на западе, по соседству с местом, называемым Акваморта; что случилось с людьми, бывшими на машем корабле, о том я не знаю н никогда о том не доведалась; помню только, что, когда настал день и я точно воскресла от смерти к жизни, разбитый корабль усмотрен был жителями, и они сбежались отовсюду, чтобы его ограбить; меня они свели на берег с двумя моими спутницами, схватив которых двое молодых людей пустились бежать, кто в одну, кто в другую сторону, и что с ними сталось, о том я никогда не доведалась; когда меня, сопротивлявшуюся, схватили двое юношей, таща за косы, а я сильно плакала, случилось, что, когда увлекавшие меня следовали дорогой, чтобы войти в большой лес, четыре человека верхом проезжали там о ту пору; когда увидели их увлекавшие, быстро оставив меня, пустились в бегство. Заметив это, те четыре человека, показавшиеся мне людьми властными, подоспели ко мне и много меня допрашивали, и я говорила много, но не была ими понята, ни они мною. После долгого совещания они посадили меня на одного из своих коней и повезли в обитель женщин, монахинь по их закону; что они им говорили, не знаю, но меня приняли дружелюбно и всегда почитали, и впоследствии я вместе с ними с великим благоговением чествовала св. Встани в глубокой Лощине, которого женщины той страны очень почитают. Когда я пребыла с ними некоторое время и уже научилась немного их языку, и меня спрашивали, кто я и откуда, зная, где я, и боясь, сказав правду, быть выгнанной, как неприязненная их религии, отвечала, что я дочь одного очень знатного человека на Кипре и что, когда меня отправили замуж в

Крит, буря занесла нас сюда и разбила. Часто и во многих случаях я, из боязни худшего, соблюдала их обычаи; когда старшая из этих женщин, которую называют аббатисою, спрашивала меня, хочу ли я вернуться в Кипр, я отвечала, что ничего так не желаю; но она, оберегая мою честь, никогда не хотела доверить меня никому из отправлявшихся в Кипр, пока, может быть, месяца два тому назад, не явилось из Фракции несколько почтенных людей с своими женами, из которых одна была родственницей аббатисы; услышав, что они отправляются в Иерусалим посетить святую гробницу, где тот, кого они почитают богом, был положен после того, как убит был иудеями, она поручила меня им, прося их доставить меня в Кипр к моему отцу. Как чествовали меня эти достойные люди, как дружелюбно приняли они и их жены, об этом долго было бы рассказывать. Итак, сев на корабль, через несколько дней мы приехали в Баффу; когда я прибыла туда, никого не зная, не зная, что и сказать достойным людям, желавшим доставить меня моему отцу, согласно наказу, данному им почтенною женщиной, господь, быть может, сжалившийся надо мною, уготовил мне встречу с Антигоном на берегу в то самое время, как мы высаживались в Баффе; быстро подозвав его, я сказала ему на нашем языке, дабы не быть понятой почтенными людьми и их женами, чтобы он принял меня, как свою дочь. Он тотчас понял меня и встретил с большой радостью, почтил, насколько дозволила ему его бедность, достойных людей и их жен и повел меня к королю Кипра, который, приняв меня так почетно, отправил меня к вам, что всего того я не в состоянии пересказать. Если что остается, то пусть расскажет это Антигон, много раз слышавший от меня повесть о моей судьбе».

Тогда, обратившись к султану, Антигон сказал: «Государь мой, как она мне часто рассказывала и как рассказали мне те почтенные люди и дамы, с которыми она прибыла, так рассказала она и вам. Одно только она опустила, – и я полагаю, что сделала она это потому, что не пристало ей говорить о том, – что те почтенные мужи и дамы, с которыми она приехала, сказывали о святой жизни, которую она вела с монахинями, о ее добродетели и похвальных нравах, о слезах и сетовании женщин и мужчин, когда, возвратив мне ее, они с ней расставались. Если бы я захотел передать подробно все то, что они мне говорили, не только что этого дня, не хватило бы и следующей ночи; скажу только, – и этого будет довольно, – что, насколько можно было заключить по их речам и я сам мог видеть, вы можете гордиться, что у вас дочь более красивая, честная и доблестная, чем у всякого другого повелителя-венценосца». Все это сильно обрадовало султана, и он не раз молил бога, чтобы он сподобил его воздать должное всем, почтившим его дочь, особенно кипрскому королю, который доставил ее ему с такими почестями. По прошествии нескольких дней, велев приготовить богатые подарки для Антигона, он отпустил его в Кипр, воздав королю и в письмах и через особых послов великую благодарность за все, содеянное для его дочери. После того, желая довершить начатое, то есть чтобы дочь стала женой короля дель Гарбо, он все ему разъяснил, написав, кроме того, что если ему угодно владеть ею, он прислал бы за нею, чему король дель Гарбо очень обрадовался и, послав за нею с почетом, радостно ее принял. А она, познавшая, быть может, десять тысяч раз восемь мужчин, возлегла рядом с ним, как девственница, уверила его, что она таковая и есть, и, став царицей, долгое время жила с ним в веселии. Вот почему стали говорить: «Уста от поцелуя не умаляются, а как месяц обновляются».

## Новелла восьмая

**Граф Анверский, ложно обвиненный, отправляется в изгнание, оставив двух своих детей в разных местностях Англии, вернувшись неузнанным, находит их в хорошем положении идет в качестве конюха в войско французского короля и, признанный невинным, возвращен в прежнее состояние.**

Дамы сильно вздыхали при рассказе о разнообразных приключениях красавицы, но кто знает, что было причиною этих вздохов? Быть может, были и такие, что вздыхали не менее вследствие желания столь же частых браков, чем из сострадания. Но не будем теперь говорить об этом, когда они посмеялись по поводу последних слов, сказанных Памфило, и королева увидела, что ими кончилась новелла, обратившись к Елизе, она приказала продолжать рассказы в заведенном порядке. Та сделала это охотно, начав таким образом:

– Обширно то поле, на котором мы сегодня вращаемся, и нет никого, кто бы не был в состоянии пробежать с большею легкостью не одно поприще, а десять столь обильным неожиданными и суровыми случайностями сделала его судьба. Потому, принимаясь рассказывать об одной из бесконечно многих, скажу, что, когда римское имперское достоинство перенесено было от французов к немцам, между тем и другим народом возникла великая вражда и жестокая, непрестанная война. Вследствие этого, как для защиты своей страны, так и для нападения на чужую, король французский и его сын, собрав все силы своей страны, а также силы друзей и родственников, какие могли оказать помощь, выставили великое войско, чтобы пойти на неприятеля. Прежде чем выступить, не желая оставить королевство без правительства, зная Гвальтьери, графа Анверского, за человека родовитого и умного, верного их друга и слугу, и полагая, что хотя он и хорошо знаком с военным искусством, более склонен к изнеженности, чем к такого рода труду, они на свое место поставили его править королевством Франции в качестве общего наместника, а сами двинулись в путь. И вот Гвальтьери стал править вверенную ему должность разумно и в порядке, всегда обо всем советуясь с королевой и ее невесткой; и хотя они оставлены были под его охраной и властью, он тем не менее чтил их, как государынь и старших. Был означенный Гвальтьери человек из себя красивейший, лет около сорока, столь приятный и обходительный, как только мог быть знатный человек, кроме того, самый привлекательный и изысканный рыцарь, какие только известны были в то время, более других заботившийся об украшении своей особы. И вот, когда французский король с сыном были на упомянутой войне, а Гвальтьери, у которого умерла жена, оставив ему лишь малолетних сына и дочь, часто хаживал ко двору указанных дам, нередко беседуя с ними о нуждах королевства, случилось, что жена королевича обратила на него свои взоры и, с большою любовью созерцая его особу и нравы, воспылала к нему тайной страстью; сознавая себя молодой и свежей и зная, что у него нет жены, она думала, что ее желание легко будет удовлетворить и, полагая, что препятствием тому может быть один лишь ее стыд, решила, отрешившись от него, открыть ему все. Однажды, когда она была одна и время казалось ей удобным, она, будто бы для беседы о других предметах, послала за ним. Граф, мысли которого далеко были от мыслей дамы, отправился к ней без всякого промедления; когда они, по ее желанию, уселись на скамье, одни в комнате, и граф уже дважды спросил ее о причине, по которой она его вызвала, а она смолчала, побужденная, наконец, любовью, вся загоревшись от стыда, почти плача и вся дрожа, прерывающимся голосом она так заговорила: «Дорогой и милый друг и господин мой! Как человек мудрый, вы хорошо знаете, как слабы бывают мужчины и женщины, одни более, чем другие, по различным причинам; потому, по справедливости, перед лицом праведного судьи один и тот же проступок, смотря по разным качествам лица, не получит одинаковое наказание. Кто станет отрицать, что более заслуживает порицания бедняк или бедная женщина, которым приходится трудом снискивать потребное для жизни, если они отдадутся и последуют побуждениям любви, чем богатая незанятая женщина, которой нет недостатка ни в чем, что отвечает ее желаниям? Я думаю, наверно, никто. По этой причине я полагаю, что указанные условия должны в большей мере послужить к оправданию той, кто в них поставлен, если б ей случилось увлечься к любви, а в остальном ее извинит выбор разумного и доблестного любовника, если любящая сделала именно таковой. Так как оба эти условия, как мне кажется, соединились во мне, и, кроме того, и другие, побуждающие меня любить, как то: моя молодость и отсутствие мужа, то пусть они предстанут перед лицом вашим в мою пользу и в защиту моей пламенной страсти; если они подействуют на вас, как должны подействовать на людей разумных, то молю вас дать мне совет и помощь в том, о чем я вас и попрошу. Дело в том, что, не будучи в состоянии, в отсутствии мужа, противодействовать побуждениями плоти и влиянию любви, сила которых такова, что она покоряла и каждый день покоряет не только слабых женщин, но и сильнейших мужчин; живя, как вы можете видеть, в довольстве и безделье, я дала себя увлечь к потворству любовным утехам и к тому, что я влюбилась. Я знаю, что это дело не честное, если бы оно стало известным, хотя считаю его почти не бесчестным, пока оно скрыто; тем не менее Амур был настолько милостив ко мне, что не только не отнял у меня надлежащего разумения при выборе любовника, но и много помог мне в этом, указав мне на вас, как недостойного быть любимым такой женщиной, как я, – вас, которого я считаю, если мое мнение не обманывает меня, самым красивым, приятным, самым милым и разумным рыцарем, какого только можно найти в королевстве Франции; и как я вправе сказать, что живу без мужа, так и вы без жены. Потому прошу вас, во имя той любви, которую к вам питаю, не лишить меня вашей и сжалиться над моей молодостью, заставляющей меня таять, как лед от огня». За этими словами последовало такое обилие слез, что она, желавшая присоединить еще новые просьбы, не в состоянии была говорить далее и, опустив лицо, точно подавленная, в слезах, склонила голову на грудь графа. Граф, как честный рыцарь, строгими укорами стал порицать столь безумную страсть, отстраняя ее от себя, уже готовую броситься ему на шею, и утверждал клятвенно, что он скорее даст себя четвертовать, чем дозволит себе или кому другому такое дело против чести своего повелителя. Когда дама услышала это, быстро забыв любовь и воспламенившись страшным гневом, сказала: «Таким-то образом издеваетесь вы, негодный рыцарь, над моим желанием! Не дай бог, чтобы я, которую вы хотите довести до смерти, не заставила вас умереть или не извела бы со света». Так сказав, она мгновенно схватилась за волосы, всклокочила и рвала их и, разодрав на себе одежду, принялась громко кричать: «Помогите, помогите, граф Анверский хочет учинить надо мною насилие!» Как увидел это граф, более опасаясь зависти придворных, чем укоров своей совести, и боясь, что коварство дамы встретит более доверия, чем его невинность, поднялся как только мог быстрей, вышел из комнаты и дворца и побежал в свой дом; недолго думая, он посадил своих детей на коней, и сам, сев верхом, как можно скорее направился по пути в Кале. На крик дамы сбежались многие; увидев ее и узнав причину крика, не только по этому одному поверили ее словам, но и прибавили, что и приятные манеры и наряды долгое время служили графу для того лишь, чтобы добиться этой цели. Поэтому все яростно бросились к дому графа с целью схватить его; не найдя его, они ограбили дом и затем разрушили его до основания. Весть об этом в том гнусном виде, как она рассказывалась, дошла и в войско, к королю, и его сыну; сильно разгневанные, они осудили на вечное изгнание графа и его потомков, обещая великие дары, кто бы доставил его им, живого или мертвого.

Граф, опечаленный тем, что из невинного он, вследствие своего бегства, стал виновным, прибыл с своими детьми в Кале, не объявил себя и, не будучи узнанным, тотчас же переправился в Англию и, бедно одетый, пошел в Лондон. Прежде чем вступить в него, он дал подробное наставление своим малым детям, особливо в двух отношениях: во-первых, чтобы они терпеливо переносили бедственное положение, в которое без их вины судьба повергла их вместе с ним; затем, чтобы они со всяким тщанием остерегались объявлять кому бы то ни было, откуда они и чьи дети, если им дорога жизнь. А сыну, по имени Луиджи, было, быть может, девять лет, дочери, по имени Виоланта, около шести; насколько позволял их нежный возраст, они очень хорошо поняли наставление своего отца и впоследствии показали это на деле. А для того, чтобы все устроить лучше, ему показалось необходимым переменить им имена, что он и сделал, назвав мальчика Перотто, а девочку Джьяннеттой. Прибыв, бедно одетые, в Лондон, они стали ходить и просить милостыни, как, мы видим, делают то французские нищие. Когда однажды они были за таким делом в церкви, случилось, что одна большая дама, жена одного из маршалов английского короля, выходя из церкви, увидела графа с двумя детьми, просивших милостыню. Она спросила его, откуда он и его ли это дети; на что он ответил, что он из Пикардии и вследствие проступка своего старшего сына-негодяя должен был удалиться с этими двумя своими детьми. Дама была сострадательна; поглядев на девочку, которая ей очень понравилась, ибо она была хорошенькая, милая и приветливая, она сказала: «Почтенный человек, если ты согласен предоставить мне эту девочку, я охотно возьму ее, – она так миловидна; если она выйдет достойной женщиной, я выдам ее замуж, когда будет время, так что ей будет хорошо». Эта просьба сильно приглянулась графу, он тотчас ответил утвердительно и отдал ей со слезами девочку, настоятельно поручая ее попечению дамы.

Так, устроив дочку и зная, у кого именно, он решил здесь более не оставаться; пробираясь по острову, он вместе с Перотто добрался до Валлиса не без великого труда, ибо не был привычен ходить пешком. Здесь жил другой из королевских маршалов, державший большой дом и много прислуги; ко двору его часто являлся граф с сыном, чтобы покормиться. Был там сын маршала и еще другие дети знатных людей, и, когда они занимались такими детскими играми, как беганье и прыганье, Перотто стал принимать в них участие, оказываясь столь же ловким и более чем кто-либо другой во всяком упражнении, какое они промеж себя устраивали. Когда маршал увидев его несколько раз и ему очень понравились обращение и манеры ребенка, он спросил, кто он такой. Ему сказали, что это сын одного бедняка, иногда являющегося сюда за милостыней. Маршал велел попросить его отдать его ему, и граф, ни о чем другом не моливший бога, уступил его охотно, хотя и тяжело ему было расстаться с ним.

Устроив таким образом сына и дочь, он решил не оставаться более в Англии и, пробравшись, как мог, в Ирландию, прибыл в Станфорд, где поместился случайно у одного рыцаря тамошнего графа, исполняя все, что подобает делать слуге или конюху, здесь, никем не узнанный, он прожил долгое время в больших лишениях и трудах.

Виоланта, прозванная Джьяннеттой, жила у знатной дамы в Лондоне, преуспевала с годами ростом и красотою, снискав такое расположение дамы, и ее мужа, и других домашних, и всех, кто ее знал, что было на диво; и не было никого, кто бы, обратив внимание на ее нравы я манеры, не признал ее достойной величайшего блага и почести. Вследствие того знатная дама, которая взяла ее от отца и не в состоянии была узнать, кто он, кроме того разве, что он сам ей сказал, решила выдать ее приличным образом замуж, согласно с положением, к которому она, по ее мнению, принадлежала. Но господь, праведный ценитель заслуг, зная, что она, женщина родовитая, без своей вины несет наказание за чужое преступление, решил иначе, и, надо полагать, именно для того, чтобы родовитая девушка не попала в руки худородного человека, по его милости приключилось следующее. Был у знатной дамы, у которой жила Джьяннетта, один сын от мужа, которого она и отец очень любили как сына и потому еще, что по своим качествам и достоинствам он стоил того, ибо более, чем кто другой, он был хороших нравов, доблестный и мужественный и красивый из себя. Он был годами шестью старше Джьяннетты; видя ее красивой и прелестной, он так сильно в нее влюбился, что выше ее ничего не видел. Воображая, что она низкого происхождения, он не только не осмеливался попросить ее в жены у отца и матери, но, боясь, чтобы его не упрекнули за любовь, направленную столь низменно, по мере сил держал ее в тайне, почему она возбуждала его более, чем если бы была явной. Оттого случилось, что от избытка печали он захворал, и трудно. Когда для ухода за ним позвали врачей и они, исследовав тот и другой признак, не могли определить, какая у него болезнь, все одинаково отчаялись в его выздоровлении. Отец и мать юноши ощутили такое горе и печаль, что большего невозможно было бы и вынести; несколько раз они в жалобных мольбах допрашивали его о причине его недуга, на что он либо слабо отвечал вздохами, либо говорил, что чувствует, как чахнет. Случилось однажды, что, когда у него сидел врач, очень молодой, но глубоко ученый, и держал его за руку в том месте, где они щупают пульс, вошла в комнату, где лежал юноша, Джьяннетта, внимательно ухаживавшая за ним из угождения его матери. Когда юноша увидел ее, не говоря ни слова и не делая никакого движения, он ощутил, что в сердце его любовное пламя разгорелось с большей силой, вследствие чего и пульс стал биться сильнее обыкновенного; врач тотчас же заметил это, изумился и молча стал наблюдать, долго ли будет продолжаться это биение. Когда Джьяннетта вышла из комнаты, остановилось и биение, почему врачу показалось, что он отчасти узнал причину недуга юноши; обождав немного, он как бы затем, чтобы о чем-то спросить у Джьяннетты, велел позвать ее, все время держа больного за руку. Она явилась тотчас же; не успела она войти в комнату, как у юноши обновилось биение пульса; когда она ушла, оно прекратилось. Вследствие этого врач, вполне, как ему казалось, уверившись, встал и, отведя в сторону отца и мать юноши, сказал им: «Здоровье вашего сына не в силах врача, а в руках Джьяннетты, которую, как я явственно узнал по некоторым признакам, юноша пламенно любит, хотя она, насколько я вижу, о том и не догадывается. Теперь вы знаете, что вам надо делать, если его жизнь вам дорога». Услышав это, почтенный человек и его жена обрадовались, поскольку нашлось-таки средство к его спасению, хотя им и неприятно было, что средство было именно такое, какого они опасались, то есть что придется дать Джьяннетту сыну в жены. Итак, по уходе врача, они пошли к больному, которому мать сказала так: «Сын мой, я никогда не ожидала, что ты скроешь от меня какое-нибудь твое желание, особенно когда ты сознаешь, что от неисполнения его тебе становится худо; ибо ты должен был бы быть и прежде и теперь уверен, что нет такой вещи для твоего удовольствия, которую, хотя бы и непристойную, я бы не сделала для тебя, как для себя самой. Хотя ты и поступил таким образом, господь был милостивее к тебе, чем ты сам, и дабы ты не умер от этого недуга, указал мне его причину, которая не в чем ином, как в необычайной любви, которую ты питаешь к какой-то девушке, кто бы она ни была. На самом деле тебе нечего было стыдиться открыть это, ибо того требуют твои лета, и если б ты не был влюблен, я почла бы тебя за ничтожного человека. Итак, сын мой, не стерегись меня н открой мне безбоязненно свое желание; брось печаль и всякую мысль, от которой происходит этот недуг, ободрись и будь уверен, что нет той вещи, тебе желанной, которую ты возложил бы на меня, а я бы не исполнила по возможности, ибо люблю тебя более своей жизни. Отгони стыд и страх и скажи мне, не могу ли я чего-либо сделать для твоей любви, и если ты найдешь, что я для того не постараюсь и не добьюсь цели, считай меня самой жестокой матерью, когда-либо имевшей сына». Услышав речи матери, юноша сначала устыдился, но затем, подумав, что никто лучше ее не мог бы удовлетворить его желаний, отогнав стыд, сказал ей таким образом: «Мадонна, не что иное не побудило меня скрыть свою любовь, как наблюдение, сделанное мною над многими лицами, которые, будучи в летах, не желают вспомнить, что и они были молоды. Но так как, я вижу, вы рассудительны, я не только не стану отрицать того, о чем вы, как говорите, догадались, но и открою вам все, с условием, что исполнение последует за вашим обещанием по мере возможности, таким образом вы можете учинить меня здоровым». Мать, слишком надеясь на то, чего ей не удалось сделать тем способом, какой она имела в виду, отвечала прямо: «Пусть безбоязненно откроет ей свое желание, ибо она без замедления устроит дело так, что он достигнет, чего хочет». – «Мадонна, – сказал тогда юноша, – великая красота и похвальное обхождение нашей Джьяннетты и возможность заставить ее догадаться о моей любви, не только что побудить к жалости, и страх открыться в своем чувстве кому бы то ни было – все это привело меня в состояние, в каком меня видите, и если тем или другим образом не последует того, что вы мне обещали, будьте уверены, что жизнь моя сочтена». Мать, которой казалось, что теперь время скорее для утешения, чем для упреков, сказала, улыбаясь: «Ах, сын мой, так из-за этого ты дал себя довести до недуга? Утешься и дай мне все устроить, как только ты выздоровеешь». Исполненный добрых надежд, молодой человек в короткое время показал признаки большого улучшения, чему мать сильно обрадовалась и принялась пытаться, как бы исполнить то, что обещала. Позвав однажды Джьяннетту, она спросила, как бы в шутку и очень дружелюбно, есть ли у нее любовник Джьяннетта, вся покраснев, ответила: «Мадонна, бедной девушке, изгнанной, как я, из дома и живущей в услужении других, как мне приходится, не надо, да и не пристало заниматься любовью». На это мать сказала: «Если у вас нет милого, мы дадим вам его, отчего вы заживете весело и еще более насладитесь вашей красотой; ибо не годится такой красивой девушке, как вы, жить без любовника». На это Джьяннетта ответила «Мадонна, вы взяли меня у моего бедного отца и вырастили меня, как дочь, почему я обязана была бы исполнить всякое ваше желание, но в этом я не угожу вам, полагая, что поступлю хорошо. Если вам угодно будет дать мне мужа, его я намерена любить, но другого, – нет, ибо из наследия моих предков мне ничего не осталось, кроме чести, которую я намерена беречь и охранять, пока я буду жива». Слова эти показались даме совсем противоположными тому, чего она думала добиться, дабы исполнить данное сыну обещание, хотя, как умная женщина, внутренно одобряя девушку, она сказала: «Как, Джьяннетта? Если бы его величество король, – молодой рыцарь, как ты – красивая девушка, пожелал насладиться твоей любовью, отказала ли бы ты ему?» На это она тотчас же ответила: «Король мог бы учинить надо мною насилие, но с моего согласия никогда не мог бы добиться от меня ничего, что было бы не честно». Поняв, каково настроение ее души, дама, оставив эти речи, задумала подвергнуть ее испытанию и так сказала и сыну, что, когда он выздоровеет, она поместит ее в одну с ним комнату, а он пусть попытается добиться от нее исполнения своего желания, причем заметила, что ей кажется неприлично, точно сводне, уговаривать и просить девушку за сына. С этим сын никоим образом не согласился, и внезапно его болезнь сильно ухудшилась. Увидев это, мать открыла свое намерение Джьяннетте, но, найдя ее более твердой, чем когда-либо, рассказала все, что сделала, своему мужу, и хотя это казалось им тягостным, они с общего согласия решили дать ее ему в жены, предпочитая видеть сына в живых с женой не сверстницей, чем мертвым без жены. После многих рассуждении они так и сделали, чему Джьяннетта очень обрадовалась, с преданным сердцем благодаря бога, что не забыл ее; несмотря на это, она никогда не называла себя иначе, как дочерью пикардийца. Молодой человек выздоровел, сыграл свадьбу веселее, чем кто-либо другой, и зажил с ней прекрасно.

Перотто, оставшийся в Валлисе при маршале английского короля, выросши, также вошел в милость своего господина, стал красивее и мужественнее кого-либо другого на острове, так что никто в той стране не мог сравняться с ним на турнирах и ристалищах ни в каком ином военном деле, вследствие чего, прозванный всеми Перотто-пикардиец, он стал известным и славным. И как господь не забыл его сестры, так точно показал, что и его памятует, ибо, когда в той стране настал чумный мор, он унес почти половину населения, не говоря уже о том, что большая часть оставшихся в живых убежала из страха в другие области, почему страна казалась совсем оставленной; во время этого мора скончался его господин, маршал, его жена и сын и многие другие, братья и племянники и все его родственники, и осталась от него одна лишь дочь, девушка на выданье, да с некоторыми другими служителями Перотто. Его-то, когда чума несколько уменьшилась, как человека мужественного и достойного, девушка, с согласия и по совету немногих оставшихся в живых обывателей, взяла себе в мужья, сделав его хозяином всего, доставшегося ей по наследью. И прошло немного времени, как король Англии, услышав о смерти маршала и зная о доблестях пикардиица Перотто, назначил его на место покойного, сделав своим маршалом. Вот что в короткое время приключилось с двумя неповинными детьми графа Анверского, которых он оставил, как бы утратив.

Уже прошло восемнадцать лет с тех пор, как граф Анверский, спасаясь бегством, покинул Париж, когда у него, проживавшего в Ирландии, многое претерпевшего в беднейшем существовании и уже видевшего себя в старости, явилось желание узнать, коли можно, что сталось с его детьми. Потому, видя себя по внешности совершенно изменившимся сравнительно с тем, чем был, и ощущая себя, вследствие долгих упражнений, более крепким, чем прежде, когда юношею жил в праздности, он, бедный и в нищем виде, оставил того, у кого долго жил, и, отправившись в Англию, пошел туда, где покинул Перотто. Он нашел его маршалом и большим барином, увидел его здоровым, крепким и красивым собою, что ему было очень приятно, но он не пожелал открыться ему, пока не разузнает о Джьяннетте. Вследствие чего, снова пустившись в путь, он не останавливался, пока не прибыл в Лондон; здесь, осторожно расспросив о даме, у которой он оставил Джьяннетту, и о ее положении, он нашел Джьяннетту женой ее сына; это очень было ему приятно, и он счел ничтожными все предыдущие бедствия, найдя своих детей в живых и хорошо устроенными; желая увидеть Джьяннетту, он, как нищий, стал ходить по соседству ее дома. Там увидел его однажды Джьяккетто Ламиэн, – так звали мужа Джьяннетты, – и, ощутив к нему жалость, видя его старым и нищим, приказал одному из своих слуг отвести его в дом и дать ему поесть бога ради, что слуга охотно и сделал. У Джьяннетты было от Джьяккетто несколько сыновей, из которых старшему было не более восьми лет, и были они самые красивые и милые дети на свете. Когда увидели они графа за едой, тотчас все окружили его и приласкали, точно, движимые тайной силой, они почувствовали, что это их дед. Он, зная, что это его внуки, стал оказывать им любовь и ласки, почему дети не хотели от него отстать, хотя их и звал тот, кому поручен был уход за ними; потому, услышав это, Джьяннетта вышла из комнаты и, явившись туда, где был граф, сильно пригрозила детям побоями, если они не станут делать того, чего хочет их учитель. Дети принялись плакать, говоря, что желают быть с этим почтенным человеком, который любит их более, чем учитель; чему и мать и граф посмеялись. Граф встал, чтобы не как отец, а как бедняк почтить не дочь, а даму, и, увидев ее, ощутил невыразимое удовольствие. Но она ни тогда, ни впоследствии не признала его вовсе, ибо он чрезвычайно изменялся против того, чем был, так как был стар и сед и бородат, стал худым и смуглым, и скорее казался каким-то другим человеком, чем графом. Когда дама увидела, что дети не хотят отойти от него и плачут, когда их желали увести, она сказала учителю, чтобы он дозволил им остаться некоторое время. Когда, таким образом дети остались с тем почтенным человеком, случилось, что вернулся отец Джьяккетто и узнал об этом от учителя; потому он, не любивший Джьяннетту, сказал: «Оставь их, да пошлет им господь злую долю! Ведь они в того, от кого произошли: пошли по матери от бродяги, потому нечего и удивляться, если они охотно водятся с бродягами». Эти слова услышал граф, и они сильно удручили его; тем не менее, пожав плечами, он перенес это оскорбление, как переносил многие другие. Джьяккетто узнал, с какою радостью дети приняли почтенного человека, то есть графа, и хотя это ему не нравилось, тем не менее он так любил их, что, не желая видеть их в слезах, приказал, если тот человек пожелает остаться у них при какой-нибудь должности, то чтобы его приняли. Тот отвечал, что останется охотно, но ничего другого не знает, как ходить за лошадьми, к чему приобык всю жизнь. Дали ему лошадь; окончив уход за нею, он занимался тем, что забавлял детей.

В то время как судьба руководила таким образом, как было рассказано, графа Анверского и его детей, случилось, что король Франции, заключив много перемирий с немцами, скончался и на его место венчан был его сын, чья жена была та самая, из-за которой изгнан был граф. Когда кончилось последнее перемирие с немцами, он возобновил жесточайшую войну, на помощь ему король английский, в качестве нового родственника, послал много народа под предводительством своего маршала Перотто и Джьяккетто Ламиэн, сына другого маршала, с которыми пошел и почтенный человек, то есть граф; не будучи никем узнан, он долгое время оставался в войске в качестве конюха и здесь, как человек знающий, советом и делом сделал много добра, более, чем от него требовалось. Случилось во время войны, что французская королева тяжко заболела; сознавая свое приближение к смерти, покаявшись во всех своих грехах, она благочестиво исповедалась архиепископу руанскому, которого все считали святейшим и добрым человеком, и в числе прочих грехов рассказала ему и то, что из-за нее, по великой несправедливости, понес граф. И она не только не удовольствовалась этим, но и в присутствии многих других достойных людей рассказала, как все было, прося их подействовать на короля, чтобы граф, если он жив, а коли нет, то кто-нибудь из его сыновей были восстановлены в прежнее положение. Прошло немного времени, как она покинула эту жизнь и была похоронена с почестями. Эта исповедь, переданная королю, вызвав в нем не сколько горестных вздохов по поводу зла, неправедно учиненного достойному человеку, побудила его пустить по всему войску, а кроме того, и во многих других местах оповещение, что если кто укажет ему, где находится граф Анверский или кто из его сыновей, будет чудесно вознагражден за каждого, ибо, вследствие исповеди, принесенной королевой, он считает его невинным в том, за что он подвергся изгнанию, и намерен возвратить ему прежнее и еще большее положение. Услышав о том, граф, бывший в образе конюха, и зная, что все это так, тотчас же отправился к Джьяккетто и попросил его вместе пойти к Перотто, ибо он желает указать им то, чего ищет король. Когда все трое сошлись вместе, граф сказал Перотто, уже задумавшему объявить, кто он: «Перотто! Джьяккетто, здесь присутствующий, женат на твоей сестре и никогда не получал за нее приданого; потому, дабы твоя сестра не была бесприданницей, я желаю, чтобы он, а не кто другой получил большую награду, обещанную королем за тебя (знай, что ты сын графа Анверского) и за Виоланту, твою сестру, а его жену, и за меня, графа Анверского и вашего отца». Услышав это, пристально посмотрев на него, Перотто тотчас же признал его, бросился в слезах к его ногам и обнял, говоря: «Отец мой, добро пожаловать!» Когда Джьяккетто, во-первых, услышал, что говорил граф, а затем увидал, что сделал Перотто, он охвачен был в одно и то же время таким изумлением и радостью, что едва понимал, что ему предпринять; тем не менее поверив рассказу и сильно стыдясь за бранные слова, обращенные им прежде к графу-конюху, упал ниц к его ногам, смиренно прося простить ему всякое прежнее оскорбление, что граф и сделал очень ласково, приподняв его. Когда все трое побеседовали о разных приключениях каждого из них и много поплакали и порадовались вместе, Перотто и Джьяккетто хотели переодеть графа, но он не допустил этого никоим образом, а пожелал, чтобы Джьяккетто, получа наперед уверенность в обещанной награде, представил его королю, как есть, в той самой одежде конюха, дабы более пристыдить его. Итак, Джьяккетто, с графом и Перотто позади, явился перед лицо короля и предложил представить ему графа и его сыновей, если он наградит его согласно оповещению. Король тотчас же велел принести награду за всех, изумительную по мнению Джьяккетто, и сказал, что он может взять ее себе, если поистине покажет графа и его сыновей, как то обещал. Тогда Джьяккетто, обернувшись назад и поставив впереди себя графа-конюха и Перотто, сказал. «Государь мой, вот отец и сын; дочери, моей жены, здесь нет, но с божьей помощью вы ее скоро увидите». Услышав это, король посмотрел на графа, и хотя тот сильно изменился против прежнего, тем не менее, немного поглядев, он узнал его, стоявшего на коленях, поцеловал и обнял и, дружественно обойдясь с Перотто, приказал, чтобы граф по отношению к одежде, прислуге и утвари снова был поставлен в такое положение, какое требует его родовитость, что и было тотчас же исполнено. Кроме того, король много учествовал Джьяккетто и пожелал узнать о его прошлой судьбе. Когда же Джьяккетто взял великие награды за то, что указал графа и его сыновей, граф сказал: «Возьми это от щедрот государя моего короля и не забудь сказать своему отцу, что твои сыновья, его и мои внуки, не от бродяги по матери». Джьяккетто, получив награды, вызвал в Париж жену и ее свекровь; приехала туда и жена Перотто, и все пребывали здесь в великом веселии с графом, которого король восстановил во всем его имуществе и возвысил более, чем когда-либо. Затем всякий, с его позволения, вернулся восвояси, а он до самой смерти жил в Париже в большей славе, чем когда-либо.

## Новелла девятая

**Бернабо из Генуи, обманутый Амброджиоло, теряет свое достояние и велит убить свою невинную жену. Она спасается и в мужском платье служит у султана; открыв обманщика, она направляет Бернабо в Александрию, где обманщик наказан, а она, снова облачась в женское платье, разбогатев, возвращается с мужем в Геную.**

Когда Елиза, рассказав свою трогательную новеллу, исполнила свой долг, королева Филомена, красивая и высокая из себя и более других приятная и веселая с лица, подумав, сказала: «Надо соблюсти условие с Дионео, и так как кроме его и меня никому не осталось рассказывать, я первая расскажу свою новеллу, а ему, просившему о том, как о милости, придется говорить последнему». Сказав это, она так начала: – В просторечии часто говорится такая присказка, что обманщик попадает под ноги к обманутому, что, кажется, трудно было бы подтвердить каким бы то ни было доводом, если бы не доказывали того приключающиеся дела. Потому, в исполнение нашей задачи, милейшие дамы, у меня явилось вместе с тем и желание доказать, что то, что говорят, верно; а вам не может быть неприятно послушать о том, дабы уметь остеречься от обманщиков.

В одной гостинице в Париже собралось несколько больших итальянских купцов, кто по одному делу, кто по другому, как это водится у них; однажды вечером, весело поужинав, они стали беседовать о разных предметах и, переходя от одного разговора к другому, добрались и до разговора о своих женах, оставленных дома; кто-то и сказал шутя: «Я не знаю, что поделывает моя жена, но знаю, что, когда мне подвернется под руки какая-нибудь девушка, которая мне понравится, я оставляю в стороне любовь, которую питаю к моей супруге, и беру от этой какое могу удовольствие». Другой заметил: «И я поступаю так же, ибо если я представлю себе, что жена моя ищет какого-нибудь приключения, то она так и делает; коли не представлю себе, она все же так сделает; потому будем делать, как там делают: насколько осел лягнет в стену, настолько ему и отзовется». Третий пришел, беседуя, почти к такому же заключению. Одним словом, все, казалось, согласились на том, что оставленные ими жены не станут терять времени; только один, по имени Бернабо Ломеллино из Генуи, сказал противное, утверждая, что у него, по особой милости божией, супруга – женщина более одаренная всеми добродетелями, которые подобает иметь женщине, и даже, в большей мере, рыцарю или конюшему, чем, быть может, какая иная в Италии, ибо она красивая собой, очень молода, ловка и сильна, и нет такой работы, относящейся до женщины, как то: работы шелком и тому подобной, которую бы она не исполняла лучше всякой другой. Кроме того, он говорил, что не найдется ни одного конюшего или, скажем, слуги, который лучше и ловчее прислуживал бы за столом господина, чем она, ибо она отлично воспитана, мудра и разумна. Затем он похвалил ее за то, что она хорошо умеет ездить верхом, держать ловчую птицу, читать, писать и считать лучше, чем если бы была купцом; от этого он, после многих других похвал, дошел и до того, о чем рассуждали, и утверждал клятвенно, что не найдется ее честнее и целомудреннее, почему он вполне уверен, что если бы он десять лет или всегда оставался вне своего дома, она никогда бы не обратилась за такими делами к другому мужчине.

Был там в числе беседовавших таким образом купцов молодой купец, по имени Амброджиоло из Пиаченцы, который при последней хвале, возданной Бернабо своей жене, принялся хохотать, как только можно, и, издеваясь, спросил его, не император ли дал ему эту привилегию преимущественно перед другими мужчинами. Бернабо, несколько рассерженный, сказал, что не император, а господь, который, вероятно, посильнее императора, даровал ему эту милость. Тогда Амброджиоло сказал: «Бернабо, я нисколько не сомневаюсь, что ты уверен в том, что говоришь правду; но, сколько мне кажется, ты мало присмотрелся к природе вещей, ибо, если бы присмотрелся, то, конечно, ты не настолько непонятлив, чтобы не заметить в ней многого, что бы заставило тебя сдержаннее говорить об этом предмете. А для того, дабы ты не вообразил себе, что мы, столь свободно говорившие о наших женах, обладаем другими женами и иначе сделанными, чем ты, а говорили так по побуждению естественного благоразумия, я хочу немного побеседовать с тобою об этом предмете. Я всегда слышал, что мужчина – самое благородное животное из всех смертных, созданных богом, а затем уже женщина; но мужчина, как обыкновенно полагают и видно по поступкам, более совершенен и, обладая большим совершенством, должен, без сомнения, быть более стойким, каковым и оказывается, ибо вообще женщины подвижнее; почему – это можно было бы доказать многими естественными причинами, о которых я теперь намерен умолчать. Если, таким образом, мужчина, обладая большею твердостью, не может воздержаться, не говорю уже от снисхождения к просящей и от вожделения к той, кто ему нравится, и не говоря о вожделении, от желания сделать все возможное, лишь бы сойтись с нею, и это случается с ним не раз в месяц, а тысячу раз в день, то неужели ты надеешься, что женщина, по природе подвижная, может противостоять просьбам, лести, подаркам и тысяче других средств, которые употребит в дело, полюбив ее, умный человек? Думаешь ли ты, что они воздержатся? Разумеется, хотя ты в том и уверяешь сам себя, я не верю, что ты в то веришь: сам же ты говоришь, что жена твоя – женщина, что она из плоти и костей, как другие; если так, то у ней должны быть те же желания и те же силы противодействовать естественным побуждениям, что и у других, поэтому возможно, что и она, хотя честнейшая, сделает то же, что и другие, и нет возможности так рьяно отрицать это, доказывая противоположное, как ты это делаешь». На это Бернабо ответил, сказав: «Я купец, а не философ, и отвечу как купец. Я говорю и знаю, что то, о чем ты говоришь, может приключиться с неразумными, у которых нет никакого стыда; те же, которые разумны, так пекутся о своей чести, что, оберегая ее, становятся сильнее мужчин, которым до того мало дела; к таковым принадлежит и моя жена». Амброджиоло сказал: «Действительно, если бы всякий раз, как они займутся таким делом, у них вырастал рог на лбу, который свидетельствовал бы об учиненном ими, я полагаю, было бы мало таких, кто бы стал этим заниматься; но не только что не вырастут рога, у рассудительных не объявляется ни следа, ни последствии, а стыд и ущерб чести ни в чем другом не состоит, как в том, что выходит наружу; потому, когда они могут сделать это тайно, они и делают, а не делают лишь по глупости. Будь уверен, что та лишь целомудренна, которую либо никто никогда не просил, либо та, просьба которой не была услышана. И хотя я знаю, что так по естественным и действительным причинам быть должно, я не стал бы говорить о том столь уверенно, как говорю, если бы не испытал того много раз и со многими. И говорю тебе так: если бы я пробыл с твоей святейшей женой, я ручаюсь, что в короткое время довел бы ее до того, до чего доводил и других». Раздраженный Бернабо ответил: «Спор на словах может затянуться надолго, ты стал бы говорить, я также, а в конце это не привело бы ни к чему. Но так как ты говоришь, что все столь сговорчивы и уж таково твое уменье, я для того, чтобы убедить тебя в честности моей жены, готов, чтобы мне отрубили голову, если ты когда-либо сумеешь склонить ее к твоему удовольствию в таком деле; если ты не сможешь, то я желаю, чтобы ты поплатился не более как тысячью золотых флоринов». Амброджиоло, уже разгоряченный этим спором, сказал: «Бернабо, я не знаю, что бы я сделал с твоею кровью, если б выиграл, но коли ты желаешь видеть на опыте то, о чем я говорил тебе, положи своих пять тысяч золотых флоринов, которые должны быть тебе менее дороги, чем твоя голова, против моих тысячи; и коли ты не назначишь срока, я обязуюсь отправиться в Геную и в три месяца со дня, когда отсюда уеду, исполнить мое желание с твоей женой, а в знамение того привезти с собой из вещей, ей наиболее дорогих, и такие признаки, что ты сам сознаешься, что это так – если только ты обещаешь мне честным словом не приезжать за это время в Геную и ничего не писать жене об этом предмете». Бернабо сказал, что охотно соглашается, и хотя другие бывшие там купцы старались расстроить это дело, зная, что из этого может выйти большое зло, тем не менее оба купца так разгорячились духом, что, против желания других, обязались друг другу настоящим собственноручным условием.

По совершении условия Бернабо остался, а Амброджиоло, при первой возможности, уехал в Геную. Прожив здесь несколько дней и с большой осторожностью осведомившись о названии улицы и о нравах той дамы, он услышал то же и еще большее, чем слышал от Бернабо, почему его затея представилась ему безумной. Тем не менее, познакомившись с одной бедной женщиной, которая часто ходила к той даме и которую та очень любила, он, не успев побудить ее ни к чему иному, подкупил ее с тем, чтобы она велела внести его в ящике, устроенном им по своему способу, не только в дом, но и в покой почтенной дамы; здесь, будто имея надобность куда-то пойти, та женщина, согласно указанию Амброджиоло, и попросила поберечь его несколько дней. Когда ящик остался в комнате и наступила ночь, Амброджиоло рассчитал час, когда дама заснула, открыл ящик кое-какими своими орудиями и тихо вступил в комнату, в которой горел свет. Тогда он принялся рассматривать расположение комнаты, живопись и все, что там было замечательного, запечатлевая это в своей памяти. Затем, подойдя к постели и заметив, что дама и бывшая с нею девочка крепко спят, тихо раскрыв ее всю, увидел, что она так же красива нагая, как и одетая, но не открыл ни одного знака, о котором мог бы рассказать, кроме одного, бывшего у ней под левой грудью, то есть родинки, вокруг которой было несколько волосков, блестевших, как золото; увидев это, он тихо закрыл ее, хотя, найдя ее столь прекрасной, он и ощутил желание отважить свою жизнь и прилечь к ней, тем не менее, слыша, что относительно этого она строга и неприступна, он не отважился, свободно проведя большую часть ночи в ее комнате, он вынул из ее ящика кошелек и верхнее платье, несколько колец и поясов и, положив все это в свой сундук, снова вошел в него и запер, как прежде.

Так он делал в течение двух ночей, так что дама о том и не догадалась. Когда настал третий день, та женщина, согласно данному приказанию, вернулась за своим ящиком и отнесла его, откуда доставила; выйдя из него и ублаготворив женщину, согласно обещанию, он как мог скорее вернулся с указанными вещами в Париж до назначенного им срока. Здесь, созвав купцов, бывших при разговорах и закладах, он в присутствии Бернабо сказал, что выиграл положенный между ними заклад, ибо исполнил то, в чем похвастался; а в доказательство, что это правда, он, во-первых, описал расположение комнаты и ее живопись, затем показал и привезенные им вещи дамы, утверждая, что получил их от нее. Бернабо сознался, что комната так именно расположена, как он говорит, и сказал, что признает те вещи за принадлежавшие в самом деле его жене, но заметил, что он мог разузнать от кого-нибудь из слуг о расположении комнат и таким же образом овладеть и вещами; потому, если он не покажет чего другого, то это представляется ему недостаточным для того, чтобы тот мог сказаться победителем. Потому Амброджиоло сказав: «Поистине этого было бы достаточно, но так как ты желаешь, чтобы я сказал больше, я скажу. Скажу тебе, что у мадонны Джиневры, твоей жены, под левой грудью порядочная родинка, вокруг которой до шести волосков, блестящих как золото».

Как услышал это Бернабо, ему почудилось, точно его ударили ножом в сердце, такую печаль он ощутил; совсем изменившись в лице, если бы он и не произнес ни слова, он тем ясно показал, что сообщенное Амброджиоло справедливо, и по некотором времени сказал: «Господа, то, что говорит Амброджиоло, справедливо; потому, так как он выиграл, пусть и придет, когда угодно, и ему будет заплачено». Так на следующий день он сполна заплатил Амброджиоло. Выехав на другой день из Парижа, Бернабо отправился в Геную, ожесточенный духом против жены. Приближаясь к городу, он не пожелал вступить в него, а остался в двадцати милях в одном своем поместье; одного из своих слуг, которому очень доверял, послал с двумя конями и письмом в Геную, написав жене, что он вернулся и чтобы она прибыла к нему с слугою, а ему тайно приказал, что, когда он с женою будет в местности, которая покажется ему удобной, он без всякого милосердия убил бы ее и вернулся бы к нему. Когда слуга прибыл в Геную, отдал письмо и исполнил поручение, жена приняла его с большой радостью и на другое утро, сев с слугою на коней, поехала по дороге к своему поместью. Путешествуя вместе и рассуждая о разных вещах, они прибыли в лощину, очень глубокую, уединенную, окруженную высокими скалами и деревьями; так как слуге это место показалось таким, что он может, безопасно для себя, исполнить приказание своего хозяина, он вытащил нож и, схватив даму за руку, сказал: «Мадонна, поручите душу богу, ибо вам придется, не ходя дальше, умереть». Увидев нож и услышав эти слова, дама, совсем испуганная, сказала: «Помилосердствуй, ради бога, и скажи, прежде чем убить меня, чем я тебя оскорбила, что ты должен убить меня?» – «Мадонна, – ответил слуга, – меня вы ничем не оскорбили, а чем вы оскорбили вашего мужа, о том я знаю лишь потому, что он велел мне, безо всякого милосердия к вам, убить вас на этом пути; если бы я того не сделал, он обещался повесить меня. Вы знаете, насколько я ему обязан и могу ли я сказать да или нет в возложенном им на меня деле. Господь ведает, мне жаль вас, а иначе поступить я не могу». Дама, в слезах, сказала: «Смилуйся, ради бога, не пожелай сделаться, услуживая другому, убийцей человека, никогда тебя не оскорбившего. Господь, все ведающий, знает, что я никогда не совершала ничего, за что должна была бы получить от моего мужа подобное воздаяние. Но оставим пока это, ты можешь, коли пожелаешь, заодно угодить богу и своему хозяину и мне – таким образом: возьми это мое платье, дай мне только твой камзол и плащ, с ними вернись к моему и твоему господину и скажи, что ты убил меня; а я клянусь тебе жизнью, которую ты мне даруешь, что я удалюсь и уйду в такие места, что ни до тебя, ни до него, ни в эти страны никогда не дойдут обо мне вести». Слуга, неохотно снаряжавшийся убить ее, легко поддался чувству сострадания, потому, взяв ее платья и отдав ей дрянной камзол и плащ и оставив при ней несколько денег, какие были, он попросил ее удалиться из этих мест и оставил ее пешею в лощине, а сам отправился к своему хозяину, которому сказал, что не только исполнил его поручение, но и покинул ее мертвое тело среди стаи волков.

Бернабо по некотором времени вернулся в Геную, и когда об этом деле узнали, сильно порицали его. Дама осталась одна, неутешная; когда настала ночь, она, изменив насколько можно свой вид, пошла к одному двору, что был поблизости; здесь одна старуха доставила ей все нужное, а она приладила по себе камзол, укоротила его, сделала себе из своей сорочки пару шаровар, остригла волосы и, обратив себя по виду в моряка, направилась к морю, где, на счастье, встретила каталонского дворянина, по имени сеньора Энкарарха, сошедшего со своего корабля, стоявшего неподалеку, в Альбе, чтобы прохладиться у одного источника. Вступив с ним в разговор, она устроилась при нем в качестве служителя и села на его судно, называя себя Сикурано из Финале. Здесь, когда почтенный человек приодел ее в лучшее платье, она принялась служить ему так хорошо и искусно, что вошла к нему в чрезвычайную милость.

Случилось не по многу времени, что этот каталонец с грузом отплыл в Александрию, привез султану несколько отлетных соколов и преподнес их ему, султан, не раз приглашавший его к обеду, заметил обхождение Сикурано, всегда являвшегося прислуживать, и так он ему понравился, что он попросил каталонца уступить его ему, и тот исполнил его просьбу, хотя это было ему и неприятно. В короткое время Сикурано своей хорошей службой снискал у султана не менее милости и любви, чем какими пользовался у каталонца. Случилось с течением времени, что, когда в известную пору года должно было состояться в Акре, бывшей под властью султана, большое сборище христианских и сорочинских купцов, нечто в роде ярмарки, а для охранения купцов и товаров султан посылал туда обыкновенно, кроме других своих чиновников, какого-нибудь из своих сановников с людьми, которые блюли бы за охраной, для такого дела, когда наступила пора, он решил отправить Сикурано, уже отлично знавшего их язык; так он и сделал. Когда, таким образом, Сикурано явился в Акру, как начальник и предводитель купецкой и товарной охраны, и здесь хорошо и тщательно исполнял все относящиеся до его обязанности, ходя и дозирая кругом, он увидел много купцов из Сицилии и Пизы, генуэзцев, венецианцев и других итальянских, с которыми охотно сближался, поминая свою родину. Вышло раз, между прочим, что, когда он остановился у лавки каких-то венецианских купцов, увидел в числе других драгоценностей кошелек и пояс, которые он тотчас же признал за свои, чему удивился; не показывая вида, он вежливо спросил, чьи они и не продажны ли. Прибыл туда Амброджиоло из Пьяченцы с большим товаром на венецианском судне; услышав, что начальник стражи спрашивает, чьи это вещи, он выступил вперед и сказал, смеясь: «Мессере, это вещи мои, и я не продаю их, но если они вам нравятся, я охотно подарю их вам». Видя, что он смеется, Сикурано возымел подозрение, не признав ли он его по некоторым движениям; тем не менее, овладев выражением своего лица, он сказал: «Ты смеешься, вероятно, тому, что я, военный человек, а спрашиваю об этих женских вещах?» Амброджиоло сказал: «Мессере, я не над тем смеюсь, а над способом, каким я заполучил их». На что Сикурано сказал: «Ну-ка, с помощью божьей, расскажи нам, как ты их достал, если это не непристойно». – «Мессере, – сказал Амброджиоло, – эти вещи и еще кое-что другое дала мне одна достойная дама из Генуи, по имени мадонна Джиневра, жена Бернабо Ломеллино, в ту ночь, когда я спал с нею, и просила меня беречь это из любви к ней. Я вот и рассмеялся, потому что поминаю глупость Бернабо, который был столь неразумен, что поставил пять тысяч золотых флоринов против тысячи в том, что я не склоню его жену к моим желаниям; я это сделал и выиграл заклад, а он, которому следовало бы скорее наказать самого себя за свою дурость, чем ее за то, что делают все женщины, вернувшись из Парижа в Геную, велел, как я потом слышал, убить ее».

Услышав это, Сикурано тотчас же понял, почему Бернабо разгневался на нее, и, ясно усмотрев, что этот человек – причина всех ее бедствий, решил сам с собою не пропустить ему этого безнаказанно. И так показав, что этот рассказ ему очень понравился, Сикурано хитро вошел с купцом в столь тесную дружбу, что, побуждаемый им, Амброджиоло по окончании ярмарки, отправился с ним и со всем своим добром в Александрию, где Сикурано устроил ему лавку и дал ему много своих денег на руки; вследствие чего тот, увидев большую от того для себя пользу, проживал там охотно. Сикурано, желая скорее убедить Бернабо в своей невинности, не успокоился до тех пор, пока при посредстве некоторых знакомых генуэзских купцов, бывших в Александрии, под разными выдуманными им предлогами, не вызвал его; так как тот был в бедственном положении, то он тайно распорядился, чтобы его приютил один из его приятелей, пока, по его мнению, не наступит время сделать то, что он затеял. Уже Сикурано побудил Амброджиоло рассказать свое приключение перед султаном и тем позабавить его; увидев, что Бернабо здесь, и рассчитав, что с делом мешкать нечего, он, улучив подходящее время, попросил султана вызвать к себе Амброджиоло и Бернабо и в присутствии последнего, если бы это не далось легко, то строгостью извлечь из Амброджиоло истину, как было дело с женой Бернабо, которым он похвастался. Когда вследствие этого Амброджиоло и Бернабо явились, султан в присутствии многих с строгим видом приказал Амброджиоло показать правду, как он выиграл у Бернабо пять тысяч флоринов золотом; тут был и Сикурано, на которого особенно надеялся Амброджиоло и который с еще более гневным лицом грозил ему тягчайшими наказаниями, если тот не покажет. Потому Амброджиоло, напуганный с той и другой стороны и к тому же несколько понуждаемый, в присутствии Бернабо и многих других, не иного большего ожидая наказания, кроме возвращения пяти тысяч флоринов золотом и вещей, откровенно рассказал все, как было дело. Когда Амброджиоло кончил, Сикурано, как бы во исполнение воли султана, обратившись затем к Бернабо, сказал «А ты что сделал, из-за этого обмана, с твоей женой?» На это отвечал Бернабо: «Я, побежденный гневом, вследствие потери моих денег и стыдом из-за оскорбления, которое я мнил нанесенным мне женою, велел моему слуге убить ее, и она, как он мне рассказал, была тотчас же пожрана стаей волков».

Когда все это было рассказано в присутствии султана и он все услышал и уразумел, но еще не знал, куда ведет дело Сикурано, все это устроивший и допрашивавший, Сикурано сказал ему: «Государь мой, вы видите ясно, насколько эта добрая женщина может похвалиться любовником и мужем, ибо любовник заодно лишает ее чести, запятнав ложными наветами ее доброе имя, и разоряет ее мужа; а муж, более доверяя чужой лжи, чем правде, которую он мог испытать долгим опытом, велит убить ее на пищу волкам. Сверх всего таково расположение и любовь, которые любовник и муж к ней питают, что, хотя и долго с ней были, никто не признал ее. Но так как вы отлично поняли, что заслужил каждый из них, то, если вы по особой милости ко мне согласитесь наказать обманщика и простить обманутого, я представлю ее сюда перед лицо ваше».

Султан, готовый в этом деле снизойти к желаниям Сикурано, сказал, что он согласен, пусть призовет даму. Сильно изумился Бернабо, твердо уверенный в ее смерти, а Амброджиоло, уже догадавшийся о своей беде и боявшийся большего, чем уплаты денег, не зная, на что более надеяться и чего страшиться от появления дамы, ожидал ее прибытия более с изумлением. Когда султан изъявил Сикурано свое согласие, он бросился перед ним на колени, мужской голос исчез одновременно с желанием не казаться более мужчиной, и он сказал: «Государь мой, я – бедная, злополучная Джиневра, шесть лет ходившая, блуждая, по свету под видом мужчины, ложно и преступно оскорбленная этим предателем Амброджиоло, отданная этим жестоким и неправедным мужем на убиение от руки слуги и на паству волкам». И, разодрав спереди платье и показав грудь, она объявила себя и султану и всякому другому женщиной. Обратившись затем к Амброджиоло, она спросила его гневно, когда это было, что он спал с нею, как прежде хвастал. Тот уже признал ее и, почти онемев от стыда, ничего не сказал. Султан, всегда принимавший ее за мужчину, пришел в такое изумление, что несколько раз слышанное и виденное им казалось ему скорее сном, чем действительностью. Наконец, когда изумление прошло и он уверился в истине, он воздал большие похвалы образу жизни, постоянству нравов и добродетелям Джиневры, до того прозывавшейся Сикурано. Велев доставить ей приличное женское платье и женщин, которые, согласно ее просьбе, были бы в ее обществе, он простил Бернабо заслуженную им смерть. Тот, признав ее, бросился к ее ногам, плача и прося прощения, что она и сделала любовно, хотя он того и не заслужил, велела ему встать и нежно обняла его, как мужа. Затем султан приказал, чтобы Амброджиоло тотчас же привязали в каком-нибудь высоком месте города к колу и на солнце, вымазали его медом и не отвязывали до тех пор, пока он сам не упадет, что и было сделано. Затем он повелел, чтобы все, бывшее у Амброджиоло, отдано было даме, и этого было не так мало, чтобы не представить собою ценность более десяти тысяч дублонов. Велев устроить прекраснейшее торжество, он почтил им Бернабо, как мужа мадонны Джиневры, и мадонну Джиневру, как доблестнейшую женщину, и подарил ей в драгоценных вещах, золотых и серебряных сосудах и деньгах столько, что то составило более другого десятка тысяч дублонов. Приказав снарядить судно, он, по окончании торжества, разрешил им вернуться в Геную по желанию; возвратившись туда богатейшими людьми и в большом веселии, они приняты были с большими почестями, особенно мадонна Джиневра, которую все считали умершей, и всегда, пока она жила, почитали как женщину большой добродетели и ума. А Амброджиоло в тот день, как был привязан к колу и вымазан медом, к великому своему мучению, был не только умерщвлен, но и съеден до костей мухами, осами и слепнями, которыми очень изобилует та страна; побелевшие кости, держась на жилах, долгое время не тронутые, свидетельствовали всякому, их видевшему, об его злодействе. Так обманщик и попал под ноги к обманутому.

## Новелла десятая

**Паганино из Монако похищает жену мессера Риччьярдо да Кинзика, который, узнав, где она, отправляется за ней и, войдя в дружбу с Паганино, просит отдать ее ему. Тот соглашается, если на то ее воля: но она не желает вернуться и, по смерти, мессера Риччьярдо, становится женой Паганино.**

Все почтенное общество очень одобрило прекрасную новеллу, рассказанную их королевой, особенно Дионео, которому одному оставалось рассказывать сегодня. Много похвалив рассказчицу, он сказал: – Прекрасные дамы, одно место в новелле королевы побудило меня изменить намерению – рассказать нечто, что у меня было на уме, для того, чтобы сообщить вам другое: а именно неразумие Бернабо (хотя и благополучно для него кончившееся) и всех других, верящих в то, во что и он, оказывалось, верил, то есть воображающих, что, когда они, бродя по свету, забавляются то с той, то с этой, раз и другой, их жены, оставшись дома, сидят, заложив руки за пояс, точно мы, рождающиеся и вырастающие среди них, не знаем, на что они падки. Рассказывая вам эту повесть, я заодно покажу, какова глупость подобных людей и насколько больше глупость тех, которые, считая себя сильнее природы, уверяют себя невероятными россказнями, что в состоянии сделать больше, чем могут, стараясь и других себе уподобить, хотя бы те, по природе, и не были к тому способны.

Итак, жил-был в Пизе судья, более одаренный умом, чем телесной силой, имя которому было Риччьярдо да Кинзика; полагая, что жена его удовольствуется той же деятельностью, какой хватало для его занятий, и будучи очень богат, он с немалой заботой искал себе в жены красивую и молодую девушку, тогда как ему следовало бы, если бы он мог посоветовать себе так, как то делал другим, избегать того и другого. Это ему и удалось, ибо мессер Лотто Гваланди отдал за него дочь, по имени Бартоломею, одну из самых красивых и привлекательных девушек Пизы, хотя там не мало таких вертких, как ящерицы. Введя ее с большим торжеством в свой дом и сыграв прекрасную и великолепную свадьбу, он успел-таки в первую ночь, ради совершения брака, тронуть ее, хотя не многого недостало, чтобы и в этот один раз он не остался с матом; почему на другое утро ему, как человеку худому и поджарому и не бодрому, пришлось возвращать себя к жизни красным вином, крепительными снадобьями и другими средствами. И вот господин судья, став лучшим ценителем своих сил, чем был ранее, принялся обучать жену календарю, годному для ребят, учащихся грамоте, и, вероятно, когда-то сочиненному в Равенне. Ибо, судя по тому, что он доказывал ей, не было дня, на который не падал бы не только праздник, но и несколько, в уважение которых муж и жена обязаны по разным причинам воздерживаться от подобных отношений; к этому он присоединял посты, малые и великие, навечерия святых апостолов и тысячи других святых, пятницы и субботы, день господень и весь великий пост, известные фазы луны и много других исключений, полагая, быть может, что с женщинами в постели подобает соблюдать такие же ферии, какие он дозволял себе порой, ведя гражданские дела. Такого способа действия он (не без глубокого огорчения жены, которой перепадало, быть может, раз в месяц, да и то едва) долгое время держался, все время тщательно ее оберегая, как бы кто-нибудь другой не научил ее распознавать рабочие дни, как он научил ее праздничным.

Случилось в жаркую пору, что у мессера Риччьярдо явилось желание поехать развлечься в одно свое прекрасное поместье, вблизи Монте Неро и здесь, ради воздуха, остаться несколько дней: с собой он взял свою красавицу жену. Пребывая здесь, он, дабы доставить ей какое-нибудь развлечение, устроил однажды рыбную ловлю, и они на двух лодках отправились посмотреть на нее, он с рыбаками на одной, на другой жена с другими женщинами; удовольствие увлекло их, и, почти не замечая того, они на несколько миль вышли в море. Пока все их внимание было обращено на это, явилась внезапно галера Паганино да Маре, очень известного в то время корсара; увидев лодки, он направился к ним; им нельзя было уйти так быстро, чтобы Паганино не удалось настичь ту из них, где были женщины; увидев в ней красавицу, он, не желая ничего другого, в виду Риччьярдо, уже находившегося на берегу, взял ее к себе на галеру и удалился. Когда увидел это господин судья, настолько ревнивый, что боялся даже воздуха, нечего и спрашивать, как он огорчился. Без всякого толку жаловался он и в Пизе и в других местах на злодейство корсаров, не зная, кто похитил у него жену и куда ее увез. Паганино же, увидев красавицу, был доволен, и так как у него жены не было, он решил постоянно держать ее при себе и принялся нежно утешать ее, сильно плакавшую. Когда настала ночь, он, обронив из-за пояса календарь и утратив память о всяких праздниках и фериях, начал утешать ее делами, ибо, казалось ему, днем слова помогли мало: и он так ее утешил, что прежде чем они прибыли в Монако, судья и законы вышли у ней из ума, и она стала вести с Паганино самую веселую жизнь в свете. Привезя ее в Монако, он сверх утешений, которые доставлял ей днем и ночью, содержал ее почетно, как свою жену.

По некотором времени, когда до сведения мессера Риччьярдо дошло, где находится его жена, он, полагая, что никто не сумеет вполне сделать все для того потребное, движимый страстным желанием, решился сам пойти за ней, готовый дать за ее выкуп какое угодно количество денег. Выйдя в море, он поехал в Монако, где ее увидел, а она его; затем вечером она рассказала о том Паганино и объявила ему о своем намерении. На другое утро мессер Риччьярдо увидел Паганино, познакомился с ним и в короткое время вошел с ним в большую приязнь и дружбу, а тот притворился, будто его не знает, выжидая, куда он поведет дело. Поэтому, когда мессеру Риччьярдо показалось, что настала пора, он как сумел лучше и дружелюбнее открыл ему причину своего прибытия, прося его взять, что угодно, но отдать ему жену. На это Паганино с веселым видом отвечал: «Мессере, добро пожаловать! Отвечая вам вкратце, скажу правда, у меня живет молодая женщина, не знаю – ваша ли жена, или кого другого, ибо вас я не знаю, да и ее лишь настолько, насколько она некоторое время жила со мною. Если вы ей муж, как вы говорите, я сведу вас к ней, так как вы кажетесь мне любезным и почтенным человеком, и я уверен, что она признает вас; если она скажет, что все так, как вы говорите, и захочет пойти с вами, я готов, ради вашей любезности, чтобы вы дали мне в выкуп за нее то, что сами пожелаете; если бы дело было не так, то вы поступили бы дурно, если бы пожелали отнять ее у меня, ибо я человек молодой и могу, как любой иной, иметь женщину, особенно же такую, прелестнее которой я еще не видывал». Сказал тогда мессер Риччьярдо: «Что она мне жена, это верно, и коли ты сведешь меня к ней, ты это увидишь она тотчас же бросится ко мне на шею; поэтому я прошу, чтобы сделано было не иначе как ты сам сказал». – «Итак, идем», – сказал Паганино. Таким образом, они отправились в дом Паганино; войдя в одну залу, Паганино велел позвать ее, и она, одетая и убранная, вышла из одного покоя в тот, где находились мессер Риччьярдо и Паганино, но к мессеру Риччьярдо обратилась не иначе как то сделала бы с другим чужим человеком, который явился бы к ней в дом вместе с Паганино. Как увидел то судья, ожидавший, что она встретит его с величайшей радостью, сильно удивился и начал размышлять сам с собою: «Может быть, печаль и долгая скорбь, испытанные мною после того, как я потерял ее, так изменили меня, что она меня не признает». Потому он сказал ей: «Дорого же мне стало, жена, что я повез тебя на рыбную ловлю, ибо никто не ощущал печали, подобной той, которую испытал я, потеряв тебя, а ты, кажется, и не узнаешь меня, так чужо говоришь ты со мною. Разве ты не видишь, я твой мессер Риччьярдо, прибывший сюда, чтобы уплатить, что пожелает этот достойный человек, в доме которого мы находимся, дабы снова добыть и увезти тебя? А он, по своей милости, отдает тебя за то, что я пожелаю уплатить». Обратившись к нему, дама сказала, слегка улыбаясь: «Мессере, вы это мне говорите? Смотрите, не приняли ли вы меня за другую, ибо, что касается до меня, я не помню, чтобы видела вас когда-либо». Сказал мессер Риччьярдо: «Подумай, что ты говоришь, посмотри на меня хорошенько, коли захочешь порядком припомнить – увидишь, что я в самом деле твой Риччьярдо да Кинзика». Дама сказала: «Мессере, извините меня, может быть мне и не так прилично, как вы полагаете, долго смотреть на вас, тем не менее я на вас достаточно насмотрелась, чтобы убедиться, что никогда вас доселе не видела». Мессеру Риччьярдо вообразилось, что делает она это из страха перед Паганино, не желая в его присутствии признаться, что знает его; поэтому, по некотором времени, он попросил Паганино дозволить ему наедине поговорить с нею в комнате. Паганино согласился, с тем только, чтобы он не целовал ее против ее желания, а даме приказал пойти с ним в комнату, пусть выслушает, что он желает ей сказать, и ответит, как ей будет угодно. Так дама и мессер Риччьярдо одни отправились в комнату, и когда уселись, мессер Риччьярдо начал говорить: «Сердце ты мое, душенька ты моя, надежда моя, неужели не узнаешь ты своего Риччьярдо, который любит тебя более себя самого? Как это возможно? Разве я так изменился? Посмотри ты на меня немножко, глазок ты мой милый!» Жена принялась смеяться и, не дав ему говорить далее, сказала: «Вы хорошо понимаете, что я не настолько забывчива, чтобы не признать, что вы мессер Риччьярдо да Кинзика, муж мой; но вы, пока я была с вами, показали, что очень дурно меня знаете, ибо если бы вы были, или еще оказываетесь, мудрым, за какового вы желаете, чтобы вас принимали, у вас было бы настолько разумения, чтобы видеть, что я молода, свежа и здорова, а следовательно, должны были бы понимать, что потребно молодым женщинам, помимо одежды и пищи, хотя они, по стыдливости, о том и не говорят. Как вы это делали – вы знаете сами. Если занятия законами были вам приятнее занятий с женою, вам не надо было брать ее; хотя мне никогда не казалось, что вы судья, а представлялись вы мне скорее глашатаем святых действ и праздников, так отлично вы их знали, равно как посты и навечерия. И я говорю вам, что если бы вы дали столько праздничных дней работникам, что работают в ваших поместьях, сколько давали тому, кто обязан был обрабатывать мое маленькое поле, вы никогда не собрали бы ни зерна жита. На этого человека я напала, так хотел господь, милостиво воззревший на мою молодость; с ним я живу в этой комнате, где не знают, что такое праздник (я говорю о праздниках, которые вы, более преданный богу, чем служению женщинам, соблюдали в таком количестве), и никогда в эту дверь не входили ни субботы, ни пятницы, ни навечерия, ни четыре поста, ни великий пост, столь продолжительный; напротив, здесь днем и ночью работают, теребя шерсть; я знаю, как пошло дело с одного раза и далее, с тех пор как ночью ударили к заутрене. Потому с этим человеком я желаю остаться и работать, пока молода, а праздники, индульгенции и посты предоставлю себе отбывать, когда буду стара; а вы уходите с богом, как можно скорее, и празднуйте без меня сколько угодно». Слушая эти слова, мессер Риччьярдо испытывал невыносимую скорбь и, когда заметил, что она умолкла, сказал: «Увы, душа моя, что это за речи ты говоришь? Разве тебе нет дела до чести твоих родителей и твоей? Предпочитаешь ли ты оставаться здесь любовницей этого человека, пребывая в смертном грехе, чем быть в Пизе моей женой? Этот, когда ты ему надоешь, прогонит тебя к великому твоему позору, там же ты всегда будешь мне мила и всегда останешься, хотя бы я и умер, хозяйкой моего дома. Захочешь ли ты из-за этого необузданного и нечестного вожделения забыть свою честь и меня, любящего тебя более своей жизни? Надежда ты моя, не говори того более, согласись пойти со мною, я отныне и впредь, зная твое желание, буду стараться; поэтому, дорогая моя, измени свое намерение и пойди со мною, ибо я никогда не чувствовал себя хорошо с тех пор, как тебя у меня отняли». На это она ответила ему: «О моей чести пусть никто не заботится (да теперь и нечего) более меня самой; пусть бы заботились о ней мои родители, когда отдавали меня за вас: если они не позаботились тогда о моей чести, я не намерена ныне сделать того относительно их; коли я теперь обретаюсь в смертном грехе, то когда-нибудь попаду в живую переделку, вам нечего ради этого тревожиться из-за меня. Скажу вам еще вот что: здесь мне представляется, что я жена Паганино, а в Пизе казалось, что я ваша любовница, как припомню, что мои и ваши планеты сходились лишь по фазам луны и геометрическим расчетам, тогда как здесь Паганино всю ночь держит меня в своих объятиях, давит и кусает меня, а как обрабатывает. Еще вы говорите, что будете стараться. Чем? Постараетесь в три приема поднять палицу?? Я ведь знаю, что вы стали хорошим наездником с тех пор, как я вас не видела! Ступайте и постарайтесь жить, ибо мне кажется, что в этом мире вы живете как жилец по искусу, таким чахленьким и хиленьким вы мне кажетесь. И еще скажу вам, что, когда этот человек оставит меня (а, кажется, он к этому не расположен, лишь бы я пожелала остаться), я не намерена вследствие того возвратиться когда бы то ни было к вам, из которого, если бы вас всего выжать, не вышло бы и чашки соку ибо, уже однажды побывав там к великому моему вреду и урону, я поищу себе пищи в другом месте. Потому снова говорю вам, что здесь нет ни праздника, ни предпразднования, оттого я и намерена здесь остаться, а вы, как можно скорее, уходите с богом, не то я закричу, что вы хотите сделать мне насилие». Мессер Риччьярдо, видя, что его дело плохо, и лишь теперь познав, что он, малосильный, сделал глупость, взяв за себя молодую жену, вышел из комнаты опечаленный и горестный и многое наговорил Паганино, что не повело ни к чему; наконец, ничего не сделав и оставив жену, вернулся в Пизу и с горя впал в такое юродство, что, когда ходил по городу, всякому, кто ему кланялся либо о чем его спрашивал, ничего иного не отвечал, как только: «Дрянная дыра не хочет знать о праздниках». Вскоре после того он умер. Когда услышал о том Паганино, зная любовь, какую питала к нему дама, сделал ее своей законной супругой, и оба, не соблюдая никогда ни праздника, ни предпразднования и не держа поста, работали, насколько могли вынести ноги, и вели веселую жизнь. Вот поэтому, дорогие мои дамы, мне и кажется, что в споре с Амброджиоло Бернабо ехал верхом на козе – к скату.

Новелла эта вызвала такой смех у всего общества, что не было никого, у кого не болели бы скулы, и все дамы сказали в один голос, что Дионео говорит правду, а Бернабо был дурак. Когда новелла кончилась и затих смех, королева, увидев, что уже час поздний, все отбыли рассказы и наступил конец ее владычества, сняв, по заведенному порядку, венок с головы, возложила его на голову Неифилы, весело говоря: «Теперь, дорогая подруга, да будет у тебя власть над этим малым народцем». И она снова села. Неифила несколько покраснела от полученного ею почета, и таковым стало ее лицо, какою является свежая роса в апреле или мае на рассвете дня с прелестными глазами, блестевшими, как утренняя звезда, немного опущенными. Когда стих хвалебный ропот обстоявших, которым они радостно показывали свое благоволение к королеве, она, ободрившись духом, выпрямившись несколько более, чем то делала сидя, сказала: «Так как я стала вашей королевой, то, не отклоняясь от образа действий тех, кто был прежде меня и чье правление вы одобряли, повинуясь, я объявлю вам в немногих словах мое мнение, которому и будем следовать, если вы одобрите его вашим советом. Как вам известно, завтра пятница, а на следующий день суббота: дни неприятные большинству – пищей, которая в это время употребляется; не говоря уже о том, что пятницу достоит чествовать ввиду того, что в этот день тот, кто претерпел смерть ради нашей жизни, понес страдание; почему я сочла бы справедливым и приличным, чтобы мы, во славу божию, занялись скорее молитвами, чем рассказами. А затем, в субботу у женщин обыкновение мыть голову, очищаясь от всякой пыли и грязи, которая могла бы объявиться от работ за всю прошлую неделю; в большом также обычае поститься во славу пресвятой девы, матери сына божия, а затем в честь наступающего воскресенья отдыхать от всех трудов. Поэтому, так как мы не в состоянии в этот день сполна следовать заведенному порядку жизни, я полагаю, что и в этом отношении мы хорошо сделаем, если в этот день воздержимся от рассказов. Затем, так как мы пробыли здесь четыре дня, то, коли желаем избегнуть появления новых посетителей, я считаю целесообразным удалиться отсюда и пойти в другое место, куда – об этом я уже подумала и озаботилась. Когда мы сойдемся там вместе в воскресенье после полуденного сна, – так как сегодня поле наших рассказов и разговоров было очень обширное, – у вас, с одной стороны, будет время на размышление, с другой – будет лучше ограничить несколько произвол в выборе новелл и рассказывать об одном каком-либо из многих действий судьбы, например, думается мне, о людях, которые благодаря своей умелости добыли что-либо ими сильно желаемое, либо возвратили утраченное. Об этом пусть каждый измыслит рассказать что-нибудь, что могло бы быть полезно обществу или по крайней мере потешно, постоянно сохраняя за Дионео его льготу». Все похвалили речь и предложение королевы и положили, что так тому и быть. Она же после того, велев позвать своего сенешаля, подробно объяснила ему, где ему вечером поставить столы и что затем делать на все время ее правления; устроив это и поднявшись со всем своим обществом, она разрешила всякому делать, что ему угодно. И вот дамы и мужчины направились к садику и, погуляв здесь немного, с наступлением времени ужина весело и с удовольствием поужинали; когда встали из-за стола, по желанию королевы, под танец, который завела Емилия, следующая канцона спета была Пампинеей, тогда как другие подпевали.

*Какой бы женщине и петь, коли не мне,*
*Чьи все желания свершаются вполне?*
*Приди же, о Амур, всех благ моих причина,*
*И всех надежд моих, и исполнений всех!*
*Споем-ка вместе мы; но песен тех предметом*
*Не будь ни тяжкий вздох, ни горькая кручина,*
*Что возвышают мне цену твоих утех;*
*Но только тот огонь, блестящий ярким светом,*
*Горя в котором, я средь игр и празднеств, – в этом*
*Веселии тебя чту с богом наравне.*
*В тот день, как в твой огонь впервые я вступила,*
*Амур, моим глазам явил внезапно ты*
*На диво юношу, в ком, слившись так прекрасно,*
*И пыл, и красота, и доблестная сила*
*Не превышаемой достигли высоты*
*И равных стали бы искать себе напрасно.*
*Он так пленил меня, что я о нем всечасно*
*С тобой, владыка мой, пою наедине.*
*Но высшее себе нашла я наслажденье*
*В том, что как он мне мил – мила ему и я,*
*Благодаря тебе, посредник всемогущий!*
*Так в здешней жизни я имею исполнение*
*Желанья моего, – а преданность моя*
*Ему, любимому, и в жизни мне грядущей,*
*Надеюсь, снищет мир. То видит вездесущий*
*И примет нас в своей божественной стране.*

За этой канцоной спеты были многие другие, проплясали несколько танцев и играли на разных инструментах. Но когда королеве показалось, что пора пойти отдохнуть, каждый, с препнесением факела, отправился в свою комнату, а следующие два дня они отдались тем вопросам, о которых говорила королева, и с нетерпением ожидали воскресенья.

# ДЕНЬ ТРЕТИЙ

Кончен второй день Декамерона и начинается третий, в который под председательством Неифилы рассуждают о тех, кто благодаря своей умелости добыл что-либо им сильно желаемое либо возвратил утраченное.

Уже заря с приближением солнца из алой стала золотистой, когда в воскресенье королева, поднявшись, подняла и все свое общество, между тем как сенешаль задолго перед тем послал к месту, куда надлежало идти, много необходимых вещей и людей, которые приготовили бы там все нужное. Увидев, что королева пустилась уже в путь, он велел быстро нагрузить все остальное, точно там снялись лагерем, и отправился с грузом и служителями, какие оставались при дамах и мужчинах. И вот королева, в обществе и сопровождении своих дам и трех юношей, напутствуемая пением двадцати, пожалуй, соловьев и других птичек, ступая тихим шагом по тропинке не слишком торной, но полной зеленой травы и цветов, начинавших раскрываться с появлением солнца, направилась к западу и, болтая, шутя и смеясь с своими спутниками, не прошла и двух тысяч шагов, как привела их раньше половины третьего часа утра к красивому, роскошному дворцу, лежавшему на холме, несколько выше долины.

Вступив в него и всюду обойдя, увидев большие залы, чисто убранные и украшенные, комнаты, в изобилии снабженные всем необходимым для жилья, они очень одобрили как его, так и роскошные привычки хозяина. Затем, сойдя вниз и увидев просторный, веселый двор дома, подвалы, полные отличных вин, и холодную воду, бившую в изобилии, еще более стали хвалить его. Когда, как бы желая отдохнуть, они сели на террасе, господствовавшей над всем двором и усыпанной ветками и цветами, какие возможны были по времени года, явился предусмотрительный сенешаль, который принял их и угостил изысканными сластями и хорошими винами. После того, велев открыть себе сад, находившийся возле дворца и со всех сторон окруженный стеной, вошли в него; при самом входе он в целом поразил их своей чудной красотой, и они принялись внимательно осматривать его в подробностях. Вокруг него и во многих местах посредине шли широкие дорожки, прямые, как стрелы, крытые сводом виноградных лоз, показывавших, что в этом году урожай будет хороший; в то время они были в цвету и издавали по саду такой аромат, смешанный с запахом многих других растений, благоухавших в саду, что им казалось, будто они находились среди всех пряных ароматов, какие когда-либо производил Восток. По бокам аллеи шла изгородь из белых и алых роз и жасминов, почему не только утром, но и когда солнце было уже высоко, можно было всюду гулять в душистой и приятной тени, не подвергаясь солнечным лучам. Сколько и каких было там растений и как расположенных, - долго было бы рассказывать, но не было столь редкого, которое, если только выносило наш климат, не находилось бы там в изобилии. Посредине сада (что не менее, а, может быть, и более замечательно, чем все другое, что там было) находился луг, покрытый мелкой травой, столь зеленой, что он казался почти темным, испещренный тысячами разных цветов, окруженный зеленеющими здоровыми апельсинными и лимонными деревьями, которые, отягченные спелыми и незрелыми плодами и цветами, не только давали прелестную тень глазам, но доставляли удовольствие и обонянию. Посредине этого луга стоял фонтан из белейшего мрамора с чудесными изваяниями; в центре его поднималась на колонне статуя, высоко выбрасывавшая к небу - естественной или искусственной струей, не знаю, - столько воды, падавшей впоследствии с приятным шумом обратно в прозрачный фонтан, что мельница могла бы работать и при меньшем ее количестве. Вода эта - я говорю о той части, которая, переполняя фонтан, оказывалась лишней, - выйдя скрытым ходом из луга и затем обнаружившись вне его, обтекала его кругом красивыми и искусно устроенными ручейками, а далее распространялась такими же ручейками по всем сторонам сада, собираясь под конец в одной его части, где и выходила из него, спускаясь прозрачным потоком в долину и, прежде чем достигнуть ее, вращая две мельницы с большой силой и немалой пользой для владельца. Вид этого сада, прекрасное расположение его, растения и фонтан с исходившими из него ручейками - все это так понравилось всем дамам и трем юношам, что они принялись утверждать, что если бы можно было устроить рай на земле, они не знают, какой бы иной образ ему дать, как не форму этого сада, да, кроме того, и не представляют себе, какие еще красоты можно было бы к нему прибавить. Так, гуляя по нем в полном удовольствии, плетя красивейшие венки из веток разных деревьев и в то же время слушая, пожалуй, двадцать напевов птичек, певших точно взапуски друг с другом, они заметили нечто восхитительное, чего не видели раньше, будучи увлечены другим. И в самом деле, сад представился им наполненным красивыми животными, может быть сотни пород, и они стали показывать на них друг другу: тут выходили кролики, там бежали зайцы, где лежали дикие козы, где паслись молодые олени. Кроме них, еще много других, словно ручных, безвредных зверей гуляло на воле. Все это к другим удовольствиям прибавило еще большее. Погуляв достаточно, насмотревшись на то и на другое, они велели поставить столы у красивого фонтана и здесь, пропев наперед шесть песенок и исполнив несколько танцев, по благоусмотрению королевы, пошли к трапезе. Им подали в большом и прекрасном порядке тонкие и хорошо изготовленные кушанья; развеселившись, они встали и снова предались музыке, песням и танцам, пока королева не решила, что при наступившей жаре пора кому угодно пойти и отдохнуть. Из них кто пошел, другие, увлеченные красотой местности, не захотели пойти и, оставшись тут, принялись кто читать романы, кто играть в шахматы и шашки, пока другие спали. Когда миновал девятый час, все встали и, освежив лицо холодной водой, пошли, по желанию королевы, к фонтану и тут, рассевшись в обычном порядке, стали поджидать начала рассказов на сюжет, предложенный королевой. Первый, на кого королева возложила эту обязанность, был Филострато, начавший таким образом.

## Новелла первая

**Мазетто из Лампореккио, прикинувшись немым, поступает садовником в обитель монахинь, которые все соревнуют сойтись с ним.**

Прелестнейшие дамы, много есть неразумных мужчин и женщин, вполне уверенных, что лишь только на голову девушки возложат белую повязку, а на тело черную рясу, она более не женщина и не ощущает женских вожделений, точно, став монахиней, она превращается в камень; и когда они случайно слышат нечто, противное этой их уверенности, они так смущаются, как будто совершился какой-нибудь великий и преступный грех против природы, не думая и не принимая в расчет ни самих себя, которых не в состоянии удовлетворить полная свобода делать все, что пожелают, ни великие силы праздности и одиночества. Есть также много и таких, которые вполне уверены, что лопата и заступ, и грубая пища, и труд, и нужда лишают земледельцев всяких похотливых вожделений, делая грубыми их ум и понятливость. Насколько все, так думающие, заблуждаются, это я и желаю разъяснить вам, по приказанию королевы и не выходя из данного ею урока, небольшой новеллой.

В наших местах был и еще существует женский монастырь, весьма славившийся своею святостью (я не называю его, дабы не умалить чем-либо его славы), в котором не так давно тому. Назад, когда там было не более восьми женщин с аббатисой, и все молодые, жил один добрый малый, ходивший за их прекрасным огородом; недовольный своим жалованием, он, сведя счеты с управляющим монастыря, вернулся в Лампореккио, откуда был родом. Здесь в числе прочих, дружественно его встретивших, некий молодой крестьянин, сильный и здоровый и, для крестьянина, красивый, по имени Мазетто, спросил его, где он так долго был. Добрый малый, которого звали Нуто, объяснил ему. Мазетто спросил: какую службу он нес в монастыре? На это Нуто ответил: «Я ходил за их прекрасным, большим садом, да кроме того ходил иногда в лес по дрова, доставал воду и справлял другие такие же службишки; но монахини давали мне так мало жалованья, что мне едва хватало на башмаки. К тому же все они молоды, и у них точно черт сидит в теле: ничего по них не сделаешь; например, бывало, работаю в саду, одни говорят: положи сюда это, другие: положи сюда вот то; иная брала у меня из рук лопату и говорила: это неладно. Так они мне надоедали, что я кидал работу и уходил из сада; так вот, по той и другой причине я и не захотел более оставаться там и пришел сюда. Да еще просил меня их управляющий, когда я уходил, что если у меня будет под рукою кто-нибудь годный на это дело, я направил бы к нему, я и обещал; но пошли ему господь здоровую поясницу, если найду ему или пошлю кого-нибудь». У Мазетто, пока он слушал речи Нуто, явилось в душе столь сильное желание попасть к тем монахиням, что он совсем истомился, поняв из слов Нуто, что ему удастся сделать то, чего он желал. Сообразив, что это не устроится, если он ничего не ответит Нуто, он сказал: «И хорошо ты сделал, что ушел! Разве мужское дело жить с бабами? Лучше жить с дьяволами из семи раз шесть они не знают, чего сами хотят». Но едва окончилась их беседа, как Мазетто принялся обдумывать, какого способа ему держаться, чтобы ему можно было пробраться к ним; зная, что он хорошо сумеет справиться с той обязанностью, о которой говорил Нуто, он не сомневался, что из-за этого ему не откажут, но боялся, что его не примут, потому что он был слишком молод и видный собою. Потому, поразмыслив о многом, он надумал: до того места очень далеко отсюда, и никто там меня не знает; я умею притворяться немым и наверно буду там принят. Остановившись на этой мысли, с топором на плече, никому не сказав, куда он идет, он под видом бедняка отправился в монастырь. Придя туда, вошел и случайно встретил на дворе управляющего, которому показал знаками, как то делают немые, что просит у него поесть бога ради, а он, коли нужно, нарубит ему дров. Управляющий охотно покормил его и затем повел его к колодам, которые Нуто не сумел расколоть, а этот, будучи очень сильным, в короткое время все расколол. Управляющий, которому надо было пойти в лес, повел его с собою и здесь велел нарубить дров, затем, поместив впереди осла, показал знаками, чтобы он повез дрова домой. Тот все это отлично исполнил; тогда управляющий удержал его на несколько дней для некоторых работ, в которых ему была надобность.

В один из этих дней увидела его аббатиса и спросила управляющего, кто он такой. Тот сказал ей: «Мадонна, это бедняк, немой и глухой, пришедший сюда недавно за милостыней, я его ублаготворил и заставил его сделать многое, что было нужно. Если б он умел работать в саду и пожелал бы остаться здесь за плату, мы нашли бы в нем хорошего слугу, а нам такой надобен; он же силен, и можно его употреблять на что угодно; к тому же нечего было бы опасаться, что он станет баловаться с вашими девицами». На что аббатиса сказала: «В самом деле, ты прав; узнай-ка, умеет ли он работать, и постарайся удержать его у нас; дан ему пару каких-нибудь башмаков, какой-нибудь старый плащ, приласкай и приголубь его и накорми хорошенько» Управляющий сказал, что исполнит это Мазетто, бывший неподалеку, показывая вид, что метет двор, слышал все эти речи и весело говорил про себя: «Если вы пустите меня сюда, я так обработаю ваш сад, как еще никогда в нем не работали».

Когда управляющий увидел, что он отлично умеет работать, и знаками спросил его, желает ли он здесь остаться, а тот знаками же отвечал, что готов исполнить, что ему угодно, – управляющий, приняв его, велел ему работать в саду и показал, что ему надлежит делать; затем ушел по другим монастырским делам, а его оставил. Когда он стал работать, день за днем, монахини начали приставать к нему и издеваться над ним, как иные часто делают с немыми, и говорили ему самые неприличные слова в свете, не ожидая, что он их услышит; а аббатиса, предполагавшая, вероятно, что он без хвоста, как и без языка, мало или вовсе о том не заботилась. Случилось между тем, что, когда он однажды отдыхал, много поработав, две молодые монашенки, ходя по саду, подошли к месту, где он был, и принялись разглядывать его, притворившегося спящим. Почему одна из них, несколько более смелая, сказала другой: «Если бы я была убеждена, что могу тебе довериться, я высказала бы тебе мысль, которая приходила мне не раз, а быть может, и тебе пришлась бы на пользу». Та отвечала: «Говори, не бойся, ибо я наверно никому и никогда о том не скажу». Тогда смелая начала. «Не знаю, думала ли ты когда, насколько нас строго держат и что сюда не смеет войти ни один мужчина, кроме старика управляющего да этого немого; а я много раз слышала от женщин, приходивших к нам, что все другие сладости в свете пустяки в сравнении с той, когда женщина имеет дело с мужчиной. Потому я несколько раз задумывала, коли не могу с другим, попытать с этим немым, так ли это. А для этого дела лучше его нет на свете, ибо если бы он и захотел, не мог бы и не сумел бы о том рассказать: видать, что это глупый детина, выросший не по уму. Я охотно послушала бы, что ты на это скажешь». – «Ахти мне! – сказала другая, – что это ты такое говоришь? Разве ты не знаешь, что мы дали богу обет в своей девственности?» – «Эх! – отвечала та, – сколько вещей обещают ему за день и ни одной не исполняют; коли мы обещали ее ему, найдется другая или другой, которые этот обет исполнят». На это ее подруга сказала: «А что, если ты забеременеешь, как тогда быть?» Тогда та ответила» «Ты начинаешь задумываться о беде прежде, чем она тебя посетила; если бы это случилось, будет время подумать, будут тысячи средств устроить так, что об этом ничего никогда не узнают, если мы сами не проговоримся». Услышав это, другая, у которой явилось еще большее желание испытать, что такое за животное – мужчина, сказала: «Ну, хорошо, как же нам быть?» На это та ответила: «Ты видишь, что теперь около девяти часов, я думаю, что все сестры спят, кроме нас; поглядим-ка по саду, нет ли кого, и если нет, как нам иначе устроить, как не взять его за руку и повести в тот шалаш, где ом прячется от дождя? Там пусть одна останется с ним, а другая будет настороже. Он так глуп, что приладится ко всему, что мы захотим».

Мазетто слышал все эти рассуждения и, готовый к услугам, ничего иного не ожидал, как чтобы одна из них взяла его за руку. Хорошенько все осмотрев и увидев, что их ниоткуда нельзя увидать, та, что первая начала эти речи, подошла к Мазетто, разбудила его, и он тотчас встал на ноги; потом, взяв его, с ласковым видом, за руку, повела его, разражавшегося дурацким смехом, в шалаш, где Мазетто, не заставив себя долго приглашать, совершил, что она хотела. Она же, как честная подруга, получив, чего желала, уступила место другой, а Мазетто, все представляясь простаком, исполнял их желание. Поэтому, прежде чем уйти, каждая захотела испытать свыше одного раза, каков наездник их немой; впоследствии, часто рассуждая друг с другом, они говорили, что действительно это такая приятная вещь, как они слышали, и даже более, и, выбирая время, в подходящие часы ходили забавляться с немым.

Случилось однажды, что одна их подруга, заметив это дело из окошка своей кельи, указала на него другим. Вначале они сговаривались вместе обвинить их перед аббатисой; затем, переменив намерение и стакнувшись с ними, сами стали участницами силы Мазетто. К ним по разным поводам присоединились в разное время и три остальных. Наконец, аббатиса, еще не догадывавшаяся об этом деле, гуляя однажды совсем одна по саду, когда жара была большая, нашла Мазетто (которому, при небольшой работе днем, много доставалось от усиленных поездок ночью) совершенно растянувшегося и спавшего в тени миндального дерева; ветер поднял ему платье спереди назад, и он был совсем открыт. Когда она увидела это, зная, что она одна, вошла в такое же вожделение, в какое вошли и ее монахини; разбудив Мазетто, она повела его в свою горницу, где, к великому сетованию монахинь, что садовник не является обрабатывать огород, держала его несколько дней, испытывая и переиспытывая ту сладость, в которой она прежде привыкла укорять других. Наконец, когда она отослала его из своей горницы в его собственную и очень часто желала видеть его снова, требуя, кроме того, более, чем приходилось на ее долю, а Мазетто был не в силах удовлетворить стольким, он решил, что роль немого, если бы он в ней дольше остался, была бы ему в большой вред. Потому, однажды ночью, когда он был с аббатисой, он, разрешив свое немотство, начал говорить: «Мадонна, я слышал, что одного петуха совершенно достаточно на десять кур, но что десять мужчин плохо или с трудом удовлетворят одну женщину, тогда как мне приходится служить девяти, чего я не в состоянии выдержать ни за что на свете; напротив, благодаря тому, что я совершал дотоле, я дошел до того, что не в состоянии сделать ни мало, ни много; потому либо позвольте мне удалиться с богом, либо найдите средство устранить это». Услышав его говорящим, аббатиса, считавшая его немым, совсем обомлев, сказала: «Что это такое? Я думала, что ты нем». – «Мадонна, – сказал Мазетто, – я и был таковым, но не от природы, а по болезни, отнявшей у меня язык, и это первая ночь, что я чувствую, что он вернулся ко мне, за что по мере сил прославляю бога». Аббатиса поверила ему в том и спросила, что значит, что ему приходится служить девятерым. Мазетто рассказал ей, в чем дело. Услышав это, аббатиса догадалась, что нет у ней монахини, которая не была бы много ее умнее; потому, как женщина рассудительная, не отпустив Мазетто, она решила уладиться с своими монахинями относительно этих дел, дабы монастырь не был опозорен Мазетто. Так как в ту пору умер их управляющий, они, открывшись друг другу в том, что все они перед тем совершали, с общего согласия и с согласия Мазетто устроили так, что соседи поверили, будто ихними молитвами и по милости святого, которому посвящен был монастырь, возвращена была речь долго немотствовавшему Мазетто, которого они сделали своим управляющим и так распределили его работу, что он мог ее переносить. И хотя ею он произвел на свет много монашков, дело велось так осторожно, что о нем услышали лишь по смерти аббатисы, когда Мазетто был уже почти стариком и пожелал воротиться домой богатым человеком; когда это дело узналось, оно все ему облегчило. Таким-то образом вернулся Мазетто старым отцом семейства и богачом, не имея нужды ни кормить детей, ни тратиться на них, успев благодаря своей догадливости хорошо воспользоваться своей молодостью; вернулся богачом туда, откуда вышел с топором на плече.

## Новелла вторая

**Один конюх спит с женой короля Агилульфа, о чем король тайно узнает и, разыскав его, остригает ему волосы. Остриженный конюх остригает всех других и таким способом выпутывается из беды.**

Когда Филострато окончил свою новеллу, от которой дамы иной раз немного краснели, иной смеялись, королева пожелала, чтобы Пампинея продолжала рассказы. Та с смеющимся лицом начала так: – Бывают люди столь неблагоразумные в своем желании во что бы то ни стало показать, будто они знают и замечают, чего знать им не следует, что, обличая порой незамеченные промахи других, думают тем самым умалить свой стыд, тогда как на деле они только увеличивают его до бесконечности. А что это верно, я намерена доказать это вам, прелестные дамы, на обратном примере: рассудительности некоего доблестного короля, рассказав о хитрости одного человека, которого сочтут, быть может, менее изворотливым, чем Мазетто.

Агилульф, король лангобардов, подобно тому как делали его предшественники, поставил столицей своего царства ломбардский город Павию и взял себе в жены Теоделинду, вдову Аутари, бывшего также лангобардским королем, очень красивую, умную и очень честную, но мало удачливую на любовника. Когда благодаря доблести и уму короля Агилульфа дела лангобардов пребывали некоторое время в благополучии и мире, случилось, что один из конюхов означенной королевы, человек по роду низкого состояния, хотя во всем другом гораздо выше своего презренного ремесла, из себя такой же красивый и высокий, как и король, безмерно влюбился в королеву. Так как его низкое положение не лишило его понимания, что такая любовь была вне всякого благоприличия, он, как человек умный, никому в том не открылся, даже и ей не смел признаться хотя бы взглядом; и хотя он жил без всякой надежды когда-либо понравиться ей, он все-таки гордился, что направил высоко свою мысль, и как человек, всецело горевший любовным пламенем, более, чем кто-либо из его товарищей, с тщанием делал все, что, по его мнению, должно было понравиться королеве. Почему, бывало, при выезде верхом королева с большой охотой садилась на лошадь, за которой ходил он, а не другие, когда это случилось, он почитал это за величайшую милость и никогда не отлучался от ее стремени, считая себя счастливым, когда мог порой коснуться хотя бы ее платья. Но как нам часто приходится видеть, что чем меньше становится надежда, тем сильнее любовь, так случилось и с бедным конюхом; ему было крайне тяжело выносить великую страсть, скрывая ее, как он то делал, и без поддержки какой бы то ни было надежды, и много раз, не будучи в состоянии отказаться от своей любви, он решился умереть. Раздумывая о способах смерти, он решился избрать такой, из которого было бы ясно, что он умер из-за любви, которую питал и питает к королеве. И он пожелал, чтобы этот способ был таков, чтобы при его помощи он мог попытать удачи: удовлетворить всецело или отчасти свое желание. Он не отважился ни говорить с королевой, ни в письме открыть ей свою любовь, ибо знал, что тщетно стал бы говорить или писать, но он пожелал испробовать, не удастся ли хитростью проспать с ней ночь. И не было другого способа и пути, как найти средство пробраться, проникнув в ее комнату под видом короля, который, как он знал, не всегда спал с ней вместе, Для того чтобы узнать, как и в какой одежде ходит король, когда посещает ее, он несколько раз прятался в большом зале королевского дворца (находившемся между покоями короля и королевы) и в одну из ночей увидал, как король вышел из своей комнаты, закутанный в большой плащ, с зажженным факелом в одной руке и с тростью в другой; как он подошел к комнате королевы и, не говоря ни слова, постучал этою тростью раз или два в дверь комнаты, и как ему немедля отперли и взяли из рук факел. Увидев это, а также увидев его возвращавшимся, он надумал поступить так же. Найдя возможность запастись плащом, похожим на тот, какой был на короле, факелом и тростью, вымывшись предварительно в ванне, дабы запах навоза не обеспокоил королеву и не дал ей заметить обмана, он со всем этим по обыкновению спрятался в большом зале. Когда он убедился, что все спят, и ему показалось, что настало время либо удовлетворить своему желанию, либо столь достойным способом открыть себе путь к желанной смерти, он при помощи кремня и огнива, принесенных с собой, выбил немного огня, зажег свой факел и, закрывшись и окутавшись в плащ, подошел к двери комнаты и два раза постучал тростью. Дверь была отворена полусонной служанкой, факел взят из рук и припрятан, тогда как он, не говоря ни слова, пошел за полог и, сняв плащ, лег в постель, где спала королева. Он страстно заключил ее в объятия, но притворился расстроенным (так как знал, что у короля была привычка в дурном настроении духа никого не слушать), и, не говоря и не выслушав ни слова, несколько раз телесно познал королеву. И как ни тяжело ему было уходить, но боясь, чтобы долгое промедление не дало повод испытанному удовольствию обратиться в печаль, он встал, взял свой плащ, и факел, ушел, не говоря ни слова, и насколько возможно скоро вернулся в свою постель. Но едва добрался он до нее, как король встал и направился в комнату королевы, чему она чрезвычайно удивилась, и, когда он был уже в постели и весело поздоровался с ней, она, ободренная его приветливостью, сказала: «Что это за новость сегодня, государь мой? Вы только что ушли от меня н, необычайно мною насладившись, возвращаетесь так скоро? Берегитесь этих дел». Король, услышав эти речи, тотчас догадался, что королева была обманута сходством повадки и наружности, но, как умный человек, видя, что ни королева, ни кто другой того не заметил, решил и ей не дать того заметить. Так не поступили бы многие глупцы, а сказали бы: «Я не приходил: кто тот, кто был здесь? Как было дело? Кто он?» – Из чего произошло бы много неприятного, чем он напрасно опечалил бы королеву, дал бы ей повод пожелать в другой раз того, чего она уже отведала, и навлек бы на себя посрамление, рассказав о деле, умолчание которого не принесло бы ему никакого стыда. Итак, король ответил, раздраженный более в душе, чем по виду и на словах: «Жена, разве я не кажусь тебе мужчиной, способным вернуться сюда вторично после того, как был здесь?» На что та ответила: «О, конечно, государь мой, но тем не менее я прошу вас поберечь ваше здоровье». Тогда король сказал: «Мне хочется последовать твоему совету, и на этот раз, не досаждая тебе более, я уйду». С душой, полной гнева и негодования на то, что, как он уразумел, над ним проделали, он взял свой плащ, вышел из комнаты и задумал без шума разыскать того, кто это совершил, предполагая, что то должен был быть кто-либо из домочадцев и что он, кто бы то ни был, не мог еще скрыться из дома. Итак, взяв крошечную свечу в небольшом фонаре, он направился в длинную постройку над конюшнями дворца, где спала по разным постелям почти вся его челядь, и, полагая, что у того, кто бы он ни был, кто проделал рассказанное ему женой, ни пульс, ни биение сердца от совершенного усилия не могли еще успокоиться, стал потихоньку, начиная с одного конца залы, ощупывать грудь каждого, чтобы узнать, как бьется сердце. Хотя все другие спали крепко, но тот, который был у королевы, еще не спал, вследствие чего, увидев входящего короля и поняв, кого он искал, он сильно испугался, так что к биению сердца, вызванному усилием, страх присоединил еще больше, и он твердо был убежден, что, раз король это заметит, он тотчас же велит его убить. И хотя различные соображения приходили ему в голову относительно того, что ему предпринять, видя короля безоружным, он решился представиться спящим и выждать, что станет делать король. Осмотрев многих и не найдя никого, кого бы он признал за разыскиваемого, он подошел к нему и, найдя его сердце сильно бьющимся, сказал про себя: «Вот он!» Но как человек, не желавший, чтобы проведали что-либо о том, что он затевает сделать, он не учинил ему ничего иного, как только отрезал у него принесенными им ножницами с одной стороны клок волос, которые в то время носили очень длинными, и это для того, чтобы по этой примете он мог на следующее утро признать его; сделав это, он ушел и вернулся в свой покой. Конюх, который все видел, как парень хитрый, ясно понял, зачем он был так помечен, почему, не теряя времени, встал и, найдя ножницы, которых, к счастью, было несколько штук в конюшне для стрижки лошадей, тихонько подошел к лежавшим, сколько их ни было в том зале, и у каждого также выстриг над ухом по пряди волос. Совершив это, никем не замеченный, он снова пошел спать. Встав поутру, король приказал, чтобы, прежде чем будут отперты ворота дворца, все домочадцы явились к нему; так и было исполнено. Когда все с непокрытыми головами стояли перед ним, он начал оглядывать их, чтобы найти выстриженного им, но, увидев, что большинство обстрижено таким же точно способом, изумился и сказал про себя: «Тот, кого я ищу, хотя и низкого происхождения, но выказывает себя человеком высокого разума». Затем, уверившись, что без огласки он не мог бы найти того, кого искал, и решив из-за мелкой мести не навлекать на себя великого бесславия, он решил усовестить его одним словом и дать ему понять, что ему все известно, и, обратившись ко всем, сказал: «Пусть тот, кто это сделал, не делает того никогда более; ступайте с богом!» Другой пожелал бы предать их пытке, мучениям, расследованиям и допросам и, поступив так, открыл бы то, что каждый должен стараться скрыть; а открыв виновного, хотя бы и отомстил ему вполне, не уменьшил бы, а увеличил тем свой позор и осквернил честь своей жены. Те, кто слышал эти слова короля, удивились и долго обсуждали промеж себя, что король хотел этим сказать, но не было никого, кто бы это понял, за исключением того, кого одного они касались. А он, как человек умный, никогда при жизни короля того не открывал и никогда более не подвергал своей жизни случайностям в подобного рода деле.

## Новелла третья

**Под видом исповеди чистосердечного признания одна дама, влюбленная в молодого человека, побуждает некоего почтенного монаха, не догадывавшегося о том, устроить так, что ее желание возымело полное удовлетворение.**

Уже смолкла Пампинея, и смелость и благоразумие конюха восхвалялись многими из присутствовавших, равно как и благоразумие короля, когда королева, обратившись к Филомене, велела ей продолжать, вследствие чего та очень мило промолвила следующее: – Я намерена рассказать вам о проделке, действительно устроенной одной красивой дамой почтенному монаху, проделке, долженствующей тем более понравиться мирянам, что монахи, очень глупые в большинстве случаев, – люди странных нравов и привычек, воображающие себя и выше других и более сведущими во всяком деле, когда как они много их ниже и, не умея по низменности духа пробиваться, как другие люди, стремятся, подобно свиньям, туда, где могут чем-нибудь покормиться. Об этой проделке я и расскажу, милые дамы, не для того только, чтобы исполнить данный приказ, а чтобы показать вам, что даже и духовные лица, которым мы, чересчур легковерные, слишком доверяем, могут быть и часто бывают хитро поддеты не только мужчинами, но и некоторыми из нас.

В нашем городе, изобилующем белее обманами, чем любовью и верностью, жила немного лет тому назад родовитая дама, одаренная от природы, как немногие, красотой, приятным обхождением, возвышенной душой и тонким умом. Ее имя, равно как и другие, упоминаемые в настоящем рассказе, хотя я их и знаю, я не намерена открыть, потому что еще живы многие из тех, кого это исполнило бы негодованием, тогда как это следует – обойти смехом. Итак, женщина эта, зная, что она высокого рода и выдана замуж за ремесленника ткача, не могла побороть своего негодования, что муж ее ремесленник, ибо полагала, что ни один человек низкого происхождения, как бы богат он ни был, не достоин благородной жены. Видя также, что, несмотря на свое богатство, он годился не на что иное, как только разматывать тальки, сновать холст или спорить с прядильщицей о пряже, она решила никоим образом не разделять его объятий, разве только, когда отказ был бы невозможен, а для своего собственного утешения поискать кого-нибудь, кто покажется ей более того достойным, чем ткач. И вот она влюбилась в одного очень достойного молодого человека средних лет, да так, что если днем не видала его, то ночь не могла провести без докуки. Но молодой человек, того не замечая, и не заботился о том, а она, как женщина очень осторожная, не решалась дать ему знать ни через посланную, ни письмом, боясь опасности, могущей приключиться. Приметив, что он часто общался с одним монахом (который хотя был глуп и неотесан, тем не менее, ведя святую жизнь, пользовался почти у всех славой достойного монаха), она решила, что именно он был бы прекрасным посредником между ней и ее любовником. Обдумав, какой ей избрать способ действий, она отправилась в подходящий для того час в церковь, при которой он жил, и, вызвав его, сказала, что если он на то согласен, она желала бы исповедоваться у него. Монах, увидев ее и приняв ее за благородную даму, охотно выслушал ее, а она сказала ему после исповеди: «Отец мой, я должна прибегнуть к вам за помощью и советом в деле, о котором вы услышите. Мне известно, да я и сама вам о том сказала, что вы знаете и моих родных и моего мужа, которым я любима более жизни, и нет той вещи, какую я не пожелала бы, которую он, как человек богатейший и могущий то сделать, не доставил бы мне немедленно; почему я люблю его больше себя, и если бы я не то чтобы совершила, но даже подумала о чем-либо противном его чести и жизни, то ни одна дурная женщина не была бы так достойна сожаления, как я. В настоящее время некто, чье имя, сказать по правде, мне неизвестно, но, как кажется, человек состоятельный и, коли не ошибаюсь, посещающий вас часто, красивый, высокий ростом, обыкновенно очень прилично одетый в темное платье, не зная, быть может, намерений, какие я питаю, чуть не ведет против меня осаду, я не могу показаться ни у дверей, ни у окна, ни выйти из дома, чтобы он тотчас же не явился передо мной; удивляюсь, как он еще не здесь; все это меня печалит очень, потому что подобный образ действия часто без вины навлекает хулу на честных женщин. Порой мне приходило в голову передать ему это через моих братьев, но потом я одумывалась, зная, что мужчины передают иногда поручения таким образом, что ответы последуют дурные, отчего происходит спор, а от слов доходит и до дела; потому, дабы из этого не вышло зла и шума, я молчала, решив передать все это скорее всего вам, чем кому другому, как потому, что, кажется, вы ему друг, так и потому, что вам подобает выговаривать за такие дела не только друзьям, но и посторонним. Вот почему я прошу вас, ради самого бога, сделать ему за это выговор и попросить не держать себя более таким образом. Довольно найдется других женщин, может быть, склонных к таким делам, и им понравится, что он глядит на них и ухаживает за ними, тогда как мне, не имеющей в душе ни малейшего расположения к подобному, это только страшно докучает». Проговорив это, готовая, казалось, заплакать, она опустила голову. Святой отец понял тотчас, что она говорила о том, кого действительно разумела, и, много одобрив даму за ее добрые намерения, твердо уверенный в том, что сказанное ею справедливо, пообещал подействовать таким образом, что со стороны того человека ей не будет более неприятностей. Зная, что Она очень богатая, он стал восхвалять дела милосердия и милостыни, сообщив ей о своих нуждах. На это та сказала: «Прошу вас о том, бога ради, и если бы он стал это отрицать, скажите ему прямо, что я сама все рассказала и пожаловалась вам». Затем, отбыв исповедь и получив отпущение, она вспомнила наставления, данные ей монахом о делах благотворения, незаметно положив ему в руку денег, попросила отслужить заупокойные обедни по ее усопшим и, встав с колен, вернулась домой.

Немного времени спустя пришел, по обыкновению, к святому отцу молодой человек; поговорив с ним сначала о том и о другом, монах отвел его в сторону и в очень мягких формах стал журить его за то ухаживание и влюбленные взгляды, которыми тот, по его мнению, преследовал даму, как она дала ему понять. Достойный человек изумился, так как никогда не заглядывался на нее « лишь изредка проходил мимо ее дома, и начал было оправдываться. Но монах, не дав ему сказать ни слова, возразил: „Не притворяйся удивленным и не теряй слов на отрицание, потому что ты этого не можешь. Я узнал все это не от соседей: она сама, сильно жалуясь на тебя, рассказала мне все, и хотя вообще эти глупости тебе более не к лицу, скажу тебе о ней, что если я когда-либо видел женщину, которой были бы противны эти дурачества, то это именно она; потому ради твоей чести и для ее успокоения прошу тебя прекратить это, оставив ее в покое“. Молодой человек, догадливый более монаха, понял тотчас же остроумие дамы и, представившись несколько пристыженным, сказал, что постарается в будущем не путаться более в это дело, и, простившись с Монахом, пошел прямо к дому дамы, всегда стоявшей настороже у маленького окошечка, чтобы поглядеть на него, когда он пройдет. Увидя, что он идет, она показала ему себя такой веселой и приветливой, что он достаточно хорошо мог уразуметь, как верно он понял слова монаха, и, начиная с того дня, с большой осмотрительностью, к своему удовольствию и вящему восторгу и утешению дамы, притворяясь, будто причиной тому иные дела, продолжал ходить по той же улице.

По некотором времени, когда дама заметила, что она нравится ему так же, как он ей, желая еще более увлечь его и уверить в любви, которую к нему питала, выбрав время и место, она снова пошла к святому отцу я, сев в церкви у его ног, принялась плакать. Монах, видя это, спросил ее сострадательно, что у нее нового. Дама ответила: «Отец мой, те новости, с которыми я пришла, не иные, как о том же проклятом богом вашем друге, на которого я жаловалась вам позавчера; я думаю, он родился на мое великое мучение и для того, чтобы учинить мне нечто, от чего я никогда не буду радостна и никогда более не осмелюсь припасть к вашим стопам». – «Как, – возразил монах, – разве он не перестал надоедать тебе?» – «Конечно, нет, – ответила она, – напротив, с тех пор как я пожаловалась вам на то, как бы назло, может быть, рассердившись, что я вам на него пожаловалась, он на каждый раз, который проходил прежде, проходит теперь по крайней мере семь. И слава бы богу, если бы он удовольствовался только прогулкой мимо и взглядами, но он стал так смел и дерзок, что не далее как вчера подослал мне в дом женщину с посылами и глупостями и, точно у меня нет кошельков и поясов, прислал мне и кошелек и пояс, что я нашла и нахожу столь оскорбительным, что думаю, если бы не боязнь греха, а затем и любовь к вам, я была бы способна взбеситься; но я воздержалась и не захотела ни делать, ни сказать ничего, не сообщив вам о том наперед. Кроме того, когда я уже возвратила и кошелек и пояс той женщине, которая их принесла, дабы она отдала их ему обратно, и грубо отпустила ее, боясь, чтобы она не оставила всего при себе, а ему не сказала, что я все приняла, – как, слышно, они иногда делают, – я вернула ее и, полная негодования, взяла у нее из рук вещи, которые и принесла вам, чтобы вы ему их возвратили, а ему сказали, что я не нуждаюсь в его подарках, потому что благодаря богу и моему мужу у меня столько кошельков и поясов, что я могла бы утопить его в них. Затем, с вашего позволения, как отца, если он не отстанет от этого, я расскажу все моему мужу и моим братьям, и пусть будет, что будет; ибо мне более по сердцу его посрамление, если уж он должен его претерпеть, чем мне получить хулу из-за него: не так ли, отец мой?» Проговорив это и не переставая сильно плакать, она вынула из-под своего платья прекрасный и богатый кошелек с нарядным, дорогим пояском и бросила их на колени монаха, который, безусловно веря всему, что говорила дама, страшно взволнованный, взял их и сказал: «Дочь моя, что ты печалишься об этом, я нимало не удивляюсь и не могу порицать тебя за это, но много хвалю за то, что во всем этом ты следуешь моему совету. Я выговаривал ему третьего дня, но он плохо сдержал то, что мне обещал, вследствие чего как за это, так и за то, что он наделал нового, я хочу так взмылить ему голову, что он не будет более приставать к тебе; ты же, да благословит тебя бог, не поддавайся так гневу, чтобы рассказать о том кому-нибудь из твоих, как бы ему не последовало от того много зла. Не сомневайся, чтобы когда-либо могла выйти от того хула на тебя, ибо я буду всегда как перед богом, так и перед людьми твердым свидетелем твоей честности».

Дама притворилась несколько утешенной и, оставив этот разговор, будучи знакома с жадностью как его, так и других монахов, сказала ему: «Отец мой, в последние ночи мне являлись мои родные, и, кажется мне, они в страшных мучениях и ни о чем так не просят, как о милостыне, в особенности моя мать, которая представилась мне такой опечаленной и несчастной, что жаль было глядеть на нее. Думается мне, она страшно огорчена, видя мои напасти с этим врагом господа, почему я хотела бы, чтобы вы отслужили за упокой их душ сорок обеден св. Григория, с вашими молитвами, дабы господь избавил их от огня карающего». Сказав это, она положила ему в руку флорин. Святой отец с радостью взял его и, добрыми словами и многими примерами укрепив ее в благочестии и напутствуя благословением, отпустил ее.

После ухода дамы, не замечая, что его провели, монах послал за своим другом, который, придя и видя его взбешенным, тотчас же догадался, что у него есть вести о даме, и ждал, что скажет монах. Тот, повторив уже ранее сказанное и снова обратившись к нему с оскорбительными и гневными речами, стал порицать его за то, что, по рассказам дамы, он проделал. Молодой человек, еще не понимавший, куда клонит дело монах, довольно слабо отрицал посылку кошелька и пояса, дабы не отнять у монаха уверенности, на случай, если бы она внушена была ему дамой. Но монах, страшно рассерженный, сказал: «Как можешь ты отрицать это, дрянной человек? Вот они, она сама, плача, принесла их мне; посмотри, не узнаешь ли их?» Молодой человек, притворившись пристыженным, сказал: «Ну да, я их узнаю; каюсь вам, что поступил дурно, и клянусь, видя такое ее настроение, что никогда более вы не услышите об этом ни слова». И долго еще шли разговоры, пока, наконец, монах – баранья голова – не отдал другу своему кошелек и пояс и после многих наставлений и просьб его не заниматься более такими делами отпустил, когда тот это пообещал. Молодой человек, сильно обрадованный как уверенностью, которую, казалось, он получил в любви дамы, так и прекрасным подарком, лишь только ушел от монаха, тотчас же направился туда, где осторожно показал своей даме, что и та и другая вещь -у него, чем та была очень довольна, в особенности же тем, что, как ей казалось, ее замысел удавался все более и более. Когда она ничего так не ждала для завершения дела, как чтобы муж ее куда-нибудь уехал, случилось, что немного времени спустя ему надо было по какому-то поводу отправиться в Геную. Когда утром он сел на лошадь и уехал, дама тотчас же пошла к святому отцу и после многих жалоб со слезами сказала ему: «Отец мой, теперь скажу вам откровенно, что более терпеть я не могу, но так как третьего дня я вам пообещала не делать ничего, о чем бы не поведала вам наперед, я пришла оправдаться перед вами; а дабы вы поверили, что я имею причины и плакать и жаловаться, я хочу рассказать вам, что ваш друг, чистый дьявол из ада, сделал со мною сегодня незадолго до заутрени. Не знаю, какая надежда подсказала ему, что муж мой уехал вчера утром в Геную, и вот сегодня, в указанную мною пору, он вошел в мой сад, взобрался по дереву до окна моей комнаты, которая выходит в сад, и уже открыл окно и хотел войти в комнату, когда я, проснувшись, быстро вскочила и начала кричать, кричала бы еще более, если бы он, не успевший еще войти, не умолил меня о пощаде именем бога и вашим, сказав мне, кто он; вследствие чего я, выслушав его, из любви к вам умолкла и, голая, как родилась, побежала и захлопнула окно перед его носом, а он, думаю, ушел в недобрый час, ибо более я его не видала. Теперь, хорошо ли это и выносимо ли, – судите сами; что до меня, я не хочу более спускать ему того; уж и без того я из любви к вам спускала ему слишком много».

Услышав это, монах рассвирепел донельзя и не знал, что и сказать, только несколько раз переспросил ее, хорошо ли она узнала, что это был именно он, а не кто другой. На это дама ответила: «Хвала господу! Неужели я не сумею отличить его от другого! Говорю вам, что это был он, и хотя бы он то и отрицал, не верьте ему». Тогда монах сказал: «Дочь моя, тут ничего другого не скажешь, как только то, что это величайшая наглость и крайне дурной поступок, а ты поступила так, как следовало, то есть выгнав его, что ты и сделала. Но прошу тебя, так как бог охранил тебя от посрамления, чтобы ты, как уже дважды последовала моему совету, так сделала и на этот раз, то есть, не жалуясь никому из твоих родных, предоставь мне сделать все и посмотреть, не смогу ли я обуздать этого сорвавшегося с цепи дьявола, которого я считал за святого; и если я сумею извлечь его из этого скотства, то хорошо, если же нет, теперь же даю тебе вместе с благословением моим и мое разрешение поступить с ним, как сама сочтешь за наилучшее». – «Пусть будет так, – сказала дама, – на этот раз я не хочу ни гневить вас, ни ослушаться, но постарайтесь, чтоб он стерегся докучать мне более, иначе даю вам слово более не обращаться к вам за этим делом!» И, не прибавив ни слова, как бы рассердившись, она покинула монаха.

Едва успела она выйти из церкви, как явился молодой человек и был окликнут монахом, который, отведя его в сторону, наговорил ему величайших грубостей, которые когда-либо говорили человеку, называя его и подлым, и клятвопреступником, и предателем. Тот, уже два раза испытавший, что именно означала брань монаха, слушая внимательно и уклончивыми ответами стараясь заставить его высказаться, промолвил для начала: «Мессере, к чему этот гнев? Уж не я ли распял Христа?» На что монах ответил: «Каков бесстыжий! Послушайте, что он говорит! И говорит так, как будто прошел уже год или два и за давностью времени он забыл свои дурные дела и подлости. Разве с сегодняшнего утра от заутрени до настоящего часа у тебя уж из ума вон, что ты оскорбил другого? Где был ты сегодня незадолго до рассвета?» Молодой человек ответил: «Не знаю, где я был; быстро же дошла до вас весть». – «Правда, – сказал монах, – весть дошла до меня; я думаю, ты надеялся, что коли мужа нет дома, то почтенная дама тотчас примет тебя в свои объятия! Вот так молодчик, вот так честный человек! Стал ночным бродягой, отворяет сады, лазает по деревьям! Не думаешь ли ты своим приставанием победить святость этой женщины, что лазаешь ночью по деревьям? Ничто на свете ей так не противно, как ты, а ты все пытаешь наново? Не говорю о том, что она во многих случаях тебе это показывала, но хорош же ты в самом деле после моих выговоров! Ну так вот что я тебе скажу: до сих пор не из любви, которую она к тебе питает, а по моим настоятельным просьбам она молчала о том, что ты творил, но более молчать она не станет, я дал ей позволение, если ты снова чем-либо огорчишь ее, поступить, как ей заблагорассудится. Что станешь делать ты, если она все расскажет братьям?» Достаточно поняв все, что было ему нужно, молодой человек, как только лучше мог и умел, успокоил монаха обильными обещаниями и, уйдя от него, на рассвете следующего дня вошел в сад, влез на дерево, найдя окно отпертым, проник в комнату и насколько возможно быстро очутился в объятиях своей дамы, которая с большим вожделением его поджидала и радостно встретила, сказав: «Великое спасибо господину монаху, что так хорошо указал тебе сюда путь». Затем, наслаждаясь взаимно, беседуя и много смеясь над простотой монаха простофили, издеваясь над замычками, гребнями и чесалками, они наслаждались в большом удовольствии. Уладив свои дела, они устроились так, чтобы не возвращаться более к господину монаху, и провели вместе в таком же веселии много других ночей, каковых я молю сподобить и меня и всех, того желающих.

## Новелла четвертая

**Дон Феличе наставляет брата Пуччьо, как стать блаженным, подвергнув себя известному покаянию, что брат Пуччьо и исполняет, а дон Феличе тем временем забавляется с его женой.**

Когда Филомена, окончив свой рассказ, умолкла, а Дионео в милых выражениях похвалил и остроумие дамы и моление, сказанное под конец Филоменой, королева поглядела, смеясь, на Памфило и сказала: «Теперь, Памфило, продолжай наше удовольствие каким-нибудь веселым рассказом». – «Охотно», – быстро ответил Памфило и начал так: – Мадонна, много есть людей, которые, стараясь попасть в рай, не замечая того, посылают туда других, что и случилось с одной из наших соседок немного времени тому назад, как вы это и узнаете.

Как мне довелось слышать, вблизи Сан Бранкацио проживал хороший и богатый человек, по имени Пуччьо ди Риньери, который впоследствии, совсем предавшись благочестию, стал братом третьего разряда ордена св. Франциска и был наречен братом Пуччьо. Следуя своему духовному влечению и не имея иной семьи, кроме жены и прислужницы, потому и не имея надобности промышлять чем-либо, он часто ходил в церковь. Слабоумный и неотесанный, он твердил свой «отче наш», слушал проповеди, выстаивал обедни, никогда не пропускал случая быть на духовном пении мирян, постился и бичевался, и под рукою говорили, что он принадлежал к секте бичующихся.

Жена его, по имени Изабетта, еще молодая, двадцати восьми – тридцати лет, свежая и красивая, пухленькая, как красное яблочко, по святости мужа, а может быть, и по его старости, очень часто выдерживала более продолжительную диету, чем того желала, и когда ей хотелось спать, а может быть, и позабавиться с ним, он рассказывал ей про жизнь Христа, или проповеди брата Настаджио, или о плаче Магдалины и другие подобные вещи. Вернулся в это время из Парижа один монах, по имени Дон Феличе, принадлежавший к монастырю св. Бранкацио, очень молодой, красивый собою, острого ума и глубоких знаний, с которым тесно сблизился брат Пуччьо. И так как он очень хорошо разрешал каждое его сомнение и, кроме того, уразумев его настроение, выказывал себя перед ним святым человеком, то брат Пуччьо стал иногда водить его к себе и приглашать то к обеду, то к ужину, смотря как приходилось; также и жена брата Пуччьо из любви к мужу сдружилась с ним и охотно его чествовала. Посещая, таким образом, дом брата Пуччво и видя жену его такой свежей и кругленькой, монах догадался, в чем она наиболее ощущала недостаток, и задумал, коли возможно, свалив работу с брата Пуччьо, взять ее на себя. Раз и другой косясь на нее довольно плутовато, он-таки добился того, что зажег в ее сердце то же вожделение, какое было у него. Заприметив это, монах при первом удобном случае переговорил с ней о своем желании, но, хотя он и нашел ее вполне готовой увенчать дело, способа к тому не находилось, потому что она не решалась сойтись с монахом ни в каком месте на свете, кроме своего дома, а дома это было невозможно, так как брат Пуччьо никогда не выезжал из города, что сильно печалило монаха. Долгое время спустя он придумал способ сойтись с своей дамой в ее же доме, не возбуждая подозрения, хотя бы брат Пуччьо был также дома. И вот однажды, когда брат Пуччьо навестил его, он заговорил с ним так: «Я уже не раз замечал, брат Пуччьо, что у тебя одно желание – стать святым, к чему, мне кажется, ты идешь долгим путем, тогда как есть другой, очень короткий, который папа и другие его набольшие прелаты знают, которым и пользуются, но не хотят, чтобы он открыт был другим, потому что духовный чин, живущий более всего подаянием, тотчас был бы разорен, так как миряне не взыскали бы его ни подаянием, ни чем другим. Но так как ты мне друг и много уважил меня, то, если бы я мог быть уверен, что ты никому того пути не откроешь и последуешь по нем, я наставил бы тебя». Брат Пуччьо, сгоравший желанием узнать это, прежде всего стал настоятельно просить, чтобы он наставил его, а затем начал клясться, что никогда, разве он сам того пожелает, никому того не скажет, утверждая, что, если он окажется в силах последовать пути, он тотчас же вступит на него. «Так как ты мне обещаешь его, – ответил монах, – то я тебя научу. Ты должен знать, да и святые отцы учат, что кто хочет стать блаженным, должен совершить покаяние, о котором ты услышишь; но пойми меня хорошенько. Я не хочу сказать, что после покаяния ты бы перестал быть грешником, каков ты есть, но выйдет то, что все грехи, совершенные тобой до времени покаяния, очистятся и будут тебе в силу его отпущены, а те, которые ты натворишь потом, не будут вменены в осуждение тебе, а сойдут святой водой, как теперь сходят подлежащие отпущению. Итак, тебе следует главнейше с великим усердием исповедать свои прегрешения, как начнется покаянный искус, затем тебе надлежит начать пост и величайшее воздержание, которое должно продолжаться сорок дней, в которые не только от другой женщины, но следует воздержаться от общения и с своей собственной женой. Кроме того, необходимо иметь в своем доме какое-нибудь место, откуда ты мог бы ночью видеть небо и в час повечерия пойти туда, и чтобы там был стол очень широкий, прилаженный так, чтобы, стоя, ты мог прислониться к нему поясницей и, держа ноги на земле, распростирать руки как бы распятый; если бы ты пожелал поддержать их какими-либо гвоздями, то можешь это сделать. Таким образом, глядя на небо, ты должен стоять, не двигаясь, до утрени. Будь ты грамотный – тебе подобало бы прочесть в это время некоторые молитвы, которые я дал бы тебе, но так как ты не таков, тебе следует триста раз сказать „отче наш“ и триста раз „богородицу“ в честь св. троицы, и, глядя на небо, постоянно держать на памяти господа, создателя неба и земли, и страсти Христовы, стоя в таком же положении, в каком был он на кресте. Затем, когда зазвонят к заутрени, ты можешь, если хочешь, пойти и так, не раздеваясь, броситься на кровать и заснуть, а на следующее утро отправиться в церковь и там простоять по крайней мере три обедни и перечитать пятьдесят раз „отче наш“ и столько же „богородицу“; после этого в простоте сердца отбыть кое-какие твои дела, если есть таковые, а затем обедать, а потом пойти к вечерне в церковь и там сказать некоторые молитвы, которые я напишу тебе и без которых обойтись нельзя, а уже затем около повечерия снова начать по-сказанному. Совершая это, как я когда-то сам совершал, надеюсь, что, прежде чем наступит конец покаяния, ты ощутишь чудесное состояние вечного блаженства, если с благочестием все исполнишь». Брат Пуччьо тогда ответил: «Это не слишком трудно и не долгое дело и его можно очень хорошо исполнить, почему я и хочу во имя божие начать с воскресенья».

Оставив его и придя домой, он по порядку, с разрешения монаха, рассказал все своей жене. Та очень хорошо поняла, из неподвижного стояния до утрени, что разумел монах, и так как все это ей показалось очень удобным, она ответила, что как этим, так и всяким другим благим делом, которое он предпринимает для спасения своей души, она довольна и что для того, чтобы бог сделал его покаяние плодотворным, она готова поститься с ним, но проделать все остальное отказывается. Согласившись на этом, брат Пуччьо, когда настало воскресенье, начал свое покаяние, господин монах, уговорившись с его женой, в час, когда никто не мог увидеть его, приходил к ней почти каждый вечер ужинать, всегда принося с собою кое-чего, чтобы можно было хорошо поесть и хорошо выпить, затем ложился с нею до утрени, когда, поднявшись, уходил, а брат Пуччьо возвращался на кровать.

Место, которое брат Пуччьо выбрал для своего покаяния, находилось рядом с комнатой, где спала жена, и ничем не отделялось от нее, как лишь тончайшею стеною; вследствие того, когда монах уже слишком невоздержно забавлялся с женою, а она с ним, брату Пуччьо показалось, что он чувствует какое-то сотрясение пола, почему, проговорив уже сто раз «отче наш», он остановился и, не двигаясь, окликнув жену, спросил ее, что она делает. Та, большая шутница, оседлав, быть может, в это время коня св. Бенедикта либо св. Иоанна Гвальберта, отвечала: «Друг мой, я верчусь, как только могу». Тогда брат Пуччьо сказал: «Как же это ты вертишься? К чему это верчение?» Та, смеясь и весело (удалая она была; может быть, был и повод к смеху), ответила: «Неужели вы не знаете, что это значит? Я тысячу раз слыхала, как вы говорили сами: кто без ужина ложится, тот всю ночку провертится». И поверил брат Пуччьо, что пост – причина ее бессонницы, и потому она так вертится на кровати; почему он простодушно сказал: «Жена, говорил я тебе – не постничай, но так как ты все-таки захотела этого – не думай о том и постарайся отдохнуть; ты так скачешь по постели, что трясешь все, что ни на есть в доме!» Тогда жена ответила: «Не беспокойся о том, я хорошо знаю, что делаю, делай ты свое дело хорошенько, а я уж постараюсь так хорошо, как могу». Брат Пуччьо умолк и принялся за свой «отче наш», а жена с господином монахом с этой ночи и впредь, велев изготовить постель в другой части дома, пребывали в ней, пока шло покаяние брата Пуччьо, в величайшем веселии, и когда монах уходил, жена возвращалась на свою кровать, а вскоре затем туда же возвращался с покаяния брат Пуччьо.

Когда таким образом продолжалось и покаяние брата Пуччьо и удовольствие жены его с монахом, она, шутя, не раз ему говорила: «Ты заставляешь брата Пуччьо нести покаяние, которым мы обрели рай». И так как ей было хорошо, она, долгое время, продержавшись на диете у мужа, настолько привыкла к монашескому корму, что, хотя покаяние брата Пуччьо и кончилось, она нашла возможность в другом месте угощаться с монахом и долгое время осмотрительно пользовалась им в свое удовольствие. Таким образом (дабы последние слова рассказа не разногласили с первыми) и вышло, что в то время как брат Пуччьо, исполняя покаяние, думал попасть в рай, он отправил туда монаха, указавшего ему короткую дорогу, и жену, жившую при нем в большом недостатке того, чем монах, как человек милосердный, наделял ее в изобилии.

## Новелла пятая

**Зима дарит свою парадную лошадь мессеру Франческо Верджеллези и за это, с его согласия, говорит с его женой; когда она молчит, он отвечает за нее от ее же лица, и все совершается согласно с его ответом.**

Когда Памфило кончил новеллу о брате Пуччьо, не без того, чтобы не вызвать смеха у дам, королева с достоинством приказала Елизе продолжать. Она, насмешливая, не по злорадству, а по старой привычке, начала говорить таким образом: – Многие, много знающие, полагают, что другие не знают ничего, и часто в то время, как они думают провести других, замечают, уже по совершении дела, что сами ими проведены. Потому я считаю большим неразумием, когда кто-нибудь без нужды решается пытать силы чужого ума. Но так как, быть может, не всякий разделит мое мнение, я хочу рассказать вам, следуя установленному порядку, что случилось с одним дворянином из Пистойи.

Был в Пистойе, в роде Верджеллези, один дворянин, по имени мессер Франческо, человек очень богатый, умный, вообще рассудительный, но безмерно скупой, который, долженствуя ехать в Милан в качестве подесты, обзавелся всем нужным, чтобы прилично туда отправиться, исключая верховой лошади, которая была бы ему необходима; не находя ни одной, которая бы ему понравилась, он был этим очень озабочен. Жил тогда в Пистойе некий молодой человек, по имени Риччьярдо, невысокого происхождения, но очень богатый, одевавшийся так изысканно и опрятно, что все звали его обыкновенно Зимой (щеголь). Он давно любил жену мессера Франческо, очень красивую и честную даму, и безуспешно увлекался ею. У него была одна из самых красивых в Тоскане верховых лошадей, и он очень дорожил ею за ее красоту. Так как все знали, что он увлечен женою мессера Франческо, то кто-то сказал последнему, что если он попросит у Зимы его лошадь, он получит ее ради любви, которую тот питает к его жене. Мессер Франческо, побуждаемый скупостью, велел позвать к себе Зиму, просил продать ему свою лошадь, рассчитывая, что тот предложит ее ему в дар. Услышав это. Зима обрадовался и сказал ему: «Мессере, если б вы дали мне все, что у вас есть на свете, то и тогда не приобрели бы моей лошади путем купли; но вы можете, коли угодно, получить ее в дар с условием, чтобы, прежде чем отдать вам ее, я мог, с вашего позволения и в вашем присутствии, сказать несколько слов вашей жене, но вдали от всех, так, чтобы меня не слышал никто другой, кроме нее». Дворянин, побуждаемый скупостью, ответил, что согласен, и, оставив его в зале своего дворца, пошел в комнату жены и, рассказав, как легко он может добыть лошадь, приказал ей пойти выслушать Зиму, но чтобы она хорошенько поостереглась отвечать что-либо, ни мало, ни много, на то, что он станет говорить ей. Дама сильно это осудила, но так как ей надо было последовать желанию мужа, сказала, что сделает, и, отправившись за мужем, пошла в залу, чтобы выслушать, что хочет ей сказать Зима. Тот, подтвердив свое соглашение с дворянином, пошел, сел с дамой в одном уму залы, вдали от всех, и начал говорить таким образом: «Доблестная дама, я полагаю и уверен, что вы, при вашем уме, уж давно могли хорошо понять, в какую любовь вовлекла меня ваша красота, которая, без всякого сомнения, превосходит красоту всех женщин, каких только я когда-либо видел. Не говорю о достойных похвалы нравах и высоких добродетелях, которыми вы обладаете, сила которых могла бы покорить всякого, даже высокого духом человека; потому мне нет нужды доказывать словами, что моя любовь была сильнее и пламеннее, чем какую питал когда-либо мужчина к женщине; так, без сомнения, я буду любить, пока моя несчастная жизнь будет поддерживать эти члены; ибо, если и там любят, как здесь, я вечно буду любить вас. Потому вы можете быть уверены, что у вас нет вещи, будь она дорога или ничтожна, которую вы могли бы настолько считать своею и на которую могли бы при всяких обстоятельствах так рассчитывать, как на меня, каков бы я там ни был, а также на все мне принадлежащее. Для того чтобы вы получили тому самое верное доказательство, скажу вам, что я счел бы большей милостью, если б вы приказали мне сделать что-либо, что я могу и вам угодно, чем если б я повелевал, а весь мир мне тотчас повиновался. Итак, если я, как вы слышите, до такой степени весь ваш, я не без основания осмеливаюсь обратить мои мольбы к вашему величию, от которого одного может мне прийти покой, все мое благо, все мое спасение – и не откуда более. Потому, о мое сокровище, единственная надежда моей души, живущей в любовном пламени лишь надеждой на вас, прошу вас, как покорнейший слуга: да будет такова ваша благость, да смягчится ваша суровость, которую прежде вы выказывали мне, вам принадлежащему, дабы, утешенный вашим соболезнованием, я мог сказать, что, как ваша красота внушила мне любовь, так ей же я обязан жизнью, которая, если ваш гордый дух не склонится к моим мольбам, несомненно, угаснет, и я умру, а вас могут назвать моим убийцей. Не говорю, чтоб моя смерть не послужила вам к чести, тем не менее полагаю, что, когда порой ваша совесть станет упрекать вас, вы посетуете, что так поступили, иногда же, лучше настроенная, скажете сами себе: „Увы! Как дурно я сделала, не пожалев моего Зимы!“ Но это раскаяние не послужило бы ни к чему и было бы вам поводом к большей печали. Потому, дабы этого не случилось, пожалейте о том теперь, пока вы можете прийти мне на помощь, и прежде чем мне умереть, склонитесь на милость, ибо от ваг одной зависит сделать меня самым радостным или самым печальным человеком из числа живущих. Надеюсь, ваша благость будет такова, что вы не потерпите, чтобы за такую и столь великую любовь я принял в награду смерть, но что радостным и исполненным милости ответом вы утешите мой дух, в смущении трепещущий при взгляде на вас». Затем, умолкнув, он пролил несколько слез вслед за глубоким вздохом и стал ожидать, что скажет ему в ответ благородная дама.

Дама, на которую не подействовало ни долгое ухаживание, ни турниры, ни любовные канцоны на рассвете и ничто подобное, что из любви к ней устраивал Зима, была тронута задушевными словами этого пылкого любовника и ощутила, чего прежде не ощущала вовсе: что такое любовь. И хотя, следуя приказанию мужа, она молчала, тем не менее тот и другой затаенный вздох не в состоянии был скрыть того, что она охотно бы и показала, если бы отвечала Зиме. Обождав несколько и видя, что никакого ответа не последовало, он удивился, а затем стал догадываться о хитрости, употребленной дворянином; но, взглянув в лицо дамы, видя порою блеск обращенных на него взглядов и замечая, кроме того, вздохи, которым она не давала со всею их силой выходить из груди, он возымел некоторую добрую надежду и, ободренный ею, решился на новую попытку, начав от лица дамы, слушавшей его, отвечать самому себе таким образом: «Зима мой, без сомнения, я уже давно заметила, что твоя любовь ко мне велика и совершенна, теперь же из твоих слов я еще более о ней узнала и тем довольна, как и должно мне быть. Тем не менее, если я тебе казалась строгой и жестокой, я не хочу, чтобы ты думал, что в глубине души я была тем, чем казалась по наружности; напротив, я тебя всегда любила, и ты был для меня дороже всего; но мне надлежало так действовать как из боязни другого, так и для охраны моей чести. Но теперь настало время, когда я могу ясно показать тебе, люблю ли я тебя, и вознаградить тебя за любовь, которую ты питал и питаешь ко мне; поэтому утешься и будь в доброй надежде, ибо мессер Франческо должен отправиться через несколько дней в Милан подестою, как то знаешь ты, подаривший ему из любви ко мне свою прекрасную верховую лошадь; лишь только он уедет, я обещаю тебе непременно, на мою веру и ради верной любви, которую к тебе питаю, что спустя немного дней ты будешь со мной и мы доставим нашей любви приятное и полное завершение. А дабы мне в другой раз не говорить тебе об этом деле, я теперь же скажу тебе, что в тот день, когда ты увидишь два полотенца, вывешенных в окне моей комнаты, выходящей в наш сад, вечером к ночи, остерегаясь, чтобы тебя никто не увидел, приходи ко мне через калитку сада; ты найдешь меня, ибо я буду ждать тебя, и мы всю ночь будем в радости и взаимном удовольствии, как ты того желаешь».

Когда Зима так сказал от лица дамы, стал говорить за себя и ответил так: «Дорогая дама, избыток радости, которую доставил мне ваш ответ, так подавил все мои силы, что я едва могу сообразить ответ, чтобы воздать вам подобающую благодарность: да если бы я и мог говорить, как бы желал, я не нашел бы достаточно долгого срока, который дал бы мне возможность поблагодарить вас вполне, как бы хотелось и как должно было бы мне сделать; поэтому я предоставляю на ваше благоусмотрение понять то, чего, несмотря на мое желание, я не могу выразить словами. Скажу вам только, что, как вы мне приказали, так я намерен сделать непременно, и тогда, быть может, более успокоенный великим даром, который вы мне обещали, я постараюсь, по мере сил, воздать вам благодарность, какую смогу. Теперь пока ничего другого не остается сказать; потому, дорогая моя дама, да пошлет вам господь ту радость и то благо, которого вы наиболее желаете, и да охранит вас бог». На все это дама не сказала ни слова, потому Зима поднялся и направился к дворянину, который, увидя, что он встал, пошел к нему навстречу и, смеясь, сказал: «Ну, как тебе кажется, сдержал я свое обещание?» – «Нет, мессере, – отвечал Зима, – вы мне обещали дозволить побеседовать с своей женой, а я должен был говорить с мраморной статуей». Эти слова очень понравились дворянину, который, хотя и был хорошего мнения о жене, теперь составил о ней еще лучшее и сказал: «Итак, моя ли теперь парадная лошадь, что была твоею?» На это Зима отвечал: «Да, мессере; но если бы я думал, что извлеку из той милости, которую вы мне оказали, такую пользу, какую я извлек, я отдал бы вам лошадь, не прося о милости. Дал бы бог, чтобы я поступил так, ибо теперь вы, оказалось, купили лошадь, а я вам ее не продавал». Дворянин посмеялся над этим и, обзаведясь лошадью, через несколько дней отправился в путь и поехал в Милан на должность подесты. Дама, оставшись свободной в своем доме, размыслив о словах Зимы, о любви, которую он к ней питал, о верховой лошади, которую он отдал из любви к ней, и, видя его, часто проходившего мимо ее дома, сказала про себя: «Что я делаю? Зачем теряю свою молодость? Тот отправился в Милан и не возвратится в течение шести месяцев; когда же он вознаградит меня за них? Может быть, когда я буду старухой? Кроме того, когда найду я такого поклонника, как Зима? Я одна, и мне некого бояться; не знаю, почему мне не пожить весело, пока на то есть возможность; не всегда у меня будет такое удобство, как теперь; никто никогда не узнает об этом; но если бы даже это и стало известным, то лучше сделать и покаяться, чем оставаться так и – каяться». Приняв такое решение, она однажды повесила два полотенца на окно, выходившее в сад, как сказал ей Зима. Увидя их, он, сильно обрадовавшись, лишь только наступила ночь, тайно направился один к калитке сада дамы и нашел ее открытой; отсюда он добрался до другой двери, ведшей в дом, где нашел даму, которая его поджидала. Увидя, что он идет, она встала, пошла ему навстречу и приняла его с величайшею радостью; обняв ее и поцеловав сто тысяч раз, он последовал за ней вверх по лестнице; там без промедления они легли и познали конечные цели любви. И хотя это был первый раз, но он не был последним, потому что, пока дворянин был в Милане и по его возвращении, Зима возвращался туда много раз к величайшему утешению как той, так и другой стороны.

## Новелла шестая

**Риччьярдо Минутоло любит жену Филиппелло Фигинольфи; узнав, что она ревнива, он, рассказав ей, что Филиппелло на следующий день назначил свидание в бане его жене, устраивает так, что сама дама отправляется туда и, воображая, что была с мужем, узнает, что отдалась Риччьярдо.**

Лизе не оставалось больше ничего прибавить, когда, похвалив остроумие Зимы, королева приказала Фьяметте продолжать, рассказав новеллу. «Извольте, мадонна», – ответила она, смеясь, и начала так: – Нам придется на время оставить наш город, изобилующий как всем вообще, так и прикладами на всякий сюжет, и, как то сделала Елиза, сообщить нечто приключившееся в других областях света. Поэтому, перенесясь в Неаполь, я расскажу вам, как одна из тех святош, которые обнаруживают такое отвращение к любви, была доведена хитростью своего любовника до того, что вкусила плод любви прежде, чем узнала ее цветы; это в одно и то же время даст вам предостережение для случаев, возможных в будущем, и развеселит рассказом о приключившемся.

В Неаполе, городе очень древнем и, может быть, столь приятном, и даже более, чем всякий другой город Италии, жил некогда один молодой человек, славный благородством своего происхождения, блиставший своими богатствами, по имени Риччьярдо Минутоло, который, хотя жена у него была молодая, очень красивая я милая, влюбился в другую, по общему мнению, далеко превосходившую красотой всех неаполитанских дам, по имени Кателлу, жену другого столь же родовитого юноши, по имени Филиппелло Фигинольфи, которого она, женщина честнейшая, любила и лелеяла. Итак, Риччьярдо Минутоло, любя эту Кателлу и делая все то, чем приобретается благосклонность и любовь дамы, и несмотря на это не достигая ни в чем удовлетворения своих желаний, почти приходил в отчаяние, и не умея или не будучи в силах отрешиться от своей любви, он и умереть не умел, и жизнь его не радовала. Когда он находился в таком настроении духа, случилось однажды, что некоторые дамы, его родственницы, стали настоятельно убеждать его отделаться от подобной любви, потому что это труд напрасный, ибо для Кателлы нет другого блага, кроме Филиппелло, которого она до такой степени ревнует, что боится всякой птички, летающей в воздухе, как бы она не отняла его у нее. Риччьярдо, услышав о ревности Кателлы, тотчас же сообразил, как ему достигнуть своих желаний, начал притворяться, что он отчаялся в любви Кателлы и потому перенес ее на другую благородную даму, и стал показывать, что из любви к ней он устраивает и бои и турниры и все то, что он имел обыкновение делать для Кателлы. Прошло немного времени, как почти все неаполитанцы, а также и Кателла пришли к тому мнению, что он любит страстно уже не Кателлу, а эту другую даму; и он так долго это выдержал и так твердо в этом были убеждены все, что не только другие, но и Кателла оставила холодность, с которой относилась к нему из-за любви, которую он прежде изъявлял ей, и дружески, как соседу, кланялась ему, уходя и приходя, как то делала с другими.

Случилось однажды в жаркую пору, что много дам и мужчин, по обычаю неаполитанцев, отправились обществом погулять на берег мори, пообедать там или поужинать Риччьярдо, зная, что Кателла отправилась туда с своим обществом, тоже пошел с своим, и был приглашен в кружок Кателлы и ее дам, заставив наперед долго просить себя, как будто у него не было особенного желания быть там. Здесь дамы, а с ними и Кателла, стали шутить над ним по поводу его новой любви, он же, показывая себя сильно влюбленным, давал им тем больший повод к разговорам. По некотором времени, когда дамы разошлись одна сюда, другая туда, как то обыкновенно там бывает, а Кателла с немногими оставалась там, где был и Риччьярдо, он, шутя, бросил ей слово об одной страстишке ее мужа Филиппелло, от чего она внезапно вошла в ревность и вся возгорелась желанием узнать, что хотел сказать Риччьярдо. Некоторое время она сдерживалась, но, не будучи более в состоянии сдержать себя, попросила Риччьярдо, ради его страсти к даме, которую он всего более любит, одолжить ее, разъяснив, что такое он говорил о Филиппелло. Риччьярдо сказал ей: «Вы закляли меня именем такой особы, что я не смею не сделать, о чем вы меня просите, поэтому я готов вам сказать, но лишь под условием, что вы мне пообещаете никогда не говорить об этом ни ему, ни другим, пока не увидите на деле, что то, что я вам расскажу, правда; ибо, если вам угодно, я научу вас, как вам это увидеть». Дама согласилась на то, что он требовал, тем более уверившись, что это правда, и поклялась не говорить о том. Итак, отойдя в сторону, дабы никто не мог их услышать, Риччьярдо начал говорить так: «Мадонна, если бы я вас любил, как любил когда-то, у меня не стало бы духу сказать вам что-либо, что причинило бы вам досаду, но так как эта любовь прошла, то я с меньшим стеснением открою вам всю истину. Я не знаю, оскорблялся ли когда Филиппелло, что я питал к вам любовь, и полагал ли он, что я был любим вами; так или иначе, мне лично он ничего такого не показывал. Теперь же, быть может, выждав время, когда, по его мнению, у меня всего менее подозрений, он, кажется, желает сделать мне то, чего, полагаю, он боялся, чтобы я не учинил ему, то есть хочет склонить к своему желанию мою жену; насколько мне известно, он с недавнего времени тайно осаждает ее многочисленными посланиями, о чем обо всем я от нее узнал, и она отвечала ему, как я ей наказал. Но еще сегодня утром, прежде чем мне отправиться сюда, я застал дома у моей жены, в тесной с нею беседе, одну женщину, которую тотчас же признал за то, чем она и была, почему я позвал жену и спросил, чего та желает. Жена мне сказала: „Это – досаждение от Филиппелло, которое ты взвалил мне на плечи, когда приказал ответить ему и его обнадеживать; он говорит, что желает знать откровенно, как я намерена поступить, а он, коли я пожелаю, устроит так, чтобы я могла тайно сойтись с ним в одной городской бане; об этом он меня просит и досаждает, и если бы ты не заставил меня, не понимаю для чего, войти с ним в эти переговоры, я так бы отделалась от него, что он никогда бы более не глазел, где я“. Тут мне показалось, что он зашел слишком далеко, что не следует больше терпеть, и надо сказать вам, дабы вы знали, какой награды заслужила ваша непреклонная верность, ради которой я был когда-то близок к смерти. А дабы вы не думали, что все это слова и басни, и могли бы, если явится у вас желание, все это увидеть и осязать, я приказал моей жене дать ожидавшей женщине такой ответ, что она готова быть в той бане около девятого часа, когда все спят, после чего та, очень довольная, удалилась. Вы, я думаю, не поверите, что я пошлю туда мою жену; но если бы я был на вашем месте, я сделал бы так, что он принял бы меня за ту, которую ожидал там встретить, и после того, как я провел бы с ним некоторое время, я бы показал ему, с кем он был, и учествовал его так, как ему подобает, поступив таким образом, я полагаю, вы так бы пристыдили его, что оскорбление, которое он хочет нанести вам и мне, было бы разом отомщено».

螺 Кателла, слушая это и, по обычаю ревнивых, не обращая никакого внимания ни на то, кто это ей говорит, ни на его коварство, тотчас же поверив его словам, принялась сопоставлять с этим случаем разные другие, бывшие прежде, и, внезапно воспламенясь гневом, отвечала, что она непременно это сделает, что сделать это ей будет не так уж тягостно и что если он придет, она наверно так пристыдит его, что всякий раз, как он увидит потом женщину, ему будет приходить это в голову. Риччьярдо, довольный этим и видя, что его затея хороша и удается, многими другими речами утвердил ее в ее намерении и упрочил уверенность, прося тем не менее не говорить никогда, что она это узнала от него, что она и пообещала ему на своей чести.

На следующее утро Риччьярдо отправился к одной досужей женщине, державшей баню, о которой он говорил Кателле; он рассказал ей, что намерен сделать, и просил быть в этом случае, насколько может, ему помощницей. Женщина, будучи ему очень обязанной, сказала, что охотно это исполнит, и условилась с ним, что ей говорить и делать. В доме, где находились бани, была одна очень темная комната, так как в нее не выходило ни одного окна, через которое мог бы проникать свет; согласно наставлению Риччьярдо, женщина устроила ее и поставила в ней постель, какую могла лучше, в которой Риччьярдо и лег, поужинав, и стал ожидать Кателлу.

Дама, выслушав слова Риччьярдо и придав им более веры, чем то было нужно, полная негодования возвратилась вечером к себе, где случайно Филиппелло, вернувшись с своей стороны, занятый другими мыслями, не оказал ей, быть может, такого дружеского приема, с каким обыкновенно он ее встречал. Видя это, она стала подозревать его еще больше прежнего, говоря про себя: «Действительно, у него а мыслях та дама, с которой завтра он думает найти удовольствие и наслаждение; но этому наверно не бывать». С этой мыслью, раздумывая, что она ему скажет, когда пробудет с ним, она провела почти всю ночь.

Сказывать ли далее? Когда настал девятый час, Кателла, взяв с собой свою служанку и не изменяя ни в чем своему намерению, отправилась в те бани, какие указал ей Риччьярдо; там, найдя ту женщину, она спросила, не приходил ли сюда сегодня Филиппелло? На это женщина, наученная Риччьярдо, сказала: «Не вы ли дама, которая должна прийти, чтобы поговорить с ним?» Кателла ответила: «Да, я самая». – «В таком случае, – сказала женщина, – пожалуйте к нему». Кателла, искавшая, чего не желала бы найти, велев отвести себя в комнату, где находился Риччьярдо, вошла туда с покрытой головой и заперла за собою дверь. Риччьярдо, видя, что она вошла, с радостью встал и, приняв ее в свои объятия, тихо сказал:

«Добро пожаловать, душа моя!» Кателла, чтобы лучше притвориться не тою, чем была, обняла его и поцеловала и очень обласкала, не произнеся ни слова, из боязни быть им узнанной, если заговорит. Комната была очень темна, чем каждый из них был доволен; даже от долгого пребывания в ней глаза не приглядывались ни к чему, Риччьярдо повел ее на постель, и там, ничего не говоря, дабы голоса нельзя было распознать, они долго оставались к большему удовольствию и утехе одной, чем другой стороны. Но когда Кателле показалось, что настало время выразить затаенное негодование, она, разгоряченная пылким гневом, начала говорить так: «Увы, как несчастна судьба женщин и как дурно расточают многие из них свою любовь к мужьям! Вот я, несчастная, уже восемь лет как люблю тебя больше жизни, а ты, как вижу, весь сгораешь и томишься любовью к посторонней женщине, преступный ты злодеи! С кем думаешь провел ты время? С тою, которую благодаря лживым ласкам ты так долго обманывал, показывая ей любовь, но будучи влюблен в другую. Я – Кателла, а не жена Риччьярдо, бесчестный ты изменник! Прислушайся, не узнаешь ли ты мой голос? Ведь это я; тысячелетием кажется мне время, отделяющее нас от света, чтобы мне можно было пристыдить тебя, как ты того заслуживаешь, грязный ты, подлый пес! Увы, бедная я, к кому в течение стольких лет я питала такую любовь? К этому мерзкому псу, который, полагая, что держит в объятиях другую женщину, оказал мне более ласки и любви в столь короткий срок, проведенный мною с ним, чем во все остальное время, как я ему принадлежала. Ты сегодня очень был силен, поганый ты пес, а дома оказываешься обыкновенно таким вялым и бессильным! Но хвала богу, ты обработал свое поле, не чужое, как ты предполагал, Я не удивляюсь, что в эту ночь ты не приближался ко мне. Ты намеревался свалять тяжесть на стороне, и тебе хотелось явиться свежим всадником на воле битвы. Но, благодарение богу и моей предусмотрительности, вода все же пошла по течению, как и надлежало. Почему же не отвечаешь ты, преступный человек? Почему не скажешь чего-нибудь? Или ты онемел, слушая меня? Ей-богу, не знаю, что удерживает меня всадить мои ногти в твои глаза и вырвать их. Ты рассчитывал очень скрытно устроить эту измену; но слава богу, что знает один, узнает и другой, тебе не это удалось я послала по твоим следам лучших собак, чем ты думал».

Риччьярдо радовался про себя этим словам и, ничего не отвечая, обнимал ее, целовал и расточал ласки пуще прежнего. Поэтому она продолжала речь, говоря: «Да, теперь ты думаешь задобрить меня твоими притворными ласками, постылый ты пес, успокоить и утешить меня, но ты ошибаешься. Я никогда не утешусь этим, пока не опозорю тебя в присутствии всех наших родственников и друзей, какие только есть. Но разве, злой ты человек, я не так же красива, как жена Риччьярдо Минутоло? Не такая же благородная? Отчего ты не отвечаешь, грязный ты пес? Чего у нее больше, чем у меня? Убирайся, не трогай меня, ведь ты уж слишком много поратовал. Я хорошо знаю, что теперь, когда тебе известно, кто я, ты принялся бы делать насильно то, что делал; но по милости божией я еще заставлю тебя попоститься. Не понимаю, почему мне не послать за Риччьярдо, который любил меня больше самого себя и не мог похвалиться, чтобы я хотя бы раз на него взглянула; а какое было бы от того зло, если б я так поступила? Ты думал иметь здесь дело с его женой, и кабы имел ее, не за тобой стало бы дело; потому, если бы он стал моим, у тебя не было бы основания осуждать меня». Много было еще речей и упреков со стороны дамы; однако же, наконец, Риччьярдо, сообразив, что если он дозволит ей удалиться в этом убеждении, то может произойти много зла, решил объявиться и вывести ее из заблуждения, в каком она находилась; обняв ее и обвив ее так, что она не могла уйти, он сказал: «Душа моя, не гневайтесь; чего я, любя вас, попросту не мог получить, то научил меня добыть обманом Амур; я – ваш Риччьярдо».

Услышав это и узнав голос, Кателла хотела мгновенно вскочить с постели, но не могла; поэтому она собралась закричать, но Риччьярдо, закрыв ей рот рукою, сказал: «Мадонна, теперь уже нельзя устроить так, чтобы не было того, что совершилось, хотя бы вы кричали всю вашу жизнь, если же вы закричите или сделаете как-нибудь так, что о том кто-нибудь где-нибудь узнает, то могут произойти два последствия. Во-первых – и это не может не интересовать вас, – ваша честь и ваша добрая слава будут испорчены, потому что, если бы вы и стали говорить, что я завлек вас сюда обманом, я скажу, что это неправда и что, напротив, я побудил вас прийти сюда, обещая дать денег и подарок, а вы, не получив вполне, как надеялись, рассердились и завели эти пререкания и шум. А вы знаете, что люди более склонны верить дурному, чем хорошему; поэтому мне поверят не менее, чем вам. После этого между вашим мужем и мною возникнет смертельная вражда, и может так случиться, что или я его убью, или он меня, от чего вам не будет потом ни веселья, ни удовлетворения. Поэтому, сердце мое, откажитесь от намерения в одно и то же время и себя опозорить и вовлечь в опасность и ссору вашего мужа и меня. Вы не первая, которая была обманута, и не будете последней, я же обманул вас не с тем, чтобы отнять у вас то, что вам принадлежит, а вследствие избытка любви, какую я питаю к вам и склонен питать всегда, оставаясь вашим нижайшим слугою. И так как я сам, и все мое, и все, что я смогу и чего стою, уже давно было вашим и к вашим услугам, я хочу, чтобы с этого времени и впредь все это было еще более таковым. Вы, рассудительная во всем, будете, я уверен, такою же и в этом случае».

Пока Риччьярдо держал эту речь,107Кателла сильно плакала, и хотя была очень разгневана и распространялась в упреках, тем не менее рассудок указывал ей справедливость слов Риччьярдо, и она поняла, что может приключиться все то, о чем он ей говорил; поэтому она сказала: «Риччьярдо, не знаю, даст ли мне бог силу перенести нанесенное мне тобою оскорбление и обман. Я не хочу кричать здесь, куда привели меня моя простота и излишняя ревность; но будь уверен, я никогда не буду довольна, если не увижу себя тем или другим способом отомщенной за то, что ты со мною сделал; поэтому отпусти меня, не удерживай больше; ты добился того, чего желал, и получил от меня сколько тебе было угодно; пора меня оставить; оставь меня, прошу тебя об этом». Видя, что она еще сильно разгневана, Риччьярдо решил сам с собою не отпускать ее до тех пор, пока она не помирится с ним; поэтому он начал умилостивлять ее нежнейшими словами и так говорил, так просил, так заклинал, что она, побежденная, помирилась с ним, и они с обоюдного согласия остались вместе довольно долго в величайшем удовольствии. Познав тогда, насколько поцелуи любовника слаще поцелуев мужа, дама, сменив свою строгость к Риччьярдо на нежную любовь, любила его с этого дня очень нежно; действуя с большой осторожностью, они часто наслаждались своею любовью. Да пошлет господь и нам наслаждаться нашей.

## Новелла седьмая

**Тедальдо, рассорившись со своей любовницей, уезжает из Флоренции; спустя некоторое время возвращается туда под видом паломника, говорит с ней, приводит ее к сознанию ее неправоты, спасает жизнь ее мужа, обвиненного в его убийстве, примиряет его с братьями и разумно благоденствует с его женою.**

Уже Фьямметта умолкла, восхваляемая всеми, когда королева, дабы не терять времени, поскорее велела рассказывать Емилии, которая и начала так: – Мне хочется вернуться в наш город, из которого угодно было выйти двум моим предшественницам, и показать вам, как один из наших сограждан снова вернул себе свою утраченную им даму.

Итак, жил во Флоренции некий молодой человек, по имени Тедальдо дельи Элизеи, который, будучи без меры влюблен в одну даму, по имени Эрмеллина, жену некоего Альдобрандино Палермини, своими достохвальными нравами заслуживал исполнения своих желаний. Этому счастью воспротивилась судьба, враг счастливых, ибо по какому бы то ни было поводу дама, некоторое время милостивая к Тедальдо, совсем отняла у него свои милости и не только отказывалась принимать его послания, но не хотела никоим образом видеть его, вследствие чего он впал в жестокую, досадливую печаль; но его любовь была так скрыта, что никто не думал, что это и было причиной его грусти. Попытавшись разными способами снова приобресть любовь, которую, казалось ему, он утратил без всякой своей вины, и видя, что все его труды напрасны, он решился покинуть свет, не желая, чтобы та, которая была причиной его бедствий, радовалась, видя его чахнущим. Собрав какие мог деньги, он тайком, ничего не говоря ни родственникам, ни друзьям, кроме одного своего приятеля, знавшего все, уехал и прибыл в Анкону, назвавшись Филиппе де Сандолеччио; здесь, сойдясь с одним богатым купцом, он устроился у него в качестве слуги и поехал с ним на его корабле в Кипр. Его обхождение и поведение так понравились купцу, что тот не только назначил ему хорошее жалованье, но и принял его в долю товарищем, передав, кроме того, в его руки большую часть своих дел, которые он вел так успешно и с таким старанием, что в несколько лет стал хорошим, богатым и известным купцом. Среди этих занятий, хотя будучи глубоко уязвлен любовью, он часто вспоминал о своей жестокой даме и сильно желал снова увидеть ее, он проявил такую настойчивость, что семь лет выдержал эту борьбу. Но случилось, что однажды на Кипре он услышал песню, когда-то им сложенную, где говорилось о его любви к даме и ее любви к нему и о радостях, которые ему от нее были, и ему представилось, что не может того быть, чтобы она забыла его, и в нем возгорелось столь сильное желание снова увидеть ее, что, не будучи в силах долее выдержать, он решил вернуться во Флоренцию. Приведя все свои дела в порядок, он отправился в сопровождении одного своего слуги в Анкону, откуда, когда его пожитки прибыли, отослал их во Флоренцию к одному другу своего анконского товарища, сам же тайно, под видом паломника от гроба господня, поехал вслед с своим слугою.

Прибыв во Флоренцию, он остановился в небольшой гостинице, содержимой двумя братьями и находившейся по соседству с домом его дамы, и никуда не захотел пойти, не побывав перед ее домом, чтобы увидеть ее, если можно. Но он нашел окна, двери и все в доме запертым и сильно обеспокоился, не умерла ли она, или не переехала ли. Поэтому, весьма озабоченный, он направился к дому своих братьев, перед которым увидел четырех из них, одетых во все черное, что сильно его удивило. Зная, что он так изменился в одежде и лицом сравнительно с тем, каким был, когда уезжал, что его нелегко будет узнать, он храбро подошел к одному башмачнику и спросил, почему эти люди одеты в черное. На это башмачник отвечал: «Они в черном потому, что еще не прошло двух недель, как один из их братьев, бывший долгое время в отсутствии, по имени Тедальдо, был убит, и, кажется, я слышал, – они показали это на суде, – убил его некий Альдобрандино Палермини, ныне схваченный, потому что Тедальдо любил его жену и тайно вернулся, чтобы быть с ней». Тедальдо крайне удивился, что есть кто-то, столь на него похожий, что был принят за него, пожалел и о беде Альдобрандино. Узнав, что дама жива и здорова, он вернулся с наступлением мочи, исполненный разных мыслей, в гостиницу; когда он поужинал с своим слугой, его положили чуть ли не в верхнем этаже дома; потому ли, что его беспокоили разные думы, или постель была дурная, а может быть и по причине тощего ужина, но прошла уже половина ночи, а он все еще не мог уснуть. Когда он бодрствовал таким образом, ему показалось, что кто-то лез с крыши, и спустя немного через щель двери своей комнаты он увидел поднимавшийся наверх свет.

Тогда, прислонись без шума к щели, он стал смотреть, что бы это значило, и увидел молодую, очень красивую девушку, которая держала светоч, а к ней шли трое мужчин, спустившихся с крыши. После взаимных дружеских приветствий один из них сказал молодой девушке: «Теперь, слава богу, мы можем быть совершенно спокойны, потому что достоверно знаем, что братья Тедальдо Элизеи показали, как на виновника его смерти, на Альдобрандино Палермини, в чем он и сознался, и приговор уже подписан; тем не менее необходимо молчать, потому что, если когда-либо узнают, что это были мы, мы очутимся в той же опасности, как и Альдобрандино». Сказав это девушке, которая очень тому обрадовалась, они спустились и пошли спать.

Услышав это, Тедальдо стал размышлять, сколь велики и каковы бывают заблуждения, в которые может впасть ум человеческий. Сперва ему пришли на ум его братья, принявшие и похоронившие вместо него чужого человека, потом невинно обвиненный по ложному подозрению и доведенный неверными свидетельствами до смерти, а также слепая строгость законов и правителей, которые очень часто, как будто ревностно разыскивая истину, заставляют своей жестокостью доказывать ложь, а выдают себя за служителей правосудия и бога, тогда как они – служители неправды и дьявола. Затем он стал думать о том, как бы спасти Альдобрандино и, сообразив, решил, что ему надо сделать. Лишь только он поднялся утром, оставил своего слугу, а сам отправился, когда ему показалось, что пора, к дому своей дамы; найдя случайно дверь открытою, вошел и, увидя свою даму, сидевшую на полу в небольшой зале нижнего этажа, всю в слезах и печали, от жалости чуть не заплакал и, приблизясь к ней, сказал: «Мадонна, не печальтесь, ваше утешение близко». Услышав его, дама подняла глаза и, плача, сказала: «Добрый человек, ты, кажется, иностранец, паломник, что можешь ты знать о моем утешении или о моей печали?» Тогда паломник отвечал: «Мадонна, я – из Константинополя и только что прибыл сюда, посланный богом, дабы обратить ваши слезы в веселье и спасти вашего мужа от смерти». – «Если ты из Константинополя, – сказала дама, – и только что прибыл сюда, как же ты знаешь, кто мой муж и кто я?» Паломник, начав с начала, рассказал всю историю злоключений Альдобрандино, а ей объяснил, кто она, сколько времени замужем и многое другое, что было хорошо ему известно из ее прошлого; это сильно удивило даму, и, приняв его за пророка, она упала на колени, прося его именем бога, коли он пришел для спасения Альдобрандино, поспешить, потому что времени оставалось не много. Паломник, притворясь совсем святым человеком, сказал: «Мадонна, встаньте, не плачьте и выслушайте хорошенько, что я вам скажу, и берегитесь не передавать этого никогда и никому. Как открыл мне господь, бедствие, в котором вы теперь обретаетесь, ниспослано за один грех, некогда совершенный вами, который он пожелал отчасти очистить этой печалью, и ему угодно, чтобы вы искупили его вполне, иначе вы снова впадете в еще большее несчастье». Тогда дама сказала: «Мессере, много у меня грехов, и я не знаю, какой из них богу угодно, чтобы я искупила». - «Мадонна, - сказал тогда паломник, - я хорошо знаю, что это за грех, и спрошу у вас о нем не для того, чтобы лучше доведаться о нем, а для того, чтобы вы, рассказав его, сами возымели большее угрызение совести. Но приступим к делу. Скажите мне, не помните ли вы, что бы у вас был когда-нибудь любовник?» Услышав это, дама испустила глубокий вздох и сильно удивилась, не подозревая, чтобы кто-нибудь знал об этом, хотя, когда убит был тот, кого похоронили за Тедальдо, об этом говорили под рукой на основании нескольких слов, неосторожно пущенных товарищем Тедальдо, который был в том осведомлен. Она отвечала: «Я вижу, что бог открывает вам все людские тайны, и потому не намерена скрывать от вас мои. Правда, в моей молодости я очень любила несчастного молодого человека, смерть которого приписывают моему мужу, и эту смерть я оплакивала, как и теперь она печалит меня, ибо хотя я и выказывала себя к нему жестокой и холодной перед его отъездом, но ни отъезд, ни его долгое отсутствие, ни несчастная смерть не могли вырвать его из моего сердца». На это паломник сказал: «Несчастного молодого человека, которого убили, вы не любили никогда, а любили Тедальдо Элизеи. Но скажите мне, какая была причина, вследствие которой вы рассердились на него? Оскорбил ли он вас когда-нибудь?» На это дама отвечала: «Нет, он никогда не оскорблял меня, но причиной моего гнева были слова одного проклятого монаха, которому я раз исповедовалась; потому что, когда я ему рассказала о своей любви к тому человеку и о моих близких отношениях с ним, он так накричал на меня, что я и теперь еще напугана: говорил, что если я не отстану, то попаду в пасть дьявола, в преисподнюю ада и буду брошена в огонь в наказание за то. От этого на меня напал такой страх, что я решила не искать более близости Тедальдо; и дабы не иметь к тому повода, не захотела более принимать его писем и посланий, хотя я думаю, что если бы он продолжал настаивать, а не удалился, как я предполагаю, в отчаянии, и я видела бы, как он тает, точно снег на солнце, моя твердая решимость была бы поколеблена, потому что и у меня не было более сильного желания в мире». Сказал тогда паломник: «Этот один грех вас и мучит теперь. Я знаю наверно, что Тедальдо никоим образом не принуждал вас, когда вы влюбились в него, вы сделали это по вашему собственному желанию, ибо он вам понравился и пользовался вашим расположением, причем вы показывали ему, и словами и действиями, столько ласки, что если он и до того вас любил, вы усилили его любовь в тысячу раз и более. Если же это было так (а я знаю, что так было), то какой же повод мог вас заставить столь жестоко устраниться от него? Следовало подумать об этом наперед, и если бы вам представилось, что вам придется в том раскаяться, как в дурном поступке, не совершать его. Как он стал вашим, так и вы стали его Вы могли, распоряжаясь им по желанию, как своею собственностью, сделать так, чтобы он не был вашим; но пожелать отнять у него вас, которая ему принадлежала, это была татьба и непристойное дело, коли на это не было его желания. Вы должны знать, что я – монах и что потому мне известны все нравы монахов, и если я выражусь о них несколько свободно для вашей пользы, это мне более пристало, чем, другому, и я хочу рассказать вам о них, дабы отныне вы их познали лучше, чем кажется, знали до сих пор. Были некогда весьма святые и достойные монахи, но у тех, которые нынче называют себя монахами и желают, чтобы их принимали за таковых, нет ничего монашеского, кроме рясы, да и та не монашеская, потому что в то время как основатели монашества наказали делать рясы узкие, простые, из грубой материи, во свидетельство, что их дух презирает все мирское, коли они облекают тело в столь презренную одежду, – нынешние монахи делают себе рясы просторные, двойные, блестящие, из тонкой материи, придав им красивый архипастырский вид, и не стыдятся красоваться ими в церквах и на площадях, как миряне своими платьями; и как рыбак старается в реке разом захватить своею сетью много рыбы, так они, завернувшись в широчайшие складки, тщатся запутать в них побольше святош, вдов и других недалеких женщин и мужчин; и об этом они более заботятся, чем о других занятиях. Потому – дабы еще ближе подойти к истине – у них не монашеские рясы, а только цвет ряс. Тогда как древние монахи желали спасения людей, нынешние ищут женщин и богатств; и все свое старание они положили и полагают на то, чтобы криками и изображением страхов пугать дураков и доказывать им, что грехи искупаются милостынями и обеднями, для того чтобы им, ставшим монахами по низости духа, не по набожности, и дабы не нести труда, кто приносил хлеба, кто посылал вина, кто поминки за души их усопших. Действительно, справедливо, что милостыня и молитва искупают грехи; но если бы те, что творят милостыню, видели, кому они ее творят, или знали их, они скорее сберегли бы ее себе или бросили свиньям. И так как они знают, что чем менее обладателей большого состояния, тем им живется лучше, каждый из них старается криками и страхами отстранить другого от того, чем хотел бы обладать один. Они нападают на мужчин, предающихся сладострастию, для того, чтобы те, на которых они нападают, от него отстали, а нападавшим остались бы женщины; они осуждают лихву и незаконные барыши с тем, чтобы им поручили взыскать их, а они могли бы сделать себе более широкие рясы, приобресть епископство и другие выгодные прелатуры на те самые средства, которые, как они объявляли, должны вести к гибели их обладателей. И когда их порицают за эти дела, как и за многие другие грязные, они отвечают: „Поступайте так, как мы говорим, а не так, как делаем“, ибо полагают, что это достаточное облегчение всякой духовной тяжести, как будто овцам легче быть непреклонными и твердыми, как железо, чем пастырям. А сколько есть людей, которым они дают подобный ответ и которые не понимают его в том смысле, какой они ему придают, про то знает большая их часть. Нынешние монахи желают, чтобы вы делали то, что они говорят, то есть чтобы вы наполняли их кошельки деньгами, поверяли им свои тайны, сохраняли целомудрие, были бы терпеливы, прощали обиды, остерегались злословия; все это очень хорошие вещи, честные, святые; но для чего они говорят вам о всем этом? Для того, чтобы они сами могли делать, чего не могли бы, если бы то стали делать миряне. Кто не знает, что без денег их тунеядство не могло бы продолжаться? Если ты тратишь свои деньги на свое удовольствие, монах не может тогда бездельничать в ордене; если ты станешь ухаживать за женщинами, монахам не будет места; если ты нетерпелив и не прощаешь обиды, монах не осмелится явиться в твой дом, чтобы осквернить твою семью. Но зачем мне останавливаться на всем? Они сами обвиняют себя каждый раз, когда перед лицом людей понимающих приводят то оправдание. Почему не остаются они у себя дома, если полагают, что не могут быть ни святыми, ни воздержными? А если они уже хотят посвятить себя на то, почему не следуют другому святому слову евангелия. Христос начал творить и поучать? Пусть же и они сперва делают, а уже затем поучают других. Я видел на моем веку тысячи ухаживателей, любителей, посетителей не только светских женщин, но и монахинь; и это были из тех, которые громче всех кричали с амвонов. Не за этими ли, так творящими, последуем мы? Кто так делает, на то его добрая воля, но бог знает, делает ли он благоразумно. Но положим, справедливо то, что сказал вам накричавший на вас монах, а именно, что нарушение супружеского долга – тяжкий грех, но разве не более тяжкое преступление обокрасть человека? Разве еще не большее убить его или изгнать на скитание по свету? Каждый согласится с этим. Что женщина сближается с мужчиной это – естественный грех, но обокрасть и убить его или изгнать – это происходит от злорадства. Что вы обокрали Тедальдо, отняв от него самое себя, ставшую его собственностью с вашего добровольного согласия, это я уже доказал вам выше; затем я утверждаю, что, насколько это зависело от вас, вы убили его, потому что не ваша была вина, если он, видя, что вы оказываетесь все более к нему жестокой, не наложил на себя рук, а закон говорит, что тот, кто был причиной совершенного зла, повинен тому же, что и тот, кто совершил его. А что вы были причиной его изгнания и скитания по свету в течение семи лет, этого нельзя отрицать. Таким образом, вы совершили гораздо больший грех каждым из трех вышеназванных действий, чем какой совершили, находясь с ним в близких отношениях. Но посмотрим: быть может, Тедальдо заслужил все это? Поистине нет; вы сами уже признали это, не говоря о том, что, сколько я знаю, он любит вас больше самого себя. Никого он так не уважал, так не восхвалял и не превозносил над всеми женщинами, как вас, когда был в таком месте, где он пристойно и не возбуждая подозрения говорил о вас. Все его благо, вся его честь, вся его свобода, все было предоставлено им в ваши руки. Разве он не юноша хорошего рода? Не красив был между другими своими согражданами? Не доблестен во всем, что прилично молодым людям? Разве его все не любили, – не дорожили им и не желали его видеть? И на это вы не скажете: нет. Итак, каким же образом по одному слову дурака монаха, глупого и завистливого, вы могли принять против него какое бы то ни было жестокое решение? Я не понимаю заблуждения женщин, пренебрегающих мужчинами и мало их ценящих, тогда как, сознавая, что такое они сами и каково благородство, дарованное богом мужчине превыше всякого другого животного, они должны бы гордиться, когда любимы кем-нибудь, и высоко ценить его и употреблять все усилия, чтобы угодить ему, дабы он никогда не перестал их любить. Что вы это сделали, побуждаемая словами монаха, который, наверное, должен быть каким-нибудь прихлебателем и охотником до пирогов – вы знаете; может быть, он сам желал стать на место, с которого старался прогнать другого. Вот это и есть тот грех, который божественная справедливость, праведно уравновешивающая свои действия с последствиями, не пожелала оставить безнаказанным; и как вы старались без всякого повода отнять себя у Тедальдо, так ваш муж без справедливого повода был и еще находится в опасности ради Тедальдо, а вы в печали. Если вы хотите от нее избавиться, вот что следует пообещать и тем более сделать: если когда-нибудь случится, что Тедальдо вернется сюда из своего долгого изгнания, вы должны возвратить ему вашу милость, вашу любовь, вашу благосклонность и близость и восстановить его в то положение, в каком он был, прежде чем вы неразумно поверили сумасбродному монаху».

Паломник окончил свою речь, когда дама, слушавшая его внимательно, ибо его доводы казались ей весьма справедливыми и она была уверена, что, как он говорил, она взыскана печалью именно за тот грех, сказала: «Друг божий, я признаю совершенно справедливым все, о чем вы говорили, и благодаря главным образом вашим указаниям узнала, что такое монахи, которых до того считала за святых; без всякого сомнения я признаю, что, действуя таким образом с Тедальдо, я совершила большой проступок, и если бы можно, я бы охотно искупила его тем способом, каким вы говорите; но как это может статься? Тедальдо никогда не вернется сюда: он умер; итак, чего нельзя сделать, того, не знаю, зачем вам и обещать». На это паломник сказал: «Мадонна, Тедальдо вовсе не умер, как открыл мне господь, а жив и здоров, и ему было бы хорошо, если б он пользовался вашей милостью». Дама сказала тогда: «Послушайте, что вы говорите? Я видела его перед моими дверями пронзенного несколькими ударами ножа, держала его в этих объятиях, пролила на его мертвое лицо много слез, которые, быть может, и были причиной того, что об этом сказано было нечто, о чем потом говорили, злословя». Паломник тогда ответил: «Мадонна, что бы вы ни говорили, я вас уверяю, что Тедальдо жив, и, если вы намерены пообещать и исполнить сказанное, я надеюсь, вы его скоро увидите». Дама сказала тогда: «Я сделаю это, и сделаю охотно, и ничего не может случиться, чтобы доставило мне такую радость, как увидеть моего мужа свободным и без ущерба, а Тедальдо живым». Тогда Тедальдо показалось, что пора ему открыться и утешить даму более положительной надеждой насчет ее мужа, и он сказал: «Мадонна, дабы успокоить вас насчет вашего мужа, мне надо открыть вам одну тайну, которую вы сохраните так, чтобы во всю вашу жизнь не обнаружить ее никогда». Они были одни в отдаленном месте дома, ибо дама возымела полное доверие к святости, которою, казалось ей, исполнен был паломник; потому Тедальдо, вынув перстень, старательно сохраняемый им и подаренный ему дамой в последнюю ночь, проведенную с ней, показал ей его и спросил: «Мадонна, узнаете ли вы это?» Как увидела его дама, признала и сказала: «Да, мессере, я подарила его когда-то Тедальдо». Тогда паломник встал, быстро сбросил с себя паломническую одежду, а с головы шляпу, и, заговоря по-флорентински, сказал: «А меня узнаете ли вы?» Когда дама увидела его, узнав, что то был Тедальдо, совсем остолбенела, так испугавшись его, как пугаются мертвых, когда их видят ходящими как живые; поэтому она не пошла ему навстречу, как к Тедальдо, явившемуся из Кипра, а готова была убежать в испуге, как от Тедальдо, вернувшегося сюда из могилы. Но Тедальдо сказал ей: «Мадонна, не бойтесь, я – ваш Тедальдо, живой и здоровый, я никогда не умирал и не был убит, что бы ни думали вы и мои братья». Немного ободренная и узнавшая его голос дама, всмотревшись в него несколько и уверившись, что действительно это был Тедальдо, бросилась к нему со слезами на шею, поцеловала его и сказала: «Мой милый Тедальдо, добро пожаловать». Тедальдо, обняв ее и поцеловав, сказал: «Мадонна, теперь не время для более близкой встречи; я хочу пойти устроить, чтобы Альдобрандино был возвращен вам здравым и невредимым, и надеюсь, что до завтрашнего вечера вы услышите вести, которые будут вам по сердцу; если же, как я думаю, вести об его освобождении будут у меня хорошие, я хочу сегодня же ночью прийти к вам и рассказать их вам с большим удобством, чем мог бы сделать теперь».

Надев снова свое паломническое платье и шляпу, поцеловав в другой раз даму и утешив ее доброй надеждой, он расстался с нею и направился туда, где Альдобрандино обретался в заключении, более отдаваясь мыслями страху предстоящей смерти, чем надежде будущего освобождения. Как бы в качестве утешителя, Тедальдо вошел к нему с согласия тюремщиков и, сев возле него, сказал ему: «Альдобрандино, я один из твоих друзей, посланный тебе для твоего спасения богом, сжалившимся над тобой за твою невинность; поэтому если ты из почитания к нему пожелаешь даровать мне небольшую милость, о которой я попрошу тебя, то без сомнения, прежде чем завтра наступит вечер, ты вместо ожидаемого тобою смертного приговора услышишь о своем оправдании». На это Альдобрандино отвечал: «Почтенный человек, так как ты стараешься о моем спасении, хотя я и не знаю тебя и не помню, чтобы видел тебя когда-либо, ты, должно быть, мне друг, как ты это говоришь. И, поистине, проступка, за который, говорят, я должен быть приговорен к смерти, я никогда не совершал, много других совершал я прежде, они-то, быть может, и привели меня к этому концу. Но говорю тебе перед богом, если он теперь смиловался надо мной, я не только обещаю, но охотно сделаю и большее, не то что малое; поэтому, проси, что тебе угодно, ибо, если случится, что я освобожусь, я непременно и верно все исполню». Тогда паломник сказал: «Я не желаю ничего другого, как только, чтобы ты простил четырем братьям Тедальдо за то, что они довели тебя до этого положения, предположив, что ты виновен в смерти их брата, и чтобы ты принял их как братьев и друзей, если они попросят у тебя за это прощения». На это Альдобрандино отвечал: «Никто не знает, сколь сладостна месть и с какой горячностью ее желают, кроме того, кто получил оскорбление; тем не менее, лишь бы господь озаботился моим спасением, я охотно прощу их и простил уже теперь, и если я выйду отсюда живым и освобожусь, постараюсь сделать так, как будет тебе угодно».

Паломник остался этим доволен и, не желая объяснять ему больше, просил его ободриться духом, ибо наверное, прежде чем кончится следующий день, он узнает точнейшие вести о своем спасении. Оставя его, он пошел к синьории и так сказал тому, кому в тот день принадлежала власть: «Синьор мой, каждому надлежит по мере сил стараться, чтобы раскрыта была истина вещей, особенно тем, которые занимают положение, подобное вашему, и это для того, чтобы не совершившие преступления не несли наказания, а виновные были наказаны. Дабы так именно и случилось, к вашей чести и назло тому, кто его заслужил, я и пришел сюда. Как вам известно, вы строго преследуете судом Альдобрандино Палермини, полагая, будто в самом деле открыли, что это он убил Тедальдо Элизеи, и готовы его осудить; это наверное ложно, как я рассчитываю доказать вам до полуночи, отдав вам в руки убийц этого юноши». Почтенный муж, которому жаль было Альдобрандино, охотно склонил слух к словам паломника и, когда тот многое рассказал ему об этом деле, схватил по его указанию при первом сне обоих братьев гостиников и их слугу без всякого с их стороны сопротивления, и когда он готовился, дабы узнать, как было дело, подвергнуть их пытке, они, не желая того, каждый с своей стороны, а потом и все вместе открыто сознались, что они убили, не зная его, Тедальдо Элизеи. Когда их спросили о поводе, они сказали, что сделали это потому, что, когда их не было в гостинице, он приставал к жене одного из них и хотел принудить ее удовлетворить его желаниям.

Узнав об этом, паломник, с согласия синьора, удалился и пришел тайком в дом мадонны Эрмеллины, которую нашел одну, так как все в доме спали, поджидавшую его и одинаково желавшую услышать хорошие вести о своем муже и вполне примириться с своим Тедальдо. Придя к ней, он с веселым видом сказал: «Дражайшая моя дама, радуйся, ибо завтра наверно твой Альдобрандино будет у тебя здрав и невредим» – и, дабы дать ей более полную уверенность, он рассказал ей подробно все, что сделал. Дама, которую эти два таких и столь внезапных происшествия, как возврат живого Тедальдо, которого она оплакивала, как действительно мертвого, и ожидание увидеть избавленного от опасности Альдобрандино, привели в такую радость, какую когда-либо кто испытывал, любовно обняла и поцеловала Тедальдо; отправясь вместе на постель, они, с общего доброго согласия, заключили прелестный и веселый союз, доставляя друг другу удовольствие и утеху.

Когда стал близиться день, Тедальдо поднялся, объяснив даме, что он намерен делать, и, попросив ее снова держать это в большой тайне, вышел от нее все еще в платье паломника, чтобы заняться, когда придет время, делами Альдобрандино. С наступлением дня синьория, полагая, что она имеет полное осведомление о деле, тотчас же освободила Альдобрандино, и несколько дней спустя, на том самом месте, где было совершено убийство, сняли головы преступникам. Альдобрандино, освобожденный, таким образом, к великой радости его, его жены и всех друзей и родных, ясно понимая, что все это сделалось благодаря вмешательству паломника, перевел его к себе на все время, пока он пожелает остаться в городе; и здесь и муж и жена не могли достаточно учествовать его и нарадоваться ему, в особенности жена, хорошо знавшая, для кого она это делает.

Через несколько времени, полагая, что пора помирить Альдобрандино с своими братьями, которые, как он слышал, были не только оскорблены объявлением его невинным, но из страха и вооружились, Тедальдо напомнил Альдобрандино об его обещании. Альдобрандино тотчас отвечал, что готов. Тогда паломник попросил его устроить на следующий день великое пиршество, на котором, по его желанию, Альдобрандино с своими родичами и их женами учествовал бы четырех братьев и их жен, к чему прибавил, что сам немедленно пригласит их с своей стороны на его мировую и на его пир. Когда Альдобрандино согласился на все, что было угодно паломнику, тот сейчас же пошел к четырем братьям и, после многих переговоров, потребных в деле такого рода, очень легко убедил их, наконец, при помощи неопровержимых доводов в необходимости снова приобрести дружбу Альдобрандино, испросив у него прощение. Сделав это, он пригласил их и их жен обедать на другое утро к Альдобрандино; они, поверив его честному слову, охотно приняли приглашение.

Итак, на следующий день утром, в обеденное время, сперва четыре брата Тедальдо, одетые в траур, как были, пришли с некоторыми из своих друзей в дом ожидавшего их Альдобрандино; здесь перед всеми теми, кто был приглашен Альдобрандино разделить их общество, бросив на землю свое оружие, они отдали себя в его руки, прося прощения в том, что они учинили против него. Альдобрандино, в слезах, принял их дружественно и, поцеловав всех в губы, в коротких словах простил им нанесенное ему оскорбление. После них пришли их сестры и жены, все одетые в черное, и были любезно приняты мадонной Эрмеллиной и другими дамами. Затем мужчины, а равно и дамы были угощены великолепным пиром, где не было ничего недостойного похвалы, если не молчаливость, причиненная недавним горем и выражавшаяся в черном платье родственников Тедальдо, что заставило некоторых порицать пиршественный замысел паломника, который это и заметил. Но когда настало время нарушить эту молчаливость, как он решил это раньше, он встал, пока другие еще кушали плоды, и сказал: «Ничего недостает этому пиру, чтобы сделать его веселым, кроме Тедальдо, которого, так как вы его не» узнали, хотя он непрестанно среди вас, я хочу вам показать». И, сбросив с себя рясу и весь монашеский убор, он остался в одной шелковой зеленой куртке. Все смотрели на него не без величайшего изумления и долго приглядывались, прежде чем кто-нибудь решился поверить, что это был он. Заметив это, Тедальдо начал рассказывать многое об их родне, о происшествиях, между ними бывших, и своих собственных приключениях. Тогда его братья и другие мужчины, обливаясь слезами радости, побежали его целовать, а потом то же сделали и дамы, как посторонние, так и родственницы, кроме мадонны Эрмеллины. Видя это, Альдобрандино сказал: «Что это такое, Эрмеллина? Почему ты не приветствуешь Тедальдо, как другие дамы?» На что дама ответила при всех: «Здесь нет никого, кто бы охотнее желал или желает оказать ему приветствие, чем я, обязанная ему более всякого другого, если подумать, что благодаря его помощи ты мне возвращен; но несчастные речи, сказанные во дни, когда мы оплакивали того, кого принимали за Тедальдо, удерживают меня от этого». На это Альдобрандино сказал: «Убирайся с ними, неужели ты думаешь, что я верю тем, кто лает? Стараясь о моем спасении, он хорошо показал, что это была ложь, не говоря уже о том, что я никогда тому не верил, встань же скорее и пойди обними его». Дама, не желавшая ничего другого, не замедлила повиноваться в этом своему мужу; поэтому, встав, она поцеловала Тедальдо, как то сделали другие, и приветствовала его. Это великодушие Альдобрандино понравилось братьям Тедальдо, так же как всем мужчинам и женщинам, бывшим там, и всякая ржавчинка, которая могла зародиться в умах некоторых от ходивших когда-то слухов, таким образом сгладилась.

Когда каждый выразил свою радость Тедальдо, он сам сорвал с братьев черные одежды и темные с сестер и своячениц и приказал, чтобы им принесли сюда другие одежды. Когда они переоделись, много было там песен и плясок и других забав, почему пир, бывший вначале молчаливым, имел шумный конец. В великом веселии все они, как были, пошли в дом Тедальдо, где ужинали вечером, и много еще дней после того они таким же образом продолжали празднество.

Флорентийцы долгое время смотрели на Тедальдо как на воскресшего человека и как на чудо, и у многих людей, даже у его братьев, осталось в уме слабое сомнение, он ли это, или нет; они еще не вполне верили этому и, может быть, еще долго не уверились бы, если бы не один случай, который им ясно доказал, кто был убитый. И этот случай был такой однажды, когда солдаты из Луниджианы проходили перед их домом, они, увидев Тедальдо, пошли к нему навстречу, говоря: «Здравствуй, Фациоло!» На что Тедальдо, при братьях, отвечал: «Вы приняли меня за другого». Те, услышав его речь, смутились и попросили у него извинения, говоря: «Действительно, вы похожи, больше чем можно себе представить одного человека похожим на другого, на одного нашего товарища, по имени Фациоло из Понтремоли, который две недели тому назад, или немного более, отправился сюда, и мы никогда не могли узнать, что с ним сталось. Правда, нас удивило ваше платье, потому что он был солдат, как и мы». Старший брат Тедальдо, услышав это, подошел и спросил: как был одет этот Фациоло? Те рассказали, и оказалось, что тот убитый одет был именно так, как они говорили. Таким образом, по этим и другим приметам, узнали, что убитый был Фациоло, а не Тедальдо, вследствие чего исчезло подозрение к нему братьев и всех других. А Тедальдо, вернувшись богачом, оставался постоянным в своей привязанности, и так как его дама более с ним не ссорилась, то они, осторожно ведя дело, долгое время наслаждались своей любовью. Господь да способит нас насладиться нашей.

## Новелла восьмая

**Ферондо, отведав некоего порошка, похоронен за мертвого; извлеченный из могилы аббатом, который забавляется с его женою, он посажен в тюрьму и его уверяют, что он в чистилище, воскреснув, он воспитывает сына, рожденного от аббата ею женою.**

Когда пришла к концу новелла Емилии, не только не надоевшая своей продолжительностью, но и показавшаяся всем рассказанной слишком кратко, ввиду количества и разнообразия сообщенных в ней происшествий, королева, одним знаком дав понять Лауретте свое желание, дала ей повод начать таким образом: – дорогие дамы, мне припоминается для рассказа действительное происшествие, гораздо более похожее на выдумку, чем то было на самом деле; а пришло оно мне на память, когда я услышала, как один был похоронен и оплакан за другого. Я же расскажу, как один живой был погребен за мертвого, как затем он сам и многие другие сочли его не за живого, а за воскресшего, вышедшего из могилы, а тот был почтен за святого, кому как виновному, следовало бы быть осужденным.

Итак, было и еще существует в Тоскане аббатство, лежавшее, как мы видим и многие другие, в местности, не слишком посещаемой людьми, куда поставлен был аббатом монах, во всех отношениях человек святейший, только не в отношении женщин; и умел он это делать так осторожно, что почти никто, не то что о том не знал, но и не подозревал, почему его считали святым и во всех отношениях строгим. Случилось аббату близко сойтись с одним богатейшим крестьянином, по имени Ферондо, человеком грубым и безмерно простым, и ничем иным это знакомство не нравилось аббату, как тем, что он иногда потешался над его простотою. Во время этого знакомства аббат приметил, что у Ферондо красавица жена, в которую он так горячо влюбился, что о другом не думал ни днем, ни ночью; но услышав, что Ферондо был во всем остальном простаком и дураком, но в любви к своей жене и в ее охране был очень рассудителен, он пришел почти в отчаяние. Тем не менее, как человек умный, он довел Ферондо до того, что тот с своей женою приходил иногда поразвлечься в сад аббата, и здесь аббат самым скромным образом говорил им о блаженстве вечной жизни и о святых делах многих древних мужей и жен, так что у жены явилось желание у него исповедаться, и она попросила на то позволения у Ферондо и получила его.

Итак, придя на исповедь к аббату, к великому его удовольствию, и сев у ног его, прежде чем перейти к другому, она начала так: «Отче, если бы господь даровал мне настоящего мужа или не даровал вовсе, мне, быть может, было бы легко, при помощи ваших наставлений, вступить на путь, ведущий, как вы сказали, к вечной жизни; но я, когда подумаю, что такое Ферондо и какова его глупость, могу сказать о себе, что хотя я и замужем, но вдова, поскольку, покуда он жив, не могу иметь другого мужа; а он, дурак, без всякого повода так безмерно ревнует меня, что я, вследствие этого, не могу с ним жить иначе, как в печали и беде. Поэтому, прежде чем приступить к дальнейшей исповеди, насколько могу смиренно прошу вас, да будет вам благоугодно дать мне какой-нибудь совет в этом деле, ибо, если в этом отношении я не обрету возможности к добродетельной жизни, ни исповедь и никакие благие дела мне не помогут».

Эта речь приятно затронула душу аббата, и ему представилось, что судьба открывает ему путь к достижению его величайшего желания; и он сказал: «Дочь моя, я думаю, что для такой красивой и нежной женщины, как вы, должно быть большой досадой, что у нее муж полоумный; но еще большей, думается мне, если он ревнив; а так как у вас и то и другое, я легко представляю себе то, что вы рассказываете о своем горе. Но, говоря кратко, против этого я не вижу иного совета или средства, кроме одного, а именно: излечить Ферондо от этой ревности. Средство излечить его я очень хорошо знаю как приготовить, лишь бы у вас хватило духа держать в тайне, что я вам скажу». Женщина сказала: «Отец мой, не сомневайтесь в этом, ибо я скорее умру, чем скажу кому бы то ни было, что вы мне запретили рассказывать; но как это можно будет сделать?» Аббат отвечал: «Если вы желаете, чтобы он выздоровел, необходимо, чтоб он отправился в чистилище». – «Как же он пойдет туда, будучи живым?» – сказала женщина. Аббат сказал: «Надо, чтоб он умер, так он и пойдет туда, и когда он претерпит столько мучений, что излечится от своей ревности, вы известными молитвами помолите господа, чтоб он вернулся к жизни, и он вернется». – «Так мне придется остаться вдовой?» – сказала женщина. «Да, – ответил аббат, – на некоторое время, в которое остерегайтесь выходить за другого, ибо господу это не понравится, а когда вернется Ферондо, вам придется вернуться к нему, и он стал бы ревновать более, чем когда-либо. Женщина сказала: „Лишь бы он излечился от этой злой напасти и мне не приходилось вечно жить взаперти, я согласна; делайте, как вам заблагорассудится". Сказал тогда аббат: „Я и сделаю, но какую же награду получу я от вас за такую услугу?" – „Отец мой, – сказала женщина, – что вам угодно, лишь бы это было в моей власти; но что может сделать женщина вроде меня, что бы приличествовало такому человеку, как вы?" На это аббат сказал: „Мадонна, вы можете сделать для меня не менее того, что я намерен сделать для вас, ибо, как я готовлюсь устроить нечто для вашего блага и утешения, так вы можете учинить, что будет мне во здравие и спасение моей жизни". Тогда женщина сказала: „Коли так, я готова". – „Итак, – сказал аббат, – вы подарите мне свою любовь и отдадитесь мне своей особой, к которой я пылаю и по которой совсем чахну". Как услышала это женщина, совсем смутившись, ответила: „Что это, отец мой, о чем вы это просите? А я думала, что вы – святой человек! Пристойно ли святым людям просить о таких делах женщин, обращающихся к ним за советом?" На это аббат сказал: „Душа моя, не удивляйтесь, ибо из-за этого святость не умаляется, так как она пребывает в душе, а что я прошу у вас – телесный грех. Как бы то ни было, но таковую силу возымела ваша прелестная краса, что так поступить меня побудила любовь. И скажу вам, что вашей красотой вы можете гордиться более, чем всякая другая женщина, коли подумаете, что она нравится святым, привыкшим созерцать красоты неба; кроме того, хотя я и аббат, все же человек, как другие, и, как видите, еще не стар. И сделать это вам не будет тягостно, напротив, вы должны того желать, ибо, пока Ферондо будет в чистилище, я ночью, находясь в обществе с вами, доставлю вам то утешение, которое должен был бы доставить он, и никогда никто об этом не догадается, потому что все считают меня за того, за кого и вы недавно меня считали. Не отказывайтесь от милости, которую посылает вам господь, ибо много таких, которые желают того, что вы можете получить и получите если, будучи разумной, поверите моему совету. К тому же у меня есть хорошенькие, дорогие вещицы, которые, я решил, будут принадлежать никому, как вам. Итак, сладостная моя надежда, сделайте для меня то, что я охотно делаю для вас". Женщина, опустив глаза, не знала, как ему отказать, а согласиться, казалось ей, не ладно; потому аббат, видя, что, выслушав его, она медлит ответом, подумал, что обратил ее наполовину, и, присоединяя многие другие речи к прежним, не успел кончить, как вбил ей в голову, что сделать то будет ладно; потому она стыдливо сказала, что готова исполнить всякое его приказание, но не прежде, чем Ферондо отправится в чистилище. На это аббат, очень довольный, сказал: „Мы так устроим, что он сейчас туда пойдет, только сделайте так, чтобы завтра или послезавтра он побывал у меня здесь“. Сказав это и тихонько сунув ей в руку прекраснейшее кольцо, он отпустил ее.

Женщина, обрадованная подарком, чая и других, вернувшись к товаркам, стала рассказывать удивительные вещи о святости аббата и пошла с ними домой. Через несколько дней Ферондо отправился в аббатство; как увидел его аббат, тотчас же решил послать его в чистилище; отыскал порошок удивительного свойства, полученный им в областях Востока от одного великого принца, утверждавшего, что его обыкновенно употребляет Горний старец, когда хочет кого-нибудь во сне отправить в свой рай или извлечь его оттуда, и что данный в большем или меньшем количестве этот порошок, без всякого вреда, так усыпляет принявших его более или менее, что, пока действует его сила, никто бы не сказал, что тот человек жив. Положив этого порошка столько, чтобы можно было усыпить на три дня, в стакан не отстоявшегося еще вина, он дал его выпить в своей келье ничего не подозревавшему Ферондо и повел его затем в монастырь, где с некоторыми другими своими монахами стал забавляться его дурачествами. Не прошло много времени, как порошок подействовал, и голову Ферондо посетил сон, столь внезапный и крепкий, что, стоя на ногах, он заснул и, заснув, упал. Аббат представился испуганным этим происшествием, велел раздеть его, принести холодной воды и прыснуть ему в лицо, употребить и многие другие, известные ему средства, как бы желая вызвать утраченные жизненные силы и чувства, отягченные парами желудка или чем другим, но когда аббат и монахи увидели, что, несмотря на все это, он не приходит в себя, пощупав пульс и не находя никакого признака чувствительности, решили все положительно, что он умер; поэтому послали о том сказать жене и его родственникам, которые все явились тотчас же, и когда жена и родные немного оплакали его, аббат распорядился положить его, как был одетым, в склеп. Жена, вернувшись домой, заявила, что никогда не намерена расставаться с ребенком, которого имела от мужа; так, оставшись в дому, она принялась воспитывать сына и управлять имуществом, бывшим Ферондо.

Аббат с одним болонским монахом, которому он очень доверял и который на ту пору приехал из Болоньи, тихо поднялся ночью; вдвоем они вытащили Ферондо из склепа и положили в другой, где совсем не видать было света и который назначен был тюрьмой провинившимся монахам, сняв с Ферондо его платье и одев его по-монашески, они положили его на связку соломы и оставили, пока он очувствуется. Между тем болонский монах, наученный аббатом, что ему делать, тогда как никто другой о том ничего не знал, стал дожидаться, когда Ферондо придет в себя. На другой день аббат с несколькими своими монахами отправился, как бы для посещения, в дом женщины, которую нашел одетой в черное и опечаленной, и, утешив ее нежно, тихонько попросил ее исполнить обещание. Видя себя свободной, без помехи со стороны Ферондо или кого другого, усмотрев на руке аббата другое красивое кольцо, она сказала, что готова, и сговорилась с ним, что он придет на следующую ночь. Вследствие этого, когда настала ночь, аббат, переодетый в платье Ферондо и сопутствуемый монахом, отправился туда и спал с ней до утрени с великим удовольствием и утехой, а потом воротился в монастырь. Он очень часто совершал этот путь по тому же делу, и некоторые, встречавшие его иногда, когда он шел туда и обратно, принимали его за Ферондо, блуждающего ради покаяния по той местности; пошло потом много рассказов промеж невежественных жителей деревни, много раз говорили о том и жене, хорошо знавшей, в чем дело.

Болонский монах, когда Ферондо очнулся, не зная, где он, вошел к нему, страшно голося, с розгами в руках и, схватив его, дал ему хорошую порку. Ферондо, плача и крича, то и дело спрашивал: «Где я?» На что монах отвечал: «В чистилище». – «Как? – сказал Ферондо, – так я, стало быть, умер?» Монах сказал: «Разумеется». Поэтому Ферондо принялся плакать о себе, своей жене и сыне, говоря самые несуразные в свете вещи. Монах принес ему поесть и попить; увидя это, Ферондо спросил: «Вот те на! Разве покойники едят?» – «Да, – сказал монах, – а принес я тебе то, что твоя бывшая жена послала сегодня утром в церковь на обедню по твою душу; что по воле божией тебе и предлагается». Сказал тогда Ферондо: «Господь да пошлет ей благовремение. Я-то любил ее очень, прежде чем скончался, так что всю ночь держал ее в охапке и ничего другого не делал, как целовал ее; делал также и другое, когда приходило желание». Затем у него явилась большая охота поесть, и он принялся есть и пить, и так как вино показалось ему не особенно хорошим, сказал: «Да накажет ее господь, что она не подала священнику вина из бочки, что у стены». Когда он поел, монах снова принялся за него и теми же розгами дал ему великую порку. Порядком покричав, Ферондо спросил его: «Боже мой! Зачем ты это со мной делаешь?» Монах сказал: «Потому что так повелел господь, чтобы так чинить над тобою два раза в день». – «А по какой причине?» – говорит Ферондо. Сказал монах: «Потому что ты был ревнив, имея женою достойнейшую женщину, какая есть в твоей местности». – «Увы мне! – сказал Ферондо, – правду ты говоришь! И самую сладкую жену. Она была слаще пряника, но я не знал, что господу неблагоугодно, чтоб мужчина был ревнив, не то я не был бы таким». Сказал монах: «Это ты должен был понять, пока был на том свете, и исправиться; если случится тебе когда-нибудь вернуться туда, постарайся там удержать в памяти, что я теперь с тобой делаю, дабы никогда более не быть ревнивым». Ферондо спросил «Разве кто умер, возвращается когда-нибудь туда?» – «Да, – отвечал монах, – кому попустит господь». – «Боже мой, – сказал Ферондо, – если я когда-нибудь туда вернусь, буду лучшим в свете мужем, никогда не стану бить ее, не скажу бранного слова – разве побраню за вино, которое она послала нам сегодня утром, да еще не послала нам ни одной свечи, и мне пришлось есть впотьмах». Сказал монах: «Послать-то она послала, но свечи сгорели за обедней». – «Да, ты, может быть, и прав, – заметил Ферондо, – наверно, коли я вернусь туда, я позволю ей делать все, что хочет. Но скажи мне, кто ты, совершающий это надо мною?» Сказал монах: «Я также умер, а жил в Сардинии, и так как я когда-то хвалил моего господина за его ревнивость, господь осудил меня на такое наказание, что я должен давать тебе есть и пить и угощать ударами, пока господь все это решит иначе относительно тебя и меня». Сказал Ферондо: «Никого здесь нет, кроме нас двоих?» Монах отвечал: «Есть целые тысячи, только ты не можешь ни видеть, ни слышать их, ни они тебя». Тогда Ферондо спросил: «А как мы далеко от наших мест?» – «Охо! – ответил монах, – на много миль дальше, чем Славнонаворотим». – «Вот те на! Это очень далеко, – сказал Ферондо, – по моему мнению, мы теперь по ту сторону света, так это далеко».

И вот среди таких и подобных разговоров, еды и порки Ферондо продержали почти десять месяцев, в течение которых аббат очень часто и удачливо посещал красавицу и проводил счастливейшее в свете время. Но бывают несчастия – женщина забеременела и, быстро заметив это, сказала о том аббату, вследствие чего обоим показалось, что пора немедленно вернуть Ферондо от чистилища к жизни, чтобы он к ней вернулся, а она бы ему сказала, что беременна от него. И вот на следующую ночь аббат велел, чтобы, изменив голос, Ферондо окликнули в его заключении и сказали: «Утешься, Ферондо, ибо богу угодно, чтобы ты вернулся в мир; когда вернешься, у тебя будет сын от твоей жены, которого вели назвать Бенедиктом, ибо молитвами твоего святого аббата и жены твоей и из любви к св. Бенедикту господь дарует тебе эту милость». Услышав это, Ферондо очень обрадовался и сказал: «Вот это мне нравится! Господь да вознаградит за это господу богу, и аббату, и св. Бенедикту, и моей жене, сырной, медовой, сытовой!» Велев дать ему в вине, которое ему посылал, того порошка, но столько, чтобы дать ему проспать часа четыре, и, распорядясь одеть его в его платье, аббат вместе с монахом втихомолку перенес его в склеп, где он был погребен.

На другой день на рассвете Ферондо очнулся, увидел в щель окна свет, которого не видал месяцев десять, и, так как ему показалось, что он жив, он и начал кричать: «Отворите, отворите!», а сам так сильно упирался головой в крышку склепа, что, сдвинув ее, – а ее легко было сдвинуть, – начал было ее сворачивать. Когда монахи, отслужив утреню, побежали туда и признали голос Ферондо и увидели его уже выходившим из гробницы, все, перепуганные необычайным происшествием, пустились наутек и прибежали к аббату. Он, притворившись, будто только что стоял на молитве, сказал: «Дети мои, не страшитесь, возьмите крест и святой воды и пойдите за мной посмотреть, что желает открыть нам божественное могущество». Так он и сделал. Ферондо, совсем бледный, так как провел столько времени, не видав неба, уже вышел из склепа; как завидел он аббата, так поспешил упасть ему в ноги и сказал: «Отец мой, ваши молитвы, как было открыто мне, а также молитвы св. Бенедикта и моей жены извлекли меня из мук чистилища и возвратили к жизни, за что я прошу господа послать вам хороший год и счастливые дни, ныне и присно». Аббат сказал: «Да восхвалено будет могущество божие. Итак, ступай, сын мой, так как господь снова послал тебя сюда, и утешь свою жену, постоянно пребывавшую в слезах с тех пор, как ты покинул эту жизнь, и будь отныне и впредь другом и служителем господа». Сказал Ферондо: «Господин мой, так мне и было сказано, дайте мне только все устроить, потому что, как увижу я ее, зацелую, так я ее люблю».

Оставшись со своими монахами, аббат проявил великое изумление по поводу этого случая и велел умильно пропеть «господи помилуй». Ферондо вернулся в свою деревню, но всякий, завидев его, бежал, как обыкновенно бегут от всего страшного, а он, подзывая их, утверждал, что воскрес. Жена также обнаружила к нему страх; но когда народ в нем уверился и, убедившись, что он жив, стал его расспрашивать о многом, он, точно вернулся более разумным, всем отвечал, сообщая вести о душах их родных, и сам от себя сочинял великолепнейшие в свете басни об устройстве чистилища и перед всем народом рассказывал об откровении ему, бывшем из уст архангела Гавриила, прежде чем ему воскреснуть. После того, вернувшись домой к своей жене и вступив снова во владение своим имуществом, он, как ему казалось, сделал жену беременной, и случилось так счастливо, что она в положенное время – по мнению дураков, думающих, что женщина носит ребенка именно девять месяцев, – родила мальчика, названного Бенедетто Ферондо.

Возвращение Ферондо и его рассказы, так как все почти верили, что он воскрес, бесконечно увеличили славу о святости аббата. А Ферондо, много ударов получивший за свою ревнивость, излечившись от нее, согласно обещанию аббата его жене, перестал быть ревнивым; жена, довольная этим, стала с ним жить по-прежнему честно, но так, что когда могла то устроить прилично, охотно видалась и с аббатом, так хорошо и старательно услужившим ей в ее наибольших нуждах.

## Новелла девятая

**Джилетта из Нарбонны излечивает французского короля от фистулы; просит себе в мужья Бельтрамо Россильонского, который, женившись на ней против воли и негодуя на то, отправляется во Флоренцию; здесь он ухаживает за одной девушкой, но вместо нее с ним спит Джилетта и родит от него двух сыновей, почему впоследствии он, оценив ее, обращается с нею, как с женою.**

Оставалось говорить одной королеве, так как не желали нарушить льготы Дионео, а новелла Лауретты была кончена. Поэтому, не выжидая, чтобы общество ее попросило, она весело начала говорить так: – Кто расскажет теперь новеллу, которая понравилась бы после того, как вы выслушали рассказ Лауретты? Нам было выгодно, что он был не первым, ибо немногие из других понравились бы вам, и я думаю, что так будет и с теми, какие еще остается рассказать в течение этого дня. Тем не менее, какова бы она ни была, я расскажу вам новеллу, которая показалась мне подходящей к предложенному сюжету.

В королевстве Франции жил дворянин, по имени Иснардо, граф Россильонский, который, будучи плохого здоровья, постоянно держал при себе врача, по имени Герардо из Нарбонны. У сказанного графа был всего один малолетний сын, по имени Бельтрамо, красивый и милый, и с ним воспитывались другие дети его возраста, между которыми была дочка того медика, по имени Джилетта. Она возымела бесконечную любовь, более горячую, чем пристало нежному возрасту, к этому Бельтрамо, которому, когда умер его отец, поручив опеку над ним королю, пришлось отправиться в Париж, что жестоко огорчило девушку. Недолго спустя скончался ее отец, и если бы ей представился приличный повод, она охотно поехала бы в Париж повидать Бельтрамо, но так как она была на виду, будучи богата и оставшись одинокой, приличного повода не находила. Она стала уже девушкой на выданье, но так как никогда не могла забыть Бельтрамо, не объявляя тому причины, отказала многим, за которых ее родные хотели ее выдать.

Случилось, что в то время, когда она более чем когда-либо пылала любовью к Бельтрамо, ибо слышала, что он стал красивейшим юношей, до нее дошла весть, что у французского короля от нарыва на груди, дурно излеченного, осталась фистула, доставлявшая ему большое беспокойство и большую боль, и не нашлось еще врача, хотя многие пытались, который сумел бы излечить его от этого, а все лишь ухудшали зло; почему король, отчаявшись, не хотел более принимать никакого совета, ни помощи. Девушка была чрезвычайно обрадована этим и размыслила, что это не только даст ей законный повод отправиться в Париж, но что если болезнь такова, как она себе представляла, легко может статься, что она получит Бельтрамо в мужья. Потому, многому научившись от отца, она приготовила порошок из некоторых трав, полезных от болезни, которую она предполагала, села на лошадь и отправилась в Париж. И здесь ничего не предприняла, не постаравшись наперед увидать Бельтрамо; затем, явившись к королю, попросила у него, как милости, показать ей свой недуг. Король, видя перед собой красивую и приятную девушку, не сумел ей отказать и показал ей его. Когда она его увидела, тотчас же уверилась, что она может его излечить, и сказала: «Государь, если вам угодно, я надеюсь с божьей помощью без всякого вашего беспокойства и тягости в неделю освободить вас от этого недуга». Король внутренне поглумился над ее словами, говоря: «Чего величайшие врачи на свете не могли и не уразумели, как то может уразуметь молодая женщина?» Поблагодарив ее за доброе желание, он ответил, что решился не следовать более совету врача. На это девушка сказала: «Государь, вы гнушаетесь моим искусством, потому что я девушка и женщина, но я напомню вам, что я врач не своим знанием, а помощью бога и наукой магистра Герардо из Нарбонны, который был моим отцом и знаменитым врачом, пока был в живых». Тогда король сказал себе: «Может быть, она послана мне богом, почему не испытать мне, что она умеет делать, так как она обещает излечить меня, не учинив беспокойства и в короткий срок?» Решившись испытать это, он сказал: «А если вы не излечите меня, заставив нас нарушить наше решение, что хотите, чтобы за то воспоследовало?» – «Государь, – ответила девушка, – велите стеречь меня, и если я не вылечу вас через неделю, велите сжечь; а если я вас вылечу, какая будет мне за то награда?» На это король отвечал: «Вы, кажется нам, еще не замужем, если вы это сделаете, мы выдадим вас за хорошего, высокопоставленного человека». Девушка сказала ему: «По правде, я охотно согласна, чтобы вы выдали меня замуж, но я желаю иметь мужем, кого попрошу, не прося у вас никого из ваших сыновей, ни кого-либо из королевского дома». Король тотчас же обещал устроить это.

Девушка принялась за свое лечение и в скорости, еще до срока, вернула королю здоровье. Почувствовав себя исцеленным, король сказал: «Вы действительно заслужили себе мужа». Девушка ответила ему: «Итак, государь, я заслужила Бельтрамо Россильонского, которого я полюбила с моего детства и всегда продолжала сильно любить». Королю показалось, что отдать ей его будет слишком много, но так как он обещал и не желал нарушить своего слова, велел позвать его и сказал ему так: «Бельтрамо, вы теперь выросли и кончили воспитание; мы желаем, чтобы вы вернулись править своим графством и повезли с собою девушку, которую мы даем вам в жены». Бельтрамо сказал: «Кто эта девушка, государь?» На это король отвечал: «Та, которая своими лекарствами восстановила наше здоровье». Бельтрамо признал и видал ее, и хотя она показалась ему очень красивой, тем не менее, зная, что она не из такого рода, который приличествовал бы его благородству, ответил полный негодования: «Государь, вы, стало быть, хотите дать мне в жену лекарку? Упаси меня бог, чтоб я когда-либо взял в супруги такую женщину». На что сказал король: «Так вы желаете, чтобы мы нарушили наше честное слово, данное нами ради восстановления здоровья, девушке, которая в награду за это попросила вас мужем себе?» – «Государь мой, – сказал Бельтрамо, – вы можете отнять у меня все, что у меня есть, и подарить меня, как вашу собственность, кому угодно, но в этом я могу вас уверить, что я никогда не буду удовлетворен таким браком». – «Будете, – сказал король, – ибо девушка красива, умна и очень вас любит, почему, мы надеемся, вы проживете с ней счастливее, чем с какой-нибудь дамой более высокого рода».

Бельтрамо умолк, а король велел сделать большие приготовления к празднованию свадьбы. Когда наступил назначенный на то день, Бельтрамо, хотя и сделал это очень неохотно, обручился в присутствии короля с девушкой, любившей его более самое себя. Сделав это и уже решив сам с собою, как ему поступить, он под предлогом, что желает вернуться в свое графство и здесь совершить брак, попросил на то разрешения короля и, сев на коня, не поехал в свое графство, а отправился в Тоскану. Узнав, что флорентийцы вели войну с Сиэной, он решился стать за них. Принятый ими с радостью и почетом, он пожелал быть начальником одного отряда и, получая от них хорошее жалованье, остался довольно долгое время на их службе.

Молодая, не особенно довольная такою долей, в надежде своим добрым поведением привлечь его в графство, отправилась в Россильон, где всеми была принята, как госпожа. Здесь, найдя, по причине долгого отсутствия графа, все запущенным и неустроенным, она, как женщина умная, с великим тщанием и старательностью привела все в порядок, чем подданные были довольны и очень оценили и полюбили ее, сильно порицая графа за то, что он недоволен ею. Устроив все в стране, она при посредстве двух дворян оповестила о том графа, прося его дать ей знать, что если из-за нее он не является в графство, она, в угодность ему, удалится. Граф ответил им крайне жестоко: «В этом отношении, пусть она делает, как ей у годно; что до меня, я не иначе вернусь к ней, как когда у нее будет на пальце этот перстень, а на руках ребенок, прижитый от меня». У него был очень дорогой перстень, и он никогда с ним не расставался по причине какой-то силы, которою, как его уверяли, он обладал. Дворяне поняли жестокое его условие, заключавшееся в двух почти неисполнимых вещах, и видя, что их слова не в состоянии отвлечь его от его намерения, вернулись к даме и сообщили ей его ответ. Она сильно опечалилась, но по долгом размышлении решила попытаться, нельзя ли исполнить те два условия и где, дабы таким образом вернуть себе мужа. Обдумав, что ей надлежит делать, она собрала несколько старших и лучших людей графства и рассказала им по ряду, в жалобных словах, что она сделала из любви к графу, и объяснила, что из этого вышло; под конец она сказала, что вовсе не намерена, чтобы граф, вследствие ее пребывания здесь, находился в постоянном изгнании, и что она, напротив, желает употребить остаток своей жизни на паломничество и дела милосердия во спасение своей души; она просила их взять на себя охрану и управление графством, а чтобы графу они объявили, что она оставила его владения чистыми и свободными и удалилась в намерении никогда более не возвращаться в Россильон. Пока она говорила, много слез пролито было добрыми людьми, много выражено просьб – изменить свое решение и остаться, но они ни к чему не привели. Поручив их помощи божией, в сопровождении своего двоюродного брата и своей служанки, в паломнической одежде, хорошо запасшись деньгами и драгоценностями, она пустилась в путь и, тогда как никто не знал, куда она направляется, не останавливалась, пока не прибыла во Флоренцию. Здесь, случайно пристав в небольшой гостинице, которую держала одна добрая женщина вдова, скромно стала жить под видом бедной женщины, полная желания услышать вести о своем супруге.

Случилось так, что на следующий день она увидела, как проехал мимо гостиницы Бельтрамо верхом со своим отрядом; и хотя она очень хорошо узнала его, тем не менее спросила у доброй хозяйки гостиницы, кто он такой. На это хозяйка ответила: «Это дворянин, иностранец, по имени граф Бельтрамо, приятный и любезный и очень любимый в городе, увлеченный, как только можно себе представить, одной нашей соседкой, женщиной благородной, но бедной. Правда, она честнейшая девушка, еще не вышла, по бедности, замуж, а живет с своей матерью, умной и доброй женщиной, и быть может, не будь ее матери, она бы уже сделала нечто в угоду этому графу». Услышав эти речи, графиня хорошо их усвоила и, разузнав подробно обо всех обстоятельствах и все хорошо обсудив, утвердила свое решение: узнав дом и имя той женщины и ее дочери, любимой графом, она однажды отправилась туда тайком в одежде паломницы; найдя мать и дочь, живших очень бедно, она поздоровалась с ними и сказала первой, что желала бы, коли ей будет угодно, поговорить с нею. Благородная дама, поднявшись, сказала, что готова ее выслушать; когда они одни вошли в комнату и уселись, графиня начала так: «Мадонна, мне сдается, что вы также враждебны фортуне, как и я, но если б вы захотели, вы могли бы доставить утешение и себе и мне». Женщина ответила, что ничего так не желает, как утешиться честным образом. Графиня продолжала: «Мне необходимо ваше честное слово, на которое, если я положусь, а вы меня обманете, вы испортите и свое и мое дело». – «Будьте спокойны, – сказала благородная дама, – скажите мне все, что вам угодно, потому что никогда не будете мною обмануты». Тогда графиня, начав с своего первого увлечения, рассказала ей, кто она и что с ней приключилось до этого дня, в таких выражениях, что благородная дама, поверив ее словам, тем более, что отчасти прослышала о том от других, ощутила к ней сострадание. А графиня, рассказав о своей судьбе, продолжала: «Итак, вы слышали, в числе других моих несчастий, какие две вещи мне следует получить, если я желаю овладеть моим мужем, и я не знаю другой особы, которая могла бы доставить их мне, как только вас, если правда то, о чем я слышала, то есть, что граф, муж мой, сильно влюблен в вашу дочь». На это благородная дама ответила: «Мадонна, любит ли граф мою дочь, того я не знаю, но он это открыто показывает; но что же могу я вследствие этого сделать для вашего желания?» – «Мадонна, – ответила графиня, – это я вам сообщу, но прежде хочу обменить вам, что я желаю, чтобы воспоследовало для вас, если вы окажете мне услугу. Я вижу, ваша дочь красива, на возрасте и на выданье, и насколько я слышала и, как мне кажется, понимаю, лишь отсутствие того, с чем выдать, побуждает вас держать ее дома. Я намерена в награду за услугу, которую вы мне окажете, тотчас же дать ей из моих денег то приданое, которое вы сами сочтете приличным, дабы почетным образом выдать ее замуж». Это предложение понравилось недостаточной женщине, тем не менее, будучи благородного духа, она сказала: «Мадонна, скажите мне, что я могу для вас сделать, и если это будет пристойно для меня, я охотно это исполню, а вы потом поступите, как вам заблагорассудится». Тогда графиня сказала: «Мне надо, чтобы вы, через какую-нибудь особу, которой вы доверяете, велели сказать графу, моему мужу, что ваша дочь готова исполнить всякое желание, если она уверится, что он так ее любит, как то показывает, чему она никогда не поверит, если он не пришлет ей кольцо, которое носит на руке и которым, она слышала, он так дорожит. Если он пришлет его, вы отдадите его мне, а затем пошлете ему сказать, что ваша дочь готова исполнить его желание, велите ему тайно прийти сюда; а меня незаметно положите к нему в постель на место вашей дочери. Может быть, бог даст, я забеременею, и таким образом впоследствии, с кольцом на пальце и рожденным от него ребенком на руках, я приобрету его и стану жить с ним, как подобает жене житье мужем, а вы будете тому причиной».

Трудным показалось это дело благородной даме, опасавшейся, как бы не воспоследовало от того стыда для дочери, но, подумав, что похвально будет помочь доброй женщине вернуть себе мужа и что она и пустилась на это из-за достойной цели, она, полагаясь на ее доброе, честное расположение, не только обещала графине устроить это, но через несколько дней, тайно и осторожно следуя данному ей указанию, получила перстень, хотя и тяжело это показалось графу, и искусно положила спать с ним графиню вместо дочери. С первых же сочетаний, которых граф искал страстно, по божию произволению, графиня забеременела двумя мальчиками, как то показали в свое время роды. И не один только раз доставила благородная женщина графине общение с мужем, но несколько раз устраивая это так тайно, что никогда об этом не узнали ни слова, а граф постоянно воображал себе, что он бывал не с женою, а с тою, которую любил. Он дарил ей по утрам, когда уходил, много прекрасных, драгоценных вещей, которые графиня тщательно берегла. Почувствовав себя беременной, она не пожелала более удручать благородную даму такими послугами и сказала ей: «Мадонна, благодаря богу и вам я получила, что желала, и потому настало мне время сделать нечто, в угоду вам, дабы потом мне можно было удалиться». Благородная дама сказала, что если ей приключилось желанное, это ей приятно, но что она все это сделала без надежды на вознаграждение, а потому, что ей казалось, что так сделать нужно, коли делать добро. На это графиня ответила: «Мадонна, я хвалю это, и я с своей стороны также желаю дать вам то, что вы попросите у меня, не в награду, а чтобы сделать доброе дело, ибо мне кажется, что так следует поступить». Тогда благородная дама, побуждаемая нуждою, сильно застыдясь, попросила у нее сто лир, чтобы выдать дочь замуж. Графиня, поняв ее стыдливость и услышав ее скромную просьбу, дала ей пятьсот и столько красивых и драгоценных вещей, что они, пожалуй, стоили столько же, чем благородная дама была более чем довольна и благодарила, как лучше сумела, графиню, которая, выехав от нее, вернулась в свою гостиницу. Благородная дама, желая отнять у Бельтрамо повод засылать и заходить к ней, отправилась вместе с дочерью в деревню к своим родным; а Бельтрамо немного времени спустя вернулся, по вызову своих, к себе, когда услышал, что графиня удалилась.

Осведомившись, что он уехал из Флоренции и вернулся в свое графство, графиня была очень довольна и, оставшись во Флоренции, пока не пришло время родов, произвела на свет двух сыновей, очень похожих на своего отца, которых и велела воспитывать с большим тщанием. Когда ей показалось, что настало время, она, пустившись в путь, не будучи никем узнанной, прибыла в Монпеллье, отдохнув здесь несколько дней, разузнав о графе, где он, и услышав, что в день всех святых он затевает устроить в Россильоне большой праздник для дам и рыцарей, она, все еще в одежде паломницы, в какой вышла, отправилась туда. Узнав, что дамы и рыцари собрались во дворце графа, чтобы идти к столу, она, не переменив одежды, с двумя сынками на руках поднялась в залу и, пробравшись среди людей туда, где видела графа, бросилась к его ногам и сказала, плача: «Господин мой, я твоя несчастная супруга, долгое время скитавшаяся, дабы дать тебе возможность вернуться и жить дома. Прошу тебя именем бога соблюсти условие, поставленное мне при посредстве двух дворян, которых я к тебе посылала: вот у меня на руках не один сын от тебя, а двое, а вот и твое кольцо. Итак, пора тебе принять меня как жену, согласно твоему обещанию». Услышав это, граф совсем растерялся, признал кольцо, а также и сыновей, так они были похожи на него, тем не менее сказал: «Как могло это случиться?» Графиня, к большому изумлению графа и всех других, которые там были, рассказала по порядку все, что было и как. Вследствие этого граф, убедившись, что она говорит правду, видя ее постоянство и ум, а также двух хорошеньких сынков, а вместе с тем, дабы исполнить свое обещание и удовлетворить своих людей, мужчин и женщин, просивших его принять ее, наконец, и почтить, как свою законную жену, отложив свою упрямую жестокость, велел графине встать и, обняв ее и поцеловав, признал ее своею законной женою, а сыновей за своих. Велев одеть ее в приличное для нее платье, к величайшему удовольствию всех, кто там был, и всех других своих вассалов, которые о том услышали, он отпраздновал не только в этот день, но и в течение нескольких других, большой праздник; и с этого дня и впредь почитал ее как свою супругу и жену, всегда любил ее и очень уважал.

# Новелла десятая

**Алибек становится пустынницей; монах Рустико научает ее, как загонять дьявола в ад; вернувшись оттуда, она становится женой Неербала.**

Дионео, внимательно слушавший новеллу королевы, увидев, что она кончена и ему одному осталось рассказывать, не ожидая приказания, начал, улыбаясь, так: – Прелестные дамы, вы, вероятно, никогда не слышали, как загоняют черта в ад; поэтому не слишком удаляясь от задачи, о которой вы рассуждали весь этот день, я и хочу рассказать о том; может быть, вы тем еще и душу спасете и познаете, что хотя Амур охотнее обитает в веселых дворцах и роскошных покоях, тем не менее не оставляет проявлять порой свои силы и среди густых лесов, суровых гор и пустынных пещер, из чего можно усмотреть, что все подвержено его власти.

Итак, переходя к делу, скажу, что в городе Капсе в Барберии был когда-то богатейший человек, у которого в числе нескольких других детей была дочка, красивая и миловидная, по имени Алибек. Она, не будучи христианкой и слыша, как многие бывшие в городе христиане очень хвалят христианскую веру и служение богу, спросила однажды одного из них, каким образом с меньшей помехой можно служить богу. Тот отвечал, что те лучше служат богу, кто бежит от мирских дел, как то делают те, кто удалился в пустыни Фиваиды. Девушка, будучи простушкой, лет, быть может, четырнадцати, не по разумному побуждению, а по какой-то детской прихоти, не сказав никому ничего, на следующее утро совсем одна тихонько пустилась в путь, направляясь к пустыне Фиваиды, и с большим трудом, пока не прошла еще охота, добралась через несколько дней до тех пустынь. Увидев издали хижинку, направилась к ней и нашла на пороге святого мужа, который, удивившись, что зрит ее здесь, спросил ее, чего она ищет. Та отвечала, что, вдохновенная богом, идет искать, как послужить ему, и кого-нибудь, кто бы наставил ее, как подобает ему служить. Почтенный муж, видя, что она молода и очень красива, боясь, чтобы дьявол не соблазнил его, если он оставит ее у себя, похвалил ее доброе намерение и, дав ей немного поесть корней от злаков, диких яблонь, фиников и напоив водою, сказал ей: «Дочь моя, недалеко отсюда живет святой муж, лучший, чем я, наставник в том, что ты желаешь обрести; к нему отправься». И он вывел ее на дорогу. Дойдя до него и получив от него ту же отповедь, она пошла далее и добралась до кельи одного молодого отшельника, человека очень набожного и доброго, по имени Рустико, и к нему обратилась с тем же вопросом, какой предлагала и другим. Он, для того чтобы подвергнуть большому испытанию свою стойкость, не отослал ее, как другие, а оставил с собою в своей келье и, когда настала ночь, устроил ей постель из пальмовых ветвей и сказал, чтобы она на ней отдохнула. Когда он это сделал, искушение не замедлило обрушиться на его крепость; познав, что сильно в ней обманулся, он без особых нападений показал тыл, сдался побежденным и, оставив в стороне святые помыслы, молитвы и бичевания, начал вызывать в памяти молодость и красоту девушки, а кроме того, размышлять, какого способа и средства ему с нею держаться для того, чтобы она не догадалась, что он, как человек распущенный, стремится к тому, чего от нее желает. Испытав ее наперед некоторыми вопросами, он убедился, что она никогда не знала мужчины и так проста, как казалось; потому он решил, каким образом, под видом служения богу, он может склонить ее к своим желаниям. Сначала он в пространной речи показал ей, насколько дьявол враждебен господу богу, затем дал ей понять, что нет более приятного богу служения, как загнать дьявола в ад, на который господь бог осудил его. Девушка спросила его, как это делается. Рустико отвечал ей: «Ты вскоре это узнаешь и потому делай то, что, увидишь, стану делать я». И он начал скидывать немногие одежды, какие на нем были, и остался совсем нагим; так сделала и девушка; он стал на колени, как будто хотел молиться, а ей велел стать насупротив себя. Когда он стоял таким образом и при виде ее красот его вожделение разгорелось пуще прежнего, совершилось восстание плоти, увидев которую Алибек, изумленная, сказала: «Рустико, что это за вещь, которую я у тебя вижу, что выдается наружу, а у меня ее нет». – «Дочь моя, – говорит Рустико, – это и есть дьявол, о котором я говорил тебе, видишь ли, теперь именно он причиняет мне такое мучение, что я едва могу вынести». Тогда девушка сказала: «Хвала тебе, ибо я вижу, что мне лучше, чем тебе, потому что втого дьявола у меня нет». Сказал Рустико: «Ты правду говоришь, но у тебя другая вещь, которой у меня нет, в замену этой». – «Что ты это говоришь?» – спросила Алибек. На это Рустико сказал: «У тебя ад; и скажу тебе, я думаю, что ты послана сюда для спасения моей души, ибо если этот дьявол будет досаждать мне, а ты захочешь настолько сжалиться надо мной, что допустишь, чтобы я снова загнал его в ад, ты доставишь мне величайшее утешение, а небу великое удовольствие и услугу, коли ты пришла в эти области с тою целью, о которой говорила». Девушка простодушно отвечала: «Отец мой, коли ад у меня, то пусть это будет, когда вам угодно». Тогда Рустико сказал: «Дочь моя, да будешь ты благословенна; пойдем же и загоним его туда так, чтобы потом он оставил меня в покое». Так сказав и поведя девушку на одну из их постелей, он показал ей, как ей следует быть, чтобы можно было заточить этого проклятого.

Девушка, никогда до того не загонявшая никакого дьявола в ад, в первый раз ощутила некое неудобство, почему и сказала Рустико: «Правда, отец мой, нехорошая вещь, должно быть, этот дьявол – настоящий враг божий, потому что и аду, не то что другому, больно, когда его туда загоняют». Сказал Рустико: «Дочь моя, так не всегда будет». И дабы этого не случалось, они, прежде чем сойти с постели, загнали его туда раз шесть, так что на этот раз так выбили ему гордыню из головы, что он охотно остался спокойным. Когда же впоследствии она часто возвращалась к нему, – а девушка всегда оказывалась готовой сбить ее, – вышло так, что эта игра стала ей нравиться и она начала говорить Рустико: «Вижу я хорошо, правду сказывали те почтенные люди в Капсе, что подвижничество такая сладостная вещь; и в самом деле, я не помню, чтобы я делала что-либо иное, что было бы мне таким удовольствием и утехой, как загонять дьявола в ад; потому я считаю скотом всякого, кто занимается чем иным». Потому она часто ходила к Рустико и говорила ему: «Отец мой, я пришла сюда, чтобы подвизаться, а не тунеядствовать; пойдем загонять дьявола в ад». И совершая это, она иногда говорила: «Рустико, я не понимаю, почему дьявол бежит из ада, потому что если бы он был там так охотно, как принимает и держит его ад, он никогда бы не вышел оттуда».

Когда таким образом девушка часто приглашала Рустико, поощряя его к подвижничеству, она так ощипала его, что порой его пробирал холод, когда другой бы вспотел; потому он стал говорить девушке, что дьявола следует наказывать и загонять в ад лишь тогда, когда он от гордыни поднимает голову; а мы так его уличили, что он молит оставить его в покое. Таким образом он заставил девушку несколько умолкнуть. Увидев, что Рустико не обращается к ней, чтобы загнать дьявола в ад, она однажды сказала ему: «Рустико, твой дьявол наказан и более тебе не надоедает, но мой ад не даст мне покоя, потому ты хорошо сделаешь, если при помощи твоего дьявола утишишь бешенство моего ада, как я моим адом помогла сбить гордыню с твоего дьявола». Рустико, питавшийся корнями злаков и водою, плохо мог отвечать ставкам и сказал, что слишком много понадобилось бы чертей, чтобы можно было утишить ад, но что он сделает, что в его силах; так он иной раз удовлетворял ее, но это было так редко, что было не чем иным, как метаньем боба в львиную пасть, вследствие чего девушка, которой казалось, что она не настолько служит, насколько бы желала, начала роптать.

В то время, как между дьяволом Рустико и адом Алибек, от чрезмерного желания и недостаточной силы, шла эта распря, случилось, что произошел в Капсе пожар, от которого сгорел в собственном доме отец Алибек со всеми детьми и семьей, какая у него была, так что Алибек осталась наследницей всего его имущества. Поэтому один юноша, по имени Неербал, расточивший на широкое житье все свое состояние, услышав, что она жива, отправился ее искать и, найдя ее, прежде чем суд завладел имуществом, бывшим ее отца, как человека, умершего без наследника, к великому удовольствию Рустико и против ее желания привезя ее обратно в Капсу, взял ее себе в жены и с нею унаследовал большое состояние. Когда женщины спрашивали ее, прежде чем ей сочетаться с Неербалом, чем она служила богу в пустыне, она ответила, что служила тем, что загоняла дьявола в ад и что Неербал совершил великий грех, отдалив ее от такого служения. Женщины спросили: как это она загоняла дьявола в ад? Девушка то словами, то действием показала им это. Те начали над этим так сильно смеяться, что и теперь еще смеются, и сказали: «Не печалься, дочка, не печалься, потому что и здесь это прекрасно делают; Неербал отлично послужит этим богу вместе с тобой». Когда одна рассказала о том другой по городу, свели это к народной поговорке, что самая приятная богу услуга, какую можно совершить, это – загонять дьявола в ад; и эта поговорка, перешедшая сюда из-за моря, и теперь еще держится. Потому вы, юные дамы, нуждающиеся в утешении, научитесь загонять дьявола в ад, ибо это и богу очень угодно, и приятно для обеих сторон, и много добра может от того произойти и последовать.

Новелла Дионео тысячу раз и более возбудила смех почтенных дам, такими и столь потешными показались им его речи. Когда он пришел к заключению новеллы, королева, зная, что настал конец ее правления, сняла с головы лавровый венок, очень игриво возложила его на голову Филострато и сказала: «Вскоре мы увидим, сумеет ли волк лучше вести овец, чем овцы вели волков». Услышав это, Филострато сказал, смеясь: «Если б послушались меня, волки научили бы овец загонять дьявола в ад не хуже, чем Рустико то сделал с Алибек; потому не называйте нас волками, ибо и вы не овцы; тем не менее я, насколько мне будет возможно, стану править вверенным мне царством». На это Неифила ответила: «Послушай, Филострато, тебе, желающему поучать нас, следовало бы научиться разуму, как научился у монахинь Мазетто из Лампореккио, и снова приобресть дар речи лишь тогда, когда кости заходили-запели бы у тебя без учителя». Познав, что встречных серпов не менее, чем у него стрел, он, бросив шутки, стал заниматься отправлением порученной ему власти. Велев позвать сенешаля, он пожелал узнать, в каком положении дела, а кроме того разумно распорядился, на время, пока будет длиться его правление, всем, что, по его мнению, было прилично и в угоду обществу; затем, обратившись к дамам, сказал: «Исполненные любви дамы, на мое несчастие, с тех пор как я стал различать добро от зла, я всегда был красотою какой-нибудь из вас подвержен Амуру, и ни смирение, ни послушание и старание следовать всему, что казалось мне отвечающим его обычаям, не послужило мне к тому, чтобы вначале меня не отвергли ради другого, а впоследствии мне не жилось чем далее, тем хуже; и так, думаю я, будет до самой смерти. Потому я желаю, чтобы завтра рассуждали ни о чем другом, как о том, что отвечает наиболее моим обстоятельствам, то есть о тех, чья любовь имела несчастный исход, ибо и я, если так пойдет долго, ожидаю, что она будет несчастнейшею; да и не по чему-либо другому имя, которым вы меня называете, положено было мне человеком, понимавшим, что он имел в виду». Так сказав и поднявшись, он до поры ужина отпустил всех. Сад был такой красивый и прелестный, что никто не решался покинуть его, чтобы поискать большего удовольствия в ином месте. Напротив, так как солнце, уже не палящее, не мешало преследовать ланей, кроликов и других зверей, какие там были, и, сотни раз прыгая через сидевших, им надоедали, они принялись гоняться за ними. Дионео и Фьямметта стали петь о мессере Гвильельмо и о даме дель Верджью; Филомена и Памфило играли в шахматы; так, пока кто делал одно, кто другое, время летело, подошла и пора ужина, когда ее и не ожидали; потому, расставив столы у прекрасного фонтана, они поужинали вечером в величайшем веселии. Чтобы не изменять тому, чего держались бывшие до него королевы, Филострато, как только убрали со столов, велел Лауретте завести танец и пропеть песенку. Она сказала: «Господин мой, чужих песен я не знаю, а из моих у меня нет на памяти такой, которая подходила бы к столь веселому обществу; если желаете из тех, что у меня есть, я спою охотно». На это король сказал: «Все твое не может не быть прекрасным и приятным, потому какая есть, такую и спой». Тогда Лауретта очень нежным голосом, но на несколько печальный лад, начала петь, между тем как другие подпевали:

*Ни у одной, страдающей всечасно,*
*Нет поводов таких скорбеть, как у меня,*
*Влюбленной и, увы, вздыхающей напрасно!*
*Кто небом двигает и всякою звездой,*
*Тот сотворил меня себе на утешенье –*
*Прекрасной, милою, грациозною, живой,*
*Чтоб высшим всем умам дать на земле знаменье*
*Во мне той красоты, что вечно пред собой*
*Зрит господа лицо в его святом селенье.*
*Но человек, в плачевном ослепленье,*
*Меня не оценил – и в нем*
*Презренье даже я к себе читаю ясно.*
*Был некто, девочкой молоденькой меня*
*Любивший горячо. Он мысли и объятья*
*Мне нежно раскрывал: от глаз моих огня*
*Весь загорался он, не знал милей занятья,*
*Как любоваться мной. И все минуты дня*
*Легко бегущие дарил мне без изъятья.*
*И удостоила его к себе поднять я.*
*Моей любовью – но, увы,*
*Его уж нет со мной, и мучусь я ужасно!*
*Потом представился мне юноша другой;*
*Полн самомнения и гордости надменной,*
*Он прославлял себя, как человек с душой*
*Высокой, доблестной, – а нынче держит пленной*
*Меня, несчастную, ревнивец этот злой,*
*Неправо думая, что окружен изменой… И, ах, страдаю я в тоске неизреченной,*
*С сознаньем твердым, что родясь*
*На благо многих в мир – лишь одному подвластна.*
*Я жалкий жребий свой кляня с тех пор, когда*
*Решил он, чтоб другим нарядом заменила*

*Я платье девичье и отвечала да!*
*В наряде скромненьком так весело мне было,*
*Так шел он мне к лицу. А в этом я – года*
*Влачу мучительно, и даже затемнила*
*Безвинно честь мою. О, лучше бы могила,*
*Чем ты, о грустный брачный пир,*
*Окончившийся так сурово и несчастно!*
*О милый, в первый раз блаженство давший мне,*
*Какое не было испытано другою,*
*Ты, ныне перед тем стоящий в вышине,*
*Кем мы сотворены, – о, сжалься надо мною,*
*Друг незабвенный мой, – соделай, чтоб в огне,*
*Что жег меня в те дни, как я была с тобою,*
*Опять горела я, – и в небесах мольбою*
*Мне испроси скорей возврат. К себе,*
*В тот край, где все так чисто и прекрасно!*

Тут Лауретта закончила свою песню, которая, обратив общее внимание, была понята каждым различно; были такие, которые поняли ее по-милански, то есть, что хорошая свинья лучше красивой девушки; у других понимание было возвышеннее и лучше и вернее, о чем не приходится теперь говорить. После этой песни король, распорядившись зажечь множество свечей, велел спеть еще много других песен на лугу, среди цветов, пока не стали заходить все восходившие в начале звезды. Вследствие этого он рассудил, что пора спать, и, пожелав доброй ночи, приказал всем разойтись по своим покоям.

# День четвертый

Кончен третий день Декамерона и начинается четвертый, в котором, под председательством Филострато, рассуждают о тех, чья любовь имела несчастный исход.

Дражайшие дамы, как по слышанным мною изречениям мудрых людей, так и по тому, что я часто видел и о чем читал, я полагал, что бурный и пожирающий вихрь зависти должен поражать лишь высокие башни и более выдающиеся вершины деревьев, но я вижу себя обманутым в моем мнении, ибо, избегая и всегда стремясь избегать дикий напор этого бешеного духа, я постоянно старался идти не то что полями, но и глубокими долинами. Это должно представиться ясным всякому, кто обратит внимание на настоящие новеллы, написанные мною не только народным флорентийским языком, в прозе и без заглавия, но и, насколько возможно, скромным и простым стилем. Несмотря на все это, тот ветер не переставал жестоко потрясать меня, почти вырывать с корнем, а зависть терзать меня своими уколами. Потому я очень ясно понимаю, что говорят мудрецы: что из всего ныне существующего одна лишь посредственность не знает зависти. Нашлись же, разумные мои дамы, люди, которые, читая эти новеллы, говорили, что вы мне слишком нравитесь и неприлично мне находить столько удовольствия в том, чтобы угождать вам и утешать вас; а другие сказали еще худшее за то, что я так вас восхваляю. Иные, показывая, что они хотят говорить более обдуманно, выразились, что в мои лета уже неприлично увлекаться такими вещами, то есть беседовать о женщинах или стараться угодить им. Многие, обнаруживая большую заботливость о моей славе, говорят, что я поступил бы умнее, если б оставался с музами на Парнасе, а не присосеживался к вам с этой болтовнею. Есть еще и такие, которые, выражаясь более презрительно, чем разумно, сказали, что я поступил бы рассудительно, если б подумал о том, откуда мне достать на хлеб, чем, увлекаясь такими глупостями, питаться ветром. А некоторые иные тщатся, в ущерб моему труду, доказать, что рассказанное мною было не так, как я сообщаю его вам. Такие-то жестокие бури, такие-то жестокие, острые зубы, обуревают, утруждают и, наконец, задевают меня за живое, пока я подвизаюсь в услужении вашем, доблестные дамы. Все это я выслушиваю и принимаю, про то ведает бог, с веселым духом, и хотя вам достоит в этом защищать меня, и тем не менее не хочу щадить своих сил, напротив того, не отвечая, как бы то следовало, я желаю небольшим ответом устранить все это от моего слуха, и делаю это без промедления. Ибо, если теперь уже, когда я еще не дошел до трети моего труда, тех людей много и они много берут на себя, я предполагаю, что прежде, чем я доберусь до конца, они могут настолько умножиться, что, не получив наперед никакого отпора, с небольшим трудом низвергнут меня, и как бы ни были велики ваши силы, они не в состоянии будут противостать тому. Но прежде, чем мне ответить кое-кому, я хочу рассказать в мою защиту не целую новеллу, дабы не показалось, что я желаю примешать мои новеллы к рассказам столь почтенного общества, какое я вам представил, а отрывок новеллы, дабы ее недостаток сам по себе доказал, что она не из тех, и, обратясь к моим противникам, скажу:

– В нашем городе, давно-таки тому назад жил гражданин, по имени Филиппе Бальдуччи, очень невысокого происхождения, но богатый, хорошо воспитанный и опытный в делах, какие требовались в его положении; у него была жена, которую он очень любил, как и она его; ведя покойную жизнь, они ни о чем так не заботились, как угодить всецело друг другу. Случилось, как случается со всеми, что добрая женщина покинула этот свет и не оставила Филиппе ничего, кроме одного рожденного от него сына, которому было, быть может, год-два. По смерти своей жены Филиппе остался столь неутешным, как остался бы всякий. Другой, потеряв, что любил Очутившись одиноким, лишенный общества, которое было ему всего милее, он не захотел пребывать более в мире, а решился отдаться служению богу, и так же поступить и с своим сыном Вследствие этого, раздав все свое имущество во имя божие, он тотчас же ушел на гору Азинайо, поместился здесь в одной келейке с своим сыном и, живя с ним от милостыни и в молитвах, особенно остерегался говорить в его присутствии о каком бы то ни было мирском деле, ни показывать ему что-либо подобное, дабы это не отвлекало его от такого служения; напротив, он всегда беседовал с ним о славе вечной жизни, о боге и святых, ничему иному не обучая его, как только молитвам; в такой жизни он продержал его много лет, никогда не выпуская его из кельи и никого не давая ему видеть, кроме себя.

У того достойного человека было обыкновение приезжать иногда во Флоренцию, откуда, получив, согласно с своими нуждами, необходимую для них помощь друзей божиих, он возвращался в свою келью. Случилось, что, когда юноше было уже восемнадцать лет и Филиппе состарился, тот спросил его однажды, куда он отправляется. Филиппе сказал ему. На это парень заметил: «Батюшка, вы уже стары и плохо выносите усталость, почему не поведете вы меня когда-нибудь во Флоренцию и не познакомите с преданными друзьями бога и вашими для того, чтобы я, как человек юный и могущий лучше, чем вы, работать, мог впоследствии ходить по нашим надобностям во Флоренцию когда вам угодно, а вы будете оставаться дома?» Почтенный человек, рассчитав, что сын его уже взрослый и так привычен к служению богу, что мирские дела едва ли могут привлечь его, сказал сам себе: «Ведь он ладно говорит!» Вследствие этого, когда ему пришлось идти туда, он повел его с собою. Здесь, когда юноша увидел дворцы, дома, церкви и все другое, чем полон город и чего он, насколько хватало памяти, никогда не видел, он стал сильно дивиться и о многом спрашивать отца, что это такое и как зовется. Отец сказывал ему о том: он, выслушав, был доволен и спрашивал о другом. Пока таким образом сын спрашивал, а отец отвечал, случилось им встретить толпу красивых и разодетых женщин, возвращавшихся со свадьбы; как увидел их парень, так и спросил отца: «Что это такое?» На это отец сказал: «Сын мой, опусти долу глаза, не гляди на них, ибо это вещь худая». Тогда сын спросил «А как их звать?» Отец, дабы не возбудить в чувственных вожделениях юноши какой-нибудь плотской склонности и желания, не захотел назвать их настоящим именем, то есть женщинами, а сказал: «Их звать гусынями». И вот что дивно послушать: сын, никогда дотоле не видевший ни одной женщины, не заботясь ни о дворцах, ни о быке или лошади и осле, либо о деньгах и другом, что видел, тотчас сказал: «Отец мой, прошу вас, устройте так, чтобы нам получить одну из этих гусынь». – «Ахти, сын мой, – говорит отец, – замолчи: это вещи худые». – «Разве худые вещи таковы с виду?» – спросил юноша. «Да», – ответил отец. Тогда он сказал: «Не знаю, что вы такое говорите и почему эти вещи худые; что до меня, мне кажется, я ничего еще не видел столь красивого и приятного, как они. Они красивее, чем намалеванные ангелы, которых вы мне несколько раз показывали. Пожалуйста, коли вы любите меня, дайте поведем с собой туда наверх одну из этих гусынь, я стану ее кормить». Отец сказал: «Я этого не желаю, ты не знаешь, чем их и кормить», – и он тут же почувствовал, что природа сильнее его разума, и раскаялся, что повел его во Флоренцию.

Но довольно до сих пор рассказанного из этой новеллы, и мне желательно обратиться к тем, для кого я ее рассказал. Итак, некоторые из моих хулителей говорят, что я дурно делаю, о юные дамы, слишком стараясь понравиться вам, и что вы слишком нравитесь мне. В этом я открыто сознаюсь, то есть, что вы мне нравитесь, а я стараюсь понравиться вам; я и спрашиваю их, соображая, что они не только познали любовные поцелуи и утеху объятий, и наслаждение брачных соединений, которые вы нередко им доставляете, прелестные дамы, но и хотя бы и то одно, что они видели и постоянно видят изящные нравы и привлекательную красоту и прелестную миловидность и сверх всего вашу женственную скромность, спрашиваю, чему тут удивляться, когда человек, вскормленный, воспитанный, выросший на дикой и уединенной горе, в стенах небольшой кельи, без всякого другого общества, кроме отца, лишь только вы показались ему, одних вас вожделел, одних пожелал, к одним возымел склонность? Станут ли они упрекать меня, глумиться надо мною, поносить меня за то, что я, тело которого небо устроило всецело расположенным любить вас, чья душа с юности направлена к вам, познав силу ваших взоров, нежность медоточивых речей и горячее пламя сострадательных вздохов, – увлекаюсь вами или стараюсь вам нравиться, особенно, если сообразить, что вы одни паче всего другого понравились молодому отшельнику, юноше безо всякого понятия, скорее – дикому зверю? Поистине лишь тот, кто не любит вас и не желает быть вами любимым, лишь человек не чувствующий и не знающий удовольствия и силы природной склонности – так порицает меня, и мне до него мало дела.

Те, что издеваются над моими годами, показывают, что не знают, почему у порея головка бывает уже белая, когда стебель остается еще зеленым. Таким людям я, оставив в стороне шутки, отвечу, что я никогда не вменю себе в стыд до конца жизни стараться угодить тем, угождать которым считали за честь и удовольствие Гвидо Кавальканти и Данте Алигьери, уже старые, и мессер Чино из Пистойи, уже дряхлый. И если бы не та причина, что пришлось бы оставить принятый мною способ изложения, я привел бы исторические свидетельства и показал бы, что они полны древних и доблестных мужей, ревностно тщившихся уже в зрелых годах угождать женщинам; коли они того не знают, пусть пойдут и поучатся.

Что мне следовало бы пребывать с музами на Парнасе – это, я утверждаю, совет хороший, но ни мы не можем постоянно быть с музами, ни они с нами, и если случится кому с ними расстаться, то находить удовольствие в том, что на них похоже, не заслуживает порицания. Музы – женщины, и хотя женщины и не стоят того, чего стоят музы, тем не менее на первый взгляд они похожи на них, так что, если в чем другом они не нравились бы мне, должны были бы понравиться этим. Не говоря уже о том, что женщины были мне поводом сочинить тысячу стихов, тогда как музы никогда не дали мне повода и для одного. Правда, они хорошо помогали мне, показав, как сочинить эту тысячу, и, может быть, и для написания этих рассказов, хотя и скромнейших, они несколько раз являлись, чтобы побыть со мною, может быть, в угоду и честь того сходства, какое с ними имеют женщины, почему, сочиняя эти рассказы, я не удаляюсь ни от Парнаса, ни от муз, как, может быть, думают многие.

Но что сказать о тех, столь соболезнующих о моей славе, которые советуют мне озаботиться снисканием хлеба? Право, не знаю; полагаю только, сообразив, какой был бы их ответ, если бы по нужде я попросил у них хлеба, что они сказали бы: «Пойдя поищи, не найдешь ли его в баснях!» А между тем поэты находили его в своих баснях более, чем иные богачи в своих сокровищах. Многие из них, занимаясь своими баснями, прославили свой век, тогда как, наоборот, многие, искавшие хлеба более, чем им было надобно, горестно погибли. Но к чему говорить более? Пусть эти люди прогонят меня, когда я попрошу у них хлеба: только, слава богу, пока у меня нет в том нужды, а если бы нужда и наступила, я умею, по учению апостола, выносить и изобилие и нужду; потому никто да не печется обо мне более меня самого

Те же, которые говорят, что все рассказанное не так было, доставили бы мне большое удовольствие, представив подлинные рассказы, и если б они разногласили с тем, что я пишу, я признал бы их упрек справедливым и постарался бы исправиться; но пока ничто не предъявляется, кроме слов, я оставляю их при их мнении и буду следовать своему, говоря о них, что они говорят обо мне.

Полагая, что на этот раз я ответил довольно, я заявляю, что, вооружившись помощью бога и вашей, милейшие дамы, на которых я возлагаю надежды, и еще хорошим терпением, я пойду с ним вперед, обратив тыл к ветру, и пусть себе дует; ибо я не вижу, что другое может со мной произойти, как не то, что бывает с мелкой пылью при сильном ветре, который либо не поднимает ее с земли, либо, подняв, несет в высоту, часто над головами людей, над венцами королей и императоров, а иногда и оставляет на высоких дворцах и возвышенных башнях; если она упадет с них, то ниже того места, с которого была поднята, упасть не может. И если когда-либо я был расположен изо всех моих сил угодить вам в чем-нибудь, теперь я расположен к тому более, чем когда-либо, ибо знаю, что никто не может иметь основания сказать иное, как только то, что как другие, так и я, любящий вас, поступаем согласно с природой. А чтобы противиться ее законам, на это надо слишком много сил, и часто они действуют не только напрасно, но и к величайшему вреду силящегося. Таких сил, сознаюсь, у меня нет, и я не желаю обладать ими для этой цели; да если б они и были у меня, я скорее ссудил бы ими других, чем употребил бы для себя. Потому, да умолкнут хулители, и если не в состоянии воспылать, пусть живут, замерзнув и оставаясь при своих удовольствиях или, скорее, испорченных вожделениях, пусть оставят меня, в течение этой коротко отмеренной нам жизни, при моем. Но пора вернуться, ибо мы поблуждали довольно, прекрасные дамы, вернуться к тому, от чего мы отправились, и продолжать заведенный порядок.

Уж солнце согнало с неба все звезды, а с влажной земли ночную тень, когда Филострато, поднявшись, велел подняться и всему обществу. Отправившись в прекрасный сад, они принялись здесь гулять, а с наступлением обеденной поры пообедали там же, где ужинали прошлым вечером. Отдохнув, пока солнце стояло всего выше, и встав, они обычным порядком уселись у прелестного фонтана, и Филострато приказал Фьямметте начать рассказы. Не дожидаясь дальнейшего, она игриво начала так.

## Новелла первая

**Танкред, принц Салернский, убивает любовника дочери и посылает ей в золотом кубке его сердце; полив ее отравленной водою, она выпивает ее и умирает.**

Грустную задачу дал нам сегодня для рассказов наш король, когда подумаешь, что нам, собравшимся повеселиться, предстоит повествовать о чужих слезах, о которых нельзя рассказать так, чтобы и сказывающие и слушающие не возымели к ним сострадания. Может быть, он сделал это с целью умерить несколько веселье, испытанное в прошлые дни; что бы ни побудило его, но так как мне не пристало изменять его решение, я расскажу вам об одном жалостном приключении, несчастном и достойном ваших слез.

Танкред, принц Салернский, был очень человечный и милостивый властитель (если бы только на старости своих лет не обагрил рук в крови влюбленных), и у него во всю его жизнь была одна лишь дочь, но он был бы счастливее, если б не имел ее вовсе. Он так нежно любил ее, как когда-либо дочь бывала любима отцом, и вследствие этой нежной любви, хотя она на много лет перешла брачный возраст, он, не будучи в состоянии расстаться с нею, не выдавал ее замуж; когда, наконец, он выдал ее за сына Капуанского герцога, она, пожив с ним недолго и оставшись вдовою, вернулась к отцу. Она была так красива телом и лицом, как когда-либо бывала женщина, молодая, мужественная и умная, может быть, более, чем женщине пристало. Живя при любящем отце в большой роскоши, как высокородная дама, и видя, что отец, по любви к ней, мало заботится выдать ее замуж, а ей казалось неприличным попросить его о том, она задумала тайно завести себе, коли возможно, достойного любовника. Глядя на многих мужчин, благородных и других, являвшихся к двору ее отца, как то мы часто видим при дворах, она обращала внимание на обхождение и нравы многих, и в числе прочих понравился ей один молодой слуга отца, по имени Гвискардо, человек очень низкого происхождения, но по своим качествам и нравам благороднее всякого другого; к нему, видя его часто, она тайно и страстно воспылала, все более и более находя удовольствие в его обществе. Юноша, также неглупый, заприметил в ней это и так отдался ей всем сердцем, что отвратил свои мысли почти от всего другого, кроме любви к ней.

Когда, таким образом, они тайно любили друг друга и молодая женщина ничего так не желала, как сблизиться с ним, и не хотела доверяться в этой любви кому бы то ни было, она поднялась на особую хитрость, чтобы дать ему знать о способе к тому. Она написала письмо и в нем объяснила, что ему надлежит сделать на следующий день, дабы сойтись с нею; вложив письмо в колено тростинки, она дала ее Гвискардо и сказала шутливо: «Сегодня вечером ты устроишь из этого трубочку для твоей служанки, чтобы ей раздуть огонь». Гвискардо взял тростинку и, поняв, что она дала ему ее и так сказала не без причины, вернулся с нею домой; осмотрев тростинку, раскрыл ее по найденной трещине, нашел внутри ее письмо, прочел его и, хорошо уяснив себе, что ему надлежало делать, обрадовался, как никто другой, и стал готовиться, чтобы пойти к своей даме указанным ею способом.

Рядом с дворцом принца находилась вырытая в горе пещера, устроенная давно тому назад, и в эту пещеру проникало немного света через отверстие, искусственно сделанное в горе, и так как пещера была заброшена, почти закрыта поросшим вокруг тернием и травою, в эту пещеру можно было проникнуть по потаенной лестнице из одной комнаты нижнего этажа дворца, занятой дамою, хотя вход туда был заперт крепкой дверью. Эта лестница настолько вышла у всех из памяти, с давнишних времен не будучи в употреблении, что не было почти никого, кто бы помнил, где она; но Амур, для взоров которого нет ничего столь потаенного, что бы до них не доходило, обновил ее в памяти влюбленной женщины. Дабы никто о том не догадался, она многие дни работала орудиями, какие у ней были, прежде чем ей удалось отворить дверь, открыв ее и одна спустившись в пещеру, она увидела отверстие и послала сказать Гвискардо, чтобы он постарался проникнуть через него; она обозначила ему и расстояние, какое могло отделять его от земли. Чтобы устроить это, Гвискардо тотчас приготовил себе веревку с разными узлами и петлями, дабы можно было по ней спускаться и взбираться, и, одевшись в кожаное платье, которое защитило бы его от терний, не говоря никому ни слова, на следующую ночь отправился к отверстию; привязав один конец веревки к крепкому стволу, выросшему у входа, он спустился по ней в пещеру и стал поджидать даму. Она же на другой день, притворившись, что желает спать, услав своих девушек и одна запершись в своей комнате, отворив дверь, спустилась в пещеру, где нашла Гвискардо, и оба невыразимо обрадовались друг другу; вернувшись вместе в ее комнату, они с величайшим удовольствием провели здесь большую часть дня; распорядившись осмотрительно, как соблюсти свою любовь в тайне, Гвискардо вернулся в пещеру, она, заперев дверь, вышла к своим девушкам, а Гвискардо впоследствии, с наступлением ночи, взобравшись по веревке, вышел отдушиной, через которую вошел, и вернулся домой. Узнав этот путь, он несколько раз в течение времени возвращался туда, но судьба, завидуя такому продолжительному и столь великому наслаждению, грустным происшествием обратила веселье обоих любовников в печальный плач.

У Танкреда было обыкновение приходить одному в комнату дочери и затем, побывав у ней и поговорив немного, удаляться. Однажды, когда он явился туда после обеда, дама, по имени Гисмонда, была в своем саду с своими девушками; войдя в комнату, когда его никто не видел и не слышал, и не желая отвлечь ее от ее удовольствия, он, найдя окна комнаты запертыми и полог постели опущенным, сел около нее в углу на скамейку и, прислонив голову к постели и надернув на себя полог, точно с умыслом там спрятался, заснул. Когда он таким образом спал, Гисмонда, на беду велевшая в тот день прийти Гвискардо, оставив своих девушек в саду, тихо вошла в комнату и, заперев ее и не заметив, был ли там кто-нибудь, открыла дверь ожидавшему ее Гвискардо. В то время как они, отправившись, по обыкновению, на кровать, шалили и забавлялись друг с другом, случилось, что Танкред проснулся и услышал и увидел, что творили Гвискардо и его дочь; безмерно опечаленный этим, он сначала хотел накричать на них, но затем решился смолчать и остаться по возможности скрытым, дабы осторожнее и к меньшему своему стыду сделать то, что уже решил в душе. Оба любовника, пробыв, по обыкновению, долго вместе, не замечая Танкреда, поднялись с постели, когда им показалось, что пора, Гвискардо вернулся в пещеру, а она вышла из комнаты. Танкред, хотя и старик, спустился из нее через окно в сад и, не увиденный никем, смертельно огорченный, вернулся в свой покой. По данному им приказанию два человека схватили на следующую же ночь, о первом сне, при выходе из отдушины Гвискардо, неповоротливого в своей кожаной одежде, и повели к Танкреду. Когда он увидел его, сказал едва не плача: «Гвискардо, моя доброта к тебе не заслуживала оскорбления и стыда, которые ты учинил моему роду, как я видел сегодня моими глазами». На это Гвискардо ничего иного не сказал, как только следующее: «Любовь сильнее вас и меня». Затем Танкред приказал тайком сторожить его в одной комнате поблизости, что и было сделано.

Когда настал следующий день, а Гисмонда ничего еще об этом не знала, Танкред, передумав о многих и различных мерах, пошел по обычаю после обеда в комнату дочери, куда велел позвать ее, и, запершись с нею, начал со слезами говорить ей: «Гисмонда, казалось, я так был уверен в твоей добродетели и честности, что мне никогда не пришло бы на ум, хотя бы мне о том сказали, а я того не видел моими глазами, чтобы ты не только решилась, но даже подумала отдаться какому-нибудь мужчине, кто бы не был твоим мужем; отчего я в короткий остаток жизни, какой уготовит мне моя старость, всегда буду горевать, вспоминая о том. И еще дал бы бог, если уж следовало тебе дойти до такого бесчестия, чтобы ты избрала человека достойного твоего рода, но изо всех, находящихся при моем дворе, ты избрала Гвискардо, юношу самого низкого происхождения, как бы ради бога воспитанного при нашем дворе от младенческого возраста поднесь, чем ты повергла меня в большую душевную тревогу, ибо я не знаю, что мне с тобою предпринять. Относительно Гвискардо, которого я велел взять прошлой ночью, когда он вылезал из отдушины, и которого держу в заключении, я уже решил, что мне делать; но что начать с торою, не знаю, бог ведает. С одной стороны, меня влечет любовь, которую я всегда питал к тебе более, чем отец питал когда-либо к дочери, с другой – влечет справедливое негодование, вызванное твоим великим безрассудством: та желает, чтобы я простил тебе, эта требует, чтобы я свирепствовал против тебя наперекор моей природе. Но прежде, чем мне решиться, я желаю узнать, что ты на это ответишь». Сказав это, он склонил голову, так плача, как то сделал бы ребенок, которого порядком побили.

Выслушав отца и узнав, что не только открыта их тайная любовь, но схвачен и Гвискардо, Гисмонда ощутила невообразимое горе и много раз была близка к тому, чтобы выразить его воплями и слезами, как то большею частью делают женщины; но ее горделивый дух победил эту слабость, она овладела с удивительной силой своим лицом и решила сама с собой, скорее чем предъявить какую-нибудь просьбу о себе, расстаться с жизнью, ибо полагала, что Гвискардо уже убит. Потому, не как сетующая женщина, уличенная в своем проступке, а как не озабоченная этим и мужественная, она, не плача, с лицом открытым и ничуть не смущенным, так сказала отцу: «Танкред, я не расположена ни отрекаться, ни просить, ибо то не помогло бы мне; что же до этого, то я и не желаю, чтобы оно помогло; кроме того, я не намерена ни одним действием склонить твое благодушие и любовь, а, сознавшись в истине, во-первых, действительными доводами защитить мою честь, затем делом мужественно выразить величие моего духа. Правда, я любила и люблю Гвискардо, и пока жива, что будет недолго, буду любить его, но к этому побудила меня не столько моя женская слабость, сколько твоя малая озабоченность выдать меня замуж и его достоинства. Тебе должно было быть известным, Танкред, что ты, будучи сам из плоти, произвел и дочь из плоти, а не из камня или железа, и тебе следовало бы и еще следует памятовать, хотя ты теперь и стар, какие и каковы и с какой силой объявляются законы юности; и хотя, будучи мужчиной, ты провел часть твоих лучших лет в воинских упражнениях, тем не менее должен был понимать, что безделье и роскошь могут сделать со старыми людьми, не только что с молодыми. Итак, как рожденная от тебя, я из плоти, и пока так мало жила, что еще молода, и по тон и другой причине полна чувственного вожделения, которому удивительную силу придало то, что, побывав замужем, я познала, каково наслаждение удовлетворять такому желанию. Не будучи в состоянии противодействовать этой силе, я решилась, как молодая женщина, последовать тому, к чему она меня влекла, – и полюбила. И, поистине, я употребила все мои старания, чтобы из того греха, к которому меня увлекала природа, не вышло позора ни тебе, ни мне, насколько я могла это устроить, и сострадательный Амур и благосклонная судьба нашли мне и показали для этого потаенный путь, которым я без чьего-либо ведома достигала цели моих желаний; кто бы тебе ни указал на то и как бы ты о том ни узнал, этого я не отрицаю. Гвискардо я выбрала не случайно, как то делают многие, но по зрелом размышлении избрала его преимущественно перед другими, с разумным расчетом допустила до себя и с мудрым постоянством, моим и его, долго наслаждалась исполнением моего желания. За это, кажется, более чем за мой любовный проступок, ты с особой горечью и упрекаешь меня, следуя более обычному мнению, чем истине, и говоря, что я сошлась с человеком низкого происхождения, как будто тебе нечего было бы гневаться, если б для этого я избрала человека благородного. При этом ты не замечаешь, что коришь не мой грех, а грех фортуны, очень часто возвышающей недостойных и оставляющей внизу достойнейших. Но оставим пока это, и взгляни немного на сущность вещей; ты увидишь, что у всех нас плоть от одного и того же плотского вещества, и все души созданы одним творцом с одинаковыми силами, одинаковыми свойствами, одинаковыми качествами. Лишь добродетель впервые различила нас, рождавшихся и рождающихся одинаковыми, и те, у которых ее было больше, и они в ней были деятельней, были названы благородными, а остальные остались неблагородными. И хотя противоположный обычай прикрыл впоследствии этот закон, он еще не уничтожен и не искоренен ни из природы, ни из добрых нравов; потому, кто поступает добродетельно, открыто заявляет себя благородным, и если называют его иначе, то виновен в этом не названный, а тот, кто называет. Оглянись среди всех твоих дворян, разбери их жизнь, нравы и обращение, а с другой стороны, обрати внимание на Гвискардо: если ты захочешь обсудить без раздражения, ты его назовешь благороднейшим, а своих дворян – худородными. Относительно доблестей и достоинств Гвискардо я не доверялась суждению кого бы то ни было, кроме твоих слов и моих глаз. Кто хвалил его, как хвалил его ты во всех достойных похвалы делах, за которые подобает поощрять достойного человека? И, поистине, не без основания, ибо, если меня не обманывали мои глаза, ты не расточил ему ни одной похвалы, которую я не видела бы оправданной делом, и гораздо лучше, чем в состоянии были выразить твои слова; но если и в этом отношении я вовлечена была как-нибудь в обман, я была обманута тобою. Скажешь ли ты еще, что я связалась с человеком низкого происхождения? Ты скажешь неправду. Если бы, пожалуй, ты назвал его бедняком, в этом можно было бы согласиться с тобою к твоему стыду, что ты сумел поставить достойного человека, твоего слугу, в столь хорошее положение; но бедность ни у кого не отнимает благородства, а только достояние. Много королей, много великих властителей были бедняками, и многие из тех, которые копают землю и пасут скот, были и пребывают богачами. Последнее сомнение, выраженное тобою, что тебе со мною сделать, отгони вовсе от себя, и если ты думаешь поступить на краю старости, как не приобык поступать, будучи молодым, то есть свирепствовать, обрати твою жестокость на меня, вовсе не расположенную обратиться к тебе с какою бы то ни было просьбой, на меня, как на первую причину этого проступка, если уж допустить проступок; ибо уверяю тебя, если ты не сделаешь со мною того же, что сделал или велишь сделать с Гвискардо, то мои собственные руки совершат это. Итак, ступай пролить слезы с женщинами и, ожесточившись, убей одним ударом его и меня, если тебе кажется, что мы того заслужили».

Принц познал величие духа своей дочери, но тем не менее не был вполне уверен, что она так твердо решилась привесть в исполнение содержание своих речей, как то говорила. Потому, уйдя от нее и оставив мысль проявить на ней каким бы то ни было способом свою жестокость, он захотел во вред другому охладить ее пылкую любовь и приказал двум сторожам Гвискардо без всякой огласки задушить его на следующую ночь и, вынув из него сердце, принести ему; все это, как было им приказано, они и сделали. Затем, на другой день, велев принести себе большую и красивую золотую чашу и положив в нее сердце Гвискардо, послал его с своим приближеннейшим слугою дочери, наказав ему сказать ей, отдавая: «Отец твой посылает тебе это, дабы утешить тебя тем, что ты наиболее любишь, как ты утешала его тем, что он всего более любил».

Гисмонда, не оставившая своего жестокого намерения, велела принести себе ядовитых трав и корней, и когда ушел отец, сварив их, сделала настой, дабы иметь его в готовности, если бы случилось то, чего она опасалась. Когда пришел к ней слуга с подарком и словами принца, она с твердым лицом взяла чашу и, открыв ее, увидев сердце и поняв слова, получила полную уверенность, что это – сердце Гвискардо. Потому, подняв глаза на слугу, она сказала: «Не подобало гробницы менее достойной, чем золотая, для такого сердца, как это; разумно в этом случае поступил мой отец». Так сказав, поднеся сердце к устам, она поцеловала его и затем продолжала: «Во всем и всегда, до этого последнего дня моей жизни, я видела полнейшую любовь ко мне моего отца, но теперь более чем когда-либо; потому воздай ему от меня за столь великий дар последнюю благодарность, какую мне придется воздать».

Так сказав, обратившись к чаше, которую крепко держала, и глядя на сердце, она проговорила: «О сладчайшая обитель всех моих радостей, да будет проклята жестокость того, кто заставил меня теперь взглянуть на тебя плотскими очами. Мне было совершенно достаточно во всякий час созерцать тебя очами духовными. Ты окончил свое странствие и совершил все, что уделила тебе судьба, ты достиг цели, к которой спешит всякий, покинул бедствия мира и его заботы и от своего собственного врага получил гробницу, какую заслуживала твоя доблесть. Ничего тебе недоставало, чтоб завершить погребение, кроме слез той, которую ты при жизни так любил; дабы и они у тебя были, господь вложил в сердце моего безжалостного отца мысль послать мне тебя, и я отдам тебе мои слезы, хотя решилась умереть без слез на глазах, и с лицом, ничем не устрашенным; отдав тебе их, я без всякого промедления устрою так, что при твоей помощи моя душа соединится с тою, которую ты так заботливо хранило. В каком сообществе могла бы я пойти более довольная и спокойная в неведомые обители, как именно в ее сообществе? Я убеждена, она еще здесь и глядит на места своего и моего блаженства и, любя меня, в чем я уверена, ждет мою, которая ее выше всего любит».

Так сказав, точно у нее в голове был источник влаги, без всякого женского вопля склонившись над чашей, она принялась, плача, изливать слезы так обильно, что дивно было смотреть, причем бесконечное число раз целовала мертвое сердце. Ее девушки, стоявшие вокруг, не понимали, что то было за сердце и что означали ее слова, но, увлеченные жалостью, все плакали, напрасно спрашивая ее о причине ее плача и более того стараясь, как лучше умели и могли, ее утешить. Она же, когда, казалось, довольно наплакалась, подняв голову и осушив глаза, сказала: «О многолюбимое сердце, вся моя обязанность относительно тебя совершена, и мне ничего другого не остается сделать, как явиться с моей душою, чтобы быть ей в сообществе с твоею». Сказав это, она велела подать себе кувшин, где была вода, приготовленная ею за день назад, вылила ее в чашу на сердце, орошенное многими ее слезами, и, бесстрашно поднеся ее ко рту, всю ее выпила; выпив, с чашей в руке возлегла на свою постель, устроилась на ней насколько возможно приличнее, приложила к своему сердцу сердце мертвого любовника и, не говоря ни слова, стала ждать смерти. Ее девушки, увидев все это и услышав, хотя и не знали, что то за вода, которую она выпила, послали сказать обо всем Танкреду; он, опасаясь того, что и случилось, тотчас же спустился в комнату дочери, куда пришел как раз, когда она легла на кровать, но, явившись слишком поздно утешить ее нежными словами, видя, в каком она положении, начал жалостно плакать. На это она сказала ему: «Танкред, прибереги эти слезы для менее желанного горя, чем это, и не проливай их надо мною, которая их не желает. Кто видел когда-либо человека, разве только тебя, плачущего о том, чего он сам желал? Но если в тебе хотя отчасти жива любовь, которую ты питал ко мне, дозволь мне, в виде последнего дара, чтобы, если тебе не по сердцу было мое тихое и скрытое сожительство с Гвискардо, мое тело легло открыто с его телом, куда бы ты ни велел бросить его мертвого». Удушье от слез не позволило принцу ответить. Тогда молодая женщина, чувствуя, что ее конец настал, прижав к груди мертвое сердце, сказала:

«Оставайтесь с богом, ибо я кончаюсь». Ее глаза помутились, онемели чувства, и она удалилась из этой горестной жизни.

Таков, как вы слышали, был печальный конец любви Гвискардо и Гисмонды, которых Танкред, много оплакав и поздно раскаявшись в своей жестокости, при общем сетовании всех жителей Салерно, велел почетно похоронить в одной гробнице.

## Новелла вторая

**Монах Альберт уверяет одну женщину, что в нее влюблен ангел, и в его образе несколько раз соединяется с нем; затем, убоявшись ее родственников, бросается из окна ее дома и находит убежище в доме одного бедняка, который на следующий день ведет его, переодетого дикарем, на площадь, где его признали, а братия хватает и заключает его в темницу.**

Новелла, рассказанная Фьямметтой, не раз извлекала слезы из глаз ее подруг; когда она кончилась, король сказал с суровым видом: «Малоценной показалась бы мне моя жизнь, если б я мог отдать ее за половину того наслаждения, которое было у Гисмонди с Гвискардо, и тому не следует никому из вас удивляться, ибо я, живя, ежечасно испытываю тысячу смертей, а мне не дано за все это ни частички наслаждения. Но оставляя пока мои дела, как они есть, я желаю, чтобы Пампинея продолжала, сказывая жалостные рассказы, отчасти сходные с моими обстоятельствами; если она пойдет путем, открытым Фьямметтой, я без всякого сомнения ощущу падение росы на мое пламя». Услышав обращенный к ней приказ, Пампинея поняла более по чувству желание своих подруг, чем желание короля из его слов, и потому, будучи более расположена развлечь их, чем удовлетворить короля, разве исполнением его приказания, решилась, не выходя из сюжета, сказать смехотворную новеллу и начала: – Среди простых люден в ходу есть поговорка: коли худой человек слывет хорошим, хоть и сделает дурно, тому не поверят. Это дает мне обильное содержание, чтобы побеседовать о предложенной мне задаче, а кстати и доказать, каково и сколь велико ханжество монахов, которые в пространных одеждах, с искусственно бледными лицами, с голосами смиренными и заискивающими при попрошайничестве, громкими и страшными при порицании в других своих собственных пороков, доказывают, что они спасаются побираньем, а остальные отдаваньем, заявляют себя не людьми, имеющими, подобно нам, заслужить ран, а точно его собственниками и владельцами, раздающими всякому умирающему, согласно с завещанным им количеством денег, более или менее хорошее место, чем усиливаются обмануть, во-первых, самих себя, если они в это верят, а затем и тех, кто в этом верит им на слово. Если бы мне дозволено было сказать о них все, что следует, я тотчас доказала бы многим простецам, что они таят в своих обширных капюшонах. Дал бы бог, за их лганье, чтобы со всеми случилось то же, что с одним миноритом, уже не молодым, но считавшимся в Венеции одним из наибольших казуистов. О нем мне особенно хочется рассказать, дабы, быть может, смехом и потехой поднять ваш дух, исполненный жалости к смерти Гисмонды.

Итак, достойные дамы, жил в Имоле человек преступного и порочного поведения, по имени Берто делла Масса, постыдные дела которого, хорошо знакомые жителям Имолы, довели его до того, что там не верили не только его лжи, но даже когда он говорил и правду; поэтому, увидя, что ему с его проделками здесь не место, он, отчаявшись, переехал в Венецию, вместилище всякой мерзости, рассчитывая найти здесь иной способ для своих злостных деяний, чем находил в других местах. Точно совесть укорила его за все порочное, совершенное им в прошлом, представившись, что его обуяло великое смирение и он стал набожным паче всякого другого, он пошел в монастырь и назвался братом Альбертом из Имолы; в таком облачении он начал представляться, что ведет суровую жизнь, усердно внушал покаяние и воздержание и никогда не ел мяса и не пил вина, – когда они не были ему по вкусу. Не успел никто и оглянуться, как из разбойника, сводника, обманщика и убийцы он сделался великим проповедником, не покидая вследствие этого указанных пороков, когда их можно было совершать втайне. Кроме того, став священником, он у алтаря, когда служил и многие то видели, постоянно проливал слезы о страстях господних, ибо слезы почти ничего ему не стоили, лишь бы захотел. В скором времени, частью своими проповедями, частью слезами, он сумел так подманить венецианцев, что стал верным исполнителем и хранителем почти всех духовных завещаний, какие там совершались, сберегателем денег у многих, духовным отцом и советодателем почти большей части мужчин и женщин; так поступая, он из волка стал пастырем, и молва о его святости в тех местах была гораздо больше, чем когда-либо слава св. Франциска в Ассизи.

Случилось, что одна молодая женщина, придурковатая и глупая, по прозванию мадонна Лизетта из дома Квирино, жена одного знатного купца, уехавшего на галерах во Фландрию, пошла с другими женщинами исповедоваться у этого святого монаха. Когда она стояла перед ним на коленях и, как венецианка (они все ветреные), рассказала ему кое-что о своих делах, брат Альберт спросил ее, нет ли у нее любовника. На это она ответила с сердитым лицом: «Что это, отец монах, у вас точно нет глаз? Разве моя красота представляется вам такою же, как красота вон тех? У меня любовников было бы с лихвою, если б я того захотела, но не таковы мои прелести, чтобы я дозволила любить меня таковским. Многих ли видите вы, чья красота была бы равна моей? И в раю я была бы красавицей». Кроме того, она столько еще наговорила об этой своей красоте, что было противно слушать. Брат Альберт тотчас же догадался, что она с придурью, и так как ему представилось, что это почва для его орудования, он внезапно и безмерно в нее влюбился, но, оставляя увещанье до более удобного времени, он, дабы показаться святым человеком, принялся на этот раз упрекать ее, говоря, что это тщеславие, и далее в том же роде, почему женщина сказала ему, что он дурак и не понимает, что одна красота стоит более другой. Вследствие этого брат Альберт, не желая слишком ее разгневать, исповедав ее, отпустил с другими.

Обождав несколько дней, взяв с собою верного товарища, он отправился в дом мадонны Лизетты и, отойдя с нею к сторонке в одну комнату, где никто не мог его видеть, бросился перед нею на колени и сказал: «Мадонна, умоляю вас богом, простите мне, что я сказал вам в воскресенье, когда вы говорили мне о своей красоте, ибо я так жестоко был избит в следующую ночь, что потом не мог встать с постели до сегодня». – «А кто побил вас таким образом?» – спросила дурочка. Сказал брат Альберт: «Я объясню вам кто. Когда я ночью стоял на молитве, как то делаю обыкновенно, я внезапно увидел в моей келье великий свет, и не успел я обернуться, дабы посмотреть, что это такое, как узрел над собою прекраснейшего юношу с толстой палкой в руке, который, схватив меня за капюшон и повергнув к своим ногам, столько мне всыпал, что совсем изломал меня. Когда я спросил его потом, зачем он это сделал, он отвечал: „За то, что ты осмелился сегодня порицать небесные прелести мадонны Лизетты, которую я люблю более всего“. Тогда я спросил: „Кто же вы?“ На это он ответил, что он ангел. „О господин мой, – говорю я, – простите меня, умоляю вас“. Тогда он сказал: „Я прощаю тебе с тем условием, чтобы ты отправился к ней, как можешь скорее, и испросил себе прощение; если она не простит тебе, я сюда вернусь и так тебя угощу, что ты будешь охать, пока жив“. То, что он сказал потом, я не осмеливаюсь передать вам, если наперед вы меня не простите».

Мадонна, пустая голова, в которой соли было немного, млела, слушая эти речи, которые считала за чистую истину, а по некотором времени сказала: «Говорила я вам, брат Альберт, что мои прелести небесные; но, видит бог, мне жаль вас, и дабы вам не учинили более ничего худого, я теперь же прощаю, с тем, однако же, чтобы вы сообщили, что такое сказал вам ангел. Брат Альберт ответил: „Мадонна, так как вы мне простили, я охотно скажу вам об этом, но об одном напомню вам: что бы я ни открыл вам, берегитесь говорить о том кому бы то ни было на свете, если вы, счастливейшая, какая обретается ныне на свете, женщина, не хотите испортить вашего дела. Этот ангел поручил мне сказать вам, что вы так ему нравитесь, что он много раз явился бы побыть с вами ночью, если б не опасался испугать вас. Ныне он велит передать вам через меня, что желает прийти к вам как-нибудь ночью и пробыть с вами некоторое время; а так как он ангел, и если б явился во образе ангела, вы не могли бы дотронуться до него, он и говорит, что, в удовольствие вам, он хочет предстать в человеческом образе и потому велит послать ему сказать, когда вы желаете, чтобы он явился, и в каком образе, он и явится; почему вы можете считать себя блаженной, более чем какая иная из живущих женщин". Мадонна-разиня сказала тогда, что ей очень приятно быть любимой ангелом, ибо и она очень его любит и никогда не обходится без того, чтобы не зажечь свечу в четыре сольда, где лишь увидит его намалеванным; в какой бы час он ни пожелал прийти, он будет доброжеланным, ибо найдет ее совсем одну в ее комнате; но с одним условием, что он не должен покидать ее ради девы Марии, что ей сказали о его любви и что повсюду, где она только его видит, она становится перед ним на колени; от него зависит, в каком образе он желает показаться, лишь бы она не ощутила страха. Тогда брат Альберт сказал: „Мадонна, вы говорите разумно, и я хорошо улажу с ним все, о чем вы мне говорите, но вы можете оказать мне великую милость, которая ничего не будет вам стоить, а милость эта- та, чтобы вы пожелали, чтобы он явился в моем теле. И послушайте, чем вы мне окажете милость: он вынет душу мою из тела и поместит ее в рай, а сам войдет в меня, и пока он будет с вами, до той поры душа моя будет в раю". Говорит тогда мадонна-ума не напрядешь: „Хорошо, я согласна, я желаю, чтобы в возмещение ударов, которые он дал вам из-за меня, вы удостоились этого утешения". Тогда брат Альберт сказал: „Итак, устройте, чтобы в эту ночь дверь вашего дома была открытой, дабы он мог войти, ибо, являясь в человеческом теле, как он и явится, он может войти только через дверь“. Женщина ответила, что это будет исполнено. Брат Альберт удалился, а она пришла в такое восторженное состояние, что сорочка отставала у ней от спины, и за тысячу лет показалось ей время, пока не посетит ее ангел.

А брат Альберт, сообразив, что ночью ему надо быть наездником, не ангелом, начал подкреплять себя сластями и всякими хорошими вещами, чтобы его не так-то легко сбросили с коня. Получив отпуск из монастыря, как настала ночь, он с товарищем пошел в дом одной своей приятельницы, откуда и в другие разы отправлялся, когда ходил гоняться за кобылами; отсюда, когда ему показалось, что настало время, он, переодевшись, отправился в дом той женщины; войдя в него, преобразил себя, с помощью разных принесенных им безделушек, в ангела и, взобравшись наверх, вступил в комнату дамы.

Та, как увидела что-то белое, пала перед ним на колени, а ангел благословил ее, поднял и сделал ей знак лечь в постель, что она, охотно повинуясь, тотчас же и исполнила, а ангел прилег к свой поклоннице. Был брат Альберт красивый телом и крепкий, ноги отлично прилажены к туловищу; потому, когда он сошелся с мадонной Лизеттой, свежей и нежной, он показал ей другие виды, чем муж, и в течение ночи часто летал без крыльев, чем она признала себя очень довольной; да кроме того он многое порассказал ей о небесной славе. Затем, с приближением дня, условившись относительно возвращения, он вышел со своими снарядами и вернулся к своему товарищу, которому, дабы не боязно было спать ночью одному, добрая служанка дома доставила любезное общество. А дама после обеда пошла со своими подругами к брату Альберту и сказала ему об ангеле и о том, что слышала от него о славе вечной жизни, и каков он с виду, присоединяя к тому невероятные басни. На это брат Альберт сказал: «Мадонна, не знаю, как вам было с ним; знаю только, что сегодня ночью, когда он явился мне и я сообщил ему о вашем поручении, он внезапно поместил мою душу среди стольких цветов и стольких роз, что такого количества здесь никогда и не видели, и я обретался в одном из восхитительнейших мест, какие когда-либо были, до нынешнего утра об утрени; что было тем временем с моим телом, не ведаю». – «А я-то вам этого и не говорю! – сказала дама: – ваше тело всю ночь было в моих объятиях, с ангелом, а если вы мне не верите, посмотрите у себя под левой грудью, куда я задала ангелу такой большущий поцелуй, что знак останется на несколько дней». Сказал тогда брат Альберт: «Так сделаю же я сегодня, чего давным-давно не делал: разденусь и погляжу, правду ли вы говорите».

После долгой болтовни дама вернулась домой, а брат Альберт в образе ангела ходил к ней много раз, не встречая никакого препятствия. Случилось однажды, что, когда мадонна Лизетта была с одной своей кумой и обе спорили о красоте, она, желая поставить свою красоту выше всех других, будучи пустоголовой, сказала: «Если бы вы знали, кому нравится моя красота, вы бы умолчали о других!» Кума, любопытствуя о том услышать, ибо хорошо ее знала, сказала: «Мадонна, вы, может быть, и правду говорите, но во всяком случае, не узнав, кто это такой, свое мнение не так-то легко изменить». Тогда дама, будучи невысокого полета, ответила: «Об этом не следует говорить, кума, но моя страсть – ангел, любящий меня более самого себя, как самую красивую, по его словам, женщину, какая есть на свете или в приморье». У кумы явилось тогда желание расхохотаться, но она, однако, удержалась, чтобы дать ей поговорить далее, и сказала: «Бог мне судья, мадонна, коли ангел ваша страсть и говорит вам это, то так, вероятно, и должно быть; но я не воображала, что ангелы занимаются такими делами». – «Кума, – возразила женщина, – вы ошибаетесь: клянусь небом, он делает это лучше, чем мой муж, и говорит мне, что то же делают и там, наверху, но потому что я кажусь ему более красивой, чем кто-либо на небе, он влюбился в меня и часто приходит побыть со мной. Теперь видите ли, в чем дело?»

Когда кума ушла от Лизетты, время показалось ей за тысячу лет, пока она добралась до места, где могла все это пересказать: сойдясь на одном празднике с большим обществом женщин, она по порядку передала им эту быль. Те женщины сообщили это мужьям и другим женщинам, а эти другим, так что менее чем в два дня вся Венеция была полна этим слухом. Но в числе прочих, до сведения которых дошло это дело, были и зятья той женщины, которые, ничего ей не говоря, задумали отыскать этого ангела и разузнать, умеет ли он летать; несколько ночей они были настороже.

Случайно кое-какие вести о том дошли до сведения брата Альберта, который отправился раз ночью, чтобы укорить свою даму, и только что разделся, как ее зятья, видевшие, как он шел, уже были у двери ее комнаты. Как услышал это брат Альберт, понял, что это значит, встал и, не находя другого убежища, растворив окно, выходившее на главный канал, бросился оттуда в воду. Глубина была большая, а он умел плавать, так что никакого вреда себе не сделал; переплыв на другую сторону канала, он быстро вошел в один незапертый дом и попросил бывшего там человека, ради бога, спасти ему жизнь, причем рассказал ему небылицы, каким образом он здесь в такой час, да еще и голый. Добрый человек, движимый жалостью, уложил его в свою постель, так как ему самому надо было пойти по своим надобностям, и сказал ему, чтобы он побыл здесь до его возвращения; заперев его, он отправился по своим делам. Зятья дамы, войдя в комнату, нашли, что ангел, оставив крылья, улетел; рассердившись, что их провели, они наговорили даме больших грубостей и под конец, оставив ее неутешною, вернулись к себе домой с нарядами ангела.

Между тем уже рассвело, и тот добрый человек, находясь на Риальто, услышал, как сказывали, что ангел ходил на ночлег к мадонне Лизетте, найден был там ее зятьями, со страху бросился в канал и неизвестно, что с ним сталось; потому он скоро догадался, что это и есть тот, что у него на дому. Вернувшись и узнав его, он после многих переговоров поставил ему такое условие, что если он не желает, чтобы он выдал его зятьям, пусть доставит ему пятьдесят дукатов, что и было сделано. Но когда после того брат Альберт захотел выйти оттуда, тот сказал ему: «На это нет никакого средства, коли вы не решитесь на одно. Сегодня мы справляем праздник: кто ведет человека, одетого наподобие медведя, кто наподобие дикаря, кто так, кто иначе, а на площади ев Марка устраивается охота, по окончании которой кончается и праздник, а затем всякий уходит с тем, кого привел, куда угодно; Если вы хотите, прежде чем разведают, что вы здесь, чтобы я повел вас туда одним из этих способов, я могу повести вас, куда хотите; иначе я не вижу для вас возможности удалиться отсюда неузнанным; ведь зятья дамы, предполагая, что вы где-нибудь здесь, всюду расставили сторожей, чтобы схватить вас.

Хотя и тяжело показалось брату Альберту пойти таким образом, тем не менее из страха перед родственниками дамы он решился, сказав тому человеку, чтобы он повел его, куда желает, и что, в каком бы виде его ни повели, он согласен. Тот, обмазав всего его медом и обсыпав сверху пухом, наложил на него цепь и надел на лицо маску, дал в одну руку большую палку, в другую на своре двух громадных псов, приведенных им с бойни, и послал человека оповестить на Риальто, что кто хочет видеть ангела, пусть идет на площадь св. Марка: это была «верность венецианца». Сделав это, он немного спустя вывел его, поставил впереди себя, а сам пошел сзади, держа его за цепь, и при крике многих, говоривших: «Что это такое? Что это такое?» повел его на площадь, где частью из тех, кто увязался за ними, частью из тех, которые, услышав оповещение, пришли с Риальто, народу собралось бесчисленное множество. Когда он туда добрался, в ожидании начала охоты, привязал своего дикаря к столбу на видном, высоком месте, где мухи и слепни сильно досаждали ему, так как он был обмазан медом. Когда тот человек увидел, что площадь порядком наполнилась, показав вид, что хочет спустить своего дикаря с цепи, сорвал с брата Альберта маску, говоря: «Господа, так как кабан не явился для охоты, а без него охоты нет, я желаю, чтобы вы не прошлись даром, а увидали бы ангела, спускающегося ночью с неба на землю развлекать венецианских женщин».

Лишь только спала маска, все тотчас же узнали брата Альберта, против которого подняли крик, осыпая его самыми обидными словами и величайшей бранью, которая когда-либо доставалась мошеннику, да кроме того бросая ему в лицо кто одну мерзость, кто другую. Так они продержали его долго, пока, на счастье, весть о том не дошла до его братии, из которой явились туда человек шесть; они, набросив на него рясу и отвязав его, не без великого гама им вслед повели его в свою обитель, где, говорят, он и умер в заключении после горестной жизни.

Так-то этот человек, которого считали добродетельным, не веря, когда он творил злое, осмелился выдать себя за ангела и, обратившись из него в дикаря, с течением времени был по заслугам опозорен и втуне оплакал совершенные им грехи. Да устроит бог, чтобы то же соделалось и с другими, ему подобными.

## Новелла третья

**Трое молодых людей любят трех сестер, с которыми и бегут в Крит; старшая из ревности убивает своего любовника, вторая, отдавшись герцогу Крита, спасает первую от смерти, но убита своим любовником, который и бежит с первой. В этом убийстве обвинен третий любовник с третьей сестрой, будучи схвачены они берут на себя вину, но от страха смерти, подкупив деньгами стражу, бегут, обедневшие, в Родос, где умирают в нищете.**

Выслушав заключение новеллы Пампинеи, Филострато несколько задумался, но потом сказал, обратившись к ней: «Есть кое-что хорошее в конце вашего рассказа, и он мне понравился, но перед тем уж слишком много было смеха, чего я не желал бы, чтобы там было». Затем, обратившись к Лауретте, он сказал: «Мадонна, продолжайте, по возможности, более подходящей новеллой, чем эта». Сказала, смеясь, Лауретта: «Вы уже очень жестоки к любящим, если только и желаете их злополучного конца; я же, исполняя ваше приказание, расскажу вам о троих, одинаково дурно кончивших, мало насладившись своею любовью». Так сказав, она начала:

– Юные дамы, как вам хорошо известно, всякий порок может обратиться в величайший вред для отдающегося ему, а часто и других, в числе прочих, наиболее необузданно увлекающих нас в опасности, представляется мне гнев, а это не что иное, как внезапное и неразумное движение, которое, будучи вызвано ощущением горя, отогнав разум и наведя мрак на наши умственные очи, возжигает в нашей душе пламя ярости. Хотя чаще это бывает с мужчинами, у одних более, у других слабее, тем не менее то же видели, и с еще более вредными последствиями, и на женщинах, ибо в них оно легче возгорается, горит более ярким пламенем и движет ими с меньшим удержем. И этому нечего удивляться, коли подумаем, что огонь по своей природе скорее охватывает легкие и рыхлые вещества, чем твердые и плотные; а ведь мы (да не поставят нам это мужчины в укор) нежнее их и подвижнее. Потому, видя, что мы к этому естественно расположены, и принимая в соображение, что как наша мягкость и благодушие являются успокоением и удовольствием мужчинам, с которыми нам приходится общаться, так гнев и ярость – большим досаждением и опасностью, я намерена, дабы нам с тем большею твердостью духа уберечься от этого, показать вам в моей новелле, каким образом любовь трех юношей и стольких же девушек стала, вследствие гнева одной из них, из счастливой – несчастнейшею.

Марсель, как вам известно, находится в Провансе у моря, древний и именитейший город, когда-то более изобиловавший богатыми людьми и знатными купцами, чем то видать теперь. Между ними был некто, по имени Нарнальдо Клуада, человек низкого происхождения, но добросовестный и честный купец, безмерно богатый поместьями и деньгами; у него было от жены несколько детей, из них три дочери, старше возрастом сыновей. Двум из них, близнецам, было по пятнадцати лет, третьей четырнадцать, и их родственники ничего иного не ждали, чтобы выдать их замуж, как возвращения Нарнальдо, отправившегося со своим товаром в Испанию. Двух первых звали: одну Нинеттой, вторую Маддаленой, а имя третьей было Бертелла. В Нинетту был влюблен, как только можно быть влюбленным, молодой, родовитый, хотя и бедный человек, по имени Рестаньоне, а она в него; и они так сумели устроить, что без ведома кого бы то ни было на свете наслаждались своею любовью, и уже пользовались ею довольно долго, как случилось, что два молодых приятеля, из которых одного звали Фолько, другого Угетто, оставшись богачами по смерти своих отцов, влюбились один в Маддалену, другой в Бертеллу. Когда Рестаньоне, которому указала на то Нинетта, это заметил, он задумал воспользоваться их любовью, чтобы помочь своей бедности. Сойдясь с ними, он стал провожать то одного, то другого, а иногда и обоих на свидание к их возлюбленным, а также и к своей; и когда ему показалось, что он достаточно сблизился и подружился с ними, он сказал им: «Дорогие юноши, наше общение могло убедить вас, какую любовь я к вам питаю и что для вас я сделал бы все, что сделал бы для самого себя; а так как я очень люблю вас, то намерен объявить вам, что мне запало на ум, а затем вы вместе со мною решите, что покажется за лучшее. Если ваши слова не обманывают, и еще судя по тому, что, кажется мне, я уразумел из ваших поступков, денно и нощно вы пылаете величайшей страстью к двум любимым вами девушкам, а я к третьей их сестре; и я берусь, если вы только на это согласитесь, найти для этой любви приятное и желанное средство, и вот какое. Вы – юноши богатейшие, я – нет; если бы вы захотели соединить в одно наши богатства, сделав меня вместе с вами третьим их владельцем, и решили бы в какую часть света нам отправиться, чтобы проводить с их помощью веселую жизнь, я берусь наверно уладить так, что три сестры с большею частью отцовского имущества поедут с нами, куда мы пожелаем, а там мы станем жить каждый с своею, как три брата, счастливейшими людьми на свете. Теперь за вами – решить: желаете ли вы такого утешения, или оставите это дело».

Оба юноши, безмерно пылавшие, услышав, что девушки будут им принадлежать, не трудились долго над решением, а сказали, что если последствие будет именно такое, они готовы все сделать. Получив такой ответ от молодых людей, Рестаньоне через несколько дней был у Нинетты, к которой мог ходить не без больших затруднений; побыв с нею некоторое время, он объяснил ей, о чем говорил с юношами, и многими доводами старался склонить ее к этому предприятию. Это было ему не трудно, ибо она гораздо более его желала получить возможность быть с ним, не возбуждая подозрения, потому она решительно ответила ему, что это ей по сердцу, что сестры сделают, что она захочет, особенно в этом деле, и сказала ему, чтобы он, как можно скорее, устроил все для того потребное. Вернувшись к двум юношам, сильно пристававшим к нему по поводу того, что он им говорил, Рестаньоне сообщил им, что относительно их дам дело уже идет на лад. Решив между собою отправиться в Крит, продав некоторые свои имения под предлогом, что желают поехать торговать на эти деньги, обратив в деньги все, что у них было, они купили скороходное судно, тайком отлично вооружили его и стали поджидать назначенного срока. С другой стороны, Нинетта, хорошо знавшая настроение сестер, сладкими речами так возбудила в них желание к этому делу, что им казалось, они не доживут до его исполнения. Поэтому с наступлением ночи, когда им следовало сесть на судно, три сестры, вскрыв большой отцовский сундук, вынув из него большое количество денег и драгоценностей и тихонько выйдя со всем этим из дому, встретили, по условию, своих, поджидавших их, любовников, немедленно сели с ними на судно и, пустив в ход все весла, удалились. Нигде не останавливаясь, они на следующий вечер прибыли в Геную, где недавние любовники впервые вкусили радость и наслаждение своей любви. Подкрепившись здесь, чем было нужно, они отправились далее и, переходя от одной гавани к другой, еще до наступления восьмого дня прибыли без всякого препятствия к Крит, где купили большие, прекрасные поместья, а недалеко от Кандии построили роскошные и прелестные жилища.

Здесь, обзаведясь многочисленной прислугой, собаками, ловчими, птицами и конями, среди пиров и празднеств и в веселии они стали жить со своими возлюбленными, точно бары, будучи счастливейшими в свете людьми.

Когда они пребывали таким образом, случилось (как мы то видим, бывает ежедневно, что хотя известная вещь и нравится, но при избытке надоедает), что Рестаньоне, очень любившему Нинетту, с той поры, как он без всякого опасения мог наслаждаться ею по желанию, она стала надоедать, и вследствие того его любовь к ней умаляться. На одном празднике ему сильно понравилась одна девушка, уроженка того места, красивая и родовитая, и он принялся ухаживать за нею, начал оказывать ей особенное внимание, устраивая для нее празднества; заметив это, Нинетта стала так ревновать его, что он не мог сделать ни шагу, чтобы она не узнала и затем не печалила его и себя попреками и гневными выходками. Но как излишество чего-нибудь порождает отвращение, а отказ в желаемом усиливает к нему стремление, так гневные выходки Нинетты увеличивали в Рестаньоне пламя новой привязанности, что бы там ни вышло с течением времени, добился ли Рестаньоне любви милой ему женщины, или нет, только Нинетта была твердо уверена в первом, кто бы ей о том ни донес; от этого она впала в такую печаль, а из нее в такой гнев, от которого последовательно перешла к такой ярости, что, обратив любовь, которую питала к Рестаньоне, в жестокую ненависть, ослепленная своим гневом, решила смертью отомстить за стыд, который он, казалось, учинил ей. Раздобыв старуху гречанку, большую мастерицу готовить яды, она убедила ее обещаниями и дарами составить смертоносную жидкость, которую, не спросив ни у кого совета, она дала однажды вечером выпить разгоряченному и ничего не остерегавшемуся Рестаньоне. Такова была сила жидкости, что она умертвила его еще до наступления утра. Когда Фолько и Угетто и их дамы о том услышали, не зная, от какого яда он умер, вместе с Нинеттой горько оплакали его и велели похоронить с почестями. Но несколько дней спустя случилось, что за какое-то преступное дело схвачена была старуха, приготовившая для Нинетты ядовитую жидкость, и под пыткой, в числе других преступлений, призналась и в этом, точно объяснив, что от этого произошло; вследствие чего герцог Крита, ничего никому о том не говоря, велел однажды ночью втихомолку окружить дворец Фолько и без какого-либо крика и сопротивления схватил и увел Нинетту, от которой без всякой пытки тотчас же выведал, что желал, относительно смерти Рестаньоне. Фолько и Угетто тайно узнали от герцога, а от них и их дамы, почему взята была Нинетта, что было им очень неприятно, и они прилагали всякое старание, чтобы спасти Нинетту от костра, к которому, по их мнению, ее осудят, как вполне того заслужившую; но, казалось, все это ни к чему не приведет, ибо герцог твердо стоял на том, чтобы правосудие над ней совершилось. Маддалена, которая была молода и красива и за которой долго ухаживал герцог, тогда как она никогда не соглашалась сделать что-либо ему в угоду, вообразила, что, угодив ему, она может спасти сестру от костра, и осторожно дала ему знать через посланного, что она всецело к его услугам, если воспоследует от того двоякое: во-первых, чтобы ее сестра возвращена была ей живой и здоровой, и, во-вторых, чтобы это дело осталось скрытым. Выслушав это послание, которое было ему по сердцу, герцог долго обдумывал сам с собою, следует ли ему так поступить, но, наконец, решился и заявил свое согласие. Для этого он, с ведома дамы, велел однажды ночью задержать Фолько и Угетто под предлогом, что желает разузнать от них о деле, а сам тайно отправился на побывку к Маддалене. Перед тем он притворился, будто приказал посадить Нинетту в мешок и в ту самую ночь утопить в море; теперь он привел ее к сестре, отдал ей в награду за ночь и, удаляясь утром, попросил ее, чтобы эта ночь, первая их любви, не была последней; кроме того, наказал ей отослать виновную женщину, дабы ему не вышло от того поношения и не пришлось снова принять против нее меры строгости.

На следующее утро Фолько и Угетто, слышавшие, что ночью Нинетту утопили, чему они и поверили, были освобождены; когда они вернулись домой, чтобы утешить своих дам в смерти сестры, Фолько догадался, что она здесь, хотя Маддалена и сильно старалась скрыть ее, чему он очень удивился, тотчас же заподозрив Маддалену, ибо до него уже доходили слухи о любви к ней герцога, и спросил ее, как то могло статься, что Нинетта здесь. Маддалена сочинила длинную басню, дабы объяснить ему это, но он, как человек хитрый, плохо тому поверил и заставил ее сказать правду, что она после многих пререканий и сделала. Сраженный горем и воспламенившись гневом, Фолько вынул меч и убил ее, тщетно умолявшую его о милости; убоясь гнева и суда герцога, оставив ее мертвой в комнате, он пошел туда, где находилась Нинетта, и с чрезвычайно веселым видом сказал ей: «Отправимся тотчас же, куда твоя сестра решила, чтоб я повез тебя, дабы ты снова не попалась в руки герцога». Нинетта поверила этому и, исполненная страха и желания удалиться, не простившись с сестрою, вместе с Фолько снарядилась в путь с наступившей уже ночью; с теми деньгами, которые успел захватить Фолько, а их было немного, они, направившись к морскому берегу, сели в лодку, и никто никогда не узнал, куда они пристали.

Когда наступил следующий день и Маддалена найдена была убитою, некоторые, питавшие к Угетто зависть и ненависть, тотчас же донесли о том герцогу; вследствие чего герцог, сильно любивший Маддалену, исполнясь гнева, поспешил в ее дом и, схватив Угетто и его даму, ничего еще не знавших об этом деле, то есть о бегстве Фолько и Нинетты, принудил их к сознанию, что они вместе с Фолько виновны в смерти Маддалены. Вследствие этого сознания, не без причины опасаясь смерти, они с большими предосторожностями подкупили своих стражей, дав им несколько денег, которые тайно спрятали на всякий случай у себя в доме, и, не имея времени захватить с собою что-либо из своего имущества, сев в лодку вместе с стражами, ночью бежали в Родос, где в бедности и нужде прожили недолго. К такому-то исходу привела неразумная любовь Рестаньоне и гнев Нинетты и их самих и других.

## Новелла четвертая

**Джербино в противность честному слову, данному его дедом, королем Гвильельмо, нападает на корабль тунисскою короля, чтобы похитить его дочь; те, что были на корабле, убивают ее, он убивает их, а ему самому отсекают впоследствии голову.**

Кончив свою новеллу, Лауретта умолкла, а из общества кто с тем, кто с другим печаловался о несчастии любовников, кто порицал гнев Нинетты, один говорил одно, другой другое, когда король, как будто выйдя из глубокой задумчивости, подняв голову, сделал знак Елизе, чтобы она сказывала далее. Она скромно начала так:

– Любезные дамы, многие думают, что лишь воспламененный взорами Амур мечет свои стрелы, и насмехаются над теми, по мнению которых иной может влюбиться и по молве; что они ошибаются, это предстанет ясно из новеллы, которую я хочу рассказать вам и из которой вам выяснится, что молва не только оказала такое действие на людей, никогда друг друга не видавших, но и довела обоих до плачевной смерти.

У Гвильельма Второго, короля Сицилии, было, как говорят сицилийцы, двое детей, сын, по имени Руджьери, и дочь, названная Костанцой. Руджьери, скончавшийся прежде отца, оставил сына, по имени Джербино, который, старательно воспитанный своим дедом, стал красивейшим юношей, славным храбростью и обхождением. И его слава не ограничивалась пределами Сицилии, но звенела в разных частях света и особенно известна была в Берберии, в то время даннице сицилийской короны.

В числе других, до слуха которых донеслась блестящая молва о доблестях и угожестве Джербино, была и дочь тунисского короля, которая, судя по тому, что говорили о ней видевшие ее, была красивейшим творением, когда-либо созданным природой, самых изысканных нравов и благородного, возвышенного духа. Она, охотно слушавшая рассказы о доблестных мужах, с такою любовью внимала тому, что тот или другой говорили ей о храбрых деяниях Джербино, и так они ей нравились, что, вообразив себе, каким он должен быть, она горячо в него влюбилась и охотнее беседовала о нем, чем о чем другом, и слушала, когда о нем беседовали. С другой стороны, и в Сицилию, как и в другие места, дошла великая слава как об ее красоте, так и об ее достоинствах, и не без великой утехи и не тщетно коснулась слуха Джербино; напротив, зажгла в нем любовь к девушке не менее, чем она пылала к нему. Вследствие этого он, пока не нашел приличного повода испросить у деда позволения поехать в Тунис, чрезвычайно желая увидеть девушку, наказывал всем отправлявшимся туда приятелям, чтобы они каким лучше найдут способом известили ее об его тайной и великой любви и привезли вести о ней. Из них один устроил это очень ловко, принеся ей на показ, как то делают купцы, женские украшения, и, открыв ей всецело страсть Джербино, сказал ей, что и Джербино и все ему принадлежащее готово к ее услугам. Она с веселым видом приняла посланца и послание и, ответив ему, что и она пылает к Джербино такою же любовью, в знамение чего послала ему одно из самых дорогих своих украшений Джербино принял его с такой радостью, с какою принимают какую-либо драгоценность, и с тем же человеком посылал ей не раз дорогие подарки и завел переговоры, как бы им видеться и обняться, если бы дозволила то судьба.

Пока дела шли таким путем и проволочек было более, чем бы следовало, а девушка пылала с одной, Джербино с другой стороны, случилось, что тунисский король помолвил свою дочь с королем Гранады, чем она сильно опечалилась при мысли, что не только на далекое расстояние удалится от своего милого, но будет почти совсем оторвана от него; и если б у нее был на то способ, она охотно, лишь бы этого не случилось, убежала бы от отца и явилась бы к Джербино. Точно так же и Джербино, прослышав об атом браке, впал от того в чрезмерную печаль и часто про себя думал, какое бы ему найти средство, чтобы отнять ее силой, если случится, что ее морем отправят к супругу.

Король Туниса, услышав кое-что об этой любви и намерении Джербино и опасаясь его храбрости, когда настало время отправить дочь, послал сказать королю Гвильельмо, что он предпринял и что намерен сделать, если тот поручится ему, что ни Джербино и никто другой вместо него не воспрепятствуют ему в этом. Король Гвильельмо, государь старый, ничего не слышавший о влюбленности Джербино и не воображавший, что вследствие того и потребовалось такое ручательство, охотно дал его, в знамение чего послал тунисскому королю свою рукавицу. Когда тот получил ручательство, велел приготовить в гавани Карфагена большой прекрасный корабль, снабдить его всем потребным для той, кто поедет на нем, украсить и снарядить его, чтобы отправить в Гранаду свою дочь, и ничего иного не ожидал, как погоды.

Девушка, все это заметившая и видевшая, тайком послала своего служителя в Палермо, велев ему поклониться от себя красавцу Джербино и сказать, что через несколько дней она отправится в Гранаду, и потому теперь окажется, насколько он, как говорили, человек храбрый и так ли он ее любит, как несколько раз это заявлял. Тот, кому дано было это поручение, отлично его исполнил и вернулся в Тунис. Как услышал это Джербино и узнал, что его дед, король Гвильельмо, поручился перед тунисским королем, он не ведал, что и делать; тем не менее, побуждаемый любовью, лишь только слова дамы были ему донесены, он, дабы не показаться трусом, отправился в Мессину, тотчас же велел вооружить две легких галеры и, посадив в них храбрых людей, отправился с ними в Сардинию, рассчитывая, что там должно было пройти судно его милой. И последствие вскоре ответило его ожиданию, ибо через несколько дней, как он туда прибыл, явился, при небольшом ветре, и корабль недалеко от места, где, ожидая его, пристал Джербино. Как увидал он его, сказал своим товарищам: «Господа, если вы так доблестны, как я вас считаю, то между вами, конечно, нет никого, кто бы не ощущал и не ощущает любви, без которой, по моему мнению, ни один смертный не может владеть ни доблестью, ни благом; если же вы были влюблены, то вам легко будет понять мое желание. Я люблю, и любовь побудила меня возложить на вас настоящее предприятие, а что я люблю, то обретается на корабле, который вы видите перед собою, а вместе с предметом моих наибольших желаний там и громадные богатства, которыми мы, если вы люди храбрые, с небольшим трудом, мужественно сражаясь, можем завладеть; но от этой победы я ищу себе в долю лишь одну женщину, из любви к которой я и поднял оружие, все другое да будет отныне всецело вашим. Итак, пойдем и в добрый час нападем на корабль: господь благоприятствует нашему предприятию, держит его на месте, не посылая ему ветра».

Не надо было красавцу Джербино стольких слов, ибо бывшие с ним мессинцы, жадные до добычи, уже вознамерились мысленно сделать то, к чему он побуждал их словами. Потому они подняли в конце его речи сильный крик, что так тому и быть, затрубили в трубы и, схватившись за оружие и пустившись на веслах, пристали к кораблю. Те, что на нем были, увидев издали галеры и не будучи в состоянии уйти, приготовились к защите. Добравшись до корабля, красавец Джербино потребовал, чтобы его начальников доставили на галеры, если они не хотят битвы; узнав, кто они и чего требуют, сарацины сказали, что на них напали в противность ручательству, данному им королем, в знак чего показали рукавицу короля Гвильельмо, совершенно отказываясь сдаться иначе, как после борьбы, и выдать им что-либо, находящееся на корабле. Джербино, увидевший на корме даму, гораздо более красивую, чем он себе представлял, воспылал более прежнего и, когда ему показали рукавицу, отвечал, что здесь в настоящее время нет соколов и в рукавице нет надобности, а потому, если они не желают выдать девушку, пусть готовятся к битве, которую они немедля и начали, принявшись ожесточенно метать друг в друга стрелы и копья. Таким образом они долго сражались к урону обеих сторон. Наконец, когда Джербино убедился, что из этого выходит мало толку, он взял небольшое судно, которое они привели с собою из Сардинии, и, подожегши его, подвинул при помощи двух галер к кораблю. Увидев это и поняв, что им по необходимости придется сдаться либо умереть, сарацины велели вывести на палубу королевскую дочь, находившуюся под палубой и плакавшую; потащив ее на корму корабля и окликнув Джербино, они на его глазах убили ее, взывавшую о милосердии и помощи, и, бросив ее в море, сказали: «Возьми, мы отдаем ее тебе, в каком виде можем и как то заслужила твоя честность».

Когда Джербино увидел их жестокость, точно ища смерти, не обращая внимания ни на стрелы, ни на камни, велел подвезти себя к кораблю, и, вскочив на него, несмотря на сопротивление там бывших, и, как голодный лев, попавший в стадо молодых быков, умерщвляя того и другого, на первых порах утоляет зубами и когтями скорее свою ярость, чем голод, так с мечом в руке, рубя того или другого сарацина, многих из них предал Джербино жестокой смерти; когда же стал разгораться огонь на подожженном корабле, он велел своим морякам, в удовлетворение их, вытащить, что было можно, с судна, и сам сошел с него с невеселою победою, выигранной над своими противниками. Затем, приказав выловить из моря тело красавицы, долго оплакивал ее, проливая слезы; на обратном пути в Сицилию он велел похоронить ее с почестями на Устике, небольшом островке, почти напротив Трапани, и вернулся домой, более чем кто-либо опечаленный.

Когда до тунисского короля дошли об атом вести, он послал к королю Гвильельмо своих послов, одетых в черное, жалуясь на плохо соблюденное честное слово, данное ему; они рассказали все, как было. Это сильно разгневало короля Гвильельмо; не видя возможности отказать в правосудии, чего у него требовали, он велел схватить Джербино, и хотя не было ни одного барона, который не попытался бы отвратить его просьбами от этого решения, сам осудил его на смертную казнь и в своем присутствии велел отрубить ему голову, желая скорее остаться без внука, чем прослыть королем, не держащим слова. Так печально в несколько дней погибли злою смертью, как я вам рассказала, двое влюбленных, не вкусив ни малейшего плода от своей любви.

## Новелла пятая

**Братья Изабетты убивают ее любовника; он является ей во сне и указывает, где похоронен. Тайком выкопав его голову, она кладет ее в горшок базилика и ежедневно подолгу плачет над нею; братья отнимают ее у нее, после чего она вскоре умирает с горя.**

Когда кончилась новелла Елизы, король слегка одобрил ее, и ведено было рассказывать Филомене, которая, исполненная сострадания к бедному Джербино и его милой, жалостно вздохнув, начала так: – Рассказ мой, милые дамы, будет не о людях, столь высокопоставленных, как те, о которых говорила Елиза, но, быть может, не менее трогателен; а к воспоминанию о нем привела меня недавно упомянутая Мессина, где событие и приключилось.

Жили в Мессине трое юношей, братьев, купцы, ставшие богатейшими людьми по смерти своего отца, который был из Сан Джиминьяно, и была у них сестра, по имени Изабетта, девушка очень красивая и образованная, которую они, по какой бы то ни было причине, еще не успели выдать замуж. Кроме того, был у этих трех братьев, при одной из их лавок, юноша из Пизы, по имени Лоренцо, который вел и вершил все их дела, очень красивый собою и чрезвычайно приятный в обращении. Когда Изабетта несколько раз обратила на него внимание, вышло так, что он начал ей страшно нравиться. Лоренцо, заметив это раз, другой, также начал обращать к ней свое сердце, оставив все другие свои любовные связи; и так пошло дело, что, одинаково понравившись взаимно, они в короткое время друг в друге уверились и совершили то, чего каждый из них наиболее желал. Продолжая эти отношения и доставляя себе много утехи и удовольствия, они не сумели устроить это настолько тайно, чтобы однажды ночью, когда Изабетта шла туда, где спал Лоренцо, старший из братьев того не заметил, тогда как она и не спохватилась. Как ни неприятно ему было узнать о том, он, как юноша разумный, приняв более пристойное решение и не промолвившись и ничего не сказав, прождал до следующего утра, вращая по этому поводу разнообразные мысли. Когда настал день, он рассказал своим братьям, что видел прошлою ночью относительно Изабетты и Лоренцо, и после долгого совещания с ними решил обойти молчанием это дело, дабы не последовало позора ни им, ни сестре, и представиться, будто они совершенно ничего не видели и не знают, пока не наступит время, когда без вреда и неприятности для себя они получат возможность удалить с глаз этот стыд, прежде чем он разрастется. Оставаясь при этом решении, болтая и смеясь с Лоренцо попрежнему, они притворились однажды, что отправляются втроем погулять за город и с собою повели Лоренцо; придя в одно очень уединенное, отдаленное место, они, воспользовавшись удобным случаем, убили вовсе не остерегавшегося Лоренцо и похоронили так, что никто того не заметил, а вернувшись в Мессину, пустили слух, что куда-то послали его по своим делам, чему легко поверили, ибо у них было в обычае часто посылать его.

Когда Лоренцо не возвращался, а Изабетта очень часто и настоятельно разведывала о нем у братьев, так как долгое его отсутствие ее тяготило, случилось однажды, что, когда она спрашивала о нем очень настойчиво, один из братьев сказал ей: «Что это значит? Что тебе до Лоренцо, что ты так часто о нем спрашиваешь? Коли еще станешь спрашивать, мы дадим тебе ответ, какой ты заслужила». Поэтому девушка пребывала в печали и грусти, боясь сама не зная чего, более не расспрашивая о нем, и часто ночью жалостно призывала его, умоляя явиться, иной раз сетовала, проливая обильные слезы об его отлучке, и ничто ее не радовало, и она все поджидала его. Однажды ночью, когда, много поплакав о Лоренцо, что он не возвращается, она, наконец, заснула в слезах, случилось, что Лоренцо предстал ей во сне, бледный и растерзанный, в рваной и истлевшей одежде, и будто сказал ей: «О Изабетта, ты только и делаешь, что зовешь меня и печалишься о моем долгом отсутствии и жестоко винишь меня, проливая слезы; поэтому узнай, что я не могу более вернуться, ибо в тот день, когда ты видела меня в последний раз, твои братья меня убили». И открыв ей место, где его схоронили, он сказал ей, чтобы она не звала и не ожидала его, и исчез. Девушка, проснувшись и поверив видению, горько заплакала. Затем, встав утром и не осмеливаясь что-либо сказать братьям, решилась пойти в означенное место и посмотреть, правда ли то, что представилось ей во сне; получив позволение выйти немного погулять за город, она в сообществе с одной девушкой, когда-то у них жившей и знавшей все ее дела, отправилась туда как можно поспешнее и, сгребя бывшие на том месте сухие листья, стала копать, где земля показалась ей менее твердой. И недолго копала, как нашла тело своего несчастного любовника, еще совсем нетронутое и не разложившееся, почему она ясно познала, что ее видение было правдиво. Опечаленная этим, как ни одна женщина, она поняла, что тут не до слез, и охотно унесла бы с собою, если бы можно, все тело, чтобы предать его достойному погребению; но видя, что это невозможно, как сумела, отрезала ножом голову от туловища и, набросав на него земли, голову завернула в полотенце, положила в подол служанке и, никем не замеченная, ушла оттуда и вернулась домой. Здесь, запершись с тою головою в отдельном покое, долго и горячо плакала над нею, так что всю ее омыла своими слезами, повсюду осыпая ее поцелуями. Взяв затем большой, красивый горшок, из тех, в которых садят майоран или базилик, поместила ее туда, обвив прекрасным платом, и, положив сверху земли, посадила несколько отростков прекрасного салернского базилика, который никогда ничем иным не поливала, как розовой или померанцевой водой, либо своими слезами. У ней было обыкновение всегда сидеть поблизости этого горшка и со страстным желанием смотреть на него, ибо он хранил ее Лоренцо; насмотревшись, она садилась над ним и принималась плакать, и плакала долго, так что орошала весь базилик. А базилик частью от долгого и постоянного ухода, частью от того, что земля была жирная вследствие разлагавшейся внутри головы, стал чудесным и очень пахучим.

Так как девушка блюла постоянно этот обычай, соседи несколько раз заметили его и, когда братья дивились, что ее красота увядает, а глаза точно исчезли с лица, те сказали им: «Мы заметили, что она каждый день делает то-то». Как услышали о том братья и сами в том уверились, несколько раз пожурили ее за это, и когда это не помогло, велели тайком унести у нее тот горшок. Не найдя его, она с большим настоянием много раз просила о нем; когда ей его не отдавали, она от непрестанного плача и слез захворала и во время своей болезни только и просила, что о горшке. Юноши сильно изумились этим просьбам и потому пожелали увидеть, что там внутри; сняв землю, увидели плат, а в нем голову, еще не настолько разложившуюся, чтобы они не могли признать по волосам, что то голова Лоренцо. Они очень удивились этому и, убоясь, как бы про то не узнали, схоронив голову и не говоря о том никому, тайком покинули Мессину и, устроив все для своего отъезда, отправились в Неаполь. Девушка, не перестававшая проливать слезы и все время просить о своем горшке, скончалась, плача; так кончилась ее несчастная любовь. Когда по некотором времени это дело стало многим известно, кто-то сложил канцону, которая и теперь еще поется:

*Что то был за нехристь злой,*
*Что мой цветок похитил и т.д.*

## Новелла шестая

**Андреола любит Габриотто; она рассказывает ему виденный ею сон, он ей – другой и внезапно умирает в ее объятиях. Когда она со своей служанкой несет его к его дому, стража забирает их, и Андреола показывает, как было дело. Подеста хочет учинить ей насилие, она противится тому; слышит о том ее отец и освобождает ее, как невинную, но она, не желая более жить в миру, идет в монахини.**

Новелла, рассказанная Филоменой, была очень приятна дамам, ибо они много раз слышали ту канцону и сколько ни спрашивали, никогда не могли узнать повода, по которому она была сложена. Когда король дослушал конец новеллы, повелел, чтобы Памфило продолжал по заведенному порядку. Тогда Памфило начал: – Сон, рассказанный в предыдущей новелле, дает мне повод рассказать другую, где встречаются два сна, касавшиеся того, что имело произойти, точно все это уже случилось, и едва лишь рассказали их те, кому они привиделись, как оба сна сбылись. Ибо мы должны знать, любезные дамы, что все живущие подвержены тому, что видят во сне разные вещи, которые хотя и представляются спящему, пока он спит, вполне действительными, а проснувшемуся иные правдивыми, другие вероятными, а некоторые он считает выходящими из всякой правдоподобности, тем не менее многие из них, как оказывается, сбывались. Почему многие питают к сновидению такую веру, какую питали бы к вещам, виденным ими наяву, и из-за своих снов печалятся и радуются, смотря по тому, побуждают ли они их бояться, или надеяться.

Наоборот, есть и такие, которые не верят никакому сну, пока не попадут в предсказанную им опасность. Я не поощряю ни того, ни другого, ибо сны не всегда правдивы и не всегда лживы Что они не всегда правдивы, то каждый из нас, вероятно, не раз испытал; что они не всегда обманчивы, то доказано было раньше новеллой Филомены, и я намерен доказать это, как уже сказал, моей собственной. Вследствие этого, я полагаю, что, живя и поступая добродетельно, нечего бояться какого бы то ни было противоречивого сна, ни покидать из-за него добрых намерений; а относительно преступных и дурных деяний, если бы сновидения и благоприятствовали им и, повторяясь, ободряли к ним видевшего их, им не следует верить, ни, в обратном случае, всецело доверяться им. Но обратимся к новелле.

В городе Брешии жил когда-то дворянин, по имени мессер Негро из Понте Карраро; у него в числе других детей была дочь, по имени Андреола, девушка очень красивая и незамужняя, влюбившаяся ненароком в своего соседа, по имени Габриотто, человека низкого происхождения, но исполненного добрых нравов, красивого собою и приятного; при помощи служанки дома девушка сумела так устроить, что не только Габриотто узнал о любви к нему Андреолы, но его и приводили не раз в прекрасный сад ее отца к удовольствию той и другой стороны. И для того, чтобы никакая причина, кроме смерти, не могла разъединить эту счастливую любовь, они тайно стали мужем и женой.

Когда таким образом они, скрываясь, продолжали сходиться друг с другом, случилось однажды ночью, что девушке представилось во сне, будто она в своем саду с Габриотто и держит его, к обоюдному наслаждению, в своих объятиях; и что пока они так пребывали, нечто мрачное и ужасное вышло из его тела, образ чего она не могла познать, и ей казалось, что это нечто схватило Габриотто и против ее желания с изумительной силой вырвало из ее объятий и ушло с ним под землю, и она не видела более ни того, ни другого. Вследствие этого она чрезвычайно опечалилась и потому проснулась; и хотя, проснувшись, обрадовалась, усмотрев, что не так было, как ей снилось, тем не менее у нее явился страх от бывшего ей сна. Поэтому, когда Габриотто собирался прийти к ней на следующую ночь, она старалась, насколько возможно, устроить так, чтобы вечером он не явился, но, увидя, что он того желает и дабы не возбудить в нем подозрения, приняла его на следующую ночь в своем саду; нарвав много белых и алых роз, ибо им было время, она пошла с ним посидеть у находившегося в саду прекрасного прозрачного фонтана. Здесь, когда они долго побыли друг с другом в великом веселии, Габриотто спросил ее, по какой причине она перед тем отказала ему в свидании. Девушка, сообщив ему о своем сне, виденном прошлую ночь, и об опасении, им внушенном, все ему рассказала. Услышав это, Габриотто посмеялся тому, говоря, что придавать какую-либо веру снам – большая глупость, ибо они происходят от избытка или недостатка пищи, и можно ежедневно убедиться в их обманчивости. Затем он сказал: «Если б я захотел последовать снам, я бы не пришел сюда, не столько из-за твоего, сколько из за того, который я и сам видел этой ночью и в котором мне чудилось, будто я нахожусь в одном прекрасном, восхитительном лесу и в нем охочусь и поймал лань такую красивую и хорошенькую, что другой такой и не видать; и казалось мне, что она белее снега и в короткое время так приручилась ко мне, что совсем от меня не отходила; тем не менее, представлялось мне, я так ею дорожил, что надел на нее, дабы она от меня не ушла, золотой ошейник, а ее держал на золотой цепочке. После того мне виделось, что, когда однажды эта лань покоилась, положив голову ко мне на колени, невесть откуда вышла сука, черная, как уголь, голодная и очень страшная с виду, и направилась ко мне. Мне казалось, что я не оказываю ей никакого сопротивления, а она схватила меня за грудь у левого бока и так долго его грызла, что добралась до сердца, которое она будто вырвала и унесла. От того я ощутил такую боль, что сон прервался, и, проснувшись, я тотчас же поспешил ощупать рукою бок, нет ли там чего; не найдя ничего болезненного, я насмеялся над самим собою, что там чего-то искал. И что же все это значит? Такие и более страшные сны я часто видел, но от того со мною ничего не случалось ни более, ни менее; потому бросим их и давай веселиться».

Девушка, очень устрашенная своим сновидением, выслушав это, испугалась еще более, но дабы как-нибудь не причинить Габриотто беспокойства, насколько могла скрыла свой страх. Но хотя она веселилась с ним, то обнимая и целуя его, то встречая его объятия и поцелуи, она, опасаясь сама не зная чего, чаще обыкновенного вглядывалась в его лицо, а порой осматривалась и по саду, не увидит ли где-нибудь приближающегося черного предмета. Когда они пребывали таким образом, Габриотто, испустив глубокий вздох, обнял ее и сказал: «Увы мне, душа моя, помоги мне, ибо я умираю». Проговоря это, он упал на траву луга. Когда девушка это увидела, положила голову упавшего к себе на грудь и сказала, чуть не плача: «Милый мой повелитель, что с тобою?» Габриотто не отвечал, но, сильно стоная и обливаясь потом, не по долгом времени расстался с этой жизнью.

Насколько это было тяжко и печально для девушки, любившей его более самой себя, всякая из нас может себе представить Она сильно плакала и много раз тщетно звала его, но когда убедилась, что он действительно умер, повсюду ощупав его тело и найдя его всего холодным, она, не зная, что делать и что сказать, как была в слезах и полная тоски, пошла позвать свою служанку, посвященную в эту любовь, и рассказала ей о своем несчастии и горе. После того как они вместе оросили жалостными слезами лицо мертвого Габриотто, девушка сказала служанке: «Так как господь взял его у меня, я не хочу более жить; но прежде чем убить себя, я желала бы, чтобы мы изыскали приличное средство, дабы охранить мою честь и тайну бывшей между нами любви и похоронить тело, из которого удалилась милая душа». На это служанка сказала: «Дочь моя, не говори, что хочешь убить себя, ибо если ты его утратила, то, убив себя, утратишь и на том свете, ибо пойдешь в ад, куда, я уверена, не пошла его душа, потому что он был юноша хороший; гораздо лучше утешить себя и подумать, как молитвами и другими благими делами помочь его душе, если, быть может, вследствие какого-нибудь совершенного греха она в том нуждается. Что до погребения, то самое скорое средство – похоронить его в этом саду, о чем никто никогда не узнает, ибо никому не известно, что он приходил сюда; если же ты этого не желаешь, положим его за садом и оставим: завтра его найдут и отнесут домой, и его родные похоронят его». Девушка, хотя полна была горя и неустанно плакала, прислушалась, однако, к советам служанки и, не согласись с первым, на второй ответила: «Не дай бог, чтобы я допустила такого достойного юношу, столь мною любимого и моего мужа, похоронить, как собаку, или выкинуть на улицу. Я пролила над ним мои слезы, и насколько я смогу это устроить, над ним прольют слезы и его родные, и у меня уже на уме, что нам следует сделать». Тотчас же она послала ее за куском шелковой ткани, который был у нее в сундуке; когда та принесла его, они, разостлав его на земле, положили на него тело Габриотто, а под голову подушку; закрыв ему при великих слезах глаза и рот, сделав ему венок из роз и всего осыпав розами, которые обе они нарвали, она сказала служанке: «Отсюда до дверей его дома не далеко, потому ты и я отнесем его туда, так нами убранного, и положим перед дверьми. Не много пройдет времени, как настанет день, и его подберут, и хотя это вовсе не будет в утешение его ближним, но я, в чьих объятиях он умер, буду довольна». Так сказав, она снова бросилась к нему на шею с обильными слезами и долго плакала. Когда служанка стала сильно торопить ее, ибо день уже занимался, она поднялась и, сняв с своего пальца то самое кольцо, которым обручилась с Габриотто, надела ему на палец, говоря со слезами: «Дорогой господин мой, если душа твоя зрит теперь мои слезы и после ее удаления еще остается в теле какое-нибудь разумение и чувство, прими благодушно последний дар той, которую ты при жизни так любил». Так сказав, она без сознания упала на него; очнувшись и встав, она с служанкой взялись за ткань, на которой лежало тело, вышли с ним из сада и направились к его дому. Когда они шли таким образом, случилось, что стража подесты, ненароком проходившая в то время по какому-то делу, встретила их и забрала с мертвым телом. Андреола, жаждавшая более смерти, чем жизни, как увидела служителей синьории, откровенно сказала: «Я знаю, кто вы, и что если б я и желала бежать, то понапрасну; я готова пойти с вами перед синьорию и рассказать, что все это значит, но да не осмелится никто прикоснуться ко мне, если я буду послушной, ни снять что-либо с мертвого тела, коли не желает, чтоб я на него пожаловалась». Вследствие этого, не тронутая никем, как была с телом Габриотто, она пошла во дворец синьоров.

Когда узнал об этом подеста, встал и, будучи с нею один в своей комнате, расспросил, как это произошло; он велел врачам досмотреть, от яда ли, или чего другого последовала смерть того человека, но все отрицали это, а лопнул у него нарыв около сердца, который и задушил его. Выслушав это и уразумев, что ее проступок маловажный, подеста, желая дать ей понять, что хочет даровать ей, чего не имел права продать, сказал, что отпустит ее, если она согласится исполнить его желание; когда эти слова не помогли, он, наперекор всякой пристойности, хотел употребить насилие. Но Андреола, воспылав негодованием и ощутив силу, храбро защищалась, отталкивая его с бранными, презрительными словами.

Когда настал день и обо всем этом рассказали мессеру Негро, смертельно опечаленный, он отправился в сопровождении многих своих друзей во дворец и, разузнав все от подсеты, расстроенный этим, потребовал, чтобы ему отдали дочь. Подеста, желая сам себя обвинить в насилии, которое он готовился учинить ей, прежде чем она обвинит его, стал, во-первых, хвалить девушку и ее постоянство, в доказательство чего рассказал, что сделал; вследствие этого он, увидя такую ее непоколебимость, ощутил к ней великую любовь, и коли то угодно ему – ее отцу – и ей самой, он охотно женился бы на ней, несмотря на то, что муж у нее был из худородных.

Пока они так беседовали, Андреола явилась перед лицом отца, с плачем бросилась перед ним на колени и сказала: «Отец мой, не думаю, чтобы мне следовало рассказывать вам повесть моей решимости и моего несчастия, ибо уверена, что вы ее слышали и знаете; потому изо всех сил, униженно прошу вас простить мой проступок, то есть, что я без вашего ведома избрала мужем того, кто мне наиболее понравился. Прошу у вас этой милости не для того, чтобы сохранить жизнь, а чтобы умереть вашей дочерью, не врагом». И она с плачем упала к его ногам.

Выслушав эти слова, мессер Негро, уже дряхлый и от природы добродушный и любящий, заплакал и, плача, нежно поднял дочь и сказал: «Дочь моя, мне было бы приятно, если б у тебя мужем был такой человек, какой, по моему мнению, был бы тебя достоин, но если ты избрала себе такого, который тебе нравился, он понравился бы и мне; а что ты скрыла это, печалит меня, как знак твоего малого ко мне доверия, особенно же когда я вижу, что ты утратила его, прежде чем я об этом узнал. Но если все так сталось, то пусть то, что я, в угоду тебе, сделал бы для него, если б он был жив, будет ему оказано по смерти, то есть почести, как моему зятю». И, обратившись к своим сыновьям и родственникам, он велел приготовить для Габриотто великолепные и почетные похороны.

Между тем собрались, узнав об этом происшествии, родственники и родственницы юноши и почти все женщины и мужчины, какие были в городе. Таким образом, тело, положенное посреди двора на плате Андреолы со всеми розами, какие на нем были, было оплакано не только ею и ее родственницами, но всенародно – почти всеми женщинами города и многими мужчинами, и не как простого человека, а как синьора, его вынесли из городского дома и понесли хоронить с величайшими почестями, на плечах именитейших граждан. Затем, несколько дней спустя, когда подеста повторил свое прежнее предложение, а мессер Негро стал говорить о том с дочерью, она ничего не хотела о том слышать и, с согласия отца, поступила вместе со своею служанкой в один известный своею святостью монастырь, где они долго и добродетельно прожили.

## Новелла седьмая

**Симона любит Пасквино: оба в саду: Пасквино потер зубы шалфеем и умирает, Симона схвачена, желает показать судье, как погиб Пасквино, трет себе зубы листком того шалфея и также умирает.**

Памфило отбыл свою новеллу, когда король, не обнаружив никакой жалости к Андреоле, взглянув на Емилию, дал ей понять, что ему будет приятно, если она, доследуя за другими, сказывавшими, и сама расскажет. Она, ни мало не медля, начала: – Дорогие подруги, новелла, рассказанная

Памфило, побуждает меня сообщить вам другую, похожую на нее не чем иным, как тем, что как Андреола потеряла своего милого в саду, так и та, о которой мне придется рассказать, и что взятая, подобно Андреоле, она не крепостью и не доблестью, а внезапною смертью освободилась от суда. Уже замечено было однажды между нами, что хотя Амур охотно обитает в домах людей благородных, тем не менее не гнушается властвовать и в жилищах бедняков; напротив, именно там проявляет порой свои силы так, что заставляет и более богатых людей бояться себя, как могучего властелина. Это если не всецело, то отчасти выяснится из моей новеллы; с нею я желаю снова вступить в наш город, из которого, рассказывая разное и о разных вещах и вращаясь в разных частях света, мы сегодня настолько удалились.

Не так давно тому назад жила во Флоренции очень красивая и, по ее положению, очень милая девушка, дочь бедного отца, по имени Симона. Хотя ей приходилось собственными руками зарабатывать хлеб на пропитание и она кормилась, прядя шерсть, она не так бедна была духом, чтобы не отважиться отверзть свое сердце Амуру, давно обнаруживавшему желание вступить в него – делами и приятными речами одного юноши, не более высокого полета, чем она сама, ходившего раздавать от своего хозяина ткача шерсть на пряжу. Итак, восприяв любовь в прекрасном образе любившего ее юноши, по имени Пасквино, сгорая желанием, но не решаясь пойти далее, она, прядя, за каждым пасмом шерсти, которую мотала на веретено, испускала вздохи горячее огня, вспоминая о том, кто дал ей его намотать. Тот, с другой стороны, обнаружил большое рвение, чтобы хорошенько пряли шерсть его хозяина, и как будто пряжа Симоны, и никакая иная, пойдет на тканье, обращался к ней чаще, чем к другим. Вследствие этого, когда один просил, а другой эти просьбы нравились, вышло так, что тот набрался храбрости более обыкновенного, она далее обычного отогнала страх и стыд, и оба соединились для взаимных наслаждений. И они так понравились той и другой стороне, что не то, чтобы один выжидал для этого приглашения другого, а каждый шел другому навстречу, приглашая свидеться.

Когда таким образом их утехи продолжались со дня на день и, продолжаясь, еще более их воспламеняли, случилось Пасквино сказать Симоне, что ему было бы желательно, если бы она нашла способ пойти в один сад, куда он хотел повести ее, дабы им можно было побыть там вместе с большим удобством и меньшим опасением. Симона ответила, что согласна, и однажды в воскресенье после обеда, уверив отца, что хочет пойти за отпустом в Сан Галло, отправились с своей подругой, по имени Ладжина, в сад, указанный ей Пасквино. Здесь она нашла его с товарищем, по имени Пуччино, а по прозванию Страмба. Когда завелась и тут страстишка между Страмбой и Ладжиной, сами они удалились для своих наслаждений в одну часть сада, а Страмбу и Ладжину оставили в другой.

В той части сада, куда прошли Пасквино и Симона, находился большой, прекрасный куст шалфея; усевшись возле него и долгое время насладившись взаимно и много поболтав о закуске, которую они, отдохнув, намеревались устроить в этом саду, Пасквино повернулся к большому кусту шалфея, сорвал с него лист и начал тереть им зубы и десны, говоря, что шалфей отлично очищает от всего, что остается на них после еды. Потерев их таким образом некоторое время, он снова вернулся к разговору о закуске, о которой перед тем говорил. Недолго он продолжал беседу, как стал совершенно меняться в лице, а за переменой не прошло много времени, как он потерял зрение и дар слова и скоро скончался.

Увидев это, Симона принялась плакать и кричать и звать Страмбу и Ладжину. Они тотчас же прибежали, и когда Страмба увидел, что Пасквино не только умер, но и весь стух и покрыт по лицу и телу темными пятнами, тотчас же закричал: «Ах ты негодная, это ты отравила его!» И он поднял такой шум, что его услышали многие, жившие по соседству с садом. Они прибежали на шум и, найдя Пасквино мертвым и опухшим, слыша, что Страмба жалуется, обвиняя Симону, будто она злостно отравила Пасквино, а она, почти вне себя с горя от внезапного случая, лишившего ее любовника, не знает, как защититься, сочли все, что дело было именно так, как говорил Страмба. Поэтому ее, еще продолжавшую сильно плакать, схватили и повели во дворец подесты. Здесь Страмба вместе с Аттичьято и Маладжеволе, явившимися между тем товарищами Пасквино, стали торопить судом, и судья, не мешкая, принялся расспрашивать ее о деле; не будучи в состоянии убедиться, что в этом случае она действовала злостно и виновна, он пожелал в ее присутствии увидеть мертвое тело и место и обстановку, о которых она рассказала, ибо из ее слов он не уяснил себе этого достаточно; поэтому он втихомолку велел отвести ее туда, где еще лежало тело Пасквино, распухшее, как бочка; затем, отправившись и сам и подивившись на покойника, спросил ее, как было дело. Подойдя к кусту шалфея и рассказав все предыдущее, чтобы дать ему вполне понять приключившийся случай, она сделала так, как сделал Пасквино, потерев зубы листком этого шалфея.

Пока надо всем этим в присутствии судьи издевались Страмба и Аттичьято и прочие друзья и товарищи Пасквино, как над глупостями и выдумками, тем настойчивее обвиняя ее в злодеянии и требуя не более не менее, как чтобы костер был карою такому преступлению, бедняжка, потрясенная горем об утрате любовника и страхом наказания, которого требовал Страмба, потерев себе зубы шалфеем, упала при тех же обстоятельствах, как упал и Пасквино, не без великого изумления всех присутствовавших. О блаженные души, которым довелось в один и тот же день дожить до конца горячей любви и смертного века! Тем более блаженные, если вы вместе отправились в одно и то же пребывание! Блаженнейшие, если и в той жизни любят и вы любите друг друга, как любили здесь! Но всего счастливее, по мнению нас, переживших ее, душа Симоны, что судьба не попустила ее невинности подвергнуться свидетельству Страмбы, Аттичьято и Маладжеволе, каких-нибудь чесальщиков или и более подлых людей, а нашла ей более почетный путь избегнуть их оскорблений, тем же родом смерти, как и ее милый, последовав за душой столь любимого ею Пасквино.

Судья, подобно всем другим, тут бывшим, удивленный этим происшествием, не зная, что сказать, на долгое время задумался, но потом, придя к более ясному сознанию, сказал: «Должно быть, этот шалфей ядовитый, чего вообще не бывает с шалфеем, а для того, чтоб он таким же образом не повредил иным, пусть его срубят по корни и бросят в огонь». Когда тот, что сторожил сад, сделал это в присутствии судьи, лишь только свалил куст на землю, как объявилась причина смерти двух несчастных любовников: была под этим кустом шалфея жаба удивительной величины, от ядовитого дыхания которой, полагали, и этот шалфей стал ядовитым. Так как никто не осмелился приблизиться к этой жабе, то, высоко обложив ее хворостом, сожгли ее вместе с шалфеем. Так и покончил судья дело о смерти бедняги Пасквино, а его с Симоной, как были, опухших, Страмба и Аттичьято и Гуччио Имбратта и Маладжеволе похоронили в церкви св. Павла, которой она, кстати, была прихожанка.

# Новелла восьмая

**Джироламо любит Сальвестру; отправляется, побуждаемый просьбами матери, в Париж; вернувшись, находит ее замужем, тайно проникает в ее дом и умирает около нее; когда его понесли в церковь, Сальвестра умирает возле него.**

Новелла Емилии пришла к концу, когда, по приказанию короля, Неифила начала таким образом: – На мой взгляд, достойные дамы, есть люди, мнящие, что знают более других, а знают мало, почему позволяют себе противопоставлять свою мудрость не только людским советам, но и природе вещей; и от этого самомнения уже многое множество произошло бед, а никакого добра еще никогда не видали. А так как изо всех естественных побуждений любовь всего менее выносит совет и противоречие, ибо по природе она скорее сама может известись, чем быть остановлена препятствием, у меня пришло на мысль рассказать вам новеллу о женщине, которая, желая быть умнее, чем ей пристало и чем она была, и несмотря на то, что дело, в котором она тщилась проявить свой ум, было не подходящее, вместо того чтобы удалить, как она полагала, из сердца любовь, быть может, внушенную ему звездами, достигла того, что изгнала из тела сына любовь и душу.

Жил в нашем городе, как то рассказывают старые люди, знатнейший и богатый купец, по имени Леонардо Сигьери, у которого от жены был сын, прозванный Джироламо, по рождении которого он, устроив как следует свои дела, скончался. Попечители ребенка вместе с его матерью вели его дела хорошо и честно; мальчик, росший с детьми своих соседей, сошелся с девочкой своих лет, дочерью портного, более, чем с каким другим ребенком той улицы. С годами привычка обратилась в такую и столь страстную любовь, что Джироламо чувствовал себя хорошо лишь когда ее видел, и, наверно, она любила его не менее, чем была любима им. Мать мальчика, заметив это, много раз бранила и наказывала его, а затем, когда Джироламо не был в состоянии от того отстать, пожаловалась его попечителям и, полагая, что при больших средствах сына можно сделать из терния померанец, сказала им: «Наш мальчик, которому едва четырнадцать лет, так влюбился в дочь одного портного, нашего соседа, по имени

Сальвестру, что если мы не удалим ее от него, он, пожалуй, когда-нибудь возьмет ее за себя, без чьего-либо ведома, после чего я никогда не буду радостна; либо он исчахнет по ней, если увидит ее выданною за другого; потому, мне кажется, вам следовало бы, во избежание этого, услать его куда-нибудь отсюда подальше по делам торговли, ибо если он удалится от ее лицезрения, она выйдет у него из ума, а там мы дадим ему в жены девушку хорошего рода». Попечители сказали, что она говорит дело, и они, по возможности, устроят это. Велев позвать к себе в лавку мальчика, один из них стал очень дружелюбно говорить ему: «Сын мой, ты теперь уже подрос, и тебе хорошо самому приняться смотреть за своими делами, почему нам было бы очень приятно, если бы ты отправился на некоторое время пожить в Париж, где, как увидишь, обращается большая часть твоих богатств, не говоря уже о том, что там ты станешь лучше, образованнее и обходительнее, чем мог бы стать здесь, когда насмотришься на тех господ и баронов и дворян, каких там много; а когда научишься у них обращению, можешь вернуться сюда».

Юноша слушал внимательно, но отвечал коротко, что ничего такого делать не желает, полагая, что если другим, то и ему можно остаться во Флоренции. Выслушав это, почтенные люди стали корить его многими словами, но, не успев добиться от него иного ответа, сказали о том матери. Сильно разгневанная не его нежеланием отправиться в Париж, а его увлечением, она страшно побранила его; затем, приласкав нежными словами, стала подлаживаться к нему и дружелюбно просить, как одолжения, сделать то, чего желают его попечители; и она так сумела уговорить его, что он согласился поехать и прожить в Париже год, но не более. Так и сталось.

Так, Джироламо, страстно влюбленный, отправился в Париж, где его (не сегодня, завтра поедешь!) продержали два года. Вернувшись оттуда более чем когда-либо влюбленным, он нашел Сальвестру замужем за одним порядочным молодым человеком, шатерником; это чрезвычайно его опечалило. Увидев, однакож, что дела не изменишь, он старался примириться с ним и, разузнав, где она живет, стал, по обычаю влюбленных юношей, ходить мимо нее, полагая, что если она позабыла его, то разве так, как он ее. Но дело обстояло иначе: она помнила его не более, как бы никогда его не видала, а если отчасти и помнила, то показывала противное, в чем юноша убедился в очень короткое время не без величайшей печали. Тем не менее он делал все возможное, чтобы снова овладеть ее сердцем: так как это, казалось ему, ни к чему не приводило, он решил, если бы пришлось ему оттого и умереть, поговорить с нею лично. Узнав от одного соседа, как расположен ее дом, однажды вечером, когда она ушла с мужем на посиделки к соседям, он тайно пробрался к ней, спрятался в ее комнате за развешанными полотнищами палаток и дождался, пока они, вернувшись, легли в постель; услышав, что муж заснул, он, направясь к месту, где видел, что легла Сальвестра, положил ей руку на грудь и тихо спросил: «Душа моя, спишь ли ты?» Молодая женщина, еще не заснувшая, хотела закричать, но юноша быстро сказал: «Ради бога, не кричи, я – твой Джироламо». Услышав это, она сказала, вся дрожа: «Ради бога, Джироламо, уйди, – прошло то время, когда нам, детям, пристало быть влюбленным: я, как видишь, замужем, почему мне и непристойно заниматься другим мужчиной, кроме моего мужа. Потому прошу тебя самим богом, уйди, ибо если б услышал тебя мой муж, положим, никакого другого зла от того и не произошло бы, но вышло бы то, что я никогда не могла бы жить с ним в мире и покое, тогда как теперь я им любима и пребываю с ним в благополучии и спокойствии».

Выслушав эти речи, юноша ощутил жгучую печаль, напомнил ей прошлое время и свою любовь, никогда не умаленную расстоянием, но ничего не добился. Тогда, в желании смерти, он попросил ее под конец, в награду за такую любовь, дозволить ему лечь рядом с собою, пока он обогреется, ибо он замерз, поджидая ее; и он обещал не говорить ей ничего, не трогать ее, и, как только обогреется, уйти Сальвестра, несколько сжалившаяся над ним, согласилась на данных им условиях. И вот юноша лег с ней рядом, не касаясь ее, и, собрав в мысли долгую любовь, которую питал к ней, и ее настоящую жестокость, и утраченную надежду, решил, что ему больше не жить: задержав в себе дыхание, не говоря ни слова, сжав кулаки, он умер рядом с нею.

По некотором времени молодая женщина, удивляясь его воздержанности и опасаясь, как бы не проснулся ее муж, начала говорить: «Эй, Джироламо, отчего же ты не уходишь?» Не получая ответа, она подумала, что он заснул; вследствие этого, протянув руку, чтобы разбудить его, она начала его ощупывать и, прикоснувшись к нему, нашла его холодным, как лед, чему крайне удивилась; ощупав его сильнее и чувствуя, что он не движется, по повторенном прикосновении поняла, что он умер; безмерно огорченная этим, она долго не знала, что ей делать. Наконец, она решила попытать мужа, говоря о другом лице, что он посоветует сделать;

разбудив его, рассказала ему, как приключившееся у другого, что случилось у него, а затем спросила, как бы он решил, если бы это случилось с нею. Он отвечал, что, по его мнению, следовало бы умершего втихомолку отнести к его дому и там оставить, не питая никакой злобы к жене, ничем, как ему казалось, не проступившейся. Тогда молодая женщина сказала: «Так следует сделать и нам»; взяв его за руку, она дала ему осязать мертвого юношу. Совсем смутившись этим, он достал огня и, не входя с женою в другие разговоры, надел на мертвеца его платье и, немедля взвалив его на плечи, причем уверенность в ее невинности была ему в помощь, отнес его к дверям его дома, положил его там и оставил.

Когда настал день и его увидели мертвым у входа его дома, подняли большой крик, особенно его мать, обыскали его повсюду и осмотрели и, не найдя на нем ни раны, ни следов удара, врачи согласно заключили, что он умер с тоски, как то и было. Так его тело и понесли в церковь, куда пришла и опечаленная мать его, а с нею много других родственниц и соседок, и начали они над ним, по нашему обычаю, рыдать и сетовать.

Пока там шло сильное горевание, человек, в доме которого он скончался, сказал Сальвестре: «Накинь на голову косынку и пойди в ту церковь, куда понесли Джироламо, стань между женщинами и послушай, что об этом говорят, а я сделаю то же у мужчин, дабы нам узнать, не говорят ли что против нас». Молодая женщина, поздно сжалившаяся, согласилась, ибо пожелала увидеть мертвым того, которому, пока он был жив, не хотела угодить, хотя бы поцелуем, и отправилась.

Удивительное дело, когда подумаешь, как трудно уразуметь силы любви! Сердце, не отверзшееся счастливой доле Джироламо, отверзлось его несчастной судьбе, которая, воскресив все старое пламя, внезапно обратило его в такую жалость, что лишь только Сальвестра увидала лицо покойника, как закутанная в косынку, пробравшись между женщин, не остановилась, пока не дошла до тела; здесь, испустив громкий крик, она бросилась лицом на мертвого юношу и не оросила его слезами, ибо лишь только коснулась его, как печаль, похитившая жизнь у него, похитила ее и у ней. Когда женщины стали утешать ее, убеждая встать, еще не зная, кто она, а она не вставала, они захотели ее поднять, но нашли недвижимой; когда, наконец, приподняли ее, заодно узнали, что это Сальвестра и что она скончалась. Вследствие этого все женщины, какие там были, сраженные сугубою жалостью, подняли еще больший плач. Когда вне церкви распространилась о том весть среди мужчин и дошла до ее мужа, бывшего среди них, он, не внимая чьим-либо утешениям, ни уговорам, долго плакал и затем рассказал многим из бывших там, что было ночью с этим юношей и его женой, почему всем ясно объяснилась причина смерти той и другого, и всех это опечалило. Взяв тело умершей молодой женщины и убрав его, как убирают покойников, положили на одно и то же ложе рядом с юношей и похоронили обоих в одной могиле, и кого любовь не могла соединить при жизни, тех в неразрывном союзе соединила смерть.

## Новелла девятая

**Мессер Гвильельмо Россильоне дает своей жене вкусить сердце мессера Гвильельмо Гвардастаньо, им убитого и любимого ею; узнав об этом, она бросается впоследствии с высокого окна, умирает, и похоронена вместе с своим возлюбленным.**

Когда новелла Неифилы пришла к концу, не без того, чтобы не возбудить великое сострадание у всех ее подруг, король, не желая нарушить льготу Дионео и видя, что некому более рассказывать, начал так: – Мне пришла на память, сострадательные дамы, одна новелла, которая должна возбудить в вас, так печалящихся о несчастных случаях любви, не менее жалости, чем предыдущая, ибо и люди, с которыми приключилось, что я расскажу, были более именитые, и произошло с ними более ужасное, чем с теми, о которых говорено.

Вы должны знать, что, как рассказывают провансальцы, в Провансе жили некогда два знатных рыцаря, из которых каждый владел и замками и вассалами, и было одному имя мессер Гвильельмо Россильоне, а другому мессер Гвильельмо Гвардастаньо; а так как и тот и другой были люди храбрые в ратном деле, то очень дружили друг с другом и имели обыкновение всегда отправляться вместе на все турниры, ристания и другие потехи, вооруженные одинаково. И хотя каждый из них жил в своем замке и расстояние между ними было миль десять, тем не менее вышло так, что, невзирая на бывшую между ними дружбу и товарищество, мессер Гвильельмо Гвардастаньо безмерно влюбился в красивую и милую жену мессера Гвильельмо Россильоне и так сумел обнаружить это тем и другим способом, что она это заметила, и он понравился ей, ибо она знала его за доблестнейшего рыцаря, и возымела к нему такую любовь, что ничего более не желала и не любила, как его, и ничего другого не ожидала, как чтобы он попросил ее о том же, что и не замедлило случиться, и они сошлись друг с другом раз и другой, сильно любя друг друга. Но так как они общались друг с другом не особенно осторожно, случилось, что муж это заметил и так вознегодовал, что любовь, которую он питал к Гвардастаньо, обратил в смертельную ненависть; но сумев лучше скрыть ее, чем любовники свою любовь, решился его убить.

Когда Россильоне принял это решение, случилось, что оповестили о большом турнире во Франции, о чем Россильоне тотчас же дал знать Гвардастаньо, послав ему сказать, чтобы он, коли ему угодно, приехал к нему, и они вместе решат, отправиться ли им туда и каким образом. Гвардастаньо, очень обрадованный, ответил, что он непременно явится к нему на следующий день к ужину. Услышав это, Россильоне подумал, что пришло время, когда ему можно будет убить его; на другой день, вооружившись, он сел на коня и в сопровождении нескольких своих слуг в какой-нибудь миле от своего замка сел в засаду, где должен был проезжать Гвардастаньо; прождав его порядком, он усмотрел его безоружного с двумя невооруженными слугами позади, ибо тот нисколько его не остерегался. Когда Россильоне увидел, что тот доехал до желаемого ему места, вышел против него коварно и яростно, с криком: «Смерть тебе, предатель!..» Так сказать и пронзить ему грудь копьем было делом одного мгновения. Гвардастаньо, не будучи в состоянии ни защищаться, ни сказать слова, упал, проткнутый копьем, и вскоре затем умер. Его слуги, не узнав, кто это сделал, повернули своих коней и как могли скорее поспешили к замку своего господина. Сойдя с коня, Россильоне ножом вскрыл грудь Гвардастаньо, собственными руками извлек из нее сердце и, велев завернуть его в значок копья, отдал его нести одному из своих слуг; приказав, чтобы никто не осмелился проронить о том ни слова, он снова сел на коня и вернулся в свой замок, когда уже наступила ночь.

Его жена, слышавшая, что Гвардастаньо будет вечером к ужину, не видя его, очень удивилась и сказала мужу: «Что значит, мессере, что не явился Гвардастаньо?» На это муж ответил: «Мадонна, я получил от него известие, что он не может быть здесь до завтра», что немало смутило даму. Сойдя с коня, Россильоне велел позвать повара и сказал ему: «Возьми это кабанье сердце и постарайся приготовить из него кушаньице, как сумеешь лучше и приятнее на вкус, и когда я буду за столом, пошли его мне на серебряном блюде». Повар взял его, положил на него все свое искусство и заботу, искрошил, прибавил много хороших пряностей и изготовил из него очень вкусное блюдо.

Когда настало время, мессер Гвильельмо сел с своею женою за стол; явились и кушанья, но ему мешала мысль о совершенном им злодеянии, и он ел мало. Повар послал ему и то кушанье, которое он велел поставить перед женою, притворяясь, что сегодня вечером у него до еды нет охоты, а кушанье очень расхваливал. Жена, у которой была охота, стала есть, и ей пришлось по вкусу, почему она все и съела. Когда рыцарь увидел, что жена съела все, он сказал: «Мадонна, как вам понравилось это блюдо?» Она ответила: «Господин мой, поистине оно мне очень понравилось». – «Клянусь богом, – сказал рыцарь, – я верю вам и не удивляюсь, если и мертвым вам понравилось то, что при жизни нравилось более всего другого». Услышав это, жена несколько задумалась, потом сказала: «Как это? и что это такое, что вы дали мне есть?» Рыцарь ответил. «То, что вы кушали, было, поистине, сердце мессера Гвильельмо Гвардастаньо, которого вы, как женщина нечестная, так любили; и будьте уверены, что это оно самое, ибо я этими самыми руками вырвал его у него из груди, незадолго перед тем, как вернулся».

Как опечалилась дама, услышав такое о человеке, которого она более всего любила, о том нечего и спрашивать. После некоторого времени она сказала: «Вы сделали то, что подобает нечестному и коварному рыцарю; если я, без его понуждения, сделала его владыкой моей любви и вас тем оскорбила, не ему, а мне следовало понести за то наказание. Но да не попустит того господь, чтобы какая-нибудь другая пища принята была мною после столь благородной, каково сердце такого доблестного и достойного рыцаря, каким был мессер Гвильельмо Гвардастаньо». И, поднявшись, она, ни мало не думая, выбросилась спиной назад из окна, которое было позади ее. Окно было очень высоко от земли, потому, упав, она не только что убилась, но почти совсем разбилась. Увидев это, мессер Гвильельмо совсем остолбенел, и ему представилось, что он поступил дурно; убоясь народа и Прованского графа, он велел оседлать лошадей и пустился в бегство. На следующее утро по всей местности узнали, как было дело, почему люди замка мессера Гвильельмо Гвардастаньо и жители замка той дамы с великой печалью и плачем, подобрав тела обоих, положили их в церкви замка дамы, в одной общей гробнице, а на ней начертаны были стихи, обозначавшие, кто там похоронен и причину их смерти.

## Новелла десятая

**Жена одного врача кладет своего любовника, одуренного зельем, но сочтенного мертвым, в ящик, который и уносят к себе вместе с телом двое ростовщиков. Очнувшись, любовник схвачен, как вор: служанка дамы рассказывает синьории, что это она положила его в ящик, похищенный ростовщиками; вследствие этого он избегает виселицы, а ростовщики за похищение ящика присуждены к денежной пене.**

Когда король довел свой рассказ до конца, обязанность рассказа оставалась лишь за Дионео, который, зная это и следуя приказанию короля, начал таким образом:

– Бедствия злополучной любви, о которых нам повествовали, не только вам, женщинам, но и мне опечалили глаза и сердце, почему я сильно желал, чтобы они пришли к концу. Теперь, слава богу, они кончились (если только я не пожелаю столь дурному товару дать впридачу столь же дурной, от чего избави меня боже!), и, не останавливаясь далее на таком жалостном предмете, я начну говорить о чем-нибудь более веселом и лучшем и, быть может, дам благое предвестие того, о чем станут сказывать на следующий день.

Итак, вы должны знать, красавицы девушки, что еще недавно тому назад жил в Салерно известнейший врач по хирургии, имя которому было Маццео делла Монтанья; уже достигнув крайней старости, он взял за себя красивую и родовитую девушку своего города, держал ее, лучше всякой другой женщины из городских, в роскошных и богатых платьях и других драгоценностях и во всем, что может нравиться женщине; правда, она большую часть времени мерзла, ибо маэстро плохо прикрывал ее в постели. И как мессер Риччьярдо да Кинаика, о котором мы говорили, научал свою жену праздникам, так этот доказывал своей, что, поспав с женщиной, надо поправляться не знаю сколько дней, и тому подобные глупости, чем она была страшно недовольна и, как женщина умная и отважная, решилась, сберегая домашнее добро, выйти на улицу и покормиться чужим.

Многих и многих молодых людей она пересмотрела, наконец один пришелся ей по сердцу, и в нем она положила всю свою надежду, всю мысль и все благо. Юноша заметил это и, так как она ему очень понравилась, также обратил на нее всю свою любовь. Звали его Руджьери из Иероли; он был из благородных, но столь дурной жизни и столь порочных нравов, что у него не осталось ни родственника, ни друга, которые были бы расположены к нему или желали его видеть, и по всему Салерно шла молва о его татьбах и других низких проделках, о чем дама мало заботилась, так как он нравился ей другим, и она устроила, при помощи одной из своих служанок, что они свиделись. Когда они некоторое время понасладились, она начала упрекать его за его прошлую жизнь и просить, из любви к ней, отстать от этих дел; а чтобы дать ему на это возможность, стала помогать ему когда одной суммой денег, когда другой.

Пока таким образом они продолжали свое дело очень осторожно, врачу случайно попал в руки больной, у которого был изъян в одной ноге; когда маэстро досмотрел недуг, сказал родственникам, что, если не вынуть у него одну гнилую кость, придется ему либо отрезать всю ногу, либо ему умереть; если же извлечь кость, то больной может выздороветь, но он не иначе возьмется да него, как берутся за обреченного на смерть; на это его ближние согласились и как такового ему и сдали. Врач, уверенный, что больной, не приняв снотворного средства, не вынесет страданий и не даст себя лечить, рассчитывая вечером приняться за это дело, велел утром настоять воду на известном ему составе, которую если больной выпьет, она усыпит его на столько времени, сколько ему придется, по его мнению, употребить на его врачевание; велев доставить ее на дом, он поставил ее у себя в комнате на окне, никому не сказав, что это такое.

Когда настала вечерняя пора и врач должен был отправиться к тому человеку, пришел посланный от больших его друзей в Амальфи, чтобы он во что бы то ни стало тотчас же явился туда, потому что там произошла большая драка, в которой многие были ранены. Врач, отложив до следующего утра лечение ноги, сел в лодку и поехал в Амальфи. Жена, зная, что ночью он домой не вернется, по обычаю, тайно велела позвать к себе Руджьери, поместила его в своей комнате и заперла там, пока кое-кто из прочих домашних не пойдет спать. Пока Руджьери находился в комнате, поджидая даму, и у него явилась сильнейшая жажда – от большого ли утомления в течение дня, или от того, что поел соленого, или, быть может, по привычке, – он увидел на окне кувшин с водой, приготовленный врачом для больного, и, думая, что это вода для питья, всю ее выпил; не прошло много времени, как его разобрал глубокий сон и он заснул.

Дама пришла в комнату, как скорее могла, и, увидя Руджьери спящим, начала трогать его, говоря шепотом, чтоб он встал; но это не повело ни к чему; он не отвечал и вовсе не двигался; почему дама, несколько разгневанная, толкнула его с большею силой, говоря: «Встань же, соня! Коли хотел спать, тебе надо было пойти домой, а не приходить сюда». От такого толчка Руджьери упал с сундука, на котором лежал, проявив не более чувствительности, чем то сделало бы мертвое тело. Дама, несколько испуганная этим, принялась было поднимать его и сильнее трясти, хватая его за нос и дергая за бороду, но все это было тщетно: он привязал своего осла к крепкой тычине. Почему дама начала побаиваться, не умер ли он, тем не менее еще принялась больно щипать его тело и жечь горящей свечой, но ничего не выходило; вследствие чего она, как не смыслившая во врачевстве, хотя муж ее и был врачом, уверилась, что он несомненно умер. Как это опечалило ее, любившую его более всего другого, нечего и спрашивать; не смея поднимать шума, она стала тихо плакать над ним, жалуясь на столь лихую долю, но по некотором времени, опасаясь, как бы к ее утрате не присоединился и стыд, сообразила, что следует немедленно отыскать средство, как бы удалить его, мертвого, из дома. Не зная, на что решиться, она потихоньку позвала служанку и, объяснив ей свое горе, попросила у нее совета. Служанка, сильно удивившись, еще подергав и пощипав его и видя его без чувств, сказала то же, что и ее госпожа, то есть что он наверное умер, и посоветовала спровадить его из дому. На это дама сказала: «Куда мы положим его так, чтобы завтра, когда его увидят», не стали подозревать, что он вынесен был отсюда?» Служанка ответила ей: «Мадонна, я видела сегодня, поздно вечером, против лавки вон того столяра, нашего соседа, сундук не очень большой, и если хозяин не убрал его к себе, он как раз пригодится для нашего дела, потому что мы можем положить его туда, нанести ему два, три удара ножом и так оставить. Я не знаю, почему бы тот, кто нашел бы его там, заключил, что он вынесен скорее отсюда, чем из другого места; напротив, подумают, что он, как юноша беспутный, шел на какое-нибудь недоброе дело и был убит кем-нибудь из своих врагов и спрятан в сундук». Совет служанки приглянулся даме, за исключением ран, которые надо было ему нанести, ибо она сказала, что у нее ни за что на свете не хватит духа сделать это, – и она послала ее посмотреть, там ли еще сундук, где она его видела. Вернувшись, та сказала, что еще там; и вот служанка, молодая и здоровая, с помощью госпожи, взвалила на плечи Руджьери, дама пошла вперед, посмотреть, не идет ли кто; подойдя к сундуку, они положили туда тело и, закрыв, оставили.

Как раз в то время остановились в одном доме, немного подальше, двое молодых людей, отдававших деньги в рост, любивших много приобретать и мало тратить; так как им надо было обзаводиться, а они накануне увидели этот сундук, решили сообща убрать его в свой дом, если он останется там на ночь. Когда настала полночь, они вышли из дома и, найдя сундук и не досмотрев его ближе, поспешно отнесли к себе, хотя он и показался им несколько тяжелым, и поместили рядом с комнатой, где спали их жены, не озаботясь приладить его сейчас же; поставив его, они пошли спать.

Руджьери, долго проспавший и уже успевший переварить напиток и одолеть его силу, проснулся, когда было об утрене, и хотя сон прервался и чувства снова приобрели свою деятельность, тем не менее у него в мозгу осталось одурение, державшее его не только в эту ночь, но и в течение нескольких дней отуманенным. Открыв глаза и ничего не видя, он протянул руки туда и сюда и, увидев себя в сундуке, стал гадать, говоря про себя: «Что это такое? Где я? Сплю ли, или бодрствую? Я же помню, что сегодня вечером пришел в комнату моей дамы, а теперь я как будто в сундуке. Что бы это значило? Не вернулся ли врач, или не случилось ли чего другого, почему моя дама спрятала меня спящего? Я в этом убежден, наверно так и было». Потому он притих и начал прислушиваться, не услышит ли чего; пробыв так долгое время, чувствуя себя неловко в сундуке, скорее узком, чем просторном, и ощущая боль в боку, на котором лежал, он захотел повернуться на другой и сделал это так ловко, что, ударившись спиной об одну сторону сундука, поставленного на неровном месте, заставил его покачнуться, а затем упасть. Падая, он произвел такой шум, что женщины, спавшие рядом, проснувшись, перепугались и с испуга примолкли. Падение сундука сильно устрашило Руджьери, но почувствовав, что упавший сундук раскрылся, он предпочел, на всякий случай, выйти из него, чем в нем оставаться. И так как он не знал, где он, путаясь, стал ходить по дому ощупью, пытая, не найдет ли где лестницы или двери, из которой ему можно было бы выйти. Услышав это хождение ощупью, проснувшиеся женщины стали кричать: «Кто там?» Руджьери, не признав голоса, не отвечал, вследствие чего женщины стали звать обоих молодых людей, которые, долго просидев в ночи, спали крепко и ничего из всего этого не слышали. Тогда, испугавшись еще более, женщины поднялись и, бросившись к окнам, стали кричать: «Воры, воры!» По этой причине многие из соседей поспешили проникнуть в дом разными путями, кто через крышу, кто одной стороной, кто другой; поднялись также, проснувшись от этого шума, и молодые люди. Взяли Руджьери, который, увидев себя там и как бы вне себя от изумления, не знал, куда ему и можно ли бежать; и они сдали его на руки страже начальника города, поспешившей туда на шум. Когда привели его к начальнику, немедленно подвергли пытке, как человека, которого все считали негоднейшим, и он сознался, что проник в дом ростовщиков с целью воровства, почему начальник решил тотчас же велеть его повесить.

Утром по всему Салерно прошла весть, что Руджьери схвачен на воровстве в доме ростовщиков. Когда услышали об этом дама и ее служанка, исполнились такого небывалого удивления, что почти готовы были уверить себя, что совершенное ими прошлою ночью ими не совершено, а им приснилось, будто они это сделали; кроме того, дама так опечалилась опасным положением, в котором находился Руджьери, что готова была сойти с ума.

Не долго после половины третьего часа вернулся из Амальфи врач и попросил принести себе его воду, ибо он хотел приступить к лечению своего больного; найдя кувшинчик опорожненным, он поднял большой крик, что у него дома ничто не может быть в порядке. Жена, занятая другою печалью, ответила с раздражением, говоря: «Что бы вы сказали, маэстро, о более важном деле, когда поднимаете такой шум о пролитом кувшине воды? Разве другой в свете не найдется?» На это маэстро ответил: «Жена, ты воображаешь, что это была чистая вода, но это не так, а то была вода, приготовленная, чтобы навести сон». И он рассказал ей, для чего он ее приготовил. Когда дама это услышала, тотчас сообразила, что Руджьери ее и выпил и потому и показался им умершим, и она сказала: «Мы этого не знали, маэстро, потому приготовьте себе другой». Увидев, что делать нечего, маэстро велел приготовить свежей.

Вскоре после того служанка, ходившая по приказанию госпожи узнать, что говорят о Руджьери, вернулась и сказала: «Мадонна, о Руджьери все говорят дурное, и насколько я слышала, нет ни родственника, ни друга, который бы заявился или желал бы заявиться, чтобы помочь ему; и все твердо уверены, что завтра судья по уголовным делам велит его повесить. А кроме того, я расскажу еще новость, из которой я поняла, как он проник в дом ростовщиков; послушайте, как: вы хорошо знаете столяра, против которого стоял сундук, куда мы его положили; он сейчас был в страшнейшем споре с кем-то, которому, должно быть, принадлежал сундук, ибо тот требовал за свой сундук деньги, а мастер отвечал, что он сундука не продавал, а у него украли его ночью. Тот говорит ему: „Неправда, ты продал его молодым людям, ростовщикам, они сами сказали мне это ночью, когда я увидел его у них на дому, при поимке Руджьери". На это столяр сказал: „Они лгут, ибо я никогда не продавал им его, они-то, видно, и украли его у меня в прошлую ночь; пойдем к ним". И они пошли, сговорившись, в дом ростовщиков, а я пошла сюда. Как вы сами видите, я полагаю, что таким-то образом Руджьери и перенесен был туда, где был найден; но как он там ожил, этого я не возьму в толк».

Отлично поняв, как было дело, дама рассказала тогда служанке, что слышала от маэстро, и попросила ее оказать помощь к спасению Руджьери, ибо, коли она захочет, она в одно и то же время может и Руджьери спасти и соблюсти ее честь. Служанка спросила: «Мадонна, научите меня, как, и я все сделаю охотно». Дама, которой было до зарезу, быстро сообразив, надумала, что следует сделать, и подробно сообщила о том служанке. Та, во-первых, отправилась к врачу и стала говорить ему, плача: «Мессере, мне следует попросить у вас прощения за большой проступок, совершенный мною против вас». Маэстро сказал: «В чем же?» А служанка, не переставая плакать, сказала: «Мессере, вы знаете, что за юноша Руджьери из Иероли! Я ему понравилась, и частью из страха, частью по любви мне пришлось в этом году сделаться его любовницей. Узнав, что вчера вечером вас не будет, он так меня упросил, что я привела его к себе на ночлег в ваш дом, в свою комнату; так как у него была жажда, а я не знала, где мне поскорее достать воды или вина, и не желала, чтобы увидела меня ваша жена, бывшая в зале, я вспомнила, что видела в вашей комнате кувшин с водою, побежала за ним; дала ему напиться, а кувшин поставила, откуда взяла; за что, помню, вы подняли дома страшный шум. Откровенно сознаюсь, что поступила дурно, но есть ли такой человек, кто однажды дурно не поступит? Я сильно скорблю, что это сделала, а между тем из-за этого и того, что далее последовало, Руджьери грозит смерть; поэтому я прошу вас, как только могу, простить мне и дозволить пойти помочь ему, – насколько это в моих силах». Выслушав ее, врач, хотя и был рассержен, ответил шутя: «Ты сама наложила на себя покаяние за это, ибо поджидала в эту ночь парня, который задал бы тебе хорошую встряску, а добыла соню, потому ступай и позаботься спасти твоего любовника, но вперед, смотри, не води его в дом, не то я расплачусь с тобой и за тот раз и за этот». Увидев, что первый бросок был удачен, служанка как можно скорее отправилась в тюрьму, где был Руджьери, и там упросила тюремщика, чтобы он дозволил ей переговорить с ним. Научив его, что ему следует отвечать уголовному судье, если желает спастись, она добилась того, что предстала пред судьею. Тот, прежде чем выслушать ее, видя, что она свежая и здоровая, пожелал зацепить крюком христианское тело, чему та, для большего успеха просьбы, вовсе и не противилась, поднявшись после переделки, она сказала: «Мессере, у вас схвачен здесь Руджьери из Иероли, как разбойник; но это несправедливо». И начав с начала, она рассказала ему всю историю до конца как она, его любовница, привела его в дом врача, как дала ему напиться сонного зелья, не признав его, как, приняв за мертвого, его положила в сундук; после того рассказала, что слышала спор между хозяином столяром и хозяином сундука, таким образом давая ему понять, каким образом Руджьери очутился в доме ростовщиков.

Уголовный судья, видя, что легко будет узнать, насколько это правда, во-первых, спросил врача, правда ли, что говорят о воде, и нашел, что так и было; затем, потребовав к себе столяра и того, чей был сундук, и ростовщиков, после долгих разговоров открыл, что ростовщики украли прошлой ночью сундук и поместили его у себя в доме. Наконец, он послал за Руджьери и спросил его, где он провел вечер накануне; тот отвечал, что где провел, не знаете только хорошо помнит, что пошел провести его со служанкой маэстро Маццео, в комнате которого напился воды, ибо у него была большая жажда; что с ним потом было, он не знает, только что, очнувшись, он увидел себя в сундуке в доме ростовщиков. Когда выслушал его уголовный судья, это показалось ему очень занимательным, и он велел и служанке, и Руджьери, и столяру, и ростовщикам несколько раз пересказать себе все. Под конец, признав Руджьери невинным и присудив ростовщиков, укравших сундук, к уплате десяти унций, он освободил Руджьери. Как он тому обрадовался, нечего и спрашивать, а его дама обрадовалась чрезвычайно. Впоследствии она не раз смеялась и веселилась с ним и дорогою служанкой, посоветовавшей ударить его ножом, и они продолжали жить в любви и удовольствии день ото дня лучше. И я желал бы, чтобы и мне так было, только бы не угодить в сундук.

Если первые новеллы опечалили сердца прелестных дам, то последняя, рассказанная Дионео, заставила их так смеяться, особенно когда он сказал, как уголовный судья зацепил крюком, что они могли вознаградить себя за жалость, внушенную другим. Но когда король увидел, что солнце стало золотистее и настал конец его правления, в очень милых словах извинился перед прекрасными дамами за то, что сделал, положив рассуждать о столь грустном предмете, как несчастия влюбленных; извинившись, он поднялся, снял лавровый венок с головы, и, когда дамы были в ожидании, на кого он его возложит, любезно возложил его на белокурую головку Фьямметты, говоря: «Я возлагаю на тебя этот венок, ибо ты лучше всякой другой сумеешь завтрашним днем вознаградить наших подруг за горести настоящего». Вьющиеся, длинные и золотистые волосы Фьямметты падали на белые, нежные плечи, кругленькое личико сияло настоящим цветом белых лилий и алых роз, смешанных вместе; глаза – как у ясного сокола, рот маленький, с губками, точно рубины; она ответила, улыбаясь: «Филострато, я охотно принимаю венок, и дабы ты тем лучше уразумел, что ты сделал, я теперь же хочу и повелеваю всем приготовиться рассказывать завтра о том, как после разных печальных и несчастных происшествий влюбленным приключилось счастье».

Это предложение всем понравилось. Когда, велев позвать сенешаля, она вместе с ним распорядилась о всем нужном, все общество поднялось, и она весело распустила его до часа ужина. И вот иные из них пошли по саду, красота которого не скоро должна была им прискучить, иные к мельницам, которые находились за ним; кто туда, кто сюда, предаваясь, согласно с расположением каждого, разным развлечениям до часа ужина. Когда он настал, все, по обыкновению, собравшись у прекрасного фонтана, с великим удовольствием сели за хорошо поданный ужин. Встав из-за стола, они, как всегда, предались пляске и пению, и когда Филомена завела танец, королева сказала: «Филострато, я не хочу отступать от моих предшественников, и как они то делали, так и я желаю, чтобы по моему повелению спета была канцона; а так как я уверена, что твои канцоны такие же, как и твои новеллы, я хочу, чтобы ты спел нам ту, которая тебе наиболее нравится, дабы и другие дни не были опечалены твоими несчастиями, подобно этому». Филострато ответил, что сделает это охотно, и немедленно начал петь следующее:

*Потоком слез моих доказываю я,*
*Как сердце сетовать имеет основанье,*
*Что преданной любви – измена воздаянье.*

*Амур, когда в него впервые ты вселил*
*Ту, по которой я вздыхаю ежечасно,*
*Лишенный всех надежд на счастье и покой,*
*То добродетели исполнены такой*
*Явилась мне она, что как бы ни ужасно*
*Моей душе больной терзаться ты судил,*
*Все эти муки я легко б переносил.*
*Но ныне в сердце я ношу уже сознанье,*
*Как заблуждался я, – и в том мое страданье.*
*В тот час передо мной открылся весь обман*
*Когда себя узрел покинутым я тою,*
*Что лишь одна была моей надеждой; да*
*Меж тем, как мнилось мне, что боле, чем когда,*
*Я в милости ее, любимым став слугою, –*
*Узнал я, что она, моих не видя ран,*
*Удела страшного, что мне в грядущем дан,*
*Другого доблестям дарит свое вниманье*
*И ради их мое свершилося изгнанье.*
*Когда увидел я, что изгнан, – у меня*
*В разбитом сердце плач мучительный родился,*
*И в нем до этих пор он все еще живет,*
*И часто день и час я проклинаю тот,*
*Когда передо мной впервые появился*
*Прелестный лик ее, как никогда храня*
*Высокую красу и блеск ярчей огня…*
*Теперь мой страстный пыл, и веру, упованье*
*Клянет моя душа в предсмертном содроганье.*
*Как утешения скорбь эта лишена*
*То знать, владыка мой, имеешь ты причины, –*
*Ты, часто так к кому печальный голос мой*
*Взывает. Слушай же: жжет с силою такой*
*Ее огонь меня, что жажду я кончины,*
*В которой меньше мук. Так пусть идет она,*
*И жизнь жестокую, что стольких зол полна,*
*Покончит пусть зараз, а с нею и терзанье*
*Где б мне ни быть, – сильней не будет испытанье.*
*Ни утешения иного, ни иной*
*Дороги для меня не остается боле,*

*Как смерть. Пошли ж, Амур, мне, наконец ее*
*И ею прекрати все бедствие мое*
*И сердце мне избавь от столь плачевной доли!*
*Соделай так, молю: неправдою людской*
*Навек унесены утехи и покой…*
*Ей в радость прекрати мое существованье,*
*Как радость ей дало другого обожанье*
*Моя баллата! Пусть тебя не переймет*
*Никто – до этого мне дела нет нисколько:*
*Ведь никому тебе не спеть, как я пою!..*
*Одну еще тебе работу я даю:*
*Лети к Амуру ты, открои ему, – и только*
*Ему, – как горестно здесь жизнь моя идет,*
*Какой несчастному она тяжелый гнет.*
*Проси, чтоб мощь свою явил он в состраданье,*
*В приюте лучшем мне доставив пребыванье.*

Слова этой канцоны очень ясно показали, каково было настроение духа Филострато и его причина; а еще яснее показало бы это лицо одной дамы из пляшущих, если бы мрак наступившей ночи не скрыл румянца, явившегося на нем. Когда он кончил канцону, спето было еще много других, пока не наступил час отдыха; почему, по приказанию королевы, все разошлись по своим покоям.

# ДЕНЬ ПЯТЫЙ

Кончен четвертый день Декамерона и начинается пятый, в котором под председательством Фьямметты рассуждают о том, как после разных печальных и несчастных происшествий влюбленным приключалось счастье.

Уже восток побелел, и лучи восходящего солнца осветили все наше полушарие, когда Фьямметта, пробужденная сладким пением птичек, которые уже с первого часа дня весело распевали в кустах, поднялась и велела позвать других дам и трех юношей. Тихими шагами спустясь в поле, она пошла гулять по прекрасной равнине, по росистой траве, разговаривая с своим обществом о том и о сем, пока солнце не стало выше. Почувствовав, что солнечные лучи становятся жарче, она направилась в общую комнату. Придя туда, она распорядилась восстановить после легкого утомления силы хорошим вином и сластями, после чего все они прохаживались в прелестном саду до времени обеда. Когда он наступил и все надлежащее было приготовлено разумным сенешалем, весело пропев одну стампиту и одну или две баллаты, все сели за стол по благоусмотрению королевы. Проделав это в порядке и веселье, не забыли установленной ими обычной пляски и протанцевали несколько плясок в сопровождении инструментов и песен, после чего королева отпустила всех до той поры, как пройдет час отдыха; некоторые отправились спать, другие остались для своего удовольствия в прекрасном саду, но все, лишь только прошел девятый час, собрались по желанию королевы вблизи источника, по заведенному порядку. Усевшись на председательском месте и посмотрев в сторону Памфило, королева, улыбаясь, приказала ему дать почин благополучным новеллам, и тот, охотно предоставив себя в ее распоряжение, начал сказывать.

# Новелла первая

**Чимоне, полюбив, становится мудрым и похищает на море Ефигению, свою милую; он заточен в Родосе; Лизимах освобождает его, и оба они увлекают Ефигению и Кассандру с их брачного торжества, с ними они бегут в Крит, женятся на них, и все вместе вызваны домой.**

Для начала столь веселого дня, каким будет настоящий, мне представляется много новелл, которые могли бы быть мною рассказаны, прелестные дамы, но одна из них мне всего более по душе, потому что из нее вы не только уразумеете счастливую развязку, в виду которой мы и начинаем рассказ, но и поймете, сколь святы, могучи и каким благом исполнены силы любви, которую многие осуждают и поносят крайне несправедливо, сами не зная, что говорят. Это должно быть вам очень приятно, если я не ошибся, полагая, что и вы любите.

Итак, как то мы читали когда-то в древних историях киприйцев, жил на острове Кипре именитый человек, по имени Аристипп, который мирскими благами был богаче всех других своих земляков, и если бы судьба не обидела его в одном отношении, он мог бы быть довольным более всякого другого. А дело было в том, что в числе прочих сыновей у него был один, превосходивший ростом и красотой тела всех других юношей, но почти придурковатый, и безнадежно. Его настоящее имя было Галезо, но так как ни усилиями учителя, ни ласками и побоями отца, ни чьей-либо другой какой сноровкой невозможно было вбить ему в голову ни азбуки, ни нравов и он отличался грубым и неблагозвучным голосом и манерами, более приличными скоту, чем человеку, то все звали его как бы на смех Чимоне, что на их языке значило то же, что у нас скотина. Его пропащая жизнь была великой докукой отцу, и когда всякая надежда на него исчезла, чтоб не иметь постоянно перед собой причины своего горя, он приказал ему убраться в деревню и жить там с его рабочими. Чимоне это было очень приятно, потому что нравы и обычаи грубых людей были ему более по душе, чем городские. И вот когда, отправившись в деревню, он занимался подходящим для места делом, случилось однажды, что пополудни он брел из одного хутора в другой с палкой на плече и вступил в рощу, самую красивую в той местности, с густой листвой, так как был месяц май, идя по ней, он вышел, руководимый своей удачей, на лужок, окруженный высокими деревьями, на одной из окраин которого находился прекрасный холодный родник, а возле него он увидел спавшую на зеленой поляне красавицу в столь прозрачной одежде, что она почти не скрывала ее белого тела, и лишь от пояса вниз на нее был накинут тонкий белый покров; у ног ее спали, подобно ей, две женщины и мужчина, слуги той девушки.

Когда Чимоне увидел ее, опершись на посох и не говоря ни слова, точно никогда дотоле не созерцал женского образа, он с величайшим восхищением принялся внимательно смотреть на нее. И он почувствовал, что в его грубой душе, куда не входило до тех пор, несмотря на тысячи наставлений, никакое впечатление облагороженных ощущений, просыпается мысль, подсказывающая его грубому и материальному уму, что то – прекраснейшее создание, которое когда-либо видел смертный. И вот он начал созерцать части ее тела, хваля ее волосы, которые почитал золотыми, ее лоб, нос и рот, шею и руки, особливо грудь, еще мало приподнятую, и внезапно став из пахаря судьей красоты, в высшей степени пожелал увидеть ее глаза, которые она, отягченная сном, держала закрытыми, и, дабы узреть их, несколько раз ощущал желание разбудить ее. Но так как она показалась ему несравненно прекраснее всех женщин, виденных им дотоле, он сомневался, не богиня ли это; но у него было настолько разуменья, чтобы понять, что божественным созданиям подобает большее уважение, чем земным, вследствие чего он и воздержался, выжидая, пока она не проснется сама, и хотя проволочка казалась ему слишком долгой, тем не менее, объятый необычным удовольствием, он не решался уйти.

Случилось так, что по долгом времени девушка, имя которой было Ефигения, проснулась раньше своих слуг и, подняв голову и раскрыв глаза, увидев стоящего перед ней, опираясь на палку, Чимоне, сильно удивилась и сказала: «Чимоне, чего ты ищешь в такой час в этом лесу?» А Чимоне своей красотой и неотесанностью, а также родовитостью и богатством отца был известен всем в том околотке. Он ничего не ответил на слова Ефигении, но, как только увидел ее раскрытые глаза, принялся глядеть в них пристально, и ему казалось, что от них исходит какая-то сладость, наполнявшая его отрадой, никогда им не испытанной. Когда девушка увидела это, на нее напало сомнение, как бы этот столь пристальный взгляд не увлек его грубость к чему-нибудь, что могло быть для нее постыдным; потому, позвав своих женщин, она поднялась со словами: «С богом, Чимоне!» Чимоне отвечал на это: «Я пойду с тобой», и хотя девушка отказывалась от его общества, все еще опасаясь его, никак не могла от него отделаться, пока он не проводил ее до ее дома, после чего пошел к отцу и объявил, что он никоим образом не желает более оставаться в деревне. Хотя его отцу и родным это было неприятно, тем не менее они оставили его, выжидая, какие причины могли побудить его изменить свое решение. И так как в сердце Чимоне, куда не проникала никакая наука, проникла, красотою Ефигении, стрела Амура, он в короткое время, переходя от одной мысли к другой, заставил дивоваться отца, своих ближних и всех, кто его знал. Во-первых, он попросил отца дать ему такие же платья и убранство, в каких ходили и его братья, что тот сделал с удовольствием. Затем, вращаясь среди достойных юношей и услышав о нравах, которые подобает иметь людям благородным и особливо влюбленным, к величайшему изумлению всех в короткое время не только обучился грамоте, но и стал наидостойнейшим среди философствующих. Затем, и все по причине любви, которую он ощутил к Ефигении, не только изменил свой грубый деревенский голос в изящный и приличный горожанину, но и стал знатоком пения и музыки, опытнейшим и отважным в верховой езде и в военном деле, как в морском, так и сухопутном. Чтобы не рассказывать подробно о всех его доблестях, в короткое время, когда не прошел еще четвертый год со дня его первого увлечения, он сделался самым приятным юношей, обладавшим лучшими нравами и более выдающимися достоинствами, чем кто-либо другой на Кипре.

Итак, прелестные дамы, что нам сказать о Чимоне? Разумеется, ничего иного, как лишь то, что великие доблести, ниспосланные небом в достойную душу, были связаны и заключены завистливой судьбой в крохотной части его сердца крепчайшими узами, которые любовь разбила и разорвала, как более сильная, чем судьба, и, будучи возбудительницей дремотствующих умов, силой своей подняла эти доблести, объятые безжалостным мраком, к ясному свету, открыто проявляя, из какого положения она извлекает дух, ей подвластный, и к какому его ведет, освещая его своими лучами. Несмотря на то, что Чимоне, любя Ефигеиию, и позволял себе кое-какие излишества, как нередко делают влюбленные юноши, тем не менее Аристипп, соображая, что любовь превратила его из барана в человека, не только терпеливо переносил это, а и поощрял его следовать в этом отношении всем своим желаниям; но Чимоне, отказавшийся от имени Галезо, ибо помнил, что так называла его Ефигения, желал дать честный исход своему влечению и несколько раз просил попытать Чипсео, отца Ефигении, не даст ли он ему ее в жены; на что Чипсео всегда отвечал, что обещал отдать ее за Пазимунда, благородного родосского юношу, которому не хотел изменить в слове.

Когда настало условленное для свадьбы Ефигении время и жених послал за ней, Чимоне сказал себе: «Теперь пора показать, о Ефигения, насколько ты любима мной; благодаря тебе я стал человеком, и, если овладею тобой, я не сомневаюсь, что сделаюсь славнее всякого бога; и наверное или ты будешь моей, или я умру». Так сказав, он втихомолку попросил о помощи некоторых именитых юношей, своих друзей, и, тайно велев снарядить судно всем необходимым для морской битвы, вышел в море, поджидая корабль, на котором Ефигению должны были доставить в Родос, к ее жениху. После того, как ее отец усердно учествовал друзей последнего, выйдя в море и направив корабль к Родосу, они удалились. Чимоне, бодрствовавший все время, настиг их на следующий день и, стоя на носу, громко закричал тем, что были на судне Ефигении: «Стойте, спустите паруса, либо готовьтесь быть разбитыми и потопленными в море». Противники Чимоне вытащили оружие на палубу и приготовились к защите, потому, сказав те слова, Чимоне схватил большой железный крюк, бросил им в корму родосцев, быстро уходивших, насильно притянул ее к корме своего судна и храбрый, как лев, без всякого сопротивления перепрыгнул на корабль родосцев, как будто считал их ни во что. Побуждаемый любовью, он бросился с необычайной силой в среду неприятелей с ножом в руках и, поражая то того, то другого, побивал их, как овец. Увидев это, родосцы побросали оружие наземь и почти в один голос объявили себя его пленниками; на это Чимоне сказал им: «Юноши, не жажда добычи, не ненависть, которую бы я мог питать к вам, заставили меня выйти из Кипра, чтобы напасть на вас среди моря вооруженной рукой; то, что побудило меня, будет для меня великим приобретением, а вам очень легко уступить мне его мирно; это Ефигения, любимая мною более всего другого, любовь к которой заставила меня отбить ее у вас, как врагу, с оружием в руках, ибо я не мог получить ее от отца дружески и мирно. Итак, я желаю стать для нее тем, чем должен был быть Пазимунд; отдайте мне ее и идите с богом».

Молодые люди, побуждаемые более силой, чем великодушием, проливая слезы, уступили Чимоне Ефигению. Увидев ее плачущую, он сказал: «Достойная дама, не печалься, я твой Чимоне, гораздо более заслуживший тебя моей долгой любовью, чем Пазимунд, по данному ему слову». Распорядившись посадить ее на свой корабль и ничего не взяв из имущества родосцев, Чимоне вернулся к своим товарищам, а тем предоставил удалиться. Довольный, более чем кто-либо другой, приобретением столь дорогой добычи, потщившись некоторое время утешить плакавшую, Чимоне рассудил с своими товарищами, что им не следует теперь же возвращаться в Кипр, и вот с общего согласия они направили корабль к Криту, где почти все они, особливо Чимоне, рассчитывали быть вне опасности с Ефигенией, вследствие древних и недавних родовых связен и большой дружбы. Но непостоянная судьба, милостиво доставившая Чимоне в добычу его милую, внезапно изменила в печальный и горький плач невыразимую радость влюбленного юноши. Не прошло еще и четырех часов с тех пор, как Чимоне оставил родосцев, как с наступлением ночи, которой Чимоне ожидал более приятной для себя, чем какая-либо иная, им испытанная, поднялась страшная буря и непогода, покрывшая небо тучами, море – пагубными ветрами, почему нельзя было видеть, что делать и куда идти, ни держаться на корабле для исполнения какого-либо дела. Как печалился о том Чимоне, нечего и спрашивать; ему казалось, что боги исполнили его желание лишь для того, дабы тем горестнее была ему смерть, к которой прежде он отнесся бы равнодушно. Печалились и его товарищи, но более всех Ефигения, громко плакавшая и более других пугавшаяся всякого удара волны. Плача, она жестоко проклинала любовь Чимоне, порицая его дерзость и утверждая, что эта бурная непогода поднялась не почему-либо другому, как потому, что боги не захотели, чтобы он, пожелавший взять ее в супруги против их воли, мог насладиться своим надменным желанием, а горестным образом погиб, увидев наперед ее смерть.

Среди таких и еще больших сетований, не зная, что делать, так как ветер все крепчал, корабельщики, не видя и не понимая, куда они идут, подошли близко к острову Родосу; не распознав, что это Родос, они попытались всяким способом высадиться, если можно, на берег, чтобы спасти людей. И судьба тому благоприятствовала, приведя их в небольшой залив, куда незадолго перед тем пристали с своими кораблями оставленные Чимоне родосцы. Не успели они догадаться, что подошли к острову Родосу, как занялась заря, небо несколько прояснилось, и они увидали себя на расстоянии одного выстрела из лука от корабля, оставленного ими за день перед тем. Безмерно опечаленный этим, опасаясь, чтобы не приключилось с ним того, что впоследствии и сбылось, Чимоне приказал употребить все усилия, чтобы выбраться оттуда, а там пусть судьба понесет их, куда хочет, потому что нигде им не могло быть хуже, чем здесь. Употреблены были большие усилия, чтобы выйти оттуда, но напрасно: сильнейший ветер дул в противную сторону, так что не только не давал выйти из малого залива, но волею или неволею пригнал их к берегу. Когда они пристали к нему, их признали родосские корабельщики, сошедшие с своего судна. Из них одни поспешно побежали в соседнюю деревню, куда отправились благородные родосские юноши, и рассказали им, что буря занесла сюда, подобно им, и корабль с Чимоне и Ефигенией. Услышав это, те сильно обрадовались, взяв с собой из деревни много народу, они поспешили к морю, и Чимоне, который, сойдя со своими, намеревался укрыться в какой-нибудь соседний лес, был схвачен вместе с Ефигенией и другими и приведен в деревню. Затем, когда с большой толпой вооруженных людей явился из города Лизимах, в руках которого была в том году верховная власть в Родосе, он отвел Чнмоне и его товарищей в тюрьму, как распорядился пожаловавшийся в родосский сенат Пазимунд, когда до него дошли о том вести.

Таким-то образом бедный влюбленный Чимоне потерял свою Ефигению, незадолго перед тем добытую, не взяв с нее ничего, кроме кое-какого поцелуя. Многие благородные родосские дамы приняли Ефигению и утешали ее как в печали, причиненной ей похищением, так и в страданиях, испытанных в бурю; у них она и осталась до дня, назначенного для свадьбы. Чимоне и его товарищам, в возмездие за свободу, предоставленную ими за день перед тем родосским юношам, была дарована жизнь, которой Пазимунд всеми мерами тщился их лишить, и они были осуждены на вечное заключение, в котором, как легко себе представить, пребывали печальные, без надежды на какое-либо утешение. Пазимунд всячески торопил будущий брак, когда судьба, как бы раскаявшись за несправедливость, столь внезапно учиненную ею Чимоне, проявила нечто новое к его спасению.

У Пазимунда был брат моложе его годами, но не меньший доблестями, по имени Ормизд, который давно вел переговоры, чтобы взять за себя благородную и красивую девушку города, по имени Кассандру, страстно любимую Лизимахом, но свадьба по разным причинам несколько раз расстраивалась. Теперь, когда Пазимунд сообразил, что ему предстоит сыграть свадьбу с большим торжеством, ему пришло в голову, что было бы отлично, если бы во время того же торжества, дабы не повторять расходов и пиршеств, ему удалось устроить и свадьбу Ормизда, почему он снова начал переговоры с родителями Кассандры и привел их к цели; он и брат решили с ними, чтобы в тот же день, как Пазимунд женится на Ефигении, Ормизд женился на Кассандре. Как услышал про то Лизимах, крайне огорчился, ибо увидел себя лишенным надежды, подсказывавшей ему, что, если не возьмет девушку Ормизд, она наверно достанется ему. Но как человек мудрый, он затаил в себе досаду и принялся размышлять, каким бы путем он мог воспрепятствовать этому делу, и он не усматривал иного возможного пути, кроме похищения. Казалось это легко исполнимым при его должности, но он счел это более несовместным с его честью, чем было бы, если бы он той должности не занимал. Наконец, после долгих размышлений честь уступила любви, и он решился, что бы там ни произошло, похитить Кассандру. Размышляя о сотоварищах, которых ему надлежало иметь для этого, и о способе, которого он должен держаться, он вспомнил о Чимоне, которого с его спутниками держал в тюрьме, и ему представилось, что лучшего и вернейшего товарища в этом деле, чем Чимоне, ему не найти. Потому на следующую ночь он тайно велел ему прийти в свою комнату и принялся говорить ему таким образом: «Чимоне, как боги являются лучшими и щедрыми подателями всего для людей, так они же – разумнейшие испытатели их доблестей, и тех, кого они находят стойкими и постоянными во всех случаях, они удостаивают больших почестей, как более достойных. Они пожелали более верного доказательства твоей доблести, чем какое ты мог явить в доме твоего отца, которого я знаю за богатейшего человека: сначала, как я слышал, они сделали тебя при помощи жгучих тревог любви из неразумного скота человеком, затем жестокой судьбой, а теперь горестной тюрьмой хотят испытать, насколько твое мужество изменилось в сравнении с тем временем, когда ты недолго радовался полученной добыче. Если оно таково же, каким было, то они не уготовляли тебе ничего радостнее того, что ныне готовятся тебе даровать, а это я хочу объяснить тебе, дабы ты воспрянул в твоей обычной силе и стал отважным. Пазимунд, радующийся твоему несчастью и сильно добивающийся твоей смерти, насколько возможно торопит свой брак с твоей Ефигенией, дабы в нем найти возможность насладиться добычей, которую благоприятная судьба тебе сначала доставила и, внезапно прогневавшись, отняла; насколько это должно печалить тебя, если ты только любишь так, как мне сдается, это я знаю по себе, которому такую же обиду его брат Ормизд уготовляет в тот же день по поводу Кассандры, любимой мною более всего. Чтобы избежать такой обиды и такой несправедливости судьбы, у нас не остается, по ее воле, иного средства, как только доблесть нашего духа и наших десниц, которые подобает вооружить мечом, дабы проложить себе путь, тебе ко вторичному, мне к первому похищению наших милых, ибо если тебе дорого добыть, не говорю свободу, которая, кажется мне, мало тебе желательна без твоей дамы, но твою милую, то, коли ты желаешь последовать за мной в моем предприятии, сами боги отдали ее в твои руки».

Эти слова совсем подняли упавший дух Чимоне и, не слишком медля ответом, он сказал: «Лизимах, у тебя не может быть в таком деле товарища более сильного и верного, чем я, если будет мне то, о чем ты говоришь; потому возложи на меня, по твоему усмотрению, что мне надлежит сделать, и ты увидишь, я последую за тобой с чудесами силы». Лизимах сказал ему: «Послезавтра молодые впервые вступят в дом своих супругов, куда к вечеру войдем и мы, ты с своими вооруженными товарищами, я с некоторыми из моих, на которых совершенно полагаюсь; похитив дам среди пиршества, мы поведем их на корабль, который я тайно велел снарядить, и будем убивать всякого, кто бы вздумал тому противиться».

Этот замысел приглянулся Чимоне, и он спокойно пробыл в тюрьме до положенного времени. Когда настал день свадьбы, торжество было великое и великолепное, и в доме обоих братьев не было уголка, который не исполнился бы праздничного веселья. Когда приготовили все необходимое и настало, по мнению Лизимаха, урочное время, он разделил Чимоне с товарищами, а также и своих друзей, вооруженных под одеждой, на три части и, наперед воспламенив их многими речами к своему предприятию, одну часть тайком послал к гавани, дабы никто не мешал войти на корабль, когда то понадобится, и, подойдя с двумя другими к дому Пазимунда, одну оставил у дверей, чтобы никто не мог их запереть внутри, либо помешать выходу, а с остальными и Чимоне взошел по лестнице. Придя в зал, где молодые с многими другими женщинами уже сидели в порядке за обеденным столом, бросившись вперед и повалив столы, всякий из них схватил свою возлюбленную; передав их в руки товарищей, они распорядились тотчас же повести их к приготовленному кораблю. Молодые принялись плакать и кричать, также и другие женщины и слуги, и внезапно все наполнилось криком и стонами, тогда как Чимоне, Лизимах и их спутники, обнажив мечи, направились к лестнице без всякого сопротивления, так как все им давали дорогу; когда они спускались, им встретился Пазимунд, бежавший на крик с большой палкой в руке; Чимоне сильно ударил его по голове, снеся наполовину ее, и уложил его мертвым у своих ног. Когда бедный Ормизд прибежал на помощь, он также пал от одного из ударов Чимоне; другие, пытавшиеся приблизиться, были ранены или отброшены назад товарищами Лизимаха и Чимоне. Покинув дом, полный крови и крика, слез и печали, они, идя сплотившись, беспрепятственно дошли со своей добычей до корабля. Поместив в него женщин и войдя в него вместе с товарищами, между тем как берег уже наполнялся вооруженными людьми, явившимися, чтобы отбить женщин, они ударили в весла и весело удалились восвояси.

По прибытии в Крит они радостно были встречены многими друзьями и родными, женились на тех дамах и, справив великий пир, весело наслаждались своей добычей.

На Кипре и Родосе пошли большие и продолжительные смуты и неустройства по поводу этих дел; наконец, с той и другой стороны вмешались друзья и родственники и устроили так, что после некоторого срока изгнания Чимоне с Ефигенией благополучно вернулись в Кипр, а Лизимах с Кассандрой в Родос, и каждый из них счастливо зажил в своем городе с своей милой в продолжительном довольстве.

## Новелла вторая

**Костанца любит Мартуччио Гомито; услышав о его смерти, она в отчаянии садится одна в лодку, которую ветер относит к Сузе; найдя его живым а Тунисе, она открывается ему, а он, став ближним к королю за поданные ему советы, женится на ней и вместе с ней возвращается на Липари богатым человеком.**

Поняв, что новелла Памфило пришла к концу, и много похвалив ее, королева приказала, чтобы Емилия продолжала, и сама рассказав нечто. Она начала так: – Всякий должен по справедливости радоваться тем происшествиям, в которых видит, что награды соответствуют качеству влечении, а так как любовь заслуживает во всяком случае скорее радости, чем огорчения, то я с гораздо большим удовольствием повинуюсь королеве, рассказывая о настоящем сюжете, чем повиновалась королю по поводу предыдущего. Итак, мои изящные дамы, вы должны знать, что по соседству с Сицилией есть островок, прозванный Липари, где еще недавно жила красавица, по имени Костанца, из очень почтенной семьи того острова. В нее влюбился один юноша того же острова, по прозванию Мартуччио Гомито, очень милый, хороших нравов и знающий в своем ремесле. И она одинаково воспылала к нему так, что ей только и было хорошо, когда она его видела. Так как Мартуччио хотел жениться на ней, он велел спросить о том ее отца, который ответил, что Мартуччио беден и потому он не желает отдать ее за него. Негодуя на то, что ему отказали по его бедности, Мартуччио снарядил вместе с некоторыми из своих друзей и родичей небольшое судно и поклялся, что никогда не вернется на Липари, если не станет богачом. Потому, уехав, он стал заниматься морским разбоем по берегам Берберии, грабя всякого, кто был менее его силен. И в этом деле судьба была бы ему очень благоприятна, если бы он сумел положить меру своей удаче; но он и его товарищи не удовольствовались тем, что в короткое время страшно разбогатели, и когда пожелали разбогатеть еще более, случилось, что их взяли и ограбили после долгой обороны сарацинские суда; большую часть из них сарацины бросили в воду, судно потопили, а Мартуччио отвезли в Тунис, где, посаженный в тюрьму, он долго пребывал в бедственном положении.

На Липари пришла весть не с одним или двумя, а с многими и разными людьми, что все, кто был на судне с Мартуччио, утоплены. Девушка, безмерно сетовавшая об отъезде Мартуччио, услыхав, что он погиб вместе с другими, долго плакала и решила более не жить; а так как у нее не хватило храбрости насильственно убить себя, она придумала новый способ неизбежной смерти. Тайно ночью, выйдя из отцовского дома и добравшись до гавани, она случайно напала на стоявшую поодаль от других кораблей рыбацкую лодку, которую нашла снабженной мачтой, парусами и веслами, потому что ее хозяева только что сошли с нее. Быстро сев в нее и выгребясь несколько в море, ибо она кое-что понимала в морском деле, как вообще все женщины того острова, она подняла паруса, бросила весла и руль и предоставила себя ветру, в расчете, что, по необходимости, ветер либо опрокинет лодку без груза и рулевого, либо ударит и разобьет ее о какую-нибудь скалу, отчего она, если бы даже и захотела, не могла бы спастись, а несомненно утонула бы. Закутав голову плащом, она, плача, легла на дно лодки.

Но случилось совсем не так, как она рассчитывала, ибо тогда дул северян очень слабый, море было тихое, лодка шла хорошо, почему на следующий день после ночи, когда она села в нее, ее принесло под вечер, миль за сто повыше Туниса, к берегу вблизи города, называемого Сузой. Девушка не догадалась, что она скорее на суше, чем на море, ибо ничто не побудило ее, лежа, поднять голову, да она и решилась не делать того. Когда лодка ударилась в берег, там случайно находилась одна бедная женщина, собиравшая разложенные для просушки на солнце сети своих рыбаков; увидев лодку, она удивилась, что на полных парусах ей дали врезаться в берег. Полагая, что рыбаки в ней спят, она подошла к ней, но никого там не увидела, кроме той девушки, которую она несколько раз окликнула, крепко уснувшую; разбудив ее, наконец, узнав по одежде, что она – христианка, она спросила ее, говоря по-итальянски, каким образом она одна-одинешенька прибыла сюда в той лодке. Услышав латинскую речь, девушка усомнилась, не принес ли ее другой ветер обратно в Липари; тотчас же поднявшись, она осмотрелась и, не признав местности, увидев себя на суше, спросила у доброй женщины, где она. На это женщина отвечала: «Дочь моя, ты по соседству с Сузой, в Берберии». Как услышала это девушка, стала сетовать, что господь не пожелал послать ей смерти, и, боясь поношения и не зная, что начать, уселась у своей лодки и принялась плакать. Увидев это, женщина сжалилась над нею и так ее уговорила, что увлекла ее в свою хижину, и, когда обласкала ее, она ей рассказала, каким образом прибыла сюда; услышав, что девушка еще ничего ие ела, она предложила ей своего черствого хлеба, несколько рыбы и воды н так упросила ее, что та поела. После того Костанца спросила ту женщину, кто она, что говорит по-итальянски. Та ответила, что она из Трапани, по имени Карапреза, и находится в услужении у рыбаков христиан. Услышав имя Карапрезы, девушка, хотя и сильно сетовавшая, сама не зная по какому побуждению, приняла за хорошее предзнаменование слышанное ею имя, стала питать надежду, не зная на что, и желание смерти в ней умалилось. Не объявляя, кто она и откуда, она умолила добрую женщину, чтобы она, бога ради, сжалилась над ее молодостью и дала ей какой-нибудь совет, как ей быть, чтобы ей не учинили посрамления. Выслушав ее, Карапреза, как женщина добрая, оставила ее в своей хижине и, поспешно собрав сети, снова к ней вернулась; закутав ее в собственный плащ, она повела ее с собою в Сузу и, прибыв туда, сказала ей: «Костанца, я поведу тебя в дом одной добрейшей сарацинки, которой я часто прислуживаю в ее надобности; это женщина старая и милосердная, я поручу тебя ей, как только могу, и вполне уверена, что она охотно примет тебя и будет обходиться с тобой как с дочерью, а ты, проживая у нее, постарайся по возможности, угождая ей, заслужить ее расположение, пока господь не пошлет тебе лучшей доли». Как сказала, так и сделала. Та, женщина уже дряхлая, выслушав рассказ Карапреаы, посмотрела девушке в лицо и принялась плакать, затем, обняв ее ч поцеловав в лоб, повела ее в свои дом, где жила с несколькими женщинами без мужчин, занимаясь разными ручными работами из шелка, пальмы и кожи. Через несколько дней девушка научилась кое-каким работам, вместе с ними принялась за дело и вошла в такую милость и любовь хозяйки и других женщин, что было на диво; в короткое время, наставленная ими, она обучилась их языку.

Пока девушка жила в Сузе, а ее дома уже оплакали, считая пропавшей и мертвой, в Тунисе царствовал король, по имени Мариабдела; случилось, что один именитый и могущественный юноша из Гранады заявил, что королевство тунисское принадлежит ему, и, собрав большое количество люда, пошел на тунисского короля, чтобы выгнать его из царства. Это дошло до Мартуччио Гомито в тюрьму; так как он хорошо знал берберский язык и услышал, что тунисский король собирает большие силы для своей защиты, он сказал одному из тех, кто сторожил его с товарищами: «Если бы я мог переговорить с королем, я уверен, что дал бы ему совет, при помощи которого он вышел бы из этой войны победителем». Сторож передал эти слова своему начальнику, который тотчас же донес их королю. Потому король приказал привести Мартуччио, и когда спросил его, что за совет он имеет ему сообщить, тот отвечал так: «Государь мои, если в прежнее время, когда я бывал в ваших странах, я верно подметил приемы, которых вы держитесь в ваших битвах, то мне кажется, что вы вводите в дело стрелков более, чем что-либо другое; потому, если найти способ, чтоб у стрелков вашего противника не хватило снаряда для стрельбы, а у ваших было бы его вдоволь, я убежден, что вы выиграли бы битву». На это король сказал: «Без сомнения, если бы это можно было устроить, я был бы уверен в победе». На это Мартуччио ответил: «Государь мой, лишь бы вы захотели, а это можно отлично устроить; послушайте, каким образом Вам следует велеть сделать для луков ваших стрелков тетивы более тонкие, чем какие употребляются всеми обыкновенно, а затем изготовить стрелы, надрезы которых приходились бы лишь к таким тонким тетивам; но надо, чтобы это было сделано тайно, дабы противник о том не проведал, иначе он нашел бы против того средство. А причина, по которой я так говорю, следующая: когда стрелки вашего неприятеля потратят все свои стрелы, а ваши свои, вы знаете, что вашим врагам придется во время битвы собирать те, что выпустили ваши стрелки, а нашим подбирать выпущенные ими; но противники не в состоянии будут воспользоваться стрелами, пущенными вашими людьми, по причине малых надрезов, к которым не приспособятся толстые тетивы, тогда как у вас приключится обратное с неприятельскими стрелами, ибо тонкая тетива отлично придется к стреле с широким надрезом, таким образом ваши будут богаты стрелами, тогда как у тех будет в них недостаток».

Королю, который был человек мудрый, понравился совет Мартуччио, последовав которому в точности, он вышел победителем из войны, вследствие чего Мартуччио удостоился его милости, а затем и влиятельного и богатого положения. Весть об этом пронеслась по стране, и до Костанцы дошло, что Мартуччио Гомито, которого она давно считала умершим, еще жив; оттого любовь к нему, уже остывшая в ее сердце, разгорелась внезапным пламенем и, усилившись, воскресила погибшую надежду. Потому, откровенно поведав доброй женщине, у которой она жила, все свои приключения, она сказала ей, что желает отправиться в Тунис для того, чтобы ее глаза могли насытиться тем, к чему уши, настроенные молвой, возбудили в них желание. Та очень похвалила это намерение и, точно приходилась ей матерью, сев в лодку, отправилась вместе с нею в Тунис, где она и Костанца были почетно приняты в доме одной ее родственницы. А так как с ними поехала и Карапреза, она послала ее разведать что-нибудь о Мартуччио; узнав, что он жив и при большой должности, она доложила ей о том Доброй женщине заблагорассудилось быть тою, которая объявит Мартуччио о прибытии сюда его Костанцы; отправившись однажды туда, где он находился, она сказала ему: «Мартуччио, в моем доме остановился твой слуга, прибывший из Липари и желающий тайно переговорить с тобой; потому, чтобы не доверяться другим, я, по его желанию, сама пришла объявить тебе о том» Мартуччио поблагодарил ее и затем отправился в ее дом. Когда девушка увидела его, едва не умерла от радости и, не будучи в состоянии у держаться, бросилась к нему с распростертыми объятиями, обняла его и, под впечатлением прошлых несчастии и настоящей радости, не говоря ни слова, принялась тихо плакать. Увидев девушку, Мартуччио стоял некоторое время в изумлении, а затем, вздохнув, сказал: «О моя Костанца, так ты жива? Давно тому слышал я, что ты пропала, и у нас дома ничего не знали о тебе». Сказав это, он заплакал от умиления, обнял и поцеловал ее Костанца рассказала ему о всех своих приключениях и почете, каким она пользовалась у именитой дамы, у которой жила.

Удалившись от нее после долгой беседы, Мартуччио пошел к королю, своему господину, и все ему рассказал, то есть свои приключения и приключения девушки, прибавив, что с его согласия он желает жениться на ней по нашему закону. Король удивился всему этому; призвав девушку и услыхав, что все было так, как сказал Мартуччио, промолвил: «Ты в самом деле заслужила его себе мужем». Велев принести великие и прекрасные дары, он одну часть дал ей, другую Мартуччио, а вместе и согласие устроиться промеж себя, как каждому будет удобно. Мартуччио много учествовал именитую даму, у которой жила Костанца, поблагодарил ее за услуги, ей оказанные, и, принеся ей дары, какие ей приличествовали, и поручив ее милости божией, не без многих слез, пролитых Костанцей, удалился; затем, сев с соизволения короля на небольшое судно, взяв с собой и Карапрезу, он при благополучном ветре вернулся в Липари, где торжество было такое, о каком никогда и не рассказать. Здесь Мартуччио женился на девушке, устроил знатную, блестящую свадьбу, и они долго в мире и покое наслаждались своей любовью.

## Новелла третья

**Пьетро Боккамацца бежит с Аньолеллой, встречает разбойников, девушка убегает а лес, и ее приводят в один замок Пьетро схвачен, но спасается из рук разбойников, после нескольких приключений попадает в замок где была Аньолелла, женится на ней, и они вместе возвращаются в Рим.**

Не было никого, кто бы не похвалил новеллу Емилии; когда королева заметила, что она досказана, обратившись к Елизе, велела ей продолжать Елиза, горя желанием повиноваться ей, начала так: – Мне представляется, прелестные дамы, одна злополучная ночь, проведенная двумя недостаточно разумными молодыми людьми; но так как за нею последовало много радостных дней, мне хочется рассказать вам о том, ибо это ответит нашей цели.

В Риме, теперь хвосте, когда-то главе всего света, жил недавно один юноша по имени Пьетро Боккамацца, из очень почтенной римской семьи, который влюбился в красивую, прелестную девушку, по имени Аньолеллу, дочь некоего Джильоццо Саулло, человека простого происхождения, но очень любимого римлянами. Влюбившись в нее, он так умел устроить, что и девушка стала любить его не менее, чем он ее. Побуждаемый пылкой любовью и не будучи в состоянии более переносить жестокой муки, которую причиняло ему желание обладать ею, он попросил ее себе в жены. Когда прослышали о том его родные, все пристали к нему и стали порицать его за то, что он намеревался сделать; с другой стороны, они велели сказать Джильоццо Саулло, чтобы он никоим образом не слушался речей Пьетро, ибо, если он сделает противное, они никогда не будут считать его ни другом, ни родственником. Увидев, что ему заложен единственный путь, каким он думал достигнуть цели своего желания, Пьетро готов был умереть с горя. Если бы Джильоццо согласился, он женился бы на его дочери против воли всех своих родных; как бы то ни было, он решился, если только пойдет на то девушка, устроить так, чтобы это дело состоялось; узнав через третье лицо, что это ей по сердцу, он уговорился с ней бежать из Рима.

Приготовив все необходимое, поднявшись однажды рано утром, Пьетро вместе с ней сел на коней и направился к Ананьи, где у Пьетро были друзья, которым он сильно доверялся. Путешествуя таким образом, не имея возможности сочетаться друг с другом, ибо боялись преследования, они на пути беседовали о своей любви, порой целуя друг друга.

Случилось, что Пьетро не была хорошо знакома дорога, и они, будучи от Рима милях в восьми, вместо того чтобы взять направо, поехали налево. Не успели они проехать две мили, как увидели вблизи замок, откуда их заприметили и тотчас же вышло до двенадцати вооруженных людей. Когда они были уже близко от них, девушка увидела их и, громко крикнув: «Бежим, Пьетро, на нас хотят напасть», – повернула, как сумела, к большому лесу, крепко пришпорив коня и держась за луку седла, а конь, почувствовав уколы, понес ее вскачь по лесу. Пьетро, смотревший более ей в лицо, чем на свой путь, не заметил так же скоро, как она, прибытия вооруженных людей и пока, еще не видя их, осматривался, откуда они явятся, был ими настигнут и схвачен; велев ему сойти с лошади, они спросили его, кто он, и когда он ответил, стали держать промеж себя совет и сказали: «Он из числа друзей наших врагов, как иначе поступить нам с ним, как не отнять у него одежду и коня и на позор Орсини повесить на одном из этих дубов?» Когда все сошлись на этом решении, приказали Пьетро раздеться. Пока он раздевался, уже предчувствуя свою беду, случилось, что засада человек из двадцати пяти, выйдя внезапно, бросилась на этих людей с криком: «Смерть вам!» Захваченные врасплох, они бросили Пьетро и занялись своей защитой, но, увидя, что их меньше, чем нападающих, принялись бежать, а те за ними. Увидев это, Пьетро тотчас же забрал свои вещи, вскочил на своего коня и бросился наутек изо всей мочи по той дороге, по которой, он видел, помчалась девушка. Но он не разбирал в лесу ни дороги, ни тропы, ни следов копыт; когда ему показалось, что он вне возможности попасться в руки тех, кем был схвачен, и тех, кто нападал на них, не находя своей милой и опечаленный более всякого другого, он принялся плакать и бродить туда и сюда, крича по лесу. Но никто не отвечал ему; он не осмеливался вернуться, а идя вперед, не знал, куда выйдет; с другой стороны, у него был страх перед зверями, обычно живущими в лесу, в одно и то же время и за себя и за девушку, и ему казалось, он уже видит, что ее удавил медведь либо волк. Так шел бедный Пьетро целый день, крича и зовя по лесу, иногда возвращаясь назад, тогда как полагал, что идет вперед, от крика и плача, от страха и от долгой голодухи он так обессилел, что не мог идти дальше. Увидев, что наступила ночь, и не зная, на что другое решиться, он, набредя на высокий дуб, сошел с коня, привязал его к дереву, а сам влез на него, чтобы не быть съеденным дикими зверями. Когда вскоре после того взошла луна и погода стала ясная, Пьетро, из боязни свалиться, не решался заснуть, хотя если бы на то и была у него возможность, печаль и мысли об его милой не дозволили бы ему того; вот почему, вздыхая и плача и проклиная свою судьбу, он бодрствовал.

Девушка, убежавшая, как мы сказали выше, не знала, куда ей направиться, если не в сторону, куда по своей воле нес ее конь, и настолько углубилась в лес, что не могла признать места, откуда попала в него; почему и она весь день проплутала по глухой местности, не иначе, как то сделал Пьетро, то выжидая, то подвигаясь, то плача и крича и печалясь о своем несчастье. Наконец, видя, что Пьетро не приходит, уже под вечер напала на тропинку, по которой и направился ее конь; проехав более двух миль, она заметила издали домик, к которому устремилась с возможной поспешностью, и здесь нашла человека преклонных лет с женой, также старухой. Как увидали они ее одну, спросили: «Дочь моя, что делаешь ты в такой час, в таком месте, одна-одинешенька?» Девушка отвечала, плача, что потеряла в лесу своих товарищей и спросила далеко ли до Ананьи? Добрый человек ответил «Здесь не дорога в Ананьи; до него более двенадцати миль». Сказала тогда девушка: «А есть ли здесь селенья, где бы можно было пристать?» На это добрый человек ответил: «Здесь поблизости нет ни одного, куда ты могла бы добраться за день». Спросила тогда девушка: «Не будете ли вы столь добры, так как пойти в другое место мне нельзя, приютить меня на эту ночь, бога ради?» Мужчина ответил: «Дочь моя, если ты останешься у нас сегодня вечером, нам будет приятно, но мы обязаны напомнить тебе, что в этих местах днем и ночью снуют злые шайки друзей и недругов, нередко причиняющие нам много беспокойств и большой урон; если бы на беду какая-нибудь из них зашла сюда, пока ты здесь, и они увидели тебя, молодую и красивую, какова ты есть, они учинили бы тебе неприятность и стыд, а мы не могли бы помочь тебе. Мы решили рассказать тебе это, дабы потом, если бы такое случилось ты не сетовала на нас». Сообразив, что час поздний, девушка, хотя и испуганная речами старика, сказала: «Коли богу угодно, он спасет вас и меня от этого горя, а если бы оно со мной и приключилось, то лучше быть истерзанной людьми, чем разорванной в лесах зверями». Так сказав и сойдя с коня, она вступила в дом бедняка, поужинала с ними скудно тем, что у них было, и затем как была одетая повалилась рядом с ними на кровать, и не переставала вздыхать и плакать о своем несчастье и судьбе Пьетро, относительно которого не знала, на что и надеяться, помимо худого.

Уже около рассвета она услышала громкий топот приближавшихся людей; почему она встала, вышла на большой двор, находившийся позади маленького дома, и, увидав на одной стороне много сена, направилась к нему, чтобы спрятаться, а тем людям, если б они пришли туда, не так-то легко было ее доискаться. Едва успела она укрыться, как они, а была то большая шайка злоумышленников, уже подошли к двери маленького домика, заставили отворить себе и, вступив туда и найдя коня девушки со всей его упряжью, спросили, кто тут. Добрый человек, не видя девушки, ответил: «Здесь нет никого, кроме нас, а этот конь, от кого-то ушедший, вчера вечером прибежал к нам, мы и поставили его у себя, чтобы волки его не съели». – «Он, стало быть, пригодится нам, – сказал старший из шайки, – так как у него нет хозяина». Затем они рассеялись по маленькому домику, а одна часть пошла во двор и сложила с себя копья и щиты; случилось, что один из них, от нечего делать, бросил свое копье в сено и чуть не убил скрывавшуюся там девушку, а она едва не обнаружила себя, ибо копье так близко прошло около ее левой груди, что острие разорвало ее одежды, почему она готова была громко крикнуть, полагая себя раненой, но, вспомнив, где она, и придя в себя, промолчала. Шайка, расположившаяся там и сям, нажарив себе кто козлятины, кто другого мяса, поев и выпив, удалилась по своим делам, уведя с собою коня девушки. Когда они несколько отошли, добрый человек принялся расспрашивать жену: «Что сталось с нашей девушкой, что прибыла к нам вчера? Я не видал ее с тех пор, как мы встали». Женщина отвечала, что не знает, и отправилась разыскивать ее. Услыхав, что те ушли, девушка вылезла из сена, чему добрый человек очень обрадовался, увидав, что она не попалась в руки тем людям, и, так как уже рассветало, сказал ей: «Теперь рассветает, коли хочешь, мы проводим тебя до замка, что здесь вблизи в пяти милях, там ты будешь в надежном месте, но тебе придется идти пешком, потому что те негодяи, которые только что ушли отсюда, увели твоего коня». Девушка помирилась с этим и попросила их, бога ради, отвести ее в замок; потому, отправившись в путь, они прибыли туда в половине третьего часа. Замок принадлежал одному из Орсини, по имени Лиелло ди Кампо ди Фиоре, и случайно там находилась его жена, добрейшая и святая женщина. Увидев девушку, она тотчас же признала ее, радостно встретила и пожелала узнать по порядку, каким образом она здесь очутилась. Девушка все ей рассказала. Женщина, которой знаком был и Пьетро, как друг ее мужа, сильно печаловалась о случившемся и, услышав, где Пьетро схватили, решила, что он убит. Потому она сказала девушке: «Так как тебе неизвестно, что сталось с Пьетро, ты останешься со мною, пока мне не представится возможность в безопасности доставить тебя в Рим».

Пьетро, опечаленный, как только можно себе представить, видел, сидя на дубу, как в пору первого сна пришло волков с двадцать, которые, завидев его коня, тотчас же обступили его. Почуяв их, он дернул головою, порвал узду и хотел было бежать, но, не имея на то возможности, ибо его окружили, долгое время отбивался зубами и копытами; наконец, его смяли, задушили и тотчас же разорвали; наевшись, волки ушли, оставив одни кости. Пьетро, которому его конь представлялся товарищем и опорой в его напастях, пал духом и вообразил себе, что ему никогда и не выйти из этого леса. Уже день был близок, а он чуть не умирал на дубе от холода, когда, постоянно озираясь кругом, заметил впереди себя, может быть в расстоянии мили, большущий огонь; почему, лишь только настал день, не без некоторого опасения спустившись с дуба, он пошел в том направлении, пока не добрался до огня, а вокруг него увидел пастухов, которые весело сидели за едой и, сжалившись над ним, приняли его. Поев и отогревшись, он рассказал им о своем несчастий, каким образом он здесь очутился один, и расспросил их, нет ли в этих местах деревни или замка, куда бы он мог направиться. Пастухи сказали, что здесь милях в трех находится замок Лиелло ди Кампо ди Фиоре, где в то время была и его жена; сильно обрадовавшись тому, Пьетро попросил, чтобы кто-нибудь из них проводил его до замка, что двое из них охотно и сделали. Прибыв туда и найдя кое-кого из знакомых, Пьетро принялся измышлять средства, как поискать девушку в лесу, когда его позвали к хозяйке; он тотчас же пошел к ней, и когда увидел с ней Аньолеллу, никакая радость не могла сравниться с тою, которую он ощутил. Он горел желанием броситься обнять ее, но не делал этого, стыдясь хозяйки; но если он был радостен, то радость девушки была не меньше. Приняв его и сказав ему привет и выслушав от него все, что с ним случилось, дама принялась сильно упрекать его за то, что он намеревался сделать вопреки желанию своих родственников. Усмотрев, однако, что он так уже настроен и девушке это по сердцу, она сказала: «О чем мне хлопотать? Эти люди любят и знают друг друга, оба они одинаково дружны с моим мужем, их желание честное; думается мне, что так богу угодно, ибо одного он спас от виселицы, другую от копья, обоих от диких зверей; поэтому так тому и быть». Обратясь к ним, она сказала: «Если уж вы решили быть мужем и женой, то так угодно и мне, пусть так и будет; свадьбу сыграем на счет Лиелло, а затем мировую между вами. И вашими семьями я уже сумею уладить». Обрадованный Пьетро, еще более радостная Аньолелла тут и помолвились, благородная дама устроила им торжественную свадьбу, какую только можно было устроить в горах, и здесь они сладостно вкусили от первых плодов своей любви. Несколько дней спустя дама, а с нею и они, верхом, под надежной охраной, вернулись в Рим, где, найдя родственников Пьетро в сильном негодовании за учиненное им, она примирила его с ними, и он зажил с своей Аньолеллой в полном покое и удовольствии до обоюдной старости.

# Новелла четвертая

**Риччьярдо Манарди захвачен мессером Лицио да Вальбона у его дочери, на которой женится, помирившись с ее отцом.**

Когда умолкла Елиза, слушая, как подруги хвалили ее новеллу, королева приказала Филострато, чтобы и он рассказал нечто. Он начал, усмехаясь: – Многие из вас так часто укоряли меня за предложенный мною сюжет рассказов, вызывающий тягостные размышления и слезы, что мне кажется, я обязан, дабы вознаградить отчасти за эту докуку, рассказать вам нечто, что бы заставило вас немного посмеяться; потому я и намерен повествовать вам в коротенькой новелле об одной любви, смешанной не с какой-либо печалью, а лишь со вздохами и недолгим страхом и стыдом. Не так давно, достойные дамы, жил в Романье состоятельный, благовоспитанный рыцарь, по имени Лицио да Вальбона, у которого, нежданно и когда он был уже близок к старости, родилась от его жены, по имени мадонны Джьякомины, дочка, которая, выросши, стала красивее и прелестнее всех других в том округе; а так как она осталась одна у отца и матери, то ее сильно любили и миловали и с удивительным тщанием берегли, надеясь через нее породниться с большими людьми. В доме мессера Лицио часто бывал и хаживал к нему некий юноша, красивый и здоровый, из семьи Манарди из Бреттиноро по имени Риччьярдо, которого мессер Лицио и его жена так же мало стереглись, как если бы то был их сын. Увидев раз и два девушку, красавицу, изящную, похвальных обычаев и нравов и уже на выданье, он страстно влюбился в нее, но очень старательно скрывал свою любовь. Девушка, заметив ее, вовсе не уклонилась от ее стрел и также начала любить его, чему Риччьярдо был крайне рад. Несколько раз являлось у него желание сказать ей несколько слов, но он воздержался по боязни; наконец, однажды, улучив время и набравшись смелости, он сказал ей: «Умоляю тебя, Катерина, не дай мне умереть от любви». Девушка тотчас же ответила: «Дал бы господь, чтобы ты не заставлял умирать меня и того более». Ответ этот сильно обрадовал и ободрил Риччьярдо, и он сказал ей: «За мною никогда не станет сделать все, что тебе по сердцу, но твое дело – найти средство спасти твою и мою жизнь». Тогда девушка заметила: «Ты видишь, Риччьярдо, как меня сторожат, и потому я недоумеваю, каким бы способом ты мог прийти ко мне; но если ты придумаешь что-либо, что я могла бы сделать без моего посрамления, скажи мне, и я сделаю». Риччьярдо, уже поразмысливший обо многом, тотчас же сказал: «Милая моя Катерина, я не вижу другого пути, как если бы ты прокочевала, либо могла явиться на балконе, что у сада твоего отца: если бы я знал, что ты будешь там ночью, я, без сомнения, попытался бы проникнуть туда, хотя это и высоко». На это Катерина отвечала: «Если у тебя хватит храбрости прийти туда, я надеюсь уладить так, что мне удастся устроиться там на ночь». Риччьярдо сказал, что он готов; переговорив об этом, они разок поцеловались наскоро и разошлись.

На следующий день, – а уже близок был конец мая, – девушка стала жаловаться матери, что в прошлую ночь не могла заснуть из-за страшной жары. Мать и говорит; «Что за жара такая, дочь моя? Напротив, жары не было никакой». Катерина ответила на это: «Вам бы следовало сказать, матушка, что это вам так показалось, и, быть может, вы сказали бы правду; но надо же вам рассудить, насколько девушки горячее пожилых женщин». Тогда мать сказала: «Так то так, дочь моя, но не могу же я по своему усмотрению делать жар и холод, как тебе, быть может, желательно. Погоду приходится переносить согласно с подающим ее временем года; может быть, следующая ночь будет прохладнее и ты будешь спать лучше». – «Дай-то бог! – сказала Катерина. – Но тому не бывать, чтобы, приближаясь к лету, ночи становились прохладнее». – «Итак, чего же ты хочешь?» – спросила мать. Катерина отвечала: «Если бы то дозволил мои отец и вы, я бы охотно устроила кроватку на балконе возле отцовской комнаты и над его садом, и там бы стала спать; слушая пение соловья и находясь в более прохладном месте, я почувствовала бы себя лучше, чем в вашей комнате». – «Утешься, дочка, – сказала тогда мать, – я замолвлю о том твоему отцу, и как он захочет, так и сделаем». Услышав об этом от жены, мессер Лицио да Вальбона, как человек старый и потому, быть может, несколько упрямый, сказал: «Что это за соловей, под песни которого она желает спать? Заставлю же ее спать под пение цикад!» Узнав о том, Катерина, более с досады, чем от жары, не только не спала всю следующую ночь, но не дала спать и матери, все жалуясь на жару. Когда мать услышала это, наутро пошла к мессеру Лицио и сказала ему: «Мессере, вы совсем не любите нашу дочку; что вам до того, что она поспит на балконе? Всю-то ночь она не находила места от жары, к тому же вы удивляетесь, что ей нравится пение соловья; ведь она – девочка, а девочки любят все, что на них похоже». Выслушав это, мессер Лицио сказал: «Ну, пусть так, приготовь ей там постель, какая поместится, устрой вокруг какой-нибудь полог, и пусть она спит и слушает соловья в свое удовольствие».

Узнав о том, девушка тотчас же велела приготовить себе постель и, сбираясь там спать на следующую ночь, подождала, пока не увидела Риччьярдо и не сделала ему условленного между ними знака, из которого он понял, как ему следует поступить. Мессер Лицио, лишь только услышал, что девушка пошла спать, запер дверь, ведшую из его комнаты на балкон, и также отправился отдохнуть. Услышав, что все и всюду успокоились, Риччьярдо с помощью лестницы влез на стену, а с нее, цепляясь за выступы другой стены, добрался с большим трудом и опасностью, в случае падения, на балкон, где тихо и с великой радостью был принят девушкой; после многих поцелуев, они легли вместе и почти всю ночь провели в обоюдном наслаждении и удовольствии, много раз заставив пропеть соловья. Ночи были короткие, удовольствие великое, уже близился день, что было им невдомек; разгоряченные погодой и забавой, они заснули, ничем не прикрытые, причем Катерина правой рукой обвила шею Риччьярдо, а левой схватила его за то, что вы особенно стыдитесь назвать в обществе мужчин.

Так они спали без просыпу; когда настал день, мессер Лицио поднялся и, вспомнив, что дочка спит на балконе, тихо отворив дверь, сказал: «Дай-ка я посмотрю, как-то соловей дал сегодня поспать Катерине». Подойдя, он осторожно приподнял полог, что был кругом постели, и увидел, что Риччьярдо и она, голые и обнаженные, спят, обнявшись рассказанным выше способом. Хорошо распознав Риччьярдо, он вышел, направился в комнату жены и окликнул ее словами: «Скорее, жена, встань и пойди погляди: твоей-то дочке так понравился соловей, что она поймала его и держит в руке». – «Как это можно?» – сказала жена. Говорит мессер Лицио: «Ты это увидишь, коли поторопишься». Жена, поспешно одевшись, тихо последовала за мессером Лицио, когда оба подошли к постели и подняли полог, мадонна Джьякомина могла увидеть воочию, как ее дочка, поймав, держала соловья, песни которого так желала услышать. Считая, что Риччьярдо страшно обманул ее, жена хотела было закричать и наговорить ему дерзостей, но мессер Лицио сказал ей: «Смотри, жена, коли ты дорожишь моей любовью, не говори ни слова, ибо поистине, если она поймала его, то он и будет ей принадлежать. Риччьярдо – юноша родовитый и богатый; родство с ним будет нам только выгодным; если он пожелает уйти от меня подобру-поздорову, ему придется наперед помолвиться с нею; оно и выйдет, что соловья-то он посадил в свою клетку, а не в чужую».

Жена успокоилась, увидев, что муж не опечален этим делом, и, сообразив, что дочка провела хорошую ночь, славно отдохнула и поймала соловья, умолкла. Не много времени прошло после этих речей, как Риччьярдо проснулся; увидев, что уже светло, он счел себя погибшим и, окликнув Катерину, сказал: «Увы, душа моя, что нам делать! Ведь уже день наступил и застал меня здесь!» При этих словах мессер Лицио, выступив вперед и подняв полог, ответил: «Мы это уладим». Как увидел его Риччьярдо, точно у него вырвали сердце из тела; приподнявшись и сев на кровати, он сказал: «Господин мой, помилосердствуйте, бога ради. Я знаю, что, как предатель и дурной человек, я заслужил смерть, потому делайте со мной, что хотите, но, умоляю вас, пощадите мою жизнь, не дайте мне погибнуть». На это мессер Лицио ответил: «Риччьярдо, не того заслужила любовь, которую я питал к тебе, и доверие, которое к тебе имел; но так как все это случилось и твоя юность увлекла тебя к такому проступку, то, избегая себе смерти, а мне стыда, возьми Катерину в законные жены, дабы, как этой ночью она была твоей, так была бы, пока жива. Таким образом ты устроишь со мною мир, а себе спасение; коли не желаешь так сделать, поручи господу свою душу».

Пока шли эти речи, Катерина, прикрывшись, принялась сильно плакать, прося отца простить Риччьярдо, а с другой стороны, умоляя и Риччьярдо сделать так, как желал отец, дабы они могли долго и беспечно пользоваться вместе такими же ночами. Но на это не понадобилось много просьб, потому что, с одной стороны, стыд совершенного проступка и охота его загладить, с другой – страх смерти и желание спасения, а кроме того, горячая любовь и побуждение обладать любимым предметом – все это заставило Риччьярдо по своей воле и без всякой проволочки сказать, что он готов исполнить все, что заблагорассудится мессеру Лицио. Вследствие этого мессер Лицио взял у мадонны Джьякомины на подержание одно из ее колец, и тут же, не выходя, Риччьярдо обручился в их присутствии с Катериной, как с своей женой. Когда это было сделано, мессер Лицио и его жена, удаляясь, сказали: «Теперь отдохните, ибо, быть может, это вам более потребно, чем вставанье». Когда те ушли, молодые снова обнялись и, отъехав ночью не более как на шесть миль, сделали еще две, прежде чем встать; тем и закончили первый день. Поднявшись, Риччьярдо держал более толковые речи с мессером Лицио, а несколько дней спустя, по обычаю, в присутствии друзей и родственников, женился на девушке и, с большим торжеством поведя ее домой, устроил пышную, блестящую свадьбу, после чего в мире и в свое утешение долгое время охотился вместе с нею за соловьями днем и ночью, сколько ему было угодно.

## Новелла пятая

**Гвидотто из Кремоны поручает Джьякомино из Павии свою приемную дочь и умирает, в Фаэнце в нее влюбляются Джьянноле ди Северино и Мингино ди Минголе и вступают друг с другом в распрю; девушка оказывается сестрой Джьянноле, и ее отдают замуж за Мингино.**

Слушая новеллу о соловье, все дамы так смеялись, что, когда Филострато кончил свой рассказ, они все еще не могли удержаться от смеха. Когда, наконец, они нахохотались вдоволь, королева сказала: «Поистине, если вчера ты всех нас разжалобил, то сегодня так развеселил, что ни одна не имеет права досадовать на тебя», и, обратившись к Неифиле, она велела ей продолжать рассказы; та весело начала таким образом: – Так как Филострато в своем рассказе завел нас в Романью, то я и не прочь несколько прогуляться по ней и моей новелле.

Итак, скажу, что в городе Фано жили когда-то два ломбардца, один по имени Гвидотто из Кремоны, другой – Джьякомино из Павии, люди уже престарелые, почти сплошь проведшие свою юность солдатами на войне. Гвидотто, умирая, не имея ни сына, ни другого приятеля, ни родственника, которому он более бы доверял, чем Джьякомино, поручил ему свою девочку, лет, может быть, десяти, и все, что у него было на свете, и, подробно поговорив с ним о своих делах, скончался.

Случилось, что в то время город Фаэнца, в течение долгого времени взысканный войною и напастями, пришел в несколько лучшее положение, и предоставлена была свобода вернуться туда всем, кто бы того пожелал; почему Джьякомино, уже живавший там прежде и полюбивший это пребывание, возвратился туда со всем своим добром, привезя с собой и девушку, оставленную ему Гвидотто, которую любил и обхаживал, как свою дочь. Выросши, она стала красавицей, краше всех, какие были в то время в городе; и как она была красива, так равно благовоспитана и честна. По этой причине за ней стали ухаживать многие, особенно двое юношей, одинаково прекрасных и достойных, воспылали к ней великою любовью, настолько, что из ревности безмерно возненавидели друг друга, а звался один из них Джьянноле ди Северино, другой Мингино ди Минголе. И ни один из них не прочь был бы с охотою взять ее за себя, ибо ей было уже пятнадцать лет, если бы на то было согласие их родителей; почему, видя, что в ее руке им отказывают по благовидной причине, каждый из них задумал овладеть ею тем способом, который будет ему удобнее.

У Джьякомино жили старая служанка и слуга, по имени Кривелло, и был он человек очень потешный и добродушный. Хорошо с ним сблизившись, Джьянноле улучил время, чтобы открыться ему в своей любви, и просил его благоприятствовать ему в достижении его желания, обещая ему многое, если он то исполнит. На это Кривелло сказал: «Видишь ли, в этом деле я могу помочь тебе разве тем, что, когда Джьякомнно пойдет куда-нибудь ужинать, я проведу тебя к ней, ибо если б я пожелал замолвить за тебя слово, она никогда не стала бы меня и слушать. Это, коли хочешь, я тебе обещаю и сделаю, а ты затем поступи, как тебе покажется лучшим». Джьянноле сказал, что большего ему не надо; на том порешили. Мингино, с другой стороны, сдружился со служанкой и так ее обработал, что она несколько раз ходила с поручениями к девушке и чуть не возбудила в ней любовь к нему, а, кроме того, обещала свести его с нею, если случится, что Джьякомино по какой-либо причине выйдет из дома вечером.

Случилось вскоре после этих уговоров, что благодаря Кривелло Джьякомино отправился ужинать к одному своему приятелю; дав о том знать Джьянноле, Кривелло уговорился с ним, что по условному знаку он явится и найдет дверь отворенной. С другой стороны служанка, ничего о том не знавшая, оповестила Мингино, что Джьякомино не будет дома ужинать, и сказала ему, чтобы он побыл вблизи дома, дабы по знаку, который она ему сделает, он мог явиться и войти. Когда настал вечер, оба влюбленные, ничего не зная друг о друге, один полный подозрений на другого, отправились с несколькими вооруженными людьми, чтобы вступить во владение добычей. Мингино, а с ним его люди, поджидая знака, укрылся в доме одного своего приятеля, соседившем с домом девушки; Джьянноле со своими стал несколько поодаль. Кривелло и служанка в отсутствие Джьякомино старались услать друг друга. Кривелло говорил служанке: «Зачем не пойдешь ты теперь спать, зачем путаешься по дому?» А служанка отвечала ему: А ты почему не идешь за своим хозяином, чего ждешь, коли уже поужинал?» Таким образом, никому не удалось выжить другого.

Когда Кривелло увидел, что настал час, условленный с Джьянноле, сказал сам себе: «Что мне до нее! Коли не будет держаться спокойно, ей же достанется», и, сделав условленный знак, он отворил дверь. Джьянноле тотчас же явился с двумя товарищами, вошел в дом и, найдя девушку в зале, схватил ее, чтобы увести. Девушка стала сопротивляться и громко кричать, и с ней и служанка. Как услыхал это Мингино, тотчас же прибежал со своими товарищами; увидев, что девушку уже вытаскивают из дверей, все они выхватили мечи при криках: «Смерть вам, предатели! Этому не бывать! Что это за насилие!» Так сказав, они принялись рубить. С другой стороны, соседи, выбежав на крик с светочами и оружием, начали порицать это дело и помогать Мингино, вследствие чего после долгой борьбы Мингино отнял девушку у Джьянноле и вернул в дом Джьякомино. Не прежде прекратилась распря, как явились служилые люди начальника города и многих из них перехватали; между прочим, взяли Мингино, Джьянноле и Кривелло и повели их в тюрьму.

Когда все утихло и Джьякомино вернулся домой, он сильно опечалился этим происшествием, но, расследовав, как было дело, и найдя, что девушка ни в чем не виновата, несколько успокоился, намереваясь для предотвращения подобного случая как можно скорее выдать ее замуж. На другое утро, когда родственники той и другой стороны узнали истину и уразумели, какое зло может от того воспоследовать заключенным юношам, а Джьякомино намеревался прибегнуть к мерам, на которые имел право, те явились к нему и дружески попросили его принять в расчет не столько оскорбление, нанесенное неразумием юношей, сколько любовь и расположение, с которыми он, полагали, относится к молящим его, причем изъявили готовность и от себя и от юношей, учинивших зло, дать ему какое угодно удовлетворение Джьякомино, много видевший на своем веку и благодушный, ответил кратко: «Господа, если б я даже был на родине у себя, как нахожусь в вашей, я считаю себя настолько вашим приятелем, что ни в этом, ни в другом случае не поступил бы иначе, как в угодность вам; кроме того, я тем более обязан склоняться на ваши просьбы, что вы нанесли оскорбление самим себе, ибо эта девушка не из Кремоны и не из Павии, как многие, быть может, полагают, а фаэнтинка, хотя ни я, ни тот, который поручил мне ее, никогда не доведались, чья она дочь. Поэтому по отношению к вашей просьбе я сделаю все, что вы мне прикажете».

Услышав, что девушка из Фаэнцы, почтенные люди удивились и, поблагодарив Джьякомино за его великодушный ответ, попросили его рассказать им, каким образом она попала в его руки и как он узнал, что она – фаэнтинка. Джьякомино так им ответил: «Гвидотто из Кремоны был моим товарищем и другом и, приближаясь к смерти, рассказал мне, что, когда этот город был взят императором Фридрихом и все было предано разграблению, он с товарищами, придя в один дом, нашел его полным всякого угодья, но покинутым обитателями, за исключением этой девочки, двух лет или около того, которая назвала его отцом, когда он входил по лестнице; оттого у него явилась к ней жалость, и он взял ее, равно как и все, что было в дому, с собой, в Фано, и здесь, умирая, оставил ее мне со всем, что у него было, наказав выдать ее замуж, когда наступит пора, а все, что ему принадлежало, отдать ей в приданое. Когда она выросла до брачного возраста, мне не удалось выдать ее за человека, который бы мне нравился, а я сделал бы это охотно, прежде чем приключится что-нибудь похожее на случившееся вчера вечером».

Был там в числе прочих некий Гвильельмино да Медичина, участвовавший с Гвидотто в том деле и отлично знавший, чей дом ограбил Гвидотто, увидев там в числе прочих его хозяина, он подошел к нему и сказал: «Слышишь ли ты, Бернабуччио, что говорит Джьякомино?» – «Да, – отвечал Бернабуччио, – и теперь я особенно о том раздумался, ибо поминаю, что в этих передрягах я потерял дочку таких лет, как рассказывает Джьякомино». Говорит ему Гвильельмино: «Это наверно она и есть, ибо, находясь в одном месте, я слышал, как Гвидотто рассказывал, где он учинил грабеж, и я догадался, что то был твой дом; потому припомни, не сумеешь ли признать ее по какому-нибудь знамению, вели поискать его, и ты наверно убедишься, что это – твоя дочь». Подумав, Бернабуччио вспомнил, что у нее должен быть шрам, в виде крестика, над левым ухом, оставшийся от опухоли, которую он велел ей разрезать незадолго до того события; поэтому, не долго мешкая, он подошел к Джьякомино, еще находившемуся там, и попросил его повести его в свой дом и дать ему поглядеть на ту девушку. Джьякомино охотно повел его и велел девушке выйти к нему. Когда Бернабуччио увидал ее, ему показалось, что он видит перед собой лицо ее матери, еще красивой женщины; не ограничиваясь этим, он попросил Джьякомино дозволить ему приподнять немного волосы над левым ухом, на что Джьякомино согласился. Подойдя к девушке, которая стояла застыдившись, приподняв правой рукой волосы, он увидал крест; поэтому, вполне уверившись, что это – его дочь, он пролил слезы радости, стал обнимать ее, хотя она и противилась тому, и, обратившись к Джьякомино, сказал: «Это, братец, дочь моя; мой дом разграблен был Гвидотто, а ее в внезапном страхе моя жена, а ее мать, забыла, и до сих пор мы думали, что она сгорела в дому, который сожгли в тот же день». Когда девушка услышала это и увидела, что то человек престарелый, поверила его словам и, движимая тайной силой, не противилась его объятиям и вместе с ним также принялась нежно плакать; Бернабуччио тотчас послал за ее матерью, другими родственницами, сестрами и братьями и показал ее всем и, рассказав дело, после тысячи объятий и в большом торжестве, к полному удовольствию Джьякомино, повел ее в свой дом. Как услышал о том начальник города, человек достойный, зная, что Джьянноле, которого он держал в тюрьме, сын Бернабуччио и родной брат девушки, решил милостиво отнестись к совершенному им проступку; по соглашению в этом деле с Бернабуччио и Джьякомино, он устроил так, что Джьянноле и Мингино простили, а за Мингино выдал, к общему удовольствию его родных, девушку, имя которой было Агнеса; вместе с тем освободил и Кривелло и других, попавшихся в этом деле. Затем Мингино на радостях сыграл знатную, блестящую свадьбу и, введя Агнесу в свой дом, долгие годы после того пребывал с нею в мире и благоденствии.

## Новелла шестая

**Джьянни из Прочиды захвачен с любимой им девушкой, которая отдана была королю Федериго: вместе с ней привязан к колу, чтобы быть сожженным; узнанный Руджьери делль Ориа, освобожден им и женится на девушке.**

По окончании новеллы Неифилы, очень понравившейся всем дамам, королева приказала Пампинее приготовиться рассказать что-нибудь; и она, подняв ясное личико, тотчас же начала: – Прелестные дамы, велики силы любви, располагающие любящих к трудным подвигам, перенесению чрезвычайных, негаданных опасностей, как то можно представить себе из многого, рассказанного как сегодня, так и в другие разы; тем не менее мне приятно доказать это еще раз повестью об одном влюбленном юноше.

На Искии, острове, очень близко лежащем от Неаполя, жила в числе прочих девушка, красивая и развеселая, – звали ее Реститута, – дочь одного именитого человека того острова, по имени Мартино Болгаро, которую любил паче своей жизни юноша соседнего с Искией острова, называемого Прочидой, по имени Джьянни, а она любила его. Не только днем он приезжал с Прочиды на Искию провести время и поглядеть на милую, но много раз и ночью, не найдя лодки, переплывал с Прочиды на Искию, посмотреть если не на что другое, то по крайней мере на стены ее дома.

Когда их любовь была в таком разгаре, случилось однажды летом, что девушка была одна-одинешенька на берегу и, бродя от одного утеса к другому и ножом отрывая морские ракушки от каменьев, дошла до одного места, окруженного скалами, где ввиду тени и удобства находившегося там источника с студеной водой, приютилось вместе с своим судном несколько молодых сицильянцев, шедших из Неаполя. Найдя девушку, которая еще не приметила их, очень красивой и видя, что она совсем одна, они решили промеж себя схватить ее и увезти; за решением последовало исполнение. Несмотря на то, что девушка кричала громко, они взяли ее, посадили на судно и уехали; добравшись до Калабрии, стали совещаться, кому из них она будет принадлежать, и вскоре оказалось, что каждый из них хотел завладеть ею, вследствие чего, не согласившись между собою, боясь дойти до худшего и из-за нее испортить свои отношения, они сошлись на том, чтобы отдать ее Федериго, королю Сицилии, который в то время был молод и любил такого рода дела; приехав в Палермо, они так и поступили. Король нашел ее красивой, и она ему понравилась, а так как он был несколько слабого здоровья, то и приказал поместить ее в великолепных зданиях, находившихся в его саду, что назывался Кубой, и там ухаживать за ней до той поры, пока он сам окрепнет; что и было исполнено.

Похищение девушки вызвало на Искии сильное волнение; особенно тяготило всех то, что не могли дознаться, кто были люди, ее похитившие. Но Джьянни, которому это было ближе, чем кому-либо другому, не дожидая вестей в Искию и зная, в какую сторону ушел корабль, снарядил свой, сел в него и как мог скорее проехал вдоль берега от Минервы до Скалеи в Калабрии, повсюду наводя справки о девушке, в Скалее ему сказали, что она увезена в Палермо сицильянскими моряками. Туда-то Джьянни и велел себя везти с возможной поспешностью и здесь после долгих поисков, узнав, что девушка была отдана королю и охранялась им в Кубе, страшно опечалился и почти потерял всякую надежду не только заполучить ее когда-либо, но даже и увидеть. Тем не менее, удержанный любовью, он отпустил корабль и, видя, что никто там его не знает, остался; часто приходя в Кубу, он однажды узрел ее случайно у окна, а она узрела его, чему каждый очень обрадовался. Заметив, что место пустынное, Джьянни приблизился, насколько было возможно, заговорил с ней и, наученный ею, как взяться за дело, если б он пожелал поговорить с ней поближе, ушел, наперед подробно осмотрев расположение местности; дождавшись ночи и пропустив добрую часть ее, он снова вернулся туда и, цепляясь по местам, на которых не могли бы удержаться и дятлы, вошел в сад, нашел там рей, приставил его к указанному девушкой окну и очень легко взобрался по нему. Девушка, уже считавшая потерянной свою честь, оберегая которую она прежде несколько его дичилась, размыслила, что никому более достойному, чем он, она не может отдаться, и, рассчитав, что она может побудить его увезти ее, решила про себя удовлетворить все его желания и потому оставила окно отпертым, дабы он мог быстро пролезть в него. Найдя окно отворенным, Джьянни тихо вошел в него и прилег к девушке, которая не спала, а та, прежде чем заняться чем-либо иным, открыла ему все свои намерения, усердно прося его извлечь ее отсюда и увезти. На что Джьянни ответил, что ничто ему так не по сердцу, как это, и что лишь только он расстанется с нею, непременно все так устроит, чтобы увезти ее в первый же раз, как вернется сюда. После этого, обнявшись, с величайшим удовольствием они вкусили того наслаждения, выше которого любовь не может доставить, и, повторив его несколько раз, уснули незаметно для себя в объятиях друг у друга.

Король, которому девушка с первого взгляда очень понравилась, вспомнил о ней и, чувствуя себя здоровым, решился пойти и пробыть с нею, несмотря на то, что был уже почти день, и с некоторыми из своих слуг тайно направился в Кубу; вступив в дом, он велел тихонько отворить комнату, где, как он знал, спала девушка, и вошел туда, предшествуемый большим зажженным факелом; бросив взгляд на постель, он увидал ее и Джьянни, спавших вместе, совершенно обнаженных и обнявшихся, отчего внезапно он страшно рассердился и, не промолвив ни слова, вошел в такой гнев, что едва удержался, чтобы не убить обоих бывшим при нем ножом. Потом, вспомнив, что было бы делом недостойнейшим какого бы то ни было человека, не только что короля, убить во сне двух обнаженных, удержал себя и замыслил предать их смерти при народе и на костре, обратившись к единственному спутнику, который был при нем, он сказал: «Что думаешь ты об этой преступной женщине, на которую я возлагал мои надежды?» Затем он спросил, знает ли он того юношу, у которого хватило дерзости явиться к нему в дом и учинить ему такое оскорбление и досаду? Тот, кого спрашивали, ответил, что не помнит, чтобы когда-либо видел его. Так, рассерженный король и вышел из комнаты, приказав, чтобы любовники, как есть нагие, были взяты и связаны и среди бела дня отведены в Палермо и на площади привязаны к колу, спиной к спине, и оставались бы так до третьего часа, дабы все могли их видеть, а затем были бы сожжены, как того и заслужили; так сказав, он вернулся в Палермо в свой покой, сильно разгневанный.

Лишь только ушел король, тотчас же многие набросились на двух любовников и не только разбудили их, но быстро и без всякой жалости схватили их и связали; как, увидев это, молодые люди опечалились, страшась за свою жизнь, плача и сетуя – легко себе представить. По приказу короля их отвели в Палермо, привязали к колу на площади и перед их глазами приготовили костер и огонь, чтобы сжечь их в час, назначенный королем. Все палермитяне, и мужчины и женщины, тотчас же сбежались туда, чтоб увидеть обоих любовников: мужчины шли посмотреть на девушку, и как они выхваляли ее совершенную красоту и сложение, так с своей стороны и женщины, сбежавшиеся поглядеть на юношу, очень одобряли красоту его лица и тела. А бедные любовники, оба страшно пристыженные, стояли, опустив головы, и оплакивали свое несчастье, ожидая с часу на час жестокой смерти в огне.

Пока их держали так до назначенного часа и повсюду оповещали о совершенном ими проступке, слух о том дошел до Руджьери делль Ориа, человека отменной храбрости, бывшего тогда королевским адмиралом, и, чтобы поглядеть на них, он направился к месту, где они были привязаны; дойдя туда, он прежде посмотрел на девушку и много похвалил ее красоту; затем, обратившись к юноше, без особого труда признал его и, приблизившись к нему, спросил, не Джьянни ли он из Прочиды. Джьянни, подняв лицо и узнав адмирала, ответил: «Господин мой, я действительно был тем, о ком вы спрашиваете, но вскоре меня не станет». Адмирал спросил его тогда, что довело его до этого. На это Джьянни ответил: «Любовь и гнев короля» Адмирал велел ему рассказать все подробно и, выслушав от него, как что было, собрался уйти, когда Джьянни позвал его, сказав: «Господин мой, коли возможно, испросите мне одну милость у того, благодаря кому я здесь стою». Руджьери спросил: «Какую же?». На это Джьянни ответил: «Вижу я, что мне придется умереть, и скоро; и так как к этой девушке, которую я любил пуще своей жизни, а она меня, я обращен спиной, как и она ко мне, я прошу, как милости, чтобы нас обратили друг к другу лицами, дабы, умирая, видя ее лицо, я мог отойти утешенным». Руджьери сказал, смеясь: «Охотно, я устрою так, что ты столько еще насмотришься на нее, что она тебе надоест». Отойдя от него, он приказал тем, кому поручено было привести это дело в исполнение, не чинить без нового приказа короля ничего более того, что совершили, и, не мешкая, направился к королю, которому, хотя он и видел его разгневанным, не преминул выразить свое мнение, спросив: «Государь, чем оскорбили тебя те двое молодых людей, которых ты приказал сжечь там на площади?» Король пояснил ему. Руджьери продолжал: «Проступок, ими совершенный, заслуживает кары, но не от тебя; и как преступления вызывают наказание, так и благодеяния – вознаграждение, помимо милости и сострадания. Знаешь ли ты, кто те, кого ты хочешь сжечь?» Король ответил, что не знает. Тогда Руджьери сказал: «А я хочу, чтобы ты их узнал, дабы ты уразумел, благоразумно ли подчиняешься ты порывам своего гнева. Юноша – сын Ландольфо из Прочиды, родной брат мессера Джьянни из Прочиды, по милости которого ты стал королем и властителем этого острова; девушка – дочь Марино Болгаро, благодаря могуществу которого твое государство еще не вытеснено ныне с Искии. Кроме того, эти молодые люди уже давно любили друг друга и только движимые любовью, а не желанием нанести оскорбление твоему величию, совершили этот грех (если можно назвать грехом то, что из любви делают юноши). Почему же хочешь ты предать их смерти, тогда как ты был бы обязан почтить их величайшим благоволением и дарами?» Услышав это и убедившись в том, что Руджьери говорит правду, король не только не решился сделать что-нибудь худшее, но и раскаялся в учиненном; вследствие чего немедленно послал отвязать от кола обоих молодых людей и привести их к себе, что и было исполнено. Досконально разузнав об их обстоятельствах, он замыслил возместить нанесенную им обиду почестями и дарами. Богато нарядив их и зная их обоюдное согласие, он поженил Джьянни на молодой девушке и, сделав им великолепные подарки, отправил их довольных домой, где их приняли с великим торжеством, и они долгое время жили вместе в радости и удовольствии.

## Новелла седьмая

**Теодоро влюблен в Виоланту, дочь мессера Америго, своего господина; она забеременела от него, а он приговорен к виселице. Когда его ведут на казнь под ударами плетей, он узнан своим отцом и, освобожденный, берет Виоланту себе в жены.**

Все дамы, в страхе ожидавшие услышать, сгорят или нет оба любовника, узнав, что они спаслись, возблагодарили бога и обрадовались, а королева, дослушав окончание новеллы, возложила обязанность следующей на Лауретту, которая весело принялась сказывать:

– Прекраснейшие дамы, в то время, когда добрый король Гвилельмо царствовал в Сицилии, жил на острове некий дворянин, по имени Америго Аббате из Трапани, который, кроме прочих благ земных, изобиловал и множеством детей. Почему, нуждаясь в слугах и пользуясь прибытием с востока галеры генуэзских корсаров, которые, идя вдоль берегов Армении, захватили много мальчиков, он, почитая их за турок, некоторых из них купил, и хотя все остальные оказались пастухами, был между ними один с виду более изящный и красивый, по имени Теодоро. Хотя с ним и обращались как с рабом, он тем не менее рос в доме мессера Америго с его детьми и, следуя больше своей природе, чем случайному положению, сделался благовоспитанным, с прекрасными манерами, и так понравился мессеру Америго, что тот дал ему свободу и, принимая его за турка, велел окрестить и назвать Пьетро, и поставил набольшим над своими делами, питая к нему большое доверие.

Как подрастали другие дети мессера Америго, так подрастала и дочь его, по имени Виоланта, красивая и изящная девушка; пока отец медлил с ее замужеством, случилось ей влюбиться в Пьетро, и хотя она любила его и высоко ценила за его нравы и поступки, тем не менее стыдилась открыться ему; но Амур отнял у нее эту заботу, ибо Пьетро, не раз осторожно поглядывавший на нее, так в нее влюбился, что, лишь глядя на нее, чувствовал себя счастливым; только он очень боялся, как бы кто-нибудь того не приметил, ибо ему казалось, что он поступает нехорошо. Девушка, с удовольствием видевшая его, заметила это и, чтобы придать ему больше смелости, показывала, что очень ему рада, как то и было на самом деле.

Долго они оставались в таком положении, ничего не смея сказать друг другу, хотя каждый того сильно желал.

Пока оба одинаково горели любовным пламенем, фортуна, как бы порешив, чтобы все так и устроилось, нашла им средство изгнать боязливую застенчивость, связывавшую их. У мессера Америго в одной, может быть, миле от Трапани находилось прекрасное поместье, куда его жена с дочерью и другими женщинами и девушками часто хаживала для развлечения. Когда однажды, в большую жару, они отправились туда, взяв с собой и Пьетро, и проводили там время, случилось, как мы то нередко видим летом, что небо вдруг заволоклось темными тучами, вследствие чего дама и ее общество, боясь, как бы непогода их там не захватила, собрались в обратный путь в Трапани и пошли как можно скорее; но Пьетро и девушка, оба молодые, сильно перегнали на ходу мать и других ее спутниц, побуждаемые, быть может, не менее любовью, чем страхом непогоды. Когда они настолько опередили мать и других, что их едва было видно, случилось, что после многих раскатов грома внезапно пошел крупнейший и частый град, от которого мать со своим обществом укрылась в доме одного крестьянина. Пьетро и девушка, не найдя более близкого убежища, вошли в старую, почти развалившуюся хижину, где никто не жил, и здесь под оставшеюся еще частые крыши прижались вдвоем, и необходимость заставила их, ввиду малого крова, коснуться друг друга. Это прикосновение было причиной того, что их дух несколько ободрился к открытию любовных желаний, и Пьетро начал первый: «Дал бы бог, чтобы никогда этот град не прекращался, если бы мне всегда быть так, как теперь». Девушка ответила: «Мне это было бы очень приятно». От этих слов они дошли до того, что взяли и пожали друг другу руки, потом обнялись, потом поцеловались; а град все шел. Чтобы не останавливаться на каждой мелочи, скажу, что погода установилась не прежде, чем они познали высшие восторги любви и не предприняли мер, чтобы втайне наслаждаться друг с другом.

Когда прекратилась непогода, они, дождавшись матери у ворот города, до которых было недалеко, вернулись с нею домой. Там они встречались много раз с предосторожностями и втайне и к великому своему утешению; дело зашло так далеко, что девушка забеременела, что крайне было неприятно тому и другому; вследствие чего они употребили много ухищрений, дабы, наперекор естественному ходу вещей, освободиться от плода, но не успели в этом. Почему Пьетро, опасаясь за свою собственную жизнь, решился бежать и сказал ей о том; она, выслушав его, ответила: «Если ты уедешь, я непременно убью себя». На что Пьетро, сильно любивший ее, сказал: «Как же хочешь ты, моя милая, чтобы я остался здесь? Твоя беременность откроет наш проступок, тебе легко простят, а мне, несчастному, придется понести кару и за твой и за мой грех». На это девушка ответила: «Пьетро, мои грех, конечно, узнается; но будь уверен, что твой, коли ты сам не скажешь, никогда не будет узнан». Тогда Пьетро сказал: «Так как ты мне это обещаешь, я останусь, но постарайся сдержать обещание».

Девушка, скрывавшая, насколько было возможно, свою беременность, видя, что, вследствие увеличившихся размеров тела, нельзя более таить ее, однажды вся в слезах созналась своей матери, умоляя спасти ее. Мать, опечаленная чрезвычайно, осыпала ее страшной бранью и пожелала узнать, как было дело. Девушка, боясь, как бы Пьетро не учинили чего-нибудь худого, скрыла истину под другими образами и, сочинив басню, рассказала все по-своему. Мать поверила ей и, дабы скрыть недостаток дочери, отправила ее в одно из своих поместий. Когда наступило там время родов и девушка кричала, как то делают другие женщины, а мать ее не предполагала, чтобы Америго, почти никогда там не бывший, явился туда, случилось, что, возвращаясь с охоты на птиц и проходя мимо комнаты, где голосила девушка, он, изумленный этим, внезапно вошел и спросил, что случилось. Мать, увидев вошедшего мужа, встала опечаленная и рассказала ему, что приключилось с дочерью, но он, менее доверчивый, чем оказалась жена, объявил, что неправда, будто она не знает, от кого забеременела, и потому он желает узнать это досконально; поведав о том, она может получить прощение, коли нет, пусть помыслит о смерти без всякого снисхождения с его стороны. Жена старалась, насколько могла, чтобы муж удовольствовался тем, что она сказала; но все было напрасно. Войдя в бешенство, с обнаженной шпагой в руке, он бросился на дочь, которая, пока мать уговаривала отца, родила сына, и сказал: «Или ты объявишь, от кого произвела ребенка, или умрешь немедленно». Девушка, боясь смерти, нарушила обещание, данное Пьетро, и призналась во всем, что произошло между им и ею. Услыхав это и страшно разъярясь, рыцарь едва удержался, чтобы не убить ее, но затем, излив ей все, подсказанное ему гневом, сел на коня, поехал в Трапани и, заявив некоему мессеру Куррадо, бывшему там начальником за короля, об обиде, нанесенной ему Пьетро, велел тотчас же схватить его, ничего не подозревавшего; подверженный пытке, он сознался во всем совершенном.

Когда спустя несколько дней начальник приговорил его высечь, водя по городу, и потом повесить, для того, чтобы в один и тот же час исчезли с лица земли оба любовника и их сын, мессер Америго, у которого гнев не прошел даже после того, как он довел Пьетро до смерти, положил яду в чашу с вином и, отдав ее одному из своих прислужников вместе с ножом наголо, сказал: «Пойди с этими двумя вещами к Виоданте и передай ей от меня, чтобы она скорее выбрала какую угодно из двух смертей – или от яда, или от ножа; коли нет, я в присутствии сколько ни на есть граждан велю ее сжечь, как она того и заслужила; сделав это, возьми сына, рожденного ею несколько дней тому назад, и, раздробив ему голову об стену, брось на съедение собакам». Когда суровый отец произнес этот жестокий приговор дочери и внуку, прислужник ушел, более настроенный к худу, чем и добру.

Осужденному Пьетро, которого стража повела на виселицу под ударами, пришлось идти, как то заблагорассудилось начальникам отряда, мимо одной гостиницы, где находились трое именитых людей из Армении, посланных армянским королем в Рим для переговоров с папой о важных делах, касавшихся предстоящего крестового похода; они остановились там, чтобы освежиться и отдохнуть несколько дней, и были приняты с большим почетом именитыми людьми Трапани, преимущественно мессером Америго. Услышав, как проходили те, что вели Пьетро, они подошли к окну поглядеть. Пьетро был совершенно обнажен до пояса, с связанными назад руками; как взглянул на него один из трех послов, человек старый и с большим весом, по имени Финео, увидел у него на груди большое красное пятно, не накрашенное, но естественно посаженное на коже, вроде тех, что женщины обыкновенно называют родимым пятном. Лишь только он увидел его, ему внезапно пришел на память его сын, который пятнадцать лет тому назад был похищен у него корсарами на берегу Лаяццо и о котором он с тех пор не имел известий; принимая во внимание возраст бедняка, которого стегали, он сообразил, что если бы жив был его сын, ему было бы столько же лет, сколько, казалось, было этому, и он начал подозревать по тому знаку, не он ли это, и у него явилась мысль, что если это он, то еще должен помнить и свое имя, и имя отца, и армянский язык. Вот почему, когда тот приблизился, он позвал его: «Эй, Теодоро!» Услышав этот голос, Пьетро быстро поднял голову, на что Финео сказал, говоря по-армянски: «Откуда ты и чей сын?» Служилые люди, которые вели его, из уважения к почтенному человеку остановились, так что Пьетро мог ответить: «Я – из Армении, сын одного человека, по имени Финео, и привезен сюда маленьким мальчиком, какими людьми, не знаю». Услышав это, Финео признал в нем, без всякого сомнения, сына, которого утратил, почему в слезах он спустился вниз с своими товарищами, побежал обнять его среди стражи и, набросив на него плащ из дорогой ткани, бывший на нем, попросил того, кто вел его на казнь, чтобы он согласился подождать, пока ему не придет приказ повести его далее. Тот ответил, что подождет охотно. Финео уже знал причину, вследствие которой вели казнить того юношу, так как молва разнесла ее повсюду; вот почему он тотчас же отправился с своими товарищами и их слугами к мессеру Куррадо и сказал ему так: «Мессер, тот, кого вы посылаете на смерть, как раба, человек свободный и мой сын, и готов взять в жены ту, которую, говорят, он лишил девственности. По тому не благоугодно ли вам будет приостановить исполнение приговора до тех пор, пока можно будет доведаться, хочет ли она его себе в мужья, дабы на случай, если б она того пожелала, вы не поставили себя в положение нарушителя закона».

Мессер Куррадо, узнав, что то сын Финео, изумился и ощутил некоторый стыд за ошибку, в которую ввела его судьба; убедясь, что Финео говорил правду, он попросил его тотчас же вернуться домой, послал за мессером Америго и все ему рассказал. Мессер Америго, считавший и дочь и внука уже убитыми, был паче всякого другого на свете опечален совершенным им, сознавая, что, не будь она убита, все могло бы быть исправлено к лучшему; тем не менее он немедленно послал сказать туда, где находилась его дочь, на случай если бы приказ его еще не был исполнен, чтобы его и не приводили в исполнение. Тот, кого отправили, увидел, как прислужник, посланный мессером Америго, поставив перед девушкой кинжал и яд, бранил ее, потому что она не решалась на быстрый выбор, и готовился принудить ее избрать одно из двух. Услышав приказ своего господина, он оставил ее в покое, вернулся к нему и рассказал, как обстояло дело. Обрадованный этим, мессер Америго отправился туда, где был Финео, и, чуть не плача, насколько сумел лучше повинился в случившемся и, прося его прощения, заявил, что в случае, если бы Теодоро пожелал взять его дочь в жены, он был бы рад отдать ее ему. Финео охотно принял извинения и отвечал: «И я желаю, чтобы мой сын взял за себя вашу дочь; а если он не пожелает, то пусть исполнится произнесенный над ним приговор».

Так согласившись между собою, Финео и Америго спросили у Теодоро, еще не опомнившегося от страха смерти и радости, что нашел отца, каково его желание в этом деле. Услыхав, что, если он пожелает, Виоланта станет его женой, Теодоро пришел в такую радость, будто из ада прыгнул прямо в рай, и сказал, что это будет ему величайшая милость, если каждому из них это по сердцу. Тогда послали к молодой женщине узнать об ее желании; услышав, что приключилось и еще имеет приключиться с Теодоро, она, дотоле печальная, как никто, в чаянии смерти, по долгом времени несколько поверив тем речам, немного развеселилась и отвечала, что, если б она могла следовать своему желанию, ничто не было бы для нее так радостно, как стать женою Теодоро, но что во всяком случае она поступит так, как прикажет отец.

Таким-то образом, с общего согласия, выдав за него Виоланту, устроили великое празднество к большому удовольствию всех граждан. Молодая женщина утешилась, отдала кормить своего маленького сына и через некоторое время стала красивее, чем когда-либо. Когда, встав после родов, она предстала перед Финео, возвращения которого из Рима тогда ожидали, она почтила его как отца, а он, довольный такой красавицей снохой, с большим торжеством и весельем отпраздновал их свадьбу, принял ее как дочь и всегда относился к ней как к таковой. Спустя несколько дней, сев на галеру с своим сыном, с нею и маленьким внуком, он повез их с собою в Лаяццо, где оба любящие прожили всю свою жизнь в спокойствии и мире.

# Новелла восьмая

**Настаджио дельи Онести, влюбленный в девушку из семейства Траверсари, расточает свои богатства, не получая взаимности. По просьбе своих, он едет в Кьясси и здесь видит, как один всадник преследует девушку, убивает ее и два пса ее пожирают. Он приглашает своих родных и свою милую на обед: она видит, как терзают ту же девушку, и, опасаясь подобной же участи, выходит замуж за Настаджио.**

Когда Лауретта замолкла, Филомена так начала по приказанию королевы: – Любезные дамы, как в нас восхваляют сострадательность, так божественное правосудие строго мстит нам за жестокость. Дабы доказать это вам и тем дать вам повод окончательно изгнать ее из себя, я хочу рассказать вам новеллу не менее трогательную, чем занимательную.

В Равенне, стариннейшем городе Романьи, было когда-то много родовитых и именитых людей, и между ними один юноша, по имени Настаджио дельи Онести, оставшийся по смерти отца и одного дяди безмерно богатым человеком. Как то часто бывает с юношами, он, не будучи женатым, влюбился в дочь мессера Паоло Траверсари, девушку еще более родовитую, чем он сам, надеясь своими деяниями побудить ее полюбить его; но как они ни были велики, прекрасны и похвальны, они не только не помогали ему, но, казалось, даже вредили, – столь суровой, жестокой и неприветливой оказывалась по отношению к нему любимая девушка, ставшая, быть может по причине своей необычайной красоты и родовитости, до того гордой и надменной, что и он сам не нравился ей и ничто, что нравилось ему. Настаджио это было в такую тягость, что часто с горя после жалоб у него являлось желание покончить с собой, но, сдержав себя, он много раз решался в душе совсем оставить ее, и коли сможет, то возненавидеть, как она ненавидела его, но намерения его были напрасны, потому что, казалось, по мере того, как умалялась надежда, умножалась его любовь.

И вот, когда молодой человек продолжал таким образом любить и расточать без меры, некоторым из его друзей и родственников показалось, что он одинаково расстроит и свое здоровье и свое состояние; вследствие чего они много раз просили его, советуя удалиться из Равенны и поехать пожить некоторое время в каком-либо другом месте, ибо если он так поступит, умалятся и любовь и трата. Над этим советом Настаджио часто насмехался, но, наконец, упрошенный ими и не будучи в состоянии им отказать, сказал, что исполнит; велев сделать большие приготовления, точно в намерении отправиться во Францию или Испанию или иное отдаленное место, он сел на коня и, в сопровождении многих друзей выехав из Равенны, направился в одно место, может быть, милях в трех за Равенной, которое называется Кьясси, и здесь, приказав доставить палатки и шатры, сказал тем, что сопровождали его, что желает тут остаться, а они пусть вернутся в Равенну. Расположившись тут, Настаджио принялся вести самую веселую и роскошную жизнь, какую только можно себе представить, приглашая того и другого к ужину и к обеду, как то было у него в обычае.

Случилось, почти в самом начале мая, в превосходную погоду, что ему вспомнилась его жестокая дама; приказав всем своим домашним оставить его одного, дабы ему можно было помечтать о ней в свое удовольствие, погруженный в мысли, идя, куда несли ноги, он один добрался до соснового леса. Уже почти миновал пятый час дня, и он прошел с полмили в лесу, не вспомнив ни о пище, ни о чем другом, как вдруг ему показалось, что он слышит страшный плач и резкие вопли, испускаемые женщиной; его сладкие мечты были прерваны, и, подняв голову, чтобы узнать, в чем дело, он изумился, усмотрев себя в сосняке; затем, взглянув вперед, увидел бежавшую к месту, где он стоял, через рощу, густо заросшую кустарником и тернием, восхитительную обнаженную девушку с растрепанными волосами, исцарапанную ветвями и колючками, плакавшую и громко просившую о пощаде. Помимо этого, он увидел по сторонам ее двух громадных диких псов, быстро за ней бежавших и часто и жестоко кусавших ее, когда они ее настигали, а за нею на вороном коне показался темный всадник, с лицом сильно разгневанным, со шпагой в руке, страшными и бранными словами грозивший ей смертью. Все это в одно и то же время наполнило его душу изумлением и испугом и, наконец, состраданием к несчастной женщине, из чего родилось желание спасти ее, если то возможно, от такой муки и смерти. Видя себя безоружным, он бросился, чтобы схватить ветвь от дерева вместо палки, и пошел навстречу собакам и всаднику. Но тот, увидя это, закричал ему издали: «Не мешайся, Настаджио, дай псам и мне исполнить то, что заслужила эта негодная женщина». Пока он говорил это, собаки, крепко схватив девушку за бока, удержали ее, а подоспевший всадник слез с лошади. Настаджио, приблизившись к нему, сказал: «Я не знаю, кто ты, так хорошо знающий меня, но все же скажу тебе, что велика низость вооруженного рыцаря, намеревающегося убить обнаженную женщину и напустить на нее собак, точно она – дикий зверь; я во всяком случае стану защищать ее насколько смогу». Тогда всадник сказал: «Настаджио, я родом из того же города, что и ты, и ты был еще маленьким мальчиком, когда я, которого тогда звали Гвидо дельи Анастаджи, был гораздо сильнее влюблен в ту женщину, чем ты в Траверсари, и от ее надменности и жестокости до того дошло мое горе, что однажды этой самой шпагой, которую ты видишь в моей руке, я, отчаявшись, убил себя и осужден на вечные муки. Немного прошло времени, как эта женщина, безмерно радовавшаяся моей смерти, скончалась и за грех своего жестокосердия и за радость, какую она ощутила от моих страданий, не раскаявшись в том, ибо считала, что не только тем не погрешила, но и поступила как следует, осуждена была на адские муки. И как только она была ввержена туда, так мне и ей положили наказание: ей бежать от меня, а мне, когда-то столь ее любившему, преследовать ее, как смертельного врага, не как любимую женщину; и сколько раз я настигаю ее, столько же раз этой шпагой, которой я убил себя, убиваю ее, вскрываю ей спину, а это сердце, жестокое и холодное, куда ни любовь, ни сострадание никогда не в состоянии были проникнуть, вырываю, как ты тотчас увидишь, из тела со всеми другими внутренностями и бросаю на пожрание собакам. И не много проходит времени, как она, по решению господнего правосудия и могущества, воскресает, как бы не умирала вовсе, и снова начинается мучительное бегство, а собаки и я преследуем ее. И так бывает каждую пятницу, в этот час, что я нагоняю ее здесь и здесь же, как ты увидишь, предаю ее терзаниям; в другие же дни, не думай, что мы отдыхаем: я настигаю ее в других местах, где она жестоко помыслила или содеяла мне жестокое: превратясь, как видишь, из любовника во врага, и принужден таким образом преследовать ее столько лет, сколько месяцев она была жестока со мной. Итак, дай мне исполнить решение божественного правосудия и не противься тому, чему ты не в состоянии был бы помешать». Услыхав эти речи, Настаджио сробел, и не было у него волоска на теле, который не поднялся бы дыбом; он отошел назад и, глядя на несчастную девушку, стал в страхе ожидать, что станет делать рыцарь; а тот, закончив свою речь, набросился, словно бешеная собака, со шпагой в руке, на девушку, которая на коленях, крепко удерживаемая собаками, молила его о пощаде; изо всех сил ударил ее посреди груди и пронзил насквозь. Лишь только девушка приняла этот удар, упала ничком, все так же плача и крича, а рыцарь, выхватив нож, вскрыл ей чресла и, вынув сердце и все, что было вокруг, бросил собакам, которые, страшно голодные, все это тотчас же пожрали. Прошло не много времени, как девушка, точно ничего такого не случилось, внезапно поднялась на ноги и бросилась бежать по направлению к морю, собаки – за ней, все время теребя ее, а мужчина, снова севший на коня и взявший свою шпагу, начал преследовать ее; вскоре они настолько отдалились, что Настаджио не мог их более видеть.

Узрев все это, он долго пребывал между состраданием и страхом, но вскоре ему пришло в голову, что этот случай может сослужить ему большую службу, так как он приключался каждую пятницу. И вот, заметив место, он вернулся к своей челяди, и когда ему показалось удобным, послав за своими родственниками и друзьями, сказал им: «Вы долгое время побуждали меня отстать от моей любви к этой враждебной девушке и положить конец моему расточительству; и я готов сделать это, если вы испросите для меня одну милость, а заключается она в том, чтобы в следующую пятницу вы устроили, чтобы Паоло Траверсари с женою и дочерью и всеми их родственницами и всеми другими, кого пожелаете, прибыли сюда пообедать со мной. Почему я этого желаю, вы это тогда увидите». Тем показалось, что устроить это – дело не трудное. Вернувшись в Равенну, они, когда пришло время, пригласили тех, кого хотел Настаджио, и хотя трудно было увлечь туда девушку, любимую Настаджио, тем не менее и она поехала вместе с другими.

Настаджио приказал приготовить великолепное угощение и велел поставить столы под соснами около того места, где видел терзание жестокой женщины. Распорядившись рассадить мужчин и женщин за стол, он устроил так, что девушка, им любимая, была посажена как раз напротив того места, где должно было происходить дело. Когда подали последнее кушанье, до всех стали доноситься отчаянные крики преследуемой девушки. Когда все очень тому изумились, спрашивая, что это такое, и никто не мог того объяснить, все встали посмотреть, что бы это могло быть, и увидали сетовавшую девушку, всадника и собак. Не прошло много времени, как все они были возле них. И всадник и собаки встречены были громким криком, и многие выскочили вперед, чтобы помочь девушке, но всадник, обратившись к ним, как обратился к Настаджио, не только заставил их попятиться назад, но н всех напугал и исполнил изумления. И когда он совершил все то, что сделал я в первый раз, все женщины (а между ними много было родственниц бедной девушки и рыцаря, еще помнивших и о его любви и о его смерти) так горько заплакали, как будто над ними самими было исполнено все виденное.

Когда все пришло к концу и уда шлись и девушка и всадник, все происшедшее навело тех, кто это видел, на многие и различные разговоры; но из числа наиболее напуганных была та жестокая девушка, которую любил Настаджио, все отчетливо видевшая и слышавшая; познав, что ее, более чем всех других, там бывших, это касалось, она припомнила жестокосердие, с каким всегда относилась к Настаджио, почему ей представилось, что она уже бежит перед ним, разгневанным, и собаки у ней по сторонам. И так был велик возникший от того страх, как бы и с ней не приключилось того же самого, что она не могла дождаться времени, а оно представилось ей в тот же вечер, чтобы, сменив свою ненависть на любовь, послать к Настаджио свою доверенную служанку, которая от ее имени попросила его прийти к ней, ибо она готова сделать все, что будет ему по желанию. На это Настаджио велел ответить, что это ему очень приятно, но что если она согласна, он желает совершить это честным образом, то есть жениться на ней. Девушка, знавшая, что за ней, не за другим, стало, если она не сделалась женой Настаджио, велела ему передать, что согласна. Вследствие чего, став сама за себя ходатаем, она сказала отцу и матери, что готова стать женой Настаджио, чему те очень обрадовались, и в следующее же воскресенье Настаджио обручился и повенчался с ней, и долго жил с ней счастливо. И не одно только это благо породил тот страх, но все другие жестокосердые равен некие дамы так напугались, что с тех пор стали снисходить к желаниям мужчин гораздо более прежнего.

## Новелла девятая

**Федериго дельи Альбериги любит, но не любим, расточает на ухаживание все свое состояние, и у него остается всего один сокол, которого, за неимением ничего иного, он подает на обед своей даме, пришедшей его навестить узнав об этом, она изменяет свои чувства к нему, выходит за него замуж и делает его богатым человеком.**

Уже смолкла Филомена, когда королева, увидев, что рассказывать более некому, за исключением Дионео в силу его льготы, весело сказала: – Теперь мне предстоит сказывать, и я, дорогие дамы, охотно исполню это в новелле, отчасти похожей на предыдущую, и не для того только, чтобы вы познали, какую силу имеет ваша красота над благородными сердцами, но дабы вы уразумели, что вам самим надлежит, где следует, быть подательницами ваших наград, не всегда предоставляя руководство судьбе, которая расточает их не благоразумно, а, как бывает в большинстве случаев, несоразмерно.

Итак, вы должны знать, что жил, а может быть, еще и живет в нашем городе Коппо ди Боргезе Доменики, человек уважаемый и с большим влиянием в наши дни и за свои нравы и доблести, более чем по своей благородной крови, весьма почтенный и достойный вечной славы; когда он был уже в преклонных летах, он часто любил рассказывать своим соседям и другим о прошлых делах, а делал он это лучше и связнее и с большею памятью и красноречием, чем то удавалось кому другому.

В числе прочих прекрасных повестей он часто рассказывал, что во Флоренции проживал когда-то молодой человек, сын мессера Филиппе Альбериги, по имени Федериго, который в делах войны, и в отношении благовоспитанности считался выше всех других юношей Тосканы. Как то бывает с большинством благородных людей, он влюбился в одну знатную даму, по имени монну Джьованну, считавшуюся в свое время одной из самых красивых и приятных женщин, какие только были во Флоренции; и дабы заслужить ее любовь, являлся на турнирах и военных играх, давал празднества, делал подарки и расточал свое состояние без всякого удержа; но она, не менее честная, чем красивая, не обращала внимания ни на то, что делалось ради нее, ни на того, кто это делал. Итак, когда Федериго тратился свыше своих средств, ничего не выгадывая, вышло, как тому легко случиться, что богатство иссякло, он очутился бедняком, и у него не осталось ничего, кроме маленького поместья, доходом с которого он едва жил, да еще сокола, но сокола из лучших в мире. Вот почему, влюбленный более, чем когда-либо, видя, что не может существовать в городе так, как бы ему хотелось, он отправился в Кампи, где находилась его усадьба; здесь, когда представлялась возможность, он охотился на птиц и, не прибегая к помощи других, терпеливо переносил свою бедность.

Когда Федериго уже дошел до последней крайности, случилось в один прекрасный день, что муж монны Джьованны заболел и, видя себя приближающимся к смерти, сделал завещание. Будучи богатейшим человеком, он назначил в нем своим наследником сына, уже подросшего, затем определил, чтобы монна Джьованна, которую он очень любил, наследовала сыну, если бы случилось, что тот умрет, не оставив законного потомства; а сам скончался. Оставшись вдовою, монна Джьованна, по обычаю наших дам, ездила с своим сыном на лето в деревню, в одно свое поместье, в очень близком соседстве от Федериго, вследствие чего вышло, что тот мальчик начал сближаться с Федериго, забавляясь птицами и собаками; не раз он видел, как летает сокол Федериго, он сильно ему приглянулся, и у него явилось большое желание приобрести его, но попросить о том он не решался, зная, как он был дорог хозяину.

Так было дело, когда случайно мальчик заболел; это страшно опечалило мать, ибо он у нее был один и она любила его как только можно любить. Проводя около него целые дни, она не переставала утешать его и часто спрашивала, нет ли чего-нибудь, чего бы он пожелал, и просила сказать ей о том, ибо если только возможно то достать, она наверно устроит, что оно у него будет. Мальчик, часто слышавший такие предложения, сказал: «Матушка, если вы устроите, что у меня будет сокол Федериго, я уверен, что скоро выздоровлю». Мать, услыхав это, несколько задумалась и начала соображать, как ей поступить. Она знала, что Федериго долго любил ее и никогда не получил от нее даже взгляда, вот почему она сказала себе: «Как пошлю я или пойду просить у него этого сокола, который, судя по тому, что я слышала, лучше из всех, когда-либо летавших, да кроме того его и содержит? Как буду я так груба, чтобы у порядочного человека, у которого не осталось никакой иной утехи, захотеть отнять именно ее?» Остановленная такою мыслью, хотя и вполне уверенная в том, что получила бы сокола, если бы попросила, не зная, что сказать, она не отвечала сыну и при том и осталась. Наконец, любовь к сыну так превозмогла ее, что она решилась удовлетворить его и, что бы там ни случилось, не посылать, а пойти за соколом самой и принести, и она ответила сыну: «Утешься, сынок мой, и постарайся поскорее выздороветь, ибо я обещаю тебе, что первой моей заботой завтра утром будет пойти за ним, и я принесу его тебе». У обрадованного этим мальчика в тот же день обнаружилось некоторое улучшение.

На следующее утро монна Джьованна, в сопровождении одной женщины, как бы гуляя, направилась к маленькому домику Федериго и велела вызвать его. Так как время тогда не благоприятствовало охоте, да он не ходил на нее и в прошлые дни, он был в своем огороде, занимаясь кое-какой работой. Услыхав, что монна Джьованна спрашивает его у дверей, страшно изумленный и обрадованный, он побежал туда. Та, увидя его приближающимся, встала навстречу ему с женственной приветливостью, я когда Федериго почтительно приветствовал ее, сказала: «Здравствуй, Федериго». И она продолжала: «Я пришла вознаградить тебя за те убытки, которые ты понес из-за меня, когда любил меня более, чем тебе следовало; и награда будет такая: я намерена вместе с этой моей спутницей пообедать у тебя сегодня по-домашнему». На что Федериго скромно ответил: «Мадонна, я не помню, чтобы получил от вас какой-либо ущерб, напротив, столько блага, что если я когда-либо чего стоил, то случилось это благодаря вашим достоинствам и той любви, которую я к вам питал, и я уверяю вас, ваше любезное посещение мне гораздо дороже, чем если бы я вновь получил возможность тратить столько, сколько я прежде потратил, хотя вы и пришли в гости к бедняку». Сказав это, он, смущенный, принял ее в своем доме, а оттуда повел ее в сад и там, не имея никого, кто бы мог доставить ей общество, сказал: «Мадонна, так как здесь нет никого, то эта добрая женщина, жена того работника, побудет с вами, пока я пойду и велю накрыть на стол».

Несмотря на то, что бедность его была крайняя, он никогда не сознавал, как бы то следовало, что без всякой меры расточил свои богатства; но в это утро, не находя ничего, чем бы мог учествовать свою даму, из-за любви к которой он прежде чествовал бесконечное множество людей, он пришел к сознанию всего; безмерно тревожась, проклиная судьбу, вне себя, он метался туда и сюда, не находя, ни денег, ни вещей, которые можно было бы заложить; но так как час был поздний и велико желание чем-нибудь угостить благородную даму, а он не хотел обращаться не то что к кому другому, но даже к своему работнику, ему бросился в глаза его дорогой сокол, которого он увидал в своей комнатке, сидящим на насесте; вследствие чего, недолго думая, он взял его и, найдя его жирным, счел его достойной снедью для такой дамы. Итак, не раздумывая более, он свернул ему шею и велел своей служанке посадить его тотчас же, ощипанного и приготовленного, на вертел в старательно изжарить; накрыв стол самыми белыми скатертями, которых у него еще осталось несколько, он с веселым лицом вернулся к даме в сад и сказал, что обед, какой только он был в состоянии устроить для нее, готов. Та, встав с своей спутницей, пошла к столу; не зная, что они едят, они вместе с Федериго, который радушно угощал их, съели прекрасного сокола.

Когда убрали со стола и они провели с ним некоторое время в приятной беседе, монне Джьованне показалось, что наступило время сказать ему, зачем она пришла, я, ласково обратившись к нему, она начала говорить: «Федериго, если ты помнишь твое прошлое и мое честное отношение к тебе, которое ты, быть может, принимал за жестокость и резкость, то, я не сомневаюсь, ты изумишься моей самонадеянности, узнав причину, по которой главным образом я пришла сюда. Если бы теперь или когда-либо у тебя были дети и ты познал через них, как велика бывает сила любви, которую к ним питают, я уверена, ты отчасти извинил бы меня. Но у тебя их нет, а я, у которой есть ребенок, не могу избежать закона, общего всем матерям; и вот, повинуясь его власти, мне приходится, несмотря на мое нежелание и против всякого приличия и пристойности, попросить у тебя дара, который, я знаю, тебе чрезвычайно дорог, и не без причины, потому что твоя жалкая доля не оставила тебе никакого другого удовольствия, никакого развлечения, никакой утехи, и этот дар – твой сокол, которым так восхитился мой мальчик, что если я не принесу его ему, боюсь, что его болезнь настолько ухудшится, что последует нечто, вследствие чего я его утрачу. Потому прошу тебя, не во имя любви, которую ты ко мне питаешь и которая ни к чему тебя не обязывает, а во имя твоего благородства, которое ты своею щедростью проявил более, чем кто-либо другой, подарить его мне, дабы я могла сказать, что этим даром я сохранила жизнь своему сыну к тем обязана тебе навеки».

Когда Федериго услышал, о чем просила его дама, и понял, что он не может услужить ей, потому что подал ей сокола за обедом, принялся в ее присутствии плакать, прежде чем был в состоянии что-либо ответить. Дама на первых порах вообразила, что происходит это скорее от горя, что ему придется расстаться с дорогим соколом, чем от какой-либо другой причины, и чуть не сказала, что отказывается от него, но, воздержавшись, обождала, чтобы за плачем последовал ответ Федериго, который начал так: «Мадонна, с тех пор как по милости божией я обратил на вас свою любовь, судьба представлялась мне во многих случаях враждебной, и я сетовал на нее, но все это было легко в сравнении с тем, что она учинила мне теперь, почему я никогда не примирюсь с ней, когда подумаю, что вы явились в мою бедную хижину, куда, пока она была богатой, вы не удостаивали входить; что вы просите у меня небольшого дара, а судьба так устроила, что я не могу предложить вам его; почему, об этом я скажу вам вкратце. Когда я услыхал, что вы снизошли прийти пообедать со мною, я, принимая во внимание ваши высокие достоинства и доблесть, счел приличным и подобающим учествовать вас, по возможности, более дорогим блюдом, чем какими вообще чествуют других; потому я вспомнил о соколе, которого вы у меня просите, о его качествах, и счел его достойной для вас пищей, и сегодня утром он был подан вам изжаренным на блюде; я полагал, что достойно им распорядился; узнав теперь, что вы желали его иметь в другом виде, я так печалюсь невозможностью услужить вам, что, кажется мне, никогда не буду иметь покоя». Так сказав, он велел в доказательство всего этого бросить перед ней перья и ноги и клюв сокола.

Когда дама увидела и услыхала это, на первых порах упрекнула его за то, что он заколол такого сокола, чтобы угостить им женщину, а затем стала восхвалять про себя его великодушие, которое не в силах была умалить бедность. Затем, утратив надежду получить сокола, а вследствие этого полная сомнений относительно здоровья ребенка, она, печально простившись, вернулась к сыну, который, вследствие ли горя, что не мог получить сокола, или привела его к тому болезнь, по прошествии немногих дней скончался к величайшей скорби матери. Пробыв некоторое время в слезах и горести, она, оставшаяся богачихой и еще молодой, несколько раз была побуждаема братьями снова выйти замуж. Хотя она того и не желала, но видя, что к ней пристают, вспомнила о доблести Федериго и о его последней щедрости, когда он заколол, чтобы учествовать ее, такого сокола, и сказала братьям: «Если б вы на то согласились, я охотно осталась бы так, как есть: но если уж вам угодно, чтобы я вышла замуж, я по чести не изберу никого другого, кроме Федериго дельи Альбериги». На это братья ответили, глумясь над ней: «Глупая, что ты говоришь, как хочешь ты выйти за человека, у которого нет ничего на свете?» А она на это им в ответ: «Братцы мои, я отлично знаю, что все так, как вы говорите, но я предпочитаю мужчину, нуждающегося в богатстве, богатству, нуждающемуся в мужчине». Братья, узнав об ее решении и зная доблести Федериго, хотя он был и беден, выдали ее за него со всем ее богатством, как она того желала. Получив в жены такую женщину, которую он любил, став, кроме того, богачом и лучшим, чем прежде, хозяином, он в радости и веселии провел с ней остаток своих дней.

## Новелла десятая

**Пьетро ди Винчьоло идет ужинать вне дома, его жена приглашает к себе молодого человека, Пьетро возвращается, а она прячет любовника под корзину из-под цыплят. Пьетро рассказывает, что в доме Эрколано, с которым он ужинал, нашли молодого человека, спрятанного там его женою; жена Пьетро порицает жену Эрколано; на беду осел наступает на пальцы того, кто находится под корзиной; он кричит. Пьетро бежит туда, видит его и узнает обман жены, с которой под конец, по своей низости, мирится.**

Повесть королевы уже пришла к концу, и все славили бога, достойно вознаградившего Федериго, когда Дионео, никогда не ожидавший приказаний, начал: – Я не умею решить, по случайной ли порочности, или вследствие дурных нравов, водворившихся среди смертных, или по естественной греховности люди скорее радуются дурным, чем хорошим поступкам, особенно когда первые их не касаются. А так как труд, который я прежде взял и теперь готов взять на себя, не имеет иной цели, как отогнать от вас печаль, вызвав у вас смех и веселье, я расскажу вам, влюбленные дамы, следующую новеллу, хотя содержание ее отчасти менее чем прилично, расскажу потому, что она может доставить вам удовольствие; а вы, слушая ее, поступите с ней, как обыкновенно делаете, входя в сад, где, протянув нежную ручку, срываете розу, оставляя шипы; что вы и сделаете, предоставив дрянного человека, в недобрый час, его бесчестью, весело смеясь над любовными шашнями его жены, а где надо ощущая сострадание к чужому горю.

Жил в Перуджии не много времени тому назад богатый человек, по имени Пьетро ди Винчьоло, который, быть может, скорее с целью обмануть других и устранить общее мнение о себе всех перуджинцев, чем по своему желанию, взял за себя жену, и судьба так ответила его вкусам, что избранная им жена оказалась девушкой плотной, рыжей и горячей, которая предпочла бы двух мужей одному, тогда как она попала на человека, более помышлявшего о другом, чем о ней. Убедившись в этом с течением времени, видя, что она красива и свежа, чувствуя себя бодрой и сильной, она стала сначала предаваться сильному гневу, порой доходя с мужем до бранных слов и всегда живя с ним не в ладу. Но затем убедившись, что от всего этого скорее зачахнет она, чем исправится негодность мужа, она сказала себе: «Этот жалкий человек пренебрегает мной, чтобы в своем пороке ходить в деревянных башмаках посуху; постараюсь же я повести кого-нибудь другого в корабле по морю. Я взяла его себе в мужья и принесла ему большое, хорошее приданое, зная, что он – мужчина, и полагая, что он охоч до того, до чего и должны быть охочи мужчины; если б я была убеждена, что он не мужчина, то никогда н не вышла бы за него. Он знал, что я – женщина, зачем же он брал меня в жены, если женщины ему противны? Это невыносимо. Если б я не желала жить в миру, я пошла бы в монахини, но коли желать жить в миру, как я живу и хочу жить, и ждать от него утехи и удовольствия, я, пожалуй, состареюсь в напрасных ожиданиях, и когда буду старухой, спохватившись, напрасно буду сетовать на даром потраченную юность; а что ей надо дать утеху, то он мне отличный учитель, наставляющий меня наслаждаться тем, чем наслаждается он сам; и это наслаждение будет во мне похвально, тогда как в нем оно достойно великого порицания. Я нарушу лишь законы, тогда как он нарушает и законы и природу».

Когда жене запала такая мысль, и, быть может, не один раз, она, дабы тайно осуществить ее, сошлась с одной старухой, с виду походившей на св. Вердиану, что кормит змей, всегда ходившей с четками в руках ко всякому отпусту, ни о чем другом не говорившей, как о житии святых отцов и язвах св. Франциска, и вообще всеми считавшейся за святую. Улучив время, она вполне открыла ей свои желания; старуха сказала ей: «Дочь моя, господь знает, а он ведает все, что ты очень хорошо сделаешь; если бы даже ты не совершила того по какой другой причине, тебе, как и всякой молодой женщине, следовало бы так поступить, дабы не потерять времени юности, потому что для человека с разумением нет печали выше сознания, что он упустил время. И какому черту мы годны, состарившись, как на то разве, чтобы сторожить золу в камельке? Если есть кто-либо знающий о том и могущий это засвидетельствовать, то я одна из таковых, потому что теперь, когда я стара, я сознаю не без великих и горестных угрызений духа, хотя и без пользы, сколько времени я упустила; и хотя я потеряла его не совсем (я не желала бы, чтобы ты сочла меня простухой), я все же не сделала всего того, что могла бы сделать; и теперь, когда я об этом поминаю и посмотрю, какой, ты видишь, я стала, что мне никто и огня не подаст б труте, я ощущаю бог знает какую скорбь. С мужчинами того не случается, они рождаются годными на тысячи дел, не только на это, и большею частию старики годнее молодых; а женщины рождаются не на что иное, как на это дело и чтобы рождать детей, потому только ими и дорожат. Если бы ты не убедилась в этом на чем ином, должна убедиться на том, что мы всегда к тому делу готовы, чего с мужчинами не бывает; к тому же женщина может уходить многих мужчин, тогда как много мужчин не могут утомить одной женщины, а так как мы на это и рождены, то снова говорю тебе, ты очень хорошо поступишь, если отплатишь своему мужу хлебом да ватрушку, дабы в старости твоей душе нечем было упрекать плоть. От этого мира всякий получает постольку, сколько схватит, особливо женщины, которым гораздо более подобает пользоваться временем, коли оно представится, чем мужчинам, потому что сама ты можешь видеть, когда мы постареем, что ни муж и ни кто другой не хочет и смотреть на нас, напротив, гонят нас на кухню мурлыкать с кошкой и пересчитывать горшки и сковороды, хуже того, над нами издеваются и говорят молодицам покормиться, а старухам подавиться; и много еще других вещей они говорят. Не тратя более слов, скажу тебе теперь же, что ты ни к кому в свете не могла обратиться, чтобы открыть свои мысли, кто был бы тебе полезнее меня, ибо нет такого щеголя, которому я не решилась бы сказать, что нужно, и ни одного столь грубого и неотесанного, которого бы я не умаслила хорошенько и не привела к тому, что мне желательно. Ты только покажи мне того, кто тебе нравится, и предоставь мне действовать, но об одном тебе напомню, дочь моя, чтобы ты меня не забыла, ибо я – женщина бедная, а я желаю, чтобы ты отныне же стала участницей всех моих индульгенций и всех молитв, которые я прочту, дабы господь принял их вместо поминальных свеч по твоим покойникам».

Она кончила. И вот молодая женщина согласилась с старухой на том, что если она увидит одного молодого человека, который часто проходит по той улице и все приметы которого она ей сказала, то чтобы знала, что ей делать, подав ей кусок солонины, она отправила ее с богом.

Не прошло нескольких дней, как старуха потихоньку провела к ней в комнату того, о ком она ей говорила, а затем вскоре и других, кто приглядывался молодой женщине, а она, постоянно сторожась мужа, не упускала случая сделать в этом отношении все, что могла.

Случилось однажды, что мужу надо было пойти ужинать к одному его приятелю, по имени Эрколано, а жена велела старухе послать ей одного молодого человека из самых красивых и приятных в Перуджии, что та тотчас же и исполнила. Когда жена села с юношей за ужин, Пьетро кликнул у входной двери, чтобы ему отворили. Жена, услыхав это, сочла себя потерянной, но желая, по возможности, укрыть юношу и не догадавшись ни отослать его, ни скрыть в каком-либо ином месте, спрятала его под навесом, находившимся вблизи той комнаты, где они ужинали, под корзину из-под цыплят, а сверху набросила холщовый чехол с матраца, который она в тот день велела опорожнить. Сделав это, она тотчас же велела отворить мужу.

Когда он вошел, она сказала: «Скоро же вы проглотили этот ужин!» Пьетро отвечал: «Мы до него и не дотронулись». – «Что же такое было?» – спросила жена. Тогда Пьетро сказал: «Я тебе это расскажу: когда мы уже уселись за стол, Эрколано, его жена и я, мы услыхали, как около нас кто-то чихнул, на что ни в первый, ни во второй раз не обратили внимания; но когда чихнувший сделал то же и в третий, четвертый, в пятый раз и далее, мы все удивились, а Эрколано, несколько повздоривший с женой за то, что долго продержала нас у входной двери не отворяя, сказал почти с остервенением: „Что это значит? Кто это там чихает?“; и, встав из-за стола, направился к лестнице, бывшей вблизи, от которой внизу находилась дощатая перегородка для складывания там всего, что понадобится, какие, мы видим ежедневно, делают у себя все устраивающие свои дома. И так как ему показалось, что именно оттуда раздавалось чиханье, он открыл бывшую там дверцу и едва успел отворить ее, как оттуда понесся ужасающий запах серы, хотя и перед тем, когда тот запах дошел до нас и мы на то пожаловались, жена Эрколано ответила: „Это оттого, что я недавно белила мои покрывала серой и поставила под эту лестницу котелок, над которым их разложила, чтобы продымить; вот оттуда запах еще и идет“. Когда Эрколано открыл дверцу и дым немного рассеялся, он взглянул внутрь и увидел того, кто чихал и еще продолжал чихать, так как сила серы побуждала его к тому; и хотя он чихал, серные пары так стеснили его дыхание, что если б он остался там еще немного, был бы конец и чиханью и всему другому. Эрколано, увидев его, закричал: „Теперь я понимаю, жена, почему недавно, когда мы пришли сюда, ты нас так долго продержала за дверями не открывая; но пусть никогда не будет у меня радости, если я не отплачу тебе за это". Услыхав это и видя, что ее грех открыт, жена, не стараясь даже оправдываться, выскочила из-за стола и побежала, не знаю куда. Не обращая внимания на бегство жены, Эрколано несколько раз говорил тому, кто чихал, чтобы он вылез, но тот, которому было уже невмоготу, не двигался с места, что ни говорил ему Эрколано. Потому, схватив его за ногу, Эрколано вытащил его наружу и уже побежал за ножом, чтобы убить его, но я, боясь за самого себя вмешательства синьории, встал и не давал ни убить его, ни учинить ему зла; напротив, кричал, защищая его, что и было причиной, что сбежались туда соседи, которые схватили обессилевшего уже юношу и понесли его из дому, не знаю куда. Вот почему наш ужин был нарушен, и я не только не проглотил, но даже и не пригубил его, как и сказал».

Когда жена услышала об этом деле, поняла, что есть и другие, столь же умные, как и она, хотя порой с тон или другой приключаются и несчастия, и она охотно защищала бы жену Эрколано, но так как она рассчитала, что, порицая чужой проступок, она даст более свободный ход своим собственным, она начала говорить так: «Вот так дела! Видно, что святая, хорошая женщина! Вот так верность честной жены! А ведь я готова была исповедоваться у нее, такой благочестивой она мне казалась. Хуже того: будучи уже старухой, она подает хороший пример молодым. Да проклят будет час, когда она явилась на свет, да и она сама, осмеливающаяся жить! Должно быть, коварная и преступная женщина, общий позор и поношение для всех женщин этого города, что, отбросив свою честь и верность, обещанную мужу, и мнение света, не устыдилась опозорить, ради другого, такого человека, столь доблестного гражданина, так хорошо обходившегося с ней, а вместе с ним опозорилась и сама. Спаси меня, боже; к таким женщинам не следовало бы иметь снисхождения, их надо убивать, живьем бросать в огонь и сжигать дотла». Затем, вспомнив о своем любовнике, который находился тут же под корзиной, она принялась убеждать Пьетро идти в постель, потому что пора Пьетро, которому скорей хотелось есть, чем спать, спросил, нет ли чего поужинать, на что жена отвечала. «Есть ли что поужинать! Много мы привыкли ужинать, когда тебя нет! Разве я – жена Эрколано! Чего же ты не идешь, иди себе спать, лучше будет».

Случилось, что вечером несколько работников Пьетро пришли с чем-то из деревни и, не напоив своих ослов, поместили их в конюшне рядом с чуланом; один из ослов, почувствовав сильную жажду, вытянул голову из недоуздка, вышел из конюшни и бродил всюду, обнюхивая, не найдет ли воды, так ходя, он наступил на корзину, под которой находился юноша. Тому пришлось стоять на четвереньках, и он несколько выпятил по земле из-под корзины пальцы одной руки, и такова была его судьба или, пожалуй, несчастье, что тот осел наступил на них ногой, а он, ощутив сильнейшую боль, испустил страшный вопль. Услышав его, Пьетро удивился и догадался, что кричат в доме, поэтому, выйдя из комнаты и услышав, что тот продолжает стонать, ибо осел еще не снял ноги с его пальцев и крепко нажимал их, спросил: «Кто там?» Подбежав к корзине и подняв ее, он увидел юношу, у которого к боли в пальцах, раздавленных ослиной ногой, присоединилась еще и дрожь от страха, как бы Пьетро не учинил ему какого-нибудь зла. Когда Пьетро признал в нем того, за которым он по своей порочности долго ухаживал, и спросил его, что он тут делает, тот ничего не ответил, а только просил, ради бога, не казнить его. На это Пьетро сказал «Встань, не бойся, чтобы я учинил тебе что-либо худое, но скажи мне, как ты здесь и зачем?» Юноша все ему рассказал Пьетро, не менее обрадованный тем, что его нашел, чем опечалена была жена, взял его за руку и повел с собою в комнату, где жена ожидала его в величайшем на свете страхе. Сев насупротив нее, Пьетро сказал ей: «Вот ты недавно так позорила жену Эрколано, говорила, что ее надо бы сжечь и она бесчестит всех вас; почему не говорила ты о самой себе? А если о себе не желала говорить, как у тебя хватило духа говорить о ней, когда ты знала, что сделала то же самое, что и она? Поистине, не что иное побудило тебя к тому, как то, что все вы таковы и стараетесь собственный грех прикрывать чужими. Да падет с неба огонь, чтобы сжечь всех вас, проклятое отродье!» Жена, видя, что на первый раз он не учинил ей иного зла, как только словами, и поняв, что он повеселел, залучив в руки столь красивого юношу, ободрилась и сказала: «Я совершенно уверена в твоем желании, чтобы с неба сошел огонь и сжег бы нас всех, ибо до нас ты так же охоч, как собака до палки, но, клянусь богом, по твоей воле не станется; а я охотно посчиталась бы с тобою, чтобы узнать, на что ты жалуешься; уверяю тебя, я была бы довольна, если бы ты пожелал сравнять меня с женою Эрколано: она, старая святоша и ханжа, получает от него то, что ей потребно, и он содержит ее в чести, как следует содержать жену, а этого-то мне и не хватает; потому что, хотя я хорошо одета и обута, ты отлично знаешь, как я обставлена в другом и сколько времени прошло с тех пор, как ты не спал со мной. Я предпочла бы ходить в рубищах и босой, лишь бы ты хорошо обходился со мной в постели, чем иметь все это, а ты обращался бы со мной так, как обращаешься. Пойми хорошенько, Пьетро, что я такая же женщина, как и другие, и желаю того же, чего желают и все, потому, если я стараюсь раздобыть, чего ты мне не доставляешь, не следует меня за это корить; по крайней мере я настолько берегу твою честь, что не якшаюсь с конюхами и паршивцами».

Пьетро видел, что таких речей хватит на всю ночь, потому, как человек, мало обращавший на нее внимания, сказал: «Довольно, жена, этим я тебя ублаготворю, а ты будь добра дай нам чего-нибудь поужинать, потому что, мне кажется, этот молодой человек, равно как и я, еще ничего не ел». – «Разумеется, нет, – сказала жена, – он не поужинал, потому что, когда ты пришел в недобрый час, мы только что садились за стол». – «Ну, так ступай, – сказал Пьетро, – дай нам поужинать, а затем я устрою это дело так, что тебе не на что будет жаловаться». Увидев, что муж успокоился, жена встала и, тотчас же распорядившись снова накрыть на стол и подать приготовленный ею ужин, весело поела вместе с своим негодным супругом и молодым человеком. То, что Пьетро затеял после ужина для удовлетворения всех трех, это я запамятовал: знаю только, что юношу на следующее утро проводили до площади недоумевающего, чем более он был ночью, женой или мужем. Потому скажу вам так, дорогие мои дамы: как сделают тебе, так отплати и ты, а коль не можешь, то памятуй о том, пока не представится возможность, дабы, как лягнет осел в стену, так бы ему и отдалось.

Когда окончилась новелла Дионео, над которой женщины смеялись лишь немного, более из стыдливости, чем от недостатка удовольствия, королева, увидев, что настал конец ее правлению, поднялась и, сняв с головы лавровый венок, игриво возложила его на голову Елизы со словами: «Теперь, мадонна, вам приказывать». Приняв этот знак почести, Елиэа поступила так, как поступали прежде, ибо, дав наперед сенешалю приказание относительно всего, что надо было сделать за время ее правления, сказала к общему удовольствию общества: «Мы часто слышали, что многим удавалось острыми словами, скорыми ответами и быстрой находчивостью притуплять подобающим образом зубы, которые на них острили, либо устранить грозившую опасность. Так как это сюжет прекрасный и может быть полезен, я желаю, чтобы завтра с божией помощью беседа шла в этих границах, то есть о тех, кто, будучи задет каким-нибудь острым словом, отплатил за то, либо скорым ответом и находчивостью избежал урона, опасности или обиды». Все очень одобрили это, почему королева, поднявшись, распустила всех до часа ужина. Видя, что королева встала, встало и все почтенное общество, и всякий по заведенному порядку предался тому, что более ему нравилось; лишь только умолкло пение цикад, королева велела всех позвать, и они отправились к ужину; весело поужинав, предались песням и пляске. Когда, по желанию королевы, завели танец, Дионео было приказано спеть канцону. Тот сейчас же начал: «Монна Альдруда, свой хвост задери, несу тебе добрые вести», над чем все принялись смеяться, особенно королева, которая приказала ему оставить эту песню и спеть другую. Говорит Дионео: «Мадонна, будь у меня цимбалы, я пропел бы: „Подними-ка полы, монна Лапа", либо: „Под оливой травка"; или, хотите, я скажу: „Морская вода очень мне вредна"; но у меня нет цимбал, и потому выберите сами, какую хотите, из следующих. Может быть, вам понравится „Высунься, я тебя срежу, как майское деревце в поле". – „Нет, спой другую", – сказала королева. „Коли так, – ответил Дионео, – разве спеть мне „Монна Симона все а бочку льет, а мы не в октябре". Королева, смеясь, сказала: „Убирайся ты в недобрый час, скажи нам, коли угодно, хорошенькую, а этой мы не хотим". Дионео ответил: „Мадонна, не сердитесь, какая же вам больше нравится? Я их знаю больше тысячи. Хотите эту: „Уж ты, ракушка моя, коль не балую тебя", либо „Потише, муженек", или «Купила я петуха за сто лир". Тогда королева, несколько рассердившись, хотя все другие смеялись, сказала: «Дионео, оставь шутки и спой нам хорошую; коли нет, ты можешь испытать на себе, как я умею гневаться". Услыхав это, Дионео, оставив балагурство, тотчас запел таким образом:

*Амур! То чудное сиянье,*
*Что льется из ее божественных очей,*
*Меня соделало рабом тебе и ей.*
*Из тех очей божественных излился*
*Свет, сквозь мои глаза проникший в сердце мне*
*И твой огонь зажегший в нем впервые*

*Как велико твое могущество – явился*
*Ее чудесный лик свидетелем вполне.*
*Когда увидел я черты те дорогие,*
*То вдруг почувствовал, что силы все живые*
*Сковал в себе навек, склонивши их пред ней –*
*Причиной новою стенаний и скорбей.*
*Так стал я с этих пор, о дорогой владыка,*
*Навек в числе твоих, и милости большой*
*От мощи жду твоей, покорный без предела.*
*Но знаю только я – известно ль, как велика*
*Страсть чудная, мне в грудь вселенная тобой*
*И сила верности – известно ль той всецело,*
*Которая моим так духом завладела,*
*Что я ни в ком ином не буду средь людей-*
*И не хочу – искать покой душе моей.*
*Поэтому молю тебя, властитель милый,*
*Открой пред нею ты и дай ей ощутить*
*Часть твоего огня на благо и спасенье*
*Мне, здесь, как видишь ты, сжигаемому силой,*
*Любви своей и жизнь начавшему влачить*
*Средь мук, что день за днем несут ей разрушенье.*
*Потом, в удобный час, ее благоволенье*
*По долгу твоему мне испросить умей*
*И самого меня веди туда скорей.*

Когда умолкнул Дионео, показав тем, что его песнь кончена, королева приказала пропеть много и других, тем не менее нарочито похвалив песню Дионео. Уже прошла часть ночи, когда, почувствовав, что дневной жар уже побежден ночной прохладой, королева распорядилась, чтобы все пошли отдохнуть, каждый по своему усмотрению, до следующего дня.

# ДЕНЬ ШЕСТОЙ

Кончен пятый день Декамерона и начинается шестой, в котором, под председательством Елизы, говорится о тех, кто, будучи задет каким-нибудь острым словом, отплатил за то, либо скорым ответом и находчивостью набежал урона, опасности или обиды.

Уже месяц, выходя на середину неба, утратил свои лучи и наш мир повсюду озарился с появлением нового светила, когда королева, поднявшись, велела позвать и свое общество; тихими шагами отдалились они немного от красивого холма, гуляя по росе и ведя разные беседы о том и о сем, споря о большем или меньшем достоинстве рассказанных новелл и вновь смеясь над разными сообщенными в них случаями, пока солнце не поднялось выше, не наступил жар и всем не показалось, что следует вернуться домой, поэтому, обратив стопы, они пошли назад там столы уже были поставлены, все усеяно пахучими травами и прелестными цветами, и, пока жар еще не усилился, они, по приказанию королевы, сели за трапезу. Отбыв ее весело, спели прежде всего несколько красивых хорошеньких песенок, а там кто пошел спать, кто играть в шахматы, кто в шашки, Дионео с Лауреттой принялись петь о Троиле и Кризеиде. Когда настал час вернуться для беседы и королева распорядилась всех позвать, они, по обыкновению, уселись около источника, и королева уже хотела было распорядиться начать первую новеллу, когда случилось, чего еще не бывало никогда, что королева и все услышали большой шум, который служанки и слуги производили на кухне. Когда позвали сенешаля и спросили, кто кричит и в чем причина шума, он отвечал, что спор был между Личиской и Тиндаро, но причины он не знает, ибо как раз пришел, чтобы велеть им притихнуть, когда был позван от имени королевы. Королева приказала ему тотчас же позвать Личиску и Тиндаро, когда они явились, спросила, что за причина их спора. Тиндаро хотел было отвечать, но Личиска, уже не первой молодости и скорее заносчивая, чем скромная, разгоряченная спором, обратившись к нему с сердитым видом, сказала: «Поглядите-ка, каков дурак? Осмеливается говорить раньше меня, когда я тут! Дай мне рассказать». И, обратившись к королеве, она продолжала: «Мадонна, этот человек хочет познакомить меня с женой Сикофанта и, точно я с ней не водилась, желает ни более ни менее как убедить меня, что мессер Таран вошел в Черногоры силой и с кровопролитием, а я говорю, что это неправда, напротив, он вошел мирно и к великому удовольствию жителей. Он такой дурачина, что вполне уверен, будто девушки настолько глупы, что теряют попусту время, выжидая дозволения отца и братьев, из семи раз шесть затягивающих их свадьбу на три или четыре года долее, чем бы следовало. Хороши бы они были, братец, если бы так долго медлили! Клянусь богом, – а я знаю, что говорю, коли клянусь – у меня нет соседки, которая вышла бы замуж девушкой; да и о замужних знаю, сколько и какого рода шутки они проделывают с мужьями, – а этот баран хочет толковать со мною о женщинах, точно я вчера только родилась!»

Пока Личиска говорила, дамы так смеялись, что у них можно было бы повырывать все зубы. Королева раз шесть приказывала Личиске замолчать, но это ни к чему не повело, и она не успокоилась, пока не высказала все, что хотела. Когда она кончила, королева, обратившись к Дионео, сказала, смеясь: «Дионео, этот спор тебе по вкусу; потому постарайся, когда наши рассказы придут к концу, высказать по этому поводу окончательное решение». На это Дионео тотчас же ответил: «Мадонна, решение готово, и нет нужды выслушивать более: я говорю, что Личиска права, и думаю, что, как она говорит, так и есть; а Тиндаро – дурак». Услышав это, Личиска засмеялась и, обратившись к Тиндаро, сказала: «Я так и говорила; ступай себе с богом! Ты думал, что понимаешь более меня, когда у тебя и молоко на губах еще не обсохло! Слава богу, недаром я прожила, недаром». И если бы королева с сердитым видом не велела ей замолчать, приказав не болтать и не шуметь более, коли не желает быть побитой, и не услала бы ее с Тиндаро, им пришлось бы во весь день ничего иного не делать, как только слушать ее. Когда они ушли, королева приказала Филомене начать рассказы. Она весело начала таким образом.

# Новелла первая

**Некий дворянин обещает мадонне Оретте рассказать ей такую новеллу, что ей покажется, будто она едет на коне, но рассказывает ее неумело, и та просит его спустить ее с лошади.**

Юные дамы, как в ясную ночь звезды – украшение неба, а весною цветы – краса зеленых полей, холмам – распустившиеся кусты, так добрые нравы и приятную беседу красят острые слова. По своей краткости они тем приличнее женщинам, чем мужчинам, что женщинам менее пристойно, чем мужчинам, много говорить. Правда, что по какой бы то ни было причине, по недостатку ли нашего ума, или по особой враждебности, питаемой к нашему времени небесами, ныне мало или вовсе не осталось женщин, которые сумели бы сказать во-время острое слово или как следует понять его, когда оно им сказано, – и это к общему нашему стыду. Но так как об этом предмете уже много говорено было Пампинеей, я не намерена распространяться о нем более, а для того, чтобы показать вам, до чего красива во-время сказанная острота, я хочу рассказать вам, как мило одна достойная дама заставила замолчать одного дворянина.

Как то многие из вас могли видеть или слышать, не очень давно жила в нашем городе именитая дама, добрых нравов и находчивой речи, достоинства которой заслуживают, чтобы ее имя не было умолчено: звали ее мадонна Оретта, она была женою мессера Джери Спина. Раз случилось ей быть, как и нам, в деревне, и она гуляла, переходя с одного места на другое, с дамами и мужчинами, обедавшими у нее в тот день; путь от места, откуда они вышли, к тому, куда намеревались идти пешком, был, может быть, несколько долог; один из мужчин, бывший в обществе, и говорит: «Мадонна Оретта, если вам угодно, я повезу вас большую часть предстоящего нам пути на коне, рассказав вам прелестнейшую в свете новеллу». На это дама ответила: «Мессере, я попрошу вас о том, и даже очень, мне будет чрезвычайно приятно». Господин рыцарь, которому меч сбоку, быть может, так же мало пристал, как речь устам, лишь только услышал это, стал сказывать новеллу, которая сама по себе была в самом деле прекраснейшая, но он страшно портил ее, три, четыре раза или и шесть раз повторяя те же слова, то возвращаясь к рассказанному, то говоря: это я сказал не ладно; часто ошибаясь в именах, ставя одно вместо другого;

не говоря уже о том, что он выражался отвратительно, если взять в расчет качество действующих лиц и события, какие приключались. Пока мадонна Оретта его слушала, у нее часто являлся такой пот и так падало сердце, как будто она больна или кончается. Не будучи в состоянии выдержать более и понимая, что рыцарь забрел в чащу и оттуда не выберется, она сказала шутливо: «Мессере, ваш конь очень уж трясок; поэтому, будьте добры, спустите меня!» Рыцарь, кстати более чуткий к намекам, чем хороший рассказчик, понял остроту, обратил ее в смех и шутку и, перейдя к другим рассказам, оставил без конца начатую и дурно рассказанную новеллу.

## Новелла вторая

**Хлебник Чисти просветляет одним словом Джери Спина, обратившегося к нему с нескромной просьбой.**

Все дамы и мужчины много хвалили остроту мадонны Оретты, а королева приказала Пампинее продолжать; поэтому она так начала: – Прекрасные дамы, я сама по себе не умею решить, кто более погрешает: природа ли, уготовляя благородной душе презренное тело, или судьба, доставляя телу, одаренному благородной душой, низменное ремесло, как то мы могли видеть на Чисти, нашем согражданине, и еще на многих других. Этого Чисти, обладавшего высоким духом, судьба сделала хлебником. И я наверно прокляла бы одинаково и природу и судьбу, если бы не знала, что природа мудра, а у фортуны тысяча глаз, хотя глупцы и изображают ее слепой. Я полагаю, что, будучи многомудрыми, они поступают, как часто делают смертные люди, которые при неизвестности будущего хоронят для своих надобностей самые дорогие свои вещи в самых невидных местах своего дома, как менее возбуждающих подозрения, но извлекают их оттуда в случае большой нужды, ибо невидное место сохранит их вернее, чем сделала бы то прекрасная комната. Так и обе прислужницы света скрывают свои наиболее дорогие предметы под сенью ремесл, почитаемых самыми низкими, дабы тем ярче проявился их блеск, когда они извлекут их оттуда, когда нужно. В каком малозначащем деле проявил это хлебник Чисти, открыв духовные очи мессеру Джери Спина, о котором напомнила мне новелла, рассказанная о мадонне Оретте, его жене, – это я хочу пояснить очень хорошенькой новеллой.

Итак, скажу, что, когда папа Бонифаций, у которого мессер Джери Спина был в большой силе, послал во Флоренцию по некоторым своим делам именитых послов и они остановились в доме мессера Джери, обсуждавшего вместе с ними дела папы, мессер Джери, с этими папскими послами, по какому бы то ни было поводу, каждый день ходил пешком мимо церкви санта Мария Уги, где у хлебника Чисти была своя пекарня и он сам занимался своим ремеслом. Хотя судьба уделила ему ремесло очень низменное, тем не менее так ему в нем благоприятствовала, что он стал богачом, но, ни за что не желая переменить его на какое-нибудь другое, жил очень роскошно, держа, в числе прочих хороших вещей, лучшие белые и красные вина, какие только можно было найти во Флоренции или в окрестности. Видя, что мессер Джери и папские послы всякое утро проходят мимо его двери, а жар стоял большой, он подумал, что было бы очень радушно с его стороны дать им напиться его доброго белого вина; но, сравнивая свое положение с положением мессера Джери, полагал, что будет неприлично, если он отважится пригласить его, и он приискал способ, который побудил бы мессера Джери напроситься самому. В белоснежной куртке, всегда в чисто выстиранном переднике, дававшем ему скорее вид мельника, чем пекаря, каждое утро, в час, когда, по его соображениям, должен был проходить мессер Джери с посланниками, он приказывал ставить перед дверью новенькое, луженое ведро с холодной водою, небольшой болонский кувшин своего хорошего белого вина и два стакана, казавшиеся серебряными, так они блестели; усевшись, когда они преходили, и сплюнув раз или два, он принимался пить свое вино, да так вкусно, что у мертвых возбудил бы к нему охоту. Увидев это раз и два утром, мессер Джери спросил на третье: «Ну, каково оно. Чисти, хорошо ли?» Чисти, тотчас же встав, ответил: «Да, мессере, но насколько, этого я не могу дать вам понять, если вы сами не отведаете». У мессера Джери, от погоды ли, или оттого, что он устал более обыкновенного, либо заманило его, как пил Чисти, явилась жажда; обратившись к посланникам, он сказал, улыбаясь: «Господа, хорошо бы нам отведать вина у этого почтенного человека, может быть оно такое, что мы не раскаемся». И он вместе с ними направился к Чисти; тот велел вытащить из пекарни хорошую лавку и попросил их сесть, а их слугам, подошедшим выполоскать стаканы, сказал: «Ступайте себе, братцы, дайте сделать это мне, потому что наливать я умею не хуже, чем ставить хлебы; и не думайте, чтобы вам удалось отведать хоть капельку». Так сказав, он сам выполоскал четыре хороших новых стакана, велел принести небольшой кувшинчик своего доброго вина и стал прилежно наливать мессеру Джери с товарищами. Вино показалось им таким, что лучше его они давно не пивали, потому они очень расхвалили его, и пока оставались там посланники, почти каждый день мессер Джери ходил с ними пить.

Когда они покончили свои дела и готовились к отъезду, мессер Джери устроил великолепный пир, на который, приглашая нескольких из наиболее именитых граждан, велел позвать и Чисти, который ни под каким видом не захотел пойти. Тогда мессер Джери приказал одному из своих слуг войти к Чисти за бутылью вина, чтобы за первым блюдом каждому гостю налить его по полустакану. Слуга, может быть рассерженный тем, что ему ни разу не удалось отведать того вина, взял большую бутыль; когда Чисти увидел ее, сказал: «Сын мой, мессер Джери не ко мне послал тебя». Слуга несколько раз заверял его в том и, не добившись другого ответа, вернулся к мессеру Джери и сказал ему о том. Мессер Джери возразил ему: «Вернись туда и скажи, что посылаю тебя к нему я; если же он еще раз ответит тебе так же, спроси его, к кому я тебя послал». Вернувшись, слуга сказал: «Чисти, мессер Джери в самом деле послал меня к тебе». На это Чисти ответил: «Наверно не ко мне, сын мой». – «Коли так, то к кому же он послал меня?» Чисти ответил: «На Арно».

Когда слуга донес о том мессеру Джери, у него вдруг открылись глаза, и он сказал слуге: «Покажи-ка мне, какую бутыль ты туда носил?» Увидев ее, он сказал: «Правду говорит Чисти»; и, побранив слугу, он велел взять более подходящую. Когда Чисти увидел ее, сказал: «Вот теперь я вижу, что он посылает тебя ко мне, и охотно наполню ее». В тот же день, распорядившись налить тем же вином бочонок, он велел тихонько снесть его в дом мессера Джери, затем пошел туда сам и, встретив его, сказал: «Мессере, я не желал бы, чтобы вы подумали, что меня испугала утрешняя бутыль, но так как мне представилось, вы забыли, что я показал вам намедни моими маленькими кувшинами, то есть, что это вино не столовое, я и хотел напомнить вам об этом сегодня утром. Теперь, не желая быть более его сторожем, я послал его вам все: делайте с ним впредь, что хотите».

Мессер Джери очень охотно принял подарок Чисти, воздал ему благодарность, какая ему показалась приличной, и с тех пор всегда считал его человеком достойным и своим приятелем.

## Новелла третья

**Монна Нонна находчивым ответом прекращает менее чем приличные шутки флорентийского епископа.**

Когда Пампинея окончила свою новеллу и все очень похвалили ответ и щедрость Чисти, королеве заблагорассудилось, чтобы далее рассказывала Лауретта, которая и начала весело таким образом: – Милые дамы, сначала Пампинея, а теперь Филомена очень верно коснулись и нашей малой умелости и красот острого слова; к этому нечего более возвращаться, разве к тому, что сказано было об остротах, о которых я хочу напомнить вам, что они, по существу, должны причинить такое укушение слушателю, как кусает овца, не как собака; ибо если бы острота грызла как собака, была бы не остротою, а бранью. Вот это и сделали отлично и слова мадонны Оретты и ответ Чисти. Правда, если говорится в ответ и отвечающий кусает как собака, ибо и он был наперед угрызен как бы собакой, за это не надо упрекать, как бы то следовало, если бы того не случилось; поэтому необходимо смотреть, как и когда и кому, а также и где говорятся остроты. Так как некогда один наш прелат мало принял это во внимание, то получил укушение не меньше того, какое сам учинил, что и я хочу показать вам в короткой новелле.

Когда епископом Флоренции был мессер Антонио д'Орзо, достойный и умный прелат, во Флоренцию прибыл некий каталонский дворянин по имени Дего делла Ратта в качестве маршала короля Роберта. Будучи красивым собою и большим волокитой, он случайно увлекся одной из числа других флорентийских дам, очень красивой, приходившейся внучкой брату означенного епископа. Узнав, что ее муж, хотя из хорошего рода, был крайне скуп и человек дрянной, он сошелся с ним на том, что даст ему пятьсот флоринов золотом, а тот дозволит ему проспать одну ночь с его женой; поэтому, приказав позолотить серебряные монеты в два сольда, бывшие тогда в обращении, проспав с его женою, хотя это было и против ее желания, отдал их ему. Когда потом все это узналось, дрянному мужу достался лишь урон и насмешки, а епископ, как человек умный, представился, будто обо всем этом ничего не знает.

Так как епископ и маршал часто бывали вместе, случилось в Иванов день, что, когда они ехали рядом верхом и увидели дам на улице, где совершается бег взапуски, епископ заметил одну молодую даму, которую унесла нынешняя чума, по имени монну Нонну деи Пульчи, двоюродную сестру мессера Алессио Ринуччи, которую все вы, должно быть, знали; ее-то, тогда свежую и молодую, находчивую и решительную, незадолго перед тем вышедшую замуж в Порта Сан Пьеро, он и показал маршалу; затем, когда был близко от нее, положил ему руки на плечо и сказал: «Нонна, как тебе это покажется? Уверена ли ты в том, что с ним совладаешь?» Нонне показалось, что эти слова несколько задели ее честь и должны были запятнать ее во мнении тех, кто их слышал, а их было много; потому, не затем чтобы смыть это пятно, а чтобы воздать ударом на удар, она тут же ответила: «Мессере, может быть, он и не одолел бы меня, но я желала бы во всяком случае, чтобы деньги были настоящие».

Когда услыхали эти слова маршал и епископ, почувствовали, что их одинаково укорили: одного – как учинившего бесчестную проделку с внучкой брата епископа, другого – как оскорбленного в лице внучки собственного брата; не взглянув друг на друга, стыдясь, они молча удалились, ничего не ответив ей в тот день. Таким образом, молодой женщине, задетой, не непристойно было задеть и другого остротою.

## Новелла четвертая

**Кикибио, повар Куррало Джьянфильяции, метким словом, сказанным в свое спасение, обращает гнев Куррадо в смех и избегает злой участи, которой грозил ему Куррадо.**

Уже Лауретта умолкла и все высоко превозносили Нонну, когда королева повелела Неифиле продолжать. Она сказала: – Любезные дамы, хотя находчивый ум часто внушает говорящим, смотря по обстоятельствам, быстрые, полезные и прекрасные слова, но и случай, являющийся иногда в помощь боязливым, внезапно кладет им в уста таковые же, которые в покойном состоянии духа говорящий никогда не сумел бы и найти. Это я хочу показать вам моей новеллой.

Как то всякая из вас могла слышать и видеть, Куррадо Джьянфильяцци, именитый гражданин нашего города, был всегда щедрым и гостеприимным и, живя по-рыцарски, постоянно находил удовольствие в собаках и ловчих птицах; о других его больших деяниях я теперь не говорю. Однажды, когда поблизости Перетолы его сокол взял журавля, он, найдя птицу молодой и жирной, послал ее своему хорошему повару, по имени Кикибио, венецианцу, велев сказать ему, чтобы он изжарил его и старательно приготовил к ужину. Кикибио, будучи легкомысленным, каким и казался, приготовил журавля, поставил на огонь и стал его тщательно жарить. Когда он почти уже изжарил его и от него пошел сильнейший запах, одна женщина той местности, по имени Брунетта, в которую Кикибио был сильно влюблен, случайно зашла на кухню и, почувствовав запах журавля и увидев его, стала умильно просить Кикибио дать ей бедро. Кикибио ответил ей, напевая: «Не получить вам его от меня, донна Брунетта, не получить». Разгневанная этим, донна Брунетта сказала ему: «Клянусь богом, если ты не дашь мне его, никогда не получишь от меня ничего, чего бы ты захотел». Одним словом, спор поднялся великий; под конец Кикибио, чтобы не огорчить свою милую, отнял одно бедро журавля и дал ей. Когда затем Куррадо и его гостям подан был журавль без одного бедра и Куррадо дался диву, он велел позвать Кикибио и спросил его, что сталось с другим бедром журавля. На это любивший прилгнуть венецианец тотчас же ответил: «Господин мой, у журавлей всего лишь одно бедро и одна нога». Тогда Куррадо гневно сказал: «Как, черт возьми, у них всего одно бедро и одна нога? Будто я, кроме этого, не видел других журавлей?» Кикибио продолжал утверждать: «Оно так, как я вам говорю, мессере, и если вам угодно, я покажу это вам на живых». Куррадо, из внимания к бывшим у него гостям, не захотел рассуждать далее, но сказал: «Так как ты готов показать мне на живых, чего я никогда не видел и не слыхал, чтобы так было, я хочу увидеть это завтра же и удовлетворюсь; но клянусь тебе телом господним, если окажется иначе, я велю так тебя отделать, что, пока ты будешь жив, станешь, на твою беду, поминать мое имя».

Так кончился спор в этот вечер, но на следующее утро, лишь только занялся день, Куррадо, у которого гнев не прошел со сном, поднялся еще рассерженный, велел привести коней и, посадив Кикибио на клячу, направился с ним к реке, где обыкновенно перед рассветом водились журавли, и говорит: «Сейчас мы увидим, кто вчера солгал, ты или я». Видя, что у Куррадо гнев еще не прошел, а ему приходится оправдать свою ложь, и не зная, как это сделать, Кикибио ехал за Куррадо в величайшем в свете страхе и охотно бы убежал, кабы мог; не будучи в состоянии это сделать, он посматривал то вперед, то назад, то по сторонам, и что ни увидит, ему и кажется, что то журавли стоят на двух ногах. Уже они были близко от реки, когда он раньше других увидел на ее берегу двенадцать журавлей, стоявших на одной ноге, как они это обыкновенно делают, когда спят. Потому, он тотчас же показал их Куррадо, сказав: «Вы можете легко убедиться, ведь вчера вечером я правду вам говорил, что у журавлей одно лишь бедро и одна лишь нога; посмотрите-ка на тех, что там стоят». Увидев их, Куррадо сказал: «Подожди, я покажу тебе, что у них по две ноги», и, подойдя к ним поближе, закричал: «Охо-хо!» От этого крика журавли спустили другую ногу и, сделав несколько шагов, пустились наутек. Тогда, обратившись к Кикибио, Куррадо сказал: «Что скажешь ты на это, обжора? Веришь ли, что у них две ноги?» Кикибио, почти растерявшись, ответил, сам не зная, откуда у него явился ответ: «Да, мессере, но вы не закричали охо-хо! тому, что был вчера вечером, ибо, если бы так закричали, он бы так же спустил другое бедро и другую ногу, как то сделали эти». Куррадо так понравился этот ответ, что весь его гнев обратился в веселость и смех, и он сказал: «Ты прав, Кикибио, мне так бы и сделать». Так-то Кикибио быстрым и потешным ответом избежал невзгоды, и его господин помирился с ним.

## Новелла пятая

**Мессер Форезе да Рабатта и мессер Джьотто, живописец, возвращаясь из Муджелло, взаимно издеваются над своим жалким видом.**

Когда Неифила умолкла и дамы выразили большое одобрение ответу Кикибио, Памфило так начал по желанию королевы: – Дражайшие дамы, часто случается, что как фортуна среди низких ремесл таит иногда величайшие сокровища доблести, что недавно показала Пампинея, так природа скрывает в безобразнейших человеческих телах чудеснейшие дарования. Это ясно проявилось в двух наших согражданах, о которых я намерен коротенько рассказать вам. Ибо один из них, прозванный мессер Форезе да Рабатта, был маленького роста, безобразный, с таким плоским лицом и такой курносый, что было бы гадко и тому из семьи Барончи, у которого лицо было всего уродливее; а вместе с тем у него было такое понимание законов, что многие знающие люди прозвали его сокровищницей гражданского права. Другой, имя которому было Джьотто, обладал таким превосходным талантом, что не было ничего, что в вечном вращении небес производит природа, мать и устроительница всего сущего, что бы он карандашом либо пером и кистью не написал так сходно с нею, что, казалось, это не сходство, а скорее сам предмет, почему нередко случалось, что вещи, им сделанные, вводили в заблуждение чувство зрения людей, принимавших за действительность, что было написано. Так как он снова вывел на свет искусство, в течение многих столетий погребенное по заблуждению тех, кто писал, желая скорее угодить глазам невежд, чем пониманию разумных, он по праву может быть назван одним из светочей флорентийской славы; тем более, чем с большею скромностью он приобрел ее, будучи, пока жил, мастером надо всеми и постоянно отказываясь от названия мастера. И этот отверженный им титул тем более блестел на нем, чем с большим желанием и жадностью им злоупотребляли те, что знали менее его, либо его ученики. Но хотя его искусство было и превосходное, он тем не менее ни фигурой, ни лицом не был ничем красивее мессера Форезе.

Но, обращаясь к новелле, скажу, что у мессера Форезе и Джьотто были в Муджелло имения; случилось мессеру Форезе поехать поглядеть на свои, в ту пору, когда летом суды не действуют, и он уже возвращался верхом на дрянной лошаденке, когда встретил Джьотто, также осмотревшего свои поместья и возвращавшегося во Флоренцию. Был он и по лошади и по убранству ничем его не лучше; как люди старые, двигаясь тихим шагом, они поехали вместе. Случилось, как то часто бывает летом, что их внезапно захватил дождь, от которого они как могли скорее укрылись в доме одного крестьянина, приятеля и знакомого того и другого. По некотором времени, когда не видно было, что дождь перестанет, а им хотелось в тот же день попасть во Флоренцию, они попросили крестьянина ссудить им два старых плаща, какие носят в Романье, и две шляпы, изношенных до ветхости, ибо лучших не было, и пустились в путь. И вот, когда они проехали немного, видя себя совсем промокшими и загрязненными брызгами, которые лошади, ступая, производят в большом количестве (что обыкновенно не умножает благоприличия), они, долго ехавшие молча, принялись беседовать, так как и погода несколько разгулялась. Мессер Форезе ехал, слушая Джьотто, который был отличный собеседник; начав разглядывать его сбоку, с головы до ног и всего кругом и видя его таким растрепанным и некрасивым, он, не обращая внимания на самого себя, засмеялся и сказал: «Джьотто, что если бы теперь встретился с нами какой-нибудь чужой человек, никогда не видевший тебя, как ты полагаешь: поверил ли бы он, что ты – лучший живописец в мире, каков ты и есть?» На это Джьотто тотчас же ответил: «Мессере, я думаю, что поверил бы, если бы, взглянув на вас, поверил, что вы знаете аз-буки-веди». Как услышал это мессер Форезе, познал свою оплошность и увидел, что каков был товар, такова была и цена.

## Новелла шестая

**Микеле Скальда доказывает некоторым молодым людям, что Барончи – самые благородные люди на сеете и в приморье, и выигрывает ужин.**

Дамы еще смеялись над прекрасным и быстрым ответом Джьотто, когда королева велела продолжать Фьямметте, начавшей говорить таким образом: – Юные дамы, Барончи, упомянутые Памфило, может быть, не так вам известные, как ему, напомнили мне новеллу, в которой доказывается, каково их благородство. Не отходя от нашего предмета, я хочу рассказать вам ее.

Не мало времени прошло с тех пор, как в нашем городе жил юноша по имени Микеле Скальца, самый приятный и потешный человек в свете, у которого наготове были самые невероятные рассказы, почему молодым флорентийцам было очень приятно залучить его к себе, когда они собирались обществом. Случилось однажды, когда он был с некоторыми другими в Монт Уги, что между ними возник такой спор: какие из флорентийцев самые родовитые и древнего рода? Из них одни говорили, что Уберти, другие – что Ламберти; один – одно, другой – другое, как кому казалось. Слушал это Скальца и, усмехнувшись, сказал: «Убирайтесь вы, убирайтесь, дураки, вы сами не знаете, что говорите: самые благородные и древние – Барончи; в этом согласны все философы и все, кто их знает, как я; и дабы вы не подумали, что я разумею других, я говорю о Барончи у Санта Мария Маджьоре, ваших соседях». Как услышали это молодые люди, ожидавшие, что он скажет другое, все начали издеваться над ним, говоря: «Ты смеешься над нами, точно мы не знаем Барончи, как и ты».

Скальца сказал: «Клянусь евангелием, я не смеюсь, а говорю правду, и если есть между вами кто-нибудь, кто побьется об ужин для победителя и шестерых товарищей по его благоусмотрению, я охотно его поставлю и сделаю еще больше, предоставив себя суду всякого, кого вам будет угодно». Один из них, по имени Нери Моннини, сказал: «Я намерен выиграть этот ужин». Сговорившись выбрать судьею Пьеро ди Фьорентино, в доме которого они находились, они пошли к нему, а за ними и все другие, чтобы посмотреть, как проиграет Скальца, и раздосадовать его. Когда они рассказали все, что было говорено. Пьеро, юноша разумный, выслушал сперва доводы Нери, затем, обратившись к Скальца, сказал: «А ты как докажешь то, что утверждаешь?» Скальца ответил: «Как? Я докажу это таким доводом, что не только ты, но и он, отрицающий это, скажет, что я говорю правду. Вы знаете, что чем род древнее, тем благороднее, это и они только что промеж себя утверждали. Барончи древнее всех других, стало быть благороднее; доказав, что они древнее, я без сомнения выиграю заклад. Вы должны знать, что Барончи были сотворены природою в то время, когда она начала учиться живописи, а другие люди были созданы ею, когда она уже умела писать. А что я говорю в данном случае правду, то обратите внимание на Барончи и на других людей: тогда как у всех других вы увидите лица благообразные и соответственно правильные, из Барончи у одного вы найдете лицо очень длинное и узкое, у другого чрезмерно широкое, у кого нос очень длинный, у кого короткий; у иного подбородок выпятился вперед и загнут кверху, скулы точно у осла; есть такие, у которых один глаз более другого, у иных один ниже другого, как бывает на лицах, которые чертят дети, когда впервые учатся рисовать. Из чего, как я уже сказал, видно очень ясно, что природа устроила их, когда училась живописи, так что они древнее других, стало быть и благороднее».

Когда Пьеро, бывший судьею, и Нери, побившийся о заклад об ужин, и все другие представили себе все это, выслушав забавный довод Скальца, принялись все смеяться и утверждать, что Скальца прав и выиграл ужин и что поистине Барончи самые благородные и древние, какие есть, не только во Флоренции, но на свете и в приморье. Поэтому, желая сказать, что лицо у мессера Форезе некрасиво, Памфило имел право выразиться, что и для любого из Барончи оно было бы гадким.

## Новелла седьмая

**Мадонна Филиппа, захваченная мужем с ее любовником и вызванная в суд, освобождает себя быстрым, шутливым ответом и дает тем повод изменить закон.**

Уже Фьямметта умолкла, а все еще смеялись над необычным доводом, приведенным Скальпа с целью возвысить над всеми другими благородство Барончи, когда королева приказала Филострато рассказывать, и он начал: – Доблестные дамы, прекрасное дело – уметь во всех случаях хорошо владеть словом, но прекраснейшим представляется мне такое уменье, когда того требует необходимость. Этим отлично владела одна благородная дама, о которой я хочу вам рассказать, не только вызвавшая в слушателях веселье и смех, но и освободившаяся от уз позорной смерти, как вы то услышите.

В городе Прато был когда-то закон, не менее достойный порицания, чем жестокий, повелевающий безразлично предавать сожжению как женщину, захваченную мужем в прелюбодеянии с любовником, так и ту, которую нашли бы отдавшейся кому-нибудь за деньги. Пока действовал этот закон, случилось, что одна благородная и красивая дама, влюбленная более, чем какая-либо иная, по имени мадонна Филиппа, найдена была однажды ночью мужем своим, Ринальдо деи Пульези, в ее собственной комнате в объятиях Ладзарино деи Гваццалльотри, из того же города, благородного и прекрасного юноши, которого она любила, как самое себя. Когда увидел это Ринальдо, сильно разгневавшись, едва удержался, чтобы не броситься на них и не убить, и если бы не опасение за самого себя, он так бы и сделал, следуя влечению своего гнева. Воздержавшись от этого, он не воздержался от желания потребовать от законов Прато того, чего сам не имел права учинить, то есть смерти своей жены. Потому, имея в доказательство ее проступка весьма достаточные свидетельства, лишь только настал день, он, ни у кого не спросившись, обвинил жену и вызвал ее в суд. Дама, очень решительная, как обыкновенно бывают все истинно влюбленные, твердо решилась явиться, хотя ее и отговаривали многие друзья и родные, ибо желала скорее мужественно умереть, объявив истину, чем, бежав малодушно, жить вследствие неявки в изгнании и оказаться недостойной такого любовника, каков был тот, в чьих объятиях она провела прошлую ночь. В большом сопровождении женщин и мужчин, убеждавших ее отречься, она, представ перед подесту, с спокойным лицом и твердым голосом спросила, что ему от нее нужно. Подеста поглядел на нее и, видя, что она очень красива и держит себя очень похвально и, судя по ее речам, женщина сильная духом, ощутил к ней жалость и боязнь, как бы она не призналась в чем-нибудь, за что ему пришлось бы, оберегая свою честь, осудить ее на смерть. Тем не менее, не будучи в состоянии обойтись без допроса о том, что было на нее взведено, он сказал: «Мадонна, вот, как видите, муж ваш Ринальдо жалуется на вас, говоря, что застал вас в прелюбодеянии с другим мужчиной, и потому требует, чтобы я, согласно с одним существующим законом, наказал вас за это, приговорив вас к смерти; но я не могу сделать это, если вы не сознаетесь; поэтому подумайте хорошенько, что вы станете отвечать, и скажите мне, правда ли то, в чем обвиняет вас муж». Дама, ничуть не растерявшись, отвечала очень веселым голосом: «Мессере, верно, что Ринальдо – мне муж и что в прошлую ночь он нашел меня в объятиях Ладзарино, в которых, по истинной и совершенной любви, которую я к нему питаю, я бывала много раз. От этого я никогда не отрекусь; но вы знаете, – я в том уверена, – что законы должны быть общие, постановленные с согласия тех, которых они касаются, что не оправдывается этим законом, ибо он связывает бедных женщин, которые гораздо более, чем мужчины, были бы в состоянии удовлетворить многих; кроме того, не только ни одна женщина не выражала на него своего согласия, когда его постановляли, но ни одна не была и призвана, почему он по справедливости может быть назван злостным. Если вы хотите, в ущерб моего тела и своей души, быть его исполнителем, это ваше дело; но, прежде чем вы приступите к какому-либо решению, я попрошу у вас небольшой милости, то есть, чтобы вы спросили моего мужа, не принадлежала ли я ему всецело всякий раз и сколько бы раз ему ни желалось, или нет». На это Ринальдо, не выжидая, чтобы подеста спросил его, тотчас же ответил, что без сомнения его жена по всякой его просьбе всегда подчинялась его желанию. «Итак, – быстро продолжала жена, – я спрашиваю, мессер подеста: если он всегда брал с меня все, что ему было надобно и нравилось, что мне-то было и приходится делать с тем, что у меня в излишке? Собакам, что ли, бросить? Не лучше ли услужить этим благородному человеку, любящему меня более самого себя, чем дать ему потеряться или испортиться?» На это следствие, к тому же по поводу такой и столь известной дамы, собрались почти все жители Прато, которые, услышав столь потешный вопрос, вдоволь нахохотавшись, тотчас же почти единогласно закричали, что жена права и говорит ладно; и прежде чем разойтись оттуда, с поощрения подесты, изменили жестокий закон и положили, чтоб он касался лишь тех жен, которые из-за денег преступаются против своих мужей. Таким-то образом Ринальдо, смущенный своею глупой затеей, удалился из суда, а жена, веселая и свободная, будто восстав из костра, вернулась домой со славой.

## Новелла восьмая

**Фреско советует своей племяннице не смотреться в зеркало, если, как она говорила, ей неприятно видеть людей противных.**

Новелла, рассказанная Филострато, на первых порах слегка уязвила стыдом сердца слушавших дам, знаком чего был стыдливый румянец, показавшийся на их лицах; затем, переглядываясь друг с другом и едва удерживаясь от смеха, они, хихикая, дослушали рассказ. Когда он пришел к концу, королева, обратись к Емилии, велела ей продолжать. И она начала, глубоко переводя дух, точно недавно проснулась: – Милые девушки, так как продолжительное раздумье усиленно и долго держало меня вдали отсюда, я, повинуясь королеве, обойдусь новеллой, быть может более краткой, чем бы то сделала, если бы была здесь духом, и расскажу вам о глупом заблуждении одной девушки, которое шутливым словом исправил бы ее дядя, если бы она была в состоянии понять его.

Итак, у одного человека, по имени Фреско да Челатико, была племянница, которую звали уменьшительно Ческа; хотя она была красива станом и лицом (не из тех, впрочем, ангельских лиц, какие мы нередко встречаем), она считала себя таковой и столь превосходной, что у нее вошло в обычай порицать мужчин и женщин и все, что она ни видела, вовсе не принимая в расчет самое себя, а была она тем неприятнее, докучливее и придирчивее всякой другой, что ничего нельзя было сделать ей по нраву, к тому же она была столь надменна, что, если бы даже она происходила из французского королевского рода, того было бы слишком. Когда она шла по улице, обнаруживала такую гадливость, что ничего другого не делала, как только морщилась, точно воняло от всякого, кого она видела или встречала. Не говорю о многих других неприятных и противных ее выходках; случилось однажды, что вернувшись домой, где был и Фреско, сев с ним рядом и кривляясь, она то и делала, что отдувалась, вследствие чего Фреско спросил ее: «Что это значит. Ческа, что сегодня праздник, а ты так скоро вернулась домой?» На это она, вся исходя жеманством, ответила: «То правда, что я вернулась скоро, но не воображала же я, чтобы в этом городе мужчины и женщины могли быть так неприятны и невыносимы, как теперь; нет ни одного прохожего на улице, который не был бы мне противен, как лихо, и нет, я думаю, на свете женщины, которой было бы досаднее видеть неприятных людей, чем мне; так чтоб не видеть их, я так скоро и вернулась». Фреско, которому страшно не нравились презрительные ухватки племянницы, отвечал ей на это: «Дочь моя, если тебе так не нравятся неприятные люди, как ты это говоришь, и ты желаешь жить весело, не глядись никогда в зеркало». Но та, которая была пустее тростника, а мудростью мнила сравниться с Соломоном, поняла смысл остроты Фреско не лучше, чем то сделал бы баран; напротив того, сказала, что станет глядеться в зеркало, как и другие. Так она и осталась при своей дурости и теперь еще остается.

## Новелла девятая

**Гвидо Кавальканти язвит, под видом приличной шутки, нескольких флорентийских дворян, заставших его врасплох.**

Когда королева заметила, что Емилия отбыла свою новеллу и что никому не осталось рассказывать, кроме нее, за исключением того, кто пользовался льготой говорить последним, она начала так: – Прелестные дамы, хотя сегодня вы предвосхитили у меня более двух новелл, из которых я намеревалась рассказать вам какую-нибудь, тем не менее у меня осталась для сообщения одна, в заключении которой есть такое острое слово, что столь глубокомысленного еще не было сказано.

Итак, вы должны знать, что в прежние времена были в нашем городе очень хорошие и похвальные обычаи, из которых ныне не осталось ни одного благодаря любостяжанию, развившемуся в нем вместе с богатствами и всех их изгнавшему. В числе их был и такой, что по разным местностям Флоренции собирались именитые граждане соседних улиц и составляли общество из известного числа лиц, наблюдая, чтобы принимались лишь такие, которые были бы в состоянии надлежащим образом понести расходы. Сегодня один, завтра другой, и так все по порядку держали стол, каждый в свой день, для всего общества, причем часто угощали именитых чужеземцев, когда таковые приезжали, а также и других горожан. Точно так же, по крайней мере раз в году, они являлись одетыми на один лад, в некоторые особые дни разъезжали вместе по городу, иногда устраивали военные игры, преимущественно в главные праздники или когда приходила в город какая-нибудь радостная весть о победе или о чем другом.

В числе подобных обществ было и общество мессера Бетто Брунеллески, в которое мессер Бетто и его товарищи очень старались привлечь Гвидо, сына Кавальканте деи Кавальканти; и не без причины, ибо, не говоря о том, что он был из лучших логиков на свете и отличный знаток естественной философии (до чего обществу мало было дела), он был и приятнейший человек, хороших нравов, и прекрасный собеседник; и что бы он ни пожелал сделать, что пристало порядочному человеку, то он умел сделать лучше всякого другого; к тому же был он очень богат, а как умел почтить всякого, кто, по его мнению, был того достоин, того и не выразить словами. Но мессеру Бетто никогда не удавалось залучить его, и он с своими товарищами полагал, что происходило это оттого, что Гвидо, нередко отдаваясь своим мыслям, сильно чуждался людей. А так как он держался отчасти учения эпикурейцев, говорили в простом народе, что его размышления состояли лишь в искании, возможно ли открыть, что бога нет.

Случилось однажды, что, выйдя из Орто Сан Микеле и пройдя по Корсо дельи Адимари, которым он часто хаживал, к Сан Джьовани, где кругом были большие мраморные гробницы, что ныне в Санта Репарата, и многие другие, Гвидо очутился между находящимися там колоннами из порфира, теми гробницами и дверями Сан Джьовани, которые были заперты, – когда мессер Бетто и общество, проезжая верхом по площади Санта Репарата, завидели Гвидо между теми гробницами и сказали: «Пойдем, подразним его». Пришпорив коней, они, как бы в потешном набеге, почти наскакали на него, прежде чем он заметил, и стали говорить ему: «Гвидо, ты отказываешься быть в нашем обществе; но скажи, когда ты откроешь, что бога нет, то что же из этого будет?» На это Гвидо, видя себя окруженным, тотчас же сказал: «Господа, вы можете говорить мне у себя дома все, что вам угодно», и, опершись рукою на одну из тех гробниц, – а они были высокие, – будучи очень легким, он сделал прыжок, перекинулся на другую сторону и, освободясь от них, удалился.

Те остались, переглядываясь друг с другом, и стали говорить, что Гвидо выжил из ума, ибо то, что он ответил, не имеет никакого смысла, и там, где они обретаются, у них дела не более, чем у всех других граждан, и у Гвидо – не менее, чем у кого-нибудь из них. На это, обратившись к ним, мессер Бетто сказал: «Сами вы выжили из ума, коли не поняли его: он вежливо и в немногих словах сказал нам величайшую в свете грубость, ибо, если вы хорошенько поразмыслите, эти гробницы – жилища мертвых, так как в них кладутся и покоятся мертвые, а он говорит, что это – наш дом, дабы показать нам, что мы и другие – простецы и неученые, сравнительно с ним и другими учеными людьми, хуже мертвых и потому, находясь здесь, обретаемся у себя дома». Тогда все поняли, что хотел сказать Гвидо и, застыдившись, никогда более не приставали к нему, а мессера Бетто считали с этих пор проницательным и умным человеком.

## Новелла десятая

**Брат Чиполла обещает некоторым крестьянам показать перо ангела, но, найдя вместо него угли, говорит, что это те, на которых изжарили Сан Лоренцо.**

Когда все из общества отбыли свои рассказы, Дионео увидел, что приходится говорить ему. Потому, не ожидая особо торжественного приказания, попросив умолкнуть тех, кто еще продолжал хвалить слышанную им остроту Гвидо, он начал: – Милые дамы, хотя у меня и есть льгота – рассказывать обо всем, что мне угодно, я не хочу сегодня отстать от предмета, о котором все вы очень удачно говорили, но, ступая по вашим следам, намерен показать вам, как искусно, спохватившись, один монах ордена св. Антония избежал глумления, уготованного ему двумя юношами. И вы не посетуйте, если я, чтобы хорошенько и подробнее рассказать новеллу, несколько распространюсь, ибо, поглядев на солнце, вы увидите, что оно еще в середине неба.

Чертальдо, как вы, быть может, слышали, местечко в долине Эльзы, лежащее в нашей области, и хотя оно невелико, в нем прежде жили родовитые и зажиточные люди. Туда-то, как в место злачное, имел обыкновение являться раз в году для сбора милостыни, которую подают им глупцы, один из монахов ордена св. Антония, по имени брат Чиполла (Луковица), которого там охотно принимали, быть может не менее из-за имени, чем по иным соображениям набожности, ибо тамошняя почва производит луковицы, славящиеся по всей Тоскане.

Был этот брат Чиполла небольшого роста, с рыжими волосами и веселым лицом, один из самых ловких в свете проходимцев; к тому же, не имея никаких познании, такой отличный, находчивый оратор, что кто не знал бы его, не только счел бы за большого риторика, но сказал бы, что это – сам Туллий, а может быть, и Квинтильян; и почти всем в той местности он приходился кумом, другом либо приятелем. И вот однажды он отправился туда, по своему обыкновению, в августе и утром в воскресенье, когда все добрые люди и женщины окружных деревень пришли к обедне в приходскую церковь, выступил, когда ему показалось, что пора, и сказал: «Господа и дамы, как вам известно, у вас в обычае ежегодно посылать бедным великомощного мессера св. Антония от вашей пшеницы и вашего жита, – кто мало, а кто и много, смотря по своему состоянию и благочестию, – дабы блаженный св. Антоний был на страже волов, и ослов, и свиней, и овец ваших; кроме того, у вас существует обыкновение, особенно у тех, кто приписан к нашему братству, платить тот небольшой должок, что платится раз в году. Для сбора всего этого я и послан моим набольшим, то есть господином аббатом; потому, с благословения божия, после девятого часа, когда вы услышите трезвон, приходите сюда к церкви, где я, по обычаю, скажу вам проповедь, а вы приложитесь ко кресту; а кроме того, зная, что все вы особенно почитаете великомощного мессера св. Антония, в виде особой милости я покажу вам святейшие и прекрасные мощи, которые я сам привез из святых мест за морем; это – одно из перьев ангела Гавриила, которое осталось в святилище девы Марии, когда он сообщил ей в Назарете благую весть». Сказав это, он ушел и продолжал служить обедню.

Когда брат Чиполла говорил это, были в церкви, в числе многих других, и двое молодых людей, очень лукавых; один – по имени Джьованни дель Брагоньера, другой – Биаджио Пиццини. Немного посмеявшись промеж себя над мощами брата Чиполла, хотя оба были его друзьями и с ним водились, они решились сыграть с ним по поводу того пера некую шутку. Проведав, что брат Чиполла в то утро обедает в замке у одного своего приятеля, лишь только они узнали, что он за столом, вышли на улицу и отправились в гостиницу, где остановился брат Чиполла, с таким намерением, что Биаджио должен вступить в беседу с слугой брата, а Джьованни поищет в вещах брата то перо, каково бы оно ни было, и стащит его у него, дабы посмотреть, что он потом расскажет о том народу.

У брата Чиполла был слуга, которого одни звали Гуччьо Балена (Кит), другие – Гуччьо Имбратта (Замараха), а кто звал его и Гуччьо Порко (Свинья); и был он такой юродивый, что Липпо Топо наверное никогда не делал ничего подобного; брат Чиполла часто, бывало, шутил над ним в своем кружке и говорил: У моего слуги девять таких качеств, что если бы любое из них было у Соломона или Аристотеля, либо у Сенеки, этого было бы достаточно, чтобы испортить всякую их добродетель, всю их мудрость и всю их святость. Представьте теперь, что это должен быть за человек, у которого нет никакой добродетели, ни мудрости, ни святости, а тех качеств девять?» И когда порой его спрашивали, какие эти девять качеств, он, сложив их в рифмы, отвечал: «Я скажу вам это: он ленив, грязен и лжив;

нерадив, непослушлив и бранчив, незаботлив, безнравствен и непамятлив; кроме того, за ним водятся при этих и некоторые другие грешки, о которых лучше умолчать. А что всего смешнее из его проделок, это – то, что он всюду хочет жениться и нанять дом; а так как у него борода большая, черная и масленая, он считает себя столь красивым и привлекательным, что полагает, сколько бы женщин его ни увидали, все в него влюбляются; если бы дать ему свободу, он стал бы бегать за всеми, обронив ремень от портков. Правда, он мне в большую помощь, ибо нет никого, кто бы пожелал поговорить со мною столь тайно, чтобы он не захотел послушать и на свою долю, а когда случится меня о чем-либо спросят, он так боится, что я не сумею ответить, что тотчас же отвечает да или нет, как, по его мнению, следует».

Ему-то, оставив его в гостинице, брат Чиполла наказал хорошенько смотреть, чтобы никто не касался его вещей, особенно его мешков, ибо в них были святыни. Но Гуччьо Имбратта, которому пребывать на кухне было милее, чем соловью на зеленых ветках, особенно когда он чуял там какую-нибудь служанку, увидел на кухне хозяина одну, жирную и толстую, маленькую и безобразную, с парой грудей, что две навозных корзины, с лицом точно у Барончи, всю потную, засаленную и продымленную; не иначе, как ястреб бросается на падаль, он спустился туда, оставив на произвол комнату брата Чиполла и все его вещи, и, хотя дело было в августе, подсев к огню, завел с служанкой беседу – а ей имя было Нута, – говоря, что он дворянин по доверенности и у него тысячи лжефлоринов, не считая тех, которые он должен другим, а их скорее более, чем менее; что он – мастер на все руки, на слово и на дело, так что боже упаси. Невзирая на свою рясу, на которой было столько жира, что он оздобил бы похлебку в монастырском котле Альтопашьо, на свою куртку, рваную и штопаную, лоснившуюся от грязи на воротнике и подмышками, с большим количеством и более разноцветных пятен, чем какие когда-либо встречались на татарских и индийских тканях; забыв о своих башмаках, совсем разодранных, и о дырявых чулках, он сказал ей, точно он был сир Кастильонский, что хочет одеть ее и устроить и, избавив от печальной необходимости жить у других, не обещая богатства, открыть ей надежду на лучшую судьбу, и еще многое другое; но хотя говорил он ей это очень любезно, все было точно на ветер и, как большая часть его предприятий, не послужило ни к чему.

Итак, оба юноши нашли Гуччьо Порко занятым около Нуты; очень довольные этим, ибо их дело было сделано наполовину, они без чьего-либо препятствия вошли в комнату брата Чиполлы, которую нашли открытою, и первое; что они принялись обыскивать, был мешок, где находилось перо; раскрыв его, они нашли в большом узле, обернутом шелковой тканью, небольшой ларчик, отворив который обрели перо из хвоста попугая, и предположили, что это и есть то самое, которое он обещал показать жителям Чертальдо. Он в самом деле мог в те времена легко уверить их в этом, ибо роскошные диковинки Египта лишь в малой мере перешли тогда в Тоскану, как потом перешли в величайшем изобилии к общему разложению Италии. И если вообще они мало были известны, в той местности жители почти их не знали; мало того, пока еще в силе была грубая простота дедов, они не только не видали попугаев, но никогда и вовсе не слышали упоминания о них.

Довольные находкою пера, молодые люди взяли его и, чтобы не оставить ларца пустым, увидев в одном углу комнаты уголья, наполнили ими ларец; заперев его и все так устроив, как нашли, не замеченные никем, они весело ушли с пером и стали поджидать, что скажет брат Чиполла, найдя вместо пера уголья.

Мужчины и простодушные женщины, бывшие в церкви, услышав, что после девятого часа они увидят перо ангела Гавриила, по окончании обедни вернулись домой; один сосед сказал о том другому, кума – куме, и когда все отобедали, столько мужчин и женщин набралось в местечко, что едва в нем поместились все, с нетерпением ожидая увидеть то перо. Брат Чиполла, хорошо пообедав и затем поспав немного, встал вскоре после девятого часа и, узнав, что пришло множество крестьян, чтобы поглядеть на перо, велел сказать Гуччьо Имбратта, чтоб он явился наверх с колокольцами и принес его мешки. Тот, с трудом оторвавшись от кухни и от Нуты, пошел наверх с требуемыми вещами; когда он явился, задыхаясь, ибо от большого количества выпитой воды у него разбухло тело, он стал, по приказанию брата Чиполла, у церковной двери и начал сильно звонить в колокольцы. Когда весь народ собрался, брат Чиполла, не заметивший, чтобы какая-либо из его вещей была тронута, начал проповедь и многое сказал, подходящее к его цели; когда пришло ему время показать перо ангела, он наперед с большою торжественностью произнес молитву, велел зажечь два факела и, сняв сначала капюшон, осторожно развернул шелковую ткань и вынул из нее ларчик. Сказав наперед несколько слов в похвалу и прославление ангела Гавриила и своей святыни, он открыл ларец.

Когда он увидел, что он полон угольев, не возымел подозрения, что то проделал с ним Гуччьо Балена, ибо знал, что ему того не измыслить, и не проклял его, что плохо смотрел за тем, чтобы кто иной того не сделал, а втихомолку выбранил самого себя, что поручил хранение своих вещей тому, кого знал за нерадивого, непослушного, незаботливого и непамятливого. Тем не менее, не изменившись в лице, подняв горе глаза и руки, сказал так, что все его услышали: «Господи, да похвалено будет вовеки твое могущество!» Затем, затворив ларец и обратившись к народу, сказал: «Господа и дамы, надо вам сказать, что, когда я был еще очень юным, мой начальник послал меня в страны, где восходит солнце, и мне особым приказом поручено было искать, пока не обрету привилегий Поросяти, которые, хотя штемпелевать их ничего не стоило, гораздо пригоднее другим, чем нам. Потому, пустившись в путь, отправившись из Венеции и пройдя по Борго деи Гречи, а далее проехав верхом по королевству дель Гарбо и через Бальдакку, я прибыл в Парионе, откуда, не без большой жажды, достиг по некотором времени Сардинии. Но к чему рассказывать вам о всех странах, мною посещенных? Перебравшись через пролив св. Георгия, я приехал в Обманную и Продувную, страны очень населенные, с великими народами; оттуда прибыл я в землю Облыжную, где нашел многих из нашей братии и из других орденов, которые все, бога ради, бегали от невзгоды, мало заботясь о чужих затруднениях, лишь бы видели, что им последует польза, и не платили в тех странах иной монетой, как нечеканной. Затем перешел я в землю Абруцц, где мужчины и женщины ходят по горам в деревянных башмаках, а свиней одевают в их собственные кишки; немного далее я нашел людей, носивших хлеб на палках, в вино в мешках; оттуда проник до Червивых гор, где все воды текут вниз. В короткое время я так забрался внутрь, что дошел до пастернакской Индии, где, клянусь вам одеждой, которую ношу, видел пернатых летающими по воздуху: дело неслыханное, если кто того не видел. Но в этом не даст мне солгать Мазо дель Саджио, знатный купец, которого я там встретил, как он колол орехи, а скорлупу продавал по мелочам. Так как я не мог найти, чего искал, потому что далее путь идет водою, я, вернувшись назад, прибыл в те святые земли, где летним годом черствый хлеб ходит по четыре денежки, а свежий даром. Здесь я нашел почтенного отца Не-кори-меня-пожалуй, достойнейшего патриарха

Иерусалима, который в уважение к одежде высокомощного мессера св. Антония, которую я всегда носил, пожелал, чтобы я узрел все святые мощи, какие у него были; и было их так много, что если б я захотел все их перечислить вам, я не дошел бы до конца и через несколько миль. Тем не менее, дабы не оставить вас без утешения, скажу вам о некоторых. Во-первых, он показал мне святой перст, такой свежий и целый, как только можно себе представить, локон серафима, явившегося св. Франциску; ноготь херувима и ребро бога отца, вставленное в рамку; одежды святой католической веры; несколько лучей звезды, явившейся волхвам на Востоке, пузырек с потом св. Михаила, когда он бился с диаволом; челюсть смерти св. Лазаря и другие. А так как я не постоял за тем, чтобы подарить ему склоны Монте Морелло в итальянском переводе и несколько глав Капреция, которые он давно разыскивал, он сделал меня причастным своим святым мощам и подарил мне один из зубцов, а в скляночке несколько от звона колоколов Соломонова храма и перо ангела, о котором я уже говорил вам, и один из деревянных башмаков св. Герарда да Вилламанья, который я недавно пожертвовал во Флоренции Герарду ди Бонзи, питающему к нему величайшее благоговение. Дал он мне и от угольев, на которых изжарен был блаженный мученик св. Лаврентий. Все эти предметы я благоговейно принес сюда с собой, и они все при мне. Правда, мой начальник никогда не дозволил мне показывать их, пока не удостоверено, они ли это, или нет; но теперь некоторые чудеса, ими совершенные, и письма, полученные от патриарха, это удостоверили, – он дал мне дозволение показывать их; но я, боясь доверить их другому, всегда ношу их с собою. Правда, я ношу перо ангела Гавриила в ларце, дабы оно не испортилось, а уголья, на которых изжарен был св. Лаврентий, в другом, но они так похожи друг на друга, что часто я один принимаю за другой, что и приключилось со мною теперь, ибо я полагал, что принес с собою ларчик, где было перо, а я принес тот, где угли. И я думаю, то было не по ошибке; напротив, я почти уверен, что на то была воля божия и что сам господь вложил в мои руки ларец с угольями, ибо вспоминаю теперь, что праздник св. Лаврентия будет через два дня. Поэтому, господу, изволившу, чтобы я, показав вам угли, на которых был изжарен святой, возжег в ваших душах благочестие, которое вы должны питать к нему, он и велел мне взять не перо, как я того хотел, а благословенные угли, погашенные влагой того святейшего тела. Поэтому, благословенные сыны мои, снимите шапки и набожно подойдите посмотреть на них. Но наперед знайте, что кого коснутся эти уголья в знамение креста, тот может весь этот год прожить в уверенности, что огонь не коснется его тела так, чтобы он того не почувствовал».

Сказав это, с пением похвалы св. Лаврентию, он открыл ларец и показал угли. После того как глупая толпа некоторое время рассматривала их с удивлением, все среди великой давки стали подходить к брату Чиполла, принося лучшее подаяние, чем обыкновенно, и каждый просил его коснуться его теми углями. Потому брат Чиполла, взяв угли в руки, стал делать на их белых камзолах и на куртках и на покрывалах женщин такие большие кресты, какие только могли поместиться, утверждая, что если угли и умалялись от начертания крестов, снова вырастали в ларце, как то он не раз испытал. Таким образом, не без величайшей себе выгоды, он окрестил всех жителей Чертальдо, быстрой сметкой наглумившись над теми, кто, похитив у него перо, вздумал поглумиться над ним. Они были на его проповеди и, когда услышали, как он неожиданно вывернулся и как это сделал издалека и в каких выражениях, так смеялись, что боялись свернуть себе скулы. Потом, когда народ разошелся, они, отправившись к нему, с величайшим в свете весельем открыли ему, что они натворили, а затем отдали ему и его перо, которое на следующий год сослужило ему службу не менее, чем в тот день сослужили угли.

Новелла эта доставила всему обществу величайшее удовольствие и потеху, и все сильно смеялись над братом Чиполла, особенно над его странствием и мощами как виденными им, так и принесенными. Когда королева поняла, что уже кончилась новелла, а вместе и ее власть, встала и, сняв с себя венок, возложила его, смеясь, на голову Дионео со словами: «Пора, Дионео, и тебе испытать отчасти, что за обязанность – править и руководить женщинами; потому будь королем и правь нами таким образом, чтобы в конце мы могли одобрить твое правление». Приняв венок, Дионео ответил, смеясь: «Вы их видели много раз: я говорю о шахматных королях, гораздо более ценных, чем я; но по правде, если б вы повиновались мне, как следует повиноваться настоящему королю, я дал бы вам испытать удовольствие, без которого, наверно, ни одна утеха не бывает вполне веселой. Но оставим эти речи, я стану править, как сумею». И велев, по обычаю, позвать сенешаля, он приказал ему подробно, что ему надлежало делать, пока будет длиться его власть, а затем сказал: «Достойные дамы, здесь говорили на разные лады и о находчивости людей и о разных случайностях, так что если б недавно не пришла сюда Личиска, давшая мне своими речами содержание для рассказов, предстоящих завтра, я боюсь, что долго бы трудился, прежде чем отыскать предмет для беседы. Как вы слышали, она утверждала, что у нее нет соседки, которая вышла бы замуж девушкой, присоединив, что хорошо знает, сколько и какие шутки проделывают и жены над мужьями. Оставив в стороне первое, как детские шалости, я полагаю, что о втором потешно будет порассказать; потому я желаю, чтобы завтра рассуждали, так как донна Личиска дала нам к тому повод, о шутках, которые из-за любви, либо в свое спасение, жены проделывали над своими мужьями, было ли то им вдомек, или нет».

Рассуждать о таком предмете показалось кое-кому из дам мало для них пристойным, и они попросили Дионео изменить уже высказанное им предложение. Но король ответил им: «Мои дамы, я знаю, что предложил, не менее, чем то знаете вы; а отвлечь меня от этого предложения не могло и то, что вы теперь пожелали высказать, ибо полагаю, время у нас такое, что, если только мужчины и женщины будут сторониться от бесчестных деяний, всякие беседы им дозволены. Разве вы не знаете, что по злополучию этого времени судьи покинули свои суды, законы, как божеские, так и человеческие, безмолвствуют и каждому предоставлен широкий произвол в целях сохранения жизни? Поэтому, если в беседах ваша честность очутится в несколько более свободных границах, то не затем, чтобы воспоследовало от того что-либо непристойное в поступках, а дабы доставить удовольствие вам и другим, и я не вижу, чтобы в будущем у кого-нибудь явился достаточный повод попрекнуть вас. Кроме того, ваше общество вело себя с первого дня и по сейчас достойнейшим образом, о чем бы там ни рассказывали, и, мне кажется, никаким действием себя не запятнало и не запятнит с помощью божией. Затем, кто не знает вашей честности, которую не то что забавные рассказы, но, думаю, не собьет и страх смерти? Сказать вам правду, если бы кто узнал, что вы отказывались поболтать порой об этих шалостях, возымел бы, пожалуй, подозрение, что вы виновны в подобном, а потому и не желаете о том беседовать. Не говорю уже о том, что хорошую вы оказали бы мне честь, если б, ныне избрав в короли меня, слушавшегося всех, вы пожелали давать мне законы и не рассказывать о том, что я приказал! Итак, оставьте это сомнение, более пристойное негодным умам, чем вашим, и с богом, пусть каждая позаботится рассказать нам что-нибудь хорошенькое».

Когда услышали это дамы, сказали, что тому так и быть, как он пожелает; поэтому король дал каждому дозволение делать до часа ужина что заблагорассудится. Солнце было еще очень высоко, ибо беседа была непродолжительная; и вот Дионео с другими молодыми людьми сел играть в шашки, а Елиза, отозвав в сторону дам, сказала: «С тех пор как мы здесь, у меня было намерение повести вас в одно место недалеко отсюда, где, кажется, никто из вас никогда еще не был; зовется оно Долиной Дам, но я не могла улучить времени, чтобы повести вас туда, кроме как сегодня, когда солнце еще высоко; поэтому, если вам угодно пойти, я ничуть не сомневаюсь, что, когда вы там будете, останетесь вполне довольны, что побывали». Дамы ответили, что они готовы, и, позвав одну из своих служанок, ничего не сказав молодым людям, отправились в путь; прошли не более мили, как достигли Долины Дам. Они вступили в нее довольно узкой дорогой, с одной стороны которой бежал светлый поток, и увидели, что она так прекрасна и прелестна, особенно в ту пору, когда стояла большая жара, как только можно было себе представить. Как рассказывала мне потом одна из них, поверхность долины была такая круглая, точно она обведена циркулем, хотя видно было, что это – создание природы, а не рук человека; она была в окружности немного более полумили, окружена шестью не особенно высокими горами, а на вершине каждой из них виднелось по дворцу, построенному наподобие красивого замка.

Откосы этих пригорков спускались к долине уступами, какие мы видим в театрах, где ступени последовательно располагаются сверху вниз, постепенно суживая свой круг. Уступы эти, поскольку они обращены были к полуденной стороне, были все в виноградниках, оливковых, миндалевых, вишневых, фиговых и многих других плодоносных деревьях, так что и пяди не оставалось пустою. Те, что обращены были к Северной Колеснице, были все в рощах из дубов, ясеней и других яркозеленых, стройных, как только можно себе представить, деревьев, тогда как долина, без иного входа, кроме того, которым прошли дамы, была полна елей, кипарисов, лавров и нескольких сосен, так хорошо расположенных и распределенных, как будто их насадил лучший художник этого дела; через них солнце, когда оно стояло высоко, едва или и совсем не проникало до почвы, которая представляла сплошной луг мелкой травы, с пурпурными и другими по нем цветами. Кроме того, не меньшее удовольствие, чем все остальное, приносил и небольшой поток, вытекавший из одной долины, которая разделяла две из тех гор; падая по скалистым уступам, он производил очень приятный для слуха шум, а его брызги казались издали ртутью, которую, нажимая, выгоняют из чего-нибудь мелкими струйками; дойдя до поверхности небольшой долины, его воды, собравшись в красивом ложе, быстро текли до средины долины и здесь образовали озерко, какие устраивают иногда в своих садах, в виде питомника, горожане, когда есть к тому возможность. Это озерко было не глубже, как по грудь человеку, и так как в нем не было никакой мути, оно в своей прозрачности обнаруживало дно из мельчайших камней, которые можно было бы, при желании и от нечего делать, пересчитать. И не только, смотря в воду, видно было дно, но и такое множество рыбы, бегавшей туда и сюда, что было это не только в удовольствие, но и на диво. Других берегов не было у озерка, кроме краев луга, тем более красивого вокруг него, чем более он воспринимал от его влаги. Воду, оказывавшуюся лишнею против вместимости, воспринимал другой проток, которым она выходила из долины, стекая в более низменные места.

Когда молодые дамы пришли сюда, все осмотрели и очень похвалили местность; а так как жар стоял сильный и они увидели перед собою озеро и не опасались быть усмотренными, решились выкупаться. Велев своей служанке стать на дороге, по которой туда входили, глядеть и, если кто пойдет, сказать им, все семеро разделись и вошли в озеро, настолько скрывавшее их белоснежное тело, насколько тонкое стекло скрыло бы алую розу. Когда они вступили в воду, ничуть от того не замутившуюся, принялись, как умели, гоняться туда и сюда за рыбами, не знавшими, куда укрыться, и старались словить их руками. Поймав нескольких и проведя некоторое время в такой потехе, они вышли из воды и оделись; более нахвалиться местностью, чем они уже то сделали, они не могли; когда им показалось, что пора вернуться домой, они тихим шагом пустились в путь, много рассуждая о красоте того места.

Прибыв во дворец очень рано, они еще застали юношей, как их оставили, за игрою. Смеясь, говорит им Пампинея: «Сегодня и мы вас провели!» – «Как это? – спросил Дионео. – Вы начинаете действовать, а потом станете о том рассказывать?» Отвечала Пампинея: «Да, наш повелитель», – и она подробно рассказала, откуда они пришли, и какова та местность, и как далеко отсюда, и что они там делали. Услышав о красоте того места и желая увидеть его, король тотчас же велел подать ужин; окончив его среди общего веселья, трое молодых людей с их слугами, оставив дам, отправились в ту долину, где никто из них никогда еще не бывал, и, все в ней осмотрев, похвалили ее, как одно из красивейших мест на свете. Выкупавшись и одевшись, они вернулись домой, ибо становилось уже довольно поздно, и нашли дам в круговой пляске под песню Фьямметты; с ними, по окончании пляски, они вступили в беседу о Долине Дам, о которой наговорили много хорошего в ее похвалу. Вследствие этого, велев позвать сенешаля, король приказал ему, чтобы на следующее утро он все там приготовил, велел бы доставить и несколько постелей, на случай, если бы кто захотел поспать или полежать в полдень. Затем он распорядился подать свечей, вина и печений и, когда все несколько себя подкрепили, приказал приступить к танцам; когда, по его желанию, Памфило завел танец, король, обратившись к Елизе, любезно сказал ей: «Красавица, ты предоставила мне сегодня честь венца, я желаю на этот вечер предоставить тебе честь канцоны; поэтому спой нам, какая тебе более по вкусу». На это Елиза отвечала, улыбаясь, что споет охотно, и нежным голосом начала так:

*Амур, когда бы мне победу над когтями*
*Твоими одержать, – едва ль для новых мук*
*Себя запутала я новыми сетями.*
*В войне, что ты ведешь, участье приняла*
*Еще ребенком я. Сочтя ее прекрасным*
*И высшим миром, я поэтому сняла*
*Оружие мое, как всякий, безопасным*
*Себя считающий. Но ты, явясь ужасным*
*Тираном-хищником, в меня ударил вдруг*
*Оружием своим и лютыми когтями.*
*Потом, запутавши среди своих цепей,*
*Меня, исполнену слез и мучений страсти.*
*Тому, кто родился для смерти лишь моей,*
*Ты отдал, – и меня в своей он держит власти*
*С такой жестокостью, что жалобы, на части*
*Мне душу рвущие, и весь ее недуг*
*К его смягчению не могут быть путями.*
*Мои мольбы к нему разносит ветер. Их*
*Он не слушает и слышать не желает.*
*И с каждым часом мне больней от мук моих:*
*Жить – тяжко, умереть – уменья не хватает.*
*Властитель! Сжалься же над той, что так страдает!*
*Мне непосильного жду от твоих услуг:*
*Дай мне его, сковав твоими, бог, цепями!*

*Коль это сделать ты не хочешь, развяжи*
*По крайней мере те узлы, что завязала*
*Надежда для меня. Молю, не откажи,*
*О повелитель мой! Тогда б я верить стала,*
*Что снова красота, которой я блистала,*
*Вернется, скорбь уйдет и, видя жизнь вокруг,*
*Я скрашусь алыми и белыми цветами.*

Когда, жалостно вздохнув, Елиза кончила свою канцону, хотя все и удивились ее словам, не было, однакож, никого, кто бы мог догадаться, кто дал ей повод к такой песне. А король, бывший в хорошем расположении духа, позвав Тиндаро, велел ему принести свою волынку, под звуки которой исполнено было, по его приказанию, много танцев. Лишь когда прошла большая часть ночи, он приказал всем пойти спать.

# ДЕНЬ СЕДЬМОЙ

Кончен шестой день Декамерона и начинается седьмой, в котором, под председательством Дионео, рассуждают о шутках, которые из-за любви либо во свое спасение, жены проделывали над своими мужьями, было ли то им вдомек, или нет.

Уже все звезды удалились с восточной части неба, кроме одной, которую мы называем Луцифером, еще светившейся в белесоватой заре, когда сенешаль, поднявшись, отправился с большим обозом в Долину Дам, чтобы там все устроить согласно с распоряжением и приказом, полученным от своего господина. После его ухода не замедлил встать и король, которого разбудил шум вьючивших людей и лошадей; встав, он поднял заодно и дам и молодых людей. Лучи солнца едва пробивались, когда все пустились в путь; никогда еще, казалось им, соловьи и другие птички не пели так весело, как в то утро; сопровождаемые их песнями, они дошли до Долины Дам, где их встретило еще большее количество птичек, радовавшихся, казалось, их прибытию. Когда они обошли долину и снова осмотрели ее, она показалась им еще красивее, чем в прошлый день, потому что время дня более соответствовало ее красоте. Разговевшись хорошим вином и печеньем, они принялись петь, дабы не отстать от птичек, и долина пела вместе с ними, всегда вторя песням, которые они сказывали; а все пташки, точно не желая быть побежденными, присоединяли к ним новые, сладкие звуки. Когда настало время трапезы, столы поставлены были под свежими лаврами и другими красивыми деревьями поблизости озерка, все расселись, по благоусмотрению короля, и за едой смотрели, как рыба ходила в озере большими стаями, что давало им повод не только поглазеть, но и побеседовать. Когда трапеза пришла к концу и убраны были кушанья и столы, они, развеселившись пуще прежнего, принялись петь; а так как в разных местах маленькой долины были устроены кровати, которые разумный сенешаль распорядился окружить с боков и сверху французской саржей, можно было затем пойти и спать; а кто спать не хотел, мог сколько угодно пользоваться обычными им удовольствиями. Но когда настал час, что все уже встали и пора было приняться за рассказы, ведено было, по приказанию короля, разостлать ковры неподалеку от места, где они трапезовали; все уселись вблизи озера, а король велел Емилии начать. Она так начала, весело улыбаясь.

## Новелла первая

**Джьянни Логтеринги слышит ночью стук в дверь, будит жену, а она уверяет его, что это привидение: они идут произнести над ним заговорную молитву, и стук прекращается.**

Мне было приятно, мой повелитель, если бы на то было ваше согласие, чтобы не я, а другой начал рассказывать о таком прекрасном предмете, каков тот, о котором нам придется беседовать; но так как вам угодно, чтоб я ободрила всех других, я сделаю это охотно. И я постараюсь, дорогие дамы, рассказать вам нечто, что в будущем может быть вам на пользу, ибо если все так трусят, как я, особенно привидений, о которых знает бог, не я, что они такое, – да я еще не встречала никого, кто бы то ведал, хотя все мы одинаково их боимся, – вы, хорошенько уразумев мой рассказ, можете научиться святой и хорошей молитве, очень помощной в таких случаях, дабы отогнать привидение, если б оно к вам явилось.

Жил когда-то во Флоренции, в улице св. Бранкацио, один прядильщик, по имени Джьянни Лоттеринги, человек более искусный в своем деле, чем разумный в других, ибо он был недалекий; часто выбирали его старшиной духовного братства Санта Мария Новелла, упражнениями которого он должен был руководить, и много подобных местечек он нередко занимал, что заставляло его возомнить о себе; а доставались они ему потому, что, как человек состоятельный, он часто задавал монахам хорошие угощения. А за то, что один выманивал у него порою носки, этот капюшон, тот наплечник, они научали его хорошим молитвам, дарили ему «отче наш» на итальянском языке, стих о св. Алексее, плач св. Барнарда, похвалу донне Матильде и другие подобные вещи, которые он высоко ценил и все старательно хранил во спасение своей души.

Была у него супругой красивейшая, прелестная женщина, по имени монна Тесса, дочь Маннучьо да ла Кукулиа, умная и очень проницательная. Познав простоту мужа и будучи влюблена в Федериго ди Нери Пеголотти, красивого и здорового юношу, равно влюбленного в нее, она устроила при посредстве своей служанки, чтобы Федериго пришел побеседовать с ней в одно очень красивое поместье, которое было у сказанного Джьянни в Камерате, где она проводила все лето, а Джьянни являлся туда иногда к ужину и на ночлег, утром возвращаясь в лавку, либо к своему братству Федериго, сильно того желавший, выбрал время в назначенный ему день и под вечер отправился туда; а так как Джьянни вечером не явился, он с большим удобством и удовольствием поужинал и переночевал с дамой; она же, находясь в его объятиях, научила его в течение ночи шести молитвенным славословиям своего мужа. Но так как она не рассчитывала, чтобы эта ночь была последнею, как была первой, да и Федериго тоже, они, дабы служанке не ходить за ним всякий раз, условились так, чтобы каждый день, когда она пойдет в свое поместье, лежавшее несколько повыше, или будет оттуда возвращаться, он обращал внимание на виноградник, бывший рядом с ее домом: коли увидит ослиный череп на одном из шестов виноградника и он мордой обращен будет к Флоренции, пусть без опаски и сомнения явится к ней вечером под ночь и, если не найдет дверь открытой, пусть три раза тихонько постучится, она отворит ему; если же увидит, что череп обращен мордой к Фьезоле, пусть не приходит, ибо Джьянни тут.

Поступая таким образом, они много раз сходились вместе. Случилось, между прочим, однажды, что, когда Федериго должен был ужинать с монной Тессой и она велела сварить двух жирных каплунов, Джьянни, который не должен был приехать, явился очень поздно. Дама очень огорчилась этим, он и она поужинали немного солониной, которую она распорядилась сварить особо, а служанке она велела отнести в белой салфетке двух вареных каплунов и несколько свежих яиц и бутыль хорошего вина в сад, куда можно было пройти, минуя дом, - я где она иногда ужинала с Федериго; и она наказала ей положить все это у подошвы персикового дерева на краю лужка. Таковую она ощутила досаду, что позабыла приказать служанке подождать, пока придет Федериго, и предупредить его, что Джьянни здесь, а чтобы те вещи он забрал из сада. Вследствие этого, когда она с Джьянни легла в постель, равно как и служанка, не прошло много времени, как явился Федериго и раз тихонько постучался в дверь, которая была так близко от комнаты, что Джьянни тотчас же это услышал, а также и его жена, но, дабы Джьянни не мог возыметь к ней подозрения, она представилась спящей. Немного погодя,

Федериго постучался во второй раз; удивленный этим, Джьянни слегка толкнул жену и сказал: «Тесса, слышишь ли ты, что слышу я? В нашу-то дверь, кажется, стучатся». Жена, слышавшая то гораздо лучше его, притворилась, будто проснулась, и сказала: «Что такое? Что ты говоришь?» – «Я говорю, – сказал Джьянни, – что в нашу дверь, кажется, стучатся». Жена сказала: «Стучатся? Увы, мой Джьянни, ты разве не знаешь, что это такое? Это привидение, от которого я в эти ночи набралась страху больше, чем когда-либо, – такого страху, что, когда я услышала его, запрятала голову и не осмелилась высунуть ее, пока не рассвело». Тогда Джьянни сказал: «Ничего, жена, не бойся, если это и так, ибо, когда мы ложились в постель, я прочитал наперед Te lucis и Intemerata и еще несколько хороших молитв да еще перекрестил постель из конца в конец во имя отца и сына и святого духа, так что нечего бояться, чтобы оно могло повредить нам, какова бы ни была его сила». Но жена, дабы Федериго не возымел как-нибудь другого подозрения и не поссорился с нею, решилась совсем встать и дать ему понять, что Джьянни здесь, и она сказала мужу: «Хорошо, ты сказывай свое, а я, с своей стороны, не сочту себя покойной и безопасной, пока мы не заговорим его, так как ты кстати здесь». Говорит Джьянни: «А как его заговаривают?» Жена отвечала: «Я-то хорошо знаю, как его заговорить, ибо позавчера, когда я пошла в Фьезоле на отпуст, одна из тех странниц – уж такие-то они святые, господь тебя в том заверь, мой Джьянни! – увидела, что я такая боязливая, да и научила меня святой, хорошей молитве и сказала, что много раз испытала ее, пока еще не была странницей, и всегда ей помогало. Но, господь свидетель, у меня никогда не хватило бы смелости пойти одной испытать ее; теперь, когда ты здесь, пойдем-ка заклянем привидение».

Джьянни сказал, что очень охотно. Встав, они вдвоем тихонько подошли к двери, у которой снаружи ждал, уже исполнившись подозрения, Федериго. Когда они приблизились, жена говорит Джьянни: «Плюнь, когда я скажу тебе». Джьянни отвечал: «Ладно». И жена начала заговор и сказала: «Призрак, призрак, что по ночам бродишь, подняв полы пришел, подняв и уходишь! Ступай в сад к толстому персиковому дереву, найдешь у подошвы сальное-рассальное и сто катышков из-под моей курицы; приложись к бутыли и прочь ступай, а меня и моего Джьянни не замай». Проговорив это, она сказала мужу: «Плюнь, Джьянни». Джьянни сплюнул. Федериго, находившийся снаружи и все это слышавший, позабыл о ревности, и, хотя его разбирала досада, у него явилось такое желание рассмеяться, что он чуть не лопнул, и когда Джьянни плевал, он тихо подсказывал: «Выплюй зубы». Заговорив таким образом трижды привидение, жена с мужем вернулась в постель. Федериго, рассчитывавший поужинать с нею и не ужинавший, хорошо уразумев слова заговора, пошел в сад и, найдя под толстым персиковым деревом двух каплунов, вино и яйца, отнес их домой и поужинал со всеми удобствами. Когда в другие разы он сходился с своей милой, он много смеялся с нею над этим заклинанием.

Правда, другие рассказывают, что она в самом деле повернула ослиный череп в сторону Фьезоле, но один работник, проходя по винограднику, ударил по нем палкой и заставил его завертеться, он и остался повернутым к Флоренции; потому Федериго, вообразив, что его зовут, и явился туда, говорят также, что жена произносила заговор таким образом: «Призрак, призрак, ступай с богом! Не я ослиный череп поворотила, а другой, чтоб ему пусто было, оставь меня с Джьянни милым!» Поэтому он ушел, оставшись без ночлега и без ужина. Но одна моя соседка, женщина очень старая, говорит мне, что то и другое правда, как она узнала, будучи девочкой, но что последнее случилось не с Джьянни Лоттеринги, а с некиим человеком, по имени Джьянни ди Нелло, жившим у ворот Сан Пьеро и не менее совершенным дурнем, чем Джьянни Лоттеринги. Потому, дорогие мои дамы, от вашего выбора зависит принять из двух заговоров, какой вам более нравится, или, если хотите, и оба они обладают высокой силой в подобных случаях, как вы услышали на опыте. Научитесь им, это может еще сослужить вам службу.

## Новелла вторая

**Перонелла прячет своего любовника, при возвращении мужа домой, в винную бочку; муж запродал ее, а жена говорит, что уже продала ее человеку, влезшему в нее, чтобы осмотреть, крепка ли она; тот вылезает из нее и, велев мужу еще выскоблить ее, уносит ее домой.**

Новеллу Емилии все выслушали среди величайшего смеха, а заговор похвалили, как полезный и святой. Когда рассказ кончился и король приказал Филострато продолжать, он начал таким образом: – Дражайшие мои дамы, мужчины позволяют себе такие проделки над вами, особенно мужья, что, когда иной раз случится какой-нибудь женщине учинить что-либо мужу, вам подобает не только быть довольными, что это приключилось, или что вы об этом узнали, или от кого-нибудь услышали, но следует самим ходить и всюду о том рассказывать, дабы мужчины поняли, что если умелы они, то и женщины, с своей стороны, настолько же сметливы; и это может быть нам только полезно, ибо, если кто-либо знает, что и другой тоже человек знающий, не слишком-то легко решится обмануть его. Кто может усомниться, что то, что мы сегодня будем говорить об этом предмете, дойдя до сведения мужчин, не послужит им сильнейшим побуждением умерить свои проделки над вами, когда они поймут, что и вы точно так же сумели бы обмануть их, лишь бы пожелали? Вот почему я намерен рассказать, что для своего спасения проделала с мужем, почти в одно мгновение, одна молодая женщина, хотя и низкого сословия.

Не так давно тому назад один бедняк в Неаполе взял за себя красивую и миловидную девушку, по имени Перонеллу, и, зарабатывая очень скудно, он – своим ремеслом каменщика, она – пряхи, они пробивались в жизни как лучше умели. Случилось, что один молодой человек из щеголей увидел однажды эту Перонеллу, она сильно ему приглянулась, и, влюбившись в нее, он так приставал к ней тем и другим способом, что она с ним сошлась. А для того чтобы бывать вместе, они устроили следующим образом: так как ее муж вставал рано утром, чтобы идти на работу либо доставать ее, то молодой человек должен был держаться поблизости, чтобы видеть, когда муж выйдет из дому; а так как улица, где он жил, называемая Аворио, была уединенная, то по его уходе юноша должен был пройти к ней в дом. Это они делали много раз.

Раз утром случилось, однакож, что, когда тот человек вышел, а Джьяннелло Стриньярбо, – так звали юношу, – пробрался к нему в дом и был с Перонеллой, муж, обыкновенно весь день не возвращавшийся, вернулся по некотором времени домой и, найдя дверь запертою изнутри, постучался и, постучав, стал говорить про себя: «Господи, похвален буди вовеки, ибо, хотя ты и сделал меня бедняком, по крайней мере утешил хорошей и честной молодой женой. Смотрите-ка, как скоро она заперла дверь изнутри, только что я вышел, дабы не забрался никто, кто бы мог досадить ей». Перонелла, услышав, что это муж, которого признала по стуку, сказала: «Увы мне, мой Джьяннелло, смерть моя! Вон вернулся муж, чтоб ему пусто было, и я недоумеваю, что это значит, потому что он никогда еще не возвращался в такой час; может быть, он тебя видел, когда ты входил. Как бы там ни было, влезь, ради бога, в ту бочку, которую там видишь, а я пойду отворю ему; посмотрим, что это значит, что он так скоро вернулся домой сегодня утром». Джьяннелло быстро влез в бочку. Направившись к двери, Перонелла отворила мужу и сказала ему сердито: «Это что за новости, что сегодня утром ты так рано пришел домой? Вижу я, сегодня ты, кажется, ничего не хочешь делать, что возвращаешься с своим снарядом в руках; коли так, чем мы станем жить? Откуда достанем хлеба? Не думаешь ли ты, что я позволю тебе заложить мое платьишко и другое мое тряпье? А я только и знаю, что пряду днем и ночью, так что тело отстало от ногтей, лишь бы наработать хотя на олей, чтобы горела лампа. Эх, муженек, муженек! Нет у нас соседки, которая не удивлялась бы тому и не издевалась бы надо мною за ту работу, которую я справляю, а ты возвращаешься у меня домой, опустив руки, когда тебе надо было бы работать». Так сказав, она принялась плакать и снова заговорила: «Увы мне, бедная я, горемычная, в худой час я родилась, в худое время пришла сюда: могла бы заполучить степенного парня – и не захотела, а вот пошла к такому, а ему и невдомек, кого он взял за себя. Другие веселятся с своими любовниками, и нет ни одной, у которой не было бы, у которой два, у которой три, и они утешаются, а мужьям выдают месяц за солнце, у меня же, бедной, за то что я хорошая и такими делами не занимаюсь, одно зло и худая доля! Не знаю, почему бы и мне не взять себе какого-нибудь из тех любовников, как то делают другие. Пойми хорошенько, муженек мой, что если б я захотела творить злое, я нашла бы с кем, ибо много есть щеголей, которые влюбились в меня и за мной ухаживают и засылали ко мне, суля много денег, а коли желаю – платья и драгоценностей, но духу на то у меня не хватало, ибо я дочь не таковской женщины; а ты вот ворочаешься домой, когда должен был бы работать». – «Эх, жена, – говорит муж, – не кручинься ты, бога ради; поверь, я знаю, какова ты у меня, и еще сегодня утром убедился в этом отчасти; то верно, что сегодня утром я пошел на работу, но, видно, ты не знаешь, чего не знал и я сам, что сегодня праздник св. Галеона и не работают, потому-то я и вернулся в таком часу домой: тем не менее я позаботился и так устроил, что у нас будет хлеба более чем на месяц, ибо я продал вон тому человеку, что со мной, бочку, которая, ты знаешь, уже давно мешала нам в дому, и он дает мне за нее пять золотых флоринов». Сказала тут Перонелла: «И это опять на мое же горе! Ты вот мужчина и выходишь и должен был бы понимать толк в мирских делах, а продал бочку за пять флоринов, а я, бедная женщина, едва переступавшая через порог, увидев, как она мешает нам в дому, продала ее за семь одному хорошему человеку, который и влез в нее, когда ты возвращался, и смотрит, крепка ли она».

Когда муж услышал это, был более чем доволен и говорит пришедшему за бочкой: «Ступай себе с богом, почтенный, ты слышал, что жена моя продала за семь, тогда как ты давал мне не более пяти». Тот ответил: «В добрый час!» и ушел. А Перонелла говорит мужу: «Пойди сам наверх, так как ты здесь, и постарайся уладить с ним наше дело». Джьяннелло, у которого уши были настороже, чтобы узнать, надо ли ему чего бояться, или спохватиться, как услышал слова Перонеллы, быстро выскочил из бочки и, точно ничего не слыхал о возвращении мужа, начал говорить: «Где ты, хозяйка?» На это муж, входя, сказал: «Вот я, что тебе нужно?» Говорит Джьяннелло: «А ты кто такой? Мне надо бы женщину, с которой я сторговался об этой бочке». Тот отвечал: «Не беспокойся, сделайся со мною, я ей муж». Тогда Джьяннелло сказал: «Бочка, кажется мне, очень прочная, но вы, должно быть, держали в ней дрожжи, она так обмазана внутри чем-то сухим, что мне не отколупнуть и ногтем, потому я не возьму ее, пока вы ее прежде не вычистите». Говорит тогда Перонелла: «За этим торг не станет, мой муж всю ее вычистит». – «Разумеется», – сказал муж и, положив свои орудия, сняв куртку, велев зажечь свечу и подать себе рубанок, влез в бочку и начал строгать. А Перонелла, как бы желая посмотреть, что он делает, всунула голову в отверстие бочки, не очень-то широкое, а сверх того и одну руку я все плечо, и стала говорить: «Поскобли здесь и тут, да там еще», либо: «Посмотри, тут еще крошечку осталось». Пока она стояла так, указывая и напоминая мужу, Джьяннелло, видя, что не может сделать, как бы хотел, задумал устроиться как было возможно, подобно диким парфянским кобылицам, резвящимся в просторных полях, а затем отошел от бочки как раз в то мгновение, когда муж кончил скоблить ее. Перонелла высунула из бочки голову, и муж из нее вылез. Тогда Перонелла сказала Джьяннелло: «Возьми, почтенный, свечу и погляди, все ли чисто по-твоему». Посмотрев внутри, Джьяннелло сказал, что все ладно и он доволен; отдав мужу семь золотых флоринов, он приказал отнести бочку к себе домой.

## Новелла третья

**Брат Ринальдо спит с своей кумой; муж застает его в одной комнате с нею, а она уверяет его, что монах заговаривал глисты у своего крестника.**

Не сумел Филострато настолько глухо выразиться о парфянских кобылицах, чтобы догадливые дамы не рассмеялись над тем, показывая, что смеются над другим. Когда король увидел, что его новелла кончена, велел рассказывать Елизе. Готовая повиноваться, она начала: – Прелестные дамы, заговор привидения Емилии привел мне на память рассказ о другом заклинании, который, хотя он и не так хорош, как тот, я вам сообщу, потому что в настоящее время мне ничего другого не представляется на наш сюжет.

Вы должны знать, что в Сиэне жил когда-то очень милый юноша из почтенной семьи, по имени Ринальдо. Он был сильно влюблен в одну свою соседку, очень красивую женщину, жену богатого человека; надеясь, что, если найдется случай поговорить с ней, не возбуждая подозрения, он добьется от нее всего, чего желает, и не находя иного к тому средства, он решил сделаться ее кумом, так как она была беременна; сблизившись с ее мужем, он сказал ему о том наиболее приличным, какой нашел, способом, и это уладилось. Когда таким путем Ринальдо стал кумом мадонны Агнесы и получил более видимый предлог говорить с нею, он, ободрившись, дал ей на словах понять свои намерения, которые она давно угадала по движению его глаз; но это мало послужило ему на пользу, хотя дама услышала о том не без удовольствия. Вскоре затем случилось, что Ринальдо, по какой бы то ни было причине, пошел в монахи; какую себе выгоду он в том ни находил, только он монахом и остался. И хотя с тех пор, как он стал монахом, он отложил несколько в сторону любовь, которую питал к своей куме, равно как и некоторые другие свои суетности, тем не менее с течением времени вернулся к ним, не покидая рясы, и снова стал находить удовольствие в том, что красовался, одеваясь в дорогие ткани, был во всем щеголеват и принаряжен, слагал канцоны, сонеты и баллаты, пел и был полон и других подобных же затей.

Но что говорить о нашем Ринальдо, о котором идет речь? Где те, которые не делали бы того же? О, позор нашего испорченного света! Они не стыдятся являться тучными, с цветущим лицом, изнеженные в платьях и во всем остальном; выступают не как голуби, а гордо, словно петухи, подняв гребень и выпятив грудь; не станем говорить о том, что их кельи полны баночек с разными мазями и притираниями, коробок с разными сластями, склянок и пузырьков с пахучими водами и маслами, кувшинов, переполненных мальвазией, греческими и другими дорогими винами; так что, глядя, кажется, что это не монашеские кельи, а москательные и парфюмерные лавки; хуже того: им не в стыд, если другие знают, что у них подагра, и кажется, будто другие не ведают и не понимают, что великие посты, простая в небольшом количестве употребляемая пища и умеренная жизнь делают людей худыми, тощими и большею частью здоровыми, а если и заставляют их заболевать, то по крайней мере они болеют не подагрой, против которой советуют обыкновенно как средство целомудрие и все другое, пристойное жизни скромного монаха. И они думают еще, будто другие не знают, что, кроме воздержанной жизни, долгие бдения, и молитвы, и бичевания, по необходимости, делают людей бледными и жалкими, и что ни св. Доминик, ни св. Франциск не имели по четыре рясы на человека и одевались не в цветные и другие тонкие сукна, а в рясы из грубой шерсти и естественного цвета, чтобы укрываться от холода, а не красоваться. Обо всем этом да промыслил господь, согласно с духовными нуждами тех простецов, которые их кормят.

Когда таким образом брат Ринальдо вернулся к своим прежним вожделениям, он начал очень часто посещать куму, и так как отважности в нем прибыло, с большею настоятельностью, чем прежде, стал приставать к ней с тем, чего от нее желал. Добрая женщина, видя, что он сильно упрашивает и что брат Ринальдо, на ее взгляд, стал чуть ли не красивее прежнего, прибегла однажды, когда он уже очень к ней пристал, к тому, что делают все, желающие уступить в том, о чем их просят, и сказала: «Как, брат Ринальдо, да разве монахи такими делами занимаются?» На это брат Ринальдо ответил: «Мадонна, когда я скину с плеч эту рясу, а я снимаю ее очень легко, я покажусь вам таким же мужчиной, как и все другие, а не монахом». Дама, осклабившись, сказала: «Бедная я! Ведь вы мне кум, как же это возможно? Это было бы очень нехорошо, и я часто слышала, что это очень большой грех; не будь того, я наверно сделала бы, что вы желаете». На это брат Ринальдо сказал: «Глупая вы, если отказываетесь по такой причине. Я не говорю, чтоб это не был грех, но господь прощает покаявшемуся и большие. Но скажите мне, кто более родной вашему сыну: я ли, крестивший его, или ваш муж, его произведший?» Дама отвечала: «Муж мой ему больше сродни». – «И вы правду говорите, – сказал монах, – а разве ваш муж не спит с вами?» – «Разумеется», – отвечала дама. «Коли так, – сказал монах, – и я менее родной вашему сыну, чем ваш муж, так и могу спать с вами, как и ваш муж». Дама, не знавшая логики и нуждавшаяся лишь в небольшом побуждении, поверила этому, либо притворилась поверившею, что монах говорит правду, и отвечала: «Кто сумел бы возразить на ваши мудрые речи?» Затем она решилась, несмотря на кумовство, отдаться желаниям монаха, и они не только начали это с первого раза, но, находя, под прикрытием кумовства, более удобства, ибо подозрения было менее, много и много раз сходились вкупе.

Случилось однажды, что брат Ринальдо пришел в дом дамы и, увидев, что там никого не было, кроме ее служанки, очень красивой и миловидной, послал с нею своего товарища на голубятню, чтобы тот научил ее покаянию, а сам с дамой, у которой был ребенок на руках, вошел в ее комнату, где, запершись, они сели на бывшую там кушетку и стали забавляться. Когда они пребывали таким образом, вернулся невзначай кум и, никем не замеченный, подошел к двери комнаты, постучался и позвал жену. Услышав это, мадонна Агнеса сказала: «Я погибла, пришел мой муж, теперь он догадается, какова причина нашей близости». Брат Ринальдо был раздет, то есть без рясы и наплечника, в одном исподнем платье; как услышал он это, сказал: «Вы правду говорите; если б я был одет, какое-нибудь средство нашлось бы; но если вы отворите ему и он найдет меня в таком виде, никакое извинение не будет возможно». У дамы быстро явилось на помощь одно соображение, и она сказала: «Одевайтесь-ка и, как оденетесь, возьмите на руки своего крестника и внимательно слушайте, что я стану говорить, так чтобы ваши слова согласовались с моими; а остальное предоставьте мне». Почтенный человек продолжал еще стучаться, когда жена ответила: «Иду»; встав и подойдя к двери комнаты с веселым лицом, она отперла ее и сказала: «Муженек мой, скажу тебе, что брат Ринальдо, кум наш, здесь; господь послал его к нам, потому что, не приди он, мы наверно потеряли бы сегодня нашего сынка». Как услышал это простак святоша, чуть не сомлел и говорит: «Как так?» – «Муж мой, – отвечала жена, – сначала он внезапно обмер, я уже думала, что он скончался, и не знала, что начать и что сказать, как на ту пору пришел брат Ринальдо, кум наш, и, взяв его на руки, сказал: „Кума, это у него глисты в теле, подошли к сердцу и легко могут причинить ему смерть; но не бойтесь, я их заговорю и всех уморю, и прежде чем я уйду отсюда, вы увидите, ваш ребенок будет так здоров, каким вы не видели его никогда". А так как ты был нам нужен, для того чтобы прочесть некоторые молитвы, а служанка не знала, где тебя найти, он велел своему товарищу прочитать их на самом высоком месте нашего дома, он же и я вошли сюда. Но так как при таком деле никому не следует быть, кроме матери ребенка, мы и заперлись здесь, дабы никто нам не помешал, и теперь еще он у него на руках, и я думаю, он того только и дожидается, чтоб его товарищ кончил молитвы, и, должно быть, все уже сделано, потому что ребенок пришел в себя». Святоша поверил всему этому, так разобрала его любовь к сыну, что он не понял обмана, устроенного ему женою, и с глубоким вздохом сказал. «Я хочу пойти посмотреть на него». – «Не ходи, – говорит жена, – ты, пожалуй, испортишь, что уже сделано; подожди, я пойду посмотрю, можешь ли ты пойти туда, и позову тебя».

Брат Ринальдо, который все слышал, успел спокойно одеться, взял ребенка на руки и, когда все устроил, как ему было надобно, крикнул: «Эй, кума, не кума ли я там слышу?» – «Да, мессере», – ответил святоша. «Так пожалуйте сюда», – сказал брат Ринальдо. Святоша пошел туда, а брат Ринальдо говорит ему: «Вот ваш сынок, он, по милости божией, здоров, а я был убежден, что вам не увидеть его вечером в живых; велите поставить восковую фигуру его роста, во славу божию, перед статуей мессера св. Амвросия, по заслугам которого господь оказал вам эту милость». Ребенок, увидев отца, подбежал к нему, ласкаясь, как то делают малые дети; а тот взял его на руки, плача, точно вырвал его из могилы, стал целовать его и благодарить кума за то, что излечил его ему.

Товарищ брата Ринальдо научил между тем служанку не одному, может быть, покаянию, подарил ей белый нитяный кошелек, поднесенный ему одной монахиней, и сделал ее своей духовной дочерью, когда он услышал, что святоша кличет у комнаты жены, он тихонько слез и стал так, что мог видеть и слышать все, что там делалось. Увидев, что все обстоит благополучно, он спустился вниз и, войдя в комнату, сказал: «Брат Ринальдо, те четыре молитвы, которые вы мне заказали, я все прочел». – «У тебя, братец, славная грудь и ты отлично сделал свое дело, – ответил брат Ринальдо, – что до меня, то я сказал всего две, когда пришел кум; но мы сподобились как за твой, так и за мой труд такой милости, что ребенок выздоровел».

Святоша велел подать хороших вин и сластей и учествовал кума и товарища тем, в чем они нуждались более, чем в чем либо ином. Затем, выйдя с ними вместе из дому, отпустил их с богом; а восковую фигуру заказал сделать немедленно и послал повесить ее, в числе других, перед статуей св. Амвросия, только не того, что в Милане.

## Новелла четвертая

**Однажды ночью Тофано запирается дома от жены, когда, несмотря на ее просьбы, ее не впускают, она представляется, будто бросилась в колодезь, а бросает туда большой камень, Тофано выбегает не дома и спешит туда, а она, войдя в дом, запирается, оставив его снаружи, и, браня, позорит его.**

Когда король увидел, что новелла Елизы кончена, немедля обратившись к Лауретте, выразил ей свое желание, чтобы она что-нибудь рассказала; потому, не дожидаясь, она так начала: – О Амур! Каковы и сколь велики твои силы! Каковы твои советы и измышления! Какой философ, какой художник был когда-либо в состоянии или может изобрести те похватки, те выдумки, те сноровки, которые ты внезапно являешь идущим по следам твоим? Поистине, всякая другая наука тяжеловесна в сравнении с твоею, как то очень легко уразуметь изо всех доселе рассказанных случаев. К ним я присоединяю, любезные дамы, хитрость, употребленную одной простой женщиной, – такую, что я и не знаю, кто бы иной мог научить ее ей, кроме Амура.

Итак, жил в Ареццо богатый человек, по имени Тофано; дали ему в жены красавицу, по имени монну Гиту, к которой он, сам не зная почему, вскоре начал ревновать. Когда жена это заметила, пришла в негодование и несколько раз допрашивала его о причине его ревности; но когда он не мог указать ни одной, кроме самых общих и ничего не стоящих, у нее явилась идея уморить его тем же недугом, которого он беспричинно боялся. Заметив, что один юноша, по ее мнению очень порядочный, ухаживает за нею, она очень осторожно начала стакиватся с ним, и когда между им и ею зашло так далеко, что ничего иного не оставалось, как завершить слова делом, она решила и на это также найти способ. Зная, что в числе дурных привычек ее мужа была и та, что он любил выпить, она не только стала поощрять его к тому, но искусным обратом очень часто и побуждать. И он так к тому приучился, что почти всякий раз, как то ей было угодно, она доводила его питьем до опьянения; увидев его пьяным и уложив спать, она впервые сошлась с своим любовником, а затем продолжала видеться с ним часто и без опасения. Такую она возымела уверенность в пьянстве мужа, что не только отваживалась водить любовника к себе домой, но и иногда на большую часть ночи уходила к нему в дом, бывший неподалеку оттуда.

Когда влюбленная дама продолжала действовать таким образом, муж, бедняк, стал случайно догадываться, что, побуждая его пить, она сама никогда не пьет; это возбудило в нем подозрение, не такое ли тут дело, какое и было, то есть что жена напаивает его, дабы иметь возможность жить в свое удовольствие, пока он спит. Желая испытать, так ли это, он однажды ничего не пил, а вечером представился, в речах и движениях, самым пьяным человеком, какие только бывают. Жена, поверив атому и полагая, что более пить ему нечего, чтобы хорошо заснуть, тотчас уложила его. Устроив это и выйдя из дома, она, как то уже делала не раз, отправилась в дом своего любовника и осталась там до полуночи.

Лишь только Тофано услышал, что жены нет, поднялся и, подойдя к своей двери, запер ее изнутри, а сам стал у окон, чтобы посмотреть, как вернется жена, и объявить ей, что он догадался об ее проделках; так он оставался, пока жена не вернулась. Когда она возвратилась и нашла дверь запертой, опечалилась чрезвычайно и стала пытаться отворить дверь силой. Продержав ее некоторое время, Тофано сказал: «Напрасно ты трудишься, жена, ибо сюда тебе не вернуться; пойди вернись туда, где была до сих пор, н будь уверена, что сюда ты никогда не возвратишься, пока я в присутствии твоих родных и соседей не учествую тебя за это дело, как тебе подобает». Жена принялась просить его, ради бога, чтобы он был так добр, отворил бы ей, ибо она пришла не оттуда, откуда он думает, а с посиделок у соседки, ибо ночи долгие и она не может ни проспать их целиком, ни быть одной дома, бодрствуя. Просьбы, однако, не помогали, ибо этот дурак решился, чтобы все жители Ареццо узнали об их стыде, тогда как пока никто о том не ведал.

Видя, что просьба не помогает, жена прибегнула к угрозам и сказала: «Если ты мне не отопрешь, я сделаю тебя несчастнейшим человеком в свете». На это Тофано ответил: «А что ты можешь мне сделать?» Жена, ум которой Амур уже изощрил своими советами, отвечала: «Прежде чем я решусь перенести стыд, который ты хочешь напрасно учинить мне, я брошусь в тот колодезь, что рядом, и когда затем меня найдут мертвой, не будет никого, кто бы не поверил, что не иной кто, как ты, в пьяном виде бросил меня туда; таким образом, тебе придется либо бежать, утратив все, что имеешь, и жить в изгнании, либо потерять голову, как моему убийце, чем ты и окажешься в самом деле». Эти слова ничуть не поколебали Тофано в его дурацком намерении. Потому жена сказала: «Ну, так вот что: я не хочу больше выносить такой досады; бог тебя прости! Вели убрать мою прялку, которую я здесь оставила». Так сказав, она направилась к колодезю, а ночь была такая темная, что едва можно было разглядеть друг друга на дороге; взяв громадный камень, лежавший у колодезя, с криком: «Прости мне, господи!», она бросила его в колодезь. Камень, упав в воду, произвел большой шум; когда Тофано услышал его, поверил, что она в самом деле туда кинулась, и потому, схватив бадью с веревкой, быстро выскочил из дому, чтобы помочь ей, и побежал к колодезю.

Жена, притаившаяся у двери своего дома, как увидела, что он побежал к колодезю, тотчас же вошла в дом, заперлась изнутри и, подойдя к окнам, стала говорить: «Воду надо подливать в вино, пока пьют, не потом, ночью». Услышав ее, Тофано увидел, что его надули, вернулся к двери и, не будучи в состоянии войти, стал уговаривать ее, чтобы она ему отперла. Она, перестав говорить тихо, как то делала до тех пор, подняла голос, почти крича: «Клянусь распятием, противный ты пьяница, сегодня ночью ты не войдешь сюда; не могу я более выносить этих твоих обычаев, надо мне всем показать, каков ты и в какой час ночью возвращаешься домой». Разгневанный Тофано стал бранить ее в свою очередь и кричать, вследствие чего соседи, услышав шум, поднялись, мужчины и женщины, подбежали к окнам, спрашивая, что там такое. Жена стала говорить, плача: «Это вот тот негодяй, что по вечерам возвращается ко мне домой пьяный, либо проспится в кабаках, а затем приходит в такой час; долго я это терпела, да не помогло, потому, не стерпев более, я и решилась сделать ему такой стыд, что заперлась от него в дому, чтобы посмотреть, не исправится ли он от этого». Дурак Тофано рассказывал с другой стороны, как было дело, и сильно грозил ей, а жена говорила своим соседям: «Видите теперь, что это за человек! Что бы сказали вы, если б я, как он, была на улице, а он, как я, дома? Клянусь богом, я не сомневаюсь, вы поверили бы, что он говорит правду. На этом познайте, насколько он в своем уме: говорит, что я именно сделала то, что, полагаю, он сам сделал. Он думал напугать меня, бросив в колодезь не знаю что; дал бы господь, чтобы он в самом деле туда бросился и утонул и разбавилось водою вино, которого он слишком выпил».

Соседи, мужчины и женщины, принялись бранить Тофано, сваливая на него вину и ругая за то, что он возвел на жену; в скором времени весть о том пошла от соседа к соседу, пока не дошла до родственников жены. Явившись туда и услышав от того и другого соседа, в чем дело, они взяли Тофано и так его отколотили, что всего изломали, затем, отправившись к нему на дом, взяли имущество его жены и вернулись с нею к себе, грозя Тофано и худшим. Увидев, что он попал впросак и ревность не привела его к добру, Тофано, очень любивший жену, прибегнул к посредству нескольких друзей и так устроил, что он в добром мире снова залучил жену к себе в дом, обещая ей никогда более не ревновать ее, кроме того, предоставил ей делать все, что ей угодно, лишь бы так осторожно, чтобы он того не заметил. Так он и сделал, как крестьянин дурак, что помирился, попав впросак. Да здравствует любовь и да погибнет война и все ее отродье!

## Новелла пятая

**Ревнивец, под видом священника, исповедует свою жену, а она его уверяет, что любит священника, приходящего к ней каждую ночь. Пока ревнивец тайком сторожит у двери, жена велит любовнику пройти к ней по крыше и проводит с ним время.**

Лауретта кончила свой рассказ, и все похвалили жену, что она поступила хорошо и как подобало тому негодному, когда король, дабы не терять времени, обратился к Фьямметте и любезно возложил на нее обязанность рассказа, вследствие чего она так начала: – Благородные дамы, предыдущая новелла побуждает меня рассказать также о ревнивце, ибо я полагаю, что хороню то, что чинят им их жены, особенно если они ревнуют без повода. И если бы составители законов все сообразили, я думаю, им следовало бы в этом случае положить женам не иное наказание, как то, какое они положили человеку, наносящему ущерб другому, защищаясь; ибо ревнивцы строят ковы прошв жизни молодых жен и настойчиво добиваются их смерти. Они всю неделю сидят взаперти, занимаясь семейными и домашними делами, желая, подобно другим, в праздничные дни получить некоторое развлечение, некоторый покои и возможность несколько повеселиться, как то делают крестьяне в деревнях, ремесленники в городах и председательствующие в судах; как то сделал господь, в седьмой день почивший от всех трудов своих; как того требуют священные и гражданские законы, которые, во славу божию и во внимание к общему благу всех, отделили рабочие дни от дней отдыха. Но и на это не согласны ревнивцы, – напротив того, они устраивают так, что эти дни, радостные для всех других, становятся для их жен еще более печальными и жалостными, ибо они держат их в большом притеснении и взаперти; насколько и как это угнетает бедняжек, про то знают лишь те, кто это испытал. Потому я заключаю, что то, что жена чинит мужу ревнивому без основания, не только не следовало бы осуждать, но и одобрять.

Итак, жил в Римини купец, богатый поместьями и деньгами, и была у него жена красавица, к которой он чрезмерно возревновал; и не было у него к тому иного повода, кроме того, что как он ее очень любил и считал очень красивой и знал, что она полагает все свое старание, чтобы ему нравиться, так думал, что и всякий другой ее любит, всем она кажется красавицей и старается также понравиться другим, как и ему: заключение, показывающее, что человек он был дрянной и мало смысливший. Ревнуя таким образом, он так ее сторожил и держал ее в таком утесневки, что, может быть, многие из осужденных к смертной казни не содержатся тюремщиками с таким оберегом. Жена не только не могла пойти на свадьбу, на праздник, или в церковь, или переступить через порог дома, но не смела подойти и к окну, либо выглянуть из дому за чем бы то ни было; вследствие чего ей жилось очень худо, и она тем нетерпеливее выносила эту муку, чем менее чувствовала себя виновной. Поэтому, видя, что муж обижает ее несправедливо, она решилась утешить себя, найти по возможности средство устроить так, чтоб ее обижали не без причины. А так как ей нельзя было подойти к окну и, таким образом, не было средства показать кому бы то ни было, кто поглядел бы на нее, проходя по улице, что его любовь ей угодна, она, зная, что в доме рядом с нею живет юноша, красивый и приятный, задумала, если окажется какое-нибудь отверстие в стене, отделявшей ее дом от того, смотреть в щелку, пока не увидит юношу и ей не удастся поговорить с ним и отдать ему свою любовь, коли он того пожелает; а если представится способ, то иногда и сходиться с ним и таким образом развлечься в своем злополучном существовании, пока у мужа не выйдет гвоздь из головы. Ходя от одного места к другому и осматривая стену, когда мужа не было дома, она заметила невзначай, что в одном очень закрытом месте в стене открывалась щель; смотря в нее, хотя и плохо различая, что было с другой стороны, она увидела, однакож, комнату, куда выходила щель, и сказала себе: «Если б это была комната Филиппа (то есть ее молодого соседа), мое дело было бы наполовину сделано». Она велела своей горничной, сочувствовавшей ее горю, осторожно разузнать, и действительно оказалось, что молодой человек спал там совсем один. Вследствие этого она часто стала подходить к щели и, когда слышала, что молодой человек дома, роняла камешки и прутья и добилась того, что юноша подошел туда, чтобы поглядеть, что там такое. Она тихо позвала его, он, узнав ее голос, ответил ей; пользуясь случаем, она в кратких выражениях открыла ему свою душу. Крайне довольный этим, юноша устроил, что с его стороны щель стала шире, так, однако, что никто того не в состоянии был бы заметить; здесь они часто беседовали друг с другом и пожимали руки, но далее, вследствие строгой охраны ревнивца, нельзя было идти.

Приблизился праздник рождества, и жена сказала мужу, что, с его позволения, она желала бы пойти утром в день рождества в церковь, чтобы исповедаться и приобщиться, как то делают другие христиане. На это ревнивец спросил: «Какие такие грехи у тебя, что ты хочешь исповедоваться?» Жена сказала: «Как так? Ты думаешь, что я святая, потому что держишь меля взаперти? Ты хорошо знаешь, что и за мной есть грехи, как за всеми другими живущими, но я не желаю исповедать их тебе, ибо ты не священник». В ревнивце эти слова возбудили подозрение; решившись узнать, какие такие грехи она совершила, он придумал средство, как ему это сделать, и ответил, что согласен, но не желает, чтобы она пошла в иную церковь, как в их капеллу, и пусть пойдет туда рано утром и исповедуется либо у их капеллана, либо у какого-нибудь священника, которого тот ей назначит, но не у другого, и тотчас же вернется домой. Жене показалось, что она наполовину угадала его, но, не возражая более, ответила, что так и сделает.

Когда наступило утро рождества, жена поднялась с зарей, приоделась и пошла в указанную мужем церковь. Ревнивец, с своей стороны, также поднялся, пошел в ту же церковь и был там ранее ее; уговорившись с тамошним священником, что он намерен сделать, он поспешно накинул на себя одну из священнических ряс с большим, спускавшимся на лицо капюшоном, какие, мы видим, носят священники, надвинул его несколько на лицо и сел в хоре. Придя в церковь, жена потребовала священника; тот явился, но, услышав, что она желает исповедоваться, сказал, что не может выслушать ее, а пошлет ей одного из своих товарищей; удалившись, он послал ревнивца, на его же собственное горе. Тот явился с торжественным видом, и хотя было еще не особенно светло, а он очень низко спустил на глаза капюшон, он не сумел настолько скрыть себя, чтоб жена его тотчас же не признала. Увидев это, она сказала себе: «Хвала господу, что этот ревнивец стал священником; погоди только, я ему задам, чего он ищет». Притворившись, что не узнала его, она тотчас опустилась на колени у его ног.

Господин ревнивец взял в рот камешков, которые несколько мешали бы ему говорить, дабы жена не узнала его по голосу ибо во всем остальном, казалось ему, он так. Преобразился, что, по его мнению, она ни за что его не признает. Приступив к исповеди, жена, сказав ему наперед, что она замужем, открыла ему, между прочим, что она влюблена в священника, каждую ночь приходящего к ней на ночлег. Когда ревнивец услышал это, ему показалось, что его ножом ударили в сердце, и, не будь он одержим желанием проведать дальнейшее, он бросил бы исповедь и ушел. Воздержавшись, он спросил жену: «Как это? Разве ваш муж не спит с вами?» Жена отвечала; «Да, мессере» – «Каким же образом, – спросил ревнивец, – может спать с вами и священник?» – «Мессере, – сказала жена, – не знаю, какою хитростью священник это устраивает, но нет в доме двери, как бы она ни была заперта, которая не распахнулась бы, лишь только он до нее дотронется; он говорит мне, что, когда подойдет к дверям моей комнаты, прежде чем отворить их, сказывает некие слова, от которых мой муж тотчас же засыпает; когда он услышит, что он спит, он отворяет дверь, входит и остается со мною, не было еще примера, чтобы это не удавалось». Тогда ревнивец сказал: «Нехорошо это, мадонна, вам надо совсем это бросить». На это жена ответила: «Мессере, не думаю, чтоб я когда-либо могла это сделать, уж очень я его люблю». – «В таком случае, – сказал ревнивец, – я не могу разрешить вас». – «Это меня печалит, – говорит жена, – я пришла сюда не затем, чтоб лгать; если б я думала, что могу это сделать, так бы вам и ответила». Тогда ревнивец сказал: «Поистине, мадонна, мне жаль вас, ибо я вижу, что таким образом вы загубите вашу душу; но я ради вас употреблю старания и буду читать особые молитвы господу, во имя ваше, они, быть может, помогут вам; а иногда буду посылать к вам моего служку, которому вы скажете, помогли они или нет; коли они помогут, мы пойдем и далее». На это жена сказала «Мессере, того вы не делайте, чтобы посылать ко мне в дом кого бы то ни было, ибо если б узнал о том мой муж, он так страшно ревнив, что весь свет не выбил бы у него из головы, что тот приходит не за чем иным, как по худому делу, и у меня во весь этот год не будет от него покоя». Говорит ей ревнивец: «Не бойтесь этого, мадонна, я уж найду такой способ, что вы никогда не услышите от него о том ни слова». Тогда жена сказала: «Если вы беретесь это сделать, я не прочь».

Отбыв исповедь и получив отпущение, она поднялась и пошла отстоять обедню. А ревнивец в своей недоле пошел, пыхтя, скинуть священническое облачение и вернулся домой, исполнившись желания застать священника и жену вместе и задать тому и другому. Вернувшись из церкви, жена отлично увидела по лицу мужа, что она хорошо угостила его к празднику, а он, насколько мог, старался скрыть то, что сделал и что, казалось ему, разузнал. Решившись на следующую ночь простоять у входной двери с улицы, поджидая, когда явится священник, он сказал жене:

«Мне придется сегодня ужинать и провести ночь на стороне, потому запри хорошенько двери с улицы, посреди лестницы и у комнаты и ложись спать, когда захочешь». Жена отвечала: «В добрый час». Улучив время, она подошла к отверстию и сделала условный знак: когда Филиппе услышал его, тотчас же подошел к щели. Дама рассказала ему, что сделала утром и что сказал ей муж после обеда, и затем прибавила: «Я уверена, что он не выйдет из дома, а станет сторожить у двери, потому постарайся сегодня ночью пройти сюда по крыше, чтобы нам быть вместе.» Очень довольный этим делом, юноша сказал: «Мадонна, предоставьте это мне».

Когда настала ночь, ревнивец втихомолку спрятался с оружием в комнате нижнего этажа; жена велела запереть все двери, особенно ту, что посредине лестницы, чтобы нельзя было войти ревнивцу; молодой человек, с своей стороны, пробрался очень осторожно, и когда им показалось, что пора, они легли в постель и предались взаимно удовольствию и утехе; когда же настал день, молодой человек вернулся домой. А печальный ревнивец, оставшись без ужина и умирая от холода, почти всю ночь простоял с оружием у входа, поджидая, не придет ли священник; с приближением дня, не будучи в состоянии бодрствовать долее, он лег спать в нижней комнате. Встав затем около третьего часа, когда входная дверь дома была уже открыта, он, притворившись, что пришел откуда-то, вошел в свой дом и поел. Вскоре затем послав мальчика, будто это служка священника, исповедовавшего ее, он велел спросить жену, приходил ли к ней тот, о котором она знает. Жена, отлично узнавшая посланца, отвечала, что в эту ночь он не приходил и что, если он так будет поступать, она, быть может, выкинет его из ума, хотя она и не желает, чтоб он у нее из ума вышел.

Что рассказывать мне вам далее? Много ночей простоял ревнивец у входа, желая захватить священника, а жена постоянно веселилась с любовником. Наконец, не будучи в состоянии терпеть долее, ревнивец с гневным видом допросил жену, что она говорила священнику в то утро, когда исповедовалась. Жена ответила, что не желает сказать ему того, ибо это нехорошо и неприлично. На это ревнивец сказал: «Преступная женщина, назло тебе я знаю, что ты ему говорила; мне нужно узнать досконально, кто тот священник, в которого ты так влюблена и который благодаря своим заклинаниям спит с тобою всякую ночь, иначе я открою тебе жилы». Жена сказала, что то неправда, будто она влюблена в какого-то священника. «Как! – говорит ревнивец. – Разве ты не говорила того-то и того-то исповедовавшему тебя священнику?» Жена ответила: «Он не только передал тебе это, но и так подробно, будто ты сам там был. Да, я сказала ему о том». – «Итак, – говорит ревнивец, – открой мне, что это за священник, да поскорее». Жена улыбнулась и сказала: «Я очень довольна, когда умного человека жена простушка ведет, как ведут за рога барана на бойню; хотя ты и не умен, да и не был им с той поры, как дозволил внедриться в твое сердце, сам не зная почему, злому духу ревности; насколько ты глупее и грубее, настолько менее мне от того славы. Неужели думаешь ты, муженек мой, что я настолько же слепа телесными очами, как ты духовными? Вовсе нет; взглянув, я узнала, кто такой священник, который исповедовал меня, и знаю, что это был ты; но я решила доставить тебе то, чего ты искал, и доставила. Но если бы ты был так умен, как тебе кажется, не попытался бы таким образом разузнавать тайны своей доброй жены и, не увлекаясь пустым подозрением, догадался бы, что то, в чем она тебе призналась, была правда, и не было в том никакого для нее греха. Я сказала тебе, что люблю священника; а разве ты, которого я совершенно напрасно люблю, не стал тогда священником? Я сказала тебе, что ни одной двери моего дома нельзя перед ним запереть, когда он хочет спать со мною; а какая дверь в доме была когда-либо заперта для тебя, когда ты желал прийти туда, где находилась я? Я сказала тебе, что священник спит со мною каждую ночь; а когда то было, чтобы ты не спал со мной? Сколько раз ты посылал ко мне своего служку, столько же, как тебе известно, ты не был у меня, и я велела ответить, что священника у меня не было. Какой неразумный, кроме тебя, давшего ослепить себя своей ревностью, не понял бы всего этого? Да еще дома ты ночью сторожил у входа и думаешь, что уверил меня, будто ходил ужинать и ночевал в другом месте. Опомнись, наконец, и стань опять человеком, каким бывал, не будь посмешищем для тех, кто, подобно мне, знает твои ухватки, и перестань сторожить меня так строго, как ты это делаешь ибо, клянусь богом, если б у меня явилась желание наставить тебе рога и у тебя было сто глаз, а не два, я взялась бы доставить себе развлечение таким способом, что ты бы и не догадался».

Бедный ревнивец, которому казалось, что он очень тонко разузнал тайну жены, услышав это, увидел, что его провели, ничего не ответив, он счел свою жену за добрую и разумную и отделался от ревности, когда в ней была нужда, как возымел ее, когда в ней не было необходимости. Поэтому мудрая жена, получив почти полную волю делать, что ей угодно, вызывала своего любовника не по крыше, как то делают кошки, а через дверь и, поступая с надлежащей осторожностью, много раз утешалась и веселилась с ним впоследствии.

## Новелла шестая

**К мадонне Изабелле, когда у ней был Леонетто, приходит мессер Ламбертуччьо, ее любивший, когда вернулся ее муж, она высылает Ламбертуччьо, с ножом в руке, из дома, а ее муж провожает Леонетто.**

Новелла Фьямметты удивительно как всем понравилась, и все утверждали, что жена отлично сделала, как и подобало учинить дураку. Когда кончился рассказ, король велел продолжать Пампинее, и она начала сказывать: – Многие, выражаясь попросту, говорят, что любовь сводит с ума, делая любящего как бы нерассудительным. Это мнение кажется мне неразумным, что хорошо показали предыдущие рассказы, да и я намерена доказать еще раз.

В нашем городе, обильном всякими благами, жила молодая, прекрасная и очень красивая дама, жена одного очень богатого и почетного рыцаря. И как часто случается, что одна и та же пища не постоянно удовлетворяет человека и он иногда желает ее разнообразить, так и эта дама, не вполне удовлетворяясь мужем, влюбилась в одного юношу, по имени Леонетто, очень милого и благовоспитанного, хотя он был и не высокого рода; он также влюбился в нее; и так как вы знаете, что редко бывает без последствий то, чего желают обе стороны, они не мною употребили времени, чтобы дать завершение своей любви.

Случилось тем временем, что в нее, как женщину красивую и привлекательную, страшно влюбился один рыцарь, по имени мессер Ламбертуччьо, к которому она, как человеку неприятному и противному, ни за что на свете не могла возыметь любви; а он сильно приставал к ней, засылая, и когда это не помогло, велел ей сказать, будучи человеком влиятельным, что опозорит ее, если она не склонится к его желаниям. Вследствие чего, боясь и зная, что то за человек, она решилась уступить его воле.

Когда дама, которую звали мадонной Изабеллой, отправилась, по нашему обычаю, летом в одно свое прекраснейшее поместье в деревне, случилось, что однажды утром ее муж выехал куда-то на несколько дней, она послала сказать Леонетто, чтобы он пришел побыть с ней, и тот, крайне обрадовавшись, тотчас же отправился. И мессер Ламбертуччьо, узнав, что муж дамы в отсутствии, также поехал к ней один верхом на лошади и постучался в дверь. Увидев его, служанка дамы тотчас же пошла к ней, находившейся в комнате вместе с Леонетто, и, окликнув ее, сказала: «Мадонна, мессер Ламбертуччьо здесь внизу, один». Услышав это, дама почла себя несчастнейшей женщиной в свете и из боязни перед ним попросила Леонетто не погнушаться спрятаться на некоторое время за пологом постели, пока не уйдет мессер Ламбертуччьо. Леонетто, не менее боявшийся его, чем дама, спрятался там, а она приказала служанке пойти отворить мессеру Ламбертуччьо. Та отворила ему, сойдя во дворе с коня и привязав его к крюку, он поднялся вверх. С веселым видом выйдя ему навстречу к началу лестницы, дама приняла его с насколько возможно приветливыми речами и спросила, что он поделывает. Рыцарь, обняв ее и поцеловав, сказал: «Душа моя, я узнал, что вашего мужа нет дома, потому и явился, чтобы несколько побыть с вами». После этих слов они вошли в комнату, заперлись изнутри, и мессер Ламбертуччьо начал с ней забавляться.

Когда таким образом он находился с нею, случилось, против всякого ожидания дамы, что вернулся ее муж; когда служанка увидела, что он недалеко от дома, тотчас же побежала к комнате дамы и сказала: «Мадонна, вернулся мессере, и, кажется мне, он уже внизу во дворе». Как услышала это дама, зная, что у ней в доме двое мужчин, и понимая, что рыцаря нельзя укрыть, потому что его конь на дворе, сочла себя погибшей. Тем не менее, тотчас же соскочив с постели, она приняла решение и сказала мессеру Ламбертуччьо: «Мессере, если вы сколько-нибудь желаете мне добра и хотите спасти меня от смерти, вы поступите, как я вам скажу: возьмите в руки ваш обнаженный нож и спуститесь по лестнице с злобным, разгневанным лицом, приговаривая: „Клянусь богом, я захвачу тебя в другом месте!“ И если бы мой муж захотел удержать вас или о чем-либо спросить, ничего другого не говорите, кроме того, что я вам сказала, и, сев на коня, ни за что с мужем не оставайтесь». Мессер Ламбертуччьо сказал, что готов так сделать; выхватив нож, с лицом, разгоревшимся частью от испытанного утомления, частью от гнева вследствие возвращения рыцаря, он поступил так, как велела ему дама. Ее муж, уже спешившийся во дворе, подивился на коня и хотел было подняться наверх, когда увидел спускавшегося мессера Ламбертуччьо, изумился его речам и виду и спросил: «Что это значит, мессере?»

Мессер Ламбертуччьо вступил в стремена, сел на лошадь и, не сказав ничего другого, кроме: «Клянусь богом, я доберусь до тебя в другом месте!», уехал.

Поднявшись наверх, почтенный человек встретил жену свою вверху лестницы, растерянную, полную страха, и спросил ее: «Что это такое? Кому грозит мессер Ламбертуччьо и почему он так разгневан?» Жена, подойдя ближе к комнате, дабы Леонетто мог ее услышать, ответила: «Мессере, никогда еще не было у меня такого страха, как теперь. Сюда прибежал один юноша, которого я не знаю и за которым гнался с ножом в руках Ламбертуччьо, нашел по случаю эту комнату отворенной и сказал мне весь дрожа: „Мадонна, ради бога помогите мне, чтобы мне не быть убитым на ваших глазах". Я встала и только что хотела расспросить, кто он и что с ним, как мессер Ламбертуччьо взошел и говорит: „Где ты, предатель!" Я заступила ему вход в комнату и удержала его, пытавшегося войти, и он был настолько вежлив, что, увидев, что мне было бы неприятно, если б он вошел сюда, после многих слов спустился вниз, как ты видел». Сказал тогда муж: «Ты хорошо сделала, жена; уж очень большой был бы позор, если б кого-нибудь здесь убили, а мессер Ламбертуччьо поступил очень дурно, что преследовал человека, здесь укрывшегося. – Затем он спросил: – Где тот юноша?» Жена отвечала: «Не знаю, мессере, куда он спрятался». Тогда рыцарь кликнул: «Где ты? Выходи, не бойся».

Леонетто, все слышавший и полный страха, ибо страха он в самом деле натерпелся, вышел из места, где спрятался. Тогда рыцарь спросил: «Что у тебя было с мессером Ламбертуччьо?» Молодой человек отвечал: «Мессере, ничего на свете, потому я твердо уверен, что либо он не в добром разуме, либо признал меня за другого, ибо, как только он увидел меня на дороге, недалеко от этого палаццо, схватился за нож, говоря: „Смерть тебе, предатель!" Я не стал его спрашивать о причине, бросился бежать во всю мочь и пришел сюда, где, по милости божией и этой дамы, я спасся». Тогда рыцарь сказал: «Теперь отложи всякий страх, я доставлю тебя домой здравым и невредимым, а там ты постарайся разузнать, что такое у него до тебя». Поужинав вместе, он посадил его на лошадь, проводил до Флоренции и доставил домой. А молодой человек, следуя наставлению дамы, в тот же вечер тайно переговорил с мессером Ламбертуччьо и так уладился с ним, что хотя впоследствии много о том говорили, рыцарь никогда не догадался о шутке, которую сыграла с ним жена.

## Новелла седьмая

**Лодовико открывается мадонне Беатриче в любви, которую к ней питает; она посылает своего мужа Эгано, одев его в свое платье, в сад и спит с Лодовико, который, поднявшись, отправляется в сад и колотит Эгано.**

Находчивость мадонны Изабеллы, о которой рассказывала Пампинея, показалась всему обществу изумительной; но Филомена, которой король велел продолжать, сказала: – Милые дамы, если я не ошибаюсь, та, о которой я расскажу вам тотчас, не менее, полагаю, прекрасна и быстра.

Вы должны знать, что в Париже жил когда-то один флорентийский дворянин, сделавшийся купцом вследствие бедности; и так повезло ему в торговле, что от нее он страшно разбогател; от его жены у него был всего один сын, которого он назвал Лодовико. Для того чтобы он пошел в именитый род отца, а не по торговле, отец не захотел поместить его в лавку, а отдал на службу вместе с другими дворянами к французскому королю, где он научился многим добрым нравам и другому хорошему.

Когда он проживал там, случилось, что несколько рыцарей, вернувшихся от гроба господня, застали в беседе нескольких юношей, в числе которых был и Лодовико; услышав, что они рассуждают о красавицах Франции, Англии и других частей света, один из рыцарей стал утверждать, что, сколько он ни изъездил света, сколько ни видал женщин, поистине не нашел ни одной, подобной по красоте жене Эгано деи Галуцци в Болонье, по имени мадонна Беатриче, с чем согласились все его товарищи, видевшие ее вместе с ним в Болонье.

Как услышал это Лодовико, еще ни в кого дотоле не влюблявшийся, возгорелся таким желанием увидеть ее, что ни на чем другом не мог остановить своей мысли. Окончательно решившись отправиться в Болонью, чтобы повидать ее и там остаться, если она ему понравится, он представил отцу, что хочет поехать к гробу господню, на что и получил позволение с большим трудом. Назвавшись Аникино, он прибыл в Болонью и, как то устроила судьба, на другой же день увидел ту даму на одном празднестве, и она показалась ему гораздо более красивой, чем он предполагал, вследствие чего, пламенно влюбившись в нее, он решил не покидать Болоньи, пока не добьется ее любви.

Размышляя, какой путь ему для этого избрать, и отринув все другие способы, он рассчитал, что если ему удастся сделаться слугой ее мужа, – а их было у него много, – может быть, ему удастся добиться и того, чего он желал. Потому, продав своих лошадей, устроив своих людей так, чтобы им было хорошо, и приказав им представиться, будто они его не знают, он, сблизившись с своим хозяином, рассказал ему, что охотно пошел бы в услужение к хорошему господину, если бы нашел такового. На это хозяин сказал: «Ты как раз годишься в слуги к одному дворянину этого города, по имени Эгано, который держит их множество и желает, чтобы все были такие же видные, как ты; я поговорю с ним об этом». Как сказал, так и сделал; прежде чем уйти от Эгано, он устроил у него Аникино, чему тот обрадовался, как только мог.

Живя у Эгано и имея возможность очень часто видеть его жену, он принялся служить Эгано так хорошо и так в угоду, что тот полюбил его и ничего не решался без него делать, предоставив в его ведение и себя и все свои дела. Случилось однажды, что Эгано отправился на охоту, Аникино остался, а мадонна Беатриче, еще не догадавшаяся об его любви, хотя, часто приглядываясь к нему и к его нравам, много одобряла его, и он ей нравился, принялась играть с ним в шахматы. Аникино, желая сделать ей приятное, давал себя обыгрывать, делая это очень ловко, что доставляло даме удивительное удовольствие. Когда удалились смотревшие на игру прислужницы дамы, оставив их играть одних, Аникино испустил глубокий вздох. Посмотрев на него, дама спросила: «Что с тобою, Аникино? Тебе неприятно, что я выигрываю?» – «Мадонна, – отвечал Аникино, – нечто гораздо большее, чем это, было причиной моего вздоха». Тогда дама сказала: «Скажи же мне это, если ты меня любишь». Когда Аникино услышал, что в таких выражениях: «если ты меня любишь», заклинает его та, которую он любил более всего, он вздохнул еще сильнее прежнего; почему дама стала снова просить его открыть ей, что за причина его вздохов. На это Аникино сказал: «Мадонна, я сильно опасаюсь, что вас раздосадует, если я вам это скажу; а затем боюсь, чтобы вы не передали того другому». Дама отвечала на это: «Поистине, мне не будет досадно, и будь уверен, что я никогда не передам никому, что бы ты ни сказал мне, разве сам пожелаешь». Говорит тогда Аникино: «Если вы мне обещаете это, я вам скажу», и чуть не со слезами на глазах он рассказал ей, кто он, что о ней слышал, где и как влюбился в нее и почему пошел в услужение к ее мужу, а затем стал покорно просить ее, коли возможно, сжалиться над ним и исполнить его тайное и столь пламенное желание; а если она того не желает сделать, пусть дозволит ему остаться в таком же, как теперь, положении и любить ее.

О чудесная сладость болонской крови, как всегда подобало превозносить тебя в подобных случаях! Никогда не была ты охоча до слез и вздохов, всегда склонялась на просьбы и готова была отдаться любовным желаниям; если б я мог превознести тебя достойными похвалами, мой голос никогда не знал бы устали!

Пока Аникино говорил, красавица смотрела на него и, вполне поверив его словам, так сильно восприяла в душу любовь, о которой он молил ее, что также начала вздыхать и, вздохнув, ответила: «Мой милый Аникино, будь надежен: ни подарки, ни обещания, ни ухаживания дворян и вельмож и других людей (ибо за мной ухаживали и еще ухаживают многие) никогда еще не тронули моего сердца настолько, чтобы я кого-нибудь полюбила; ты же в столь короткое время, пока говорил, сотворил то, что я гораздо более твоя, чем сама себе принадлежу. Я полагаю, что ты вполне заслужил мою любовь, и потому я отдаю тебе ее и обещаю, что ты насладишься ею прежде, чем пройдет эта ночь. А для того, чтобы это воспоследовало, постарайся пройти около полуночи в мою комнату: я оставлю дверь отворенной; ты знаешь, с какой стороны постели я сплю; как придешь туда, если б я спала, потрогай меня, чтобы я проснулась, и я утешу тебя в твоем так долго лелеянном желании. А дабы ты уверился в этом, я дам тебе в задаток поцелуй». И обняв его, она любовно его поцеловала, а Аникино ее.

Когда они переговорили об этом, Аникино, оставив даму, пошел по кое-каким своим делам, ожидая с величайшей в свете радостью, чтобы наступила ночь. Эгано, вернувшийся с охоты, поужинав и чувствуя усталость, пошел спать; а жена за ним, оставив, по обещанию, дверь комнаты открытой. В указанный ему час Аникино подошел к ней и, тихо войдя в комнату, запер изнутри дверь, направился в сторону, где спала дама, и, положив ей руку на грудь, увидел, что она не спит. Когда она услышала, что Аникино пришел, схватила в обе руки его руку и, крепко держа ее, так стала ворочаться на постели, что разбудила Эгано и сказала ему: «Вчера вечером я ничего не хотела говорить тебе, ибо мне казалось, ты устал; а теперь скажи мне – да поможет тебе господь, Эгано! – кого ты считаешь самым лучшим и честным в кого наиболее любишь из всех слуг, какие у тебя в доме?» Эгано ответил: «К чему это ты меня спрашиваешь о том, жена? Разве не знаешь? У меня нет и никогда не было такого, кому бы я так доверялся и верю и кого так люблю, как доверяю и люблю Аникино; но зачем ты меня о том спрашиваешь?» Услышав, что Эгано проснулся я о нем разговаривают, Аникино несколько раз потянул к себе руку, чтоб уйти, сильно опасаясь, что дама хочет обмануть его, во она так его схватила и держала, что он не был в состоянии освободиться и не мог. Жена, отвечая, сказала Эгано: «Я объясню тебе это. И я думала, что все так, как ты говоришь, и он более верен тебе, чем кто-либо другой, но он разубедил меня, ибо, когда сегодня ты отправился на охоту, он остался здесь и. улучив время, не постыдился попросить меня, чтобы я согласилась на его желания; а я, дабы мне не пришлось подтверждать тебе это лишними доказательствами, а тебе дать убедиться воочию, ответила, что согласна и что сегодня пополуночи я приду в наш сад и буду ждать его под сосною. Что касается меня, я и не думаю пойти туда, но если ты хочешь познать верность твоего слуги, ты легко можешь, набросив одно из моих платьев, а на голову покрывало, пойти вниз и подождать, придет ли он; я уверена, что придет».

Когда услышал это Эгано, сказал: «Без сомнения, мне надо повидать его»; и, встав, он накинул на себя, как сумел в темноте, платье своей жены, покрывало на голову и отправился в сад, где под сосною стал дожидаться Аникино. Когда дама услышала, что он поднялся и вышел из комнаты, встала и заперлась изнутри. Аникино, натерпевшийся большего страху, чем когда-либо, насколько возможно силившийся вырваться из рук дамы и сто тысяч раз проклявший и ее, и свою любовь, и себя, ей доверившегося, лишь только услышал, к какому концу она все свела, был счастливейшим человеком, какие когда были; а когда дама вернулась в постель, разделся, подобно ей и по ее желанию, и они долгое время наслаждались и утешались взаимно.

Когда даме показалось, что Аникино нельзя оставаться долее, она велела ему встать, одеться и сказала ему таким образом: «Радость ты моя, возьми здоровую палку и ступай в сад; притворись, будто ты попросил меня, чтобы меня испытать, и, как будто Эгано – я, выбрани его и порядком отколоти палкой, потому что от этого нам последует большое удовольствие и утеха».

Аникино встал и пошел в сад с ивовой дубиной в руках; когда он был поблизости сосны и Эгано увидал, что он идет, встал и, точно готовясь принять его с великой радостью, пошел к нему навстречу. А Аникино говорит: «Ах ты дрянная женщина, так ты пришла, полагая, что я желал и желаю так проступиться перед моим господином? Тысячу бед тебе, что пожаловала!» И, подняв палку, он начал отделывать его. Как услышал это Эгано и увидел палку, принялся бежать, не говоря ни слова, а Аникино за ним, все время приговаривая: «Беги, гадкая женщина, да пошлет тебе господь всякого лиха, а завтра я, наверно, расскажу о том Эгано». Эгано, которому досталось порядком и хорошо, как только мог скорее вернулся в комнату. Когда жена спросила его, приходил ли в сад Аникино, Эгано сказал: «Лучше бы не приходил, ибо, приняв меня за тебя, совсем избил меня палкой, наговорив мне более мерзостей, чем говорилось когда-либо дрянной женщине; и я, в самом деле, диву дался, что он повел с тобою такие речи, чтобы учинить нечто мне в посрамление; а он, видя тебя веселой и шутливой, захотел испытать тебя». Тогда дама сказала: «Хвала богу, что меня он испытал словами, а тебя делом, и, я думаю, он может сказать, что я терпеливее переношу слова, чем ты деяния. Но так как он питает к тебе такую верность, следует его любить и чествовать». Эгано сказал: «Поистине, ты говоришь правду». Это было ему поводом увериться, что у него честнейшая жена и вернейший служитель, каких когда-либо довелось иметь дворянину; вследствие чего, хотя впоследствии и он и жена часто смеялись над этим вместе с Аникино, последний и дама получили большую возможность, чем имели бы, быть может, иначе, творить то, что было им в удовольствие и утеху, пока Аникино заблагорассудилось оставаться у Эгано в Болонье.

## Новелла восьмая

**Некто начинает ревновать свою жену; они привязывает себе нитку к пальцу, чтобы узнать, когда придет ее любовник. Муж догадывается об этом, но, пока он преследует любовника, жена кладет на место себя в постель другую женщину, которую муж бьет, остригает ей косы, о затем отправляется на братьями жены, которые, увидя, что все это неправда, осыпают его бранью.**

Крайне злохитростной показалась всем мадонна Беатриче в своей проделке над мужем, и все утверждали, что велик должен был быть страх Аникино, когда, крепко удерживаемый дамой, он услышал, как она говорила, что он добивался ее любви. Увидев, что Филомена умолкла, король, обратившись к Неифиле, сказал: «Сказывайте вы». Наперед усмехнувшись немного, она начала: – Прекрасные дамы, на мне тяжелая обязанность, если я захочу удовлетворить вас хорошей новеллой, как удовлетворяли вас те, что рассказывали ранее меня; но с божьей помощью я надеюсь хорошо с нею справиться.

Итак, вы должны знать, что в нашем городе был когда-то богатейший купец, по имени Арригуччьо Берлингьери, который, по глупости, как то и теперь ежедневно делают купцы, захотел облагородиться через жену и взял за себя девушку, мало к нему подходившую, по имени монну Сисмонду. Так как, по обычаю купцов, он много ездил и мало бывал с нею, она влюбилась в одного молодого человека, по имени Руберто, который долго за нею ухаживал. Когда она сблизилась с ним и, быть может, не совсем осторожно пользовалась этой близостью, ибо это очень ей нравилось, случилось, что Арригуччьо кое-что о том прослышал; как бы то ни было, но он стал к ней ревнивейшим человеком в свете, бросил свои выезды и все другие свои дела и чуть ли не все свое старание положил, чтобы хорошенько сторожить ее, и никогда не засыпал, пока не увидит, что она наперед легла в постель, вследствие чего жена очень печалилась, ибо никоим образом не могла сойтись с Руберто.

И вот, много передумав, как бы найти какой-нибудь способ, чтобы сойтись с ним, а он сильно ее о том упрашивал, она измыслила такое средство: так как ее комната выходила на улицу и она часто замечала, что

Арригуччьо, засыпавший с трудом, спал потом очень крепко, она придумала так устроить, чтобы Руберто приходил около полуночи к двери дома, она пойдет отворить ему и побудет с ним несколько, пока муж крепко спит. А чтобы самой слышать, когда он придет, так чтобы никто о том не догадался, она затеяла спустить из окна своей комнаты нитку, один конец которой доходил бы до земли, другой же провести низом по полу до своей постели, где она спрячет его под бельем, а когда ляжет в постель, привяжет себе к большому пальцу ноги. Затем, велев сказать о том Руберто, она приказала ему, когда придет, потянуть за нитку; если муж спит, она выпустит ее и пойдет отворить ему; если не спит, она ее удержит и потянет к себе, чтобы он не ждал.

Это приглянулось Руберто, он ходил туда несколько раз и иногда, случалось, бывал с ней, иногда нет. Когда они продолжали проделывать эту хитрость, случилось, наконец, однажды ночью, что жена спала, а Арригуччьо, протянув ногу по постели, открыл эту нитку; поэтому, схватив ее рукою и найдя, что она привязана к пальцу жены, он сказал себе: «Тут, должно быть, какой-нибудь обман?» Заметив, что нитка выходила за окно, он твердо уверился в этом; вследствие этого, тихо отрезав ее от пальца жены, привязал к своему и стал поджидать, дабы увидеть, что это значит.

Не прошло много времени, как явился Руберто и потянул, по обыкновению, за нитку; Арригуччьо проснулся, а так как он не сумел хорошенько привязать нитку, а Руберто потянул ее крепко, нитка осталась у него в руке, он и понял, что ему следует подождать, что он и сделал. Арригуччьо поспешно встал и, взяв свое оружие, побежал ко входу, чтобы посмотреть, кто там, и расправиться с ним. Был Арригуччьо хотя и купец, но человек горячий и сильный; когда он подошел к двери и стал отворять ее не так тихо, как то обыкновенно делала жена, Руберто, бывший в ожидании, услышав это, сообразил, как и оказалось, что отворяет дверь сам Арригуччьо, потому он тотчас же бросился бежать, а Арригуччьо за ним следом. Наконец, когда Руберто далеко пробежал, а тот не переставал его преследовать, Руберто, бывший также вооруженным, вынул меч, обернулся, и они оба принялись один нападать, другой защищаться.

Дама проснулась, когда Арригуччьо отворил комнату, и, увидев, что нитка срезана с пальца, тотчас же догадалась, что ее обман открыт; услышав, что Арригуччьо побежал за Руберто, она тотчас же поднялась и, сообразив, что может от того воспоследовать, позвала свою служанку, которая обо всем этом знала, и так ее уговорила, что уложила ее вместо себя в постель, прося ее не объявлять себя, а терпеливо перенести удары, которые нанес бы ей Арригуччьо, ибо она так поблагодарит ее, что у нее не будет причины сетовать о том. Потушив свечу, горевшую в комнате, она вышла из нее и, спрятавшись в одной части дома, стала поджидать, что будет.

Когда Арригуччьо и Руберто бились друг с другом, услышали о том соседние жители улицы и, поднявшись, начали бранить их, а Арригуччьо, боясь, как бы его не узнали, не разведав, кто был молодой человек, и ничего не учинив ему, оставил его и, сердитый и злобный, пошел домой. Войдя в комнату, он принялся говорить с гневом: «Где ты, негодная женщина? Ты потушила свечу, чтобы я не нашел тебя, но ошиблась». И направившись к постели, думая схватить жену, схватил служанку и, сколько хватило у него рук и ног, надавал ей столько ударов и пинков, что избил ей все лицо; под конец обрезал ей волосы, все время осыпая ее величайшей бранью, которую когда-либо говорили дрянной женщине. Служанка сильно плакала, и было ей с чего, хотя она говорила иногда: «Ахти мне, помилосердствуй, бога ради! Уж будет!» – Ее голос так заглушали слезы, а Арригуччьо так объят яростью, что не был в состоянии различить, что то голос другой женщины, а не жены. Отколотив ее вволю и обрезав волосы, как сказано, он говорит: «Я не стану расправляться с тобой более, негодница, а пойду к твоим братьям и расскажу им, как ты себя ведешь, а затем пусть они придут за тобою, учинят, что сочтут нужным для своей чести, и уведут тебя; ибо поистине в этом доме тебе более не жить». Так сказав, он вышел из комнаты, запер ее снаружи и ушел один.

Когда монна Сисмонда, все слышавшая, поняла, что муж ушел, отворила комнату, зажгла свечу и нашла свою служанку, всю избитую и сильно плакавшую, утешив ее, как могла, она отвела ее в ее комнату, где тайком распорядилась, чтобы за нею ходили и о ней заботились, и так вознаградила ее от казны самого Арригуччьо, что та признала себя совершенно удовлетворенной. Лишь только она отвела служанку в ее комнату, тотчас же оправила постель в своей, комнату прибрала и привела в порядок, как будто в ту ночь никто там и не спал; снова зажгла ночник, оделась и убралась, точно еще не ложилась в постель, и, зажегши лампу, взяв свое белье, села вверху лестницы и принялась шить, ожидая, что изо всего этого произойдет.

Выйдя из дому, Арригуччьо, как мог поспешнее, отправился к дому жениных братьев и начал так стучать, что его услышали и отворили ему. Братья жены, а их было трое, и ее мать лишь только услышали, что это Арригуччьо, все поднялись, велели зажечь свечи и вышли к нему, спрашивая, чего он ищет один и в такой час. Арригуччьо рассказал им все, начиная с нитки, которую нашел привязанной к пальцу ноги монны Сисмонды, и до конца, что открыл и сделал; а дабы дать им полное доказательство учиненного им, дал им в руки волосы, отрезанные, как он полагал, у жены, прибавив, чтоб они пришли за ней и сделали с нею, что считают согласным с своею честью, ибо он не намерен более держать ее в доме.

Братья дамы, разгневанные слышанным и почитая это за правду, озлобились на сестру, велели зажечь факелы и, с намерением хорошенько ее отделать, пошли с Арригуччьо, направляясь к его дому. Когда увидала это их мать, пошла за ними вслед, плача, прося то того, то другого не верить так скоро таким делам, не рассмотрев и не разузнав другого, ибо ее муж мог рассердиться на нее по другому поводу и обойтись с ней дурно, а теперь взводит на нее такое дело, чтобы оправдать себя; и еще она говорила, что сильно удивляется, как такое могло случиться, ибо она хорошо знает свою дочь, так как воспитала ее с детства, – и еще многие другие речи того же рода.

Когда дошли до дома Арригуччьо и вступили в него, стали подниматься по лестнице. Услышав, что они идут, монна Сисмонда спросила: «Кто там?» На это один из братьев отвечал: «Узнаешь кто, негодная ты женщина!» Тогда монна Сисмонда говорит: «Это что значит? Помоги, господи!» И, поднявшись, она сказала: «Добро пожаловать, братцы мои, что вам понадобилось в такой час всем троим?» Они, увидев, что она сидит и шьет без всякого следа побоев на лице, тогда как Арригуччьо говорил, что исколотил ее всю, сначала несколько удивились, обуздали порыв гнева и спросили ее, как было то, на что жалуется Арригуччьо, сильно угрожая ей, если она все им не расскажет. Дама ответила: «Не знаю, что мне сказать вам и за что мог вам пожаловаться на меня Арригуччьо». Арригуччьо, увидев ее, смотрел на нее, точно оторопелый, припоминая, что он, может быть, раз тысячу ударил ее по лицу, исцарапал ее и наделал всевозможных в свете пакостей, а, теперь видит, что она как ни в чем не бывало. В кратких словах братья рассказали ей все, о чем говорил Арригуччьо, о нитке, о побоях и обо всем. Обратившись к Арригуччьо, дама сказала: «Увы мне, что я слышу, муж мой! Зачем выдаешь ты меня, к твоему великому позору, за порочную женщину, когда я не такова, а себя за дурного и жестокого человека, когда ты не таков? Когда же в эту ночь был ты дома, не то что со мной? Когда бил меня? Что до меня, я ничего не помню». Арригуччьо принялся говорить: «Как, мерзкая женщина, разве не легли мы в постель вместе? Разве не вернулся я, когда побежал за твоим любовникам? Не надавал тебе множества ударов и не обрезал волосы?» Жена отвечала: «Здесь, дома, ты вчера не ночевал. Но я оставлю это, ибо в доказательство того у меня нет ничего, кроме моих правдивых слов, а обращусь к тому, что ты говоришь, будто побил меня и обрезал волосы. Ты меня не бил, и сколько тут ни есть народу, а также и ты, обратите внимание, есть ли у меня на всем теле знаки побоев; да я и не посоветовала бы тебе осмелеть настолько, чтобы поднять на меня руки, ибо, клянусь богом, я выцарапала бы тебе глаза. И волосы ты мне не остригал, насколько я знаю и видела; может быть, ты это сделал так, что я не заметила; дай-ка я посмотрю, обрезаны ли они у меня или нет». И, сняв с головы покрывало, она показала, что они у ней не острижены и целы.

Когда братья и мать все это увидели и услышали, стали говорить Арригуччьо: «Что ты на это скажешь, Арригуччьо? Это ведь не то, что ты приходил сказывать нам, будто сделал, и мы недоумеваем, как ты докажешь остальное». Арригуччьо стоял как бы во сне и хотел что-то сказать, но, видя, что то, что он надеялся доказать, выходит иначе, говорить не решался. А жена, обратившись к братьям, сказала: «Братцы мои, вижу я, он вел к тому, чтобы я сделала, чего никогда не хотела, то есть чтобы я рассказала вам об его жалких и гнусных проделках; я это и сделаю. Я твердо уверена, что то, что он рассказал вам, с ним приключилось, и он это совершил; послушайте, каким образом. Этот почтенный человек, которому вы меня, на мою недолю, отдали в жены, который зовется купцом, желает пользоваться доверием и должен быть умереннее монаха и нравственнее девушки, редко пропускает вечер, чтобы не напиваться по тавернам и не якшаться то с той, то с другой негодной женщиной; а меня заставляет ждать себя до полуночи, иногда и до утрени в том виде, в каком вы меня застали. Я убеждена, что, будучи сильно пьян, он пошел спать с какой-нибудь своей дрянью; очнувшись, он нашел у ней нитку на ноге, затем совершил все свои подвиги, о которых рассказывал, а под конец, вернувшись к ней, избил ее и обрезал волосы и, еще не придя порядком в себя, вообразил, – и, я уверена, еще воображает, – что все это совершил надо мною. Если вы внимательно взглянете на его лицо, он и теперь еще наполовину пьян. Тем не менее, что бы он ни сказал про меня, я не желаю, чтобы вы приняли это иначе, как от пьяного, и так как я ему в том прощаю, простите и вы».

Услышав эти слова, мать снова стала шуметь и говорить: «Клянусь богом, дочь моя, так делать не следует, надо бы убить этого противного, неблагодарного пса, недостойного иметь супругой такую женщину, как ты. Так вот как, братец! Ведь этого было бы слишком, если бы даже ты ее из грязи поднял. Пропади он совсем, если тебе слушаться безмозглой болтовни этого купчишки из ослиных подонков, из тех, что набрались к нам из деревни, из подлого отродья, в грубых плащах по-романьольски, с шароварами, что твоя колокольня, и с пером назади; а как завелось у них три сольда, так и просят за себя дочерей дворян и родовитых женщин и сочиняют себе гербы и говорят: „Я из таких-то, мои родичи то-то сделали!“ Как бы хорошо было, если б мои сыновья последовали моему совету, ибо они имели возможность почетно и с небольшим приданым выдать тебя в семью графов Гвиди, а они пожелали отдать тебя этому сокровищу, что не постыдился о тебе, лучшей и честнейшей женщине Флоренции, сказать в полночь, что ты – блудница, точно мы тебя не знаем! Клянусь богом, если бы поступить по-моему, его надо было бы так проучить, что ему бы отозвалось». И, обратившись к сыновьям, она сказала: «Говорила я вам, сыны мои, что этому быть не следует? Слышали вы, как ваш милый зять обходится с вашей сестрой? Купчишка четырехалтынный! Если б я была на вашем месте, а он сказал бы о ней, что сказал, и сделал бы, что сделал, я не сочла бы себя спокойной и удовлетворенной, пока не выжила бы его со света; и будь я мужчина, а не женщина, я не допустила бы, чтобы кто-нибудь иной этим занялся. Господь, убей его! Жалкий пьянчужка, бесстыдник!»

Молодые люди, увидев и услышав все это, обратились к Арригуччьо и наговорили ему больших дерзостей, чем какие когда-либо доставались негодяю, а под конец сказали: «Мы прощаем тебе это дело, как пьяному человеку, но смотри, чтобы впредь мы не слыхали ничего подобного, если дорога тебе жизнь, потому, если что-нибудь дойдет до наших ушей, мы наверно расплатимся с тобою и за то и за это». Так сказав, они ушли. Арригуччьо остался точно оторопелый, сам не понимая, действительно ли было то, что он сделал, или ему приснилось, и, не говоря о том ни слова, оставил жену в покое. А она благодаря своей сметливости не только избегла неминуемой опасности, но и открыла себе возможность в будущем делать что угодно, вовсе не боясь своего мужа.

## Новелла девятая

**Лидия, жена Никострата, любит Пирра, который, дабы увериться в этом, требует от нее исполнения трех условий, которые она все и исполняет; кроме того, она забавляется с ним в присутствии Никострата, которого убеждает, что все, им виденное, не действительно.**

Так понравилась новелла Неифилы, что дамы не могли воздержаться и не побеседовать по ее поводу, хотя король несколько раз призывал их к молчанию и уже приказал Памфило рассказать свою новеллу. Когда же все умолкли, Памфило начал так: – Не думаю, почтенные дамы, чтобы существовало нечто, хотя бы трудное и опасное, чего не осмелился бы сделать человек, пламенно влюбленный. Хотя это уже было доказано многими новеллами, я тем не менее думаю еще более уяснить этой новеллой, которую хочу вам рассказать. Вы услышите о женщине, которой в ее делах более помогала благоприятная судьба, чем догадливый ум; потому я никому не посоветовал бы отважиться идти по следам той, о которой я намерен рассказать, ибо судьба не всегда бывает приветлива, да и не все мужчины на свете одинаково ослеплены.

В Аргосе, древнейшем городе Ахайи, гораздо более славном своими древними властителями, чем обширном, жил когда-то именитый человек, по имени Никострат, которому, уже близкому к старости, судьба даровала в супруги достойную женщину, не менее отважную, чем красивую, по имени Лидию. Как человек родовитый и богатый, он держал много прислуги, собак и ловчих птиц и находил большое удовольствие в охоте; в числе других слуг был у него юноша, приятный, изящный, красивый собою и ловкий на все, что он захотел бы сделать, по имени Пирр, которого Никострат любил более всех других и на которого более всего полагался. В него-то сильно влюбилась Лидия, так что ни днем ни ночью ее мысль никуда не направлялась, как только к нему; а Пирр, потому ли, что не замечал этой любви, или не желал ее, казалось, вовсе не обращал на нее внимания. Это наполняло душу дамы невыносимой тоской, решившись во что бы то ни стало дать ему понять это, она позвала к себе свою служанку, по имени Луска, которой очень доверяла, и сказала ей так: «Луска, благодеяния, полученные тобою от меня, должны были сделать тебя послушной и верной, поэтому смотри, чтобы никто никогда не услышал того, что я скажу тебе теперь, кроме того, кому я велю тебе открыться. Как видишь, Луска, я – женщина молодая и свежая, и у меня полное изобилие всего, чего только можно желать; одним словом, я не могу пожаловаться, разве на одно, а именно на то, что годов у моего мужа слишком много, сравнительно с моими, почему я мало удовлетворена тем, в чем молодые женщины находят наиболее удовольствия, а так как я желаю того же, что и другие, я давно решилась, – если уже судьба была ко мне мало приязненной, дав мне такого старого мужа, – не быть враждебной самой себе, не сумев найти пути к своему удовольствию и благоденствию; а для того чтобы получить их вполне и в этом отношении, как в других, я задумала, чтобы наш Пирр, как более других того достойный, доставил мне их своими объятиями. Я чувствую к нему такую любовь, что мне тогда лишь и хорошо, когда я вижу его или о нем думаю, если я не сойдусь с ним немедленно, я уверена, что умру с того. Поэтому, если дорога тебе моя жизнь, объяви ему мою любовь таким способом, какой признаешь лучшим, и попроси его от моего имени прийти ко мне, когда ты за ним явишься».

Служанка ответила, что сделает это охотно, и, выбрав время и место, отведя Пирра в сторону, как лучше умела, сообщила ему поручение своей госпожи. Услышав это, Пирр сильно изумился, ибо он никогда ничего такого не замечал, и побоялся, не велела ли дама сказать ему это, дабы искусить его; поэтому он тотчас же грубо ответил: «Луска, я не могу поверить, чтобы эти речи исходили от моей госпожи, потому берегись, что ты это говоришь; если б они и от нее исходили, я не думаю, чтобы она велела тебе передать их от сердца, но если б она и велела сказать их от сердца, то мой господин чествует меня более, чем я стою, и я ни за что в жизни не нанесу ему такого оскорбления; потому смотри, никогда более не говори мне о таких делах». Луска, не смутившись его строгими речами, сказала ему: «Пирр, и об этих делах и обо всем другом, что прикажет мне моя госпожа, я буду говорить тебе сколько бы раз она ни велела, будет ли это тебе в удовольствие, или в досаду; а ты – дурак». Несколько рассерженная словами Пирра, она вернулась к даме, которая, выслушав их, готова была умереть, но через несколько дней снова заговорила с служанкой и сказала: «Луска, ты знаешь, что с первого удара дуб не падает, потому мне кажется, тебе бы еще раз вернуться к тому, кто, в ущерб мне, желает проявить столь невероятную верность; выбрав удобное время, открой ему всецело мою страсть и постарайся всячески устроить, чтобы она имела исполнение, ибо если это оставить так, я умру, а он будет думать, что над ним посмеялись, и где я искала любви, воспоследовала бы ненависть».

Служанка утешила госпожу и, отыскав Пирра, найдя его веселым и в хорошем расположении духа, сказала ему так: «Пирр, я рассказала тебе тому несколько дней, какою любовью пылает к тебе твоя и моя госпожа; теперь я заверяю тебя снова, что, если ты останешься при той жестокости, которую обнаружил третьего дня, будь уверен, что ей недолго прожить. Потому прошу тебя согласиться исполнить ее желание; если же ты пребудешь твердым в твоем упрямстве, я, считавшая тебя очень умным, сочту тебя большим глупцом. Разве тебе не честь, что такая женщина, такая красивая и благородная, любит тебя более всего? А затем, разве ты не признаешь себя обязанным счастливой судьбе, когда сообразишь, что она устроила тебе такое дело, отвечающее желаниям твоей юности, и еще такое убежище в твоих нуждах? Кого знаешь ты из своих сверстников, который в отношении к удовольствию был бы поставлен лучше тебя, если ты окажешься разумным? Кого найдешь, который мог бы быть так снабжен оружием и конями, платьем и деньгами, как будешь ты, если захочешь отдать ей свою любовь? Итак, открой душу моим словам и приди в себя: помни, что лишь однажды, не более, случается счастью обратиться к кому-нибудь с веселым челом и отверстым лоном, и кто не сумеет принять его тогда, впоследствии, узрев себя бедным и нищим, должен пенять на себя, а не на него. Кроме того, между слугами и господами нечего соблюдать такую верность, какую следует между друзьями и родными; напротив, слуги должны с ними обходиться, где могут, так же, как те обходятся с ними. Неужели ты воображаешь, что если бы у тебя была красивая жена или мать, дочь или сестра и она понравилась бы Никострату, он стал бы раздумывать о верности, которую ты хочешь сохранить к нему по отношению к его жене? Глупец ты, если так думаешь: поверь, что если б недостаточно было ласк и просьб, он употребил бы силу, как бы тебе то ни показалось. Итак, будем обходиться с ними и с тем, что им принадлежит, как они обходятся с нами и с нашим. Пользуйся благодеянием судьбы: не гони ее, а пойди ей навстречу и прими приходящую, потому что, поистине, если ты этого не сделаешь, то, не говоря уже о смерти твоей госпожи, которая, несомненно, последует, ты столько раз покаешься, что и сам пожелаешь умереть».

Пирр, несколько раз обдумавший слова, сказанные ему Луской, решился, коли она вернется к нему, дать другой ответ и всецело согласиться на желание дамы, если только он в состоянии будет увериться, что его не искушают; поэтому он отвечал: «Видишь ли, Луска, все, что ты мне говоришь, я признаю справедливым; но, с другой стороны, я знаю, что мои господин очень умен и рассудителен, и так как он сдал мне на руки все свои дела, я сильно опасаюсь, не делает ли все это Лидия по его совету и желанию, дабы испытать меня; потому, если она захочет, в удостоверение мое, сделать три вещи, которых я у нее попрошу, поистине не будет ничего, чего бы я не исполнил, коли она прикажет. А три вещи, которых я желаю, следующие: во-первых, чтобы в присутствии Никострата она убила его лучшего ястреба; затем, чтобы она послала мне клочок волос из бороды Никострата; наконец, один из его зубов, из самых здоровых».

Луске все это показалось трудным, а даме и более того; тем не менее Амур, хороший поощритель и великий податель советов, побудил ее решиться на это дело, и она послала служанку сказать ему, что то, чего он потребовал, будет ею исполнено вполне и скоро; а кроме того, сказала, что, хотя он и считает Никострата таким умным, она в его присутствии станет тешиться с Пирром, а Никострата уверит, что это неправда.

И вот Пирр начал ожидать, что станет делать благородная дама. Когда через несколько дней Никострат давал большой обед нескольким дворянам, как то часто делал, и со столов было уже убрано, она, одетая в зеленый бархат и богато украшенная, вышла из своей комнаты и, вступив в залу, где они находились, в виду Пирра и всех других направилась к жерди, на которой сидел ястреб, столь дорогой Никострату; отвязав его, точно желая взять его на руку, схватила за цепочку и, ударив об стену, убила. Когда Никострат закричал на нее: «Увы мне, жена, что это ты сделала!», она ничего ему не ответила, а, обратившись к обедавшим у него дворянам, сказала: «Господа, плохо я отомстила бы королю, если б он оскорбил меня, кабы у меня не хватило смелости отомстить ястребу! Вы должны знать, что этот ястреб долго отнимал у меня время, которое мужчины должны посвящать удовольствию женщин; ибо, как только, бывало, покажется заря, Никострат, поднявшись и сев на коня, едет в чистое поле с своим ястребом на руке, поглядеть, как он летает, а я, сами видите - какая, оставалась в постели одна, недовольная; потому у меня несколько раз являлось желание сделать то, что я теперь сделала, и не иная причина воздержала меня от того, как желание совершить это в присутствии людей, которые были бы справедливыми судьями моей жалобы, каковыми, надеюсь, окажетесь вы».

Дворяне, выслушав это и полагая, что ее любовь к Никострату была не иная, чем звучали ее слова, смеясь, обратились все к расстроенному Никострату и стали говорить: «Как хорошо поступила дама, отомстив смертью ястреба за свою обиду!» Разными шутками по этому поводу они обратили гнев Никострата в смех, между тем как дама уже вернулась в свою комнату. Когда увидел это Пирр, сказал себе: «Великий почин дала дама моей счастливой любви; дай бог ей выдержать!»

Не прошло много дней после того, как Лидия убила ястреба, когда она, будучи в своей комнате с Никостратом, лаская его, начала с ним болтать; а так как он шутки ради потянул ее несколько за волосы, она нашла в этом повод исполнить и второе условие, которое поставил ей Пирр; быстро схватив небольшую прядь его бороды, она, смеясь, так сильно дернула ее, что всю оторвала ее от подбородка. Когда Никострат стал пенять на это, она сказала: «Что такое с тобою сталось, что ты строишь такое лицо? Не оттого ли, что я вырвала у тебя из бороды каких-нибудь шесть волосиков? Ты того не чувствовал, что я, когда недавно ты дернул меня за волосы». Так, переходя от одного слова к другому и продолжая шутить с ним, дама осторожно припрятала клок бороды, который у него вырвала, и в тот же день послала его своему дорогому любовнику.

Относительно третьей вещи дама задумалась более; тем не менее, так как она была большого ума, а Амур сделал ее и еще умнее, она придумала, какого способа ей следует держаться, чтобы достигнуть цели. У Никострата было двое мальчиков, отданных ему их отцами, дабы они, будучи благородного происхождения, научились у него в доме хорошему обращению; один из них разрезал Никострату пищу, когда он был за столом, другой подносил ему пить. Велев позвать их обоих, она уверила их, что у них пахнет изо рта, и научила их, прислуживая Никострату, держать голову как можно более назад, но чтобы о том они никогда никому не говорили. Мальчики, поверив ей, стали делать так, как научила их дама. Поэтому она однажды спросила Никострата: «Заметил ли ты, что делают те мальчики, когда служат тебе?» Никострат сказал: «Разумеется, я даже хотел спросить их, зачем они так делают». – «Не делай этого, я тебе скажу, почему, я долго об этом молчала, чтобы не досадить тебе, но теперь вижу, что другие начинают замечать это, и более нечего от тебя скрывать.

Происходит это не от чего другого, как от того, что у тебя страшно пахнет изо рта, и я не знаю, какая тому причина, потому что этого не бывало; а это крайне неприятно, ибо тебе приходится общаться с благородными людьми, потому следовало бы найти средство излечить это». Тогда Никострат сказал: «Что же это может быть? Нет ли у меня во рту какого испорченного зуба?» – «Может быть, что и так, – сказала Лидия и, подведя его к окну, велела ему открыть рот и, осмотрев ту и другую сторону, сказала: – О Никострат, и как мог ты так долго терпеть? У тебя есть с той стороны зуб, который, кажется мне, не только испорчен, но совсем сгнил, и если ты сохранишь его еще во рту, он, наверно, испортит тебе те, что сбоку, почему я посоветовала бы тебе выдернуть его, прежде чем это пойдет дальше». Тогда Никострат сказал: «Если тебе так кажется, то и я согласен, пусть тотчас же пошлют за зубным мастером, чтобы выдернуть его». Жена говорит ему: «Не дан бог, чтобы из-за этого приходил мастер, мне кажется, зуб так стоит, что безо всякого мастера я сама его отлично выдерну. С другой стороны, эти мастера так немилосердны в своем деле, что мое сердце никоим образом не вынесло бы – увидеть или знать тебя в руках кого-нибудь из них; потому я решительно желаю сделать это сама, по крайней мере если тебе будет слишком больно, я тотчас же оставлю, чего мастер не сделал бы». Итак, велев принести себе орудия для такого дела и выслав всех из комнаты, она оставила при себе одну Луску; запершись изнутри, она велела Никострату растянуться на столе, всунула в рот клещи и схватила один из его зубов; и хотя он сильно кричал от боли, но так как его крепко держали с одной стороны, то с другой со всей силой вытащен был зуб; спрятав его и взяв другой, совсем испорченный, который Лидия держала в руке, она показала его ему, жаловавшемуся и почти полумертвому, со словами: «Смотри, что ты так долго держал во рту!» Он поверил этому, и хотя вынес страшную муку и сильно жаловался на нее, тем не менее, когда зуб был выдернут, счел себя излеченным; его подкрепили тем и другим, и когда боль унялась, он вышел из комнаты. Взяв зуб, дама тотчас же послала его своему любовнику, который, уверенный теперь в ее любви, объявил, что готов исполнить всякое ее желание.

Но дама пожелала еще более уверить его, и так как каждый час, пока она не сошлась с ним, казался ей за тысячу и ей хотелось исполнить, что она ему обещала, она притворилась больной, и когда однажды после обеда Никострат пришел к ней, увидев, что с ним никого нет, кроме Пирра, она попросила их, для облегчения своей немочи, помочь ей дойти до сада. Потому Никострат взял ее с одной, Пирр с другой стороны, понесли в сад и опустили на одной лужайке под прекрасным грушевым деревом. Посидев там немного, дама, уже научившая Пирра, что ему следует сделать, сказала: «Пирр, у меня сильное желание достать этих груш, потому влезь и сбрось несколько». Быстро взобравшись, Пирр стал бросать вниз груши и, бросая, начал говорить: «Эй, мессере, что вы там делаете? А вы, мадонна, как не стыдитесь дозволять это в моем присутствии? Разве вы думаете, что я слеп? Вы же были только что сильно нездоровы; как это вы так скоро выздоровели, что творите такие вещи? А коли уже хотите делать, то у вас столько прекрасных комнат, почему не пойдете вы совершить это в одну из них? Это будет приличнее, чем делать такое в моем присутствии». Жена, обратившись к мужу, сказала: «Что такое говорит Пирр? Бредит он, что ли?» Тогда Пирр отвечал: «Я не брежу, мадонна; вы разве полагаете, что я не вижу?» Сильно изумился Никострат и говорит: «Пирр, я в самом деле думаю, что тебе видится во сне». Пирр отвечал ему: «Господин мой, мне ничуть не снится, да и вам также, напротив, вы так движетесь, что если бы так делало это грушевое дерево, на нем не осталось бы ни одной груши». Тогда жена сказала: «Что это могло бы быть? Может ли то быть правда, что ему действительно представляется то, о чем он говорит? Спаси господи, если б я была здорова, как прежде, я бы влезла наверх, поглядеть, что это за диковинки, которые, по его словам, ему видятся». А Пирр с верху грушевого дерева все говорил, продолжая рассказывать об этих небылицах. На это Никострат сказал: «Слезь вниз». Он слез. «Что, говоришь, ты видел?» – спросил он его. «Я полагаю, вы считаете меня рехнувшимся либо сонным, – отвечал Пирр, – я видел, что вы забавляетесь с вашей женой, если уж надо мне о том сказать, а когда слезал, увидел, что вы встали и сели здесь, где теперь сидите». – «В таком случае ты наверно был не в своем уме, – сказал Никострат, – потому что с тех пор, как ты влез на грушу, мы не сдвинулись с места, как теперь нас видишь». На это Пирр сказал: «К чему нам о том спорить? Я все-таки видел вас». Никострат с часу на час более удивлялся, так что, наконец, сказал: «Хочу я посмотреть, не зачаровано ли это грушевое дерево и точно ли тому, кто на нем, представляются диковинки».

И он влез на него; как только он был наверху, дама с Пирром начали утешаться; как увидел это Никострат, стал кричать: «Ах ты негодная женщина, что это ты делаешь? А ты, Пирр, которому я всего более доверял?» Так говоря, он начал слезать с груши. Жена и Пирр говорят: «Мы сидим»; увидев, что он слезает, они снова сели в том положении, в каком он оставил их. Когда Никострат спустился и увидел их там же, где оставил, принялся браниться. А Пирр говорит на это: «Никострат, теперь я поистине признаю, что, как вы раньше говорили, все виденное мною, когда я сидел на дереве, было обманом; и я сужу так не по чему иному, как по тому, что, как я вижу и понимаю, и вам все это представилось обманно. А что я правду говорю, то вы поймете, хотя бы сообразив и представив себе, зачем было вашей жене, честнейшей и разумнейшей изо всех, если б она желала опозорить вас таким делом, совершать его на ваших глазах? О себе я и говорить не хочу, ибо я дал бы себя скорее четвертовать, чем помыслить о том, не то что совершить это в вашем присутствии. Потому причина этого обмана глаз должна наверно исходить от грушевого дерева, ибо весь свет не мог бы разуверить меня, что вы не забавлялись здесь с вашей женой, если б я не слышал от вас, что и вам показалось, будто и я сделал то, о чем, знаю наверно, я и не думал, не только что не совершал». Тогда дама, представившись очень разгневанной, поднялась и стала говорить: «Да будет тебе лихо, коли ты считаешь меня столь неразумной, что если б я желала заниматься такими гадостями, какие, по твоим словам, ты видел, я пришла бы совершить их на твоих глазах. Будь уверен, что, явись у меня на то желание, я не пришла бы сюда, а сумела бы устроиться в одной из наших комнат, так и таким образом, что я диву бы далась, если б ты когда-либо о том узнал».

Никострат, которому казалось, что тот и другой говорят правду, то есть что они никогда не отважились бы перед ним на такой поступок, оставив эти речи и упреки подобного рода, стал говорить о невиданном случае и о чуде зрения, так изменявшегося у того, кто влезал на дерево. Но жена, представляясь, что раздражена мнением, которое выразил о ней Никострат, сказала: «Поистине, это грушевое дерево никогда более не учинит такого сраму никому, ни мне, ни другой женщине, если я смогу это сделать; потому сбегай, Пирр, пойди и принеси топор и заодно отомсти за тебя и за меня, срубив его, хотя много лучше было бы хватить им по голове Никострата, так скоро и без всякой сообразительности давшего ослепить свои умственные очи: ибо, хотя глазам, что у тебя на лице, и казалось то, о чем ты говоришь, тебе никоим образом не следовало перед судом твоего разума допускать и принимать, что так и было».

Пирр поспешно пошел за топором и срубил грушевое дерево; когда жена увидела, что оно упало, сказала, обратившись к Никострату: «Так как, я вижу, пал враг моего честного имени, и мой гнев прошел»; и она благодушно простила Никострата, просившего ее о том, приказав ему впредь никогда не подозревать в таком деле ту, которая любит его более самой себя. Так бедный обманутый муж вернулся с нею и с ее любовником в палаццо, где впоследствии Пирр часто и с большими удобствами наслаждался и тешился с Лидией, а она с ним.

# Новелла десятая

**Двое сиэнцев любят одну женщину, куму одного из них; кум умирает и, возвратившись к товарищу, согласно данному ему обещанию, рассказывает ему, как живется на том свете.**

Осталось рассказывать одному лишь королю; увидав, что дамы, сетовавшие о срубленном, неповинном дереве, успокоились, он начал: – Хорошо известно, что всякий справедливый король должен быть первым блюстителем данных им законов, а если поступать иначе, его следует почитать за достойного наказания раба, а не за короля; в такой именно проступок и такое порицание предстоит, почти по принуждению, впасть мне, вашему королю. Я действительно постановил вчера законы для бывших ныне бесед, в намерении не пользоваться в этот день моей льготой, а, подчинившись наравне с вами тому постановлению, говорить о том, о чем все вы рассказывали; но не только рассказано было то, что я намеревался рассказать, а и говорено было об этом предмете столько другого и лучшего, что, как ни ищу я в своей памяти, не могу ничего припомнить, ни представить себе, чтобы я мог рассказать об этом сюжете что-либо идущее в сравнение с сообщенным. Вследствие этого, будучи поставлен в необходимость проступиться против закона, мною самим постановленного, я, как достойный наказания, теперь же заявляю себя готовым понести всякую пеню, которую на меня наложат, и возвращусь к моей обычной льготе. Скажу вам, что новелла, рассказанная Елизой, о куме и куме, и придурковатость сиэнцев так сильно действуют на меня, дражайшие дамы, что побуждают меня, оставив проделки, устраиваемые дуракам мужьям их умными женами, сообщить вам одну новеллу о кумовьях, которую – хоть и есть в ней многое, чему не следует верить, – тем не менее отчасти приятно будет послушать.

Итак, жили в Сиэне двое молодых людей, из простых, один по имени Тингоччьо Мини, другой Меуччьо ди Тура; жили они у ворот Салая, общались почти лишь друг с другом и, казалось, очень любили друг друга. Ходя, как то все делают, по церквам и проповедям, они часто слышали о славе или горе, уготованном на том свете, смотря по заслугам, душам умерших. Желая иметь об этом достоверные сведения и не зная, каким образом, они обещали друг другу, что тот, кто первый умрет, вернется, коли возможно, к оставшемуся в живых и сообщит ему желаемые вести; это они закрепили клятвенно.

И вот, когда они дали друг другу этот обет и продолжали общаться друг с другом, как сказано, случилось Тингоччьо стать кумом некоего Амброджио Ансельмини, жившего в Кампо Реджи, у которого от его жены, по имени монны Миты, родился сын. Тингоччьо, посещая иногда вместе с Меуччьо свою куму, красивейшую и привлекательную женщину, влюбился в нее, несмотря на кумовство, и Меуччьо также в нее влюбился, так как она ему очень нравилась, да и Тингоччьо сильно ее нахваливал. В этой любви один скрывался от другого, но не по одной и той же причине. Тингоччьо остерегался открыть это Меуччьо, потому что ему самому казалось нехорошим делом, что он любит куму, и он устыдился бы, если бы кто-либо о том узнал; Меуччьо остерегался не потому, а по той причине, что уже заметил, что она нравится Тингоччьо. И он говорил себе: «Если я откроюсь ему в этом, он ощутит ко мне ревность и, будучи в состоянии говорить с нею как кум когда угодно, насколько ему возможно, поселит в ней ненависть ко мне, так что я никогда не получу, что мне от нее желательно».

Когда оба молодых человека, как сказано, любили таким образом, вышло, что Тингоччьо, которому было более с руки открыться даме в своих желаниях, так успел все устроить словами и действиями, что получил от нее, чего добивался. Меуччьо отлично это заметил, и хотя это было ему очень неприятно, тем не менее в надежде, что и он когда-нибудь достигнет цели своих желаний, и для того чтобы у Тингоччьо не было ни повода, ни причины повредить либо помешать его делу, притворился, что ничего не замечает. Так оба товарища и любили, один более удачливо, чем другой, когда случилось, что Тингоччьо, найдя во владениях кумы податливую почву, принялся там так копать и работать, что ему приключилась с того болезнь, настолько удручившая его в несколько дней, что, не перенеся ее, он скончался. И, скончавшись, явился, по обещанию, на третий день (видно, потому, что ранее не мог) ночью в комнату Меуччьо и позвал его, крепко спавшего. Меуччьо, проснувшись, спросил: «Кто ты такой?» Тот отвечал ему: «Я – Тингоччьо, вернувшийся к тебе, согласно данному тебе обещанию, чтобы сообщить тебе вести о том свете». Меуччьо, увидев его, несколько устрашился, но, оправившись, сказал: «Добро пожаловать, брат мой». Затем спросил его, погиб ли он. На это Тингоччьо ответил: «Погибло то, чего нельзя найти, а как бы я был здесь, если бы погиб?» – «Я не о том говорю, – сказал Меуччьо, – а спрашиваю тебя, обретаешься ли ты в числе осужденных душ в неугасаемом адском огне?» Тингоччьо ответил на это: «Нет, не там, но я могу сказать тебе, что за содеянные мною грехи нахожусь в тяжких и томительных мучениях». Тогда Меуччьо стал подробно расспрашивать Тингоччьо, какие там налагаются наказания за каждый из совершенных здесь грехов, и Тингоччьо обо всех ему рассказал.

Затем Меуччьо спросил его, не желает ли он сделать чего-либо здесь в его пользу; на это Тингоччьо отвечал, что может, а именно – пусть велит служить по нем обедни, читать молитвы и подавать милостыню, ибо все это много помогает тем, кто на том свете. Меуччьо сказал, что сделает это охотно, а когда Тингоччьо собирался уже уходить, Меуччьо вспомнил о куме и, приподняв несколько голову, сказал: «Хорошо, что мне вспомнилось, Тингоччьо! За куму, с который ты спал, пока был здесь, какое положено тебе наказание?» На это Тингоччьо отвечал: «Брат мой, когда я прибыл туда, был там некто, знавший, кажется, наизусть все мои грехи, он приказал мне отправиться в место, где я в страшных страданиях оплакивал мои проступки и где встретил много товарищей, осужденных на ту же муку, что и я; находясь между ними, вспоминая, что я совершил с кумою, и ожидая за то еще большего наказания, чем какое было мне положено, я, хотя и был в великом, сильно горевшем пламени, весь дрожал от страха. Когда увидел это кто-то, бывший со мной рядом, сказал мне: „Что ты учинил большего против других, здесь обретающихся, что дрожишь, стоя в огне?“ – „О друг мой, – сказал я, – я страшно боюсь осуждения, которого ожидаю за великий, когда-то совершенный мною грех“. Тогда тот спросил меня, что это за грех; на это я отвечал: „Грех был такой, что я спал с одной своей кумой, и спал так, что уходил себя“. Тогда тот, глумясь надо мною, сказал: „Пошел, глупец, не бойся, ибо здесь кумы в расчет не берутся“. Как услышал я это, совсем успокоился».

После этих слов, когда уже рассветало, он сказал: «С богом, Меуччьо. я не могу более оставаться с тобою», – и он внезапно удалился. Услышав, что кумы не берутся в расчет, Меуччьо стал издеваться над своей глупостью, вследствие которой он уже многих из них пощадил; потому, простившись с своим невежеством, отныне стал мудрее в этом отношении. Кабы знал это брат Ринальдо, ему нечего было бы мудрствовать, когда он обращал к своим желаниям свою дорогую куму.

Уже поднялся зефир, потому что солнце пошло на закат, когда король кончил свою новеллу; так как никому более не оставалось рассказывать, он снял с головы венок и возложил его на голову Лауретты, со словами: «Мадонна, я венчаю вас, во имя ваше, королевой нашего общества; итак, распоряжайтесь отныне, как повелительница, всем, что найдете нужным для общего удовольствия и утехи». И он снова сел.

Став королевой, Лауретта, велев позвать сенешаля, приказала ему распорядиться, чтобы в прелестной долине столы были накрыты несколько ранее обыкновенного, дабы им можно было не спеша вернуться в палаццо, а затем объяснила ему, что ему надлежит делать, пока будет продолжаться ее правление. После этого, обратившись к обществу, она сказала: «Дионео пожелал вчера, чтобы сегодня рассказывали о проделках, которые строят жены мужьям, если б я не опасалась показаться из отродья лающих псов, желающих немедленной отместки, я назначила бы завтра рассказывать о проделках, которые мужья устраивают своим женам. Но, отложив это, я решаю, чтобы каждый приготовился рассказывать о тех шутках, которые ежедневно проделывают друг над другом женщина над мужчиной или мужчина над женщиной, либо мужчина над мужчиной, и я полагаю, что об этом потешных рассказов будет не менее, чем было сегодня». Так сказав и поднявшись, она распустила общество до часа ужина. Дамы и мужчины также поднялись; из них одни принялись бродить босые в прозрачной воде, другие гулять по зеленому лугу среди прекрасных, стройных деревьев. Дионео и Фьямметта долго пели вместе об Арчите и Палэмоне; так среди многих и различных потех они в величайшем удовольствии провели время до часа ужина. Когда он настал, сев за стол у озерка, под пение тысячи птиц, освежаемые мягким ветерком, веявшим с окружных пригорков, не досаждаемые ни одной мухой, они спокойно и весело поужинали. Когда убрали со столов, побродив еще несколько по прелестной долине, они, по благоусмотрению королевы, тихим шагом направились по дороге к своему обычному пристанищу, когда солнце стояло еще высоко в полувечере; шутя и болтая о тысяче вещей, как о тех, о которых рассказывали, так и о других, они дошли до великолепного палаццо уже к ночи. Когда при помощи холодных вин и печений прошла усталость от недалекого пути, они тотчас же принялись плясать вокруг прекрасного фонтана то под звуки Тиндаровой волынки, то под другую музыку. Под конец королева приказала Филомене сказать одну канцону, и она начала так:

*Увы, как жизнь мне тяжела!*
*Придет ли день, когда могу я возвратиться*
*Туда, отколь в таком страдании ушла?*
*Не знаю ничего, таким огнем полно*
*Носимое в груди моей стремленье*
*Себя несчастную, в приюте прежних дней*
*Увидеть! О, мое сокровище одно,*
*Одна услада мне, ты, мной без разделенья*
*Владеющий! Ответь! Спросить других людей*
*Не смею и кого – не знаю. Жду твоей,*
*Владыка милости, – чтоб снова укрепиться,*
*Утешиться душа заблудшая могла.*
*Не выражу в словах блаженства я того,*
*Которое меня всю так воспламенило,*
*Что места не найти ни ночью мне ни днем.*
*Мой слух и зрение, и все до одного*
*Другие чувства вдруг с необычайной силой*
*Зажгли тайник души неведомым огнем, –*
*И вот я вся пылаю в нем!*
*И можешь только ты помочь мне исцелиться,*
*Освободить мой дух от пагубного зла.*
*Скажи же, сбудется ль, и сбудется когда,*
*Что снова там увижусь я с тобою,*
*Где целовала я сгубившие меня*
*Глаза твои? Скажи, придешь ли ты туда,*
*Мое сокровище душа моя? Покою*
*Хоть несколько мне дай, молчанья не храня!*
*Пусть краток будет срок до дня*
*Прибытья твоего, а пребыванье длится*
*Подолее! Любовь всю жизнь мою взяла.*
*Но если вновь тебя привлечь мне суждено, –*
*Надеюсь, что теперь я буду не такая,*
*Как прежде, глупая: уйти тебе не дам,*
*Не выпущу. Уж будь что будет – все равно:*
*Желание свое осуществить должна я,*
*Прильнув к твоим чарующим устам.*
*Об остальном пока молчу – узнаешь там…*
*Приди ж, приди скорей в объятье пылком слиться;*

*От мысли уж о том охота петь пришла.*

Эта канцона заставила все общество предположить, что новая, счастливая любовь обуяла Филомену, и так как, по ее словам казалось, что она испытала ее глубже, чем путем одного лишь лицезрения, ее почли тем более счастливой, а иные и позавидовали ей. Когда кончилась ее канцона, королева вспомнила, что следующий день будет пятница, почему, любезно обратившись ко всем, сказала: «Вы знаете, благородные дамы, и вы, юноши, что завтра – день, посвященный памяти страданий господа нашего, день, который, если вы хорошенько припомните, мы провели благочестиво, когда королевой была Неифила, отменив забавные рассказы, то же мы сделали и в следующую затем субботу. Потому, желая последовать благому примеру, данному нам Неифилой, я полагаю, что нам будет приличнее завтра и на другой день воздержаться от потешных рассказов, как то мы сделали и в прошлый раз, поминая, что в эти дни совершено было во спасение наших душ». Всем понравилась благочестивая речь королевы; когда она распустила их, прошла уже добрая часть ночи, и все пошли отдохнуть.

# ДЕНЬ ВОСЬМОЙ

Кончен седьмой день Декамерона и начинается восьмой, в котором, под председательством Лауретты, рассказывают о шутках, которые ежедневно проделывают друг над другом: женщина над мужчиной, или мужчина над женщиной, либо мужчина над мужчиной.

Уже лучи восходившего светила показались утром в воскресенье на вершинах высочайших гор, мрак рассеялся и все стало видно кругом, когда королева и ее общество, поднявшись и погуляв наперед по росистой траве, в половине третьего часа посетили небольшую соседнюю церковь, где слушали божественную службу; вернувшись домой и весело и приятно пообедав, попели и поплясали немного, а затем, с позволения королевы, кто желал, мог пойти отдохнуть. Но когда солнце уже перешло за полуденный круг, все уселись, по благоусмотрению королевы, у прекрасного фонтана для обычных рассказов, и, следуя приказу королевы, Неифила начала так.

## Новелла первая

**Гульфардо берет у Гаспарруоло деньги взаймы и, условившись с его женою, что он проспит с нею за такую же сумму, вручает их ей и говорит Гаспарруоло в ее присутствии, что возвратил их жене, а та подтверждает, что это правда.**

Если уже так устроил господь, чтобы мне открыть этот день моей новеллой, я согласна; а так как, любезные дамы, много говорено было о проделках, устроенных мужчинам женщинами, мне желательно рассказать вам о проделке, устроенной мужчиной одной женщине, не потому, чтобы я хотела укорить ею совершенное мужчиной, либо сказать, что женщина получила не по своим заслугам, напротив того, желая похвалить мужчину и укорить женщину и показать, что и мужчины умеют провести доверяющихся им, как и их проводят те, кому они верят. Хотя, говоря по-настоящему, то, о чем я хочу рассказать, следовало бы назвать не шуткой, а должным воздаянием, ибо женщине подобает особенно быть честной, соблюдая, как жизнь, свое целомудрие и ни за что не допуская осквернить его; но так как, по нашей слабости, невозможно соблюсти это в полноте, как бы следовало, я утверждаю, что та достойна костра, кто увлекается к такому делу из-за денег, тогда как, кто доходит до того по любви, могучие силы которой нам известны, заслуживает прощения в глазах не слишком строгого судьи, как то несколько дней тому назад показал нам Филострато на примере мадонны Филиппы в Прато.

Итак, жил когда-то в Милане один немец, наемник, по имени Гульфардо, храбрый и очень верный тем, на чью службу он поступал, что редко бывает с немцами; а так как при отдаче денег, которыми его ссуживали, он был честнейший плательщик, нашлось бы много купцов, которые за малый барыш ссудили бы его любой суммой денег. Живя в Милане, он влюбился в одну очень красивую женщину, по имени Амбруоджию, жену богатого купца, по имени Гаспарруоло Кагастраччьо, хорошего своего знакомого и приятеля; любя ее очень осмотрительно, так что ни муж, ни другие того не замечали, он послал однажды попросить ее быть к нему благосклонной в своей любви, а что он с своей стороны готов сделать все, что она прикажет. После многих переговоров дама пришла к тому заключению, что она готова сделать, что желает Гульфардо, если от того воспоследует двоякое: во-первых, чтобы об этом деле он никогда не сказывал кому бы то ни было, а затем, так как для некоторой надобности ей необходимо иметь двести флоринов золотом, то она и желает, чтобы он, будучи человеком богатым, дал их ей, а она будет потом всегда к его услугам.

Услышав о такой ее жадности и негодуя на подлость той, которую он считал женщиной достойной, Гульфардо сменил горячую любовь чуть ли не в ненависть и, затеяв подшутить над нею, послал ей сказать, что он охотно исполнит это и все другое, что в состоянии сделать, а ей будет в угоду; потому пусть только пошлет ему сказать, когда она желает, чтобы он пришел к ней, он принесет ей требуемое, и никогда о том не узнает никто, кроме одного товарища, которому он очень доверяет и который всегда с ним во всех его делах. Дама, или скорее дрянная женщина, услышав это, была довольна и послала сказать ему, что ее муж

Гаспарруоло через несколько дней должен отправиться по своим делам в Геную и что тогда она даст ему знать и пошлет за ним.

Выбрав время, Гульфардо пошел к Гаспарруоло и сказал ему: «У меня есть одно дело, для которого необходимо двести золотых флоринов; мне хочется, чтобы ты дал их мне взаймы с тем ростом, с каким обыкновенно ссужаешь мне и другие суммы». Гаспарруоло сказал, что охотно, и тотчас отсчитал ему деньги.

Спустя несколько дней Гаспарруоло отправился в Геную, как сказала дама, почему она уведомила Гульфардо, чтобы он явился к ней и принес двести золотых флоринов. Гульфардо, взяв с собой товарища, пошел в дом дамы, встретил ее, поджидавшую его, и первое, что он сделал, было отдать ей в руки при своем товарище те двести золотых флоринов, со словами: «Мадонна, вот деньги, отдайте их вашему мужу, когда он вернется». Дама взяла их, не догадываясь, почему так сказал Гульфардо; она полагала, что сделал он это, дабы его товарищ не заметил, что он отдал их ей в вознаграждение. Потому она сказала: «Я охотно это сделаю, но хочу посмотреть, сколько их тут», и, высыпав их на стол и найдя, что их двести, спрятала их, очень довольная, и, вернувшись к Гульфардо, повела его в свою комнату; и не только в эту ночь, но и в многие другие, пока муж не вернулся из Генуи, она доставляла ему удовлетворение своей особой.

Когда вернулся из Генуи Гаспарруоло, Гульфардо, улучив время, когда тот был вместе с женою, тотчас же отправился к нему и сказал в ее присутствии: «Гаспарруоло, деньги, то есть двести золотых флоринов, которые ты недавно дал мне взаймы, мне не понадобились, ибо я не мог сделать того дела, для которого взял их; вследствие этого я тотчас же принес их твоей жене и отдал их ей; потому уничтожь мой счет». Гаспарруоло, обратившись к жене, спросил, получила ли она их. Видя, что тут и свидетель, она не могла отречься и сказала: «Да, я их получила, но еще не надумалась сказать тебе о том». Тогда Гаспарруоло сказал: «Гульфардо, я удовлетворен; ступай с богом, а я устрою твой расчет». Гульфардо ушел, а проведенная дама отдала мужу позорную плату за свою низость. Так хитрый любовник, не расходуясь, воспользовался своей корыстолюбивой милой.

## Новелла вторая

**Приходский священник ив Варлунго спит с мадонной Бельколоре, оставляет у нее в залог свой плащ и, взяв у нее на время ступку, отсылает ей ее с просьбой вернуть плащ, оставленный в закладе; та отдает его с бранными словами.**

И мужчины и дамы одинаково одобрили то, что учинил Гульфардо с жадной миланкой, когда королева, обратившись к Памфило с улыбкой, приказала ему продолжать. Потому Памфило начал: – Прелестные дамы, мне приходится рассказать вам новеллу, направленную против тех, которые постоянно оскорбляют нас, но не могут быть одинаково оскорблены нами, то есть против священников, которые воздвигли крестовый поход на наших жен и полагают, что, подчинив себе одну ид них, они заслужили такое же отпущение грехов и кары, как если бы привели связанным султана из Александрии в Авиньон. А бедные миряне не могут учинить им того же, хотя и срывают свой гнев, нападая на их матерей, сестер, приятельниц и дочерей с не меньшей яростью, чем те на их жен. Потому я хочу рассказать вам об одной деревенской страстишке, более смехотворной по заключению, чем богатой словами, из которой вы можете извлечь и тот урок, что не следует всегда и во всем верить священникам.

Итак, скажу, что в Варлунго, деревне, недалеко отсюда отстоящей, как всякая из вас знает, либо могла слышать, был священник» молодец и здоровенный в услужении женщинам, который, хотя и не особенно был силен в грамоте, тем не менее многими хорошими и святыми словечками наставлял своих прихожан в воскресенье под ольхой, а когда они куда-нибудь уходили, посещал их жен усерднее, чем какой-либо из бывших до него священников, принося им порой на дом образки, святой воды и огарки свеч и наделяя своим благословением.

Случилось, что в числе других его прихожанок, дотоле нравившихся ему, ему приглянулась более всех одна, по имени монна Бельколоре, жена одного крестьянина, который звался Бентивенья дель Маццо; она в самом деле была хорошенькая, свежая крестьяночка, смугленькая и плотная, более всякой другой годная на мельничное дело. Сверх того, она лучше всех умела играть на цимбалах и петь: «Вода бежит к оврагу», и, когда случалось, выступала в пляске, вела ридду и баллонкио, с красивым, тонким платком в руке, лучше любой своей соседки. Вследствие всего этого священник так сильно в нее влюбился, что был как бешеный и весь день шлялся, лишь бы увидать ее. Утром в воскресенье, когда он знал, что она в церкви, он старался показать себя столь великим мастером пения, что, казалось, кричит осел, тогда как, не видя ее, обходился без этого очень легко. При всем том он так умел устроить, что Бентивенья дель Маццо не замечал того, да и никто из его соседей. А чтобы более сблизиться с монной Белысолоре, он делал ей порою подарки: то пошлет пучок свежего чесноку, – а был он у него из лучших в деревне, – из своего сада, который он обрабатывал своими руками, то корзинку гороха в стручках, то связку майского луку или шарлоток, а иногда, улучив время, посмотрит на нее искоса и любовно огрызнется; она же, несколько дичась и притворившись, что ничего не замечает, проходила мимо с сдержанным видом, почему отец священник и не мог добиться от нее толку.

Случилось однажды, что, когда священник плутал зря по деревне в самый полдень, ему встретился Бентивенья дель Маццо, с ослом впереди, нагруженным всяким добром. Перекинувшись с ним словом, он спросил, куда он идет. На это Бентивенья отвечал: «Сказать правду, батюшка, я иду в город по одному своему делу и везу это добро господину Бонаккорри да Джинестрато, дабы он помог мне в чем-то, за чем меня велел вызвать через своего прокурора для немедленной явки уголовный судья». Священник, обрадовавшись, сказал: «Ладно, сын мой, ступай с моим благословением и возвращайся скорее, а коли доведется тебе увидеть Лапуччьо или Нальдино, не забудь сказать им, чтобы они принесли мне ремней для моих цепов». Бентивенья сказал, что будет сделано.

Пока он направлялся во Флоренцию, священнику представилось, что теперь время пойти к Белькoлоре и попытать свое счастье; пойдя поспешно, он, не останавливаясь, добрался до ее дома. Войдя, он сказал: «Господи благослови, кто же тут?» Белькoлоре, ушедшая на чердак, услышав его, сказала: «Добро пожаловать, батюшка, что это вы болтаетесь по такой жаре?» Священник отвечал: «Помилуй бог, я пришел побыть с тобою некоторое время, ибо встретил твоего мужа, шедшего в город». Белькoлоре, спустившись, села и принялась чистить капустное семя, которое недавно перед тем смолотил ее муж. Священник начал говорить: «Что ж, Белькoлоре, ты так и будешь вечно морить меня таким образом»? Белькoлоре, засмеявшись, спросила: «Что же я-то вам делаю?» Священник отвечал: «Ты-то мне ничего не делаешь, но не даешь мне сделать, чего я хочу и что сам бог повелел». Говорит Бельколоре: «Убирайтесь, убирайтесь! Да разве священники такие вещи делают?» Священник отвечал: «Да, и мы делаем это лучше, чем другие мужчины, а почему бы и нет? И я даже тебе больше скажу – мы работаем лучше. А знаешь почему – потому что мелем при водяном скопе. И тебе, наверно, хорошо будет, если ты будешь молчать, а мне предоставишь делать». – «А какая такая польза может от этого быть мне, когда все вы неподатливее черта?» – спросила Бельколоре. Священник говорит: «Я не знаю, спрашивай ты: хочешь ли пару башмаков, или бант, или кусок материи, или чего желаешь». Бельколоре сказала: «Ладно, брат, все это у меня есть, но коли вы так меня любите, почему не окажете мне услуги, а я сделаю, что вы захотите». – «Говори, что хочешь, я сделаю это охотно», – отвечал священник. Тогда Бельколоре сказала; «Мне надо в субботу пойти во Флоренцию сдать спряденную мною шерсть и дать починить мою прялку, и если вы ссудите мне пять лир, – а я знаю, что они у вас есть, – я выкуплю у закладчика мое темносинее платье и праздничный пояс, который я принесла в приданое мужу, потому что, видите ли, мне нельзя показаться ни в церковь, ни в другом приличном месте, так как у меня его нет; а там я всегда стану делать все, что вы ни пожелаете». Священник отвечал: « Пошли мне господь благовременье! Нет со мной таких денег, но поверь, что еще до субботы я очень охотно так устрою, что они у тебя будут». – «Да, – говорит Бельколоре, – все вы большие сулители, а затем никому не держите слова; не думаете ли и со мной сделать, как с Бильуццою, которая так и осталась при пустых словах? Клянусь богом, этому не бывать, потому что из-за этого она и пошла по рукам; коли денег нет при вас, сходите за ними». – «Эх, – сказал священник, – не отсылай меня теперь домой, потому, видишь ли, случай теперь такой подошел, что никого нет, а когда вернусь, того гляди – кто-нибудь подвернется, кто нам помешает; а я не знаю, когда-то мне будет такая удача, как теперь». А она говорит: «Ладно; коли хотите пойти, ступайте; коли нет, погодите».

Священник, видя, что она не желает сделать приятное ему, если не на условии: «Сохрани меня (salvum me fac), тогда как ему хотелось было устроить это „Без охраны“ (sine custodia), сказал: „Вот ты не веришь мне, что я их тебе принесу; для того чтобы ты поверила мне, я оставлю тебе в залог этот синий плащ“. Бельколоре, подняв лицо, сказала: „Этот-то плащ? А что он стоит?“ – „Как что стоит? – сказал священник, – узнай, что он из двойного и почти тройного сукна, а иные из наших почитают его за четверное, и не будет еще двух недель, как он обошелся мне у тряпичника Лотто целых семь лир, и я выгадал еще пять сольдов, как сказал мне Бульетто, а ты знаешь, что он хороший знаток синих сукон". – „Так разве? – сказала Бельколоре. – Ей-богу, я никогда бы тому не поверила; только дайте мне его наперед".

Отец священник, у которого лук был напряжен, снял плащ и отдал ей; убрав его, она сказала: «Батюшка, пойдем в эту хату, туда никто не заходит никогда». Так и сделали. Здесь священник долго забавлялся с ней, угощая ее самыми сладкими в свете поцелуями; затем, уйдя в одном исподнем платье, точно отбывал службу на свадьбе, вернулся в церковь. Здесь он размыслил, что сколько бы огарков он ни собрал за целый год приношений, они не составили бы и половины пяти лир, и ему показалось, что он поступил дурно, и он раскаялся, что оставил плащ, и начал соображать, каким бы способом заполучить его, не тратясь. А так как он был не без хитрости, он отлично измыслил, как его снова добыть, что и удалось ему, потому что на следующий день, – а был праздник, – он послал мальчика одного из своих соседей к той монне Бельколоре попросить, не согласится ли она ссудить ему свою каменную ступку, потому что в то утро у него обедают Бингуччьо дель Поджио и Нути Бульетти и он хочет сделать подливку. Бельколоре послала ее ему. Когда настало время обеда, священник приноровил, когда обедают Бентивенья дель Маццо и Белькολоре, и, позвав своего клирика, сказал ему: «Возьми эту ступку, отнеси ее Бельколоре и скажи: „Батюшка говорит, что очень благодарен, и просит прислать ему плащ, который мальчик оставил у вас в залоге". Клирик пошел с этой ступкой в дом Бельколоре и нашел ее вместе с Бентивенья за столом; они обедали. Здесь, поставив ступку, он передал поручение священника. Услышав, что у нее требуют плащ, Бельколоре хотела было отвечать, но Бентивенья сказал с сердитым видом: „Так ты берешь залоги у батюшки? Клянусь Христом, мне так и хочется накласть тебе под подбородок; ступай отдай его ему тотчас же, пострел тебя возьми! Да смотри, если б он чего-нибудь пожелал, говорю тебе, если б он попросил даже нашего осла, не то что чего другого, ему нет отказа".

Белькολоре поднялась, ворча, и, отправившись к сундуку, вытащила из него плащ и, отдавая клирику, сказала: «Скажи так от меня батюшке: „Бельколоре говорит и богом клянется, что вы никогда более не будете тереть подливку в ее ступке, так хорошо вы учествовали ее с этой!" Клирик пошел с плащом и передал поручение батюшке; на что священник сказал, смеясь: „Скажи ей, когда увидишь ее, что коли она не будет ссужать мне ступку, я не стану ссужать ее ничем другим“.

Бентивенья думал, что жена его говорит эти слова потому, что он выбранил ее, и не обратил на них внимания, но Бельколоре поссорилась с батюшкой и препиралась с ним о том до виноградного сбора, но впоследствии, когда священник пригрозил ей, что отправит ее в пасть набольшего Люцифера, она от великого страха помирилась с ним на молодом вине и горячих каштанах, и они еще часто утешались друг с другом. А в возмездие пяти лир священник велел обтянуть новой бумагой ее цимбалы и приделать к ним колокольчик, и она осталась довольна.

## Новелла третья

**Каландрино, Бруно и Буффальмакко идут вниз по Муньоне искать гелиотропию. Каландрино воображает, что нашел ее, и возвращается домой, нагруженный камнями; жена бранит его; разгневанный, он ее колотит, а своим товарищам рассказывает о том, что они сами лучше его знают.**

Когда кончилась новелла Памфило, над которой дамы так смеялись, что смеются еще и теперь, королева велела продолжать Елизе, которая и начала, еще смеясь: – Не знаю, прелестные дамы, удастся ли мне моей новеллой, не менее правдивой, чем потешной, так рассмешить вас, как заставил Памфило своею; но я постараюсь.

В нашем городе, где всегда были в изобилии и различные обычаи и странные люди, жил еще недавно живописец, по имени Каландрино, человек недалекий и необычных нравов, водившийся большую часть времени с двумя другими живописцами, из которых одного звали Бруно, другого Буффальмакко, большими потешниками, впрочем, людьми рассудительными и умными, общавшимися с Каландрино потому, что его обычаи и придурковатость часто доставляли им великую забаву. Был также о ту пору во Флоренции молодой человек, удивительный забавник во всем, за что бы ни принялся, находчивый и приятный, по имени Мазо дель Саджио, который, прослышав кое-что о глупости Каландрино, вознамерился потешиться над ним, проделав с ним какую-либо штуку, либо уверив его в чем-нибудь небывалом. Встретив его однажды случайно в церкви Сан Джьованни и увидев, что он внимательно рассматривает живопись и резьбу на доске, которую незадолго перед тем поставили над алтарем названной церкви, он нашел место и время удобными для своей цели, предупредив одного своего товарища относительно того, что затевал сделать, и оба, подойдя к тому месту, где Каландрино сидел один, притворяясь, что не видят его, стали рассуждать о свойствах различных камней, о которых Мазо говорил так основательно, как будто он был известный и большой знаток камней. Каландрино насторожил уши на эту беседу и, встав по некотором времени, видя, что разговор не тайный, подошел к ним. Мазо, очень довольный этим, продолжал свой разговор, когда Каландрино спросил его, где находятся столь чудесные камни, Мазо ответил, что большею частью они встречаются в Берлинцоне, в стране басков, в области, называемой Живи-лакомо, где виноградные лозы подвязывают сосисками, гусь идет за копейку, да еще с гусенком впридачу; есть там гора вся из тертого пармезана, на которой живут люди и ничем другим не занимаются, как только готовят макароны и клецки, варят их в отваре из каплунов и бросают вниз; кто больше поймает, у того больше и бывает; а поблизости течет поток из Верначчьо, лучшего вина еще никто не пивал, и нет в нем ни капли воды. «О! – сказал Каландрино. – Вот так славный край! Но скажите мне, куда идут каплуны, которых те отваривают?» Мазо отвечал: «Всех съедают баски». Тогда Каландрино спросил: «Был ты там когда-нибудь?» На это Мазо ответил: «Ты говоришь, был ли я? Да, я был там раз, все одно, что тысячу». – «А сколько туда миль?» – спросил тогда Каландрино. Мазо отвечал: «Да будет тысячу и более, ночь пропеть, не долее». Говорит Каландрино: «Так, это будет подальше Абруцц?» – «Разумеется, – ответил Мазо, – и еще подальше».

Простак Каландрино, видя, что Мазо говорит это с спокойным лицом и не смеясь, поверил тому, как верят самой наглядной истине, и, считая это за действительное, сказал: «Для меня это слишком далеко, а если бы поближе было, я, наверно, побывал бы там разок с тобою, хотя бы для того, чтобы посмотреть, как варятся те макароны, и наесться всласть. Но скажи мне, – да пошлет тебе господь бог радости! – не встречается ли в наших странах какого-нибудь из этих столь чудесных камней?» На это Мазо отвечал: «Да, встречаются два рода камней удивительной силы: один – это гранитные камни Сеттиньяно и Монтиши, силой которых, когда их обратить в жернова, делается мука; почему и говорится в тех краях, что от бога милости, а из Монтиши жернова, а этих жерновов такое количество, что у нас их мало ценят, как у них изумруды, из которых там горы выше горы Морелло, и так они светятся в полночь, что, боже упаси. И знай: если бы кто обил кольцами готовые жернова, прежде чем их пробуравить, и понес их султану, получил бы от него все, что ни пожелает. Другой есть камень, который мы, знатоки, зовем гелиотропией, камень великой силы, ибо кто носит его на себе, пока он при нем, никому не бывает видим – там, где его нет». Тогда Каландрино сказал: «Великие это силы; а этот другой камень где встречается?» На это Мазо ответил, что его находят в Муньоне. Говорит Каландрино: «Какой величины этот камень? И каков он цветом?»

Мазо отвечал: «Он бывает разной величины, какой больше, какой меньше, но все цветом как бы черные».

Заметив себе все это, Каландрино под предлогом, что у него есть другое дело, расстался с Мазо, намереваясь пойти за тем камнем, но решившись не делать того без ведома Бруно и Буффальмакко, которых особенно любил. И вот он пошел их разыскивать, дабы немедленно и раньше всех других отправиться на поиски; всю остальную часть утра он проходил за ними. Наконец, когда уже прошел девятый час, он вспомнил, что они работают в монастыре фаэнтинских монахинь, и, хотя жар был сильный, бросив все другие свои дела, направился к ним почти бегом. Кликнув их, он сказал так: «Товарищи, если вы захотите поверить мне, мы с вами можем сделаться богатейшими во Флоренции людьми, ибо я слышал от одного человека, достойного веры, что в Муньоне встречается камень: кто носит его при себе, тот никому не видим; потому, я полагаю, нам следовало бы немедленно пойти поискать его, прежде чем пойдет туда кто-нибудь другой. Мы, наверно, найдем его, потому что я его знаю, а как найдем его, что нам иного и делать, как, положив его в карман, отправиться к столам менял, всегда, как вы знаете, нагруженным грошами и флоринами, и захватить, сколько нам будет угодно. Никто нас не увидит; так мы можем внезапно разбогатеть, не будучи принуждены день-деньской расписывать стены каракулями, точно улитки».

Когда Бруно и Буффальмакко услышали его, засмеялись про себя и, переглянувшись друг с другом, представляясь крайне удивленными, похвалили совет Каландрино, а Буффальмакко спросил, как зовется этот камень. У Каландрино, человека топорной выделки, название уже успело выйти из памяти, потому он и ответил: «Что нам до названия, когда мы знаем его свойства? Мне кажется, нам бы теперь пойти, не засиживаясь». – «Ну хорошо, – сказал Бруно, – а каков он с виду?» Каландрино сказал: «Есть всякого вида, но все почти черного цвета; потому, думается мне, нам следует собирать все черные камни, какие увидим, пока не попадем на тот; потому не будем терять время, пойдем». На это Бруно заметил: «Погоди еще, – и, обратившись к Буффальмакко, сказал: – Мне кажется, Каландрино дело говорит, но я полагаю, что теперь не время, потому что солнце высоко, светит прямо на Муньоне и осушило все камни, вследствие чего иные из находящихся там камней кажутся теперь белыми, а утром, прежде чем солнце их высушит, черными; к тому же сегодня на Муньоне много народу по разному делу, так как сегодня день рабочий; увидя нас, они могут догадаться, что это мы делаем, и, того гляди, сделают то же; камень может попасть к ним в руки, а мы променяем прыть на езду шагом. Мне думается, если только вы того же мнения, что такое дело надо сделать утром, когда легче различать черные камни от белых, и в праздничный день, когда там не будет никого, кто бы нас увидел». Буффальмакко одобрил совет Бруно, Каландрино согласился с ним, и они решили в следующее воскресенье утром всем троим пойти поискать этого камня; а Каландрино просил их паче всего никому в свете о том не рассказывать, потому что и ему сообщили это втайне. Рассказав об этом, он передал им еще, что слышал о стране Живи-лакомо, и клятвенно утверждал, что это так.

Когда Каландрино ушел от них, они условились между собою, что им в этом случае надлежало делать. Полный желания, Каландрино ожидал утра воскресенья; когда оно настало, он поднялся с рассветом, позвал товарищей, и, выйдя из ворот Сан Галло и спустившись к Муньоне, они принялись бродить туда и сюда, ища камня. Каландрино, как наиболее охочий, шел впереди, быстро перескакивая с одного места на другое, и где ни увидит черный камень, бросится поднимать его и кладет за пазуху. Товарищи шли сзади, иногда подбирая тот или другой. Недалеко прошел Каландрино, как у него пазуха была вся полна; потому, приподняв полы платья, сшитого не на геннегауский манер, он устроил из них широкий мешок, хорошенько заткнув их со всех сторон за ременной кушак, вскоре наполнил и его, а по некотором времени сделал мешок и из плаща, который также насыпал камнями.

Когда Буффальмакко и Бруно увидели, что Каландрино нагружен и что пришло время закусить, Бруно и говорит, как было между ними условлено, Буффальмакко: «А где Каландрино?» Буффальмакко, который видел его недалеко от себя, обернулся и, поглядев там и здесь, ответил: «Не знаю, недавно он был впереди от нас». Бруно сказал: «Хотя он был тут и недавно, я почти уверен, что он теперь дома обедает, а нас оставил здесь дурачиться в поисках за черными камнями вниз по Муньоне». – «Ловко он сделал, – сказал тут Буффальмакко, – что поглумился над нами, оставил нас здесь, а мы-то, дураки, и поверили ему! Послушай, кто, кроме нас, был бы настолько глуп, что поверил бы, будто в Муньоне встречается камень такой чудесной силы?» Слушая эти речи, Каландрино вообразил, что тот камень попал ему в руки и что благодаря его свойству они и не видят его, присутствовавшего. Чрезвычайно довольный этой удачей, он, не говоря им ни слова, замыслил вернуться домой и, направив шаги назад, принялся идти. Увидев это, Буффальмакко сказал Бруно: «А мы что станем делать? Почему и нам не уйти?» На это Бруно отвечал: «Пойдем, но, клянусь богом, Каландрино никогда более не проведет меня; будь я вблизи его, как был все утро, я так бы угодил этим булыжником ему в пятки, что он месяц, поди, поминал бы эту шутку». Сказать это, размахнуться и ударить Каландрино по ноге было делом мгновения. Каландрино, ощутив боль, высоко поднял ногу, стал отдуваться, но промолчал и пошел дальше. А Буффальмакко, схватив один из собранных им камешков, сказал Бруно: «Ишь какой красивый камешек, угодить бы им в спину Каландрино», – и, пустив его, сильно ударил им в его спину.

Одним словом, приговаривая таким образом то одно, то другое, они кидали в него камнями вдоль по Муньоне до ворот Сан Галло. Затем, побросав собранные камни, остановились немного поговорить с таможенными, которые, предупрежденные ими и притворившись, будто ничего не видят, дали Каландрино пройти, смеясь напропалую. А тот, не останавливаясь, добрался до своего дома, который находился у Канто алла Мачина, и так способствовала судьба этой шутке, что, пока Каландрино шел по реке, а далее и по городу, никто не заговорил с ним, хотя и повстречал-то он немногих, ибо почти все были за обедом.

Так, нагруженный, он и вступил в свой дом. Случилось, что жена его, по имени монна Тесса, красивая и достойная женщина, была на верху лестницы; несколько рассерженная его долгим отсутствием, она, видя, что он идет, стала бранить его: «Ну, братец, наконец-то черт принес тебя! Все люди пообедали, а ты только возвращаешься к обеду!» Когда Каландрино услышал это и догадался, что его увидали, исполнившись досады и печали, принялся говорить: «Ах ты негодная женщина, зачем ты здесь! Ты меня погубила, но, клянусь богом, я расплачусь с тобой за это». Войдя в небольшой покой и свалив множество принесенных им камней, он с остервенением подбежал к жене, схватил ее за косы и, повалив ее себе под ноги, насколько хватило рук и ног, принялся угощать ее кулаками и пинками, так что у ней не осталось не тронутым ни волоса на голове, ни кости во всем теле, как ни молила она его о пощаде, скрестив руки.

Буффальмакко и Бруно, похохотав немного со сторожами у ворот, тихим шагом последовали издали за Каландрино. Подойдя к порогу его дома, они услышали страшную потасовку, которую он задавал своей жене, и, прикинувшись, что они только что пришли, окликнули его. Каланлрино подошел к окну весь в поту, красный и запыхавшийся, и попросил их взойти наверх. Притворяясь, что они делают это неохотно, они взошли, увидели комнату, полную камней, в одном углу горько плачет растрепанная, растерзанная жена, с синим побитым лицом, а с другой стороны сидит Каландрино, распоясанный и задыхаясь, как бы от усталости. Посмотрев на это некоторое время, они сказали: «Что это, Каландрино? Ты строиться, что ли, хочешь, что у тебя здесь столько камней? – А к этому прибавили: – А что такое с монной Тессой? Ты, кажется, побил ее? Что это за новости?» Каландрино, измученный от тяжести камней, от ярости, с которой бил свою жену, и от горя по счастью, которое, казалось ему, он утратил, не мог собраться с духом, чтобы связать целое слово в ответ. Потому, обождав, Буффальмакко снова начал: «Каландрино, если у тебя был другой повод к гневу, тебе не следовало бы мучить нас, как ты это сделал, потому что, поведя нас искать вместе с тобою драгоценный камень, ты, не сказав нам ни „с богом!", ни „к черту!", оставил нас, словно двух баранов, на Муньоне и ушел, что нам крайне обидно; но поистине это будет в последний раз, что ты нас провел!»

При этих словах Каландрино принатужился и сказал: «Товарищи, не сердитесь, дело было не так, как вы думаете. Несчастный я! Я ведь нашел камень – хотите послушать, правду ли я говорю? Когда, во-первых, вы стали спрашивать обо мне один у другого, я был от вас менее, чем в десяти локтях; видя, что вы идете и меня не видите, я обогнал вас и все время шел немного впереди». Так, начав с одного конца, он рассказал до другого, все, что они делали и говорили, показав им спину и пятки, как их отделали камни, а затем продолжал: «Скажу вам, когда я входил в ворота со всеми этими камнями за пазухой, какие здесь видите, мне не сказали ни слова, а вы знаете, как неприятны и надоедливы эти сторожа, желающие все досмотреть; далее я встретил по пути многих моих кумов и приятелей, которые всегда заговаривают со мной и приглашают на выпивку, и не было никого, кто бы сказал мне слово или полслова, потому что они меня не видели. Когда, наконец, я прибыл домой, эта чертовка, проклятая женщина, вышла мне навстречу и увидела меня, ибо, вы знаете, женщины заставляют всякую вещь утрачивать свою силу. Так-то я, который мог почесть себя счастливейшим человеком во Флоренции, остался самым несчастным, потому я и побил ее, насколько хватило рук, и я не знаю, что меня удерживает пустить ей кровь. Проклят да будет час, когда я впервые увидел ее и когда она вступила в этот дом!» И, вновь воспламенившись гневом, он хотел подняться и снова приняться бить ее. Услышав это, Буффальмакко и Бруно представились очень удивленными и часто поддакивали тому, что говорил Каландрино, а самих разбирал такой смех, что чуть не лопались; но когда они увидели, что он, разъярившись, поднимается, чтобы вторично поколотить жену, подступили к нему и удержали, говоря, что во всем этом виновата не жена, а он, знавший, что женщины заставляют все предметы утрачивать свою силу, и не сказавший ей, чтобы она остереглась показываться ему в тот день; эту предусмотрительность господь и отнял у него либо потому, что то была не его доля, либо потому, что он намеревался обмануть своих товарищей, которым, как только заметил, что нашел камень, он обязан был объявить о том. После многих пререканий они с большим трудом помирили с ним огорченную жену и удалились, оставив его сетовать в доме, полном камней.

## Новелла четвертая

**Настоятель Фьезоле любит одну вдову, которая его не любит; воображая, что он с нею, он спит с ее служанкой, а братья дамы дают ему попасться в руки епископа.**

Уж Елиза кончила свою новеллу, которую рассказала не без великого интереса всего общества, когда, обратившись к Емилии, королева изъявила ей желание, чтобы после Елизы она рассказала свою, и она тотчас же начала таким образом: – Почтенные дамы, насколько священники, монахи и вообще духовные являются искусителями наших сердец, это, помнится мне, показано было во многих сообщенные до сих пор новеллах; но так как об этом невозможно так наговориться, чтобы не оставалось еще более, я хочу, вдобавок к тем, рассказать вам новеллу об одном настоятеле, который, наперекор всему свету, хотел склонить одну достойную даму к любви, с ее согласия или без него; а она, будучи очень разумной, обошлась с ним, как ему подобало.

Как всякой из вас известно, Фьезоле, гору которого мы можем отсюда видеть, был когда-то древнейшим и значительным городом, и хотя он теперь весь разрушен, тем не менее там всегда был епископ, есть и теперь. Там, по соседству с главной церковью, у одной родовитой вдовы, по имени монны Пикарды, было прежде поместье с небольшим домом; будучи не из богатых женщин сего мира, она проводила здесь большую часть года, а с ней двое братьев, юношей очень хороших и обходительных. Так как она часто ходила в главную церковь и была еще очень молода, красива и привлекательна, то и случилось, что настоятель той церкви так сильно в нее влюбился, что не знал, как быть, ни туда ни сюда. По некотором времени он дошел до такой смелости, что сам объявил даме о своем желании и попросил ее внять его любви и полюбить его, как он ее любит. Был тот настоятель уже старик, но духом юный, предприимчивый и надменный, много о себе воображавший, с такими жеманными и неприятными приемами и обращением и такой надоедливый и противный, что не было человека, который благоволил бы к нему; а если кто и благоволил хотя немного, то дама не только не терпела его, но и ненавидела более, чем головную боль. Потому, как женщина умная, она ему ответила: «Мессере, что вы меня любите, может быть мне только приятно, и я обязана любить вас, и охотно стану любить, но в моей любви и в вашей не должно быть ничего нечестного. Вы – мой духовный отец и священник и уже значительно приблизились к старости, а это должно сделать вас почтенным и целомудренным; с другой стороны, и я – не девушка, к которой еще шло бы такое ухаживание, а вдова, а вы знаете, какой честности требуют от вдов, потому извините мне, ибо той любовью, о которой вы просите, я никогда не полюблю вас, да и не желаю быть вами любима таким образом».

Настоятель, которому не удалось на этот раз ничего от нее добиться, не упал духом, как сраженный при первом ударе, а пустил в ход свою надменную назойливость, стал часто приставать к ней с письмами и засылками, и даже лично, когда видел, что она в церкви. Так как это приставание было очень неприятно и докучливо даме, она замыслила отделаться от него таким способом, какого он заслуживал, если уже не могла каким-нибудь другим; но она ничего не пожелала предпринимать, не поговорив наперед с братьями. Сказав им, как обращается с нею настоятель и что она сама намерена сделать, и получив на то их полное согласие, она несколько дней спустя отправилась, по обычаю, в церковь. Как увидел ее настоятель, тотчас направился к ней, как то делал обыкновенно, и стал с ней беседовать по-родственному. Дама, увидев, что он идет, взглянула на него приветливо и, отойдя с ним в сторону, когда настоятель много наговорил ей обычных слов, сказала, испустив глубокий вздох: «Мессере, я часто слышала, что нет столь твердого замка, который, будучи подвержен ежедневным нападениям, не был бы, наконец, взят, как то, я вижу ясно, случилось и со мною. Вы так осаждали меня то сладкими словами, то одной любезностью, то другою, что заставили нарушить мое намерение, и я решилась, если уж я так понравилась вам, быть вашей». Настоятель, крайне обрадовавшись, сказал: «Мадонна, большое вам спасибо; сказать вам правду, я сильно дивился, что вы так долго держались, когда подумаю, что такого случая у меня еще не было ни с одной; напротив, я порой говорил: если бы женщины были из серебра, не годились бы на монету, потому что ни одна не выдержала бы молота. Но оставим это пока: когда и где мы можем сойтись вместе?» На это дама отвечала: «Милый господин мой, когда? – может быть в какой час вам будет угодно, ибо у меня нет мужа, которому я обязана была бы давать отчет в ночах; но где? – я не знаю, что и придумать». Настоятель сказал: «Как же не знаете? А в вашем доме?» Дама отвечала: «Мессере, вам известно, что у меня два брата, молодые люди, которые днем и ночью являются в дом с своим обществом, а у меня дом не очень-то велик, и потому там нельзя было бы сойтись, разве кто согласился бы быть там как немой, не испуская ни слова, ни звука, и в темноте, словно слепой; если захотеть так устроить, то это возможно, ибо до моей комнаты им дела нет; только их комната так близко от моей, что нельзя сказать слова столь тихо, чтобы не было слышно». Тогда настоятель сказал: «Мадонна, из-за этого дело не станет, на ночь или две, пока я размыслю, где бы в другом месте нам быть с большим удобством». – «Это уж ваше дело, мессере, – говорит дама, – я только прошу вас об одном: чтобы это осталось в тайне и об этом никогда не узнали ни слова». Тогда настоятель сказал: «Мадонна, об этом не беспокойтесь и, если возможно, устройте, чтобы нам сегодня же вечером быть вместе». Дама ответила: «Я согласна», – и, сказав ему, как и когда он должен прийти к ней, рассталась с ним и вернулась домой.

У этой дамы была служанка, не очень-то молодая, но с таким некрасивым, уродливым лицом, какое когда-либо видели, ибо нос у ней был сильно приплюснут, рот кривой, губы толстые, губы врозь и большие; она косила немного, и глаза у ней постоянно болели, цвет лица зеленый и желтый, так что, казалось, она провела лето не в Фьезоле, а в Синигалье. Ко всему тому она еще хромала, и правая нога была короче; звали ее Чута; а так как лицо у нее было такое зелено-желтое, все звали ее Чутацца. Но хотя уродливая собой, она была не без некоторой хитрости.

Позвав ее к себе, дама сказала ей: «Чутацца, если ты окажешь мне услугу в эту ночь, я подарю тебе хорошую новую сорочку». Услышав, что поминают о сорочке, Чутацца отвечала: «Мадонна, если вы подарите мне сорочку, я в огонь брошусь, не то что другое». – «Хорошо, – сказала дама, – я желаю, чтобы эту ночь ты проспала в моей постели с мужчиной и обласкала его, но только смотри, не говори ни слова, так чтобы мои братья тебя не слышали, ведь ты знаешь, что они спят рядом; а потом я подарю тебе сорочку». Чутацца говорит: «Я просплю с шестерыми, не то что с одним, коли нужно».

И вот, когда настал вечер, настоятель явился, как ему было наказано, а оба молодые люди, по условию с дамой, были у себя в комнате и давали о себе знать; потому настоятель, тихонько и в темноте войдя в комнату дамы, направился, как сказали ему, к постели, а Чутацца, хорошо наученная дамой, что ей делать, направилась с другой стороны. Полагая, что с ним рядом его дама, отец настоятель обнял Чутаццу и принялся целовать ее, не говоря ни слова, а Чутацца – его; и начал настоятель забавляться с нею, вступая во владение издавна желанными благами.

Когда дама устроила это, приказала братьям сделать остальное из того, что было условлено. Тихо выйдя из комнаты, они направились на площадь, и судьба поблагоприятствовала им о том, что они затевали, более, чем они сами ожидали, ибо жар стоял сильный, и епископ осведомился об этих двух юношах, чтобы прогуляться до их дома и выпить у них. Увидев, что они идут, он выразил им свое желание и отправился с ними по пути; войдя с ними на их прохладный дворик, где зажжено было много свечей, он с большим удовольствием отведал их хорошего вина. Когда он выпил, молодые люди сказали: «Мессере, так как вы оказали нам такую милость, что удостоили посетить наш малый домик, куда мы шли пригласить вас, нам желательно, чтобы вы удостоили взглянуть на одну вещицу, которую мы хотим вам показать». Епископ отвечал, что сделает это охотно; поэтому один из юношей, взяв в руку зажженный факел и идя вперед, тогда как за ним следовал епископ и все другие, направился к комнате, где отец настоятель лежал с Чутаццой. Тот, чтобы скорей добраться, поспешил ездою и, прежде чем они туда пришли, проехал более трех миль; потому, немного устав, отдыхал, держа Чутаццу в объятиях, несмотря на жару.

Когда молодой человек вошел с факелом в комнату, а за ним епископ и все другие, ему показали настоятеля с Чутаццой в объятиях. Между тем проснулся и отец настоятель и, увидев свет и много народа вокруг себя, от сильного стыда и страха уткнул голову под простыню. Епископ страшно выбранил его, велел ему вытащить голову и поглядеть, с кем он спал. Узнав обман дамы, настоятель как по этой причине, так и от позора, который от того ему произошел, так вдруг опечалился, как никто другой; по приказанию епископа он оделся и был под хорошей стражей отправлен домой, чтобы выдержать великое покаяние за совершенный грех. Тогда епископ пожелал узнать, как случилось, что он явился сюда спать с Чутаццой. Молодые люди все ему рассказали по ряду. Когда епископ то услышал, очень похвалил даму, а также и юношей за то, что, не желая марать рук в крови священника, с ним обошлись, как ему подобало. За этот грех епископ велел ему плакаться сорок дней, но любовь я негодование заставили его плакать более сорока девяти, не говоря уже о том, что долгое время спустя он никогда не мог пройти по дороге, чтобы ребятишки не показывали на него пальцем, говоря: «Смотрите, вот – тот, кто спал с Чутаццой!» Это так сильно его досадовало, что он едва не сошел с ума.

Таким-то образом почтенная дама свалила с плеч надоедливого и бесстыдного настоятеля, а Чутацца добыла себе сорочку.

## Новелла пятая

**Трое молодых людей во Флоренции стаскивают штаны с одного судьи из Марки, пока, сидя на судейской скамье, он творит суд.**

Емилия кончила свой рассказ, и вдова нашла общее одобрение, когда, взглянув на Филострато, королева сказала: «Теперь за тобою обязанность рассказывать». Поэтому тот ответил тотчас же, что готов, и начал: – Милые дамы, молодой человек, которого недавно назвала Елиза, то есть Мазо дель Саджио, побуждает меня оставить в стороне новеллу, которую я намеревался рассказать, чтобы сообщить вам другую о нем и некоторых его товарищах; хотя она и не неприлична, в ней есть слова, которые вы стыдитесь употреблять; несмотря на это, она так смешна, что я все-таки расскажу ее вам.

Как то вы часто могли слышать, в город наш очень часто являются ректора из Марки, обыкновенно люди низкого духа и такого скаредного и нищего образа жизни, что все, что они ни делают, кажется убожеством; согласно с этой прирожденной им скупостью и скряжничеством, они приводят с собой судей и нотариусов, которые кажутся скорее людьми, взятыми из-за плуга и от сапожного дела, чем из школы прав. И вот, когда явился некий подеста, в числе многих других судей привел с собою одного, называвшего себя мессер Никкола да Сан Лепидио, похожего с виду скорее на слесаря, чем на кого другого; и был он поставлен в числе других судей ведать уголовные дела. И как то часто бывает, что хотя гражданам ровно нечего делать в суде, они тем не менее порой туда заходят, случилось однажды утром, что пошел туда, разыскивая приятеля, Мазо дель Саджио; когда ему попался на глаза сидевший там мессер Никкола, он показался ему такой невиданной птицей, что он стал внимательно разглядывать его. И хотя он увидел на нем меховую шапку, совсем закоптелую чернильницу у пояса, жилет длиннее кафтана и многое другое, необычное у человека порядочного и благовоспитанного, одно, между прочим, показалось ему замечательнее всего остального: это была пара штанов, зад которых представился ему спускавшимся до икр сидевшего, так как его платье, будучи слишком узко, расходилось напереди. Потому, не разглядывая их далее и оставив то, чего пришел искать, он пустился на новые поиски и нашел двух своих товарищей, из которых одному было имя Риби, другому – Маттеуццо, не меньших потешников, чем Мазо, и сказал им: «Если вы мне приятели, пойдите со мной в суд, я хочу показать вам самого странного урода, какого вы когда-либо видели». Отправившись с ним в суд, он показал им этого судью и его штаны. Те еще издали принялись смеяться над этим явлением и, подойдя ближе к скамьям, где сидел господин судья, увидели, что под эти скамьи легко можно пролезть, да, кроме того, заметили, что доска, на которую опирались судейские ноги, была подломана, так что с большим удобством можно было просунуть пясть и руку. Тогда Мазо сказал товарищам: «Хочется мне совсем стащить с него эти штаны, уж очень это легко!» Каждый из товарищей догадался, как это устроить; вследствие этого, условившись, что им делать и говорить, они вернулись туда на следующее утро. Суд был полон народа, когда Маттеуццо, никем не замеченный, пролез под скамью и попал как раз под то место, где у судьи были ноги. Подойдя с одной стороны к господину судье, Мазо взял его за полу кафтана; Риби, приблизившись с другой, сделал то же, и Мазо начал говорить: «Господин, эй, господин! Умоляю вас богом, чтобы, прежде чем уйдет этот воришка, что рядом с вами, прикажите ему отдать мне пару сапог, которые он украл у меня, а он отнекивается, хотя я видел, не прошло еще месяца, как он отдавал поставить на них подметки». С другой стороны сильно голосил Риби: «Не верьте ему, господин, это – негодяй; знает, что я пришел стребовать с него украденный им чемодан, он тотчас же и явился и говорит о сапогах, которыми я давно уже обзавелся; коли не верите мне, я могу привесть вам в свидетели Трекку, мою соседку, и Грассу, торговку рубцами, и человека, что собирает сор у Санта Марии а Верзая, который видел его, возвращаясь с хутора». С своей стороны, Мазо не давал Риби сказать ни слова, напротив того, кричал, а Риби и пуще того. В то время как судья встал, чтоб быть к ним поближе и лучше их выслушать, Маттеуццо, улучив время, пропустил руку сквозь дыру доски, схватился за зад судейских штанов и крепко потянул книзу. Штаны тотчас же спустились, ибо судья был тощ и без боков; когда он почувствовал это и, еще не зная, что такое, хотел было запахнуть спереди платье, чтобы прикрыться, и сесть, Мазо с одной стороны, Риби с другой уцепились за него, сильно голося: «Господин, ведь это не хорошо, что вы не хотите рассудить меня, не желаете выслушать, собираетесь уйти; из-за такой мелочи, как эта, у нас здесь не затевают переписки». Так говоря, они долго продержали его за платье, пока все, что были в суде, не заметили, что с него стащили штаны. А Маттеуццо, придержав их некоторое время и потом отпустив, вышел и удалился незамеченный. Когда Риби показалось, что сделанного им довольно, он сказал: «Клянусь богом, я обжалую это в синдикат». Мазо с другой стороны выпустил его платье и говорит «Нет, я так стану ходить сюда, пока не найду вас не столь занятым, каким, казалось, вы были сегодня утром». Кто туда, кто сюда, так они и ушли, как могли скорее. Господин судья в присутствии всех натянул штаны, точно встал со сна; лишь теперь догадавшись, в чем дело, он спросил, куда девались те, что спорили о сапогах и чемодане; не разыскав тех людей, он стал божиться, что он-таки узнает и убедится, существует ли во Флоренции обычай снимать штаны с судей, когда они сидят на судейской скамье. С другой стороны, и подеста, прослышав о том, поднял страшный переполох, но его приятели сказали ему, что сделано это было с судьей лишь с целью показать, что флорентийцы понимают, почему вместо судей он привел с собою баранов, ибо они обошлись ему дешевле. Потому он счел за лучшее смолчать, и на этот раз дело не пошло дальше.

## Новелла шестая

**Бруно и Буффальмакко, украв у Каландрино свинью, побуждают его сделать опыт найти ее при помощи имбирных пилюль и вина верначчьи, а ему дают одну за другой пилюли из сабура, смешанного с алоэ. Выходит так, что похититель – он сам, и они заставляют его откупиться, если не желает, чтобы они рассказали о том жене.**

Только что кончилась новелла Филострато, над которой много смеялись, как королева приказала Филомене продолжить рассказы, и она начала: – Прелестные дамы, как имя Мазо побудило Филострато рассказать новеллу, которую вы слышали, так и меня не что иное, как имя Каландрино и его товарищей, побуждает рассказать вам о них другую, которая, полагаю, вам понравится.

Кто такие были Каландрино, Бруно и Буффальмакко – о том мне нечего вам рассказывать, потому что о них вы уже много наслышались прежде. Потому я пойду далее и скажу, что у Каландрино было не особенно далеко от Флоренции именьице, полученное в приданое за женою, из которого в числе других доходов он ежегодно получал свинью; и было у него обыкновение в сентябре всегда отправляться с женою в деревню, колоть свинью и там же ее солить.

Случилось, между прочим, однажды, что жена была не совсем здорова, а Каландрино один отправился колоть свинью; когда Бруно и Буффальмакко прослышали о том и узнали, что жена туда не поедет, отправились к одному священнику, большому своему приятелю, в соседстве с Каландрино, чтобы провести с ним несколько дней. В то утро, когда они прибыли, Каландрино заколол свинью и, увидев их с священником, окликнул их, сказав: «Добро пожаловать; хочется мне, чтобы вы посмотрели, каков я хозяин», – и, поведя их в свой дом, он показал им ту свинью. Они увидели, что свинья – чудеснейшая, и узнали, что Каландрино хочет посолить ее для домашнего обихода. На это Бруно и говорит: «Эх, как же ты глуп! Продай ее, деньги мы прокутим, а жене твоей скажи, что ее у тебя украли». – «Нет, она этому не поверит и выгонит меня из дому, – отвечал Каландрино, – не хлопочите, я ни за что этого не сделаю». Разговоров было много, но они ни к чему не привели. Каландрино пригласил их поужинать, чем бог послал, но те ужинать у него не захотели и расстались с ним. Бруно и говорит Буффальмакко: «Не украсть ли нам у него ночью ту свинью?» – «Как же это нам сделать?» – спросил Буффальмакко. Бруно сказал: «Как, это я уже наметил, лишь бы он не перенес ее с того места, где она теперь». – «Коли так, сделаем это, – ответил Буффальмакко, – почему бы нам того и не сделать? А затем мы полакомимся ею здесь вместе с батюшкой». Священник сказал, что это ему будет очень приятно. Тогда Бруно и говорит: «Тут надо пустить в ход некое художество; ты знаешь, Буффальмакко, как скуп Каландрино и как он охотно выпивает, когда платит другой; пойдем, поведем его в таверну, а там пусть священник прикинется, что платит за все, чтобы учествовать нас, и ему не даст платить; он охмелеет, а затем нам легко будет все сделать, ибо дома он один».

Как Бруно сказал, так и сделал. Каландрино, увидев, что священник не позволяет расплачиваться, принялся пить, и хотя ему немного и нужно было, нагрузился порядком; было уже поздно ночью, когда он ушел из таверны, не желая ужинать; вошел в дом и, воображая, что запер дверь, оставил ее открытой и лег спать. Буффальмакко и Бруно пошли ужинать с священником; поужинав, захватив кое-какие орудия, чтобы проникнуть в дом Каландрино в месте, которое наметил себе Бруно, они тихо отправились туда, но, найдя дверь открытой, вошли, сняли свинью, отнесли в дом священника, припрятали и улеглись спать.

Каландрино, у которого винные пары вышли из головы, встал утром и, лишь только спустился вниз, посмотрел и увидел, что его свиньи нет, а дверь открыта; потому, расспросив того и другого, не знают ли, кто взял свинью, и не находя ее, он поднял страшный шум, что у него, бедного, у него, несчастного, украли свинью. Бруно и Буффальмакко, поднявшись, пошли к Каландрино послушать, что он станет говорить о свинье. Как увидел он их, окликнул, чуть не плача, и сказал: «Увы мне, товарищи мои, украли у меня мою свинью!» Подойдя к нему, Бруно шепнул ему тихонько: «Вот так чудо, хоть один раз ты был умен!» – «Увы, – твердит Каландрино, – я ведь правду говорю». – «Так и говори, – продолжает Бруно, – кричи так, чтобы в самом деле показалось, что так и было». Тогда Каландрино закричал еще сильнее: «Клянусь, я правду говорю, что ее у меня украли»; а Бруно подсказывает: «Отлично ты говоришь, отлично; так и надо, кричи сильнее, пусть тебя хорошенько услышат, чтобы показалось, что это так». Каландрино сказал: «Ты в состоянии заставить меня продать душу нечистому! Я говорю, а ты мне не веришь; пусть меня повесят, если ее не украли у меня». – «Как же может это быть? – спросил тогда Бруно. – Я еще вчера видел ее здесь. Не хочешь ли ты уверить меня, что она украдена?» Каландрино отвечал: «Как я тебе говорю, так и есть». – «Может ли это быть?» – спросил Бруно. «Поистине так, – говорит Каландрино, – оттого я, несчастный человек, не знаю, как и домой вернусь, жена моя мне не поверит, а если и поверит, то у меня весь год не будет с нею лада». Тогда Бруно сказал: «Господи упаси, скверно это дело, коли так! Но знаешь ли что, Каландрино, я еще вчера научил тебя так причитать, и я не желал бы, чтобы ты заодно наглумился и над своей женой и над нами». Каландрино принялся кричать и причитать: «Зачем заставляете вы меня выходить из себя, хулить бога и святых, и все что ни на есть? Говорю вам, что свинью у меня украли сегодня ночью». Тогда Буффальмакко сказал: «Если так, то надо найти, какое сумеем, средство, чтобы достать ее». – «А какое средство нам найти?» – спрашивает Каландрино. Тогда Буффальмакко отвечал: «Разумеется, не из Индии же пришел кто-нибудь стянуть у тебя свинью, должно быть, кто-нибудь из твоих соседей; если бы тебе удалось созвать всех, я умею испытывать на хлебе и сыре, и мы наверно тотчас бы увидели, кто ее похитил». – «Ну, – говорит Бруно, – много ты поделаешь хлебом и сыром с некоторыми молодчиками из соседей, ибо, я уверен, кто-нибудь из них стащил ее; они догадались бы, в чем дело, и не захотели бы явиться». – «Как же быть?» – спросил Буффальмакко. Бруно отвечал: «Следовало бы это сделать пилюлями из имбиря и хорошей верначчьей и пригласить их выпить; они не догадались бы и пришли, а имбирные пилюли можно так же освятить, как хлеб и сыр». – «Поистине, ты прав, – говорит Буффальмакко, – а ты что скажешь, Каландрино? Сделать это, что ли?» Каландрино отвечал: «Разумеется, я и прошу вас о том, ради бога; мне бы только узнать, кто ее украл, я был бы наполовину утешен». – «Коли так, – говорит Бруно, – для тебя я готов отправиться во Флоренцию за этими снадобьями, если ты дашь мне денег».

У Каландрино было сольдов до сорока, которые он ему и отдал. Отправившись во Флоренцию к одному аптекарю, своему приятелю, Бруно купил у него фунт хороших имбирных пилюль и велел изготовить еще две из сабура, сваренного с свежим алоэ; затем приказал покрыть их сахаром, как и другие, а чтобы не смешать их или не перепутать, сделать на них известный значок, по которому он мог легко их отличить; купив бутыль хорошей верначчьи, он вернулся в деревню к Каландрино и сказал ему:

«Завтра утром позаботься пригласить к себе выпить тех, кого ты подозреваешь; день праздничный, всякий придет охотно, а ночью я с Буффальмакко произнесу над пилюлями заклинание и завтра принесу их тебе на дом; по дружбе к тебе я сам буду их раздавать и стану делать и говорить, что следует говорить и делать».

Каландрино так и поступил. Когда на следующее утро под ольхой перед церковью собралась порядочная толпа, частью молодых флорентийцев, бывших в деревне, частью крестьян, Бруно и Буффальмакко явились с коробкой пилюль и бутылью вина; поместив всех кругом, Бруно сказал: «Господа, мне надо объяснить вам причину, почему вы здесь, дабы, если бы случилось что-нибудь вам неприятное, вы не жаловались на меня. У Каландрино, который здесь налицо, вчера ночью похитили чудесную свинью, и он не может разыскать, у кого она, а так как никто не мог украсть ее у него, кроме кого-нибудь из нас, здесь присутствующих, он с целью узнать, кто ее стянул, предлагает вам съесть по одной пилюле на человека и выпить. Знайте теперь же, что у кого окажется свинья, тот не в состоянии будет проглотить пилюлю, напротив, она покажется ему горше яда, и он ее выплюнет; потому, прежде чем такой срам учинен будет кому-либо в присутствии такого множества народа, лучше будет, если похититель покается в том батюшке; а я это дело оставлю».

Все там бывшие сказали, что готовы съесть; потому, разместив их, и между ними и Каландрино, Бруно, начав с одного конца, принялся давать каждому по пилюле; когда он был против Каландрино, взяв одну из горьких пилюль, сунул ему в руку, Каландрино тотчас же положил ее в рот и стал жевать, но лишь только его язык ощутил алоэ, он, не будучи в состоянии вынести горечи, выплюнул пилюлю. Каждый смотрел другому в лицо, чтобы увидеть, кто выплюнет свою; не успел еще Бруно все раздать, притворяясь, будто ничего не замечает, услышал, как кто-то сказал сзади: «Э! Каландрино, что это значит?» Потому, быстро обернувшись и увидев, что Каландрино выплюнул свою пилюлю, он сказал: «Подожди, быть может, что другое заставило его выплюнуть, возьми-ка другую»; и, взяв вторую, положил ему в рот, а сам кончил раздавать другие, какие еще оставались.

Если первая пилюля показалась Каландркно горькой, то вторая горчайшей; несмотря на то, он, стыдясь выплюнуть ее, некоторое время держал ее во рту, разжевывая, и, пока держал, стал испускать слезы, точно орехи, такие крупные; под конец, не вытерпев, выплюнул и ее, как сделал с первой. Буффальмакко и Бруно поили всех; увидев это вместе с другими, все сказали, что, наверно, сам Каландрино стащил свинью; были и такие, которые жестоко его выбранили.

Когда они ушли и Бруно и Буффальмакко остались с Каландрино, Буффальмакко стал ему говорить: «Я всегда был уверен, что ты сам ее присвоил, а нас хотел уверить, что у тебя ее украли, чтобы не дать нам выпить на деньги, которые взял за нее». Каландрино, еще не успевший выплюнуть горечь алоэ, начал божиться, что свиньи у него нет. Буффальмакко говорит: «А что тебе дали за нее, братец, по правде? Флоринов шесть?» Услышав это, Каландрино готов был выйти из себя. Тогда Бруно сказал: «Послушай толком, Каландрнио, один из тех, что с нами ели и пили, сказал мне, что у тебя здесь девочка, которую ты держишь про себя и которой даешь, что можешь скопить; он уверен, что ей ты и послал эту свинью. Ты научился издевкам: раз ты повел нас всех по Муньоне собирать черные камни и, оставив нас на судне без сухарей, покинул нас, а потом хотел нас же убедить, что нашел тот камень; так и теперь ты точно так же хочешь клятвенно уверить нас, что свинью, которую ты подарил либо продал, у тебя украли. Мы к твоим проделкам привычны и знаем их, больше тебе нас не провести; но так как мы положили много труда на то художество, мы и порешили, что ты дашь нам двух каплунов, иначе мы обо всем расскажем монне Тессе». Увидев, что ему не верят, полагая, что у него достаточно горя и без того, и не желая, чтоб еще и жена погорячилась, Каландрино дал им пару каплунов. А они, посолив свинью, повезли ее во Флоренцию, оставив Каландрино при уроне и осмеянным.

## Новелла седьмая

**Школяр любит вдову; влюбленная в другого, она заставляет его в зимнюю ночь пробыть на снегу в ожидании ее, впоследствии, по его совету, она в половине июля принуждена простоять целый день ни башне, обнаженная, предоставленная мухам, слепням и солнечным лучам.**

Много смеялись дамы над бедняком Каландрино и посмеялись бы и более, если бы им не жаль было, что те же, которые отняли у него свинью, отобрали у него еще и каплунов. Когда кончилась новелла, королева приказала Пампинее сказать свою. Она тотчас же начала: – Дражайшие дамы, часто бывает, что хитрость побеждается хитростью, почему и неразумно забавляться, глумясь над другими. При многих бывших рассказах мы много смеялись над учиненными проделками, но еще не рассказано было ни об одной отместке за таковую. И вот я хочу возбудить в вас некоторое сожаление к достойному возмездию, полученному одной нашей согражданкой, которой ее проделка, возвращенная ей, пала на голову, чуть не причинив смерти. Послушать это будет вам не бесполезно, ибо вы тем более остережетесь глумиться над другими и поступите разумно.

Не много еще прошло лет, как во Флоренции жила молодая женщина, красивая собою, гордая духом, очень хорошего рода, довольно богатая благами мира сего, по имени Елена; оставшись вдовой по смерти мужа, она не желала более выходить замуж, ибо была влюблена, по своему выбору, в одного красивого и милого юношу и, оставив в стороне всякую иную заботу, при помощи своей служанки, которой очень доверяла, нередко проводила с ним время в великой утехе. Случилось в ту пору, что один молодой человек, по имени Риньери, из родовитых людей нашего города, долго учившийся в Париже, не для того чтобы продавать потом свою науку по мелочам, как то делают многие, но дабы знать основания и причины сущего, что очень пристало благородному человеку, – вернулся из Парижа во Флоренцию, где и устроился на житье, будучи очень уважаем как за свое благородство, так и за свои знания. Но, как часто бывает, что в ком более разумения глубоких вещей, того скорее обуздывает любовь, так было и с этим Риньери. Когда однажды он отправился повеселиться на одно празднество, его глазам предстала эта Елена, одетая в черное, как одеваются наши вдовы, исполненная, по его мнению, такой красоты и прелести, каких, казалось ему, он никогда не видел в другой женщине; и он решил, что тот может назвать себя счастливым, кто сподобится держать ее в объятиях. Раз и два он осторожно окинул ее взглядом, а так как он понимал, что ничто великое и дорогое не может быть приобретено без труда, он решил положить всякое старание и заботу, чтобы понравиться ей, дабы, понравившись, приобресть ее любовь, а с нею и возможность обладать ею. Молодая женщина, у которой глаза вовсе не были потуплены в преисподнюю, которая, напротив, зная себе цену и ценя себя даже более, чем следовало, искусно водила ими вокруг, быстро догадываясь, кто смотрит на нее с удовольствием, заметила Риньери и сказала про себя, смеясь: «Сегодня я недаром сюда пришла, ибо, коли не ошибаюсь, поймала простака за нос». И она начала иной раз поглядывать на него искоса, стараясь по возможности показать ему, что она им занята; с другой стороны, она полагала, что, чем более она подманит и поймает мужчин, суля им удовольствие, в тем большей цене будет ее красота, особливо в глазах того, кому она отдала ее вместе с своею любовью.

Ученый школяр, оставив в стороне всякие философские мысли, отдался ей всею душою и, надеясь ей понравиться, узнал, в каком доме она живет, и стал ходить мимо, прикрывая свои прогулки разными предлогами. Дама, тщеславясь этим по сказанной причине, представлялась, что видеть его ей очень приятно, вследствие чего школяр, найдя случаи, стакнулся с ее служанкой, открыл ей свою любовь и попросил так подействовать на свою госпожу, чтобы он мог войти к ней в милость. Служанка была щедра на обещания и все рассказала своей госпоже, которая, выслушав это с величайшим в свете смехом, сказала: «Посмотри-ка, куда явился этот человек, чтоб растерять мудрость, вывезенную из Парижа? Хорошо же, мы дадим ему, чего он добивается. Скажи ему, если он еще раз заговорит с тобою, что я люблю его гораздо более, чем он меня, но что мне надлежит беречь мое честное имя, дабы мне можно было являться, высоко держа голову, наряду с другими женщинами; если он так мудр, как говорят, он должен тем более ценить меня». Бедняжка, бедняжка! Не знала она, мои милые, что значит связаться с школярами. Когда служанка встретила его, поступила, как приказано было ее госпожою. Обрадованный школяр перешел к более горячим просьбам, стал писать письма и посылать подарки; все принималось, но обратных ответов не было, кроме общих; таким образом, она долго питала его надеждами. Наконец, когда она все открыла своему любовнику и тот иной раз ссорился с нею из-за того и проявил некую ревность, она, дабы показать ему, что он подозревает ее напрасно, послала к школяру, сильно к ней пристававшему, свою служанку, которая сказала ему от ее имени, что, с тех пор как она уверилась в его любви, она никак не могла найти времени сделать ему что-либо приятное, но что на святках, которые уже близко, надеется сойтись с ним; потому, коли ему угодно, пусть явится вечером, под ночь на другой день праздника, к ней во двор, куда она придет к нему при первой возможности.

Обрадованный более всех на свете, школяр отправился в указанное ему время к дому своей милой и, когда служанка пустила его на двор и заперла там, стал поджидать даму. Она же в тот вечер призвала своего любовника и, весело с ним поужинав, объяснила ему, что намерена сделать в ту ночь, прибавив: «Увидишь, какую и сколь сильную любовь я питала и питаю к тому человеку, к которому ты так глупо возревновал». Любовник выслушал эти слова с великим веселием духа, горя желанием увидеть на деле то, что дама дала ему понять на словах.

Случилось, что накануне выпал сильный снег и все было им покрыто, вследствие чего, недолго пробыв на дворе, школяр стал ощущать больший холод, чем было ему желательно; тем не менее в надежде на воздаяние он переносил это терпеливо. По некотором времени дама говорит своему любовнику: «Пойдем в комнату и посмотрим в окошко, что поделывает тот, к которому ты приревновал, и что он ответит служанке, которую я отправила поговорить с ним». И вот, подойдя к одному оконцу и видя все, будучи невидимы сами, они услышали, как из другого окна служанка говорила с школяром и сказала ему: «Риньери, моя госпожа опечалена, как ни одна женщина, потому что сегодня вечером к ней явился один из ее братьев, долго беседовал с нею, затем пожелал с нею поужинать и теперь еще не ушел; но, я думаю, он скоро удалится; вот почему она и не могла прийти к тебе, но теперь скоро придет. Она просит тебя не сетовать, что ты ждешь». Уверенный, что все это правда, школяр отвечал: «Скажи моей даме, чтоб она обо мне не беспокоилась, пока ей неудобно будет прийти ко мне; лишь бы она сделала это, как только будет возможность». Служанка вернулась и пошла спать. Тогда дама сказала своему любовнику: «Ну, что ты скажешь? Полагаешь ли ты, что если б я питала к нему расположение, чего ты опасаешься, я допустила бы его стоять и мерзнуть там внизу?» Так сказав, она и ее любовник, уже отчасти успокоенный, легли в постель и пробыли там долгое время в веселии и удовольствии, смеясь и шутя над бедным школяром.

Школяр, шагая по двору, делал движения, чтобы отогреться, ему негде было сесть и некуда укрыться от холодного воздуха; он проклинал долгое мешканье брата у дамы, и, что ни слышалось ему, все ему казалось, что это она ему отворяет; но надежды были напрасны. Наконец, позабавившись со своим любовником до полуночи, она сказала ему: «Как тебе нравится, душа моя, наш школяр? Что кажется тебе больше, его ли рассудительность, или любовь, которую я к нему питаю? Стужа, которую я заставила его переносить, не изгонит ли из твоего сердца то, что в нем недавно возбудили мои шутки?» Любовник отвечал: «Сердце ты мое, теперь я знаю, что как ты – мое благо, мой покой и мое утешение и вся моя надежда, так я – твой». – «Так поцелуй же меня тысячу раз, чтобы мне увидать, правду ли ты говоришь», – сказала дама. Поэтому, обняв ее крепко, любовник поцеловал ее не то что тысячу, но сто тысяч раз.

Проведя некоторое время в такой беседе, дама сказала: «Встанем-ка немного, пойдем посмотрим, не погас ли огонь, в котором день-деньской горел этот мой новый любовник, как он сам писал мне о том». Встав и направившись к тому же окну и выглянув на двор, они увидели, что школяр плясал и прыгал по снегу, пощелкивая зубами, и пляска под влиянием сильного холода была столь быстрая и частая, что такой они никогда не видали. Дама говорит: «Что скажешь ты на это, желанный мой? Кажется, я умею заставлять мужчин плясать и не под звуки трубы и волынки». На это любовник отвечал, смеясь: «Вижу, радость ты моя великая». Тогда дама сказала: «Хочется мне спуститься к входной двери: ты будешь молчать, а я стану говорить; посмотрим, что он нам скажет; может быть, мы не менее тем позабавимся, чем теперь его видом».

Отворив комнату, они тихо спустились к двери; не открывая ее, дама шепотом окликнула его через скважину. Услыхав, что его зовут, школяр восхвалил бога, полагая, что теперь-то он войдет, и, приблизившись к двери, сказал: «Я здесь, мадонна, ради бога отворите, я умираю от холода». Дама ответила: «Так ты уже и окоченел! Видно, и холод очень силен, что выпало немного снега» а я знаю, что в Париже снега бывают большие. Не могу я еще отворить тебе, потому что этот проклятый мой братец пришел вчера вечером поужинать со мной и все еще не уходит; но он скоро удалится, и я тотчас же приду отворить тебе. И теперь я с трудом увернулась от него и пришла тебя утешить, чтобы ты не сетовал на проволочку». – «Увы, мадонна, – сказал школяр, – умоляю вас, бога ради, отворите мне, чтобы мне постоять внутри в закрытом месте, потому что недавно снег стал падать такой сильный, как никогда, и все еще идет, а я подожду вас сколько будет вам угодно». Дама ответила: «Сокровище мое, не могу я этого сделать, ибо дверь так скрипит, когда ее отворяют, что мой брат легко мог бы услышать, если б я отперла тебе; но я пойду попрошу его убраться, чтобы мне можно было вернуться и отворить тебе». Говорит школяр: «Идите же скорее и велите, пожалуйста, развести хороший огонь, чтобы я мог отогреться, когда войду, потому что я так окоченел, что едва чувствую себя». Дама ответила. «Этого быть не может, если правда то, что ты не раз писал ко мне, то есть, что ты весь горишь ко мне любовью; я уверена, ты смеешься надо мной. А теперь я пойду, жди и крепись».

Любовник, все это слышавший и очень довольный, вернулся с ней в постель, но в эту ночь они мало спали и почти всю провели в своих утехах, подсмеиваясь над школяром. А бедный школяр, почти обратившийся в цаплю (так сильно он щелкал зубами), убедившись, что над ним глумятся, несколько раз пытался, коли возможно, отворить дверь, оглядывался, нельзя ли ему выйти другим путем, и, не видя, как это сделать, описывал круги, как лев, проклиная и погоду, и коварство женщины, и продолжительность ночи, а заодно и свою простоту; сильно негодуя на даму, он внезапно обратил долгую и горячую любовь, которую питал к ней, в страшную, жестокую ненависть и обдумывал разные вещи, чтобы найти способ к мести, которой он желал теперь гораздо более, чем прежде свидания со своей дамой.

После многого и долгого ожидания ночь стала сменяться на день и показался рассвет, потому служанка, наученная своей госпожой, спустилась вниз, отворила ворота и, притворяясь, что жалеет его, сказала: «Пропади пропадом тот, что пришел вчера вечером; всю ночь он продержал нас в беспокойстве, а тебя заставил мерзнуть. Но знаешь ли что? примирись с этим, ибо то, что не удалось в эту ночь, удастся в другой раз. Одно только я знаю, что ничего не могло быть столь неприятным моей госпоже, как это».

Школяр был полон негодования, но, как человек умный, понимал, что угрозы не что иное, как оружие угрожаемого, затаил в своей груди, что неумеренное желание пыталось было выразить, и тихим голосом, представляясь вовсе не разгневанным, сказал: «Правду сказать, такой дурной ночи я никогда еще не проводил, но я отлично понял, что в этом дама вовсе не виновата, потому что сама она, соболезнуя обо мне, сошла сюда вниз извиниться и утешить меня; и, как ты сама говоришь, то, что не совершилось этой ночью, наступит в другой раз; поклонись ей от меня и ступай с богом».

Весь сведенный от холода, он, как мог, вернулся домой. Здесь, усталый, страдая от бессонной ночи, он бросился выспаться на постель, где проснулся почти без рук и без ног; поэтому, послав за врачом и рассказав ему, какого холода он натерпелся, он попросил его озаботиться о своем здоровье. Врачи стали лечить его сильными и скорыми средствами, и лишь через некоторое время им удалось уврачевать его жилы настолько, чтобы они могли растягиваться, и не будь он молод и не наступи тепло, ему пришлось бы много помучиться. Став снова здоровым и бодрым и затаив свою ненависть, он пуще прежнего притворился влюбленным в свою вдову.

Случилось по некотором времени, что судьба уготовила ему повод удовлетворить свое желание, потому что молодой человек, которого любила вдова, не обращая никакого внимания на ее любовь, увлекся другой женщиной, и так как у него не было ни много, ни мало охоты говорить или делать что-либо ей приятное, она томилась в слезах и горе. Ее служанка, очень ее жалевшая, не находя способа избавить свою госпожу от печали по утраченном любовнике и видя, что школяр, по обыкновению, проходит по улице, возымела глупую мысль, а именно такую, чтобы каким-нибудь некромантическим действом побудить любовника своей госпожи полюбить ее как прежде, и что школяр должен быть великий на это мастер, о чем она и сказала своей госпоже. Та, будучи недалека, не подумав о том, что если бы школяр понимал в некромантии, то употребил бы ее в свою пользу, вняла словам своей служанки и тотчас же приказала ей разузнать, согласится ли он на то, обещая ему положительно, что в награду она сделает угодное ему. Служанка хорошо и точно исполнила поручение. Как услышал о том школяр, весьма обрадовавшись, сказал себе: «Хвала тебе, боже, пришло время, что я с твоей помощью заставлю негодную женщину понести наказание за позор, учиненный мне в возмездие за великую любовь, которую я к ней питал». И он отвечал служанке «Скажи моей даме, чтобы об этом она не беспокоилась, что если б ее любовник был в Индии, я велю ему явиться тотчас же и попросить прощение за все, что он учинил ей неприятного. Способ, которого она при этом должна держаться, я готов сообщить ей, когда и где ей будет угодно; так и скажи ей и успокой ее от моего имени».

Служанка передала ответ, и они условились сойтись вместе в Санта Лучия дель Прато. Когда явились туда дама и школяр и стали одни беседовать, она, забыв, что довела его чуть не до смерти, откровенно рассказала ему все свое дело и чего она желает, и попросила его спасти ее. На это школяр отвечал: «Мадонна, сказать по правде, в Париже я научился, между прочим, некромантии, и я знаю, в чем ее суть; но так как она очень противна господу, я поклялся никогда не прибегать к ней ни для себя, ни для других. Правда, любовь, которую я к вам питаю, так сильна, что я не знаю, как мне отказать вам в чем-либо вами желаемом: потому, если бы даже за это одно я угодил к дьяволу, я готов сделать так, как это вам угодно. Но я напоминаю вам, что сделать это гораздо труднее, чем вы, быть может, предполагаете, особливо, когда женщина желает побудить мужчину полюбить себя либо мужчина женщину, потому что этого нельзя сотворить иначе, как при посредстве прикосновенного лица, и надо тому, кто это делает, быть твердым духом, ибо совершить все следует ночью, в уединенных местах, без общества; а я не знаю, насколько вы на то готовы». Дама, более влюбленная, чем рассудительная, ответила: «Так побуждает меня любовь, что нет ничего, чего бы я не предприняла, лишь бы вернуть того, кто покинул меня без моей вины; тем не менее, скажи мне, пожалуйста, в чем мне следует мужаться». Школяр, у которого было злое на уме, сказал: «Мадонна, мне надо будет сделать оловянное изображение во имя того, кого вы желаете залучить. Когда я доставлю вам его, вам следует одной на исходе луны, в пору первого сна, голой семь раз окунуться вместе с ним в текучей воде, а затем, как есть голой, влезть на дерево или на какой-нибудь необитаемый дом и, обратясь к северу с изображением в руке, семь раз произнесть некоторые слова, которые я напишу вам; когда вы их скажете, к вам явятся две девушки, такие красивые, каких вы никогда не видали, они поздороваются с вами и любезно спросят, что вы желаете, чтобы сделалось. Им вы ясно и подробно изложите ваши желания, но смотрите, как бы не случилось вам назвать одного вместо другого; когда скажете, они удалятся, вы можете спуститься к месту, где оставили ваши одежды, одеться и вернуться домой. И поистине, не пройдет половины следующей ночи, как ваш милый со слезами придет просить у вас прощения и сострадания; и знайте, что с этого часа и впредь он никогда не покинет вас для другой».

Когда дама выслушала это и ко всему отнеслась с полной верой, ей представилось, что ее любовник уже вернулся в ее объятия, и, наполовину обрадованная, она сказала: «Не бойся, все это я отлично исполню, у меня на это лучшая в мире возможность; есть у меня в сторону верхнего Вальдарно поместье, очень недалеко от берега реки, а теперь июнь, и выкупаться будет приятно. Помню я еще, есть там, не очень далеко от реки, необитаемая башенка; порой пастухи взбираются туда, по лесенке из каштанового дерева, на площадку, там находящуюся, чтобы высмотреть заблудившийся скот; место это очень уединенное, в стороне, туда я заберусь и надеюсь наилучшим в свете образом совершить там все, что ты мне накажешь». Школяр, отлично знавший и поместье дамы и башенку, довольный тем, что уверился в ее решении, сказал: «Мадонна, я никогда не бывал в тех краях, потому и не знаю ни поместья, ни башенки, но если все так, как вы говорите, не может быть ничего лучшего на свете. Потому, как юлько будет время, я пришлю вам и образок и заговор; но прошу вас очень, когда ваше желание будет исполнено и вы убедитесь, что я хорошо услужил вам, не забыть обо мне и исполнить ваше обещание». На это дама ответила, что сделает это без всякого сомнения, и, распростившись с ним, вернулась домой.

Обрадованный тем, что его замысел, казалось, исполнится, школяр сделал образок с каракулями на нем и написал какую-то небылицу в виде заговора и, выбрав время, послал их даме, велев ей сказать, чтобы в следующую ночь она, не откладывая, сделала то, что он приказал, а затем потихоньку отправился вместе со своим слугою в дом одного своего приятеля, жившего очень недалеко от башенки, с целью привести в исполнение свою затею. С другой стороны, дама пустилась в путь с своей служанкой, направляясь в свое поместье; когда настала ночь, она притворилась, будто идет в постель, а служанку послала спать; в час первого сна она тихо вышла из дома и отправилась к башенке на берегу Анро; долго осмотревшись кругом и не видя и не слыша никого, она разделась, спрятала свое платье под кустом, семь раз окунулась с образком в руках и затем, держа образ, голая пошла к башне. Школяр, который под вечер притаился с своим слугою возле башни среди ив и других деревьев и все это видел, разглядев ее, проходившую мимо, голую, побеждавшую мрак ночи белизной своего тела, а затем рассмотрев ее грудь и другие части тела я убедившись в их красоте, задумался над тем, во что они в скором времени обратятся, и ощутил к ней некую жалость; с другой стороны, вожделение овладело им внезапно и побуждало выйти из засады, пойти схватить ее и учинить с ней желаемое; и он был поочередно увлекаем то одним, то другим. Но когда ему вспомнилось, кто он и какую обиду он получил и зачем и от кого, его негодование снова возгорелось, и, отогнав от себя жалость и плотское желание, он утвердился в своем намерении и дал ей уйти.

Взобравшись на башню и обратившись на север, дама стала произносить слова, сообщенные ей школяром; а он вскоре после того, тихо прокравшись туда, тайно убрал лестницу, по которой взбирались на площадку, где была дама, а затем стал смотреть, что она будет говорить и делать. Сказав семь раз свой заговор, она стала поджидать двух девушек, я ожидание было столь долгое (не говоря уже о том, что ей было холоднее, чем желательно), что она увидела, как занялась заря. Поэтому, опечаленная тем, что не совершилось ничего из того, о чем говорил ей школяр, она сказала себе: «Боюсь я, не устроил ли и он мне такой же ночи, как я ему: если так, то плохо же сумел он отомстить мне, потому что эта ночь была на треть короче его ночи, да и холод был иной». А для того, чтобы день не застал ее там, она хотела сойти с башни, но увидала, что лестницы нет. Тогда точно земля опустилась у ней под ногами, у ней душа упала и, сраженная, она свалилась на площадку башни. Когда к ней вернулись силы, она стала жалобно плакать и сетовать и, отлично поняв, что то было дело школяра, стала упрекать себя, что оскорбила человека, а затем, что слишком доверилась тому, кого не без причины должна была бы считать врагом. Так пробыла она долгое время. Затем, осмотревшись, нет ли какой возможности спуститься, и не найдя ее, снова принялась плакать и, грустно настроившись, стала говорить про себя: «О, несчастная, что скажут твои братья, родные и соседи и вообще все флорентийцы, когда узнают, что тебя нашли обнаженной? Твое честное имя, бывшее столь известным, будет признано обманным, а если бы ты и пожелала найти для всего этого лживые объяснения, что легко, то проклятый школяр, знающий все твоя дела, и не даст тебе солгать. Бедная ты, в одно и то же время утратила и неудачно любимого юношу и свою честь!» После того она дошла до такой скорби, что едва не бросилась с башни. Но поднялось солнце, и она, приблизившись несколько к одной стороне башенной стены, стала глядеть, не пойдет ли со стадом какой-нибудь мальчик, которого она могла бы послать за своей служанкой, когда школяр, вздремнувший под кустом, увидел ее, а она его. «Доброго утра, мадонна! Что, приходили девушки?» – спросил школяр. Увидев и услышав его, дама снова принялась сильно плакать, прося его войти в башню, дабы она могла поговорить с ним. В этом отношении школяр оказался очень уступчивым. Дама, легшая ничком на площадку, высунула лишь свою голову в отверстие, в ней бывшее, и сказала плача: «Поистине, Риньери, если я уготовила тебе дурную ночь, ты хорошо отомстил мне, потому что, хотя теперь и июнь, я, будучи голой, уверена была, что замерзну ночью; а кроме того, я так оплакала и обман, который тебе учинила, и мою глупость, заставившую меня поверить тебе, что удивительно, как еще остались у меня глаза на лице; поэтому прошу тебя, не из любви ко мне, которую ты не можешь любить, а из уважения к себе, как человеку благородному, ограничиться в отместку за оскорбление, мною тебе нанесенное, тем, что до сих пор ты мне учинил; вели принести мне мое платье, дабы я могла сойти отсюда, и не отнимай у меня того, чего впоследствии, желая, ты не мог бы мне вернуть, то есть моего честного имени, потому что, если я лишила тебя возможности быть со мной в ту ночь, я всегда, когда тебе угодно, буду в состоянии отдать тебе многие за ту одну. Итак, ограничься этим и, как человек порядочный, удовлетворись тем, что ты сумел отомстить за себя и дал мне то уразуметь; не пытай своих сил против женщины: нет никакой славы орлу в победе над голубем. Итак, из любви к богу и ради твоей чести сжалься надо мной».

Школяр, размышляя в ожесточенном сердце о нанесенном оскорблении и видя ее плачущей и умоляющей, в одно и то же время ощущал в душе и удовольствие и жалость, удовольствие мести, которой он желал более всего другого, тогда как его человечность побуждала его соболезновать несчастной. Но так как человечность не могла пересилить в нем жестокого желания, он ответил: «Мадонна Елена, если б мои мольбы (которые, поистине, я не сумел ни увлажить слезами, ни подсластить, как то ты делаешь теперь со своими) достигли того, чтобы в ту ночь, когда у тебя на дворе, полном снега, я умирал от холода, ты впустила меня хоть на некоторое время укрыться, мне легко было бы внять в настоящее время и твоим просьбам; но если теперь более, чем прежде, ты печешься о твоей чести и тебе неприятно оставаться здесь голой, обрати свои мольбы к тому, в чьих объятиях тебе не зазорно было голой пребывать в ту ночь, тебе памятную, тогда как ты слышала, что я ходил по двору, щелкая зубами и топая по снегу; пусть он тебе поможет, пусть принесет тебе твое платье, пусть поставит лестницу, чтобы тебе сойти; постарайся внушить ему заботливость о твоей чести, которую ты из-за него и теперь и в тысяче других случаев не задумывалась подвергать опасности. Почему не позовешь ты его себе на помощь? Кому более подобает это сделать, как не ему? Ты ему принадлежишь, что ему беречь и чему помогать, если он не бережет тебя и не помогает тебе? Позови его, глупая, и посмотри, может ли любовь, которую ты к нему питаешь, и твой ум вместе с его умом избавить тебя от моей глупости; ведь ты, забавляясь с ним, спрашивала его, что ему кажется большим, моя ли глупость или твоя к нему любовь? И не предлагай мне теперь того, чего я не желаю, в чем ты не могла бы мне отказать, если б я захотел. Сбереги твои ночи для твоего любовника, если тебе удастся выйти отсюда живой; пусть эти ночи будут твоими и его ночами, мне достаточно было одной, и довольно, что надо мной наглумились однажды. Теперь, пуская в ход свою хитрость в речах, ты стараешься, хваля меня, приобресть мое расположение, зовешь меня человеком благородным и достойным, пытаешься втихомолку устроить, чтоб я, как человек великодушный, отстал от мысли наказать тебя за твое злорадство; но твои заискивания не затемнят теперь мои духовные очи, как затемнили твои предательские обещания. Я себя знаю и сам себя не настолько познал, пока был в Париже, сколько ты меня тому научила в одну из твоих ночей. Но положим, я был бы великодушен, – ты не из тех, для которых подобает проявлять великодушие: для диких зверей, какова ты, концом покаяния, а также и мести должна быть смерть, тогда как для людей достаточно и того, что ты сказала. Потому что, хотя я и не орел, я знаю, что и ты не голубка, а ядовитая змея, и я намерен преследовать тебя, как древнего врага, со всей силой и ненавистью; хотя то, что я с тобой делаю, нельзя собственно и назвать местью, а скорее наказанием, ибо месть должна превышать оскорбления, а это его не достигнет, ибо если б я захотел отомстить, то, принимая во внимание, что ты наделала с моей душой, твоей жизни было бы мне мало, если б я отнял ее у тебя, да и жизни ста других тебе подобных, потому что я все же убил бы низкую, дрянную и преступную бабу, а на кой черт и чем ты лучше (если забыть твое смазливое лицо, которое немногие годы испортят, покрыв его морщинами), чем любая бедная служанка? А из-за тебя едва не умер порядочный человек, как ты недавно прозвала меня, чья жизнь может в один день принести свету более пользы, чем жизнь ста тысяч тебе подобных, пока будет стоять мир! Итак, я научу тебя той неприятностью, которую ты испытываешь, что значит издеваться над людьми, у которых есть какое-либо понимание, что значит издеваться над учеными, и дам тебе повод никогда более не проделывать такого безумства, если ты останешься в живых. Но если у тебя столь сильно желание сойти, почему не броситься тебе вниз? Сломав себе шею, ты в одно и то же время освободишься от муки, в которой, как тебе кажется, ты обретаешься, и меня сделаешь самым счастливым человеком на свете. Теперь я более ничего тебе не скажу. Я сумел так устроить, что заставил тебя взобраться сюда; сумей теперь устроить так, чтобы сойти, как сумела поглумиться надо мной».

Пока школяр говорил, бедная женщина все плакала, а время шло, и солнце поднималось все выше. Когда она заметила, что он замолк, она сказала: «О жестокий человек, если так тяжела была тебе та проклятая ночь и мой проступок показался тебе столь великим, что тебя не могут побудить к жалости ни моя юная красота, ни горькие слезы, ни униженные мольбы, то да побудит тебя, по крайней мере умалив твою непоколебимую суровость, уже то одно, что я снова доверилась тебе, открыв тебе все мои тайны, чем удовлетворила твоему желанию привести меня к сознанию моего проступка, ибо если б я тебе не доверилась, у тебя не было бы никакого средства отомстить мне за себя, чего, видно, ты так страстно желал. Оставь свой гнев и прости мне, наконец. Если ты захочешь простить и дать мне сойти отсюда, я готова совсем оставить моего неверного юношу, тебя одного иметь любовником и властителем, хотя ты и сильно порицаешь мою красоту, говоря, что она кратковременна и не ценна. Какова бы она ни была, как и красота других женщин, тем не менее я знаю, что если не ценить ее за что другое, то хоть за то, что она доставляет приятность, удовольствие и утеху молодым мужчинам, а ты ведь не стар, и хотя ты обходишься со мной жестоко, я не могу поверить, чтобы ты пожелал увидеть меня погибающей столь недостойной смертью, как если бы я в отчаянии бросилась отсюда на твоих глазах, которым, если ты не был лжецом, каким стал, я так, бывало, нравилась. Пожалей меня, ради бога и из сострадания. Солнце начинает сильно печь, и как излишний холод измучил меня нынче ночью, так жар начинает мне сильно досаждать».

На это школяр, которому любо было заставлять ее говорить, ответил: «Мадонна, ты доверилась теперь моим рукам не из любви, которую ко мне ощущаешь, а чтобы вернуть то, что потеряла; потому все это заслуживает еще большего наказания, и ты неразумно думаешь, коли представляешь себе, что вообще это был единственный удобный для меня путь достигнуть желанной мести. У меня была тысяча других путей: показывая, что я люблю тебя, я расставил у твоих ног тысячу западней, и если б этого не случилось, немного прошло бы времени, и ты по необходимости попалась бы в одну из них; и не было такой, попав в которую ты не обрела бы большего мучения и стыда, чем на этот раз; а этот путь я избрал не для того, чтобы дать тебе льготу, а чтоб скорее повеселить себя. Если б у меня не было ни одного пути, у меня все-таки оставалось бы перо, которым я написал бы о тебе такое и так, что если б ты узнала о том, – а ты узнала бы наверное, – тысячу раз в день пожелала бы не родиться на свет. Могущество пера гораздо сильнее, чем полагают те, которые не познали его на опыте. Клянусь богом (да увеселит он меня до конца местью, которую я творю над тобой, как обрадовал меня ее началом!), я написал бы о тебе такое, что, устыдившись не только других, но и себя самой, ты, лишь бы не видеть себя, вырвала бы себе глаза, потому не упрекай море, что небольшой ручеек умножил его воды. До твоей любви и до того, чтобы ты стала моею, мне, как я уже сказал, нет дела. Принадлежи, коли можешь, тому, кому принадлежала, а его как я прежде ненавидел, так теперь люблю, соображая, как он поступил теперь с тобою. Вы занимаетесь тем, что влюбляетесь в молодых людей и желаете их любви, ибо видите, что при более цветущем лице и более черной бороде они выступают самодовольно, пляшут и бьются на турнирах; все это проделывали и люди несколько более зрелые, знающие и то, чему тем еще надо поучиться. Кроме того, вы полагаете, что они лучшие наездники и в один день делают более миль, чем те, что постарше. Действительно, я признаю, что они с большей силой выколачивают мех, но люди более зрелые, как опытные, лучше знают, где водятся блохи; гораздо предпочтительнее избрать себе немногое и сочное, чем многое и безвкусное; сильная скачка надрывает и утомляет, тогда как тихая прогулка, хотя и несколько позже, доставляет на ночлег, приводит туда по крайней мере спокойно. Вы, неразумные животные, и не догадываетесь, сколько зла скрывается под незначащей личиной красоты. Юноши не довольствуются одной, но сколько ни увидят, стольких и вожделеют, считая себя достойными всех, потому любовь их не может быть постоянной, и ты можешь ныне по опыту свидетельствовать о том. Им представляется, что их милые обязаны и уважать их и миловать, и нет у них большей похвальбы, как хвастаться теми женщинами, которых они имели; вот причина, почему уже многие отдались в руки монахов, которые о том не болтают. Хотя ты и говоришь, что о твоих амурах не знал никто, кроме твоей служанки и меня, ты ошибаешься и напрасно в это веришь, если веришь. На его улице и на твоей почти ни о чем другом не говорят, но в большинстве случаев последний, до кого доходят эти слухи, тот, кого они касаются. К тому же те вас грабят, тогда как зрелые люди дарят, и так как твой выбор плох, то и принадлежи тому, кому отдалась, а меня, над которым ты наглумилась, предоставь другой, ибо я нашел женщину, гораздо более достойную тебя, которая лучше меня поняла. А для того чтобы ты могла унести на тот свет большее доверие к вожделению моих глаз, чем ты показываешь в этом к моим словам, бросься же скорее, и душа твоя, уже теперь обретающаяся, по моему мнению, в когтях у дьявола, увидит, смутятся или нет мои глаза при твоем страшном падении. Но, так как я уверен, что ты меня этим не порадуешь, скажу тебе: если солнце начинает жечь тебя, вспомни, какой холод ты заставила меня претерпеть, и смешав этот холод с теплом, ты, несомненно, почувствуешь, что солнце греет умеренно».

Неутешная дама, поняв, что речи школяра сводятся к жестокой цели, снова принялась плакать и сказала: «Если ничто не склоняет тебя смиловаться надо мною, да побудит тебя любовь к той женщине, которая, по твоим словам, оказалась более разумной и любит тебя, как ты говоришь, и из любви к ней прости мне, принеси мне мое платье, чтобы мне можно было одеться, и помоги мне сойти отсюда». Тогда школяр принялся смеяться и, видя, что время уже далеко перешло за три часа, ответил: «Ладно, теперь я не в состоянии отказать тебе, ибо ты просила меня во имя столь достойной женщины. Укажи мне, где платье, я пойду за ним и помогу тебе сойти оттуда». Поверив этому, дама несколько утешилась и указала ему место, где сложила одежды. Выйдя из башни, школяр приказал слуге не удаляться от нее, напротив, держаться вблизи и по возможности смотреть, как бы кто-нибудь не вошел туда, пока он не вернется; так сказав, он отправился в дом своего приятеля, здесь спокойно пообедал, а затем, когда ему показалось удобным, лег спать. Дама, оставшись на башне, хотя несколько и утешенная безрассудной надеждой, тем не менее чрезвычайно печальная, села, прислонившись к той части стены, где было немного тени, и среди горьких дум стала ждать. То размышляя, то надеясь, то отчаиваясь в возвращении школяра с платьем и перескакивая с одной мысли на другую, она, скошенная горем и нисколько не спавшая ночью, заснула. Солнце, сильно палившее, уже стало на полудни, и его лучи открыто и прямо падали на нежное и холеное ее тело и на ничем не покрытую голову с такой силой, что не только обожгли все тело, какое было обнажено, но и все по частям порастрескали, и таково было жжение, что оно заставило ее, крепко спавшую, проснуться. Чувствуя, что ее жжет, она сделала несколько движений, и ей показалось, когда она двинулась, будто у нее раскроилась и разлезлась вся опаленная кожа, как то, мы видим, бывает с сожженным пергаментом, если кто его потянет. К тому же у нее так сильно болела голова, что казалось, она разломится, что было не диво. А площадка башни была столь горяча, что на ней ни ногам и ничему другому не было места, потому, не застаиваясь, она, плача, переходила с одного места на другое. Кроме того, так как вовсе не было ветра, там собралось громадное количество мух и слепней, которые, садясь на ее голое тело, так страшно ее жалили, что каждое укушение казалось ей уколом копья, вследствие чего она не переставала махать руками, поминутно проклиная себя, свою жизнь, своего любовника и школяра. Таким образом, удрученная, измученная, израненная невообразимым жаром, солнцем, мухами и слепнями, а также голодом и еще более жаждой и вдобавок тысячью печальных мыслей, она, поднявшись, стала глядеть, не увидит или не услышит ли поблизости кого-нибудь, окончательно решившись, что бы из того ни вышло, позвать его и попросить помощи. Но и этого лишила ее неприязненная судьба. Все крестьяне ушли с поля по случаю жары, так что никто не пошел работать поблизости, и все молотили свое жито у своих домов, поэтому она слышала только одних цикад да видела Арно, который видом своих вод возбуждал в ней желание, не утоляя, а увеличивая жажду. Видела она еще во многих местах рощи, и тень, и дома, также томившие ее желание. Что сказать более о несчастной женщине? Солнце сверху, жар от площадки снизу, уколы мух и слепней по бокам так отделали ее всю, что она, которая в прошлую ночь побеждала, казалось, мрак, теперь, раскрасневшись, как гнев, вся обрызганная кровью, показалась бы всякому, кто бы увидал ее, противнейшим созданием в мире.

Так она оставалась без всякого совета и надежды, более уповая на смерть, чем на другое; прошла уже половина девятого часа, когда проснулся школяр и, вспомнив о своей даме, вернулся к башне посмотреть, что с ней сталось, а своего слугу, еще голодного, послать поесть. Когда дама услышала, что он тут, обессиленная и измученная сильной болью, подошла к отверстию и, усевшись, стала говорить с плачем: «Риньери, ты отомстил мне через меру, потому что если я заставила тебя мерзнуть ночью на моем дворе, ты заставил меня днем на этой башне жариться, скорее гореть, и к тому же умирать от голода и жажды; потому прошу тебя ради самого бога, войди сюда и, так как у меня не хватает мужества убить себя, то убей меня ты, ибо я желаю этого более всего другого, – таково и столь велико испытываемое мною мучение. Если ты не хочешь оказать мне этой милости, вели по крайней мере подать мне стакан воды, дабы я могла увлажить свой рот, на что не хватает моих слез, – таковы сухость и жжение, которые я внутри ощущаю».

Школяр отлично понял по голосу, как она ослабела, увидев отчасти и ее тело, все сожженное солнцем, вследствие чего, тронутый и ее униженными молениями, ощутил к ней некую жалость; тем не менее он ответил: «Дрянная женщина, от моих рук ты, наверно, не умрешь, умрешь от своих, коли будет охота, и от меня ты столько же получишь воды для утоления твоего жара, сколько огня я получил от тебя для ограждения от стужи. Одно меня сильно печалит, что недуг от простуды мне пришлось лечить теплом вонючего навоза, тогда как твой недуг от жара будет излечен холодом пахучей розовей воды; и тогда как я чуть не лишился жил и жизни, ты, лишаясь кожи от жары, останешься прекрасной, как змея, сменившая шкуру». – «Несчастная я, – сказала дама, – эти прелести, так приобретенные, да подаст господь тем, кто желает мне зла; но ты, более жестокий, чем любой дикий зверь, как тебя хватает на то, чтобы мучить меня таким образом? Что следовало бы мне ожидать от тебя или от кого-нибудь другого, если б я в страшных мучениях извела весь твой род? Поистине, я не знаю, какую большую жестокость можно было бы проявить против изменника, предавшего на избиение целый город, чем та, которую ты употребил против меня, заставив меня изжариться на солнце и предоставив на съедение мухам! А кроме того, ты не захотел подать мне даже стакана воды, тогда как даже убийцам, осужденным судом, дают несколько раз испить вина, когда они идут на казнь, лишь бы они о том попросили. И так как, я вижу, ты тверд в твоей неумолимой жестокости и тебя ничуть не трогают мои мучения, я терпеливо приготовлюсь принять смерть, дабы господь смиловался над душой моей. Его я молю, чтобы он праведными очами воззрел на совершаемое тобою». Сказав эти слова, она придвинулась с страшным трудом к середине площадки, отчаиваясь спасти себя от столь палящего жара, и не один, а много раз ей казалось, что она обомрет от жажды, не говоря уже о других болях, и она продолжала сильно плакать, сетуя на свое несчастье.

Когда наступил уже вечер и школяру показалось, что сделанного им довольно, он велел взять ее платье и, завернув его в плащ слуги, отправился к дому несчастной женщины, где нашел ее служанку, сидевшую на пороге, печальную и не знавшую, что начать; он спросил: «Милая, что сталось с твоей госпожою?» На это служанка ответила: «Мессере, не знаю, я рассчитывала сегодня утром найти ее в постели, куда вчера вечером она, казалось мне, легла, но я не нашла ее ни здесь, ни там, не знаю, что с ней случилось, и вот я в величайшей печали. А вы, мессере, не можете ли сказать мне о ней что-либо?» На это школяр отвечал: «Хорошо было бы, если б и ты попалась мне там вместе с нею, дабы и тебя наказать за твою вину, как наказал я ее за ее проступок! Но ты, наверно, не избежишь моих рук, и я еще отплачу тебе за дела твои, дабы ты никогда более не глумилась ни над одним мужчиной, не вспомнив обо мне». Так сказав, он обратился к своему слуге: «Отдай ей это платье и скажи, чтобы она пошла за ней, если хочет». Слуга исполнил его приказ; взяв платье, и признав его, и услышав, что ей сказали, служанка очень убоялась, не убили ли ее, и едва воздержалась от крика; вдруг расплакавшись, она по уходе школяра опрометью отправилась с платьем к башне.

На беду один работник той дамы потерял в тот день двух свиней и, отыскивая их, дошел до башни вскоре по уходе школяра; пока он ходил и смотрел, не увидит ли своих свиней, он услышал жалобный плач несчастной женщины; почему, взобравшись, он насколько было сил, крикнул: «Кто там плачет наверху?» Дама узнала голос своего работника и, назвав его по имени, сказала: «Сходи, пожалуйста, за моей служанкой и устрой так, чтобы она пришла ко мне сюда». Работник, признав ее, сказал: «Ахти мне, мадонна, кто это занес вас сюда? Ваша служанка весь день ходила, разыскивая вас, но кто бы мог подумать, чтобы вы могли быть здесь?» И взяв продольные жерди лестницы, он принялся прилаживать их стоймя, как следовало, и привязывать ветками поперечные ступеньки. В это время подоспела и ее служанка, которая, войдя в башню, не будучи в состоянии удержать далее голоса, всплеснув руками, принялась голосить: «Увы мне, милая моя госпожа, где вы?» Услышав ее, дама закричала, как могла громче: «Я здесь наверху, сестрица моя! Не плачь, а подай мне поскорее мое платье». Когда служанка услышала ее, почти утешившись, взобралась по лестнице, уже почти сложенной работником, и с его помощью достигла площадки; увидев, что ее госпожа, похожая не на человеческое тело, а скорее на обгорелый пень, совсем изнеможенная, искаженная, голая лежит на полу, принялась над ней плакать, царапая себе лицо, словно та скончалась. Но дама упросила ее замолчать и помочь ей одеться; узнав, что никто не ведает, где она была, кроме тех, кто принес платье, да бывшего там работника, она, несколько успокоенная, попросила их, бога ради, никогда никому о том не сказывать.

После многих разговоров работник взвалил на плечи даму, которая не в состоянии была идти, и благополучно вынес ее из башни. У бедной служанки, оставшейся позади и спускавшейся не особенно осторожно, поскользнулась нога, она, упав с лестницы наземь, переломила себе бедро и от боли, которую ощутила, заревела точно лев. Положив даму на лужайке, работник пошел посмотреть, что делается со служанкой; увидев, что у ней переломлено бедро, он и ее отнес на лужайку и положил возле дамы. Когда та увидела, что к ее остальным бедам присоединилась еще и эта и сломано бедро у той, от кого она чаяла большей помощи, чем от других, она, безмерно опечаленная, снова принялась так жалобно плакать, что работник не только не мог успокоить ее, но и сам заплакал. Солнце было уже низко, и чтобы ночь не застала их тут, он, по желанию неутешной дамы, отправился к себе, позвав с собою других своих братьев и жену, он вернулся туда с доской, уложили на нее служанку и отнесли домой; подбодрив немного даму холодной водой и ласковыми словами, работник взвалил ее на плечи и отнес в ее комнату. Жена работника дала ей поесть тюри из поджаренного хлеба и, раздев, уложила в постель, и они распорядились, чтобы ночью она и служанка были доставлены во Флоренцию, что и было сделано.

Дама, знавшая множество уверток, сложила басню, совершенно не похожую на то, что было, о себе и своей служанке и уверила своих братьев и сестер и всех других, что все это дело приключилось с ними по ухищрениям дьявольским. Позваны были врачи и не без великой боли и неприятности для дамы, несколько раз сдиравшей кожу постельным бельем, излечили ее от сильной лихорадки и других напастей, а также и служанку от перелома бедра. Вследствие этого дама, забыв о своем любовнике, с тех пор благоразумно остерегалась и шуток и любви, а школяр, услыхав, что у служанки сломано бедро, рассудил, что месть у него полная; удовольствовавшись этим, он более о том не говорил и тем и обошелся.

Вот что досталось за ее шутки неразумной молодой женщине, думавшей подшутить над школяром, как над всяким другим, и не знавшей, что они, хотя не все, но большею частью знают, где у черта хвост. Потому, мои дамы, остерегайтесь шуток, особливо над школярами.

## Новелла восьмая

**Двое живут в дружбе; один из них сходится с женой другого; тот, заметив это, устраивается с его женой таким образом, что его приятель заперт в сундуке, а сам он забавляется на нем с его женой, пока тот сидит внутри.**

Тяжело и грустно было дамам слушать о приключениях Елены, но так как они случились с нею, в известной мере, по заслугам, они отнеслись к ней с более умеренным сожалением, тогда как школяра сочли излишне и непоколебимо суровым, даже жестоким. Когда Пампинея дошла до конца, королева приказала продолжать Фьямметте. Готовая повиноваться, она сказала: – Милые дамы, так как, мне кажется, вас несколько поразила суровость обиженного школяра, я полагаю приличным чем-нибудь более приятным смягчить ваши раздраженные души, а потому и хочу рассказать вам небольшую новеллу об одном молодом человеке, который благодушнее принял оскорбление и с большею умеренностью отомстил за него. Из нее вы поймете, что совершенно достаточно того, что насколько осел лягнет в стену, настолько бы ему и отозвалось, и что не подобает человеку, имеющему в виду отомстить за полученное оскорбление, оскорблять, превышая месть более, чем следует.

Итак, вы должны знать, что в Сиэне, как я когда-то слыхала, жило двое молодых людей, очень состоятельных, из хороших городских семей; одному было имя Спинеллоччьо Танена, а другому Цеппа ди Мино; и жили они оба по соседству друг с другом в Камоллии. Эти двое юношей всегда водились друг с другом и, повидимому, так любили друг друга, как будто они были братья, если не более. У каждого из них было по жене, очень красивой. Случилось, что Спинеллоччьо, часто хаживавший в дом Цеппы, был ли тот дома, или нет, настолько сблизился с его женой, что сошелся с ней; так они жили долгое время, прежде чем кто-либо о том догадался. Тем не менее, спустя долгое время, когда однажды Цеппа был у себя, о чем его жена не знала, явился Спинеллоччьо, чтобы позвать его; жена сказала, что его нет дома; тогда Спинеллоччьо тотчас же взошел наверх и, встретив даму в зале, видя, что никого нет, обнял ее и принялся целовать, а она его. Цеппа, видевший это, не сказал ни слова, а притаился, чтобы посмотреть, к чему сведется эта игра; в скором времени он заметил, что его жена и Спинеллоччьо, обнявшись таким образом, вошли в комнату и там заперлись, что сильно его разгневало, но рассчитав, что ни от шума и ни от чего другого его обида не уменьшится, напротив, увеличится стыд, он стал размышлять, какую бы ему найти месть, о которой кругом его не узнали бы, а сам бы он успокоился душой. После долгого раздумья ему показалось, что способ им найден, и он остался в засаде, пока Спинеллоччьо был с его женой. Когда тот удалился, он вошел в комнату и, увидя жену, еще не успевшую поправить на голове фату, которую, балуясь с нею, Спинеллоччьо сорвал, спросил ее: «Что это ты делаешь, жена?» На это она ответила: «Разве не видишь?» Говорит Цеппа: «Вижу-то я вижу, видел и другое, чего бы видеть не хотел...» Он стал браниться с нею, а она в величайшем страхе, после многих отговорок, призналась ему в своей близости с Спинеллоччьо, от которой не могла, по справедливости, отречься, и принялась с плачем просить у него прощения. На это Цеппа сказал: «Видишь ли, жена, ты поступила худо, но коли хочешь, чтоб я простил тебе, ты должна исполнить в точности то, что я прикажу. Дело в том: я желаю, чтобы ты сказала Спинеллоччьо, чтобы завтра около третьего часа он нашел какой-нибудь повод уйти от меня и явиться к тебе сюда. Когда это сделается, я вернусь. Лишь только ты услышишь мои шаги, тотчас же заставь его влезть в этот сундук и запри; когда ты это сделаешь, я скажу, как тебе далее поступить. Не бойся ничего, ибо обещаю тебе не чинить ему никакого зла».

Жена, чтобы ублажить его, все обещала и так и поступила. Когда настал следующий день и около третьего часа Цеппа и Спинеллоччьо были вместе, последний, обещавший даме явиться к ней именно в этот час, сказал Цеппе: «Сегодня я должен обедать с одним приятелем, и мне не хотелось бы заставить его прождать меня; потому с богом!» – «Еще долго до обеда», – говорит Цеппа. Спинеллоччьо отвечал: «Не в этом дело, а мне надо еще поговорить с ним об одном своем деле, так надо забраться туда пораньше». И вот, уйдя от Цеппы и сделав обход, Спинеллоччьо явился в дом к его жене, и не успели они войти в комнату, как вернулся Цеппа. Лишь только услышала жена, что он пришел, обнаружила сильный страх, велела Спинеллоччьо спрятаться в сундук, указанный мужем, заперла его там и вышла из комнаты. Войдя наверх, Цеппа сказал: «А что, жена, не пора ли обедать?» – «Да и впрямь», – отвечала она. Тогда Цеппа говорит: «Спинеллоччьо пошел сегодня обедать к своему приятелю, а жену оставил одну, выгляни-ка в окошко, позови ее и скажи, чтобы она шла обедать к нам». Жена, боявшаяся за себя и потому ставшая очень послушной, сделала, как приказал муж.

Жена Спинеллоччьо, уступая настоятельным просьбам жены Цеппы, явилась, узнав, что муж дома не обедает. Когда она пришла, Цеппа, много обласкав ее и взяв ее по-приятельски за руку, тихо сказал жене, чтоб она шла на кухню, а ее повел в комнату, и, когда вошел, то, обернувшись, запер ее изнутри. Как увидела она, что комнату запирают, сказала: «Что это, Цеппа, что это значит? Так вот для чего ты велел прийти мне, такова твоя любовь к Спинеллоччьо и верная с ним дружба!» На это Цеппа отвечал, подойдя к сундуку, где был заперт ее муж, и продолжая крепко держать ее: «Прежде чем печалиться, послушай, что я тебе скажу: я любил и люблю Спинеллоччьо, как брата, а вчера я открыл, хотя он того и не знает, что доверие, которое я питал к нему, дошло до того, что он сошелся с моей женой, как сходится со своей. И вот, любя его, я не желаю иной мести, как сходной с обидой. Он обладал моей женой, я хочу обладать тобой. Если ты на это не согласна, мне все же следует отплатить ему, а так как я не намерен оставить эту обиду без наказания, я ведь могу устроить ему такое, что ни ты, ни он никогда не будете тому рады».

Услышав это и поверив Цеппе после многих удостоверений, жена сказала: «Мой Цеппа, так как мщение должно пасть на меня, я согласна, только устрой, чтобы то, что нам предстоит совершить, оставило меня в мире с твоей женой, как и я намерена оставаться с нею, несмотря на то, что она со мной натворила». На это Цеппа отвечал: «Это я улажу непременно, а кроме того, подарю тебе такую дорогую и красивую вещицу, какой у тебя нет». Так сказав, обняв ее и принявшись целовать, он положил ее на сундук, где был заперт муж, и здесь утешился с ней, сколько ему было угодно, а она с ним.

Сидя в сундуке, Спинеллоччьо слышал все речи Цеппы и ответ своей жены, а затем и тревизскую пляску, совершавшуюся над его головою, и ощутил на первых порах такую скорбь, что ему казалось, он умрет, и не будь страха перед Цеппой, он, хотя и запертый, жестоко бы выбранил жену.

Затем вспомнив, что оскорбление было вчинено им и что Цеппа имел основание делать то, что делал, и обращался с ним по-человечески и как с товарищем, сказал себе, что, коли того захочет Цеппа, он будет ему еще большим другом, чем прежде. Пробыв с дамой, сколько ему было угодно, Цеппа слез с сундука, и когда она попросила обещанной им драгоценной вещи, он, отворив комнату, вывел оттуда свою жену, которая сказала ей лишь следующее: «Мадонна, вы отдали мне хлебом за лепешку». Сказала она это смеясь. На это Цеппа говорит: «Отопри-ка этот сундук». Когда та это сделала, Цеппа показал Спинеллоччьо его жене.

Долго было бы рассказывать, кто из них более устыдился, Спинеллоччьо ли, увидев Цеппу и понимая, что ему известно содеянное им, или жена, увидев своего мужа и зная, что он и слышал и чувствовал все учиненное ею над его головой. Цеппа и говорит ей: «Вот драгоценность, которую я вам дарю». Вылезя из сундука и не пускаясь в распрю, Спинеллоччьо сказал: «Цеппа, мы теперь в расчете, потому как ты перед тем говорил моей жене, нам лучше всего стать друзьями, какими были раньше, и так как у нас обоих нет ничего отдельного, кроме жен, пусть и они будут общие». Цеппа согласился и в наилучшем в свете согласии все вчетвером сели за обед. С тех пор и впредь у каждой из двух жен было по два мужа, и у каждого из них по две жены, и никогда не было у них из-за этого ни спора, ни распри.

## Новелла девятая

**Врача маэстро Симоне, желавшего вступить в корсарское общество, Бруно и Буффальмакко заставляют ночью пойти в известное место, а Буффальмакко сбрасывает его в помойную яму, где и оставляет.**

Когда дамы несколько поболтали об общности жен, устроенной обоими сиэнцами, королева, за которой только и оставался рассказ, не нарушая прав Дионео, начала так: – Любезные дамы, Спинеллоччьо вполне заслужил издевку, которую устроил ему Цеппа, потому мне и кажется, что (как то недавно хотела доказать Пампннея) не следует строго порицать того, кто глумится над человеком, вызывающим глумление, либо его заслужившим. Спинеллоччьо заслужил его, а я намерена рассказать вам о человеке, который на него напросился, и полагаю, что те, которые учинили его над ним, заслуживают не порицания, а поощрения. Человек, с которым это сталось, был врач, вернувшийся во Флоренцию из Болоньи в мантии из беличьего меха, хотя сам был и бараном.

Как мы то видим ежедневно, наши граждане возвращаются к нам из Болоньи кто судьей, кто врачом, кто нотариусом, в длинных и просторных платьях, в пурпуре и беличьих мехах и в другой великолепной видимости, а как отвечает тому дело, это мы наблюдаем каждый день. Из их числа был некий маэстро Симоне да Вилла, более богатый отцовским достоянием, чем наукой; одетый в пурпур и с большим капюшоном, доктор медицины, как он сам о себе говорил, он недавно вернулся к нам и поселился в улице, которую мы теперь зовем Виа дель Кокомеро. У этого маэстро Симоне, вернувшегося, как сказано, недавно, был в числе его других достойных внимания привычек обычай спрашивать у всякого, бывшего с ним, о всех проходящих, кого бы ни увидел, и точно из движении людей ему надлежало составлять лекарства для своих больных, он на всех обращал внимание и все в них замечал. В числе прочих особенно привлекших его взгляды были два живописца, о которых сегодня дважды была речь, Бруно и Буффальмакко, всегда бывавшие вместе, его соседи. Так как ему казалось, что они жили беззаботнее всех на свете и проводили время весело, что и было на самом деле, он расспрашивал о них у многих. Слыша от всех, что они люди бедные и живописцы, он вообразил, что не может того быть, чтобы они жили столь весело от своей бедности, а так как о них говорили, как о людях остроумных, он и представил себе, что они извлекают великую выгоду из чего-нибудь другого, о чем никто не знает, и у него явилось желание сблизиться, по возможности, с обоими или по крайней мере с одним из них; ему удалось сойтись с Бруно. Побыв с ним несколько раз, Бруно понял, что врач – дурак, и начал потешаться над ним, сделав его предметом своих диковинных выходок, а врач с своей стороны стал находить удовольствие в его обществе. Несколько раз, пригласив его к обеду и полагая вследствие этого, что он может поговорить с ним по-приятельски, он выразил ему удивление, которое внушали ему он и Буффальмакко, что, будучи людьми бедными, они так весело живут, и он попросил его объяснить ему, как они устраиваются. Услышав эти речи врача, Бруно убедился, что этот вопрос из числа его глупых и бессмысленных, и, рассмеявшись, задумал ответить ему соответственно его юродству. «Маэстро, – отвечал он, – я немногим бы рассказал, как мы это делаем, но не воздержусь поведать это вам, так как вы мне приятель и я знаю, что вы этого другим не передадите. Правда, я и товарищ, мой живем так хорошо и весело, как вам это и кажется, даже более; от нашего ремесла и с доходов, которые мы извлекаем из кое-каких имений, нам нечем было бы заплатить даже за воду; но я не желал бы, чтобы вы подумали вследствие этого, что мы ходим воровать, а мы ходим на корсарство и таким образом добываем, без всякого ущерба другим, все, что нам служит в удовольствие и на потребу; оттуда, как видите, и наше веселое житье».

Услышав это и еще не поняв, в чем дело, всему поверив, врач сильно изумился, у него внезапно явилось страстное желание узнать, что означает ходить на корсарство, и он очень настоятельно стал просить, чтобы тот рассказал ему о том, уверяя, что, поистине, он никому того не передаст. «Увы мне, маэстро, – сказал Бруно, – чего вы у меня просите! Вы хотите узнать большую тайну, и если бы кто доведался о том, этого было бы достаточно, чтобы погубить меня, выжить со света или мне самому угодить в пасть Люцифера, что в Сан Галло; потому я не скажу вам о том никогда». Врач говорит: «Поверь, Бруно, что бы ты ни открыл мне, о том никто никогда не будет знать, кроме тебя да меня». Тогда после долгих разговоров Бруно сказал: «Так и быть, маэстро, столь велика любовь, которую я питаю к вашему патентованному дубинообразию из Леньяи, и таково мое доверие к вам, что я не могу отказать вам ни в чем, чего бы вы ни пожелали, и потому я поведаю вам это под условием, если вы поклянетесь мне крестом, что в Монтезоне, никогда и никому не говорить о том, как вы и обещали». Маэстро подтвердил, что никогда не скажет.

«Итак, знайте, сладчайший мой маэстро, – сказал Бруно, – что еще недавно был в нашем городе великий мастер некромантии, по имени Микеле Скотто, ибо он был из Шотландии; именитые люди, из которых лишь немногие остались теперь в живых, оказывали ему великие почести; желая уехать отсюда, он, по их настоятельным просьбам, оставил нам двух знающих своих учеников, которым приказал всегда с готовностью исполнять всякое желание благородных людей, его почтивших, и они охотно служили сказанным благородным людям в кое-каких любовных и других их делах. Впоследствии, когда и город и нравы жителей пришлись им по сердцу, они решились навсегда здесь остаться и вошли в великую и тесную дружбу с некоторыми из них, не обращая внимания на то, кто они, именитые или худородные, богатые или бедные, лишь бы те люди соответствовали их нравам. В угодность таковым своим друзьям они устроили общество человек из двадцати пяти, которым следовало собираться по крайней мере раз в месяц в показанном ими месте; явившись туда, каждый выражал им свое желание, и они тотчас же исполняли его на ту ночь. Сойдясь с теми двумя в особой дружбе и близости, я и Буффальмакко были приняты в то общество, где и состоим. И скажу вам: когда нам случается собраться, чудно бывает посмотреть на ковры по стенам залы, где мы пируем, на столы, убранные по-царски, на множество благородных и прекрасных слуг, мужчин и женщин, в угождение всякому состоящему в этом обществе; на лохани, кувшины, бутылки, кубки и другую золотую и серебряную посуду, из которой мы едим и пьем, и, кроме того, на множество различных яств, какие кто пожелает, которые подносят нам, всякое в свое время. Я никогда не был бы в состоянии рассказать вам, какие слышатся там сладкие звуки от бесчисленных инструментов, какое полное мелодии пение, не мог бы сказать, сколько восковых свечей сгорает за теми ужинами, сколько потребляется сластей и какие драгоценные вина там пьют. Я не желал бы, умная моя голова, чтобы вы вообразили себе, что мы обретаемся там в этом самом платье и убранстве, в каком вы нас видите: нет там ни одного, самого плохонького, который не показался бы вам императором, так мы красуемся в дорогих платьях и вещах. Но выше всех других утех, какие там есть, – красивые женщины, тотчас же, лишь бы кто захотел, переносимые туда со всего света. Там вы увидели бы властительницу Барбаникков, царицу Басков, жену султана, императрицу

Осбек, Чянчяферу из Норньеки, Семистанте ди Берлинноне и Скальпедру ди Нарсия. Но к чему это я их вам перечисляю? Там все царицы мира, говорю, включительно до самой Скинкимурры попа Ивана. Теперь смотрите, что дальше. Когда все попьют и полакомятся, проделав один или два танца, всякая из них отправляется в комнату того, по чьей просьбе она явилась. И знайте, что те комнаты на вид райские, так они красивы, и не менее благоуханны, чем ящики с пряностями в вашей аптеке, когда вы велите толочь тмин, и есть в них постели, кажущиеся прекраснее кровати венецианского дожа; на них они и отдыхают. Как орудуют там ткачихи, работая подножками и вытягивая к себе набилку, чтобы ткань вышла прочнее, это я предоставляю вам вообразить себе. В числе прочих лучше всего живется, по моему мнению, Буффальмакко и мне, ибо Буффальмакко большей частью велит приводить себе французскую королеву, а я для себя английскую, а они наибольшие в свете красавицы; и мы так сумели устроить, что они не могут на нас наглядеться. Итак, сами вы можете себе представить, почему мы можем, да нам и следует жить и гулять в большем веселье, чем другим людям, коли вспомните, что мы владеем любовью двух таких королев; не говоря уже о том, что стоит нам пожелать тысячи или двух тысяч флоринов, чтобы нам их – не дождаться. Вот это-то мы и называем попросту „ходить на корсарство“, потому что как корсары грабят всякого, так и мы, с тем лишь отличием от них, что те никогда не возвращают имущества, мы же, воспользовавшись, возвращаем его. Теперь вы знаете, маэстро, мой простак, что мы называем ходить на корсарство; насколько это должно остаться в тайне, вы сами можете видеть, потому более я ничего вам не скажу, и не просите».

Маэстро, наука которого не шла, вероятно, далее уменья лечить ребят от шелудей, настолько поверил словам Бруно, насколько следовало бы поверить любой истине, и так возгорелся желанием вступить в это общество, как только можно было воспылать к чему-либо желаемому. Потому он ответил Бруно, что действительно нечего удивляться, что они так веселы, и с большим трудом воздержался от просьбы устроить его принятие туда, предоставляя себе сделать это, когда, учествовав его еще более, он будет иметь возможность с большею уверенностью предъявить ему свои желания. Итак, в расчете на это, он продолжал поддерживать с ним общение, зазывая его вечером и утром к своему столу и обнаруживая безмерную к нему любовь, и столь велико и постоянно было это их общение, что, казалось, без Бруно маэстро не мог и не умел существовать.

Бруно чувствовал себя отлично и, дабы не показаться неблагодарным за такие почести, оказанные ему врачом, написал ему в зале изображение Поста, у входа в комнату – Agnus dei, у двери на улицу ночной горшок, дабы те, которые являлись к нему за советом, сумели отличить его от других, а под небольшим навесом написал битву мышей с кошками, казавшуюся врачу очень красивой вещью. Кроме того, он иной раз говорил ему, когда ему случалось у него не ужинать: «Сегодня я был в обществе, и так как английская королева мне несколько надоела, я велел привести себе Гумедру великого Тарсийского хана». Тогда маэстро спрашивал: «Что такое Гумедра? Я этих имен не понимаю». – «О мой маэстро, – отвечал Бруно, – я этому не удивляюсь, ибо я слышал, что ни Поркограссо, ни Ванначена об ней не упоминают». – «Ты хочешь сказать Иппократ и Авиценна?» – говорил маэстро. «Право, не знаю, – отвечал Бруно, – в ваших именах я так же мало смыслю, как и вы в моих, а Гумедра на языке великого хана означает то же, что на нашем императрица. О да, она показалась бы вам прелестной бабой и, уверяю вас, заставила бы вас забыть лекарства, и снадобья, и всякие пластыри».

Так говаривал он с ним порой, чтобы еще более его разжечь, когда однажды вечером маэстро засиделся, присвечивая Бруно, пока тот расписывал баталию мышей и кошек, и, вообразив, что он закупил его своим вниманием, решился открыть ему свою душу. Они были одни, и он сказал: «Бруно, бог тому свидетель, нет ныне человека, для которого я все бы сделал с такою готовностью, как для тебя; да вот если б ты приказал мне отправиться отсюда в Перетолу, я, наверно бы, пошел; потому не удивись, если я попрошу у тебя кое о чем по-приятельски и по доверию. Как тебе известно, ты еще недавно рассказал мне об обычаях вашего веселого общества, и у меня явилось столь великое желание участвовать в нем, какого никто так сильно не ощущал. И это не без причины, как ты увидишь, если мне удастся попасть в него, ибо отныне же позволю тебе насмеяться надо мною, если я не выпишу туда самую красивую девушку, какой ты давно не видал, а я видел ее в прошлом году в Какавинчильи и очень люблю ее. Клянусь телом Христовым, я хотел дать ей десять болонских грошей, если б она согласилась со мною, да она не захотела. Потому прошу тебя, насколько возможно, наставить меня, что мне сделать, чтобы попасть туда, да и ты сделай все и постарайся, чтобы я вступил в него, а во мне вы найдете хорошего и верного товарища. Ты видишь, во-первых, что я красив из себя, что мои ноги хорошо прилажены к туловищу и лицо мое словно розан, а к тому же я доктор медицины, какого среди вас, вероятно, нет, и я знаю много хороших вещей, красивых песенок; дай я спою тебе одну». И он внезапно принялся петь.

У Бруно явилось столь сильное желание расхохотаться, что он был вне себя, но все же удержался. Когда песнь была спета, маэстро спросил: «Как тебе это понравилось?» Бруно ответил: «Разумеется, маисовые дудочки не могут сравниться с вами, так артистически вы горланите». Говорит маэстро: «Я уверен, что ты никогда не поверил бы тому, если б сам меня не услыхал». – «Правду вы говорите», – отвечал Бруно. «Я знаю еще и другие песни, – возразил маэстро, – но пока оставим это. Ты видишь, каков я. Мой отец был благородный, хотя жил в деревне, а я по матери из рода Валеккио, и как ты мог убедиться, у меня лучшие книги и более красивые платья, чем у всех других флорентийских медиков. Есть у меня вещи, которые, ей-богу, если все сосчитать, стоили мне лет десять назад и более чуть не сто лир мелочью; потому прошу тебя, устрой меня, пожалуйста, в том обществе, а я, клянусь богом, обещаю тебе, коли ты это сделаешь, не брать с тебя ни одной копейки за мое ремесло; болей, сколько знаешь».

Пока Бруно слушал его, он показался ему таким же простофилей, каким казался нередко и прежде, и он сказал: «Маэстро, посветите мне немного в эту сторону и потерпите немного, пока я напишу хвосты этим мышам, а там я вам отвечу». Когда хвосты были окончены, Бруно притворился, будто просьба ему очень неприятна, и говорит: «Маэстро, вы в состоянии были бы сделать для меня многое, это я сознаю, тем не менее то, о чем вы меня просите, хотя и незначительно для вашего великого ума, для меня является очень значительным. Я не знаю, для кого на свете я это сделал бы, если бы мог, коли не для вас, потому что я люблю вас, как подобает, да и ваши слова так уснащены разумом, что они заставили бы и постницу плясать на босу ногу, а меня и подавно отвлекли бы от моего намерения, ибо чем более я бываю с вами, тем более вы мне представляетесь мудрым. Скажу вам еще, что если бы ничто другое не побуждало меня благожелать вам, то побудило бы уже то одно, что вы влюблены в такую красавицу, как говорили. Одно я должен сказать вам: в этих делах я ничего не могу, как вы то полагаете, и потому и не в состоянии устроить для вас, что бы следовало; но если вы обещаете мне вашим великим нерушимым словом сохранить это в тайне, я укажу способ, которого вам следует держаться, и мне сдается, что вам, наверно, это удастся, так как у вас есть и прекрасные книги и все другое, о чем вы мне раньше говорили». На это маэстро сказал: «Говори же, не бойся, вижу я, ты плохо меня знаешь и еще не знаешь, как я умею хранить тайны. Немного было таких дел, которые производил мессер Гаспарруоло из Саличето, когда был судьей подесты в Форлимпополи, которые он не велел бы сообщать мне, потому что считал меня хорошим блюстителем тайны. Хочешь ли увериться, что я говорю правду? Он первому мне сказал, что хочет жениться на Бергамине; видишь, как?» – «Хорошо, – говорит Бруно, – коли тот доверялся вам, могу довериться и я. Способ, которого вам следует держаться, следующий: у нашего общества всегда есть начальник с двумя советниками, сменяющимися каждые шесть месяцев; нет сомнения, что к новому году начальником будет Буффальмакко, я – советником; так решено. А начальник может ввести и заставить ввести кого ему угодно; потому, мне кажется, вам следовало бы, по возможности, сблизиться с Буффальмакко и учествовать его. Это такой человек, что если он познает вашу мудрость, тотчас же влюбится в вас, и когда вы привлечете его немного своим умом и теми хорошими вещами, которые у вас водятся, вы можете попросить его; он не сумеет сказать вам: нет. Я говорил с ним о вас, и он очень к вам расположен; вы сделайте это, а мне предоставьте сделаться с ним». Тогда маэстро сказал: «Уж очень мне нравится то, что ты говоришь, и если он человек, чтущий мудрых мужей, и хоть немного побеседует со мною, я так устрою, что он всегда будет за мною ходить, потому что ума у меня столько, что я мог бы снабдить им целый город, оставаясь умнейшим».

Устроив это, Бруно обо всем подробно рассказал Буффальмакко. а тому показалось за тысячу лет время, пока ему удастся сделать то, чего добивался маэстро-дуралей. Врач, безмерно желавший попасть в корсары, не мешкая долго, подружился с Буффальмакко, что удалось ему легко. Начал он ему задавать лучшие в свете ужины и обеды, а вместе с ним и Бруно; они же кормили его обещаниями, как люди, чуявшие хорошие вина, жирных каплунов и другие лакомые вещи, постоянно посещали его, бывая у него без особых приглашений и все время говоря, что для другого они того бы не сделали. Между тем когда маэстро показалось, что пора, он обратился с просьбой к Буффальмакко, как то сделал и с Бруно. Буффальмакко притворился, что очень этим разгневан, и сильно накричал на Бруно, говоря: «Клянусь великим богом в Пазиньяно, я едва удерживаюсь, чтобы не дать тебе в голову такого тумака, что у тебя нос свалится в пятки, предатель ты этакий! Кто другой мог поведать о том маэстро, как не ты?» Тот усердно извинял его, говоря и клянясь, что узнал это со стороны, и после многих мудрых речей все-таки его успокоил. Обратясь к маэстро, Буффальмакко сказал: «Маэстро, оно и видно, что вы были в Болонье и принесли в наш город уменье держать язык за зубами; еще скажу вам, что вы учились азбуке не на яблоке, как то желают делать иные глупцы, а научились ей на тыкве, а известно, что она длинная, и я не ошибусь, сказав, что вас крестили в воскресенье. И хотя Бруно говорил мне, что вы там изучали медицину, мне кажется, вы обучились там искусству обворожать людей, что благодаря вашему уму и выдумкам вы делаете лучше, чем кто-либо другой из виденных мною». Врач оборвал его на средине речи и, обратившись к Бруно, сказал: «Что значит говорить и обращаться с людьми умными! Кто бы так скоро понял все особенности моего ума, как то сделал этот достойный человек! Ты вот не догадался так скоро, как он, чего я стою; расскажи по крайней мере, что я тебе заметил, когда ты рассказал мне о любви Буффальмакко к мудрым людям. Разве я того не говорил?» – «Говорил, и лучше», – ответил Бруно. Тогда маэстро сказал Буффальмакко: «Другое бы ты заговорил, если бы повидал меня в Болонье, где не было ни большого, ни малого, ни доктора, ни школяра, который не любил бы меня более всего на свете, – так я сумел всех ублажить своей беседой и своим умом. Скажу тебе более: я там не произнес ни слова, чтобы не заставить всех смеяться, так я всем нравился, а когда я оттуда уезжал, все подняли страшный плач, желая, чтобы я остался, и дело дошло до того, что решили, лишь бы я остался, предоставить мне одному читать медицину всем школярам, какие там были; но я не захотел, ибо решил приехать сюда за большим наследством, в которое теперь вступил и которое всегда было в моем роде; так я и сделал». Тогда Бруно сказал Буффальмакко: «Как тебе это нравится? А ты не верил мне, когда я тебе о том говорил. Клянусь евангелием, в нашем городе нет врача, который сравнялся бы с ним в распознавании ослиной мочи, и, наверное, ты подобного не найдешь отсюда и до парижских ворот. Поди-ка попробуй не сделать того, чего он хочет». – «Правду говорит Бруно, – заметил медик, – но меня здесь не знают, вы здесь народ грубый, а повидали бы вы меня среди докторов, какой у меня вид!» Тогда Буффальмакко сказал: «Поистине, маэстро, вы знаете гораздо больше, чем я когда-либо мог предположить, потому, говоря с вами непутно, как следует говорить с подобными вам мудрыми людьми, скажу вам, что я непременно устрою, чтобы вы поступили в наше общество».

После этого обещания чествования их врачом умножились, они, потешаясь этим, заставляли его плясать под дудку величайших глупостей на свете, обещая дать ему в жены графиню Отхожих, самое прелестное существо, какое только можно найти на задах человеческого рода. Врач спросил, кто такая эта графиня. Буффальмакко ответил: «Ах ты тыква моя семенная, это очень знатная дама, и мало на свете домов, где бы она не творила суд и расправу, и даже минориты отдают ей дань при звуке литавров. И скажу тебе, что, когда она ходит, кругом ее хорошо слышно, хотя она большею частью сидит запершись; тем не менее еще недавно она прошла ночью мимо вашей входной двери, направляясь к Арно, чтобы вымыть себе ноги и подышать воздухом; но ее постоянное времяпребывание в Отхожей области. Потому-то ее служители часто бродят вокруг и все носят в доказательство ее главенства скипетр – веник и ядро. Вельмож ее везде можно видеть, каковы: Подворотник, дон Куча, Коротыш, Жижа и другие; думаю, что все они вам знакомы, но вы их не помните. В сладкие объятия этой-то знатной дамы, оставив красавицу из Какавинчильи, мы и направим вас, если надежда нас не обманет». Врач, рожденный и выросший в Болонье, не понимал их выражений, почему и остался доволен обещанной дамой.

Немного времени спустя художники принесли ему весть, что он принят. Когда настал день, накануне ночи, когда им надлежало собраться, маэстро позвал их обоих к обеду и после обеда спросил, что ему предпринять, чтобы явиться в общество. На это Буффальмакко сказал: «Видите ли, маэстро, вам следует быть очень мужественным, потому что, если вы не будете таковым, у вас явятся препятствия, а нам вы учините большой вред; причину, почему вам необходимо большое мужество, вы сейчас узнаете. Вы должны устроить так, чтобы сегодня вечером, в пору первого сна, быть на одной из тех высоких гробниц, что недавно устроены позади Санта Мария Новелла; будьте в лучшем из ваших платьев, чтобы на первый раз явиться в приличном виде перед обществом, и потому еще (так нам сказали, ибо после того мы там не были), что графиня желает вас как человека хорошего рода поставить рыцарем, искупав на свой собственный счет. Там дождитесь, пока не придет посланный нами. А для того чтобы осведомить вас обо всем, знайте, что явится черный, рогатый зверь небольшого роста и будет сильно пыхтеть и скакать на площади перед вами, дабы устрашить вас, но увидев, что вы не пугаетесь, тихо подойдет к вам, а как подойдет, вы безо всякого страха спускайтесь с могилы и, не поминая бога и его святых, оседлайте его; когда сядете, сложите на груди руки крест-накрест, не касаясь более зверя. Тогда он тихо двинется и доставит вас к нам; но говорю вам теперь же, если вы упомянете бога и святых, либо ощутите страх, он может вас сбросить и свалить в место не особенно благовонное; потому, если вы полагаете, что мужества у вас не хватит, не ходите, ибо вы сделаете вред себе без всякой пользы нам».

Тогда врач ответил: «Вы меня еще не знаете. Вы глядите на то, что я ношу перчатки и на мне платье длинное; если б вы знали, что я по ночам делал в Болонье, когда хаживал с товарищами к женщинам, вы диву бы дались. Клянусь богом, раз ночью случилось так, что одна из них не захотела пойти с нами (дрянненькая она была, хуже того, ростом с кулак), я прежде всего поколотил ее хорошенько, а затем, схватив ее на отвес, понес ее на расстояние, пожалуй, полета стрелы и добился-таки того, что пришлось ей пойти с нами. Помню в другой раз, со мной не было никого, кроме моего слуги, вскоре после Ave Maria я проходил там мимо кладбища миноритов, где в тот день похоронили одну женщину, и не ощутил никакого страха. Поэтому не смущайтесь этим, потому что смел и храбр я очень. И скажу вам еще: чтобы явиться туда прилично, я надену мое пурпурное платье, в котором меня поставили в доктора; погляжу я, как-то обрадуется общество, увидев меня, а там со временем меня сделают и начальником. Увидите, как пойдет дело, лишь бы мне попасть туда, ибо, еще не видав меня, графиня так в меня влюбилась, что хочет уготовить мне рыцарскую баню; может быть, рыцарство мне не пристанет и я плохо буду блюсти его, а может быть и хорошо; дайте только мне все устроить». – «Вы очень хорошо говорите, – сказал Буффальмакко, – но смотрите, не подшутите над нами, – вы, пожалуй, не придете или вас не найдут, когда мы пошлем за вами; говорю это, потому что теперь холод, а вы, господа врачи, больно его бережетесь». – «Не попусти того господь! – отвечал врач. – Я не из ознобышей, холод мне нипочем; редко случается мне, чтобы, поднявшись ночью за телесной нуждой, как то приходится порой делать, я надевал поверх куртки что-либо кроме шубы. Потому я буду там наверно».

Когда те удалились и наступила ночь, маэстро придумал для жены коекакие предлоги, стащил у нее тайком свое торжественное платье, надел его, и когда ему показалось, что пора, отправился на одну из указанных гробниц; скорчившись на одном из мраморных памятников, ибо холод был сильный, он стал поджидать зверя. Буффальмакко, высокий и здоровый, добыл одну из тех личин, которые употреблялись в известных играх, ныне уже не совершающихся, и, напялив на себя черный мех наизнанку, так уладился в нем, что походил на медведя, только у маски была дьявольская харя и была она рогатая. Так наряженный, он вместе с Бруно, шедшим за ним посмотреть, как будет дело, отправился на новую площадь у Санта Мария Новелла. Лишь только он завидел, что маэстро там, начал скакать и страшно метаться по площади, пыхтя, рыча и крича, точно исступленный. Как услышал это и увидел маэстро, волосы у него стали дыбом, он принялся дрожать, потому что был боязливее женщины, и было мгновение, когда он предпочел бы скорее быть дома, чем здесь. Тем не менее, раз отправившись туда, он сделал усилие, чтобы ободриться, так велико было в нем желание увидеть чудеса, о которых те ему наговорили.

Побесновавшись перед ним некоторое время, как было сказано, Буффальмакко сделал вид, будто присмирел, подошел к гробнице, на которой находился маэстро, и остановился. Тот, весь дрожа от страха, не знал, что ему делать, сойти или остаться. Наконец, убоявшись, как бы зверь не учинил чего худого, если он не вскочит на него, вторым страхом изгнал первый; спустясь с гробницы и тихо говоря спаси господи, он взобрался на него, крепко уселся и, все еще дрожа, сложил руки крестом на груди, как было ему сказано. Тогда Буффальмакко тихо направился к Санта Мария делла Скалла и на четвереньках довез его до монахинь Риполи. Были тогда в той стране ямы, куда тамошние крестьяне опрастывали графиню Отхожую для унаваживания своих полей. Когда Буффальмакко приблизился к ним, подойдя к краю одной и улучив время, подставил руку под ногу врача и, сдернув его со спины, сбросил прямо вниз головою; страшно ворча, скача и беснуясь, он направился вдоль Санта Мария делла Скала к лугу Оньисанти, где нашел Бруно, убежавшего, ибо он не в силах был удержаться от смеха. Сильно потешаясь, они издали принялись наблюдать, что будет делать испачканный врач.

Господин врач, увидев себя в том поганом месте, силился подняться, пытаясь вылезть, и снова падая туда и сюда; весь замаравшись с головы до ног, опечаленный и жалкий, проглотил несколько драхм грязи, но все-таки выкарабкался, покинув там плащ. Отершись, насколько было возможно, руками, не зная, что иное ему предпринять, он вернулся домой и стал стучаться, пока ему не отперли.

Когда он вошел весь провонялый, не успели затворить за ним двери, как явились Бруно и Буффальмакко, чтобы узнать, как примет маэстро его жена. Навострив уши, они услышали, что жена осыпала его большею бранью, чем какая доставалась какому-либо негодяю, говоря: «Поделом тебе! Ты ходил к какой-нибудь другой женщине и желал явиться красивым в своем пурпурном платье. Меня тебе не было достаточно? Меня бы, братец, хватило на целый полк, не то что на тебя. Желала бы я, чтобы они утопили тебя, а не то что бросили, куда тебя и следовало бросить. Вот так почтенный медик, у него своя жена, а он ночью за чужими бегает!» Такими и многими другими речами жена не переставала мучить его до полуночи, пока врача, по его желанию, всего омывали.

На следующее утро Бруно и Буффальмакко, расписав себе под платьем все тело в синий цвет, как бывает от побоев, явились к врачу, которого нашли уже вставшим. Войдя к нему, они почувствовали, что от всего воняет, потому что не все еще было так вычищено, чтоб не несло. Когда врач услышал об их приходе, вышел к ним навстречу и пожелал им во имя божие доброго дня. На это Бруно и Буффальмакко по уговору ответили ему с гневным видом: «Ну, этого мы вам не пожелаем, напротив, молим господа послать вам всего худого, умереть бы вам злою смертью, как человеку неверному и наибольшему предателю из всех живущих, ибо не за вами стало, чтобы мы, старавшиеся доставить вам честь и удовольствие, не были убиты, как псы. Из-за вашего обмана нам перепало в эту ночь столько ударов, что при меньшем количестве осел дошел бы до Рима, не говоря уже о том, что мы были в опасности быть изгнанными из общества, куда намеревались провести вас. Если вы нам не верите, поглядите на наше тело, на что оно похоже». И, распахнув перед ним в полусвете одежды, они показали ему свои намалеванные груди и тотчас же закрылись. Врач хотел было извиниться и рассказать о своих бедствиях, как и куда его бросили. На это Буффальмакко сказал: «Я желал бы, чтобы он вас бросил с моста в Арно. Зачем поминали вы бога и святых? Разве мы вам о том наперед не говорили?» Врач отвечал: «Ей-богу, не поминал». – «Как не поминали? – говорит Буффальмакко. – Поминали и очень; наш посланный сказал нам, что вы дрожали, как ветка, и не понимали, где вы находитесь. Хорошо вы с нами поступили, более никто с нами того не учинит, а вам мы воздадим ту честь, какая вам подобает».

Врач стал просить прощения и молить, ради бога, не позорить его, стараясь умиротворить их словами, какие только приходили ему на ум. Из боязни, чтобы они не объявили ему позора, он, если прежде их чествовал, то теперь зачествовал и заухаживал еще более, угощая их обедами и всем другим.

Таким-то образом, как вы слышали, наставляют уму-разуму тех, кто не вынес его из Болоньи.

## Новелла десятая

**Некая сицилианка ловко похищает у одного купца все, привезенное им в Палермо; притворившись, что вернулся еще с большим, чем прежде, товаром, и заняв у ней денег, он оставляет ей воду и вычески.**

Какой смех вызывала порою у дам новелла королевы, нечего и спрашивать: не было ни одной, у которой от чрезмерного смеха раз до двенадцати не являлись бы слезы на глазах. Но когда новелла кончилась, Дионео, знавший, что очередь за ним, сказал: – Прелестные дамы, известно, что проделка тем более нравится, чем над более тонким искусником ловко подшутили. Потому, хотя все мы говорили здесь много прекрасного, я намерен рассказать новеллу, которая тем более понравится вам в сравнении с другими рассказанными, чем более та, над которой подшутили, превосходила всех и каждого из обманутых, о которых шла речь, в искусстве проводить других.

Существовал прежде, а может быть, и теперь еще существует такой обычай в приморских городах, где есть порт, что все купцы, являющиеся туда с товарами, выгрузив их, складывают их в один магазин, кое-где называющийся доганой, который содержит коммуна или владетель города. Здесь, сдав тем, кто над этим поставлен, весь товар по расписке с показанием его цены, купец получает от них склад, куда и помещает свой товар, заперев его на ключ, а доганьеры вписывают его в книгу доганы за счет купца, заставляя его впоследствии платить себе пошлину за весь товар или за часть его, которую он выберет из доганы. Из этой книги доганы маклера часто узнают о качестве и количестве находящихся там товаров, а также каких он купцов, с которыми они впоследствии, когда им понадобится, толкуют о мене и размене, продаже и другом сбыте.

Обычай этот существовал как во многих других местах, так и в Палермо в Сицилии, где также водилось и еще водится много женщин, красивых собой, но живших не в ладах с честью; те же, которые их не знают, приняли бы их за знатных и достойных дам. Всецело преданные тому, чтобы не то что брить мужчин, а сдирать с них кожу, они, едва увидят приезжего купца, тотчас же справляются в книге доганы, что у него там есть и насколько он состоятелен, а затем своим приветливым и любовным обращением и милыми речами стараются подманить и завлечь таких купцов в свои любовные сети; многих они увлекли этим путем, выманив у них из рук большую часть товара, а у многих и весь; были и такие, которые оставили там товар и судно, тело и кости, – так нежно поводила бритвой цирюльница.

И вот случилось недавно, что прибыл туда посланный своими хозяевами молодой человек, наш флорентинец, по имени Никколо да Чиньяно, хотя прозывали его Салабаэтто; прибыл с таким количеством шерстяного товара, оставшегося у него от ярмарки в Салерно, что стоимость его доходила до пятисот флоринов золотом; уплатив за него доганьерам пошлину, он поместил его в склад и, не обнаруживая большого спеха сбыть его, стал развлекаться по городу. Был он белолицый, белокурый, очень красивый и стройный; и вот случилось, что одна из тех цирюльниц, которая называла себя мадонной Янкофьоре, прослышав кое-что о его состоянии, стала бросать на него взгляды. Заметив это и полагая, что это знатная дама, он вообразил, что нравится ей своею красотой, и решил, что в этой любви необходима осторожность; не говоря о том никому ни слова, он стал прохаживаться мимо дома той женщины. Та заметила это и в течение нескольких дней, воспламенив его своими взглядами и показывая, что сама к нему пылает, тайно послала к нему одну женщину, превосходно знавшую искусство сводничества. Наболтав ему многое, она чуть не со слезами на глазах сказала ему, что он своей красотой и привлекательностью так пленил ее госпожу, что она не находит себе места ни днем ни ночью; потому она ничего так не желает, как сойтись с ним тайно, если это ему угодно, в одной бане. Сказав это, она вынула из кошелька перстень и подала ему от имени своей госпожи. Услышав это, Салабаэтто обрадовался более, чем кто-либо, и, взяв перстень, поведя им по глазам и поцеловав его, надел на палец, а посланной отвечал, что если мадонна Янкофьоре его любит, то и он отвечает ей взаимностью, потому что любит ее более собственной жизни и готов отправиться, куда она ни пожелает и во всякий час.

Когда посланная вернулась с этим ответом к своей барыне, Салабаэтто было дано знать вскоре за тем, в какой бане ему следует на другой день после вечерни поджидать ее. Не говоря о том никому, он поспешно отправился туда в указанный ему час я узнал, что баня была наперед заказана дамой. Прошло немного времени, как явились две рабыни с ношей: одна несла на голове большой хороший матрац из хлопка, другая большую корзину со всяким добром; положив матрац на кровать в одном из банных покоев, они постлали на нем пару тончайших простынь с шелковыми полосами, а затем одеяло из белой киприйской ткани и две подушки, искусно расшитые. Затем, раздевшись и войдя в баню, они начисто вымыли и вымели ее. Немного времени спустя пришла в баню дама, а за нею две другие рабыни. Лишь только представилась возможность, она радостно приветствовала Салабаэтто и после многих глубоких вздохов, крепко обняв и поцеловав его, сказала: «Не знаю, кто бы другой мог довести меня до этого, кроме тебя. Ты зажег мне душу, гадкий ты тосканец». Затем, по ее желанию, они, оба обнажившись, вошли в баню, а вместе с ними и две рабыни. Здесь, не дав никому прикоснуться к нему, она сама мускусным и гвоздичным мылом вымыла всего Салабаэтто, а затем велела рабыням вымыть и растирать самое себя. Сделав это, рабыни принесли две белоснежные тонкие простыни, от которых так пахло розами, что все вокруг благоухало ими. Одна обернула в простыню Салабаэтто, другая в другую – даму, взвалили их себе на плечи и положили их в приготовленную постель. Здесь, когда пот у них прошел, рабыни сняли с них одни простыни, и они остались лежать голые в других. Вынув из корзины прекраснейшие серебряные флаконы, наполненные один розовой водой, другой померанцевой и еще один с жасминной и другими душистыми водами, опрыскали их, после чего, достав ящик с сластями и дорогими винами, они сами несколько подкрепили себя. Салабаэтто казалось, что он в раю, и он тысячу раз заглядывался на даму, в самом деле красивую, и веком показался ему каждый час, пока не ушли рабыни и он не очутился в ее объятиях. Когда, по приказанию своей госпожи, они вышли, оставив в комнате зажженный факел, она обняла Салабаэтто, он – ее, и к великому удовольствию Салабаэтто, которому казалось, что она вся тает от любви к нему, они долгое время пробыли вместе.

Когда даме показалось, что пора встать, позвав рабынь, они оделись, снова несколько подкрепили себя напитками и сластями, а лицо и руки омыли теми ароматическими водами. Расставаясь, дама сказала Салабаэтто: «Мне было бы очень приятно, если б ты пожелал сегодня вечером прийти поужинать и переночевать у меня». Салабаэтто, уже увлеченный ее красотой и хитрой приветливостью и твердо убежденный, что она любит его пуще глаза, отвечал: «Мадонна, всякое ваше желание мне в высшей степени приятно, потому и сегодня вечером и всегда я намерен делать все, что вам угодно и что будет вами приказано». Вернувшись домой, дама приказала хорошенько убрать свою комнату утварью и вещами и, заказав роскошный ужин, стала поджидать Салабаэтто. Когда немного смерклось, он отправился туда и, радостно встреченный, весело поужинал, и ему прекрасно прислуживали. Войдя затем в ее комнату, он ощутил чудесный запах алойного дерева, увидел постель, богато вышитую киприйскими птичками, а на вешалках много красивых платьев. Все это взятое вместе и каждое в особенности заставило его предположить, что она знатная и богатая дама. Хотя об ее жизни, слышал он, сказывали иное, он ни за что на свете не хотел тому верить и если и допускал, что она кое-кого провела, никоим образом не предполагал, чтобы то же могло случиться и с ним. Он пробыл с ней ночь в величайшем удовольствии, воспаляясь к ней все более и более. Когда настало утро, она надела на него красивый и изящный серебряный поясок с прекрасным кошельком и сказала ему: «Милый мой Салабаэтто, не забывай меня, и как сама я в твоем распоряжении, так и все, что тут есть и что я могу сделать, все к твоим услугам». Салабаэтто весело обнял ее и поцеловал и, выйдя из дома, отправился туда, где собирались купцы.

Так он бывал у нее раз и два, ничего не затрачивая и с каждым часом все более увязая в западне. Случилось, что он распродал свои сукна на чистые деньги и порядочно на них заработал, о чем дама тотчас же узнала не от него, а через других. Когда однажды вечером Салабаэтто к ней отправился, она принялась болтать с ним и шутить, целуя и обнимая его и представляясь столь в него влюбленной, что, казалось, она изноет от любви в его объятиях; она пожелала подарить ему еще два прекрасных серебряных кубка, которые у нее были, но Салабаэтто не захотел брать их, потому что получил от нее раз и другой вещи стоимостью флоринов в тридцать золотом, а никогда не мог добиться того, чтобы она приняла от него что-либо, что стоило грош. Наконец, когда она хорошенько его воспламенила, притворяясь влюбленной и щедрой, одна из ее рабынь, по уговору с нею, позвала ее, вследствие чего, выйдя из комнаты и помешкав некоторое время, она вернулась назад плача и, бросившись ничком на кровать, стала так жалобно стонать, как ни одна женщина. Изумленный Салабаэтто обнял ее и принялся сам с ней плакать, говоря: «Увы мне! сердце вы мое, что с вами вдруг сталось, что за причина такой печали? Скажите мне это, душа моя». Заставив себя долго упрашивать, она сказала: «Увы мне, милый мой повелитель, я не знаю, что мне начать и что мне сказать. Я только что получила письмо из Мессины, пишет мне мой брат, чтобы, если б даже мне пришлось продать и заложить все, что у меня есть, я непременно прислала ему через неделю тысячу флоринов золотом, иначе ему отрубят голову. Я не знаю, что мне сделать, чтобы достать их так скоро: будь у меня две недели впереди, я нашла бы способ раздобыть их из одного места, где мне следует получить гораздо более, или продала бы какое-нибудь из своих поместий; но я не в состоянии этого сделать и готова была бы скорее умереть, чем получить столь дурную весть». Так сказав, притворяясь сильно опечаленной, она не переставала плакать.

Салабаэтто, у которого любовное пламя отняло большую часть необходимой рассудительности, поверив, что то действительные слезы, а слова еще более правдивы, сказал: «Мадонна, я не могу услужить вам тысячью флоринами, но могу пятьюстами, если вы уверены, что вернете их мне через две недели; то ваше счастье, что именно вчера мне удалось продать мои сукна, – не будь этого, я не мог бы ссудить вам и гроша». – «Увы мне, – сказала дама, – так у тебя был недостаток в деньгах, почему же не попросил ты их у меня? Хотя у меня тысячи не было, но я могла бы дать тебе сто и даже двести флоринов. Этим ты отнял у меня решимость принять от тебя предлагаемую услугу». Подкупленный этими словами, Салабаэтто сказал: «Мадонна, мне не хотелось бы, чтобы вы отказали по этой причине, потому что, если бы у меня была такая же нужда, как у вас, я попросил бы вас о том». – «Я признаю в этом, мой Салабаэтто, твою действительную, истинную ко мне любовь, что, не дожидаясь просьбы, ты готов добровольно помочь мне в нужде такой суммой денег. Я и без того была твоею, тем более стану после этого и никогда не забуду, что тебе я обязана жизнью брата. Господь то ведает, я беру их неохотно, потому что знаю, что ты купец, а купцы делают все свои дела деньгами; но так как я поставлена в необходимость и у меня твердая надежда скоро вернуть их тебе, я их возьму, а чтоб добыть остальное, если не найду более скорого способа, заложу все мои вещи. Так сказав, она с плачем прильнула к лицу Салабаэтто. Тот стал ее утешать и, пробыв с нею ночь, дабы оказаться щедрым ее слугою, не ожидая ее просьбы, принес ей пятьсот золотых флоринов чистоганом, которые она приняла внутренне смеясь, со слезами на глазах, тогда как Салабаэтто удовлетворился одним ее обещанием.

Когда дама получила деньги, тотчас же счет пошел по другому индикту, и тогда как прежде доступ к ней был свободен, когда того желал Салабаатто, теперь стали являться причины, вследствие которых ему из семи раз ни один не удавалось войти, и ему не оказывали ни того привета, ни тех ласк, какие бывали прежде. Не только что настал срок, когда ему следовало получить деньги, но прошел и месяц и два, и когда он просил денег, ему платили словами. Потому, убедившись в коварстве негодной женщины и в своей безрассудности и сознавая, что ничего не получит от нее, кроме того, что ей заблагорассудится, ибо у него не было ни записей, ни свидетеля, стыдясь пожаловаться на то кому-либо, потому что его о том предупреждали, и он ожидал, что над его глупостью поделом насмеются, чрезвычайно опечаленный, он наедине с собою оплакивал свое неразумие. А так как от своих хозяев он получил письма, чтоб он разменял те деньги и отправил им, он, опасаясь, как бы за неисполнением проступок его не был открыт, решился уехать и, сев на корабль, отправился не в Пизу, как следовало, а в Неаполь.

Был там в то время наш согражданин Пьетро делло Каниджьяно, казначей константинопольской императрицы, человек большого и находчивого ума, хороший приятель Салабаэтто и его родных; ему-то как человеку разумнейшему пожаловался через несколько дней Салабаатто, рассказав, что он сделал и что с ним, по несчастью, приключилось, и попросил его помощи и совета, чтобы ему можно было здесь просуществовать, ибо он утверждал, что намерен никогда более не возвращаться во Флоренцию. Опечаленный этими вестями, Каниджьяно сказал: «Худо ты поступил, дурно вел себя, плохо слушался своих хозяев, много денег потратил зараз на лакомую жизнь, но что делать? Дело сделано, надо поискать другого способа». И, как человек рассудительный, он тотчас же надумал, что предпринять, о чем и сказал Салабаэтто. Тому это поправилось, и он решил попытаться последовать совету, а так как у него были кое-какие деньги, да и Каниджьяно ссудил ему немного, он сделал несколько тюков, хорошо связанных и упакованных, и, купив около двадцати бочек из-под олея, наполнив их и все навьючив, вернулся в Палермо. Дав доганьерам расписание тюков и показав ценность бочек и велев все занести на свой счет, он сложил все в склады, говоря, что пока не явится другой товар, им ожидаемый, он этого трогать не желает.

Узнав об этом и услышав, что товар, им теперь привезенный, стоит по крайней мере две тысячи флоринов золотом или и более, не считая ожидаемого, стоящего более трех тысяч, Янкофьоре вообразила, что мало стянула с него, и, решившись вернуть ему пятьсот флоринов, чтобы заполучить большую часть пяти тысяч, послала за ним Салабаэтто, искусившийся в хитрости, пошел. Притворившись не знающей, что он с собой привез, она радостно его встретила и сказала: «Ты не сердишься ли на меня за то, что я не отдала тебе к сроку твоих денег?» Салабаэтто засмеялся и сказал: «Мадонна, мне в самом деле это было несколько неприятно, ибо, что касается до меня, я был бы в состоянии вырвать у себя сердце, если б думал, что этим угожу вам; но послушайте, как я на вас гневаюсь такова и столь сильна любовь, которую я к вам питаю, что я велел продать большую часть моих имений и теперь привез сюда товару более чем на две тысячи флоринов да еще ожидаю с запада столько, что будет более чем на три тысячи, хочу основать здесь лавку и поселиться, чтобы быть всегда вблизи вас, ибо, мне сдается, я счастливее вашей любовью, чем, думаю я, кто-либо иной влюбленный – своею».

На это дама сказала: «Видишь ли, Салабаэтто, всякая твоя удача веселит меня, как удача человека, которого я люблю более жизни, и мне очень приятно, что ты вернулся с намерением остаться здесь, ибо надеюсь еще часто миловаться с тобой, но я хотела бы извиниться перед тобою за то, что, в то время когда ты отсюда уезжал, ты желал порою прийти ко мне и не мог, иной раз приходил и не был принят так любовно, как бывало; да кроме того, извиниться в том, что в обещанное время не вернула тебе твоих денег. Ты должен знать, что я была тогда в величайшей печали и в большом горе, а кто находится в таком расположении духа, хотя бы и сильно любил другого, не может быть так приветлив и внимателен, как тот бы желал, затем ты должен знать, что женщине очень трудно найти тысячу флоринов золотом, день-деньской нам лгут, а не исполняют того, что обещано, почему и нам приходится лгать другим; по этой-то, а не по другой неправедной причине и вышло, что я не вернула тебе твоих денег; но я получила их вскоре после твоего отъезда, и если бы знала, куда послать их тебе, будь уверен, послала бы, но так как это не было мне известно, я приберегла их для тебя». И велев принести кошель, где были те самые флорины, которые он сам принес ей, она положила его ему в руки и сказала: «Сосчитай, все ли тут пятьсот». Никогда еще Салабаэтто не был так доволен; пересчитав их все пятьсот и припрятав, он отвечал: «Мадонна, я знаю, что вы говорите правду и что вы достаточно для меня сделали; скажу вам, что как по этой причине, так и ради любви, которую я к вам питаю, нет той суммы, которой вы пожелали бы для вашей надобности, которую я не ссудил бы вам по мере сил; когда я устроюсь, вы убедитесь в этом на деле».

Таким-то образом обновив с ней любовь на словах, Салабаэтто снова начал жить с ней весело, и она принялась оказывать ему величайшие в свете удовольствия и внимание, обнаруживая к нему сильную любовь. Но Салабаэтто хотел наказать обманом за ее обман, и когда однажды она пригласила его прийти к себе на ужин и ночлег, явился туда такой печальный и грустный, что, казалось, он умрет. Янкофьоре, обнимая и целуя его, принялась его расспрашивать, откуда у него такая печаль. Долго заставив себя упрашивать, он сказал: «Я разорен, потому что судно с товаром, который я поджидал, взято корсарами Монако и откупилось за десять тысяч флоринов золотом, из которых мне следует уплатить тысячу, а у меня нет ни копейки, потому что те пятьсот, которые ты мне вернула, я тотчас же отослал в Неаполь на покупку полотна, чтобы доставить сюда, если бы я захотел теперь продать товар, что со мной, едва ли взял бы за него полцены, потому что теперь не время, а меня здесь не так еще знают, чтобы нашелся кто-нибудь, кто бы помог мне в этом деле; потому я и не знаю, что мне делать и что сказать; если я тотчас же не вышлю денег, товар повезут в Монако и я никогда ничего не получу».

Дама была очень этим опечалена, ибо ей казалось, что для нее все потеряно, раздумывая, каким бы способом ей устроить, чтобы товар не ушел в Монако, она сказала: «Бог ведает, как мне тебя жаль ради моей к тебе любви; но зачем же так печалиться? Если б у меня были такие деньги, я, ей-богу, тотчас же ссудила бы их тебе, но у меня их нет. Правда, есть тут человек, одолживший меня на днях пятьюстами флоринами, которых у меня не хватало, только за большой рост: он желает не менее тридцати со ста; если б ты захотел достать их у этого человека, надо было бы обеспечить его хорошим залогом, и я готова заложить для тебя все это имущество и самое себя за то, что он тебе ссудит, лишь бы услужить тебе; а за остальное чем ты его обеспечишь?»

Салабаэтто понял причину, побудившую ее к такой услуге, и догадался, что она сама сулила свои же деньги; довольный этим, он, во-первых, поблагодарил ее, а затем сказал, что большой процент его не остановит, ибо он в нужде; далее он продолжал, что обеспечит это товаром, что у него в догане, распорядившись записать его на имя того, что ссудит ему деньги, но что он желает сохранить ключи от складов, как для того, чтобы иметь возможность показать свой товар, если его потребуют, так и затем, чтобы у него ничего не тронули, не подмешали и не подменили. Дама отвечала, что это – дело и обеспечение хорошее. Потому, когда настал день, она послала за маклером, которому вполне доверялась, и, поговорив с ним об этом деле, дала ему тысячу флоринов золотом, которые он тотчас же ссудил Салабаэтто, велев перевести на свое имя все, что у него было в догане; дав друг другу записи и расписки и согласившись относительно всего, они оба пошли по своим делам.

Салабаэтто при первой возможности сел на судно с тысячью пятьюстами золотых флоринов в кармане, вернулся в Неаполь к Пьетро делло Каниджьяно и отсюда послал верный и полный отчет во Флоренцию своим хозяевам, отправившим его с сукнами; расплатившись с Пьетро и со всеми другими, которым был должен, он несколько дней провел весело с Каниджьяно на счет обманутой сицилианки. Затем, не желая более быть купцом, поехал в Феррару.

Не находя Салабаэтто в Палермо, Янкофьоре стала удивляться и возымела подозрения; прождав его месяца два и видя, что он ни является, она велела маклеру взломать склады. Осмотрев, во-первых, бочки, которые считали наполненные олеем, нашли их с морской водой, а в каждой бочке было, может быть с бочонок олея, доходившего до втулки. Затем, развязав тюки, нашли, что за исключением двух с сукнами все остальные с оческами; одним словом, все, что там было, стоило не более двухсот флоринов. Увидев себя обманутой, Янкофьоре долго оплакивала возвращенные ею пятьсот флоринов и еще более тысячу, данных взаймы, часто приговаривая: «У кого с тосканцем дело, то такова их злоба, что не следует плошать, а смотреть в оба». Так, оставшись при ущербе и глумлении, она догадалась, что коса нашла на камень.

Когда Дионео кончил свою новеллу, а Лауретта увидела, что настал срок, далее которого ей нельзя было царствовать, она похвалила совет Пьетро Каниджьяно, пригодность которого оказалась на деле, и не меньше уменье Салабаэтто привести его в исполнение; сняв с головы лавровый венок, она возложила его на Емилию, любезно прибавив: «Мадонна, я не знаю, будет ли наша королева милостива, но красива она наверное; итак, потщитесь, чтобы наши деяния соответствовали вашей красоте». С этими словами она села. Емилия несколько зарделась от стыда, не столько потому, что стала королевой, сколько оттого, что при всех других ей расточили похвалы, особенно приятные женщинам, и так зарумянилась, как молодые розы на заре. Тем не менее, пробыв некоторое время с опущенными глазами, пока у ней не сошла краска стыдливости, и распорядившись с сенешалем о делах, касающихся общества, она так начала: «Прелестные дамы, мы видим воочию, что, когда быки доработали часть дня, стесненные ярмом, их затем освобождают, отвязав, и дают свободно идти пастись по рощам, где им угодно. Мы видим также, что сады, зеленеющие разными растениями, не только не менее, но и более красивы, чем рощи, где водятся одни дубы. Вот почему, принимая во внимание, сколько дней мы беседовали, подчиняясь известному закону, я полагаю, что будет не только полезным, но и необходимым нам, в том нуждающимся, несколько погулять и, погуляв, обновить силы, чтобы снова запрячься в ярмо. Потому я не намерена ограничить известным сюжетом то, о чем предстоит рассказывать завтра, продолжая ваши приятные беседы, но желаю, чтобы каждый говорил, о чем ему угодно, будучи твердо убеждена, что разнообразие рассказов будет не менее приятно, чем если б говорили об одном предмете. Если я так сделаю, то те, которые станут править после меня, будут в состоянии с большой уверенностью подчинить нас, как окрепших, обычным правилам». Так сказав, она каждому дала свободу до часа ужина.

Все похвалили мудрую королеву за сказанное ею и, поднявшись, предались кто одной, кто другой утехе: дамы стали плести венки и забавляться, молодые люди – играть и петь; так провели они время до ужина; когда он настал, они весело и с удовольствием поели у прекрасного фонтана; поужинав, по обычаю занялись пением и пляской. Под конец, следуя порядку, заведенному ее предшественниками, невзирая на песни, которые многие из них спели от себя, королева приказала Памфило спеть свою. Тот охотно начал таким образом.

*Амур, такие наслажденья,*
*Веселья, радости ты доставляешь мне,*
*Что я блаженствую, горя в твоем огне!*
*Дав радость высшую, весельем ты до края*
*Наполнил сердце мне, – и, а нем*
*Стесненное, оно наружу устремилось*
*И, на лице сияющем играя,*
*Всем говорит о счастии моем.*
*Так высоко, так видно поместилась*
*Моя любовь, что этим облегчилось*
*Мне пребыванье там, где, по ее вине,*
*Горю я въяве и во сне.*

*Амур, ни песней, ни рукою*
*Не в силах я сказать, изобразить,*
*В каком моя душа блаженном восхищенье;*
*Да если бы и мог, мне тайною такою*
*Необходимо дорожить:*
*Узнай другие – наслажденье*
*Мне обратилось бы в мученье;*
*А я, я счастлив так, что речи ни одне*
*И крошечку того не выразят вполне.*
*Кто б думал, что туда дойдут мои объятья,*
*Где их теперь раскрыть мне было суждено?*
*Что, во спасение души моей и тела,*
*Когда-нибудь могу лицо свое прижать я*
*К тому, чего теперь коснулося оно?*
*Нет, нет, в успех такого дела*
*Поверить бы не мог никто – ручаюсь смело;*
*И весь пылаю я, в душевной глубине*
*То кроя, что дает веселье, радость мне.*

Канцона Памфило кончилась, и хотя все согласно ей подпевали, не было ни одного, который бы с большим, чем пристало, вниманием не заметил себе ее слов, стараясь разгадать, о чем это он пел, будто ему надлежит держать то в тайне. И хотя каждый воображал в ней разное, не было никого, кто бы добрался до настоящего ее значения. Но королева, увидев, что канцона Памфило пришла к концу и что молодые дамы и юноши охотно бы отдохнули, приказала всем отправиться спать.

# ДЕНЬ ДЕВЯТЫЙ

Кончен восьмой день Декамерона, начинается девятки, в котором, под председательством Емилии, всякий рассказывает о чем угодно и кто более ему нравится.

Уже рассвет, от сияния которого бежит ночь, сменил цвет восьмого неба из голубого в синий и цветки на лугах стали поднимать свои головки, когда Емилия, поднявшись, велела позвать своих товарок, а также и молодых людей. Когда они пришли, следуя за тихо шествовавшей королевой, направились к рощице неподалеку от дворца; вступив в нее, увидели зверей, как то: козулей, оленей и других, которые, почти безопасные от охотников, по причине продолжавшейся смертности, поджидали их как бы без страха, точно прирученные; подходя то к тому, то к другому, как бы желая их догнать, они побуждали их бегать и скакать, чем забавлялись некоторое время. Когда солнце поднялось, все решили, что пора вернуться. Они увенчали себя дубовыми листьями, руки были полны пахучих трав и цветов; кто повстречался бы с ними, не сказал бы ничего иного, как только то, что смерть их не победит, либо сразит веселыми. Так, ступая шаг за шагом, среди песен, болтовни и шуток, они добрались до дворца, где нашли все прибранным как следует, а своих слуг веселых и радостных. Отдохнув здесь немного, сели за стол, после того как молодые люди и дамы пропели шесть песенок, одна игривее другой. Когда они были пропеты и подали воды для омовения рук, сенешаль, по благоусмотрению королевы, усадил всех за стол, явились кушанья, и они весело трапезовали. Встав из-за стола, предались некоторое время пляске и музыке, а затем, по приказанию королевы, кому была охота, тот пошел спать. Но когда настал урочный час, все сошлись для беседы в обычное место. Взглянув на Филомену. королева сказала ей, чтобы она дала почин рассказам настоящего дня. Улыбаясь, Филомена начала так.

## Новелла первая

**Мадонну Франческу любит некий Ринуччьо и некий Алессандро, оба нелюбимы ею; одному она велит лечь в гробницу, будто он мертвый, другому извлечь оттуда мнимого мертвеца, когда ни тот, ни другой не добиваются цели, она хитро отделывается от них.**

Мадонна, так как вашему величеству благоугодно было вывесть нас на чистое и свободное поле повествования, мне очень приятно, что я первая явилась на состязание; если это мне удастся, я не сомневаюсь, что те, кто явится после меня, сделают то столь же хорошо или еще лучше. Уже не раз показано было в наших беседах, прелестные дамы, сколь велики и каковы силы любви, но я не думаю, чтобы все о них было уже сказано или будет, если бы в течение всего года мы о том лишь толковали, а так как она не только приводит любящих в опасные, грозящие смертью, положения, но и увлекает их, будто мертвых, в жилище мертвых, мне хочется рассказать вам вдобавок к уже рассказанным новеллу, из которой вы не только уразумеете могущество любви, но познаете и мудрость, с какой одна достойная женщина сумела избавиться от двух мужчин, любивших ее против ее желания.

Итак, скажу вам, что в городе Пистойе жила когда-то красавица вдова, в которую, случайно увлекшись и не зная друг про друга, влюбились два наших флорентийца, изгнанные из Флоренции и там жившие, один по имени Ринуччьо Палермини, другой Алессандро Кьярмонтези, и каждый из них искусно пускал в ход все, что мог, лишь бы привлечь ее любовь. Эту благородную даму, которой имя было мадонна Франческа деи Ладзари, каждый из них часто осаждал посланиями и мольбами, а так как она несколько раз вняла им без особой осторожности и не сумела отступить вовремя, как того разумно желала, у ней явилась мысль отделаться от их приставаний, а именно, попросив у них одной услуги, которую, полагала она, никто из них не исполнит, хотя это было и возможно, и если бы они ее не исполнили, получить приличный и видимый повод не обращать более внимания на их послания. Мысль была такова: в тот самый день, когда она у ней явилась, умер в Пистойе один человек, которого, хотя предки его были и хорошего рода, все считали самым худым человеком не только в Пистойе, но и во всем свете; к тому же при жизнь он был так уродлив и у него лицо было столь безобразно, что, кто его не знал, увидев его в первый раз, непременно бы устрашился, был он похоронен в гробнице при церкви миноритов, что показалось даме в известной мере удобным для ее намерения. Потому она сказала своей служанке: «Ты знаешь, какую досаду и докуку причиняют мне ежедневно своими посланиями те двое флорентийцев, Ринуччьо и Алессандро. Я вовсе не расположена отдаться им в любви, а для того, чтобы избавиться от них, я решила, так как они многое мне сулят, испытать их в одном деле, которое, я уверена, они не исполнят, а я таким образом отделаюсь от их приставаний. Послушай, в чем дело ты знаешь, что сегодня утром похоронили при монастыре миноритов Сканнадио (так звали того негодного человека, о котором мы говорили выше), увидев которого живого, не то что мертвого, самые храбрые люди нашего города ощущали страх. Потому, пойди тайком, во-первых, к Алессандро, и так скажи ему: „Мадонна Франческа велит передать тебе, что теперь настало время, когда ты можешь получить ее любовь, которой так добивался, и сойтись с ней, коли угодно, таким образом. По причине, о которой ты впоследствии узнаешь, один из ее родственников принесет ей этой ночью тело Сканнадио, похороненного сегодня утром, но она, боящаяся его мертвого, того не желает, и потому просит тебя, как большой услуги, чтобы сегодня вечером, в пору первого сна, ты отправился туда и, войдя в гробницу, где похоронен Сканнадио, надел на себя его платье и остался бы там, как будто бы это был он, пока за тобой не придут, не говоря ни слова, не испуская звука, дай себя отнести в ее дом, где она тебя примет, и ты с ней останешься и уйдешь, когда надо, предоставив ей устроить все остальное“. Если он скажет, что согласен, то хорошо, если скажет, что не желает того сделать, объяви ему от меня, что пусть он не является туда, где буду я, и остережется, если жизнь ему дорога, направлять ко мне послов и послания. Затем ты отправишься к Ринуччьо Палермини и скажешь ему так: „Мадонна Франческа говорит, что готова исполнить всякое твое желание, если ты окажешь ей большую услугу, то есть, чтобы сегодня около полуночи ты пошел к гробнице, где утром похоронили Сканнадио, и, не говоря ни слова, что бы ты ни слышал и ни видел, тихо извлек его тело и принес к ней в дом. Там ты узнаешь, почему она того желает, и она удовлетворит твое желание; если же ты не хочешь этого сделать, то она отныне приказывает тебе не направлять к ней никогда более ни посла, ни послания“.

Служанка отправилась к обоим и каждому рассказала по порядку, как ей было приказано. Оба ответили, что, коли ей угодно, они отправятся не то что в гробницу, но и в ад. Служанка принесла ответ даме, а она стала поджидать, действительно ли они окажутся настолько безрассудными, что то исполнят.

Когда настала ночь, в пору первого сна, Алессандро Кьярмонтези, оставшись в одной куртке, вышел из дома, чтобы пойти лечь в гробницу на место Сканнадио. Когда он шел, у него явилась в душе очень трусливая мысль, и он стал говорить себе: «Что за дурак, куда это я иду, почем я знаю, что ее родные, может быть, догадавшиеся, что я ее люблю, и поверившие тому, чего нет, не заставили ее сделать это, дабы убить меня в гробнице? Если бы это случилось, урон был бы на моей стороне, и никто в свете не узнал бы ничего, что могло бы повредить им. Почем я знаю, пожалуй, какой-нибудь мой недруг устроил мне это, а она, быть может, из любви к нему хочет таким образом услужить ему». Затем он говорил себе: «Положим, что ничего этого нет, что ее родные должны отнести меня в ее дом; полагаю, они не понесут тело Сканнадио, чтобы обнимать его или поручить ее объятиям; наоборот, следует думать, что они хотят его изувечить как человека, который, быть может, досадил им чем-нибудь. Она велит мне молчать, что бы я ни видел. А что если они принялись бы вытыкать мне глаза, вырвали бы мне зубы, отрубили бы руки или сыграли бы со мной другую подобную штуку? Что было бы мне делать? Как мне молчать? А если я заговорю, они либо узнают меня и, может быть, учинят со мной дурное, либо ничего не учинят, а я все же останусь ни при чем: ведь не оставят же они меня с ней, а она скажет потом, что я нарушил ее приказание, и затем не сделает ничего, что было бы мне по желанию».

Так говоря, он чуть не вернулся домой, но сильная любовь побудила его пойти вперед противоположными и столь сильными доводами, что они увлекли его до гробницы. Открыв ее и войдя внутрь, он раздел Сканнадио, облекся в его платье и, затворив за собою гробницу, лег на место Сканнадио; здесь ему стало приходить на память, что то был за человек, и все, что, как он слышал, бывало по ночам не только в гробницах умерших, но и в других местах; волосы у него поднялись дыбом, и ему казалось, что вот-вот встанет Сканнадио и задушит его; но побуждаемый пламенной любовью, он подавил эти и другие трусливые мысли и лежа, словно мертвый, стал поджидать, что с ним будет.

С приближением полуночи Ринуччьо вышел из дома, чтобы исполнить то, что послала ему сказать дама. По пути ему взбрели на ум многие и разные мысли относительно того, что может с ним приключиться, например, что с телом Сканнадио на плечах он может попасться в руки синьории и, как чаровник, будет осужден на сожжение, либо, если о деле узнают, возбудит ненависть его родственников; приходили и другие подобные сомнения, которые чуть было его не остановили. Затем, одумавшись, он говорил себе: «Неужели я скажу: „нет“ в первом же деле, о котором попросила меня эта достойная дама, которую я так любил и люблю, особенно когда я этим могу приобресть ее милость? Если мне оттого и умереть, я не могу не сделать того, что ей обещал». Пустившись в путь, он дошел до гробницы, которую легонько открыл. Услышав, что ее отворяют, Алессандро, хотя и ощущал великий страх, остался, однако, недвижим. Войдя туда и полагая, что берет тело Сканнадио, Ринуччьо взял Алессандро за ноги и, вытащив его и взвалив на плечи, пустился в путь, направляясь к дому дамы; так идя и не обращая на него особого внимания, он часто стукал им там и сям об углы скамей, что были по сторонам улицы; а ночь была такая темная и черная, что нельзя было различить, кто куда идет.

Когда Ринуччьо был уже внизу у лестницы дамы, стоявшей с своей служанкой у окон, чтобы посмотреть, принесет ли Ринуччьо Алессандро, и совершенно приготовившейся отделаться от них обоих, случилось, что стража синьории, притаившаяся в той улице, в намерении словить одного высланного, услышав шорох от шагов Ринуччьо и, внезапно вытащив фонарь, чтобы посмотреть, что ей предпринять и куда направиться, схватив щиты и копья, закричала: «Кто там?» Как увидел ее Ринуччьо, у которого не было времени на долгое обсуждение, уронил Алессандро и пустился бежать, насколько могли унести его ноги; Алессандро тотчас же вскочил и, хотя на нем было покойницкое платье, очень длинное, также убежал. При свете фонаря, вытащенного стражей, дама отлично разглядела Ринуччьо с Алессандро на плечах, а также заметила и Алессандро, одетого в платье Сканнадио; она сильно удивилась великой храбрости того и другого, но, несмотря на удивление, сильно рассмеялась, увидев, как сбросили Алессандро и оба пустились бежать. Очень обрадовавшись этому обстоятельству и благодаря бога, что он освободил ее от их надоедливости, она, отойдя, вернулась к себе в комнату, утверждая вместе с своей служанкой, что оба они, без сомнения, сильно ее любят, потому что, как видно, исполнили то, что она им приказала.

Опечаленный Ринуччьо проклинал свою судьбу, но тем не менее вернулся не домой, а по удалении стражи пошел туда, где сбросил Алессандро, и принялся ощупью шарить, не найдет ли его, чтобы исполнить свое обещание; не находя его и полагая, что его убрала стража, огорченный, он вернулся домой. Алессандро, не зная, что ему делать, и не распознав, кто его нес, горюя о такой неудаче, также пошел к себе. Утром нашли гробницу Сканнадио открытой, но его самого не нашли, потому что Алессандро сбросил его вниз. По всей Пистойе пошли всякие толки, и дураки полагали, что его унесли черти. Тем не менее оба влюбленных объявили даме, что каждый из них совершил и что с ними случилось, и, извиняя этим, почему они не исполнили в точности ее приказание, просили ее милости и любви; но она, притворившись, что никому не верит, решительно ответила, что никогда ничего для них не сделает, ибо они не исполнили то, о чем она их просила, и таким образом отвязалась от них.

## Новелла вторая

**Одна настоятельница поспешно встает впотьмах, чтобы захватить в постели с любовником монахиню, на которую ей донесли; так как с нею самой был тогда священник она, полагая, что накинула на голову вдаль, набросила поповские штаны; когда обвиненная увидела их и указала настоятельнице, ее отпустили, и она спокойно осталась при своем любовнике.**

Уже Филомена умолкла и все хвалили умение дамы отделаться от тех, к которым не питала любви, и, наоборот, считали не любовью, а безрассудством безумную храбрость влюбленных, когда, любезно обратившись к Елизе, королева сказала: «Продолжай, Елиза». Она тотчас же так начала: – Дорогие дамы, умно сумела мадонна Франческа отделаться от досаждавших ей, как было рассказано, но и одна юная монахиня освободилась умной речью и с помощью судьбы от неминуемой опасности. Как вы знаете, много людей, в сущности глупейших, выступают учителями и наставниками других; как вы услышите из моей новеллы, судьба иной раз карает их, и по заслугам; так случилось с настоятельницей, под чьим началом находилась монахиня, о которой я расскажу.

Итак, вы должны знать, что в Ломбардии существует знаменитый святостью своего обихода монастырь, где в числе других монахинь была девушка хорошего рода и удивительной красоты, по имени Изабетта, которая, выйдя однажды к решетке, чтобы повидаться с родственником, влюбилась в одного бывшего с ним красивого юношу. Он, заметив ее красоту и по глазам познав ее желание, также воспылал к ней, и не без обоюдной тяготы они долгое время питали эту любовь бесплодно. Но так как оба они к тому стремились, юноша нашел, наконец, способ в величайшей тайне посещать свою монахиню, а так как она была очень тому рада, он не однажды, а много раз навещал ее к обоюдному удовольствию.

Так продолжалось дело, как однажды ночью одна из тамошних монахинь, не замеченная ни им, ни ею, увидела, как он, простясь с Изабеттой, удалился. Об этом она сообщила другим и сначала хотела было обвинить ее перед настоятельницей, по имени мадонной Узимбальдой, доброй и святой женщиной, по мнению монахинь и всех, ее знавших; затем они задумали, дабы та не могла отпереться, устроить так, чтобы настоятельница застала ее с молодым человеком. Не говоря никому, они тайно распределили между собою ночные бдения и стражу, чтобы поймать ее. И вот случилось, что однажды ночью Изабетта, не остерегавшаяся и ни о чем не знавшая, велела своему милому прийти, о чем тотчас же проведали следившие за ними. Было уже поздно ночью, когда они, улучив время, разделились на двое, и одна часть стала на страже у входа в келью Изабетты, а другие побежали к комнате настоятельницы и, постучавшись в дверь, сказали, когда та им откликнулась: «Вставайте скорей, мадонна, мы узнали, что в келье Изабетты молодой человек».

В ту ночь аббатиса была в обществе священника, которого она часто препровождала к себе в сундуке. Услыхав это и боясь, как бы монахини от излишней торопливости и рвения не налегли на дверь и она не отворилась, настоятельница поспешно встала, оделась, как попало, впотьмах и, полагая, что берет некий вуаль в складках, который они носят на голове и называют сальтеро, взяла поповские штаны, и такова была ее поспешность, что, не спохватившись, она набросила их на голову вместо сальтеро и, выйдя тотчас же, заперла за собой дверь, говоря: «Где эта проклятая господом?» Вместе с другими монахинями, не замечавшими, вследствие страстного желания застать Изабетту на месте преступления, что у настоятельницы на голове, она подошла к двери кельи и при помощи других высадила ее; войдя, они нашли обоих любовников, обнимавшихся в постели. Ошеломленные тем, что были накрыты врасплох, и не зная, что предпринять, они не двинулись. Девушку тотчас же схватили другие монахини и по приказу настоятельницы повели в капитул, а молодой человек остался и, одевшись, стал поджидать, чем все это кончится, намереваясь разделаться со всеми, кто попадется ему под руку, если бы с его милой учинили что-либо необычное, а ее самое увезти с собою.

Воссев в капитуле, в присутствии всех монахинь, глядевших исключительно на обвиненную, настоятельница принялась осыпать ее величайшей бранью, которую когда-либо выслушивала женщина, за то будто бы, что своими недостойными и позорными поступками она запятнала святость, и честь, и добрую молву монастыря, если бы о том узнали на стороне; к брани она присоединила и страшные угрозы. Девушка, пристыженная и сробевшая в сознании вины, не знала, что ответить, и молчала, вызывая сострадание во всех других; когда настоятельница продолжала бранить ее еще пуще, она, случайно подняв глаза, увидела, что у нее на голове, а также завязки от штанов, висевшие по сторонам. Поняв, в чем дело, и совсем ободрившись, она сказала: «Мадонна, да поможет нам бог, подвяжите ваш чепец, а там и говорите мне, что вам угодно». Настоятельница, не поняв ее, сказала: «Какой там чепец, негодная? Ты еще осмеливаешься шутить! Разве такое ты натворила, что место для шуток?» Тогда девушка сказала вторично: «Мадонна, еще раз прошу вас, подвяжите ваш чепец, а там и говорите мне, что вам угодно». Тогда многие из монахинь, подняв глаза на голову настоятельницы, и она сама, схватившись за нее руками, догадались, что имела в виду Изабетта. Сознавая свой проступок и увидев, что всем он очевиден и его не скрыть, настоятельница переменила тон, стала говорить совсем иное, чем вначале, и заключила, что от вожделений плоти невозможно уберечься, вследствие того она сказала, чтобы каждая развлекалась, как умеет, но тайно, как то делалось до сего дня. Велев отпустить девушку, она вернулась спать с своим попом, а Изабетта к своему любовнику, которого впоследствии не раз призывала к себе назло завидовавшим ей; те же, у которых не было любовников, тайно пытали своей удачи, как могли лучше.

# Новелла третья

**По просьбе Бруно, Буффальмакко и Нелло, маэстро Симоне уверяет Каландрино, что он забеременел; тот дает им в отплату за лекарство каплунов и деньги и излечивается, ничего не родив.**

Когда Елиза кончила свою новеллу и все возблагодарили господа за то, что он освободил молодую монахиню от укоров завистливых подруг, приведя дело к счастливому концу, королева велела продолжать Филострато. Тот, не ожидая дальнейших приказаний, начал: – Прекрасные дамы, грубоватый судья из Марки, о котором я говорил вам вчера, помешал мне рассказать вам новеллу о Каландрино, которая была у меня наготове, а так как все, что о нем рассказывается, не может не увеличить веселья, хотя о нем и его товарищах было уже много говорено, я сообщу вам то, что хотел передать вчера.

Уже прежде было достаточно выяснено, кто такой Каландрино и другие, о которых в этой новелле будет речь, потому, не распространяясь об этом, скажу вам, что у Каландрино умерла тетка, оставив ему двести лир мелочью. Вследствие этого Каландрино стал говорить, что хочет купить имение, и сколько ни было во Флоренции маклеров, у всех стал прицениться, точно ему предстояло израсходовать десять тысяч флоринов золотом; только торг расходился всякий раз, когда дело доходило до стоимости требуемого имения. Бруно и Буффальмакко, знавшие о том, несколько раз говорили ему, что было бы лучше те деньги потратить вместе с ними, чем приобретать землю, точно он намерен выделывать из нее шары, но они не только не убедили его, но не добились и того, чтобы он хотя бы раз угостил их. Потому, когда однажды они сетовали на это и случайно подошел их товарищ, живописец, по имени Нелло, они втроем решили поживиться на счет Каландрино.

Недолго мешкая, сговорившись между собою, как поступить, они подглядели, как на другое утро Каландрино вышел из своего дома. Не успел он далеко отойти, как повстречался с ним Нелло и говорит: «Добрый день, Каландрино!» Тот ответил: пусть господь пошлет и ему добрый день и счастливый год. Затем, остановившись немного, Нелло стал смотреть ему в лицо. На это Каландрино сказал: «Чего ты так смотришь?» Нелло говорит ему: «Было с тобою что-нибудь сегодня ночью? Ты на себя не похож». Каландрино тотчас же встревожился и сказал: «Увы мне, что же это такое? Что же, по твоему мнению, со мною?» – «Я не затем говорю, – ответил Нелло, – но ты, кажется мне, совсем изменился, может быть, и от чего-нибудь другого». И он отошел от него.

Каландрино, исполнившись подозрения, хотя ровно ничего не ощущал, отправился далее, а Буффальмакко, бывший поблизости, как только увидал, что Нелло с ним расстался, подошел к нему и, поздоровавшись, спросил, не сталось ли с ним чего. Каландрино ответил: «Не знаю, право, вот Нелло только что сказал мне, что я кажусь ему совершенно изменившимся, может быть и правда, что у меня что-нибудь да есть». Буффальмакко говорит: «У тебя есть что-то, не только что-нибудь, ты кажешься полумертвым». Каландрино показалось, что его уже лихорадит. Вот подошел Бруно и, не говоря другого, заметил: «Каландрино, что у тебя за лицо, ты точно умираешь? Как ты себя чувствуешь?» Услыхав, что все трое говорят одно и то же, Каландрино совершенно уверился в своей болезни и совсем растерянный спросил его: «Что же мне делать?» Бруно сказал: «Мне кажется, тебе надо вернуться домой, ложись в постель и вели себя хорошенько прикрыть, а свою мочу пошли к маэстро Симоне; ты знаешь, как он хорош с нами. Он тебе тотчас же скажет, что тебе делать, а мы пойдем с тобою и сделаем все, если что будет надо». Когда к ним подошел и Нелло, они вместе с Каландрино вернулись к нему домой; войдя в комнату совсем измученный, он сказал жене: «Пойди-ка сюда да покрой меня хорошенько, чувствую я, что сильно захворал». Когда его уложили, он послал свою мочу с служанкой к маэстро Симоне, который в то время держал аптеку в Меркато Веккьо под вывеской Дыни. Бруно и говорит товарищам: «Останьтесь вы с ним, а я пойду узнаю, что скажет врач, и, коли нужно, приведу его сюда». Сказал тогда Каландрино: «Сделай-ка это, товарищ, ступай туда и расскажи, в чем дело, ибо я ощущаю в себе не знаю что».

Отправившись к маэстро Симоне, Бруно пришел раньше служанки, несшей мочу, и обо всем его известил. Поэтому, когда пришла служанка и врач рассмотрел мочу, он сказал служанке: «Ступай и скажи Каландрино, чтобы он держал себя в тепле, а я тотчас же приду к нему и скажу, что с ним и что ему следует делать». Служанка так и доложила. Не много прошло времени, как явился врач, а с ним Бруно; врач подсел к нему, стал щупать пульс и по некотором времени говорит, в присутствии жены: «Видишь ли, Каландрино, сказать тебе по дружбе, у тебя нет иного недуга, как только то, что ты забеременел». Как услышал это Каландрино, принялся жалобно голосить, говоря: «Увы мне, Тесса, это ты со мной наделала, потому что желаешь не иначе быть как сверху. Говорил я тебе это!» Жена, очень скромная особа, услышав такие речи мужа, вся вспыхнула от стыда и, потупив голову, не ответив ни слова, вышла из комнаты. А Каландрино, продолжая сетовать, говорил: «Увы мне, бедному, что я буду делать? Как рожу этого ребенка? Каким путем он выйдет? Вижу я ясно, что мне умереть от ярости моей жены, да сотворит ее господь печальной, как я желаю быть веселым. Будь я здоров, чего нет, я встал бы и так бы ее поколотил, что всю бы изломал, хотя и мне поделом, не следовало мне никогда пускать ее взбираться наверх. Поистине, если я спасусь на этот раз, она скорее умрет от своего желания, чем...»

Бруно, Буффальмакко и Нелло разбирал такой смех, что они чуть не лопались, слушая речи Каландрино, но еще держались, тогда как маэстро Обезьяна хохотал так неудержно, что у него можно было бы повыдергать все зубы. Наконец, по долгом времени, когда Каландрино стал просить медика, умоляя его дать ему совет и помощь, маэстро сказал ему: «Не пугайся, Каландрино; слава богу, мы так скоро спохватились, что с небольшими усилиями я освобожу тебя в несколько дней; только тебе надо будет немного потратиться». Говорит Каландрино: «Увы мне, маэстро, помогите бога ради. У меня двести лир, на которые я хотел купить имение; если потребуются все, возьмите их все, лишь бы мне не рожать, ибо я не знаю, что бы я стал делать; слышу я, как страшно кричат бабы, готовясь родить, несмотря на то, что у них достаточно места, чтобы совершить это; если б я ощутил такую боль, я уверен, что умер бы до родов». – «Не беспокойся об этом, – сказал врач, – я приготовлю тебе некое дистиллированное питье, очень хорошее и приятное на вкус, в три утра оно у тебя все разрешит, и ты будешь здоров, как рыба в воде; но помни, будь впоследствии благоразумным и таких глупостей не делай. Для этой настойки надо три пары хороших жирных каплунов, а на другие снадобья, которые тут требуются, дай кому-нибудь из них мелочи на пять лир, пусть все купит; все это вели принести мне в аптеку, а я во славу божию завтра же пришлю тебе этого дистиллированного питья, ты начни его пить по хорошему большому стакану зараз». Услышав это, Каландрино сказал:

«Маэстро, да будет все по-вашему». Дав Бруно пять лир и еще денег на три пары каплунов, он попросил его потрудиться в этом деле на его пользу.

Удалившись от него, врач велел приготовить какой-то настойки и послал ему. Купив каплунов и другое, необходимое для пирушки, Бруно вместе с врачом и товарищами поели, а Каландрино три утра сряду пил настойку; когда медик вместе с его товарищами пришел к нему, пощупав пульс, сказал: «Каландрино, ты несомненно выздоровел, можешь теперь же безбоязненно пойти по своим делам, нечего из-за этого сидеть дома». Обрадованный Каландрнно встал и отправился по своим делам, всюду расхваливая, с кем бы ни приходилось говорить, отличное лечение маэстро Симоне, в три дня избавившего его без всяких болей от беременности. А Бруно, Буффальмакко и Нелло остались довольны, что хитро сумели наглумиться над скупостью Каландрино, хотя донна Тесса, догадавшись, в чем дело, сильно поворчала за то на своего мужа.

## Новелла четвертая

**Чекко, сын мессера Фортарриго, проигрывает в Буонконвенто все, что у него было, а также и деньги Чекко, сына мессера Анджьольери; в одной рубашке он бежит за ним, говоря, что тот его ограбил, велит крестьянам схватить его и, одевшись в его платье и сев на его коня, уезжает, оставив его в одной сорочке.**

Все общество сильно смеялось, услышав, что сказал Каландрино о своей жене. Когда Филострато замолк, начала, по желанию королевы, Неифила: – Достойные даны, если бы людям не было труднее проявлять перед другими свой разум и добродетель, чем глупость и порок, многие напрасно бы трудились обуздывать свои слова; это ясно показала вам глупость Каландрино, которому вовсе не нужно было, чтобы излечиться от болезни, которую он, по своей простоте, себе вообразил, объявлять перед всеми тайные утехи своей супруги. Этот рассказ привел мне на память другой, противоположный, о том, как коварство одного человека превозмогло благоразумие другого к великому вреду и посрамлению последнего. Об этом я и хочу рассказать вам.

Не много прошло лет, как в Сиэне жили два человека, уже зрелого возраста, оба прозывавшиеся Чекко, одни сын мессера Анджьольери, другой сын мессера Фортарриго. Хотя во многом другом они были разного нрава, но настолько сходны в одном, то есть в ненависти к своим отцам, что стали друзьями и часто бывали вместе. Так как Анджьольери, человеку красивому и благовоспитанному, казалось, что ему в Сиэне плохо жить на жалованье, какое давал ему отец, а он услышал, что в анконскую Марку прибыл в качестве папского легата кардинал, очень ему приязненный, он решился отправиться к нему, полагая тем улучшить свое положение. Сообщив о том отцу, он устроился с ним, чтобы тот дал ему зараз, что должен был давать в течение шести месяцев, дабы иметь возможность одеться, обзавестись конем и снарядиться прилично. Когда он стал искать, кого бы взять с собою в качестве слуги, услышал о том Фортарриго. Тотчас же он пошел к Анджьольери и изо всех сил стал упрашивать взять его с собою, что он готов быть ему слугой и домочадцем, и всем, что угодно, без всякого жалованья поверх расходов. На это Анджьольери отвечал, что не желает брать его с собою не потому, чтоб не считал его годным ко всякой службе, а потому, что он игрок, а иногда и напивается. На это Фортарриго отвечал, что он, без сомнения, остережется того и другого, и, клятвенно подтвердив это, снова так принялся просить, что Анджьольери, сдавшись, выразил свое согласие.

Пустившись в путь однажды утром, они прибыли к обеду в Буонконвенто. Когда Анджьольери там пообедал, велел приготовить себе в гостинице постель, так как жар стоял сильный, и, раздевшись при помощи Фортарриго, лег спать, а ему сказал, чтобы он окликнул его, когда пробьет девятый час. Пока Анджьольери спал, Фортарриго отправился в таверну и здесь, выпив немного, стал с кем-то играть. В короткое время они выиграли у него те деньги, какие были с ним, а также и бывшее на нем платье; желая отыграться, он, как был в рубашке, отправился туда, где спал Анджьольери; видя, что он крепко спит, вынул у него из кошелька все, что там было, и, вернувшись играть, проиграв и эти деньги, как и прежние.

Между тем Анджьольери, проснувшись, встал и спросил о Фортарриго. Когда его не нашли, он рассудил, что тот спит где-нибудь пьяный, как то с ним бывало нередко. Потому, решившись оставить его, он велел оседлать лошадь и привязал чемодан, рассчитывая обзавестись другим слугой в Корсиньяно, но когда, прежде чем отправиться, он захотел рассчитаться с хозяином, денег не нашлось. Вследствие этого поднялся страшный шум, весь дом хозяина был в переполохе. Анджьольери говорив, что его здесь ограбили, и грозил, что всех их схватят и поведут в Сиэну, как вдруг явился в одной рубашке Фортарриго, шедший затем, чтобы забрать платье, как прежде взял деньги. Увидев, что Анджьольери готовится пуститься в путь, он сказал: «Что это значит, Анджьольери? Неужели мы уже снаряжаемся к отъезду? Подожди маленько, сейчас придет сюда один человек, у которого моя куртка в залоге за тридцать восемь сольдов, я уверен, он отдаст нам ее за тридцать пять, если ему тотчас же заплатить». Пока он говорил это, явился кто-то, заверивший Анджьольери, что именно Фортарриго взял у него деньги, ибо он сказал ему, сколько тот проиграл. Сильно разгневанный этим, Анджьольери наговорил ему величайших мерзостей и, если бы не боялся кого-то другого более, чем бога, привел бы их в исполнение, угрожая ему повешением или изгнанием из Сиэны под страхом виселицы, он сел на лошадь. А Фортарриго, словно Анджьольери говорил то другому, а не ему, продолжал. «Эх, Анджьольери, оставим-ка в добрый час эти речи, все это пустяки, рассуди сам, мы вернем ее за тридцать пять сольдов, если выкупим ее тотчас, а коли повременим хотя бы до завтра, он запросит не менее тридцати восьми, сколько дал мне взаймы; да и делает он мне это в одолжение, потому что я и ставку-то поставил по его совету. Почему не выгадать нам этих трех сольдов?»

Слушая его речи, Анджьольери приходил в отчаяние, особливо видя, что те, что стояли вокруг, смотрели на него и, казалось, были убеждены, что не Фортарриго проиграл деньги Анджьольери, а Анджьольери взял у него собственные. И он говорил ему: «Какое мне дело до твоей куртки? Будь ты повешен, ты не только обобрал меня и проиграл мое, но к тому же помешал мне уехать да еще смеешься надо мною». Но Фортарриго стоял на своем, точно не ему говорят, и продолжал: «Зачем не дашь ты мне выгадать эти три сольда? Разве не надеешься, чтобы я еще раз ссудил их тебе? Сделай это ради меня, к чему такой спех? Мы еще успеем доехать сегодня вечером в Торреньери. Поди-ка тряхни кошелем; знаешь ли, что если поискать во всей Сиэне, не отыскать куртки, которая была бы так по мне, как эта, а я оставлю ее у этого человека за тридцать восемь сольдов, когда она стоит сорок и более! Ведь таким образом ты причинил бы мне двойной убыток».

Крайне огорченный, видя, что тот его ограбил, а теперь задерживает его болтовней, Анджьольери, не отвечая ему более, повернул коня и направился по дороге к Торреньери. Фортарриго, которого обуяло хитрое злорадство, как был в рубашке, пустился за ним бегом; он пробежал уже мили две, все прося о куртке Анджьольери погонял все сильнее, чтобы устранить от слуха эту надсаду, когда Фортарриго увидал на поле, по соседству с дорогой, впереди Анджьольери, крестьян, которым принялся громко кричать: «Хватайте его, хватайте!» Вследствие этого они, кто с заступом, кто с мотыгой, преградили дорогу Анджьольери и, полагая, что он ограбил того, кто бежал за ним с криком и в одной рубашке, задержали и схватили его. Что он ни говорил им, кто он и как было дело, ничего не помогало. Фортарриго, подбежав, сказал с сердитым лицом: «Как мне не убить тебя, бесчестный ты мошенник, бежавший с моим добром!» И, обратившись к крестьянам, он продолжал: «Видите, господа, в каком виде он оставил меня в гостинице, проиграв наперед все, что у него было. Могу сказать, что с божьей и вашей помощью я вернул хоть это, за что всегда буду вам благодарен». Говорил также и Анджьольери, но его слов не слушали. С помощью крестьян Фортарриго стащил его с коня, раздел и, одевшись в его платье и сев верхом, оставил Анджьольери в одной рубашке и босого, а сам вернулся в Сиэну, везде рассказывая, что коня и платье он выиграл у Анджьольери. Анджьольери, рассчитывавший явиться к кардиналу в Марку богатым человеком, вернулся в Буонконвенто бедным, в одной рубашке, и от стыда не осмелился тотчас же отправиться в Сиэну; в платье, которое ему одолжили, сев на лошадь, что была у Фортарриго, он поехал к своим родным в Корсиньяно, у которых и прожил, пока снова не помог ему отец.

Так-то злая хитрость Фортарриго помешала добрым намерениям Анджьольери, хотя в свое время и в своем месте он не оставил ее безнаказанной.

## Новелла пятая

**Каландрино влюбился а одну девушку, а Бруно дает ему заговор; лишь только он прикоснулся им к ней, она пошла за ним; захваченный женою, он вступает с ней в сильное м докучливое препирательство.**

Когда кончилась небольшая новелла Неифилы и общество обошлось по поводу ее без смеха и долгих разговоров, королева, обратившись к Фьямметте, приказала ей продолжать. Она весело ответила, что сделает это охотно, и начала: – Милейшие дамы, я полагаю, вы знаете, что сколько бы ни говорено было об известном предмете, он все же будет нравиться, и даже более, если тот, кто желает о нем говорить, сумеет выбрать подобающее тому время и место. Потому, приняв во внимание, зачем мы собрались сюда (ибо мы сошлись на веселье и утеху, а не на что иное), я думаю, что всему, что может принести утеху и удовольствие, здесь – подобающее место и время, и что хотя тысячу раз рассказывали о том предмете, он не может не позабавить, если о нем расскажут еще столько же. Вот почему, хотя о деяниях Каландрино среди нас много говорилось, я, поминая недавно сказанное Филострато, что все они потешны, решаюсь к рассказанным присоединить еще одну новеллу, которую, если б я захотела и прежде и теперь отдалиться от действительного факта, я сумела бы и смогла сочинить и рассказать под другими именами; но так как в рассказе удаление от истины происшествий сильно умаляет удовольствие слушателей, я расскажу вам ее, опираясь на выраженные выше доводы, в ее настоящем виде.

Никколо Корнаккини, наш согражданин и богатый человек, владел, в числе других прекрасных имений, одним поместьем в Камерате, где велел построить приличный, красивый дом, а с Бруно и Буффальмакко договорился, чтобы они расписали его весь; а так как работы было много, они пригласили еще Нелло и Каландрино и принялись за дело. Хотя там было несколько комнат с постелями и другим необходимым и жила старая служанка в качестве сторожа дома, но так как другой челяди не было, то сын упомянутого Никколо, по имени Филиппо, человек молодой и неженатый, водил туда порой, для своего удовольствия, какую-нибудь женщину и, продержав ее день или два, отсылал назад. И вот случилось однажды, что он привел с собою одну женщину, по имени Никколозу, которую какой-то негодяй, по имени Манджьоне, держал для себя в одном доме в Камальдоли, ссужая ею других. Она была красива, хорошо одевалась и для своего положения обладала хорошими манерами и даром слова. Когда однажды в полдень, выйдя из комнаты в белой юбке, с подколотыми на голове волосами, она мыла себе руки и лицо у колодца, что был во дворе дома, случилось, что и Каландрино явился туда по воду и дружелюбно поздоровался с ней. Она, ответив ему, засмотрелась на него более потому, что Каландрино показался ей человеком странным, чем по какому-нибудь иному желанию. Каландрино стал глядеть на нее и, так как она показалась ему красивой, старался там замешкаться и не возвращался к товарищам с водой; но, не зная ее, не осмелился с нею заговорить. Она заметила его взгляды и, чтобы подшутить над ним, порой сама заглядывалась на него, испуская тихие вздохи. Вследствие этого Каландрино внезапно так в нее втяпался, что ушел со двора не прежде, как когда Филиппо позвал ее к себе.

Вернувшись к работе, Каландрино то и дело пыхтел; Бруно заметил это, ибо следил за всяким движением Каландрино, так как ему доставляло потеху все, что бы тот ни делал, и говорит ему: «Кой дьявол с тобою делается, друг Каландрино? Ты только и знаешь, что пыхтишь». На это Каландрино ответил: «Кабы найти мне, товарищ, кого-нибудь, кто бы мне помог, хорошо бы мне было». – «Как так?» – спросил Бруно. Каландрино продолжал: – «Об этом не надо говорить никому. Есть здесь девушка красивее феи, которая так страстно в меня влюбилась, что тебе показалось бы за диво, я сейчас только заметил это, когда ходил по воду». – «Вот как? – сказал Бруно. – Смотри, не живет ли она с Филиппо?» – «И мне так сдается, – говорит Каландрино, – потому что он позвал ее и она пошла к нему в комнату; но чему это мешает? Я бы потягался в таком деле и с богом, не только что с Филиппо. Скажу тебе по правде, товарищ, уж так она мне нравится, что и сказать нельзя». Тогда Бруно говорит: «Я для тебя, друг, разузнаю, кто она такая, и если она любовница Филиппо, устрою твое дело в двух словах, потому что мы с нею большие приятели. Не как сделать, чтобы Буффальмакко о том не проведал? Я не могу сказать с ней слова, чтобы и он не был при том». – «Буффальмакко меня не заботит, – отвечал Каландрино, – а будем сторожиться Нелло; он родственник Тессы и мог бы нам испортить все дело». – «Правду ты говоришь», – ответил Бруно.

Между тем Бруно знал, кто она такая, ибо видел, как она прибыла, да и Филиппе о том ему рассказал. Потому, когда Каландрино на короткое время отошел от работы, чтобы пойти поглядеть на нее, Бруно обо всем передал Нелло и Буффальмакко, и они вместе сговорились втихомолку, что им следовало проделать над ним по поводу этого его увлечения. Когда он вернулся, Бруно тихо спросил его: «Видел ты ее?» – «Да, – говорит Каландрино, – извела она меня». Говорит Бруно: «Пойду я погляжу, та ли она, как я думаю; если та, то предоставь мне все устроить». Сойдя вниз и встретив ее вместе с Филиппе, он подробно сообщил им, кто такой Каландрино и что он им сказал, и условился с ними, что каждому из них говорить и делать, чтобы потешиться и позабавиться над его влюбленностью. Возвратившись к нему, он сказал: «Это она и есть, потому надо устроить это очень осторожно, ибо, если Филиппе догадается, всей воды Арно не хватило бы, чтобы обелить нас. Но что же желаешь ты, чтобы я передал ей от тебя, если мне случится заговорить с ней?» Каландрино ответил: «Скажи ей, во-первых, что я желаю ей тысячу мер того добра, от которого родятся люди, а затем, что я ее покорный слуга, да спроси, не хочет ли она чего; понял ты меня?» – «Да, дай мне все уладить», – отвечал Бруно.

Когда наступил час ужина и они, оставив работу, сошли во двор, где находились Филиппе и Никколоза, они замешкались там ради Каландрино. Каландрино стал глазеть на Никколозу, делая столько и таких невиданных жестов, что догадался бы и слепой. Она со своей стороны делала все, что, казалось, должно было воспламенить его и, будучи предупреждена Бруно, сильно потешалась над его выходками, тогда как Филиппе, Буффальмакко и другие притворились беседующими и не обращающими на то никакого внимания.

По некотором времени, к великому горю Каландрино, они ушли, когда они направлялись к Флоренции, Бруно сказал ему: «Говорю тебе, ты заставляешь ее таять, как лед от солнца; клянусь богом, если бы ты принес сюда свою гитару да спел бы несколько твоих любовных канцон, то заставил бы ее выпрыгнуть из окна, чтобы прийти к тебе». – «Разве правда, товарищ, – спросил Каландрино, – не принести ли мне ее, как ты полагаешь?» – «Разумеется», – отвечал Бруно. На это Каландрино сказал: «Ты вот не верил тому сегодня, когда я тебе говорил, а я убежден, товарищ, что лучше всякого другого умею сделать, что хочу. Кому другому удалось бы так скоро влюбить в себя такую женщину, как она? Не сделать того, ей-

ей, тем молодым бахвалам, что шляются взад и вперед, а в тысячу лет не сумели бы сосчитать трех пригоршней орехов. Хочется мне, чтобы ты поглядел немного, каков я буду с гитарой: вот так будет штука! Пойми хорошенько, ведь я еще не так стар, как тебе кажусь, она это отлично заприметила, но я ей еще лучше докажу это, когда запущу в нее коготь; клянусь Христовым телом, я сыграю с ней такую игру, что она забегает за мной, как дурочка за ребенком». – «О да, – ответил Бруно, – ты ее заковыряешь, мне так и видится, что ты начнешь кусать своими зубами, об твои скрипичные колки, ее алый ротик, ее щечки, похожие на розы, а затем и всю ее проглотишь». Слушая эти слова, Каландрино словно испытывал все это наяву и ходил, подпевая и подпрыгивая, такой веселый, что вот-вот его выпрет из кожи.

На следующий день, принеся гитару, он, к великому удовольствию всего общества, спел под ее звуки несколько канцон. В короткое время он дошел до такого вожделения частых с ней свиданий, что вовсе не работал и тысячу раз в день подходил то к окну, то к двери или выбегал на двор, чтобы повидать ее, а та, действуя по научению Бруно, очень ловко давала к тому повод. С своей стороны, Бруно отвечал на его послания, а иногда приносил таковые же и от нее; когда ее там не было, как то случалось по большей части, он доставлял ему письма, будто от все, в которых подавал ему большие надежды на исполнение его желаний, рассказывая, что она теперь дома у своих родителей, где им нельзя видеться.

Таким-то образом Бруно и Буффальмакко, руководившие всем делом, извлекли из деяний Каландрино величайшую для себя потеху, иногда заставляя его дарить себе, будто по просьбе милой, то гребень из слоновой кости, то кошелек или ножичек и другие подобные мелочи, и, наоборот, приносили ему фальшивые дешевые колечки, что доставляло Каландрино великую радость. Кроме того, они получали от него хорошие закуски и другие угощения, с тем, чтобы они ратовали за его дело.

Когда таким путем они продержали его месяцев около двух, ничего более не сделав, Каландрино, заметив, что работа подходит к концу, и рассчитав, что, если до ее окончания он не достигнет цели своей любви, ему это никогда более не удастся, стал сильно приставать и торопить Бруно. Вследствие этого, когда девушка явилась, Бруно, наперед уговорившись с ней и с Филиппе, что следует предпринять, сказал Каландрино: «Видишь ли, товарищ, эта женщина тысячу раз обещала мне непременно исполнить то, о чем ты просишь, а ничего не делает; кажется мне, она водит тебя за нос, потому, так как она не исполняет обещания, мы, коли желаешь, принудим ее к тому, хочет она или не хочет». Каландрино отвечал: «Сделай милость, бога ради, лишь бы поскорее». Бруно говорит: «Хватит ли у тебя мужества прикоснуться к ней ладонкой, которую я тебе дам?» – «Разумеется», – ответил Каландрино. «В таком случае, – сказал Бруно, – принеси мне немного пергамента из кожи недоношенного ягненка, живую летучую мышь, три зерна ладана и благословенную свечу и дай мне все устроить».

Весь следующий вечер Каландриио простоял с своей ловушкой, чтобы поймать летучую мышь, и, словив ее, наконец, вместе с другими вещами отнес ее к Бруно. Уйдя в свою комнату, Бруно написал на том пергаменте какие-то небылицы каракулями и, отнеся его к Каландрино, сказал: «Знай, Каландрино, коли ты коснешься ее этим писанием, она тотчас же пойдет за тобою я сделает все, что ты хочешь. Потому, если Филиппе отправится сегодня куда-нибудь, приступи к ней и, дотронувшись до нее, пойди в сарай с соломой, что здесь рядом, это место лучше других, туда никто никогда не заходит; увидишь, она туда явится, а как придет, сам знаешь, что тебе делать». Каландрино обрадовался, как никто на свете, и, взяв рукописание, сказал: «Теперь, товарищ, дело за мной».

Нелло, которого Каландрино сторожился, потешался над ним, как и другие, и сам помогал сыграть над ним шутку; потому, по распоряжению Бруно, он отправился во Флоренцию к жене Каландрино и сказал ей: «Тесса, ты помнишь, как без всякой причины побил тебя Калаидрино в тот день, когда вернулся с камнями с Муньоне, потому мне хочется, чтобы ты отомстила за себя; коли ты того не сделаешь, не считай меня более ни родственником, ни другом. Он влюбился в одну тамошнюю женщину, а она, негодная, часто запирается с ним, и они еще недавно сговорились вскоре сойтись; я и хочу, чтобы ты пришла туда, увидала бы его и хорошенько пожурила».

Как услышала это жена, дело показалось ей не шуточным;

вскочив, она принялась кричать: «Ах ты уличный разбойник, так вот ты что со мной делаешь! Клянусь богом, тому не бывать, чтобы я тебе за то не отплатила». Схватив свою накидку, в сопровождении служанки она скорым шагом отправилась туда вместе с Нелло. Когда Бруно увидел издали, что она идет, сказал Филиппе: «Вот и наш союзник». Поэтому

Филиппе, зайдя туда, где работал Каландрино и другие мастера, сказал: «Господа, мне надо тотчас ехать во Флоренцию, работайте прилежно». Оставив их, он спрятался в одном месте, откуда, не будучи видим, мог наблюдать, что творит Каландрино.

Тот, как только рассчитал, что Филиппе несколько отъехал, тотчас же спустился во двор, где встретил Някколозу одну; он вступил с ней в беседу, а она, хорошо зная, что ей делать, подойдя к нему, была с ним несколько нелюбезнее обыкновенного. Тогда Каландрино коснулся ее ладонкой и лишь только сделал это, тотчас же направился в сарай, а Никколоза за ним; когда они вошли, она заперла дверь и, обняв Каландрнно, бросила его на бывшую там на полу солому, вскочила на него верхом и, положив ему руки на плечи, чтобы не дать ему возможности приблизить к ней свое лицо, стала на него глядеть как бы со страстным желанием, говоря: «Дорогой мой Каландрино, сердце ты мое, душа моя, мое благо и покой, сколько времени желала я обладать тобою и обнять тебя вволю! Ты своею приветливостью свил из меня веревку, иссушил мое сердце звуками твоей гитары. Неужели то правда, что ты со мной». А Каландрино, едва будучи в состоянии двинуться, говорил: «Сладость души моей, дай мне тебя поцеловать». – «Как, однако, ты спешишь! – отвечала Никколоза. – Дай мне прежде вволю наглядеться на тебя, дай моим глазам насытиться милым видом твоего лица».

Бруно и Буффальмакко пошли между тем к Филиппе и все втроем видели и слышали, как было дело. Уже Каландрино готовился было поцеловать Никколозу, как явился Нелло с донной Тессой. Придя, он сказал: «Клянусь богом, они теперь вдвоем». Когда добрались они до входной двери, жена, взбешенная, схватившись за нее руками, высадила ее и, войдя, увидела Никколозу верхом на Каландрино. Лишь только та заметила ее, тотчас же поднялась и побежала туда, где находился Филиппе. А монна Тесса запустила ногти в лицо Каландрино, еще не успевшего подняться, исцарапала его и, схватив за волосы, таская взад и вперед, принялась говорить: «Поганый ты, гадкий пес, так ты вот что со мной чинишь? Старый дурак, будь я проклята, что любила тебя. Так тебе кажется, что тебе дома мало дела, что ты влюбляешься в других? Что за прелестный любовник! Разве не знаешь ты себя, жалкий ты человек, разве не знаешь, бедняк, что если выжать тебя, не выйдет соку даже на подливку! Клянусь богом, теперь не Тесса объезжала тебя, а другая, да накажет ее бог, кто бы она ни была, потому что, наверное, это, должно быть, большая дрянь, если влюбилась в такое сокровище, как ты».

Как увидел жену Каландрино, стал ни жив ни мертв и не смел защититься от нее; исцарапанный, оборванный, взъерошенный, он встал и, подняв свой плащ, стал униженно просить жену, чтобы не кричала, если не желает, чтобы его изрубили в куски, потому что женщина, с ним бывшая, жена хозяина дома. «Ладно, – отвечала жена, – да пошлет ей господь всякого зла».

Бруно и Буффальмакко, вволю насмеявшиеся над этим делом вместе с Филиппе и Никколозой, явились туда, будто на крик, и после многих уговоров, усмирив жену, посоветовали Каландрино отправиться во Флоренцию и более сюда не возвращаться, дабы Филиппе, неравно узнав о том, не сделал ему чего-либо худого. Так Каландрино и пошел во Флоренцию, бедный и жалкий, весь общипанный и исцарапанный, и, не осмеливаясь вернуться обратно, денно и нощно мучимый и тревожимый упреками жены, принужден был положить конец своей пылкой любви, дав повод посмеяться над собой товарищам, и Никколозе, и Филиппе.

## Новелла шестая

**Двое молодых людей заночевали в гостинице; один из них идет спать с дочерью хозяина, жена которого по ошибке улеглась с другим. Тот, что был с дочерью, ложится затем с ее отцом и, приняв его за своего товарища, рассказывает ему обо всем. Между ними начинается ссора. Жена, спохватившись, идет в постель к дочери и затем улаживает все несколькими словами.**

Каландрино, уже много раз смешивший всю компанию, рассмешил и на этот раз, и когда, обсудив его деяния, дамы умолкли, королева поручила сказывать Памфило. Тот начал так: – Достохвальные дамы, имя Никколозы, любимой Каландрино, вызвало в моей памяти другую Никколозу, о которой мне хочется рассказать вам новеллу, потому что из нее вы увидите, как быстрая предусмотрительность доброй женщины устранила великий скандал. В долине Муньоне жил немного времени тому назад некий человек, который за деньги кормил и поил проезжавших; хотя он был беден и дом у него был не просторный, он, в случае большой нужды, пускал к себе на ночлег, если не всех, то знакомых людей. У него была жена, очень красивая женщина, с которой он прижил двух детей: одну девушку, красивую и милую, пятнадцати или шестнадцати лет, еще не выданную замуж, и маленького сына, которому не было еще и года и которого мать кормила сама. Молодая девушка обратила на себя взоры одного молодого человека, миловидного и приятного, из родовитых людей нашего города, который, часто бывая там, полюбил ее горячо, а она, очень гордясь любовью такого юноши и изо всех сил стараясь приковать его приветливым обхождением, также влюбилась в него, и много раз, при обоюдном их желании, их любовь увенчалась бы успехом, если бы Пинуччьо, так звали юношу, не желал избегнуть бесчестья девушки и своего. Между тем страсть их росла со дня на день, и у Пинуччьо явилось желание сойтись с нею как бы то ни было, и он стал придумывать повод, чтобы заночевать у ее отца, рассчитав как человек, знакомый с внутренним расположением дома девушки, что, если это удастся, он пробудет у нее, никем не замеченный; лишь только эта мысль ему запала, он немедля приступил к действию. Однажды вечером в довольно поздний час он вместе с своим верным товарищем, по имени Адриано, знавшим о его любви, взяли наемных лошадей, привязали к ним два чемодана, может быть набитых соломой, выехали из Флоренции и, сделав объезд, прибыли верхом в долину Муньоне уже к ночи; здесь, повернув коней, как будто они возвращались из Романьи, они подъехали к дому и начали стучаться; хозяин, хорошо знавший обоих, тотчас же отворил им дверь. Пинуччьо сказал ему: «Знаешь ли что, тебе придется приютить нас на ночь, мы думали, что успеем добраться до Флоренции, и так мешкали, что приехали сюда, видишь, с какой поздний час». На это хозяин ответил ему: «Ты хорошо знаешь, Пинуччьо, что я не в состоянии давать ночлег таким господам, как вы, но так как поздний час застал вас здесь и нет времени ехать в другое место, я охотно устрою вас, как могу». Сойдя с лошадей и направившись в гостиницу, молодые люди прежде всего поставили своих коней, затем, захватив с собою хороший ужин, поели вместе с хозяином.

Была у хозяина всего одна очень маленькая комнатка, где он, как сумел лучше, поставил три кровати; свободного места оставалось мало, ибо две постели помещались вдоль одной стены комнаты, третья напротив их по другой, так что пройти там можно было лишь с трудом. Из этих трех постелей хозяин велел приготовить ту, что получше, для обоих товарищей и уложил их. Затем немного спустя, когда никто из них еще не заснул, хотя они и притворились спящими, хозяин велел в одну из оставшихся постелей лечь дочке, а в другую лег сам с женой. Та поставила рядом с постелью, где спала, люльку, в которой держала своего малолетнего сына. Когда все так устроилось, Пинуччьо, видевший все это, полагая, что все заснули, по некотором времени тихо встал и, подойдя к постели, где лежала любимая им девушка, прилег к ней, принявшей его радостно, хотя делала она это и не без страха; с ней он и остался, предаваясь тем утехам, которых они наиболее желали.

Покуда Пинуччьо был с девушкой, случилось, что кошка что-то уронила, и это услышала, проснувшись, хозяйка; боясь, что шум от чего-либо другого, она, поднявшись впотьмах, как была, пошла туда, откуда ей послышался шум. Андриано, не обративший на это внимания, случайно встал за естественною нуждою; идя за этим делом, он наткнулся на люльку, поставленную хозяйкой, а так как, не убрав ее, не было возможности пройти, он снял ее с места, где она стояла, и поместил рядом с постелью, где сам спал; совершив все, зачем поднялся, и возвращаясь, он, не заботясь о люльке, лег в постель. Хозяйка, поискав и убедившись, что упало не то, что она воображала, не захотела достать огня, чтобы посмотреть, что такое было, и, покричав на кошку, вернулась в комнатку и ощупью направилась прямо к кровати, где спал муж. Не найдя люльки, она сказала себе: «Ох, какая же я дура, поди-ка, чего было не наделала! Ведь я, ей-богу, угодила бы прямо в постель моих гостей!» Пройдя немного далее и натолкнувшись на люльку, она вошла в ту постель, что была с ней рядом, и улеглась с Адриано, полагая, что лежит с мужем. Адриано, еще не успевший уснуть, почувствовав это, встретил ее хорошо и приветливо и, не говоря ни слова, пошел на парусах, к великому удовольствию хозяйки.

Так было дело, когда Пинуччьо, убоявшись, чтобы сон не застал его с его милой, получив от нее все то удовольствие, какого желал, поднялся от нее, чтоб вернуться в свою постель, и встретив на пути люльку, вообразил, что то постель хозяина; поэтому, подойдя к ней поближе, он лег рядом с хозяином. Тот проснулся от прихода Пинуччьо Пинуччьо, вообразив, что рядом с ним Адриано, сказал: «Говорю тебе, не бывало ничего слаще Никколозы, клянусь богом, я насладился более, чем когда-либо мужчина с женщиной, и уверяю тебя, что раз шесть и более ходил на приступ с тех пор, как ушел отсюда». Когда хозяин прослышал эти вести, больно ему не понравившиеся, он прежде всего подумал про себя: «Какого черта он здесь делает?» Затем, более под влиянием гнева, чем благоразумия, сказал:

«Пинуччьо, ты сделал великую мерзость, и я не понимаю, зачем ты мне ее учинил; но клянусь богом, ты мне за это поплатишься!» Пинуччьо, как молодой человек не из особенно рассудительных, заметив свой промах, не поспешил загладить его, как бы лучше сумел, а говорит: «Чем это ты мне отплатишь? Что можешь мне сделать?» Жена хозяина, полагая, что она с мужем, сказала Адриано: «Ахти мне! Слышишь ли, наши гости о чем-то бранятся». Адриано ответил, смеясь: «Пусть их, да пошлет им господь всего худого, вчера они выпили лишнее». Жена, которой послышалось, что бранится муж, услышав теперь голос Адриано, тотчас же поняла, где она и с кем; вследствие этого, как женщина находчивая, она, не говоря ни слова, тотчас же встала и, схватив люльку с сынком, хотя в комнате и не было света, наугад пронесла ее к постели, где спала дочка, и с ней улеглась; затем, будто проснувшись от крика мужа, окликнула его и спросила, что у него за спор с Пинуччьо. Муж отвечал: «Разве ты не слышишь, что он говорит, какое у него ночью было дело с Никколоэой?» Жена сказала: «Он отъявленно врет. С Никколозой он не спал, я легла с нею и с тех пор никак не могла заснуть, а ты – дурак, что ему веришь. Вы так напиваетесь по вечерам, что ночью вам снится, и вы бродите туда и сюда, ничего не понимая, и вам кажется, вы бог знает что творите. Очень жаль, что вы не сломите себе шею, но что ж делает там Пинуччьо, почему он не в своей постели?» С другой стороны, Адриано, видя, как умно покрывает хозяйка свои стыд и стыд дочки, говорил: «Сто раз говорил я тебе, Пинуччьо, не броди, у тебя дурной обычай вставать во сне, выдавать небылицы, которые тебе видятся, за быль; сыграют с тобой когда-нибудь злую шутку. Ступай сюда, да пошлет тебе господь лихую ночь!»

Услышав, что говорит жена и что Адриано, хозяин стал приходить к полному убеждению, что Пинуччьо снится, потому, схватив его за плечи, он стал его трясти и окликать, говоря: «Пинуччьо, проснись же, вернись к себе в постель». Поняв, о чем говорилось, Пинуччьо принялся, словно сонный, нести и другую околесицу, что страшно смешило хозяина. Наконец, чувствуя, что его трясут, он сделал вид, что проснулся, и, окликнув Адриано, спросил: «Разве уже рассвело, что ты зовешь меня?» – «Да поди сюда», – ответил Адрйано. Тот, притворяясь и представляясь совсем сонным, поднялся, наконец, от хозяина и вернулся в постель Адриано.

Когда наступил день и все встали, хозяин начал смеяться и издеваться над ним и его снами. Так, среди шуток, молодые люди снарядили своих лошадей, взвалили чемоданы и, выпив с хозяином, верхом поехали во

Флоренцию, не менее довольные тем, что произошло, чем исходом самого дела. Впоследствии, изыскав другие меры, Пинуччьо виделся с Никколозой, продолжавшей утверждать матери, что ему в самом деле приснилось, почему хозяйка, памятовавшая объятия Адриано, была убеждена, что она одна лишь бодрствовала.

## Новелла седьмая

**Талано ди Молезе, увидев во сне, что волк изодрал лицо и горло у его жены, говорит ей, чтобы она остерегалась; она того не сделала, а с ней это дело и приключилось.**

Когда кончилась новелла Памфило и все похвалили находчивость жены, королева велела Пампинее рассказать в свою очередь. И она начала: – Милые дамы, уже прежде была промеж нас беседа о том, что сны говорят правду, хотя многие над тем смеются; потому, хотя об этом уже было говорено, я не премину рассказать вам в коротенькой новелле, что недавно приключилось с одной моей соседкой вследствие того, что она не поверила сну, виденному ее мужем.

Не знаю, знаком ли вам Талано ли Молезе, человек очень почтенный. Взял он в жены одну девушку, по имени Маргариту, красивую более многих других, но чудную, как ни одна, неприятную и настолько упрямую, что она никогда не делала ничего по желанию других, да и ей никто не мог угодить. Очень трудно было переносить это Талано, но так как делать было нечего, он терпел.

И вот случилось однажды ночью, что, когда Талано с Маргаритой был в деревне, в одном своем поместье, и спал, ему представилось во сне, будто его жена идет по прекрасному лесу, который находился у них недалеко от дома; идет она, а ему кажется, что из одной части леса вышел большой, свирепый волк, который, внезапно схватив ее за горло, повалил на землю и силился унести ее, взывавшую о помощи; когда же она освободилась из его пасти, оказалось, что он изодрал ей все горло и лицо. Поднявшись на другое утро, Талано сказал жене: «Жена, хотя твое упрямство никогда не дозволило мне хотя бы один день прожить с тобой покойно, тем не менее я был бы очень опечален, если бы с тобой случилось что-либо худое; потому, если ты поверишь моему совету, ты сегодня не выйдешь из дома».

Спрошенный ею о причине того, он рассказал ей подробно свой сон. Жена, качая головой, ответила: «Кто кому желает зла, тому о том зло и снится, очень уж ты жалеешь обо мне, а ведь тебе снится то, что ты хотел бы видеть наяву, потому как сегодня, так и всегда я стану остерегаться, чтоб не порадовать тебя таким или другим моим несчастьем». Тогда Талано и говорит: «Я отлично знал, что ты так и ответишь; такова бывает благодарность тому, кто чешет паршивого; верь или не верь, а я тебе говорю по добру и еще раз советую остаться дома или по крайней мере воздержаться ходить в наш лес». – «Хорошо, я так и сделаю», – ответила жена. Затем она стала говорить себе: «Посмотри-ка, как хитро он вздумал застращать меня – не ходить сегодня в наш лес, он, наверно, назначил там свидание какой-нибудь негоднице и не желает, чтоб я там его застала. Ему хотелось бы сидеть за столом в обществе слепых, а я была бы дурой, если б не знала его и поверила ему; но это ему, наверно, не удастся: надо мне поглядеть, если б даже пришлось пробыть там весь день, каким товаром он станет торговать». Так сказав, лишь только муж вышел в одну сторону, она пошла в другую и как могла скрытнее, ничуть не мешкая, направилась в лес, где спряталась в самой чаще, внимательно следя и осматриваясь туда и сюда, не увидит ли кого. Пока она так пребывала, нимало не остерегаясь волка, поблизости от нее внезапно явился из густой чащи громадный, страшный волк, и не успела она, увидев его, сказать: господи помилуй! как он бросился на нее и, крепко ухватив, понес ее точно малого ягненка. Она не могла кричать, так стянуто было ее горло, и не была в состоянии помочь себе каким-либо иным образом; так волк и унес бы ее и, вероятно бы, задушил, если бы не встретились с ним пастухи, которые, закричав, принудили его бросить ее. Жалкая и несчастная, узнанная пастухами, она была доставлена домой, где врачи излечили ее после долгих стараний, так однакоже, что горло и часть лица оказались у нее настолько исковерканными, что из красавицы она стала противной и уродом. Вследствие этого она, стыдясь показываться там, где ее могли бы видеть, не раз жалостно оплакивала свое упрямство и нежелание поверить вещему сну мужа, что ей ничего бы и не стоило.

## Новелла восьмая

**Бьонделло обманом приглашает на обед Чакко, который ловко мстит ему за то, подвергнув его хорошей потасовке.**

Все вообще в веселой компании были того мнения, что виденное Талано было не сном, а видением, ибо оно так и сбылось безо всяких опущений. Когда все замолкли, королева приказала Лауретте продолжать. Та сказала: – Благоразумные дамы, как большая часть тех, что говорили ранее меня, были побуждены к своим рассказам чем-нибудь, уже бывшим предметом бесед, так суровая месть школяра, о которой говорила вчера Пампинея, побуждает и меня передать вам об одной мести, очень тяжелой для того, кто ее испытал, хотя она и не была столь жестокой.

Потому скажу вам, что во Флоренции был некий человек, по имени Чакко, прожора, как никто другой, и так как его достатка не хватало на расходы по его прожорливости, а он был вообще человек с очень хорошими манерами и большим запасом приятных и забавных острот, он избрал себе ремесло, не то что потешника, а язвителя, и стал ходить к тем, кто богат и кто хорошо любил поесть; у них он бывал и к обеду и к ужину, если иной раз и не был зван.

Был в то время во Флоренции некто, по имени Бьонделло, крохотного роста, большой щеголь, чистоплотный, как муха, с шапочкой на голове, с длинными светлыми волосами, так приглаженными, что ни один волосок не отставал; занимался он тем же самым, чем и Чакко. Когда однажды утром во время поста он пошел туда, где торгуют рыбой, и покупал две большущие миноги для мессера Вьери деи Черки, его увидел Чакко и, подойдя к Бьонделло, спросил: «Что это ты делаешь?» На это Бьонделло ответил: «Вчера вечером мессеру Корсо Донати послали три других миноги, много лучше этих, да еще осетра, а так как их не хватило, чтоб угостить обедом нескольких дворян, он и велел мне прикупить эти две. Будешь ли ты там?» – «Сам хорошо знаешь, что приду», – отвечал Чакко, и когда ему показалось, что настало время, пошел к мессеру Корсо и увидел его с несколькими соседями, еще не успевшими сесть за обед. Когда тот спросил его, зачем он пришел, он отвечал: «Мессере, я пришел пообедать с вами и вашим обществом». На это мессер Корсо сказал: «Добро пожаловать, а так как теперь пора, то пойдем». Когда они сели за стол, им подали прежде чечевицы и соленого тунца, а затем жареной рыбы из Арно и ничего более.

Чакко догадался, что Бьонделло провел его и, немало рассердившись про себя, решил отплатить ему за это.

Несколько дней спустя он встретил его, заставившего уже многих посмеяться над этой шуткой. Увидев его, Бьонделло поздоровался с ним и спросил его, смеясь, понравились ли ему миноги мессера Корсо? На это Чакко сказал в ответ: «Не пройдет и недели, как ты расскажешь о том лучше меня». И не откладывая дела, расставшись с Бьонделло, он сторговался за известную цену с одним ловким старьевщиком и, вручив ему стеклянную фляжку, повел его поблизости Лоджии деи Кавиччьоли, где, указав ему на мессера Филиппе Арджентн, человека высокого ростом, жилистого и крепкого, надменного, бешеного и большого чудака, сказал ему: «Поди к нему с этой фляжкой в руках и скажи так: „Мессере, Бьонделло посылает меня к вам и велит попросить вас украсить эту фляжку вашим хорошим красным вином, потому что он хочет повеселиться с своими ребятами“. Только, смотри, берегись, как бы он тебя не зацапал, потому что он задал бы тебе звона и ты испортил бы все мое дело». – «Сказать ли мне ему еще что-нибудь?» – спросил старьевщик. «Нет, – ответил Чакко, – ступай себе и, как только скажешь ему, вернись ко мне сюда с фляжкой, я тебе заплачу».

Тот отправился и передал свое поручение мессеру Филиппо. Мессер Филиппо, которого выводила из себя всякая малость, выслушав это и полагая, что Бьонделло, которого он знал, потешается над ним, весь вспыхнул, говоря: «Что такое надо украсить и какие там ребята! Господь да пошлет безвременье и тебе и ему!» Он уже вскочил и протянул руку, чтобы схватить старьевщика, но тот был настороже, быстро спохватился и, побежав, другим путем вернулся к Чакко, который все это видел и которому он и сообщил все, что сказал мессер Филиппо.

Довольный этим, Чакко заплатил старьевщику и до тех пор не успокоился, пока не встретился с Бьонделло, которого спросил: «Был ты на этих днях у Лоджии деи Кавиччьоли?» Бьонделло отвечал: «Нет, к чему ты меня о том спрашиваешь?» Чакко говорит: «Потому, что знаю, что мессер Филиппо ищет тебя, не знаю, что ему надо». На это Бьонделло сказал: «Ладно, я иду в ту сторону, перекинусь с ним словом».

Когда Бьонделло удалился, Чакко пошел за ним следом, чтобы посмотреть, как будет дело. Мессер Филиппе, не успев догнать старьевщика, остался страшно взбешенным, терзаясь гневом, так как из слов старьевщика ничего другого не мог извлечь, как только то, что Бьонделло, неизвестно по чьему почину, над ним издевается. Пока он так терзался, явился Бьонделло; как только тот увидел его, бросился к нему навстречу и дал ему в лицо большого тычка. «Ахти мне, мессере, что это значит?» – спросил Бьонделло. А мессер Филиппе, схватив его за волосы, изорвал на голове шапку и, сбросив на землю плащ, продолжал его сильно колотить, приговаривая: «Увидишь, предатель, что это значит! О каком это „украсьте“ и каких „ребятах“ ты посылал мне сказать? Разве я в твоих глазах мальчик, чтобы со мной шутить?» Так говоря, он избил ему все лицо кулаками, что твое железо, не оставил на голове ни одного волоска нетронутым и, вываляв его в грязи, разорвал на нем все платье, и так занялся этим делом, что после первого слова Бьонделло не удалось сказать ему второго, ни спросить, почему он такое над ним чинит. Слышал он только «украсьте» и «ребята», но что бы это означало, не понимал. Под конец, когда мессер Филиппе хорошенько поколотил его, многие собрались вокруг и с величайшими в свете усилиями вырвали его из рук, истерзанного и избитого и, объяснив ему, почему так учинил мессер Филиппе, стали бранить его, зачем он посылал ему сказать такое, так как он должен был хорошо знать, что мессер Филиппе человек, с которым не шутят. Бьонделло оправдывался, утверждая со слезами, что никогда не посылал к мессеру Филиппе за вином; немного оправившись, жалкий и печальный, он вернулся домой, уверенный, что это дело Чакко.

Когда по прошествии многих дней синяки сошли у него с лица и он стал выходить, случилось, что Чакко его встретил и, смеясь, спросил: «Что, Бьонделло, по вкусу ли тебе пришлось вино мессера Филиппе?» Бьонделло ответил: «Желал бы я, чтобы также пришлись тебе по вкусу миноги мессера Корсо». Тогда Чакко сказал: «Теперь дело за тобой, всякий раз, как ты захочешь дать мне так же хорошо пообедать, как ты то сделал, я дам тебе напиться так же вкусно, как ты напился». Бьонделло, отлично понимавший, что против Чакко он может быть сильнее злым умыслом, чем делом, попросил, бога ради, помириться с ним и с тех пор остерегался над ним подшучивать.

## Новелла девятая

**Двое молодых людей спрашивают у Соломона совета, один – как заставить себя полюбить, другой – как ему проучить свою строптивую жену. Одному он отвечает: «Полюби», другому велит пойти к «Гусиному» мосту.**

Никому другому, кроме королевы, не оставалось рассказывать, если за Дионео желали сохранить его льготу. Когда дамы вдоволь насмеялись над несчастным Бьонделло, она весело начала говорить таким образом: – Любезные дамы, если здраво взвесить порядок вещей, очень легко убедиться, что большая часть женщин вообще природой, обычаями и законами подчинена мужчинам и должна управляться и руководиться их благоусмотрением; потому всякой из них, желающей обрести мир, утешение и покой у того мужчины, к которому она близка, подобает быть смиренной, терпеливой и послушной и прежде всего честной; в этом высшее и преимущественное сокровище всякой разумной женщины. Если бы нас не научали тому и законы, во всем имеющие в виду общее благо, и обычаи или, если хотите, нравы, сила которых велика и достойна уважения, то на то указывает нам очень ясно сама природа, сотворившая нам тело нежное и хрупкое, дух боязливый и робкий, давшая нам лишь слабые телесные силы, приятный голос и мягкие движения членов: все вещи, свидетельствующие, что мы нуждаемся в руководстве другого. А кто нуждается в чужой помощи и управлении, тому надлежит, по всем причинам, быть послушным, подчиняясь и оказывая почтение своему правителю. А кто наши правители и помощники, коли не мужчины? Итак, мы обязаны подчиняться мужчинам и высоко уважать их; кто от этого отдаляется, ту я считаю достойной не только строгого порицания, но и сурового наказания. К такому соображению, хотя оно и прежде у меня являлось, привел меня недавно рассказ Пампинеи об упрямой жене Талано, которой господь послал кару, которую ее муж не сумел ей учинить. Потому, по моему мнению, сурового и жестокого наказания достойны, как я уже сказала, все те, которые не хотят быть приветливыми, радушными и послушными, как того требует природа, и обычаи, и законы.

Вот почему мне хочется рассказать вам об одном совете, данном Соломоном, как о средстве, полезном для уврачевания подобных им от такого недуга. Кому такого лекарства не нужно, пусть та не думает, что рассказано это для нее, хотя у мужчин есть такая поговорка: доброму коню и ленивому коню надо погонялку, хорошей женщине и дурной женщине надо палку. Эти слова, если истолковать их в шутку, легко показались бы всем справедливыми; но если понять их в нравственном смысле, я полагаю, что и в таком случае их надо допустить. Все женщины по природе слабы и падки, потому для исправления злостности тех из них, которые дозволяют себе излишне переходить за положенные им границы, требуется палка, которая бы их покарала; а чтобы поддержать добродетель тех других, которые не дают увлечь себя через меру, необходима палка, которая бы поддержала их и внушила страх.

Но оставляя поучение и переходя к тому, что я намерена сообщить, скажу, что, когда по всему почти свету распространилась великая слава о чудесной мудрости Соломона и о его щедрой готовности объявить ее всякому, кто бы пожелал удостовериться в ней на опыте, многие сходились к нему с разных частей света за советом в их крайних и трудных нуждах.

В числе других, отправлявшихся с такой целью, был и один благородный и очень богатый юноша, по имени Мелиссо, из города Лаяццо, откуда он был родом и где жил. На пути в Иерусалим, по выезде из Антиохии, ему пришлось ехать некоторое время с другим юношей, по имени Джозефо, следовавшим тем же путем, что и он; по обычаю путешествующих, он вступил с ним в беседу. Узнав от Джозефо, кто он и откуда, Мелиссо спросил его, куда он едет и зачем. На это Джозефо ответил, что едет к Соломону попросить у него совета, как ему быть с своей женой, которая упряма и зла, более чем какая-либо другая женщина, и которую он ни просьбами, ни лаской и никаким иным способом не в состоянии исправить от ее упрямства. Затем он сам спросил его, откуда он и куда едет и зачем. На это Мелиссо ответил: «Я богат, трачу мой достаток на угощение и чествование моих сограждан; но мне удивительно и странно подумать, что при всем этом я не нахожу человека, который полюбил бы меня; вот я и иду, куда и ты, добыть совет, что бы мне сделать, чтобы меня полюбили».

И вот оба спутника поехали вместе и, прибыв в Иерусалим, введены были, при посредстве одного из вельмож Соломона, в его присутствие. Мелиссо вкратце рассказал ему свое дело. На это Соломон ответил: «Полюби». Лишь только сказал он это, как Мелиссо быстро вывели, и Джозефо объяснил, зачем пришел. На это Соломон ничего иного не ответил, как: «Ступай к Гусиному мосту». После этих слов Джозефо, также быстро выведенный из присутствия царя, встретился с поджидавшим его Мелиссо и сказал ему, что за ответ он получил. Раздумывая об этих словах и не будучи в состоянии понять ни их смысла, ни пользы по отношению к их делу, они, как бы осмеянные, пустились в обратный путь.

Пропутешествовав несколько дней, они достигли реки, на которой был прекрасный мост, а так как по нем проходил большой караван нагруженных мулов и лошадей, им пришлось подождать переправы, пока те не перебрались. Уже все почти перешли, когда случайно заартачился один мул, как то мы видим часто с ними бывает, и никоим образом не хотел идти вперед, вследствие чего погонщик, схватив палку, принялся сначала легонько бить его, чтобы побудить перейти. Но мул засовался то в ту, то в другую сторону дороги, а не то и пятился и ни за что не хотел перебираться; тогда погонщик, рассердившись чрезвычайно, стал наносить ему палкой страшнейшие в свете удары, то по голове, то по бокам и заду; но все это ни к чему не вело. Вследствие этого Мелиссо и Джозефо, смотревшие на все это, начали говорить погонщику: «Что ты это делаешь, изверг? Убить его, что ли, хочешь? Почему ты не попытаешься провести его порядком и тихо. Так он скорее пойдет, чем если бить его, как ты делаешь». На это погонщик ответил: «Вы знаете ваших коней, а я знаю своего мула, дайте мне с ним расправиться». Так сказав, он снова принялся колотить его, и так надавал ему и с той и с другой стороны, что мул двинулся вперед, и погонщик добился своего.

Когда молодые люди готовились пуститься в путь, Джозефо спросил одного человека, сидевшего на краю моста, как зовется мост. На это тот ответил: «Мессере, зовется он Гусиным мостом». Как услышал это Джоэефо, тотчас же припомнил слова Соломона и, обратись к Мелиссо, сказал: «Говорю тебе, товарищ, что совет, данный мне Соломоном, может быть, правилен и хорош, ибо я вижу очень ясно, что не умел бить свою жену, а вот погонщик указал мне, что мне делать».

По прошествии нескольких дней, когда они прибыли в Антиохию, Джозефо удержал на некоторое время Мелиссо, чтобы тот отдохнул у него. Жена приняла его очень холодно, а он приказал ей приготовить ужин, какой закажет Мелиссо. Тот, уступая желанию Джозефо, сказал это в немногих словах. Жена, по старому обычаю, сделала не так, как распорядился Мелиссо, а почти наоборот. Увидав это, Джозефо спросил гневно: «Разве не сказано было тебе, каким образом следует приготовить ужин?» Жена, обратившись к нему, ответила надменно: «Что это значит?

Почему ты не ужинаешь, коли хочешь ужинать? Если мне и заказали иное, мне вздумалось сделать так; нравится тебе – хорошо, коли нет – оставайся так».

Мелиссо удивился ответу жены и стал сильно корить ее. Услышав это, Джозефо сказал: «Жена, ты все еще такая же, как была, но поверь мне, я заставлю тебя переменить обращение». И, обернувшись к Мелиссо, он сказал: «Мы тотчас увидим, приятель, каков был совет Соломона, но прошу тебя не сетовать на то, что ты увидишь, и принять за шутку то, что я стану делать. А чтобы ты не помешал мне, вспомни, что ответил нам погонщик, когда мы сжалились над его мулом». На это Мелиссо ответил: «Я в твоем доме и не намерен перечить твоему желанию».

Раздобыв толстую палку из молодого дуба, Джоэефо пошел в комнату, куда, выйдя с гневом из-за стола и ворча, удалилась его жена, схватил ее за косы и, сбив ее к ногам, стал жестоко колотить палкой. Жена начала сначала кричать, потом грозить, но видя, что от всего этого Джозефо не унимается, вся избитая, принялась просить, бога ради, пощады, чтобы он только не убил ее, а кроме того, обещала никогда более не противоречить его желаниям. Несмотря на это, Джозефо не унимался, напротив, все с большей яростью продолжал сильно бить ее, то по бокам, то по заду, то по плечам, пересчитывая ей ребра; и не прежде унялся, как когда устал; одним словом, у жены не осталось ни кости и ни одного местечка на спине, которая не была бы помята. Совершив это, он пошел к Мелиссо и сказал ему: «Завтра увидим, каким окажется на деле совет: „Ступай к Гусиному мосту“. Отдохнув немного и обмыв руки, он поужинал с Мелиссо, и в урочное время оба отправились отдохнуть. А бедняжка жена, с большим трудом поднявшись с пола, бросилась на кровать, где отдохнула, как смогла, а на другое утро, встав раненько, велела спросить Джозефо, что ему угодно кушать. Он, посмеявшись над тем с Мелиссо, распорядился, и когда настал час и они вернулись домой, нашли все отлично приготовленным, согласно с данным приказанием, почему очень одобрили совет, который на первых порах поняли худо.

Через несколько дней Мелиссо расстался с Джозефо и, вернувшись домой, сообщил одному мудрому человеку то, что узнал от Соломона. Тот сказал ему: «Он не мог подать тебе более верного и лучшего совета: ты знаешь, что сам никого не любишь и что почести и услуги ты оказываешь не от любви, которую ты к другим ощущаешь, а из тщеславия. Итак, полюби, как сказал Соломон, и тебя полюбят».

Так наказана была упрямица, а молодой человек, полюбив, обрел любовь.

## Новелла десятая

**Дон Джьянни по просьбе кума Пьетра совершает заклинание, с целью обратить его жену в кобылу, и когда дошел до того чтобы приставить ей хвост, кум Пьетро, заявив, что хвост ему не надобен, портит все дело.**

Новелла королевы вызвала некий ропот у дам и смех среди молодые людей, когда они перестали, Дионео начал так: – Прелестные дамы, черный ворон более оттеняет красоту белых голубей, чем если б появился между ними белый лебедь, так иногда и среди мудрых людей человек менее мудрый не только придает блеск и красоту их умственной зрелости, но вносит и потеху и удовольствие. Поэтому вы, умные и скромные, должны тем более ценить меня, придурковатого, заставляющего своими недостатками ярче блестеть ваши доблести, чем если бы я, при больших достоинствах, затемнял ваши; потому мне должен быть предоставлен тем больший произвол доказать, каков я есть, а вы обязаны тем терпеливее выслушать, что я вам расскажу, чем если бы я был мудрее. Итак, расскажу вам не очень длинную новеллу, из которой вы поймете, как тщательно следует исполнять все приказанное теми, кто совершает нечто силой заклинания, и как небольшая ошибка, допущенная в таком деле, портит все, что устроил заклинатель.

Не так давно был в Барлетте священник, по имени дон Джьянни ди Бароло, у которого приход был бедный, и он, чтобы просуществовать, принялся развозить на своей кобыле товар туда и сюда по апулийским ярмаркам, покупая и продавая. Странствуя таким образом, он близко сошелся с неким человеком, по имени Пьетро ди Тресанти, занимавшимся при помощи своего осла тем же делом, и в знак любви и приязни не иначе звал его по апулийскому обычаю, как кумом; всякий раз, как тот приезжал к Барлетту, он водил его в свою церковь, помещал у себя и чествовал, как мог. С своей стороны и кум Пьетро, человек очень бедный, имевший домишко в Тресанти, едва достаточный для него, его молодой красавицы жены и его осла, всякий раз, когда Дон Джьяннн являлся в Тресанти, помещал его в своем доме и чествовал, как мог, в благодарность за почет, который тот оказывал ему в Барлетте. Но что касается до ночлега, то так как у кума Пьетро была всего небольшая постель, в которой он спал со своей красавицей женой, то он и не мог устроить его, как бы хотел; а так как в стойле рядом с его ослом помещалась и кобыла дон Джьянни, последнему приходилось спать возле нее, на небольшом ворохе соломы.

Жена, зная, как священник чествует ее мужа в Барлетте, несколько раз выражала желание, когда приезжал к ним священник, пойти ночевать к одной своей соседке, по имени Зита Карапреза, дочери Джудиче Лео, дабы священник мог спать с ее мужем в постели. Несколько раз говорила она о том священнику, но тот никак не соглашался и однажды, между прочим, сказал ей: «Кума Джеммата, ты обо мне не беспокойся, мне хорошо, потому что, когда я пожелаю, я обращаю эту кобылу в хорошенькую девушку и сплю с ней, а затем, когда захочу, снова превращаю ее в кобылу; потому я с нею неохотно расстаюсь». Молодая женщина удивилась, поверив тому, сказала о том мужу и прибавила: «Если он так с тобою хорош, как ты говоришь, отчего на попросишь ты его научить тебя этому заклинанию, чтобы ты мог обращать меня в кобылу: ты бы стал работать на осле и на кобыле, мы стали бы зарабатывать вдвое, а когда возвращались бы домой, ты снова мог бы превращать меня в женщину, какова я есть»

Кум Пьетро, скорее придурковатый, чем умный, поверил этому делу, согласился с советом и принялся, как лучше умел, упрашивать дон Джьяяни научить его этому делу. Дон Джьянни усиленно старался разубедить его в этой глупости, но, не успев в том, оказал: «Хорошо, если уж вы того желаете, мы встанем завтра, как обыкновенно, до рассвета, и я вам покажу, как это делается. Правда, самое трудное в этом деле приставить хвост, как ты сам то увидишь».

Кум Пьетро и кума Джеммата почти всю ночь не спали, с таким желанием они оживали того дела; когда близко было к рассвету, они встали и позвали дон Джьянни, который, поднявшись в одной рубашке, явился в комнату кума Пьетро и сказал: «Я не знаю на свете человека, для которого я бы это сделал, кроме вас, если вы уж того желаете, и потому я учиню это; правда, вам следует исполнить все, что я вам скажу, если вы хотите, чтобы дело удалось». Те ответили, что согласны сделать все, что он скажет. Потому дон Джьянни, взяв свечу, отдал ее держать Пьетро и говорит ему: «Смотри хорошенько, что я стану творить, да хорошенько запомни, что я буду говорить, только смотри, если не хочешь всего испортить, не говори ни слова, что бы ты ни видал и ни слышал, да моли бога, чтобы хвост ладно пристал».

Кум Пьетро взяв свечу, сказал, что все в точности исполнит. Тогда дон Джьянни велел куме Джеммате раздеться и стать на четвереньки, как стоят кобылы, научая и ее не говорить ни слова, что бы ни случилось; затем, принявшись щупать ей лицо и голову, стал причитать: «Да станет это красивой лошадиной головой»; затем, поведя по волосам, сказал: «Да будет это красивой конской гривой», и дотронувшись до рук: «Да станут они красивыми конскими ногами и копытами». Затем, когда он пощупал ее груди и нашел их твердыми и полными и когда проснулся и встал некто незваный, он сказал: «Пусть будет это красивой конской грудью»; то же самое проговорил он по отношению к спине, животу, заду, бедрам и ногам. Наконец, когда ничего более не оставалось сделать, кроме хвоста, он, приподняв рубашку и взяв кол для рассады, которым он садил людей, быстро ввел его в устроенную для того щель и сказал: «А это пусть будет хорошим конским хвостом».

Кум Пьетро, до тех пор внимательно за всем наблюдавший, увидев это последнее дело, показавшееся ему неладным, сказал:

«Эй, дон Джьянни, мне не надо там хвоста, не надо хвоста!» – «Увы, кум Пьетро, что ты наделал? – говорит дон Джьянни. – Разве не велел я тебе не молвить ни слова, что бы ты ни видел? Уже кобыла была почти готова, но ты, заговорив, испортил все, а теперь нет возможности сделать это наново». Кум Пьетро говорит: «Ладно, мне этот хвост был там ненадобен; зачем не сказал ты мне: сделай это сам? К тому же и приставлял ты его слишком низко». Дон Джьянни ответил: «Потому, что на первый раз ты не сумел бы этого сделать, как я».

Когда молодая женщина услышала эти слова, она встала и совершенно чистосердечно сказала мужу: «Дурак ты этакий, зачем испортил ты свое и мое дело! Где же ты видал кобылу без хвоста? Помоги, господи! Ты вот беден, а было бы хорошо, если бы стал еще беднее». И так как, вследствие слов, сказанных кумом Пьетро, не было более средств обратить молодую женщину в кобылу, она, сетуя и печалясь, снова оделась, а кум Пьетро отправился, по обыкновению, со своим ослом, за своим старым ремеслом и вместе с дон Джьянни поехал на ярмарку в Битонто, но никогда более не просил у него подобной услуги.

Как хохотали над этой новеллой, которую дамы поняли более, чем того желал Дионео, пусть представит себе та, которая над ней еще посмеется. Когда кончились рассказы, солнечный жар ослабел, а королева увидела, что настал конец ее правления, она поднялась и, сняв с себя венок и возложив его на голову Памфило, которому одному еще не доставалось этой чести, сказала ему с улыбкой: «Мой повелитель, на тебе, как на последнем, большая тягота – исправить мои недостатки и недостатки других, занимавших должность, доставшуюся теперь тебе; да удостоит тебя господь своей милостью, как удостоил меня поставить тебя королем». Памфило, весело приняв почести, ответил: «Ваша доблесть и доблесть других моих подданных совершит то, что, подобно другим, и я удостоюсь похвалы». Устроив с сенешалем по примеру своих предшественников все нужное, он обратился к ожидавшим дамам и сказал: «Любезные дамы, рассудительность Емилии, бывшей сегодня нашей королевой, предоставила вам, дабы дать некий роздых вашим силам, рассуждать о чем вам угодно; потому я полагаю, что вам, отдохнувшим, хорошо будет вернуться к обычному порядку, вследствие чего я желаю, чтобы каждая из вас приготовилась говорить завтра о следующем о тех, которые совершили нечто щедрое или великодушное в делах любви, либо в иных. Беседуя о них и совершая их, вы, несомненно, воспылаете духом, уже к тому благорасположенным, к доблестным поступкам, и наша жизнь, которая в смертном теле может быть лишь кратковременной, продлится в славной молве о нас, а этого должен не только желать, но всеми силами добиваться и оправдывать делом всякий, кто не служит лишь своей утробе, как то делают звери».

Задача понравилась веселому обществу, которое, встав с разрешения нового короля, предалось заведенным удовольствиям, причем каждый отдался тому, к чему наиболее влекло его желание. Так пробыли они до часа ужина; когда они весело собрались к нему и их угостили, прислуживая им тщательно и в порядке, все поднялись по окончании ужина для обычной пляски, спели тысячу канцон, более потешных по содержанию, чем искусных по пению, после чего король приказал Неифиле спеть и свою канцону. Звонким, веселым голосом, не замешкавшись, она прелестно запела:

*Я молода, душа веселости полна,*
*Пою с проснувшейся весною;*

*Любовь и сладкие мечты тому вина.*
*В зеленые луга я ухожу гулять,*
*Любуясь желтыми и алыми цветами,*
*И белой лилией, и розою с шипами,*
*И сколько бы мне их ни повстречать, –*
*Я все лицу того спешу уподоблять,*
*Кто полюбив меня навек владеет мною,*
*Чьи удовольствия – отрада мне одна.*
*Когда среди цветов других*
*Особенно с ним схожий отыщу я, –*
*Тотчас сорву его, любуясь им, целуя,*
*Ведя беседу с ним открыв тайник моих*
*Желаний, чувств и дум во всем богатстве их.*
*Нить из волос своих сплету – и с остальною*
*Гирляндою его соединит она.*
*И наслажденье то, которое дает*
*Действительный цветок глазам, – я почерпаю*
*В его подобии, как будто созерцаю*
*И вправду я того, кто чудной страстью жжет*
*Все существо мое. Какую сладость льет*
*Мне аромат его, – то речью никакою*
*Не выразить: она во вздохах лишь ясна.*
*Но те, что из груди уносятся моей,*
*Не мрачны, тяжелы, как у другой влюбленной,*
*Нет, – жарки, нежности полны неомраченной,*
*К нему, любимому, летят стрелы быстрей.*
*И он, откликнувшись на них душою всей,*
*В тот самый миг несет усладу мне собою,*
*Как крикну я: «Приди, иль жизнь мне не нужна!»*

И король и все дамы очень похвалили канцонетту Неифилы, по окончании которой, когда оказалось, что уже миновала большая часть ночи, король приказал всем пойти отдохнуть до следующего дня.

# ДЕНЬ ДЕСЯТЫЙ

Кончен девятый день Декамерона и начинается десятый и последний, в котором, под председательством Памфило, беседуют о тех, которые совершили нечто щедрое или великодушное в делах любви либо в иных.

Еще на западе рдело несколько облачков и на востоке под влиянием солнечных лучей, которые падали на них, приближаясь, их края уже уподобились в своем блеске золоту, когда, поднявшись, Памфило велел позвать дам и своих товарищей. Когда все явились и он обсудил с ними, куда им пойти для своей утехи, он тихим шагом отправился вперед в обществе Филомены и Фьямметты, а за ним следовали все другие; беседуя промеж себя о многом, касавшемся их жизни в будущем, спрашивая и отвечая, они долгое время гуляли, и, сделав значительный круг, вернулись во дворец, когда солнце стало уже сильно пригревать; здесь у прозрачного источника, кто хотел, напился, велев сполоснуть стаканы, а затем все пошли бродить до обеденного часа в прелестной тени сада. Когда они поели и поспали, как то делали обыкновенно, собрались там, где угодно было королю; тут король поручил первый рассказ Неифиле, которая весело начала таким образом.

## Новелла первая

**Некий рыцарь служит у испанского короля; ему кажется, что он мало вознагражден, вследствие чего король достовернейшим опытом доказывает ему, что это не его вина, а вина злой доли, после чего щедро его вознаграждает.**

Я должна счесть за величайшую ко мне милость, достойные дамы, что король мне первой поручил такое дело, как рассказ о великодушии; ибо, как солнце – красота и украшение неба, так оно – блеск и светоч всякой другой добродетели. Я скажу о нем очень хорошенькую, как мне кажется, новеллу, припомнить которую будет, несомненно, небесполезно.

Итак, вы должны знать, что в числе других мужественных рыцарей, с давних пор водившихся в нашем городе, был некто, может быть, наиболее достойный, мессер Руджьери деи Фиджьованни. Богатый и сильный духом, он увидел, приняв во внимание особенности жизни и нравов Тосканы, что, живя в ней, он мало или и вовсе не может проявить своего мужества, и возымел намерение отправиться на некоторое время к Альфонсу, королю Испании, слава о доблести которого превосходила в те времена славу всякого другого властителя. Прилично обзаведясь доспехами, конями и свитой, он отправился к нему в Испанию и был им принят благосклонно. Пребывая здесь, живя роскошно и совершая удивительные боевые подвиги, мессер Руджьери очень скоро прослыл за человека мужественного.

Он уже прожил там много времени, пристально наблюдая за обычаями короля, когда ему показалось, что король то тому, то другому раздает замки, и города, и баронства не особенно рассудительно, ибо давал их он тем, кто того не заслуживал; а так как ему, сознававшему, чего он стоит, ничего не было подарено и он полагал, что от того сильно умаляется его слава, он решил удалиться и попросил короля отпустить его. Король согласился на это и подарил ему одного из лучших и красивейших мулов, на которых когда-либо ездили верхом, что было дорого для мессера Руджьери ввиду долгого предстоящего ему пути. После этого король поручил одному умному человеку из своих приближенных, чтобы он каким-нибудь способом, какой покажется ему лучшим, ухитрился отправиться вместе с мессером Руджьери, но так, чтобы не подать вида, что он подослан королем; пусть запомнит все, что рыцарь станет говорить о нем, дабы быть в состоянии пересказать ему, а на другое утро велит ему вернуться к королю. Ближний человек, как только выглядел, что мессер Руджьери выехал из города, очень ловко присоединился к нему, дав ему понять, что направляется в Италию.

И вот, когда мессер Руджьери ехал на муле, подаренном ему королем, беседуя о том и сем, сказал, когда было около третьего часа: «Я полагаю, хорошо было бы дать испражниться этим коням». Когда они завернули в конюшню, все кони испражнились, кроме мула. Они отправились далее, а конюший все время прислушивался к словам рыцаря; прибыли к реке, и когда поили здесь своих коней, мул испражнился в реку. Увидев это, мессер

Руджьери сказал: «Бог тебя убей, скотина ты этакая, ты совсем как подаривший тебя мне хозяин». Ближний человек заметил эти слова, и хотя, путешествуя с ним целый день, заметил себе и многие другие, ни одного более не услышал, которое не было бы в величайшую похвалу королю; вследствие чего, когда на следующее утро они сели на лошадей, сбираясь направиться в Тоскану, ближний человек сообщил рыцарю приказ короля, почему мессер Руджьери тотчас же вернулся вспять.

Когда король узнал, что он сказал по поводу мула, велел позвать его к себе, принял его с веселым видом и спросил, почему он сравнил его с мулом или мула с ним. Мессер Руджьери сказал ему прямо: «Государь мой, я сравнил его с вами потому, что, как вы даете, кому не следует, и не даете, где было бы нужно, так и он испражнился, где не подобало, а где следовало, не испражнился». Тогда король сказал: «Мессер Руджьери, если я не одарил вас, как то делал со многими, которые ничто в сравнении с вами, то случилось это не потому, чтоб я не знал вас за доблестнейшего рыцаря, достойного великого дара, а виновата в том ваша доля, не допустившая меня до того, – не я; что я говорю правду, это я покажу вам воочию». На это мессер Руджьери ответил: «Государь мой, я не на то сетую, что не получил от вас дара, ибо не желал стать с того богаче, а на то, что вы ничем не засвидетельствовали моей доблести; тем не менее я признаю ваше извинение достаточным и почетным и готов убедиться, коли вам угодно, хотя я верю вам и без свидетельства».

Тогда король повел его в большую залу, где по его предварительному приказу были поставлены два запертых сундука, и в присутствии многих сказал ему: «Мессере Руджьери, в одном из этих сундуков мой венец, царский скипетр и держава и много моих красивых поясов, замков, перстней и все драгоценности, какие у меня есть. Другой наполнен землей; выберите один из двух, пусть выбранный будет вашим, и вы увидите, кто был непризнателен к вашей доблести, я ли, или ваша доля». Мессер Руджьери, видя, что таково желание короля, избрал один, который король и велел отпереть, и оказалось, что он полон земли. Потому король сказал, смеясь: «Вы видите теперь, мессере Руджьери, что сказанное о деле – правда, но ваша доблесть действительно заслуживает того, чтобы я воспротивился ее усилиям: я знаю, что вы не намерены стать испанцем, потому и не хочу даровать вам здесь ни замка, ни города, но желаю, чтобы тот сундук, который отняла у вас доля, стал, наперекор ей, вашим, дабы вы могли отвезти его в свои края и по заслугам похвалиться перед своими соседями вашей доблестью, засвидетельствованною моими дарами». Мессер Руджьери принял его и, воздав королю благодарность, соответственную такому дару, весело вернулся с ним в Тоскану.

## Новелла вторая

**Гино ди Такко берет в плен аббата Клюньи, излечивает его от болезни желудка и затем отпускает. Тот, вернувшись к римскому двору, мирит Гино с папой Бонифацием и делает его госпиталитом.**

Уже раздались похвалы щедроте, оказанной королем Альфонсом флорентийскому рыцарю, когда король, которому она очень понравилась, приказал продолжать Елизе. И она тотчас же начала: – Нежные мои дамы, что король оказался щедрым и обратил свою щедрость на человека, у него служившего, этого нельзя не назвать похвальным и великим делом. Что же скажем мы, когда сообщим об одном духовном лице, обнаружившем удивительное великодушие к человеку, к которому если бы отнесся враждебно, то не был бы никем за то осужден? Разумеется, не скажем иного, как только то, что поступок короля был доблестью, а поступок духовного – чудом, ибо они гораздо стяжательнее женщин и на ножах со всякой щедростью. И хотя всякий человек естественно жаждет отметить за полученные оскорбления, духовные, как то мы видим, хотя и проповедуют терпение и сильно поощряют к отпущению обид, сами устремляются к мести более пылко, чем другие люди. Вот об этом-то, то есть о том, сколь великодушным оказался один духовный, вы и узнаете ясно из следующей моей новеллы.

Гино ди Такко, человек очень известный своею жестокостью и своими разбоями, будучи изгнан из Сиэны и став врагом графов ди Санта Фьоре, возмутил Радикофани против римской церкви и, поселившись там, велел своим разбойникам грабить всех проезжавших по окружной местности. Тогда в Риме папой был Бонифаций VIII и ко двору его явился аббат Клюньи, считающийся одним из самых богатых на свете прелатов; когда здесь у него испортился желудок, врачи посоветовали ему отправиться на сиэнские воды, где он несомненно выздоровеет. Вследствие этого с дозволения папы, не заботясь о молве, которая шла о Гино, он, богато снарядившись, с вьючными и верховыми лошадьми и слугами пустился в путь. Услыхав о его прибытии, Гино расставил сети и, не упустив ни одного мальчишки, окружил в одном узком месте аббата со всей его свитой и вещами. Совершив это, он послал к нему одного из своих, самого изворотливого, под хорошим прикрытием и велел сказать ему любезно от своего лица, не угодно ли ему будет остановиться у Гино в замке. Как услышал это аббат, отвечал очень гневно, что не желает того, что у него нет дела до Гино, и он намерен ехать далее, и охотно бы посмотрел, кто ему в том помешает. На это посланец смиренным тоном сказал: «Мессере, вы пришли в край, где, кроме могущества божия, мы ничего не боимся, где все отлучения и запрещения отлучены; потому не благоугодно ли будет вам избрать лучшее, угодив в этом деле Гино».

Пока велись эти речи, вся та местность уже окружена была разбойниками; потому, видя, что он со своими в плену, аббат, сильно негодуя, направился вместе с посланцем к замку, с ним и все его спутники и поклажа; когда он слез с коня, по приказанию Гино его одного поместили в небольшой комнате дворца, очень темной и неудобной, а все другие, смотря по своему положению, были очень хорошо устроены в замке, коней и всю кладь прибрали и ни до чего не дотронулись. Когда все было сделано, Гино пошел к аббату и говорит: «Мессере, Гино, у которого вы в гостях, посылает вас просить, не соблаговолите ли вы объяснить ему, куда вы ехали и по какому поводу». Аббат, как человек умный, понизив свое высокомерие, объяснил ему, куда он ехал и зачем. Выслушав его, Гино удалился, намереваясь излечить его без купания, велел постоянно поддерживать в комнате хороший огонь и хорошенько сторожить ее, и не возвращался к нему до другого утра; тогда он поднес ему на белоснежной салфетке два ломтя поджаренного хлеба и большой стакан белого вина из Коркильи, того самого, что принадлежало самому аббату, и так сказал ему: «Мессере, когда Гино был помоложе, он занимался медициной и, говорит, научился, что нет лучше средства против болезни желудка, чем то, которое он испытывает на вас; то, что я вам принес, лишь начало лечений; потому кушайте и подкрепитесь». Аббат, которого больше разбирал голод, чем было охоты до шуток, хотя и негодуя, съел хлеб и выпил вино, а затем повел многие высокомерные речи, о многом расспросил и многое посоветовал, и в особенности просил повидать Гино. Выслушав его, Гино иные речи как пустые оставил без ответа, на другие отвечал очень вежливо, утверждая, что, как только будет возможность, Гино посетит его; так сказав, он расстался с ним и вернулся к нему не ранее следующего дня, с таким же количеством поджаренного хлеба и вина. Так продержал он его несколько дней, пока не заметил, что аббат поел сухих бобов, которые он нарочно и тайком принес с собою и оставил; потому он и спросил его, от лица Гино, как он себя чувствует по отношению к своему желудку. На это аббат ответил: «Мне кажется, я почувствовал бы себя хорошо, если бы вышел из рук Гино, а затем у меня нет другого большого желания, как поесть, так излечили меня его лекарства». Тогда, велев убрать для него и его челяди его же собственною утварью прекрасную комнату и приготовить большой пир, на который вместе со многими людьми замка явилась и вся челядь аббата, Гино отправился к нему на другое утро и сказал: «Мессере, так как вы чувствуете себя хорошо, пора выйти из больницы»; и, взяв его за руку, он повел его в приготовленный для него покой; оставив его там с его людьми, он пошел распорядиться, чтобы пир вышел великолепным. Аббат отвел несколько душу со своими приближенными и рассказал им, какова была его жизнь, они рассказали ему, наоборот, что Гино удивительно как учествовал их. Когда настал час трапезы, аббат и все другие по порядку угощаемы были отличными кушаньями и хорошими винами, а Гино все еще не давал признать себя аббату.

Когда аббат прожил таким образом несколько дней, Гино, велев собрать в одной зале всю его кладь, а на дворе внизу всех его коней до самой жалкой клячонки, пошел к аббату и спросил его, как он себя чувствует и считает ли себя достаточно сильным для верховой езды. На это аббат ответил, что он достаточно силен и хорошо поправился желудком и почувствовал бы себя отлично, если бы вышел из рук Гино. Тогда Гино повел аббата в залу, где было его имущество и его челядь, и, велев ему подойти к окну, откуда он мог увидеть всех своих коней, сказал: «Отец аббат, вы должны знать, что положение дворянина, изгнанного из дому и бедного, и множество сильных врагов и необходимость защитить свою жизнь и достоинство, а не преступность духа побудили меня, Гино ди Такко, стать разбойником на дорогах и врагом римского двора, но так как вы кажетесь мне достойным человеком, я, излечив вас от болезни желудка, как я то сделал, не намерен поступить с вами, как поступил бы с другим, у которого, попадись он мне в руки, подобно вам, я взял бы такую часть его имущества, какую бы захотел; но я желаю, чтобы вы, сообразив мою нужду, предоставили мне такую долю своего имущества, какую сами пожелаете. Все оно всецело здесь перед вами, а ваших лошадей вы можете увидеть во дворе из этого окна: потому берите часть или все, как вам угодно, и да будет вам отныне вольно уехать или остаться».

Удивился аббат, что от разбойника по дорогам исходят столь великодушные слова, это так ему понравилось, что, внезапно отложив гнев и негодование, наоборот, изменив их в благоволение, он от всего сердца стал другом Гино, бросился обнимать его и сказал: «Клянусь богом, чтобы приобресть дружбу такого человека, каким ты мне теперь представляешься, я готов был бы перенести гораздо большие поношения, чем какое, казалось мне доныне, ты мне учинил. Проклята будь судьба, принуждающая тебя к столь предосудительному ремеслу!» Вслед за тем, велев из своих вещей отобрать очень немногие и необходимые, так же поступив и с лошадьми и предоставив ему все остальное, он вернулся в Рим.

Папа знал о поимке аббата, и хотя это было ему очень неприятно, он, увидев его, спросил его, какую пользу принесло ему купанье. Аббат ответил на это, улыбаясь: «Святой отец, я нашел поближе бань отличного врача, прекрасно меня излечившего»; и он рассказал ему каким образом, над чем папа посмеялся. Продолжая свой рассказ, аббат, движимый великодушием, попросил у него одной милости; папа, ожидавший, что он попросит другого, с готовностью согласился исполнить, о чем он его попросит. Тогда аббат сказал: «Святой отец, то, о чем я намерен просить вас – не иное, как чтобы вы снова обратили вашу милость на Гино ди Такко, моего врача, ибо в числе других храбрых и достойных мужей, с какими я когда-либо был знаком, он поистине один из лучших, и зло, им учиняемое, я скорее вменяю в вину судьбе, чем в его собственную. Если вы измените его судьбу, обеспечив его чем-либо, чем он мог бы существовать соответственно своему званию, я нимало не сомневаюсь, что в скором времени и вы будете о нем такого же мнения, что и я».

Когда услышал это папа, как человек великодушный и любивший людей достойных, сказал, что сделает это охотно, если он таков, как он о нем говорил; пусть велит ему явиться безбоязненно. Обеспеченный таким образом, Гино, по желанию аббата, приехал ко двору, и не прошло много времени, как папа признал его за человека достойного и, примирившись с ним, дал ему великий приорат в ордене Госпиталя, рыцарем которого его поставил. В этом звании он и пробыл пожизненно, как друг и служитель святой церкви и аббата Клюньи.

## Новелла третья

**Митридан, завидуя щедрости Натана, отправляется его убить, встречает его, неузнанного, и, разведав у него самого, каким способом это сделать, находит его в роще, как и было уговорено. Признав его, ощущает стыд и становится его другом.**

Всем показалось в самом деле чудом, когда услышали они о таком деле, что духовное лицо совершило нечто великодушное. Когда улеглись разговоры дам по этому поводу, король приказал Филострато продолжать, и он тотчас же начал: – Благородные дамы, велика была щедрость испанского короля, и почти неслыханное великодушие аббата Клюньи, но, быть может, не менее удивительно будет вам услышать о человеке, который, дабы проявить щедрость к другому, посягавшему на его кровь или скорее душу, искусно устроил так, чтобы предоставить ему то и другое, и так бы и сделал, если бы тот пожелал взять их, как то я намерен показать вам в небольшом моем рассказе.

Достоверно известно, если довериться словам некоторых генуэзцев и других людей, побывавших в тех краях, что в китайских странах жил когда-то человек именитого рода, без сравнения богатый, по имени Натан. У него было поместье вблизи дороги, по которой по необходимости следовали все, желавшие отправиться с запада на восток или с востока на запад; будучи щедрым и великодушным и желая прослыть делами своими, он, имея многих мастеров, приказал в короткое время построить один из прекраснейших, больших и роскошных дворцов, какой когда-либо видели, и вполне снабдить его всем, что было необходимо для приема и чествования именитых людей. Многочисленной хорошей прислуге, которую он держал, он приказал любезно и приветливо принимать и чествовать всех проходивших туда и обратно, Он так неустанно держался этого похвального обычая, что не только восток, но и почти весь запад знал его по молве.

Когда он был уже отягчен годами, не устав вместе с тем от своей щедрости, молва о нем дошла случайно до одного юноши, по имени Митридана, жившего недалеко от него. Сознавая себя не менее богатым, чем Натан, он ощутил зависть к его славе и доблести и решился уничтожить ее либо затемнить еще большей щедростью. Приказав построить дворец, подобный Натанову, он стал оказывать всякому, там шедшему или проходившему, чрезмернейшую щедрость, которую когда-либо кто проявлял, и в короткое время несомненно стяжал великую славу. Случилось однажды, когда юноша был совсем один во дворе своего дворца, какая-то женщина, войдя в одни из ворот дворца, попросила у него милостыню, которую и получила; вернувшись вторыми воротами, снова получила ее, и так последовательно до двенадцатого раза. Когда она вернулась в тринадцатый, Митридан сказал: «Милая моя, ты уж очень пристаешь с своими просьбами»; тем не менее он подал ей. Старушка, услышав эти слова, сказала: «О, щедрость Натана, сколь ты удивительна! Я вошла тридцатью двумя воротами, ведущими в его дворец, как и в этот, и попросила милости, и никогда он не показал, что узнал меня, и всегда я ее получала; а здесь, явившись лишь в тринадцатый, я была узнана и осмеяна». Так сказав, она ушла и более не возвращалась.

Услышав речи старухи, Митридан, считавший все, что доходило до него о славе Натана, за умаление своей, воспылал яростным гневом и принялся говорить: «Увы мне, несчастному! Как дойти мне до щедрости Натана в великих делах, не то что превзойти, так того желаю, когда я не могу сравняться с ним и в малейших! Поистине я тщусь даром, если не выживу его со света, а так как старость не берет его, мне следует немедленно совершить это моими руками». В таком возбуждении поднявшись и никому не сообщив о своем решении, он с небольшой свитой сел на коня и на третий день прибыл туда, где жил Натан. Приказав своим спутникам представиться, будто они не с ним и его не знают, и позаботиться о себе до дальнейших его распоряжений, он прибыл туда под вечер и, оставшись один, встретил недалеко от прекрасного дворца Натана, гулявшего одиноко и не в роскошной одежде; его-то, ему незнакомого, он попросил сказать, не знает ли он, где живет Натан. Тот приветливо отвечал: «Сын мой, никто лучше меня в этом крае не сумеет показать тебе это, потому, коли ты желаешь, я поведу тебя туда». Молодой человек сказал, что это будет ему очень приятно, только ему не хотелось бы, по возможности, чтобы Натан видел и узнал его. На это Натан ответил: «Я и это устрою, так как тебе это угодно». Сойдя с коня, Митридан отправился вместе с Натаном, вступившим с ним в приятную беседу, к его прекрасному дворцу. Здесь Натан велел одному из своих слуг принять лошадь юноши и, подойдя к слуге, шепнув ему на ухо, приказал тотчас же распорядиться, чтобы никто из домашних не говорил молодому человеку, что он – Натан; это и было сделано. Когда они вступили во дворец, он поместил Митридана в прекраснейшую комнату, где никто его не видел, кроме отряженных на услужение ему, и, приказав нарочито чествовать его, сам составил ему общество. Пребывая с ним, Митридан, хотя и относился к нему с уважением, как к отцу, тем не менее спросил его, кто он. На это Натан отвечал: «Я мелкий слуга Натана, состарившийся при нем с детства, и никогда он не повысил меня к большему, чем ты видишь; потому, хотя все другие им не нахвалятся, я мало могу им похвалиться».

Эти слова подали Митридану некую надежду с большей осмотрительностью и с большей безопасностью исполнить свое злостное намерение. Натан очень любезно спросил его, кто он и по какому делу сюда прибыл, предлагая ему свой совет и свою помощь в том, что может Митридан несколько помешкал ответом, но потом, решив довериться ему, после долгого вступления, заручился его честным словом, а затем попросил совета и помощи и всецело открылся, кто он, зачем пришел и по какому побуждению. Услышав эти речи и жестокий замысел Митридана, Натан внутренне был потрясен, но, не мешкая долго, ответил ему с мужественным духом и твердым лицом: «Митридан, отец твой был человек благородный, и ты не желаешь выродиться, столь великое дело ты затеял, желая быть щедрым для всех; я очень поощряю зависть, которую ты питаешь к доблестям Натана, потому что, если бы таковая чаще встречалась, свет, столь плачевный, вскоре бы улучшился. Намерение твое, мне обнаруженное, будет несомненно сохранено в тайне, но я могу подать тебе в этом деле скорее полезный совет, чем большую помощь. Совет такой: ты можешь видеть, отсюда в какой-нибудь полумиле, рощицу, куда Натан ходит почти каждое утро совсем один и где долго гуляет; там тебе легко будет найти его и учинить с ним, что тебе угодно. Как убьешь его, то, для того чтобы тебе беспрепятственно можно было вернуться домой, ступай не дорогой, по которой пришел, а по той, которая, видишь, выходит из леса налево, потому что, хотя она немного и неудобна, она скорее доведет тебя до дому и для тебя безопаснее».

Получив эти сведения, Митридан, по удалении Натана, осторожно дал знать своим спутникам, также там пребывавшим, где им надлежало поджидать его на следующий день. Когда он наступил, Натан, намерение которого ничуть не отступило от совета, данного им Митридану, и ни в чем не изменилось, один направился в рощицу, готовый умереть. Встав, взяв свой лук и меч, ибо другого оружия у него не было, и сев на коня, Митридан направился к роще и издали увидал Натана, который гулял по ней совсем один; решившись, прежде чем напасть, посмотреть на него и услышать его речи, он бросился на него и, схватив его за повязку на голове, сказал: «Смерть тебе, старик!» На это Натан ничего иного не ответил, как только: «Я стало быть, заслужил ее». Услышав его голос и поглядев ему в лицо, Митридан тотчас же узнал, что это тот самый, который радушно принял его, дружелюбно с ним водился и был верным советчиком, вследствие чего его ярость тотчас же спала и его гнев обратился в стыд. Потому, бросив меч, который он было вытянул, чтобы поразить его, и, сойдя с коня, он со слезами бросился к ногам Натана и сказал: «Дражайший отец мой, я познаю ясно ваше великодушие, когда размыслю, с какой готовностью вы явились, чтобы отдать мне свою жизнь, которой я, как то сам открыл вам, домогался без всякого основания; но господь, заботясь о моем долге более, чем я сам, в то мгновение, когда это было всего необходимее, разверз мои духовные очи, ослепленные жалкой завистью. Потому, чем большая у вас была готовность удовлетворить меня, тем более я сознаю себя обязанным искупить мое заблуждение; итак, учините надо мною месть, какую считаете соответствующей моему поступку».

Натан велел Митридану встать и, нежно обняв и поцеловав его, сказал: «Сын мой, за твое начинание, как бы ты ни назвал его, преступным или нет, нечего просить прощения, ни прощать, ибо ты делал это не по ненависти, а затем, чтобы тебя считали достойнейшим. Итак, не опасайся меня и будь уверен, что нет человека из числа живущих, который любил бы тебя более, чем я, понимающий величие твоего духа, устремленного не на накопление денег, как то делают скряги, а на то, чтобы тратить собранные. Не стыдись, что ты желал умертвить меня, чтобы прославиться, и не думай, чтобы я тому изумлялся. Знаменитые цари и величайшие короли не иным почти искусством, как убийством, и не одного человека, как ты хотел сделать, а бесчисленного множества, выжиганием стран и разрушением городов распространили свои царства, а следовательно, и свою славу. Потому, если ты желал убить меня одного, дабы прославиться, ты совершил не удивительный, неслыханный подвиг, а очень обычный».

Не оправдывая своего коварного намерения, но похваляя почетное ему извинение, придуманное Натаном, Митридан выразил в беседе с ним свое крайнее изумление, каким образом Натан мог решиться на такое дело, указать ему на то способ и дать совет. На это Натан ответил: «Митридан, я не желаю, чтобы ты дивился моему совету и намерению, потому что с тех пор, как я стал располагать собою и решился поступать так, как затеял и ты, не было никого, кто бы вступил в мой дом, кого бы я не удовлетворил, по возможности, всем, о чем он просил меня. Ты явился сюда, требуя моей жизни, потому, услышав это требование, я тотчас же решился отдать ее тебе, дабы ты не был единственным, который удалился бы отсюда, не получив удовлетворения; а дабы ты получил его, я и дал тебе совет, который считал тебе полезным, дабы, взяв мою жизнь, ты не утратил своей; потому говорю тебе еще раз и прошу, коли тебе это угодно, возьми ее и удовлетвори себя; я не знаю, на что мне ее лучше употребить. Я вот уже восемьдесят лет пользовался ею на мои удовольствия и в мое утешение и знаю, что, следуя естественному порядку, как другие люди и вообще все сущее, она может быть предоставлена мне теперь лишь на короткое время; потому я полагаю, что лучше ее отдать, как я всегда отдавал и тратил свои сокровища, чем хранить ее, пока природа не отнимет ее у меня против моей воли. Небольшой дар – отдать сто лет; насколько меньший – отдать шесть или восемь, какие мне остается быть здесь! Возьми же, коли угодно, всю мою жизнь, прошу тебя о том, ибо, с тех пор как я живу, я не нашел еще никого, кто бы пожелал ее, и не знаю, найду ли кого, если не возьмешь ее ты, ее пожелавший. Но если бы и случилось, что я нашел кого-либо, я знаю, что чем дольше я ее сохраню, тем меньшую она будет иметь ценность; потому, прежде чем она станет малоценной, возьми ее, молю тебя».

Митридан, сильно пристыженный, сказал: «Упаси господи, чтобы такую драгоценность, как ваша жизнь, я не то чтобы похитил, отняв ее у вас, но даже пожелал ее, как то делал недавно; и не то, чтобы укоротить ее лета, я охотно прибавил бы и своих». На это Натан тотчас же ответил: «Коли ты в состоянии это сделать, желаешь ли прибавить? Хочешь ли заставить меня поступить относительно тебя, как я никогда не поступал с другими, то есть, чтобы я взял у тебя твое, тогда как я никогда не брал чужого?» – «Да», – быстро сказал Митридан. «В таком случае сделай, как я скажу, – возразил Натан. – Ты, еще юноша, останешься в моем доме и будешь зваться Натаном, а я отправлюсь в твой дом и стану всегда называться Митриданом». Тогда Митридан ответил: «Если б я умел так же хорошо поступать, как вы умеете и умели, я без дальнейшего обсуждения принял бы ваше предложение, но так как мне кажется несомненным, что мои дела послужили бы к умалению славы Натана, а я не намерен портить у другого, что я сам не умею себе устроить, я предложения не приму».

Среди таких и многих других приятных бесед между Натаном и Митриданом, оба они, по желанию Натана, вместе вернулись во дворец, где Натан в течение нескольких дней сильно чествовал Митридана, утверждая его всякими доводами и со всяким уменьем в его высоком и великом намерении. Когда же Митридан пожелал со своими людьми вернуться домой, Натан отпустил его, дав ему очень ясно понять, что ему никогда не превзойти его в щедрости.

## Новелла четвертая

**Мессер Джентиле деи Каризенди, прибыв из Модены, извлекает из гробницы любимую им женщину, принятую и похороненную за умершую; оправившись, она родит сына, а мессер Джентиле возвращает ее вместе с ребенком ее мужу, Никколуччьо Каччьянимико.**

Всем показалось удивительным делом, что кто-либо мог оказаться щедрым своей собственной кровью, и все утверждали, что Натан своим великодушием поистине превзошел испанского короля и аббата Клюньи. После того как об этом много поговорили и так и сяк, король, обратившись к Лауретте, объявил ей свое желание, чтобы она рассказала, почему Лауретта тотчас и начала: – Юные дамы, нам говорили о великих и прекрасных делах, и кажется мне, не осталось ничего, о чем бы нам, стоящим на очереди рассказа, можно было распространиться (так все новеллы исполнены были повествований о высоких делах великодушия), если не обратиться нам к любовным делам, представляющим обильный повод к беседам на разные сюжеты. Как по этой причине, так и потому, что к этому нас должны увлекать нарочито наши лета, я хочу сообщить вам о великодушном поступке одного влюбленного, поступке, который, если все взять в расчет, покажется вам не менее достойным всех рассказанных, если верно то, что люди отдают сокровища, забывают вражду и, что гораздо более, полагают в тысячи опасностей жизнь, и честь, и доброе имя, лишь бы обладать любимым предметом.

Итак, жил в Болонье, известнейшем городе Ломбардии, рыцарь, очень почтенный, по своим доблестям и благородству крови, по имени мессер Джентиле Каризенди, который, будучи молодым человеком, влюбился в некую благородную даму, по имени мадонну Каталину, жену некоего Никколуччьо Каччьянимико; неудачливый в любви дамы, он, почти отчаявшись, отправился в Модену, куда был позван подестой. В то время как Никколуччьо не было в Болонье, а его жена, будучи беременной, отправилась в одно свое поместье, милях в трех от города, случилось, что на нее внезапно напал жестокий недуг, такой и столь сильный, что он угасил в ней всякий признак жизни, почему какой-то врач и счел ее умершей; а так как ее близкие родственницы говорили, будто слышали от нее, что она забеременела не так давно, и полагали, что ребенок не мог быть доношен, то, недолго думая, и похоронили ее, со многими слезами, как была, в усыпальнице ближней церкви.

Об этом один приятель тотчас же сообщил мессеру Джентиле, который, хотя и был и нищ ее любовью, сильно погоревал о ней и, наконец, сказал: «Итак, ты умерла, мадонна Каталина! Пока ты была жива, я никогда не был удостоен твоего взгляда, потому теперь, когда ты не можешь противиться мне, мне непременно надо взять с тебя, мертвой, поцелуй». Так сказав, он, распорядившись, чтобы его отъезд оставался в тайне, ночью сел на коня с своим служителем и, не останавливаясь, прибыл к месту, где похоронена была дама; вскрыв гробницу и осторожно войдя в нее, он лег рядом с дамой, приблизил свое лицо к ее лицу и несколько раз поцеловал ее, проливая обильные слезы. Но как мы видим, что людские желания не удовлетворяются никакими границами, а всегда стремятся далее, особливо у влюбленных, он, решившись не оставаться там более, сказал: «Почему бы мне не прикоснуться хоть немного к ее груди, раз я здесь?» Побежденный этим желанием, он положил ей руку на грудь и, подержав ее некоторое время, почувствовал, что у нее как будто немного бьется сердце. Отогнав от себя всякий страх и доискиваясь сознательнее, он заключил, что она, наверно, не умерла, хотя жизнь казалась ему в ней слабой и незначительной; потому он насколько мог осторожнее извлек ее с помощью своего слуги из гробницы и, положив ее перед собою на коня, тайно привез ее в свой дом в Болонью.

Здесь жила его мать, достойная и умная женщина, которая, обстоятельно узнав обо всем от сына и побуждаемая состраданием, потихоньку, с помощью большого огня и ванн, вновь вызвала в ней потухшую жизнь. Когда она опомнилась, глубоко вздохнув, сказала: «Увы! Где я?» На это почтенная женщина ответила: «Успокойся, ты в хорошем месте». Та, придя в себя, осматриваясь кругом, не зная хорошенько, где она, и видя перед собою мессера Джентиле, исполнилась удивления и попросила его мать объяснить ей, каким образом она здесь очутилась, и мессер Джентиле подробно рассказал ей обо всем. Опечаленная этим, она по некотором времени поблагодарила его, как сумела, а затем попросила его, во имя любви, которую он когда-то питал к ней, и его чести, чтобы он не учинил ей в своем доме ничего противного ее чести и чести ее мужа, а когда настанет время, отпустил бы ее домой. На это мессер Джентиле отвечал: «Мадонна, каковы бы ни были мои желания в прежнее время, я не намерен ни теперь, ни впредь (так как господь сподобил меня такой милости, что вернул мне вас от смерти к жизни, чему причиной была любовь, которую я к вам прежде питал) обращаться с вами ни здесь, ни в другом месте иначе, как с дорогой сестрой, но мое благодеяние вам, совершенное этой ночью, требует некоей награды, и потому я желал бы, чтобы вы не отказали мне в милости, которой я у вас попрошу». На это дама благодушно ответила, что она на то готова, если только это ей возможно и не противно чести. Тогда мессер Джентиле сказал: «Мадонна, все ваши родственники и все жители Болоньи уверены и верят, что вы умерли, и нет никого, кто бы ждал вас дома, вследствие этого я и прошу у вас как милости, чтобы вы согласились тайно остаться здесь при моей матери, пока я не вернусь из Модены, что будет скоро. А причина, почему я вас о том прошу, та, что я намерен в присутствии достойнейших граждан этого города представить вас вашему мужу как дорогой и торжественный подарок».

Дама, зная, чем она обязана рыцарю, и понимая, что просьба его честная, хотя и сильно желала порадовать своей жизнью родственников, тем не менее решилась сделать так, как просил мессер Джентиле, что и обещала своим честным словом. Только что она успела так ответить, как почувствовала, что пришло время родов, и в скором времени, при нежном уходе матери мессера Джентиле, родила красивого мальчика, что более чем удвоило радость мессера Джентиле и ее собственную. Мессер Джентиле распорядился, чтобы приготовлено было все необходимое и за ней ухаживали, как если бы она была его собственной женой, а сам тайно вернулся в Модену.

Отбыв здесь срок своей службы и собираясь вернуться в Болонью, он велел приготовить в своем доме в то утро, когда он должен был приехать, великое и великолепное пиршество для многих именитых людей Болоньи, в числе которых был и Никколуччьо Каччьянимико. Когда он вернулся, слез с коня и, поздоровавшись со всеми, нашел и свою даму красивее и здоровее прежнего и ее сына здоровым, он, невыразимо веселый, посадил своих гостей за стол и велел роскошно угостить их множеством яств. Когда обед уже приближался к концу, он, сговорившись наперед с дамой, что намерен сделать, и устроившись с нею, как ей держаться, так начал речь: «Господа, помнится мне, я слышал когда-то, что в Персии существует прекрасный, по моему мнению, обычай, и именно следующий: когда кто-нибудь желает особо почтить своего приятеля, то приглашает его к себе в дом и там показывает ему все, что у него есть самого дорогого, будь то его жена или подруга, или дочь, или что-либо другое, утверждая, что, как показывает это, так много бы охотнее, если б мог, показал бы ему свою душу; этот обычай я хочу соблюсти и в Болонье. Вы по вашей любезности почтили мой пир, а я хочу чествовать вас по персидски, показав вам то, что у меня есть или когда-либо будет самого дорогого на свете. Но, прежде чем я это сделаю, я прошу вас сказать мне, что вы думаете об одном сомнительном случае, который я сообщу вам: у некоего человека есть в доме хороший и преданнейший слуга, который тяжко заболевает; не дождавшись смерти больного слуги, хозяин велит вынести его на середину улицы и более не заботится о нем. Идет чужой человек и, движимый состраданием к болящему, призревает его у себя в доме и с великим тщанием и тратой возвращает в прежнее здоровье. Если он оставит его у себя и воспользуется им как слугой, то я желал бы знать, может ли первый хозяин по справедливости жаловаться или сердиться на второго, если потребует слугу обратно, а тот не захочет его отдать?»

Именитые гости, после разных обсуждений, сойдясь в одном мнении, поручили передать свой ответ Никколуччьо Каччьянимико, потому что он был лучший и изящный говорун. Тот, похвалив наперед обычай Персии, сказал, что согласен с мнением всех, что первый хозяин не имеет более никаких прав на своего слугу, ибо не только пренебрег им в подобных обстоятельствах, но даже выгнал от себя, и что за благодеяния, оказанные вторым хозяином, слуга, кажется, принадлежит ему по справедливости, почему, оставив его у себя, второй хозяин не учиняет первому ни вреда, ни насилия, ни оскорбления. Все остальные, сидевшие за столом, – а между ними было много доблестных людей, – заявили, что держатся того же, что было высказано Никколуччьо.

Рыцарь, удовлетворенный этим ответом, а главное тем, что передал ему Никколуччьо, объявил, что и он того же мнения, а затем сказал: «Теперь пора учествовать вас согласно моему обещанию». И позвав двух своих домочадцев, он послал их к даме, которую велел богато одеть и украсить, приказав передать ей, чтобы она сделала ему удовольствие, пришла бы порадовать своим присутствием именитых гостей. Та, взяв на руки своего красавца сынка, вошла в зал в сопровождении двух домочадцев и по усмотрению рыцаря села рядом с одним из доблестных людей; а он говорит: «Господа, вот то, что у меня есть и будет мне дороже всего другого; поглядите, не покажется ли и вам, что я прав».

Гости приветствовали ее и, много похвалив и заверив рыцаря, что она и должна быть ему дорога, принялись разглядывать ее, и многие между ними сказали бы, что это она и есть, если бы не считали ее мертвой. Но больше всех разглядывал ее Никколуччьо, и когда рыцарь на некоторое время вышел, он, сгорая желанием узнать, кто она, и не будучи в состоянии удержать себя, спросил ее: из Болоньи ли она, или чужестранка. Дама, слыша вопрос мужа, с трудом удержалась от ответа, но все же смолчала, исполняя условленный договор. Кто спрашивал, не ее ли это сын, кто говорил, не жена ли она Джентиле или какая-нибудь родственница его, но она не отвечала никому. Тогда один из гостей сказал входившему Джентиле: «Мессере, это действительно сокровище, но, нам кажется, она нема; так ли это?» – «Господа, – ответил мессер Джентиле, – ее настоящее молчание не малое доказательство ее добродетели». – «Скажите же вы нам, – продолжал тот, – кто она?» Говорит рыцарь: «Это я сделаю охотно, но под условием, если вы мне пообещаете, что бы я ни говорил, не двигаться с места, пока я не окончу моего рассказа». Получив такое обещание от всех, когда убрали со столов, мессер Джентиле, сидя рядом с дамой, повел речь: «Господа, эта женщина – тот честный и верный слуга, относительно которого я недавно поставил вам вопрос; ее близкие, которым она не была дорога, выкинули ее на улицу, как не ценную и уже бесполезную вещь; я подобрал ее и моим попечением и моими стараниями вырвал ее из объятий смерти, а господь, сжалившись над моим добрым чувством, из ужасающего трупа превратил ее в такую красоту. Но для того чтобы вы точнее узнали, как это случилось, я разъясню вам это вкратце». И начав рассказывать им, как он в нее влюбился, он, к величайшему изумлению присутствующих, передал им подробно все, что случилось до последнего времени, а затем прибавил: «Вот почему, если никто из вас, а главное Никколуччьо, не изменил недавнему приговору, эта женщина, по справедливости, моя, и никто не может по праву потребовать ее у меня».

На это никто не ответил, каждый ждал, что он выскажет далее. Никколуччьо, все другие гости и сама дама плакали от жалости; но мессер Джентиле, встав с места и взяв на руки ребенка, а мать за руку, подошел к Никколуччьо и сказал: «Встань, кум, я возвращаю тебе не твою жену, которую твои и ее родственники выкинули, а хочу отдать тебе эту даму, мою куму, с этим ее сынком, который, я уверен, зарожден тобою, которого я держал у купели, положив имя Джентиле; и я прошу тебя, чтобы она не стала тебе менее дорогой потому, что прожила в моем доме почти три месяца, ибо клянусь тебе богом, который, быть может, и заставил меня полюбить ее, дабы моя любовь, как то и случилось, была причиной ее спасения, – что она никогда не жила ни с отцом, ни с матерью, ни даже с тобой самим так честно, как прожила в моем доме при моей матери». Так сказав, он обратился к даме и проговорил: «Мадонна, теперь я освобождаю вас от всех данных мне вами обещаний и передаю вас Никколуччьо совершенно свободной». И передав даму и ее ребенка в руки Никколуччьо, он вернулся на свое место и сел.

Никколуччьо принял с величайшей радостью свою жену и ребенка, тем более довольный, чем дальше была надежда, и как только лучше мог и умел возблагодарил рыцаря, а все прочие плакали от жалости, много восхваляя его за это, и кто бы о том ни слышал, одобрял его. Дама была принята в своем доме с величайшим торжеством, и болонцы долгое время глядели на нее с восхищением точно на воскресшую, а мессер Джентиле вечно жил в дружбе с Никколуччьо, его родными и родней его жены.

Что скажете вы на это, благосклонные дамы? Полагаете ли вы, что король, отдавший свой скипетр и корону, или аббат, которому это ничего не стоило, примиривший с папой преступника, или старик, подставивший свое горло вражьему ножу, – что все это может сравниться с подвигом мессера Джентиле, который, молодой и пылкий, веривший в свое право обладать тем, что отбросило небрежение другого, а он по своему счастью сохранил, не только честно обуздал свою страсть, но и, владея тем, к чему, бывало, стремился всеми помышлениями и что хотел похитить, возвратил по свободному побуждению? Конечно, думается мне, ни один из рассказанных великодушных подвигов не идет в сравнение с этим.

## Новелла пятая

**Мадонна Дианора просит мессера Ансальдо устроить ей в январе сад такой же красивый, как и в мае. Мессер Ансальдо, обязавшись некоему некроманту, доставляет ей его. Муж ее дает ей позволение отдаться Ансальдо, он же, узнав о великодушии мужа, набавляет ее от исполнения обещания, а некромант, с своей стороны, не взяв ничего, отпускает долг мессеру Ансальдо.**

Всяк из веселого общества превознес мессера Джентиле похвалами чуть не до небес, когда король приказал продолжать Емилии, которая, как бы горя желанием, смело начала так; – Нежные дамы, никто не был бы вправе сказать, что мессер Джентиле не поступил великодушно, но если бы захотели утверждать, что нельзя поступить лучше, нетрудно было бы, пожалуй, доказать, что возможно и большее: об этом я и предполагаю рассказать вам в моей коротенькой новелле.

Во Фриули, местности хотя и холодной, но увеселенной прекрасными горами, многочисленными реками и чистыми ручьями, есть город по имени Удине, где жила когда-то красивая и благородная дама, по имени мадонна Дианора, жена некоего Джильберто, человека очень богатого, приятного и благодушного. Дама эта своими достоинствами заслужила великую любовь одного именитого и важного барона, которого звали мессер Ансальдо Градензе, человека высокого положения, всем известного своим искусством в военном деле и обходительностью. Он пламенно любил ее, делая все, что мог, чтобы она его полюбила, часто умолял ее посланиями, но усилия его были напрасны. Просьбы рыцаря докучали даме; видя, что, как бы она ни отказывала во всем, о чем он просил ее, он все-таки не оставлял ни своей любви, ни молений, она затеяла избавиться от него неслыханной и, по ее мнению, неисполнимой просьбой и говорит той женщине, которая часто приходила к ней от него: «Милая, ты часто уверяла меня, что мессер Ансальдо любит меня более всего, и предлагала мне от него восхитительные подарки, которые пусть при нем и останутся, потому что из-за них я никогда не решусь ни полюбить его, ни ему угодить, но если бы я могла быть уверена, что он любит меня так, как говоришь ты, я, без сомнения, согласилась бы полюбить его и исполнить все его желания, потому, если бы он захотел убедить меня в этом исполнением того, о чем я его попрошу, я буду готова к его услугам». Женщина говорит: «Что же вы желаете, чтобы он сделал, мадонна?» Дама отвечала: «Вот чего я хочу я хочу, чтобы в следующем январе месяце очутился под этим городом сад, полный зеленой травы, цветов и густолиственных деревьев, не иного вида, как бывает в мае, если он этого не сделает, то чтобы ни тебя, ни кого-либо другого он никогда более ко мне не засылал, потому что если он еще будет приставать ко мне, то я, до сих пор скрывавшая все это от мужа и моих родных, пожаловавшись им, постараюсь от него избавиться».

Рыцарь услышал просьбу и предложение своей дамы, и хотя дело казалось ему трудным и почти невозможным и он понял, что дама просила о том не для чего другого, как чтобы отнять у него всякую надежду, он все-таки решился попытать все, что только возможно было сделать, и послал искать во все части света, не найдется ли где кого-либо, кто мог бы дать ему помощь и совет; и попался ему под руку некто, предложивший сделать это при помощи некромантии, лишь бы он был хорошо оплачен.

Условившись с ним за большую сумму денег, Ансальдо радостно поджидал назначенного времени. Когда оно наступило, – а холод был страшный и все полно снега и льда, – тот мудрый человек так устроил своим искусством в ночь на первое января, что утром появился, как то засвидетельствовали видевшие его, самый восхитительный сад, какой когда-либо видели, с травой, деревьями и плодами всех родов. Лишь только мессер Ансальдо узрел его, сильно обрадовавшись, велел набрать самых лучших плодов и красивых цветов, какие там были, и тайком поднести их даме, приглашая ее прийти посмотреть на сад, которого она желала, дабы она могла увериться, как она им любима, вспомнила о своем, скрепленном клятвою, обещании, а затем постаралась исполнить его, как то и подобает честной женщине.

Дама, увидев цветы и плоды и уже от многих наслышавшись о чудесном саде, начала раскаиваться в своем обещании. Но несмотря на все свое раскаяние, она пожелала увидеть эти необыкновенные вещи и пошла посмотреть на сад вместе со многими другими дамами города; надивовавшись на него и похвалив, она вернулась домой, опечаленная более чем какая-либо иная женщина, помышляя о том, к чему это ее обязывало; и такова была ее грусть, что она не могла достаточно скрыть ее, и так как она обнаруживалась, муж по необходимости ее заметил и пожелал непременно узнать от нее причину. Дама долго молчала от стыда; наконец, принужденная, открыла ему все по порядку.

Когда Джильберто услышал это, сначала страшно рассердился, но затем, приняв во внимание чистое побуждение жены, одумавшись и поборов гнев, сказал: «Дианора, не дело умной и честной женщине внимать такого рода посланиям, ни входите в соглашение с кем бы то ни было и под каким бы то ни было условием относительно своего целомудрия. Слова, проникая через уши в сердце, воспринимаются им с большей силой, чем многие полагают, и для любовника почти все становится делом возможным; итак, ты дурно поступила, во-первых, в том, что вняла, а затем, что вступила в соглашение; но так как я знаю чистоту твоей души, то для того, чтобы облегчить тебе обязательство данного тобою обещания, я дозволю тебе, чего, быть может, никто бы другой не дозволил; к этому побуждает меня и страх перед некромантом, которого мессер Ансальдо, если бы ты обманула его, заставил бы учинить нам что-нибудь худое. Я желаю, чтобы ты отправилась к нему и, коли можешь, каким бы то ни было способом устроила так, чтобы, сохранив свою честь, ты была бы освобождена от обещания; если этого нельзя устроить иначе, то на этот раз отдайся ему телом, не душой».

Жена, слушая мужа, плакала и утверждала, что не желает от него такого снисхождения; но Джильберто заблагорассудилось, чтобы так и было, хотя жена сильно того отрицалась. Потому, когда наступило следующее утро, на заре, она, не приодевшись особенно, отправилась с двумя слугами впереди и с служанкой позади к дому мессера Ансальдо. Тот, услышав, что его милая к нему явилась, сильно изумился и, встав и велев позвать некроманта, сказал ему: «Мне хочется, чтобы ты сам посмотрел, какое блаженство приобрел я благодаря твоему искусству.

Выйдя к ней навстречу, не отдаваясь никакому неупорядоченному желанию, он с уважением и почтительно принял ее, и когда они вошли в прекрасную комнату с большим разведенным огнем, он, усадив ее, сказал: «Мадонна, если долгая любовь, которую я к вам питал, заслуживает некоей награды, прошу вас, не побрезгайте открыть мне настоящую причину, побудившую вас явиться сюда в такой час и в таком обществе?» Дама, полная стыда и чуть не со слезами на глазах, ответила: «Мессере, ни любовь, которую бы я к вам питала, ни честное слово не привели меня сюда, а приказание моего мужа, который, принимая более во внимание усилия вашей беспорядочной страсти, чем свою и мою честь, велел мне сюда явиться, и по его повелению я готова на этот раз исполнить всякое ваше желание». Если мессер Ансальдо изумился на первых порах, то теперь, слушая даму, изумился еще более и, тронутый великодушием Джильберто, сменив страсть на жалость, сказал: «Мадонна, если дело обстоит так, как вы говорите, то да не попустит меня бог учинить ущерб чести человеку, ощутившему сострадание к моей любви; потому будьте здесь сколько вам угодно, как если б вы были моей сестрой, а когда захотите, можете вернуться свободно, но под условием, что вы воздадите вашему мужу за такое его великодушие благодарность, какую сочтете приличной, навсегда рассчитывая впредь на меня, как на брата и слугу».

Услышав эти речи и обрадованная, как никогда, дама сказала: «Ничто не заставило бы поверить меня, знающую ваши нравы, что мое появление могло бы иметь для меня иные последствия, чем какие, повидимому, оно имеет, за что я буду вам всегда обязана». Простившись и сопровождаемая с почетом, она вернулась к Джильберто и рассказала ему все, что случилось, вследствие чего его и мессера Ансальдо связала теснейшая и верная дружба.

Некромант, которому мессер Ансальдо готовился дать обещанную награду, увидев великодушие Джильберто относительно Ансальдо и великодушие последнего по отношению к даме, сказал: «Да не попустит бог, чтобы я, видя Джильберто великодушным в своей чести, а вас в вашей любви, не оказался бы одинаково щедрым по отношению к моему вознаграждению; потому, зная, что оно вам пригодится, я желаю, чтобы оно вам и оставалось». Рыцарь застыдился и попытался заставить его ваять все, либо часть, но так как он старался напрасно, а некромант на третий день убрал свой сад и желал удалиться, он напутствовал его божьим именем и, погасив в сердце любовные вожделения к даме, остался при честной к ней привязанности.

Что скажем мы на это, любезные дамы? Предпочтем ли почти обмершую даму или любовь, почти остывшую вследствие изможденной надежды, великодушию мессера Ансальдо, еще любившего более страстно, чем когда-либо, еще более воспылавшего надеждой и державшего в своих руках добычу, за которой столько гонялся? Мне кажется, было бы неразумно утверждать, чтобы та великодушие могло выдержать сравнение с этим.

## Новелла шестая

**Победоносный король Карл Старший влюбился в одну девушку; стыдясь своего неразумия, он почетным образом выдает замуж ее и ее сестру.**

Если бы кто хотел подробно рассказать о разнообразных беседах, бывших между дамами, о том, кто проявил по отношению к мадонне Дианоре более великодушия, Джильберто, мессер Ансальдо или некромант, на это потребовалось бы слишком много времени. После того как король допустил на некоторое время прения, взглянув на Фьямметту, приказал ей, чтобы, рассказав нечто, она положила конец их спорам; нимало не мешкая, она начала: – Прекрасные дамы, я всегда была того мнения, что в таких обществах, как наше, следует рассказывать пространно, дабы излишняя краткость не подавала другим повода к спорам о значении рассказанного. Это дело более приличное в школах среди учащихся, чем между нами, которых едва хватает на прялку и веретено. Вследствие этого я, уже имевшая в виду нечто, вызывающее споры, видя, что вы схватились из-за рассказанного, оставлю это в стороне и расскажу вам не о простом человеке, а о доблестном короле, как он рыцарски поступил, ничем не поступившись своей честью.

Каждая из вас могла нередко слышать воспоминания о короле Карле Старшем, или Первом, по блестящему почину которого и вследствие его славной победы над королем Манфредом, гибеллины были изгнаны из Флоренции и туда вернулись гвельфы. Вследствие этого некий рыцарь, по имени Нери дельи Уберти, выселившись из нее со всей своей семьей и большими деньгами, пожелал удалиться не в иное место, как под покровительство короля Карла, и, чтобы быть в уединении и там спокойно кончить свою жизнь, отправился в Кастель а Маре ди Стабия. Здесь, в расстоянии, может быть, одного выстрела из лука от других городских жилищ, среди олив, орешника и каштановых деревьев, обильно водящихся в той местности, он купил поместье, где построил красивый, удобный дом, а рядом с ним развел прелестный сад, посреди которого устроил на наш лад, так как проточной воды было много, прекрасный прозрачный пруд, который ему нетрудно было наполнить большим количеством рыбы. Он помышлял лишь о том, как бы устроить свой сад изо дня в день красивее, когда случилось, что в жаркое время король Карл направился в Кастель а Маре, чтобы немного отдохнуть; там, услыхав рассказы о красоте сада мессера Нери, он пожелал увидеть его. Узнав, кому он принадлежит, он решил, что, так как рыцарь был противной партии, следовало обойтись с ним ласковее, и он послал ему сказать, что в сообществе четырех товарищей он намеревается в следующую ночь поужинать у него в саду попросту. Это было очень лестно мессеру Нери; сделав роскошные приготовления и отдав приказания своим домочадцам относительно того, что следовало устроить, он принял короля так радушно, как только мог и умел. Осмотрев сад и дом мессера Нери и на все полюбовавшись, тогда как столы уже были накрыты рядом с прудом, король, омыв руки, сел за один из них и приказал графу Гвидо ди Монфорте, который был из числа сопровождавших его, сесть по одну сторону, мессеру Нери – по другую, а остальным трем, пришедшим с ним, велел прислуживать в порядке, назначенном мессером Нери. Поданы были изысканные кушанья, вина были превосходные и дорогие, услуживали им хорошо, без шума и докуки, так что король все расхвалил.

Пока он весело трапезовал, восхищенный уединенным местом, вошли в сад две девушки, лет, может быть, пятнадцати, с золотисто-белокурыми, вьющимися, распущенными волосами и легкими венками из барвинка, возложенными на них, с лицами, которые более походили на лики ангелов, чем на что иное, так они были изящны и красивы; на них были одежды из тончайшего белого, как снег, полотна, плотно облегавшие тело сверху до пояса, а затем широкие, как палатка, и длинные до ног. Та, что шла впереди, несла на плече пару сетей, которые поддерживала левой рукой, в правой длинный шест; та же, которая шла за ней, несла на своем левом плече сковороду, подмышкой небольшую вязанку хворосту и таган, в другой руке она держала кувшин с олеем и зажженный факел.

Увидав их, король изумился и в нерешительности ожидал, что бы это означало. Девушки подошли скромно и, застыдившись, поклонились королю, а затем направились к месту, где был спуск к пруду; та, у которой была сковорода, поставила ее на землю, так же как и все другие снаряды, взяла шест, который держала ее товарка, и обе вошли в пруд, вода которого была им по плечи.

Один из домочадцев мессера Нери быстро развел там огонь, поставил сковороду на таган и, налив в нее олея, стал поджидать, пока девушки выбросят ему рыбы. Одна из них шарила в тех местах, где, знала, прячутся рыбы, а другая держала наготове сети; в непродолжительное время к величайшему удовольствию короля, внимательно следившего за всем, они наловили много рыбы и побросали слуге, а он клал ее почти живой на сковороду; затем, следуя наставлению, стали выбирать самые красивые и бросать их на стол перед королем, графом Гвидо и отцом. Эти рыбы прыгали по столу, что удивительно как потешало короля, а он в свою очередь хватал некоторые из них и бросал их, шутя, обратно молодым девушкам; так шутили они некоторое время, пока слуга не изжарил тех, которые были ему отданы; по приказанию мессера Нери их поставили перед королем, скорее как закуску, Нежели как дорогое и редкое кушанье.

Видя, что рыба изжарена и они довольно половили, девушки вышли из пруда; их белая тонкая одежда прилипла к телу, почти вовсе не скрывая их нежных форм, и каждая, захватив вещи, принесенные с собою, стыдливо пройдя мимо короля, вернулась домой.

Король, и граф, и те, что прислуживали, сильно засмотрелись на этих девушек, и каждый из них хвалил про себя их красоту и сложение, а кроме того, их любезность и приветливость, но особенно приглянулись они королю. Он так внимательно осмотрел каждую часть их тела, когда они вышли из воды, что если б кто-нибудь кольнул его тогда, он бы и не почувствовал. Продолжая думать о них далее, еще не зная, кто они и что с ними, он почувствовал, что в его сердце поднимается горячее желание понравиться им, вследствие чего понял, что влюбится, если не примет предосторожностей; а он и сам не знал, какая из двух больше ему приглянулась, так они во всем были похожи друг на друга. Пробыв некоторое время с этими мыслями, он обратился к мессеру Нери и спросил, кто те две девушки; на это мессер Нери ответил: «Государь мой, это мои две дочки-близнецы, из которых одной имя – Джиневра-красотка, а другой Изотта-белокурая». Король очень похвалил их, побуждая его выдать их замуж. На это мессер Нери ответил, что это для него невозможно. Уже не оставалось ничего подать к ужину, кроме фруктов, когда явились обе девушки в прекраснейших тафтяных платьях, с большими серебряными блюдами в руках, полными разных плодов, какие в ту пору года водились, и поставили их на стол перед королем. Сделав это, они, отступив несколько, принялись петь песню, начинавшую такими словами:

*Куда я пришла, о Амур,*
*О том рассказать невозможно.*

Они пели так сладко и приятно, что королю, с удовольствием смотревшему на них и их слушавшему, казалось, что сюда спустились и поют все ангельские лики. Пропев, они, коленопреклонясь, почтительно попросили короля отпустить их, и, хотя их удаление было ему и неприятно, он тем не менее, повидимому, охотно то дозволил.

Когда кончился ужин и король с своими спутниками, сев на коней, покинули мессера Нери, они, беседуя о том и о сем, вернулись в королевский дворец. Здесь, скрывая свое увлечение и не будучи в состоянии, какие бы ни являлись важные дела, забыть красоту и прелести красавицы Джиневры, из любви к которой он полюбил и похожую на нее сестру, король так завяз в любовных сетях, что почти ни о чем ином не мог и думать, и, выставляя иные поводы, свел тесную дружбу с мессером Нери, очень часто посещая его прекрасный сад, чтобы увидеть Джиневру. Не будучи в состоянии терпеть долее и не находя иного способа, он набрел на мысль похитить у отца не одну девушку, а обеих, и рассказал о своей любви и о своем намерении графу Гвидо, который, как человек почтенный, отвечал ему: «Государь мой, я сильно удивляюсь тому, что вы мне говорите, и более чем кто-либо другой, так как, мне кажется, я лучше всех знал ваши нравы с вашего младенчества и по сей день. Мне казалось, что в пору вашей юности, когда любовь должна была всего легче запустить в вас свои когти, я никогда не знавал за вами подобной страсти; услышать, что теперь, когда вы уже близки к старости, вы отдались любви, такая для меня новость и так странно, что представляется мне чуть не дивом; и, если б мне пристало упрекать вас, я хорошо знаю, что бы я вам сказал, приняв во внимание, что вы еще во всеоружии, в королевстве недавно забранном, среди народа незнакомого и полного обманов и предательств, всецело заняты великими заботами и важными делами, не успели еще утвердиться, а среди скольких дел нашли место для прельстительной любви! Это дело не великодушного короля, а малодушного юноши. Кроме того, что гораздо хуже, вы говорите, что намерены похитить обеих девушек у бедного рыцаря, который почтил вас в доме своем более, чем то позволяли его средства, который, дабы еще более учествовать вас, показал вам своих дочерей почти голыми, доказывая тем, как велико его доверие к вам и твердое убеждение, что вы – король, а не хищный волк. Неужели у вас так скоро исчезло из памяти, что насилия, учиненные женщинам Манфредом, открыли вам доступ в это царство? Какое совершилось когда-либо предательство, более достойное вечных мук, как не то, что у человека, вас чествующего, вы отнимаете и его честь, и надежду, и утешение? Что бы сказали о вас, если б вы это сделали? Вы, может быть, думаете, что было бы достаточным извинением сказать: я поступил так потому, что он гибеллин. Разве справедливость королей такова, чтоб поступать так с теми, кто бы они ни были, кто таким образом отдается в их руки? Я напомню вам, король, что величайшая вам слава, что вы победили Манфреда, но много выше победить самого себя; потому вам, которому достоит исправлять других, следует победить себя; обуздайте свое желание и не пожелайте загрязнить таким пятном, что приобретено с такою славой».

Эти слова горько уязвили душу короля и тем более опечалили его, чем более он считал их правдивыми; потому, глубоко вздохнув, он оказал: «Граф, я поистине полагаю, что хорошо искусившемуся воину всякий другой враг, как бы силен он ни был, представится слабее и победить его легче, чем собственное вожделение; но хотя мое горе велико и потребуются непомерные силы, ваши слова так меня возбудили, что мне следует показать вам на деле, прежде чем пройдет много дней, что как я умел побеждать других, так сумею обуздать и самого себя».

После этих речей, спустя немного, король вернулся в Неаполь, как для того, чтобы лишить себя возможности поступить нечестно, так и для того, чтобы вознаградить рыцаря за почет, полученный у него, и как ни трудно было ему сделать другого обладателем того, чего он сильно добивался для себя, тем не менее он решился выдать замуж обеих девушек, не как дочерей мессера Нери, а как своих собственных. Дав им, с согласия мессера Нери, великолепное приданое, он выдал красавицу Джиневру за мессера Маффео да Палицци, а белокурую Изотту за мессера Гвильельмо делла Манья, именитых рыцарей и больших баронов; выдав их, он невыразимо печальный отправился в Апулию и в постоянных трудах так подавил свое страстное вожделение, что, разорвав и сломав цепи любви, пока жил, остался свободным от этой страсти.

Явятся, быть может, такие, которые скажут, что для короля было делом маловажным выдать замуж двух девушек, и с этим я соглашусь, но я назову великим и величайшим делом, что так поступил влюбленный король, выдав замуж ту, которую он любил, не взяв от своей любви ни листка, ни цветка, ни плода. Вот как поступил великодушный король, высоко наградив именитого рыцаря, похвально почтив любимых девушек и мужественно победив самого себя.

## Новелла седьмая

**Король Пьетро, узнав о страстной любви к нему больной Лизы, утешает ее, выдает ее впоследствии за родовитого юношу и, поцеловав ее в лоб, навсегда потом зовет себя ее рыцарем.**

Фьямметта дошла до конца своей новеллы, и много было похвал мужественному великодушию короля Карла, хотя одна из дам, там бывших, гибеллинка, и не хотела похвалить его за это, когда Пампинея, по приказанию короля, так начала: – Уважаемые дамы, нет такого рассудительного человека, который не сказал бы о достойном короле Карле того же, что и вы, за исключением той, которая не благоволит к нему по другой причине; но так как мне припомнился поступок, может быть не менее заслуживающий одобрения, чем этот, поступок его противника с одной нашей девушкой флорентинкой, я хочу рассказать вам о нем

В то время когда французы были изгнаны из Сицилии, жил в Палермо один наш флорентинец аптекарь, по имени Бернардо Пуччини, человек богатейший, у которого от жены была всего одна дочка красавица и уже на выданье. Когда король Пьетро Аррагонский сделался властителем острова, устроил с своими баронами в Палермо удивительное празднество, и когда на этом празднике выехал на турнире, на каталонский манер, случилось, что дочка Бернардо, по имени Лиза, увидала его, ристающего, из окна, где она находилась вместе с другими дамами, и он так удивительно ей понравился, что, взглянув на него раз-другой, она страстно в него влюбилась.

Когда кончился праздник, она, живя в доме отца, ни о чем другом не в состоянии была помышлять, как о своей великой и высокой любви; то, что особенно печалило ее в этом деле, было сознание своего низкого положения, которое не дозволяло ей предаться какой бы то ни было надежде на счастливый исход; тем не менее она не желала удержать себя от любви к королю, а из боязни еще большей неприятности не осмелилась ее обнаружить. Король того не заметил, да ему и не было до того никакого дела, что доставляло ей невыносимую печаль, более чем можно себе представить. Вследствие этого вышло, что ее любовь постоянно росла, одно гореванье присоединялось к другому и, не будучи в состоянии более выдержать, красавица захворала и воочию таяла со дня на день, как снег на солнце. Ее отец и мать, огорченные этим обстоятельством, помогали ей, чем могли, и постоянными утешениями, и врачами, и лекарствами; но это было ни во что, потому что она, как бы отчаявшись в своей любви, предпочитала расстаться с жизнью.

Случилось, что, когда отец предлагал ей исполнить всякое ее желание, у ней явилась мысль объявить, коли возможно, королю и свою любовь и свое намерение, прежде чем умереть; поэтому она попросила однажды отца позвать к ней Минуччьо д'Ареццо. В то время Минуччьо считался лучшим певцом и музыкантом, которого охотно принимал у себя король Пьетро, и Бернардо представилось, что Лиза желает его видеть, дабы послушать немного его пения и музыки; потому он дал ему о том знать, а тот, человек очень любезный, тотчас же пришел к ней. Утешив ее несколькими ласковыми словами, он нежно сыграл на своей скрипке плясовую песенку, а затем стал петь канцоны; для любви девушки это были огонь и пламя, тогда как он думал ее утешить. После этого девушка заявила, что хочет сказать ему несколько слов наедине, почему, когда все удалились, она обратилась к нему: «Минуччьо, я избрала тебя вернейшим хранителем одной моей тайны, ибо, во-первых, надеюсь, ты никогда не обнаружишь ее никому, кроме того, о ком я скажу тебе, а затем, дабы ты помог мне, чем можешь; прошу тебя о том. Итак, ты должен знать, мой Минуччьо, что в тот день, когда наш король Пьетро устроил великий праздник по поводу своего восшествия на престол, я увидела его, когда он был на турнире, в такое роковое мгновение, что в моей душе загорелась к нему любовь, доведшая меня до того состояния, в каком ты меня видишь; сознавая, как мало приличествует моя любовь королю, не будучи в силах не то что отогнать ее, но и умалить, и тяжко ощущая ее бремя, я предпочла, как меньшее горе, умереть, что и сделаю. Правда, я умерла бы страшно огорченной, если он наперед о том не узнает, а так как я недоумеваю, через кого было бы удобнее сообщить ему об этом моем намерении, чем при твоем посредстве, я и желаю поручить это тебе и прошу не отказать мне, а когда ты это исполнишь, дать мне о том знать, дабы, умирая утешенной, я освободилась от этих бед. Так сказав со слезами, она умолкла.

Удивился Минуччьо величию ее духа и ее жестокому намерению; ему было очень жаль ее, когда внезапно у него явилась мысль, как удобнее он мог бы услужить ей, и он сказал: «Лиза, даю тебе мое честное слово, в котором, будь уверена, ты никогда не обманешься; хвалю тебя также за твой высокий замысел, что ты обратила свое сердце к столь великому королю, предлагаю тебе мою помощь, которой надеюсь так устроить, если только ты успокоишься, что не пройдет трех дней, как я принесу тебе вести, которые будут тебе особенно милы; а чтобы не терять время, я пойду и начну действовать». Лиза, снова и усиленно попросив его и обещав успокоиться, сказала, чтобы он шел с богом. Уйдя от нее, Минуччьо направился к Мико да Сиэна, очень хорошему в то время сказителю в стихах, и своими просьбами побудил его сочинить следующую канцону:

*Иди, Амур, иди к владыке моему,*
*Поведай про мои мученья,*
*Скажи, что к смерти я пришла, из спасенья*
*Скрывая страсть мою к нему.*
*Молю тебя, Амур, о, сжалься надо много!*
*Спеши туда, где он, мой господин живет;*
*Скажи, что день и ночь его я всей душою*
*Желаю и люблю: так много он дает*
*Мне высшей сладости. И страшно мне – не скрою,*
*Что в гроб огонь меня сведет,*
*В котором я горю; жду не дождусь, чтоб тот*
*Час настудил, когда избавлюсь от терзании*
*Стыда, боязни и желаний…*
*Молю, скажи, что он – виновник злу всему.*
*Амур, с минуты той, как я в него влюбилась,*
*Во мне ты поселил не мужество, а страх,*
*Не позволяющий, чтоб я хоть раз решилась*
*Открыто о моих желаньях и мечтах*
*Сказать тому, чья власть так страшно проявилась.*
*И смерть идет ко мне – смерть тяжкая. Но ах,*
*Быть может, о моих мучительных скорбях*
*Он был бы рад узнать, чтоб к благу*
*Моей души в ней поселить отвагу.*
*Пред ним уж не давать таиться ничему.*
*Но так как, о Амур, тебе угодно было*
*Настолько твердости не дать на долю мне,*
*Чтоб сердце – чрез посла иль знаками – открыло*
*Владыке своему, что скрыто в глубине,*

*То я молю тебя, мой повелитель милый,*
*Пойти к нему, о том ему напомнить дне,*
*Когда увидела его я на коне,*
*С копьем и со щитом, на доблестном турнире,*
*И стал он мне с тех пор всего дороже в мире,*
*И боль сердечную лишь смертью я уйму.*

Эти слова Минуччьо тотчас же положил на нежную и жалобную мелодию, какую требовало их содержание, и на третий день отправился ко двору, когда король Пьетро был еще за столом; король и попросил Минуччьо спеть ему что-нибудь под звуки своей скрипки. Потому он начал петь свою канцону, так нежно себе подыгрывая, что все, сколько их ни было в королевском покое, были, казалось, поражены и слушали молча и внимательно, а король чуть ли не более других. Когда Минуччьо кончил свою песню, король спросил его, откуда она взялась, ибо ему казалось, что он никогда ее не слыхал. «Государь мои, – отвечал Минуччьо, – не прошло и трех дней с тех пор, как сложены были и слова и музыка», а когда король спросил, для кого, он ответил: «Я никому не смею открыть этого, кроме вас». Желая о том узнать, король, когда убрали со стола, позвал его в свою комнату, где Минуччьо по порядку рассказал ему все, что слышал. Король сильно тому порадовался, много похвалил девушку и сказал, что такой достойной девушке следует оказать сострадание; пусть отправится к ней от его имени, утешит ее и скажет, что в тот же день под вечер он непременно придет посетить ее.

Минуччьо, очень счастливый тем, что понесет девушке столь приятную весть, отправился к ней, не останавливаясь, с своей виолой и в беседе с ней наедине передал все, что было, а затем спел и песню под звуки виолы. Девушка была так обрадована и довольна этим, что тотчас же явственно обнаружились громадные признаки ее выздоровления, и, тогда как никто из домашних ничего не знал и не подозревал, принялась с страстным желанием поджидать вечера, когда надеялась увидеть самого повелителя

Король, как государь великодушный и добрый, несколько раз передумывал потом обо всем, слышанном от Минуччьо, и, отлично зная и девушку и ее красоту, ощутил еще более сострадания, чем прежде. Сев на коня в вечерний час, будто выехал на прогулку, он прибыл к месту, где находился дом аптекаря; попросив, чтобы ему открыли прелестный сад, принадлежавший аптекарю, он слез с коня и по некотором времени спросил Бернардо, как поживает его дочь и не выдал ли он ее замуж.

Бернардо отвечал: «Государь мой, она не замужем, к тому же была, да еще и теперь больна; правда, начиная с девятого часа она удивительно как поправилась». Король тотчас же понял, что означает это улучшение, и сказал: «Клянусь, большой было бы утратой, если бы свет лишился теперь столь прелестного создания, мы желаем пойти посетить ее». Вскоре затем, сопровождаемый двумя лишь спутниками и Бернардо, он вошел в ее комнату и, вступив в нее, приблизился к постели, где, несколько поднявшись, девушка ожидала его с нетерпением; взяв ее за руку, он сказал: «Мадонна, что это значит? Вы молоды и должны были бы утешать других, а вы позволяете себе болеть! Мы просим вас, чтобы из любви к нам вам угодно было ободриться настолько, чтобы вам поскорее выздороветь». Девушка, почувствовав, что ее рук коснулся тот, кого она более всего любила, хотя и застыдилась несколько, тем не менее ощутила такую радость в душе, как будто побывала в раю, и как сумела ответила: «Государь мой, желание перенести при моих слабых силах страшную тяжесть было причиной этого недуга, от которого, по вашей милости, вы скоро увидите меня свободной». Один лишь король понимал тайный смысл речей девушки и все более ценил ее и несколько раз внутренне проклинал судьбу, сделавшую ее дочерью такого человека; оставшись с ней некоторое время и еще более утешив ее, он удалился.

Это человеколюбие короля очень похвалили и вменили его в большую честь аптекарю и его дочке, которая была так счастлива, как когда-либо была счастлива дама с своим милым. Поддержанная надеждой на лучшее, она, выздоровев в несколько дней, стала красивее, чем когда-либо. Когда она поправилась, король, обсудив с королевой, какую награду следует ей воздать за такую любовь, сев однажды на коня в сопровождении многих из своих баронов, отправился к дому аптекаря и, войдя в сад, велел позвать аптекаря и его дочь; между тем явилась и королева со многими дамами, приняли девушку в свое общество, и пошло большое веселье. По некотором времени король и королева позвали Лизу, и король сказал ей: «Достойная девушка, великая любовь, которую вы к нам питали, заслужила вам от нас великую честь, и мы желаем, чтобы ради любви к нам вы ею удовлетворились; а честь эта в том, что, так как вы девушка на выданье, мы желаем, чтобы вы избрали мужем того, кого мы вам дадим, причем я намерен, несмотря на это, всегда называться вашим рыцарем, ничего иного не требуя от такой любви, кроме одного поцелуя». Девушка, лицо которой все раскраснелось от стыда, принимая желание короля за свое собственное, ответила тихим голосом: «Государь мой, я совершенно уверена, что если бы узнали, что я в вас влюбилась, большинство признало бы меня помешанной, полагая, быть может, что я сошла с ума и не понимаю моего положения, да к тому же и вашего; но господь, который один ведает сердца смертных, знает, что в то мгновение, когда вы мне впервые понравились, я сознавала, что вы король, а я дочь Бернардо аптекаря и что мне плохо пристало устремлять пыл души к такой высоте. Но как вам лучше меня известно, никто не влюбляется по должному выбору, а по вожделению и желанию; силы мои несколько раз противились этому закону, но не имея возможности противиться, я вас любила, люблю и буду всегда любить. Правда, когда я почувствовала, что любовь к вам овладела мною, я тотчас же решила всегда делать ваше желание моим; поэтому я не только охотно приму и буду чтить мужа, которого вам угодно будет мне дать и который доставит мне честь и положение, но если б вы сказали, чтобы я пребывала в огне и была уверена, что это вам угодно, мне это было бы в удовольствие. Иметь короля своим рыцарем – вы сами знаете, насколько это мне пристало, потому на это я ничего более и не отвечу; а поцелуй, единственный, которого вы желаете от моей любви, не будет вам предоставлен без позволения государыни королевы. Тем не менее за такую ко мне благость, какую оказали мне вы и государыня королева, здесь присутствующая, господь да пошлет вам за меня и милости и награду, потому что мне нечем воздать вам». И она умолкла.

Королеве очень понравился ответ девушки, и она показалась ей столь умной, как говорил король. Велев позвать отца и мать девушки и узнав, что они довольны тем, что он намеревался сделать, король призвал одного молодого человека, родовитого, но бедного, по имени Пердиконе, и, подав ему кольца, велел ему, не отнекивавшемуся, обручиться с Лизой. Кроме многих дорогих украшений, которые подарили девушке король и королева, король тотчас же дал жениху Чеффалу и Калатабеллоту, два хороших и доходных поместья, говоря: «Это мы даруем тебе в приданое за женой; что мы намерены сделать для тебя, это ты увидишь со временем». Так сказав и обратившись к девушке, он прибавил: «Теперь мы желаем сорвать тот плод, какой подобает нам взять от вашей любви». И, взяв в обе руки ее голову, он поцеловал ее в лоб. Пердиконе, отец и мать Лизы и она сама, довольные, устроили великий пир и веселую свадьбу, и, как утверждают иные, король очень точно соблюл обещание, данное девушке, потому что, пока был жив, всегда назывался ее рыцарем и на какое бы военное дело ни отправился, никогда не носил другого знамения, кроме того, какое посылала ему молодая женщина.

Такими-то поступками уловляются сердца подданных, другим же дается повод к благому деянию и приобретается вечная слава. А на такие дела немногие ныне или лучше никто не направляет стрел своего духа, ибо большая часть властителей сделалась жестокими и тиранами.

# Новелла восьмая

**Софрония, считающая себя женой Джизиппо, замужем за Титом Квинцием Фульвом; с ним она отправляется в Рим, куда Джизиппо приходит в нищем виде: полагая, что Тит презирает его, он утверждает, с целью умереть, что убил человека. Признав Джизиппо и желая его спасти, Тит говорит, что убийца – он; услышав это, совершивший преступление выдает себя сам, вследствие чего Октавиян всех освобождает. Тит выдает за Джизиппо свою сестру и делит с ним все свое достояние.**

Когда Пампинея перестала сказывать и каждая из дам, а всех более та, что была гибеллинкой, похвалили короля Пьетро, Филомена начала по приказу короля: – Великодушные дамы, кто не знает, что во власти королей сделать, лишь бы они захотели, великие дела и что от них особенно требуют великодушия? Итак, кто, имея возможность, делает, что ему надлежит, поступает хорошо, но не следует тому слишком удивляться, ни возвышать его великими похвалами, как надлежало бы то делать относительно другого, от которого вследствие его малой мощи менее и требуется. Потому, если вы так многословно восхваляете деяния короля и они представляются вам прекрасными, я ничуть не сомневаюсь, что вам должны еще более нравиться и быть вами одобрены деяния людей, нам подобных, когда они равны поступкам короля или и превосходят их; оттого я и решилась рассказать вам в новелле об одном похвальном и великодушном деле, бывшем между двумя гражданами друзьями.

Итак, в то время когда Октавиян Цезарь, еще не прозванный Августом, правил Римской империей в должности, называемой триумвиратом, жил в Риме родовитый человек, по имени Публий Квинций Фульв, который, имея одного сына, Тита Квинция Фульва, одаренного удивительными способностями, отправил его в Афины изучать философию, поручив его, как только мог, одному именитому человеку, по имени Кремету, своему старинному другу. Тот поместил Тита в своем собственном доме, в сообществе с своим сыном, по имени Джизиппо, и оба они, Тит и Джизиппо, были отданы Креметом в обучение философу, по имени Аристиппу. Когда молодые люди жили и общались вместе, их характеры оказались настолько сходными, что между ними возникло великое братство и дружба, никогда впоследствии ничем не нарушавшаяся, кроме смерти. Ни у одного из них не было ни радости, ни покоя, как лишь когда они бывали вместе. Вместе они начали свои занятия, и каждый из них при одинаково блестящих способностях восходил на славную высоту философии ровным шагом и с великой похвалой.

Такую жизнь продолжали они вести к величайшему утешению Кремета, почти не считавшего одного из них более себе сыном, чем другого, в течение трех лет, в конце которых случилось, как то бывает со всеми живущими, что Кремет, уже старый, скончался, чем одинаково опечалились оба юноши, точно они теряли общего отца, и друзья и родные Кремета не знали, кого из них двух следовало более утешать в приключившейся утрате. По прошествии нескольких месяцев случилось, что друзья Джизиппо и его родные пришли к нему и вместе с Титом стали его убеждать взять себе жену и нашли ему девушку удивительной красоты, происходившую от именитых родителей и афинскую гражданку, лет около пятнадцати, по имени Софронию. Когда приблизилось время, назначенное для свадьбы, Джизиппо попросил однажды Тита пойти вместе посмотреть на нее, так как он ее еще не видал; прибыв в ее дом, когда девушка села между ними, Тит, будто судья красоты невесты своего друга, стал внимательно ее разглядывать, и так как все в ней безмерно ему нравилось и он много расхваливал ее про себя, он, не дав того заметить никому, так сильно воспылал к ней, как не пламенел еще никогда ни один влюбленный в женщину.

Пробыв с ней некоторое время, они вернулись домой. Здесь Тит, войдя в одиночку в свою комнату, начал размышлять о понравившейся ему девушке, пылая тем больше, чем более останавливался на этой мысли. Заметив это и глубоко вздохнув, он начал говорить сам с собою так: «О, как жалка твоя жизнь, Тит! Куда и во что вложил ты свою душу, любовь и надежду? Разве не понимаешь ты, что за привет Кремета и его семьи, за тесную дружбу между тобой и Джизиппо, с которым она обручена, тебе следует чтить эту девушку, как сестру! Почему же ты любишь? Куда позволяешь увлечь себя обманчивой любви, куда обольщающей надежде? Открой духовные очи и прозри самого себя, несчастный. Дай место разуму, обуздай похотливое вожделение, умерь болезненные желания и направь на другое твои мысли; воспротивься в самом начале своему сладострастию и побори самого себя, пока еще есть время; ты не должен желать этого, это нечестно, того, чему ты намерен следовать, если б ты даже был уверен, что его достигнешь (а ты не уверен), тебе надлежало бы бежать, приняв во внимание, чего требуют истинная дружба и долг. Что же ты намерен делать, Тит! Ты оставишь бесчестную любовь, если захочешь поступить, как должно». Затем, вспомнив Софронию, он изменял свои мысли в обратные и, осуждая все сказанное, говорил: «Законы любви могущественнее всех других, они разрушают не только законы дружбы, но даже и божеские: сколько раз случалось, что отец любил свою дочь, брат – сестру, мачеха – пасынка? Это дела более чудовищные, чем любовь к жене друга, приключавшаяся тысячу раз. Кроме того, я молод, а молодость всецело подчинена законам любви. То, что нравится Амуру, должно нравиться и мне; честные дела пристали более зрелым людям, я же не могу желать ничего иного, как чего желает Амур. Красота ее достойна любви каждого, и если я ее люблю, а я молод, кто может по справедливости порицать меня? Я люблю ее не потому, что она принадлежит Джизиппо, а люблю я ее и стал бы любить, кому бы она ни принадлежала. В том вина судьбы, что отдала она ее моему другу Джизиппо, а не кому-либо другому, и если она должна быть любима (а она должна, и по праву, за свою красоту), Джизиппо, узнав о том, должен быть более доволен, что люблю ее я, а не кто-либо другой».

От этих рассуждений он возвращался, высмеивая себя, к противоположным, от этих к тем, от тех к этим; так он провел не только эти день и ночь, но многие другие, пока не утратил с того сон и аппетит и слабость не принудила его слечь Джизиппо, который уже несколько дней видел его задумчивым и теперь увидал больным, был крайне этим огорчен, не отходил от него ни на шаг, старался всяким способом и попечением ободрить его, часто и настоятельно спрашивая его о причине его задумчивости и недуга. Но так как Тит не однажды отвечал ему побасенками, что Джизиппо заметил, а Тит чувствовал, что его понуждают, среди слез и вздохов ответил таким образом: «Джизиппо, если бы богам было угодно, мне было бы гораздо приятнее умереть, чем жить, как подумаю я, что судьба поставила меня в необходимость проявить мою доблесть, а я вижу, к величайшему моему стыду, что она побеждена; конечно, я в скором времени ожидаю подобающего мне за то воздаяния, то есть смерти, что мне милее, чем жизнь, памятуя о моей низости, которую я, не могущий и не долженствующий скрывать от тебя что бы то ни было, открою тебе не без великой краски стыда». И, начав сначала, он открыл ему причину своих дум и самые думы и их борьбу, и какие из них взяли окончательно верх и как он погибает из-за любви к Софронии, причем утверждал, что так как он понимает, насколько это ему неприлично, он решился, в виде покаяния, умереть и уверен, что вскоре того добьется.

Когда Джизиппо услышал это и увидел его плачущим, некоторое время призадумался, ибо и он был увлечен красотою девушки, хотя и не так сильно, но затем немедленно решил, что жизнь друга должна быть ему дороже Софронии. Итак, вызванный к слезам его слезами, он ответил ему, плача: «Тит, если бы ты сам не нуждался в утешении, как нуждаешься, я принес бы тебе жалобу на тебя самого, как на человека, нарушившего нашу дружбу тем, что так долго скрывал от меня твою роковую страсть; и хотя это казалось тебе нечестным, тем не менее и нечестные дела также не следует скрывать от друга, как и честные, ибо кто друг, тот радуется вместе с другом о честном, а нечестное тщится удалить из души друга. Но в настоящее время я этим ограничусь, а обращусь к тому, что, по моему мнению, наиболее необходимо. Что ты страстно любишь Софронию, мою невесту, я тому не удивляюсь, скорее удивился бы, если б того не было, зная ее красоту и благородство твоего духа, тем более способного увлечься страстью, чем превосходнее то, что нравится. И как ты по праву любишь Софронию, так несправедливо жалуешься (хотя того не выражаешь) на судьбу, что она предоставила ее мне, ибо твоя любовь показалась бы тебе честной, если бы она принадлежала кому-либо другому, а не мне; но если ты рассудителен, как всегда, скажи мне, мог ли бы ты более благодарить судьбу, если бы она предоставила ее кому-либо другому, а не мне? Кто бы ни обладал ею и как бы честна ни была твоя любовь, тот любил бы ее скорее для себя, чем для тебя, чего не следует ожидать от меня, если ты считаешь меня другом, каков я есть; причина та, что с тех пор как мы в дружбе, я не помню, чтобы у меня было что-либо, что не было бы одинаково твоим, как и моим. Если бы дело зашло так далеко, что его нельзя было бы устроить иначе, я поступил бы с ним так же, как поступал с другими, но оно еще не в таком положении, и я могу сделать ее исключительно твоей, что и сделаю, ибо я не понимаю, почему стал бы ты дорожить моей дружбой, если бы в деле, которое можно честно устроить, я не сумел бы сделать мое желание твоим. Правда, Софрония – моя невеста, и я сильно любил ее и с большой радостью ожидал свадьбы; но так как ты, как более меня понимающий, с большей страстностью стремишься к такому сокровищу, как она, будь уверен, что она вступит в мой покой твоей, а не моей женой. Потому оставь твои думы, прогони печаль, верни утраченное здоровье, бодрость и веселье и отныне весело ожидай награды за твою любовь, более достойную, чем моя».

Когда Тит услышал такие речи Джизиппо, то насколько их ласкающая надежда приносила ему радости, настолько устыдило его справедливое соображение, раскрывавшее ему, что чем большее было великодушие Джизиппо, тем неприличнее казалось воспользоваться им. Потому, не переставая плакать, он, с трудом говоря, ответил ему: «Джизиппо, твоя великодушная и истинная дружба ясно указывает, что надлежит делать моей, да не попустит бог, чтобы ту, которую он даровал тебе, как более достойному, я когда-либо принял от тебя, как свою. Если бы он усмотрел, что она подобает мне, то ни ты, ни кто другой не должны сомневаться, что он никогда не предоставил бы ее тебе. Итак, пользуйся радостно твоим избранием, разумным советом и его даром и предоставь мне изнывать в слезах, которые он мне уготовил как недостойному такого блага; эти слезы я либо поборю, и это будет тебе приятно, либо они поборят меня, и я буду вне мучения».

На это Джизиппо отвечал: «Тит, если наша дружба может дать мне право заставить тебя последовать моему желанию, а тебя побудить исполнить его, вот то, на чем я хочу особенно проявить ее, если ты не согласишься добровольно на мои просьбы, я устрою при помощи того насилия, какое дозволено употребить на пользу друга, что Софрония будет твоей. Я знаю, как могучи силы любви, знаю, что не однажды, а много раз они доводили любящих до бедственной смерти, и вижу тебя столь близким к ней, что ты не был бы в состоянии ни вернуться вспять, ни побороть слезы, а, идя далее, пал бы побежденный, – и я без всякого сомнения вскоре последовал бы за тобой. Итак, если бы я не любил тебя вообще, твоя жизнь дорога мне уже потому, чтобы я сам мог жить. Софрония будет твоей, ибо другой, которая так бы понравилась тебе, не легко найти, а я, без усилия, обратив свою любовь на другую, удовлетворю и тебя и себя, может быть, я не был бы в этом деле столь великодушным, если б жены встречались так же редко и с таким же трудом, как встречаются друзья, но так как мне легко найти другую жену, не иного друга, я предпочитаю (не скажу утратить ее, ибо, уступив ее тебе, я ее не утрачу, а отдав другому, от хорошего к лучшему) передать ее, чем потерять тебя. Потому, если мои просьбы в состоянии на тебя подействовать, прошу тебя, прекратив это горевание, в одно и то же время утешить себя и меня и с надеждой на лучшее приготовиться насладиться тою радостью, которой жаждет твоя горячая любовь к любимому предмету».

Хотя Тит и стыдился согласиться, чтобы Софрония стала его женой, и потому еще оставался непоколебимым, но любовь увлекала его, с одной стороны, с другой – побуждали уговоры Джизиппо, и он сказал. «Вот что, Джиаиппо, я не знаю, что и сказать, побуждает ли меня скорее мое или твое желание, если я исполню то, что, как ты, уговаривая меня, утверждаешь, столь тебе приятно, так как твое великодушие таково, что побеждает мой понятный стыд, я так и поступлю, но будь уверен в одном, что я делаю это не как человек, не сознающий, что получает от тебя не только любимую женщину, но с нею и свою жизнь. Да устроят, коли возможно, боги, чтобы к твоей чести и благу я еще мог показать тебе, как приятно мне то, что ты делаешь относительно меня, сострадая мне более, чем я сам».

На эти речи Джизиппо сказал: «Тит, если мы желаем, чтобы это дело удалось, следует, по моему мнению, держаться такого пути. Как тебе известно, после долгих переговоров моих родственников с родственниками Софронии она стала моей невестой, потому, если б я теперь же пошел сказать, что не хочу ее себе в жены, вышла бы величайшая неприятность, и я разгневал бы и ее и моих родных; до этого мне было бы мало дела, если бы я был уверен, что через это она станет твоей, но я опасаюсь, если покину ее таким образом, чтобы ее родители не выдали ее тотчас же за кого-нибудь другого, которым окажешься, быть может, не ты, и таким образом ты утратишь то, чего я не приобрел. Потому мне кажется, если ты на это согласен, что мне следует продолжать уже начатое, ввести ее в мой дом, как мою жену, и сыграть свадьбу, а затем мы сумеем устроить, что ты будешь тайно спать с ней, как с своей женой. Впоследствии, в свое время и в своем месте мы объявим о совершившемся; если оно будет им по нраву, то хорошо, если нет, то дело вес же будет сделано, и так как его нельзя будет переделать обратно, им придется поневоле удовлетвориться».

Этот совет понравился Титу, вследствие чего Джизиппо принял ее в свой дом, как жену, когда Тит уже выздоровел и был в силах. После большого пиршества, когда настала ночь, женщины оставили молодую на ложе ее мужа и удалились. Комната Тита была рядом с комнатой Джизиппо, из одной можно было перейти в другую; потому, когда Джизиппо был у себя и потушил все свечи, он, потихоньку отправившись к Титу, сказал ему, чтобы он шел лечь с своей женой. Увидев это и пораженный стыдом, Тит готов был раскаяться и отказывался идти, но Джизиппо, готовый всей душой, не только на словах, угодить его желанию, все же направил его туда после долгого спора. Едва Тит улегся в постель, обнял девушку и, словно шутя с нею, тихо ее спросил, хочет ли она быть его женой. Та, полагая, что это мессер Джизиппо, сказала: да, после чего он надел ей на палец красивый богатый перстень со словами: а я желаю быть твоим мужем. Затем, совершив брак, он долго и любовно наслаждался с нею, причем ни она и никто другой не догадался, что с ней спал кто-то другой, а не Джиэиппо.

Пока брак Софронии и Тита находился в таком положении, отец его Публий скончался, вследствие чего ему написали, чтобы он немедленно вернулся в Рим присмотреть за своими делами; потому он решил с Джизиппо отправиться туда, взяв с собою Софронию. А этого нельзя да и невозможно было сделать прилично, не открыв ей положения дела. И вот, позвав ее однажды в комнату, они откровенно объяснили ей все, как есть, в чем Тит удостоверил ее, рассказав о многом бывшем между ними обоими. Она, посмотрев на того и на другого с выражением некоторого негодования, принялась плакать навзрыд, жалуясь на обман, учиненный ей Джизиппо, и прежде чем рассказать о том в его доме, отправилась к своему отцу и здесь объяснила ему и матери, как она и они были обмануты Джизиппо, причем утверждала, что она жена Тита, а не Джизиппо, как они полагали. Это крайне оскорбило отца Софронии, и он и его родня долго и настоятельно жаловались на то родным Джизиппо, и были от того долгие и великие распри и смуты. Джизиппо стал ненавистным своим и родным Софронии, и всякий говорил, что он заслуживает не только порицания, но и сурового наказания, а он утверждал, что поступил честно и что родные Софронии должны были бы благодарить его за то, ибо он выдал Софронию за лучшего, чем он сам. С другой стороны, Тит все это слышал и переносил с большим огорчением, а так как он знал нравы греков, что они продолжают шуметь и грозить, пока не встретят человека, который бы им ответил, и тогда становятся не только скромными, но и униженными, он и решил, что не следует более оставлять их брань без ответа; обладая мужеством римлянина и разумом афинянина, ловким способом собрав родителей Джизиппо и Софронии в одном храме, он вошел туда, в сопровождении одного лишь Джизиппо, и стал так говорить поджидавшим его: «Многие философы полагают, что все, совершаемое смертными, делается по распоряжению и промышлению бессмертных богов, почему некоторые думают, что все, что происходит или когда-либо произойдет, совершается по необходимости, хотя и есть иные, вменяющие эту необходимость лишь совершившемуся. Если взглянуть на эти мнения с некоторым вниманием, ясно будет, что порицать дело, которое уже нельзя изменить, не что иное, как желать показаться мудрее богов, относительно которых нам следует верить, что они вечно разумно и без всякого заблуждения располагают и правят нами и всеми нашими делами. Потому вы легко можете усмотреть, сколь неразумным и глупым высокомерием представляется порицание их действий, и каких, и каковых оков заслуживают те, которые позволяют своей дерзости увлечь себя до этого. По моему мнению, все вы таковы, если правда, что, как я слышал, вы говорили и постоянно говорите по поводу того, что Софрония стала моей женой, тогда как вы отдали ее за Джизиппо, не принимая в соображение, что от века ей было назначено стать женой не Джизиппо, а моей, как теперь обнаружилось на деле. Но так как разговоры о сокровенном провидении и промысле богов кажутся многим трудными и тяжелыми для понимания, то, предположив, что они не вмешиваются ни в какие наши дела, я хочу снизойти к людским решениям, говоря о которых мне придется совершить два деяния, крайне противные моему обыкновению: во-первых, похвалить несколько самого себя, а во-вторых, несколько попрекнуть или унизить других. Но так как ни в том, ни в другом случае я не желаю удаляться от истины и того требует настоящее дело, я так и поступлю.

Ваши сетования, вызванные более гневом, чем разумом, с вечным ропотом и даже криками поносят, язвят и осуждают Джизиппо за то, что он по своему усмотрению отдал мне в жены ту, которую вы по вашему усмотрению отдали ему, тогда как я думаю, что его надо за это много похвалить, и вот по каким причинам: во-первых, за то, что он поступил, как подобает поступить другу, во-вторых, потому, что он поступил разумнее, чем поступили вы. То, что священные законы дружбы требуют, чтобы один друг делал для другого, объяснять это не входит теперь в мое намерение, и я довольствуюсь лишь тем напоминанием, что узы дружбы гораздо сильнее связи кровной или родственной, ибо друзьями мы имеем таких, каких выбрали сами, а родственников, каких дает судьба. Потому если Джизиппо ценил более мою жизнь, чем ваше благоволение, так как я ему друг, каковым я себя считаю, никто не должен тому удивляться.

Но перейдем ко второй причине, по поводу которой мне придется с большей настоятельностью доказать вам, что он был разумнее вас, ибо, мне кажется, вы мало разумеете о промысле богов, еще менее понимаете дела дружбы. Итак говорю, что по вашему усмотрению, совету и решению Софрония была отдана Джизиппо, юноше-философу, решение Джизиппо отдало ее тоже юноше-философу; по вашему совету она была отдана афинянину, а по совету Джизиппо – римлянину; по вашему – родовитому юноше, а по совету Джизиппо еще более родовитому; по вашему – богатому юноше, а по совету Джизиппо – еще более богатому; по вашему – молодому человеку, не только не любившему, но едва знавшему ее, по совету же Джнзиппо – юноше, который любил ее больше всякого своего счастья и своей жизни.

А что все, сказанное мною, правда и более достойно поощрения, нежели то, что сделали вы, это мы разберем в частностях. Что я так же молод и такой же философ, как Джизиппо, это могут засвидетельствовать без долгих разговоров и мое лицо и мои занятия. Мы одного возраста и в занятиях всегда шли равным шагом. Правда, он афинянин, а я римлянин. Если стать спорить о славе городов, я скажу, что я из города свободного, он из города, обязанного данью; скажу, что я из города, властвующего над всем миром, он из города, подвластного моему; скажу, что я из города, цветущего военной славой, властью и ученостью, тогда как свой он сможет похвалить за одну лишь ученость. Кроме того, хотя вы и видите здесь во мне лишь очень скромного ученика, я произошел не из подонков римской черни: мои дома и публичные места Рима наполнены древними изображениями моих предков, и вы найдете, что римские летописи полны многих триумфов, которые Квинции водили на римский Капитолий; слава нашего имени не только не пришла в ветхость, но в настоящее время цветет более, чем когда-либо. Я умолчу из стыдливости о моих богатствах, памятуя, что честная бедность – древнее и богатое наследие благородных граждан Рима и хотя она и осуждается во мнении простых людей и превозносятся сокровища, ими я изобилую не как скупец, а как любимец судьбы.

Я хорошо знаю, что вам было и должно быть приятно породниться здесь с Джизиппо, но нет никакой причины, чтобы вы менее дорожили мною в Риме, приняв во внимание, какого гостеприимного хозяина вы будете иметь там во мне, полезного, заботливого и сильного покровителя как в делах общественных, так и в частных. Итак, кто же, оставив в стороне свое желание и сообразуясь с рассудком, похвалит ваши решения, а не решения моего Джизиппо? Уж, конечно, никто. Стало быть, Софрония достойным образом выдана замуж за Тита Квинция Фульва, родовитого, древнего и богатого гражданина Рима и друга Джизиппо, и потому тот, кто о том горюет и на то жалуется, не поступает, как должно, и не знает того, что делает.

Найдутся, быть может, такие, которые скажут, что они пеняют не на то, что Софрония стала женой Тита, а на способ, каким это сталось, тайно, украдкой, без ведома о том друзей или родичей. Это не чудо и не новость. Я охотно оставлю в стороне тех, которые избирали себе мужей против воли отцов, и тех, которые бежали с своими любовниками, быв любовницами, прежде чем стать женами, и тех, которые обнаружили свой брак беременностью или родами ранее, чем признанием, и тем сделали его необходимым; всего этою не случилось с Софронией, напротив, Джизиппо отдал ее Титу в порядке, скромно и честно.

Иные скажут, что выдал ее замуж, кто не имел на то права. Это глупые, женские жалобы, происходящие от малого разумения. Не в первый раз судьба пользуется различными путями и новыми орудиями, чтобы привести дела к определенным целям. Какое мне дело, если башмачник, а не философ распорядился моим делом по своему разумению, тайно или открыто, если оно окончилось хорошо? Следует остеречься, если башмачник неразумен, чтобы он более не брался за дело, а за сделанное поблагодарить его. Если Джизиппо удачно выдал замуж Софронию, то жаловаться на него и на тот способ, каким он это сделал, излишняя глупость. Если вы не доверяете его разуму, берегитесь, чтобы он более не выдавал замуж других, а на этот раз поблагодарите.

Тем не менее вы должны знать, что я не искал ни хитростью, ни обманом запятнать честь и чистоту вашей крови в лице Софронии, и хотя я тайно взял ее себе в жены, я явился не как вор похитить ее девственность и не как враг желал овладеть ею бесчестно, отказываясь от вашего родства, а как горячо влюбленный в ее чарующую красоту и добродетель, и зная, что если бы я искал ее тем порядком, который вы, быть может, имеете в виду, я не получил бы ее, много любимую вами, из опасения, что я увезу ее в Рим. Итак, я воспользовался тайной сноровкой, которая может быть открыта вам в настоящее время, и побудил Джизиппо согласиться от моего имени на то, к чему сам он не был расположен; затем, хотя я и любил ее горячо, я искал соединения с ней не как любовник, а как муж, приблизившись к ней, как то она сама может поистине свидетельствовать, не прежде, как обручившись с ней, с произнесением обычных слов, кольцом, спросив ее, желает ли она иметь меня своим мужем, на что она отвечала утвердительно. Если ей кажется, что она обманута, то порицать подобает не меня, а ее, не спросившую меня, кто я.

Вот то великое зло, великое прегрешение и великий проступок, содеянный Джизиппо, другом, и мною, любящим, – что Софрония тайно стала супругой Тита Квинция; за это вы его терзаете, угрожаете ему и строите ему ковы! Что бы вы могли учинить ему большее, если бы он отдал ее простолюдину, проходимцу или слуге? Какие цепи, тюрьмы и пытки сочли бы вы достаточными? Но оставим это пока; наступило время, которого я еще не чаял, ибо отец мой умер и мне необходимо вернуться в Рим; вот почему, желая взять с собой Софронню, я открыл вам то, что, быть может, держал бы еще в тайне от вас; если вы разумны, вы перенесете это добродушно, если бы я захотел вас обмануть или оскорбить, то, наглумившись над ней, мог бы покинуть ее; но сохрани бог, чтобы такая подлость могла когда-либо посетить душу римлянина!

Итак, Софрония – моя и по соизволению богов, и в силу человеческих законов, и по похвальному разумению моего Джизиппо, и по моей любовной хитрости, а вы, считающие себя, быть может, более мудрыми, чем боги и другие люди, все это, как видно, неразумно осуждаете и притом двояким способом, крайне мне неприятным: во-первых, удерживая Софронию, на которую у вас не более прав, чем сколько дозволю я, а во-вторых, относясь к Джизиппо, которому вы по справедливости обязаны, как к врагу. Я не предполагаю в данное время раскрывать вам долее, как глупо вы поступаете во всем этом, но хочу посоветовать вам, как друзьям, оставить ваше негодование, отложить всецело гнев и возвратить мне Софронию, дабы я уехал радостно, как ваш родственник, и остался бы вашим; будьте, однако, уверены, что нравится ли вам то, что сделано, или нет, но если вы думаете поступить иначе, я возьму у вас Джизиппо, и если доберусь до Рима, без сомнения, хотя бы и против вашей воли, верну себе ту, которая моя по праву; а что в состоянии сделать негодование римлян, я, постоянно враждуя с вами, покажу вам то на опыте».

Сказав это, Тит встал с разгневанным лицом и, взяв за руку Джизиппо, показывая, с каким небрежением он относится к тем, кто находился в храме, вышел, покачивая головою и угрожая. Те, что остались в храме, частью увлеченные доводами Тита к мысли о родстве и дружбе с ним, частью испуганные его последними словами, решили с общего согласия, что лучше иметь Тита родственником, так как Джизиппо не захотел быть таковым, чем, утеряв для родства Джизиппо, обрести врага в Тите. Потому, отправившись за Титом и найдя его, они выразили ему свое согласие, чтобы Софрония была его женой, он – их дорогим родственником, а Джизиппо – добрым другом; устроив родственный и дружеский пир, они удалились и отправили ему Софронию, а та, как женщина умная, обратив необходимость в долг, быстро перенесла на Тита ту любовь, которую питала к Джизиппо, и отправилась с ним в Рим, где была принята с большим почетом.

Джизиппо остался в Афинах, будучи почти у всех в малом почете; спустя немного времени, вследствие внутренних распрей со всеми своими родичами, бедный и несчастный, он был выслан из Афин и осужден на вечное изгнание. В таком положении, став не только бедняком, но и нищим, Джизиппо кое-как добрался до Рима, чтобы попытать, вспомнит ли его Тит; узнав, что он жив и уважаем всеми римлянами, проведав, где его дом, он стал насупротив, поджидая, чтобы Тит вышел, не осмеливаясь заговорить с ним в нищем образе, в каком обретался, но рассчитывая показаться ему, дабы, признав его, Тит велел позвать его к себе. Но Тит прошел мимо, а Джизиппо, вообразивший, что он его видел и погнушался им, вспомнив, что он когда-то сделал для него, ушел возмущенный и полный отчаяния.

Была уже ночь, а он голодный и без денег, не зная, куда идти, чая более смерти, чем чего иного, зашел случайно в одно очень пустынное место города, где, увидав большую пещеру, остался в ней заночевать и заснул на голой земле, в рубищах, истощенный долгим гореванием. В эту-то пещеру пришли под утро с свози добычей два человека, совершившие ночью покражу, и когда между ними возникла ссора, один из них, более сильный, убил другого и удалился. Все это Джизиппо видел и слышал, и ему показалось, что, не прибегая к самоубийству, он обрел путь к столь желанной им смерти; потому, не уходя оттуда, он остался, пока служители суда, которые уже узнали о случившемся, не явились туда и, свирепые, не увлекли с собой Джизиппо. Он же при допросе показал, что убил – он и не имел потом возможности уйти из пещеры, почему претор, по имени Марк Варрон, приказал казнить его на кресте, по тогдашнему обычаю.

Тит случайно пришел в это время в преторию; взглянув в лицо несчастному осужденному и услыхав причину его осуждения, он тотчас же признал Джизиппо, удивился его жалкой судьбе и тому, как он здесь очутился; страстно желая помочь ему и не видя иного пути к его спасению, как обвинив себя и оправдав его, он быстро выдвинулся вперед и закричал: «Марк Варрон, вороти того несчастного человека, которого ты осудил, ибо он невинен. Я уже и одной виной достаточно оскорбил богов, убив того, которого твои служители нашли мертвым сегодня поутру, и не хочу оскорбить их теперь смертью другого невинного».

Изумился Варрон, и ему было неприятно, что вся претория слышала это, но так как он не мог с честью избегнуть исполнения того, чего требовали законы, то и велел вернуть Джизиппо и в присутствии Тита сказал: «Как мог ты быть столь неразумным, чтобы без пытки сознаться в том, чего ты не совершал, когда дело шло о жизни? Ты показал, что это ты ночью убил человека, а вот он теперь приходит и говорит, что не ты, а он убил его».

Джизиппо, взглянув, узнал, что тот, о котором шла речь, был Тит, и отлично понял, что делал он это для его спасения в благодарность за услугу, полученную от него. Потому, расстроганный, он сказал, плача: «Варрон, я в самом деле убил его, и сострадание Тита пришло слишком поздно для моего спасения». Тит же говорил со своей стороны: «Претор, ты видишь, это чужестранец, его нашли безоружным возле убитого; знать, его нищета дает ему повод желать смерти, потому освободи его, а меня, как я того заслужил, накажи».

Варрон дивился настоятельным заявлениям их обоих и, уже предполагая, что ни один из них не преступен, помышлял о способе оправдать их, когда вдруг явился юноша, по имени Публий Амбуст, человек потерянный, известный всем римлянам за отъявленного разбойника, который действительно совершил убийство и знал, что ни один из них не был виновен в том, в чем каждый себя обвинял, но их невинность вложила в его душу такое сострадание, что, побуждаемый им, он приблизился к Варрону и сказал: «Претор, моя судьба понуждает меня разрешить трудный спор между этими людьми; я не знаю, какой из богов побуждает и возбуждает меня внутренне объявить тебе мой проступок; потому знай, что ни один из них не виновен в том, в чем каждый обвиняет себя. Я действительно тот, который убил сегодня под утро того человека, а этого несчастного я видел там спящим, пока я делил воровскую добычу с тем, которого умертвил. Тит не нуждается в моем оправдании, его имя слишком известно, чтобы он мог быть способным на такое дело. Итак, освободи его и наложи на меня наказание, требуемое законами».

Октавиян, уже знавший об этом, велел им явиться всем троим, желая услышать, какая причина побуждала каждого желать быть осужденным, что каждый и рассказал, а он тех двоих освободил, как невиновных, а третьего – ради них. Тит взял с собою своего Джизиппо и, попрекнув его порядком за его робость и недоверие, обнаружил живейшую радость и повел его в свой дом, где Софрония, растроганная до слез, приняла его как брата, утешив его несколько и приодев и вновь обставив, как того требовали его доблести и благородство. Тит прежде всего поделил с ним все свои сокровища и имения и затем дал ему в жены свою молоденькую сестру, по имени Фульвию, после чего сказал ему: «Джизиппо! От тебя теперь зависит, захочешь ли ты жить здесь со мною, или пожелаешь вернуться в Ахайю со всем тем, что я дал тебе». Джизиппо, побуждаемый, с одной стороны, изгнанием из своего города, с другой – любовью, которую питал к благодарной дружбе Тита, решился сделаться римлянином. Так он с своей Фульвией, а Тит с Софронией долгое время весело жили одним домом, становясь изо дня в день, если только это было возможно, все большими друзьями.

Итак, дружба – это дело священнейшее, достойное не только собственного почитания, но и вечной похвалы, как мудрая мать – великодушия и честности, сестра – благодарности и милосердия, враг – ненависти и скупости, всегда готовая, не ожидая просьб, проявить для других те действия, какие желали бы, чтобы проявили для нее. Ее священнейшее влияние крайне редко обнаруживается ныне между двумя лицами, к вине и стыду презренного любостяжания смертных, которое, помышляя лишь о собственной пользе, осудило ее на вечное изгнание за самые крайние пределы земли. Какая любовь, какие богатства, какое родство заставили бы отозваться в сердце Джизиппо страсть, слезы и вздохи Тита с такою силою, что он красивую, благородную, любимую им невесту отдал Титу – если не дружба? Какие законы, какие угрозы, какой страх могли удержать молодые руки Джизиппо в местах уединенных, темных, на собственном ложе от объятий красивой девушки, может быть и вызывавшей на то порой, – если не дружба? Какие почести, какие награды, какие выгоды заставили бы Джизиппо не заботиться о потере своих родных и родных Софронии, не обращать внимания на оскорбительный ропот черни, пренебрегать издевательствами и насмешками, лишь бы удовлетворить друга, – если не дружба? С другой стороны, что побудило Тита (хотя у него был приличный предлог представиться, что он ничего не видел), рьяно, не колеблясь, искать своей собственной смерти, чтобы спасти Джизиппо от креста, который он сам себе уготовлял, – если не дружба? Что сделало Тита столь великодушным, чтобы разделить без малейшего колебания свое громадное наследие с Джизиппо, у которого судьба отняла его собственное, – если не дружба? Что заставило Тита отдать с готовностью, без всяких сомнений, свою сестру Джизиппо, которого он видел бедняком, дошедшим до крайней нищеты, – коли не дружба? Итак, пусть люди желают себе множества родственников, толпы братьев, большого количества детей, пусть с помощью денег увеличивают количество слуг и пусть не видят, что каждый из них более страшится малейшей опасности и для себя, нежели заботится об устранении больших опасностей отцу или брату, или хозяину, – тогда как друг поступает наоборот.

## Новелла девятая

**Саладин под видом кцпца учествован мессером Торелло. Наступает крестовый поход; мессер Торелло дает своей жене срок для выхода замуж. Он взят в плен и становится известным султану своим уменьем ходить за ловчими птицами; тот, признав его и объявив ему, кто он, оказывает ему большие почести. Мессер Торето заболел и в одну ночь перенесен при помощи волшебства в Павию; во время торжества, которое совершалось по поводу брака ею жены, он ушан ею и возвращается с нею к себе домой.**

Уже Филомена положила конец своему рассказу, и все единодушно восхваляли великодушную благодарность Тита, когда король, предоставляя последнее слово Дионео, так начал говорить: – Прелестные дамы, Филомена, рассуждая о дружбе, несомненно, говорит правду и справедливо посетовала в конце своих речей на то, что ныне она столь мало ценится смертными. Если бы мы были здесь с целью исправлять людские недостатки, либо хотя бы за тем, чтобы порицать их, я продолжил бы ее речи подробным рассуждением; но так как наша цель иная, мне взбрело на ум показать вам в несколько длинном, быть может, но все же занимательном рассказе один из великодушных поступков Саладина, дабы, услышав содержание моей новеллы, если б по недостаткам нашим мы и не могли всецело приобрести чьей-либо дружбы, то по крайней мере ощутили бы наслаждение оказать услугу в надежде, что когда бы то ни было за это нам воспоследует награда.

Итак, скажу, что, как утверждают иные, во времена императора Фридриха Первого христиане устроили всеобщий поход для освобождения святой земли. Услышав о том несколько ранее, Саладин, мужественнейший государь и тогда султан Вавилонии, вознамерился лично посмотреть на снаряжения к этому походу христианских властителей, чтобы лучше успеть приготовиться. Приведя в порядок все свои дела в Египте и делая вид, что собрался в паломничество, он отправился в путь переодетый купцом, взяв с собой только двух главных и самых умных придворных и трех служителей. Он уже проехал многие христианские области и путешествовал по Ломбардии, чтобы перебраться через горы, когда им случилось, на пути между Миланом и Павией, уже вечером повстречать одного дворянина, по имени мессер Торелло д'Истрия, из Павии, который с своими слугами, собаками и соколами ехал в свое прекрасное поместье, находившееся на Тессино, чтобы там пожить. Когда мессер Торелло увидел их, то понял, что они – знатные люди и чужестранцы, и пожелал учествовать их. Потому, когда Саладин спросил у одного из его служителей, сколько еще осталось до Павии и успеет ли он войти в нее, Торелло не дал ответить слуге, а ответил сам: «Господа, вы не успеете добраться до Павии во-время, чтобы вам можно было вступить в нее». – «В таком случае, – сказал Саладин, – будьте любезны указать нам, так как мы чужестранцы, где бы нам лучше пристать». Мессер Торелло ответил: «Это я сделаю охотно. Я только что хотел отправить одного из моих людей по соседству с Павией по кое-какому делу; я пошлю его с вами, и он отведет вас в такое место, где вы очень удобно пристанете на ночь». Приблизившись к самому сметливому из своих слуг, он наказал ему все, что тому следовало сделать, и отправил его с ними, а сам, поспешив в свое поместье, велел приготовить, как мог лучше, прекрасный ужин и накрыть столы в своем саду; когда все было готово, он вышел к воротам поджидать гостей.

Слуга, рассуждая с знатными людьми о всякой всячине, провел их разными окольными путями в поместье своего господина, так что они того не заметили. Лишь только мессер Торелло увидел их, как вышел им навстречу и сказал, смеясь: «Добро пожаловать, господа!» Саладин, будучи очень проницательным, понял, что рыцарь опасался, что они не примут приглашения, если он пригласит их при встрече, потому и привел их к себе в дом хитростью, дабы они не могли отказать ему провесть с ним вечер; ответив на его приветствие, он сказал: «Мессере, если бы можно было сетовать на учтивых людей, мы посетовали бы на вас, принудившего нас (не говоря о том, что вы замедлили наш путь), ничем не заслуживших вашего расположения, разве одним поклоном, принять столь высокое одолжение, каково ваше». Рыцарь, умный и речистый, отвечал: «Господа, внимание, которое я оказываю вам, будет ничтожно в сравнении с тем, какое, судя по вашему виду, вам подобает, но, в самом деле, вне Павии вы не могли бы пристать ни в одном месте, которое было бы удобно; потому не посетуйте, если вы несколько свернули с пути, дабы у вас было немного менее неудобств».

Пока он говорил, слуги подошли к ним и, когда те слезли с лошадей, приняли и поставили их, а мессер Торелло повел трех знатных мужей в комнаты, для них приготовленные, где приказал их разуть, подать им освежиться тонкими винами и в приятной беседе продержал их до часа, когда можно было и ужинать. Саладин, его спутники и все слуги знали латинский язык, почему они все очень хорошо понимали и их разумели, и каждому из них казалось, что рыцарь – самый приятный, самый учтивый и красноречивый из всех, кого они до тех пор видели, а мессеру Торелло представлялось, с своей стороны, что то были более именитые и важные люди, чем он предполагал ранее, почему он внутренне горевал, что не может учествовать их в этот вечер большим пиром и обществом; он и задумал вознаградить их на следующее утро. Наставив одного из своих слуг относительно того, что он затеял сделать, он послал его к своей жене, женщине умнейшей и великодушной, в Павию, которая была совсем вблизи и где ни одни ворота не запирались; после того, проводив именитых людей в сад, он вежливо спросил их, кто они, на что Саладин ответил: «Мы кипрские купцы, прибыли из Кипра и по нашим делам отправляемся в Париж». Тогда мессер Торелло сказал: «Да будет угодно богу, чтобы наша страна производила таких же родовитых людей, каких, видно, Кипр производит купцов». Пока разговор переходил от одного предмета к другому, наступило время ужина, почему он пригласил их пожаловать к столу, и, хотя ужин был не предусмотрен, их угостили очень хорошо и в большом порядке. Не прошло много времени, как убрали со стола, а мессер Торелло, заметив их усталость, уложил их отдохнут в великолепные постели, да и сам вскоре за тем пошел спать.

Слуга, посланный в Павию, исполнил поручение к жене, которая с женским духом, но по-царски распорядившись спешно позвать многих из друзей и служителей мессера Торелло, велела приготовить все необходимое для большого торжества, пригласить на пир, при свете факелов, многих именитейших граждан, собрать тканей, сукон и мехов и устроить полностью все, что муж приказал ей передать. Когда наступил день и знатные люди поднялись, мессер Торелло сел вместе с ними на коней, велел принести своих соколов и, поведя гостей к ближнему броду, показал им, как те летают, когда же Саладин спросил, кто бы отвел их в Павию, в лучшую гостиницу, мессер Торелло сказал: «Я отведу вас, потому что мне надо там быть». Те, поверив ему в том, были очень довольны и вместе с ним пустились в путь.

Был уже третий час, когда они достигли города; предполагая, что они направляются в лучшую гостиницу, они прибыли вместе с мессером

Торелло в его дом, где уже находилось для приема знатных людей до пятидесяти лучших граждан, которые тотчас же очутились при их уздечках и стременах. Увидев это, Саладин и его спутники слишком хорошо поняли, в чем дело, и сказали: «Мессер Торелло, это совсем не то, о чем мы вас просили; вы уже достаточно сделали для нас в прошлую ночь и гораздо больше, чем мы того желали, потому было бы хорошо, если бы вы дозволили нам продолжать наш путь». На это мессер Торелло отвечал: «Господа, тем, что было сделано для вас вчера вечером, я обязан судьбе более, чем вам, ибо она застигла вас на пути в такой час, что вам пришлось по необходимости войти в мои домишко; что же касается до нынешнего утра, то им я буду обязан вам, а вместе со мною и все эти именитые люди, что вас окружают; и если вам кажется вежливым отказаться пообедать с ними, то вы можете это сделать, если хотите».

Побежденные этими словами, Саладин и его спутники сошли с лошадей и, весело приветствованные именитыми людьми, были отведены в комнаты, роскошно для них приготовленные; сняв свое дорожное убранство и несколько освежившись, они вступили в зал, где все было великолепно снаряжено. Когда подали воду для рук, сели за стол, где их превосходно угостили, в величайшем и прекрасном порядке, множеством кушаний, так что, если бы приехал туда император, невозможно было бы оказать ему большего почета. И хотя Саладин и его спутники были большими господами и привыкли видеть великое, тем не менее много всему дивовались и почитали за величайшее, принимая во внимание состояние рыцаря, о котором знали, что он – простой гражданин, а не синьор.

Когда кончился обед и убрали столы, беседа шла некоторое время о том и о другом; а так как жар стоял сильный, именитые павийские горожане пошли, по усмотрению Торелло, отдохнуть, а сам он, оставшись со своими тремя гостями, вошел вместе с ними в комнату и, дабы ничто дорогое в его доме не осталось непоказанным им, велел позвать туда свою достойную жену. Та, красивая и высокого роста, украшенная богатыми одеждами, с двумя сынками по сторонам, казавшимися ангелами, подошла к ним и приветливо с ними поздоровалась. Увидев ее, они встали и, приняв ее почтительно, усадили между собою, обласкав ее красавцев сыновей. Когда она вступила с ними в приятную беседу, а мессер Торелло на некоторое время вышел, она приветливо спросила их, откуда они и куда едут, на что знатные люди ответили так же, как отвечали и мессеру

Торелло. Тогда дама с веселым видом сказала: «Ну, так я вижу, что моя женская предусмотрительность будет полезна, и потому я прошу вас, как особенной милости, не отказаться и не погнушаться маленьким подарком, который я велю вам сюда принести; но принимая во внимание, что женщины, по малому разумению своему, и приношения дают малые, я прошу вас принять его, более взирая на доброе намерение, чем на достоинство подарка». И, велев принести каждому по две одежды, одну подбитую сукном, а другую мехом, не такие, какие носят горожане или купцы, а синьоры, и три платья из тафты и тонкое белье, сказала: «Примите это, я и мужа своего одела из тех же материя, что и вас; что же касается до других вещей, то, принимая в расчет, что вы вдалеке от ваших жен и тот долгий путь, который сделан, и сколько его еще осталось, зная также, что купцы привыкли к опрятности и холе, я полагаю, хотя все это и малоценно, но может вам пригодиться». Знатные люди изумились, ясно поняв, что, чествуя их, мессер Торелло не хотел упустить ни одной мелочи, и они усомнились, видя роскошь совсем не купеческих одежд, не узнали ли их; тем не менее один из них ответил его жене: «Мадонна, великие это дары, и нам было бы не так-то легко принять их, если бы к тому не принуждали нас ваши просьбы, на которые нельзя ответить отказом». Когда все это устроилось и мессер Торелло вернулся, жена его, поручив их милости божией, простилась с ними и пошла снабдить их слуг такими вещами, какие им пристали.

Мессеру Торелло удалось после многих просьб добиться от гостей, чтобы они провели у него весь этот день, потому, выспавшись, они облеклись в свои одежды и вместе с мессером Торелло поехали верхом несколько прогуляться по городу, а когда наступил час ужина, великолепно поужинали вместе с другими именитыми гостями. Когда настало время, они пошли отдохнуть; поднявшись с наступлением дня, нашли вместо своих усталых коней три крупные и прекрасные парадные лошади, а также свежих и сильных лошадей для своих слуг. Увидев это, Саладин сказал, обратившись к своим спутникам: «Клянусь богом, не бывало человека более совершенного, более учтивого и более внимательного, чем этот, и если короли христианские настолько же короли по себе, насколько он – рыцарь, то султан Вавилонии не сможет отразить и одного, не только что всех тех, которые, мы видим, на него снаряжаются». Понимая, что отказу нет места, они, поблагодарив очень вежливо, сели на коней. Мессер Торелло с многими спутниками проводил их за город довольно далеко, и хотя Саладина печалила разлука с мессером Торелло, – так он успел полюбить его, – тем не менее, торопясь в путь, он попросил его вернуться. А тот, хотя ему трудно было расставаться с ними, сказал: «Господа, я так и сделаю, коли вам угодно, но скажу вам следующее: я не знаю, кто вы, и не хочу знать о том больше, чем то вам желательно, но кто бы вы ни были, на этот раз вы не оставите меня в уверенности, чтобы вы были купцами. Да хранит вас бог!» Саладин, уже простившийся со всеми спутниками мессера Торелло, отвечал ему: «Мессере, еще может случиться, что мы покажем вам свой товар и тем утвердим вас в вашей уверенности. С богом!»

Так Саладин с спутниками и уехал с величайшим желанием, если только он будет жив и не разорен в войне, которой ждал, оказать мессеру Торелло не меньше почести, чем тот оказал ему; и много он беседовал с спутниками о нем, его жене и всех его делах и поступках, еще более расхваливая все. После того как не без больших трудов он объехал весь Запад, сел на корабль и, вернувшись с своими спутниками в Александрию, вполне ознакомленный с делами, стал приготовляться к обороне.

Мессер Торелло вернулся в Павию и долго размышлял, кто бы могли быть те трое гостей, но никогда не добрался, даже приблизительно, до истины. Когда наступило время крестового похода и со всех сторон делались большие приготовления, мессер Торелло, несмотря на просьбы и слезы своей жены, также решился отправиться; приготовив все, что нужно, и садясь на коня, он сказал своей жене, которую сильно любил: «Жена, как видишь, я иду в этот поход столько же для мирской чести, как и для спасения души; поручаю тебе все наши дела и нашу честь; а так как, насколько я уверен в том, что иду, настолько нет уверенности, что вернусь, ввиду тысячи случаев, могущих произойти, я хочу попросить тебя об одном одолжении: что бы со мной ни случилось, если ты не будешь иметь верного известия о моей жизни, то подожди меня, не выходи наново замуж в течение одного года, одного месяца и одного дня, считая с сегодняшнего, когда я уезжаю». Жена, сильно плакавшая, ответила: «Мессере Торелло, не знаю, как перенесу я горе, в котором вы меня оставляете, уезжая; но если жизнь моя окажется сильнее его и с вами бы что-либо приключилось, вы можете жить и умереть в уверенности, что я буду жить и умру женою мессера Торелло, верною его памяти». На это мессер Торелло сказал: «Я вполне уверен, жена, что если то будет зависеть от тебя, все будет так, как ты мне обещаешь; но ты молода, красива, хорошего рода, у тебя много достоинств и они повсюду известны; вот почему я не сомневаюсь, что многие из знатных и именитых людей, если возникнут обо мне сомнения, станут просить тебя в замужество у твоих братьев и родных; а от их приставаний хотя бы ты и желала, ты не сможешь защититься, и тебе придется насильно уступить их желанию. Вот та причина, по которой я прошу у тебя этого срока, а не более долгого». Жена отвечала: «Я сделаю все, что могу, из того, что вам сказала, а если б мне и пришлось поступить иначе, я наверно исполню то, что вы мне приказываете. Молю бога, чтобы он за это время не привел ни меня, ни вас до такой крайности». Сказав это, дама с плачем обняла мессера Торелло и, сняв с своего пальца кольцо, отдала его ему, говоря: «Если случится, что я умру раньше, чем увижу вас, то, глядя на него, вспоминайте меня». Взяв его, он сел на коня и, попрощавшись с каждым, направился в путь.

Добравшись со своими спутниками до Генуи и сев в галеру, он выехал и немного времени спустя достиг Акры, где пристал к другому войску христиан, в котором мало-помалу начались великие болезни и смертность. Пока она длилась, хитростью или удачей Саладина, только почти все спасшиеся христиане были им взяты без боя и распределены и посажены в тюрьмы по разным городам. В числе прочих был взят и мессер Торелло и посажен в тюрьму в Александрии. Не будучи известным никому и боясь, чтобы кто-нибудь не признал его, он, вынужденный необходимостью, занялся приручением птиц, на что он был большой мастер, почему весть о нем дошла до Саладина, который, велев освободить его из тюрьмы, удержал его при себе в качестве сокольничего. Мессер Торелло, которого Саладин не называл иным именем, как христианин, и которого не узнавал, так же как и тот его, жил душой в Павии и несколько раз пытался бежать, но ему не удавалось; вот почему, когда некие генуэзцы прибыли послами к Саладину для выкупа своих сограждан и уже намеревались возвратиться, он надумал написать своей жене, что он жив и постарается насколько возможно скоро вернуться к ней, и чтобы она ожидала его; так он и сделал и настоятельно упросил одного из послов, которого знал, устроить так, чтоб письмо попало в руки аббата Сан Пиетро в Чьель д'Оро, который был ему дядей.

Пока мессер Торелло находился в таком положении, случилось однажды, что, когда Саладин беседовал с ним о своих птицах, тот улыбнулся и сделал движение, на которое Саладин, еще находясь в его доме в Павии, обратил особое внимание. При этом движении Саладину вспомнился мессер Торелло, он стал пристально всматриваться в него, и ему показалось, что это он и есть; потому, оставив прежний разговор, он сказал ему: «Скажи мне, христианин, из какой ты страны Запада?» – «Государь мой, – ответил мессер Торелло, – я ломбардец, из города, называемого Павией, человек бедный и низкого происхождения». Когда Саладин услышал это, то, почти уверившись в том, в чем сомневался, сказал себе радостно: «Господь дал мне случай доказать ему, как дорого мне было его гостеприимство», – и, не сказав ему ничего, он велел разложить в одной комнате все свои одежды, повел его туда и промолвил: «Погляди-ка, христианин, нет ли среди этих платьев такого, которые ты когда-либо видел?» Мессер Торелло стал смотреть и заметил те, которые его жена подарила Саладину; не предполагая, однако, что это были именно они, он все-таки сказал: «Государь мой, я не признаю ни одного, правда, вот эти две одежды похожи на те, в которые я был когда-то одет вместе с тремя купцами, остановившимися в моем доме».

Тогда Саладин, не будучи в состоянии удержаться далее, нежно обнял его, говоря: «Вы – мессер Торелло д'Истрия, а я – один из трех купцов, которым жена ваша дала эти платья; теперь настало время упрочить вашу уверенность в том, каков мой товар, как, уезжая, я говорил вам, что может случиться». Услыхав это, мессер Торелло обрадовался, но и устыдился: радовался тому, что принимал такого гостя, стыдился потому, что, ему казалось, он бедно участвовал его. На это Саладин сказал: «Мессер Торелло, так как сам бог послал вас ко мне, знайте, что теперь не я, а вы здесь хозяин». Оба радостно приветствовали друг друга, а Саладин, повелев его облечь в царственные одежды, вывел его к своим набольшим баронам, много говорил в похвалу его доблести и приказал, чтобы каждый, кому дорога милость его, чествовал его, как его собственную особу, что каждый отныне и делал, но более других те два синьора, которые были в его доме товарищами Саладина.

Величие неожиданной славы, в какой очутился мессер Торелло, отвлекли немного его мысли от Ломбардии, тем более что он твердо был уверен, что письмо его дошло до дяди. В тот день, когда Саладин взял в плен стан и войско христиан, умер среди них и был погребен некий рыцарь из Прованса, не важный по достоинствам, которого звали мессер Торелло ди Диньес; вот почему каждый из войска, где мессера Торелло д'Истрия знали за его благородство, услыхав, что «мессер Торелло скончался», подумал, что то мессер Торелло д'Истрия, а не Диньес; присоединившееся к тому взятие в плен не позволило разуверить заблуждавшихся; потому многие итальянцы вернулись с этим известием, а между ними нашлись и такие самонадеянные, которые осмелились говорить, что видели его мертвым и были при погребении. Все это, дойдя до жены и родственников его, было причиной величайшей, невыразимой печали не только для них, но для каждого, кто его знал.

Долго было бы рассказывать, каковы и сколь велики были горе, печаль и слезы его жены, которая после нескольких месяцев постоянного горевания стала сетовать менее, когда за нее начали свататься многие из именитейших людей Ломбардии, а братья и родные принялись убеждать ее снова выйти замуж. В этом она много раз отказывала с величайшим плачем, но, наконец, ей пришлось, вынужденной, поступить, как желали ее родные, с тем условием, что она останется, не выходя замуж, столько времени, сколько пообещала мессеру Торелло.

Пока в Павии дела его жены находились в таком положении и оставалась, быть может, неделя до срока, когда она должна была выйти замуж, случилось однажды, что мессер Торелло встретил в Александрии человека, которого он видел, как он вместе с послами садился на галеру, шедшую в Геную; потому, велев позвать его, он спросил, каково было их путешествие и когда они прибыли в Геную? На что тот ответил: «Господин мой, несчастное путешествие совершила галера, как то я слышал на Крите, где остался, потому что поблизости Сицилии поднялся опасный северный ветер, отбросивший их к отмелям Берберии, и никто не спасся, и между прочим погибли там и оба мои брата». Мессер Торелло, поверив его словам, которые были вполне правдивы, вспомнив, что срок, испрошенный им у жены, истекает через несколько дней, и рассчитав, что о его положении в Павии ничего не знают, был уверен, что жена его снова вышла замуж, и потому впал в такую печаль, что потерял охоту есть и слег в постель, решившись умереть. Когда Саладин, очень его любивший, услыхал о том, пришел к нему и, после многих настоятельных просьб узнав причину его печали и болезни, много порицал его, что он не сказал ему о том раньше, а затем попросил его успокоиться, уверяя, что если он его послушает, все так устроится, что к назначенному сроку он будет в Павии. И он рассказал ему, как он это устроит.

Мессер Торелло поверил словам Саладина и, наслышавшись много раз, что это возможно и часто делалось, начал бодриться и стал просить Саладина, чтобы он поторопился. Саладин приказал одному из своих некромантов, искусство которого уже испытал, чтоб он нашел способ перенести в одну ночь мессера Торелло на кровати в Павию, на что некромант отвечал, что все будет исполнено, но что для его же блага мессера Торелло надо усыпить. Устроив это, Саладин вернулся к мессеру Торелло и, найдя его твердо решившимся попасть, коли то возможно, в Павию к поставленному сроку, а если нет, то умереть, сказал ему так: «Мессер Торелло, если вы сердечно любите жену вашу и боитесь, как бы она не стала женою другого, то видит бог, я не могу вас порицать за это, так как изо всех когда-либо виденных мною женщин она – та, чьи нравы и обычаи и уменье держать себя (оставим в стороне красоту, которая есть не что иное, как бренный цветок) заслуживают, по моему мнению, наибольшей похвалы и любви. Мне было бы очень приятно, так как судьба привела вас сюда, если б все то время, какое суждено вам и мне, мы прожили вместе, как равные властители, в управлении царством, которым я владею; но если уж бог не судил мне того, ибо вам запало в душу или умереть, или очутиться к назначенному сроку в Павии, мне было бы крайне желательно узнать о том во-время, дабы я мог доставить вас в дом ваш с теми почестями, с тем торжеством и той свитой, какая достоит вашей доблести; но так как и это мне не дано, а вы хотите быть там тотчас же, я вас доставлю, как могу и тем способом, о каком говорил». На это мессер Торелло сказал: «Государь мои, и без этих слов дела ваши достаточно доказали мне ваше благоволение, которое в такой высокой степени я никогда не заслужил; в полной вере ко всему, что вы говорили, если бы даже вы того не высказали, я буду жить и умру; но так как я уже принял такое решение, прошу вас, чтобы то, что вы желаете для меня сделать, было сделано скорее, потому что завтра последний день, когда меня обязаны ждать». Саладин ответил, что без сомнения все уже готово.

На другой день, намереваясь отправить его в следующую ночь, он велел устроить в большой зале прекрасную, роскошную постель из матрацев, которые были, по их обычаю, все из бархата и парчи, сверху приказав положить одеяло, вышитое по известному рисунку крупным жемчугом и драгоценными камнями, которые здесь впоследствии оценили в несметное сокровище, и две подушки, какие подобной постели приличествовали. Сделав это, он распорядился, чтобы на мессера Торелло, уже окрепшего, надели платье на сарацинский образец, богатейшее и красивейшее, какое кто когда-либо видел, а голову повязали, по их обычаю, одной из его длинных повязок. Был уже поздний час, когда Саладин с многими из своих баронов направился в ту комнату, где находился мессер Торелло, и, сев рядом с ним на кровати, начал почти плача говорить так: «Мессер Торелло, близится час, который должен разлучить меня с вами, и так как я не могу ни сопутствовать вам, ни дать вам спутника, ввиду того способа путешествия, который предстоит вам и того не допускает, мне надо проститься с вами здесь в комнате, для чего я и пришел. Потому, прежде чем препоручить вас богу, я попрошу вас, во имя любви и дружбы, существующей между нами, чтобы вы памятовали меня; и если то возможно, прежде чем истекут наши дни, что бы вы, приведя в порядок свои дела в Ломбардии, хоть один раз приехали повидаться со мною, дабы я мог хоть на этот раз, порадовавшись свиданию с вами, исправить тот недочет, который ваш спех заставляет меня совершить теперь; а пока это случится, да не будет вам в труд извещать меня письмами, и о чем бы вы ни пожелали попросить меня, я наверное исполню все более охотно, чем для кого-либо из живущих».

Мессер Торелло не мог удержать своих слез и, так как они мешали ему, отвечал в немногих словах, что ему невозможно когда-либо запамятовать его благодеяния и его доблесть и что он без сомнения исполнит, что он ему повелел, если у него хватит жизни. После того Саладин, нежно обняв и поцеловав его, с великим плачем сказал ему: «Бог да сопутствует вам! – и вышел из комнаты, а затем все другие бароны попрощались с ним и вместе с Саладином направились в тот зал, где была приготовлена постель.

Так как было уже поздно и некромант дожидался, чтобы привести свое дело в исполнение, и торопил их, явился врач с напитком и, уверив Торелло, что дает его ему для подкрепления, велел выпить; прошло немного времени, как он заснул. Так, спящего, его и отнесли на прекрасную кровать, по приказанию Саладина, который возложил на нее большой красивый венец дорогой цены, с таким знамением, что впоследствии все ясно уразумели, что то послал Саладин жене мессера Торелло. Затем он надел на палец мессера Торелло перстень, в который вделан был карбункул, так блестевший, что, казалось, зажжен факел; его стоимость едва ли можно было определить. Далее он велел опоясать его мечом, украшения которого оценить было бы нелегко; сверх того он приказал приколоть ему спереди пряжку, где были жемчужины, подобных которым никогда не видели, и много других драгоценных камней; с того и другого бока велел поставить два больших золотых сосуда, полных дублонов, а кругом его много ниток из жемчуга, перстней и поясов и другие вещи, о которых долго было бы рассказывать. Устроив все это, он снова поцеловал мессера Торелло, а некроманту сказал, чтобы он поторопился; вследствие чего, в присутствии Саладина, кровать, как была с мессером Торелло, умчалась, а Саладин остался, беседуя о нем со своими баронами.

Уже мессер Торелло очутился, как о том и просил, в церкви св. Петра в Чьель д'Оро в Павии, со всеми вышереченными драгоценностями и украшениями, и еще спал, когда позвонили к заутрени, и ключарь, войдя в церковь со свечой в руке, тотчас же увидел богатый одр и не только изумился, но, ощутив величайший страх, бросился бежать назад; увидев его бегущим, аббат и монахи удивились и спросили его, какая тому причина. Монах все рассказал. «Эх, – сказал аббат, – ведь ты уже не мальчик, не новичок в этой церкви, а так легко пугаешься! Пойдем-ка мы посмотрим, кто тебе устроил буку». Затеплив несколько свечей, аббат со всеми своими монахами вошли в церковь и увидели ту кровать, столь чудную и богатую, а на ней спящего рыцаря; пока, нерешительные и боязливые, они, не подходя к постели, рассматривали роскошные драгоценности, случилось, что сила напитка иссякла и мессер Торелло, проснувшись, испустил глубокий вздох. Как увидели это монахи, а с ними вместе и аббат, перепуганные, бросились все бежать, крича: «Господи, помилуй!»

Мессер Торелло, раскрыв глаза и осмотревшись, ясно понял, что он там, куда просил Саладина себя доставить, чем он был очень доволен; вследствие этого, поднявшись и сев, он внимательно рассмотрел, что было вокруг него, и хотя щедрость Саладина и ранее была ему известна, теперь она представилась ему большею, и он более ее познал. Тем не менее, не переменяя положения, слыша, что монахи бегут, и поняв, почему, он принялся кликать аббата по имени, прося его не бояться, ибо он – Торелло, его племянник. Услышав это, аббат еще более устрашился, ибо считал его умершим за несколько месяцев назад, но по некотором времени, успокоенный хорошими доводами, слыша, что его все еще зовут, он, положив на себя знамение креста, пошел к нему. Мессер Торелло сказал ему: «Отец мой, чего вы боитесь? Я жив, по милости божьей, и вернулся сюда из-за моря». Хотя у него была большая борода и он сам в арабской одежде, аббат по некотором времени все-таки признал его и, совсем уверившись, взял его за руку и сказал: «Сын мой, добро пожаловать!» И он продолжал: «Тебе нечего дивиться нашему страху, потому что нет в этом городе человека, который не был бы совершенно уверен, что ты умер, настолько, что, скажу тебе, мадонна Адалиэта, твоя жена, побежденная просьбами и угрозами своих родных, против своего желания, снова выходит замуж и сегодня утром должна отбыть к новому супругу; и свадьба и все, что нужно для торжества, уже готово».

Встав с богатой постели и радостно приветствовав аббата и монахов, мессер Торелло попросил всех, чтобы они никому не сказывали о его возвращении, пока он не устроит одного своего дела. Затем, велев припрятать драгоценные вещи, он рассказал аббату все, что с ним было до этой поры. Аббат, радуясь его удаче, вместе с ним возблагодарил господа. Затем мессер Торелло спросил аббата, кто такой новый муж его жены. Аббат объяснил ему; на это мессер Торелло сказал: «Прежде чем узнают о моем возвращении, я намерен посмотреть, как будет держать себя на этой свадьбе моя жена; потому, хотя и не в обычае, чтобы духовные люди ходили на такие пиры, я желаю, чтобы из любви ко мне вы так устроили, чтобы нам туда явиться». Аббат ответил, что сделает это охотно, и, когда настал день, послал сказать молодому, что он с товарищем желают быть на его свадьбе; на что тот отвечал, что ему это очень приятно.

Когда настал час обеда, мессер Торелло, в том платье, в каком был, отправился с аббатом в дом молодого, причем всякий, кто его видел, глядел на него с удивлением, до никто не признал, а аббат всем говорил, что это – сарацин, посланный султаном к французскому королю в качестве посла. И вот мессера Торелло посадили за стол как раз напротив его жены, на которую он смотрел с величайшим удовольствием, и ему казалось по лицу, что она опечалена этой свадьбой. Она также смотрела на него порой, не потому, чтобы хотя бы сколько-нибудь его признала, ибо тому препятствовали и большая борода, и невиданный наряд, и прочное убеждение, в котором она находилась, что он умер. Когда мессеру Торелло показалось, что настало время испытать, помнит ли она его, он снял с руки кольцо, подаренное ему женою при его отъезде, и, велев позвать мальчика, прислуживавшего ей, сказал ему: «Скажи от меня молодой, что в моей стране существует обычай: когда какой-нибудь чужеземец, как я, обедает на пиру у какой-нибудь молодой, какова она, она посылает ему, в знак того, что ей приятно его присутствие за столом, кубок, полный вина, из которого сама пьет, а когда гость отопьет из него сколько ему угодно и закроет кубок, молодая выпивает, что осталось». Мальчик передал это поручение даме, которая, как женщина воспитанная и умная, полагая, что он – человек очень именитый, и желая показать, что ей приятно его присутствие, велела взять большой позолоченный кубок, стоявший перед нею, и, наполнив вином, поднести гостю, что и было сделано.

Мессер Торелло, положив себе в рот ее перстень, устроил так, что во время питья опустил его в кубок, чего никто не заметил, и, оставив в нем немного вина, закрыл его и отослал даме. Та взяла его, чтобы вполне исполнить его обычай, открыла и, когда поднесла ко рту, увидела перстень; молча она бросила на него взгляд и узнала, что это – тот самый, который она дала мессеру Торелло при его отъезде; взяв его и внимательно присмотревшись к тому, кого считала чужеземцем, и уже признав его, она, точно бешеная, опрокинула стол, что был перед нею, крича: «Вот мой хозяин, это воистину мессер Торелло». И, бросившись к столу, за которым он сидел, не обращая внимания на свои платья и на то, что было на столе, она перекинулась через него, насколько могла, крепко обняла мужа, и ничьим словом, ни делом нельзя было оторвать ее от его шеи, пока мессер Торелло не сказал ей, чтобы она немного опомнилась, потому что времени обнять его ей предоставлена будет вдоволь.

Тогда она встала, и между тем как все на свадьбе были смущены, а отчасти и более чем когда-либо обрадованы возвращением такого рыцаря, все по его просьбе умолкли, а мессер Торелло рассказал всем, что с ним приключилось со дня его отъезда до настоящего времени, прибавив в заключение, что достойному мужу, который, считая его умершим, взял за себя его жену, не может быть неприятно, если он, оказавшись живым, возьмет ее назад. Молодой, хотя и несколько смущенный, ответил прямо и по-дружески, что в его власти поступить со своей собственностью, как ему заблагорассудится. Дама оставила там перстень и венец, полученный от нового супруга, надела перстень, вынутый из кубка, а также венец, присланный ей султаном; выйдя из дому, где находились, они с торжественностью брачного шествия отправились в дом мессера Торелло и здесь долгим и веселым праздником утешили неутешных друзей, родных и всех граждан, смотревших на него почти как на чудо. Мессер Торелло уделил часть своих драгоценностей тому, кто понес свадебные издержки, аббату и многим другим, известил с разными посланцами Саладина о своем счастливом возвращении на родину, признавая себя его слугою и другом, и много еще лет жил с своей достойной супругой, изощряясь более прежнего в подвигах великодушия.

Таков-то был конец бедствий мессера Торелло и его милой жены, такова награда за их приветливые и всегда готовые щедроты. Многие стараются их творить, но хотя у них есть на то средства, они так неумелы, что прежде чем сотворить их, заставляют платить за них более, чем они стоят; потому, если им не выпадает за то награды, тому нечего удивляться ни им самим, ни другим.

# Новелла десятая

**Маркиз Салуццкий, вынужденный просьбами своих людей жениться, берет за себя, дабы избрать жену по своему желанию, дочь одного крестьянина и, прижив с ней двух детей, уверяет ее, что убил их. Затем, показывая вид, что она ему надоела и он женится на другой, он велит вернуться своей собственной дочери будто это – его жена, а ту прогнать а одной рубашке. Видя, что она все терпеливо переносит, он возвращает ее в свой дом, любимую более, чем когда-либо, представляет ей ее уже взрослых детей и почитает ее и велит почитать как маркизу.**

Когда кончилась длинная новелла короля, всем, поевидимому, сильно понравившаяся, Дионео сказал, смеясь: «Добродушный человек, ожидавший следующей ночи, чтобы сбить поднятый хвост призрака, не дал бы двух грошей за все похвалы, расточаемые вами мессеру Торелло!» Затем, зная, что ему одному осталось говорить, он начал: – Мягкосердые мои дамы, мне кажется, нынешний день посвящен был королям и султанам и тому подобным людям; потому, дабы не слишком отдалиться от вас, я хочу рассказать об одном маркизе, не о великодушном подвиге, а о безумной глупости, хотя в конце из нее и вышел прок. Я никому не посоветую подражать ей, потому что большою было несправедливостью, что из того ему последовало благо.

Давно тому назад в роде маркизов Салуццо был старшим в доме молодой человек, по имени Гвальтьери, который, будучи не женат и бездетен, ни в чем ином не проводил время, как в охоте за птицами и зверями, ни мало не помышляя ни о женитьбе, ни о потомстве, за что его следует считать очень мудрым. Это не нравилось его людям, и они несколько раз просили его жениться, дабы ему не остаться без наследника, а им без правителя, причем предлагали найти ему такую жену и от таких отца и матери, что на нее можно было бы возложить добрые надежды, а он был бы ею очень доволен. На это Гвальтьери отвечал им: «Друзья мои, вы понуждаете меня к тому, чего я решился никогда не делать, соображая, как трудно найти жену, привычки которой подходили бы к нашим, как велико число неподходящих и как трудно жить тому, кто нашел жену, ему не соответствующую. Если вы говорите, что с уверенностью познаете дочерей по нравам отцов и матерей и оттуда заключаете, что дадите мне такую, которая мне понравится, то это – глупость, ибо я не понимаю, как можете вы узнать их отцов и тайны их матерей; а хотя бы вы их и знали, дочки часто бывают не похожи на отцов и матерей. Но так как при всем этом вам угодно связать меня этими узами, я также изъявляю на то согласие, а для того, чтобы мне жаловаться пришлось на себя, а не на других, если б дело вышло худо, я сам хочу найти себе жену, причем заявляю, что если вы не станете почитать ее как госпожу, кого бы я ни взял, вы почувствуете, к великому своему урону, как тяжело мне, против моего желания, брать жену по вашей просьбе». Почтенные мужи ответили, что они согласны, лишь бы он решил жениться.

Гвальтьери давно уже приглянулись нравы одной бедной девушки из деревни, соседней с его домом, а так как она показалась ему очень красивой, он заключил, что с нею он получит утешение в жизни; потому, не ища далее, он вознамерился жениться на ней; велев позвать к себе ее отца, он согласился с ним, большим бедняком, что возьмет ее себе в жены. Устроив это, Гвальтьери собрал всех своих друзей в окрестности и сказал им: «Друзья мои, вам хотелось и хочется, чтоб я решился жениться, и я готов сделать это скорее, чтобы угодить вам, чем из желания иметь жену. Вы помните, что вы мне обещали, то есть удовлетвориться и почитать своей госпожой, кого я возьму, кто бы она ни была, и вот наступило время сдержать мое вам обещание, и я желаю, чтобы и вы исполнили ваше. Я нашел девушку себе по сердцу очень близко отсюда, которую я хочу взять в жены и через несколько дней ввести ее в свой дом; потому позаботьтесь, чтобы свадебное торжество было прекрасно и как почетно вам встретить невесту, дабы я мог почесть себя довольным исполнением вашего обещания, как и вы можете почесть себя исполнением моего».

Добрые люди, обрадовавшись, ответили, что это им по сердцу и что, кто бы она ни была, они примут ее как госпожу и как госпожу станут чествовать. После этого все стали снаряжаться к тому, чтобы устроить прекрасное, большое и веселое празднество; то же сделал и Гвальтьери. Он велел приготовить великолепную и роскошную свадьбу и пригласить множество друзей, родных и именитых и других людей по соседству; а кроме того, велел скроить и сшить много красивых и дорогих платьев по росту одной девушки, которая казалась ему одинакового сложения с той, на которой он намеревался жениться; он приготовил, помимо того, пояса, кольца и дорогой красивый венец, и все, что требуется для молодой.

Когда настал день, назначенный им для свадьбы, Гвальтьери в половине третьего часа сел на коня, а с ним и все, явившиеся почтить его; распорядившись всем нужным, он сказал: «Господа, пора отправиться за невестой». Пустившись в путь, он вместе со всем обществом прибыл в деревушку; подъехав к дому отца девушки, он встретил ее, поспешно возвращавшуюся с водой от колодца, чтобы затем отправиться вместе с другими женщинами посмотреть на приезд невесты Гвальтьери. Когда Гвальтьерн увидел ее, окликнув ее по имени, то есть Гризельдой, спросил, где ее отец, на что она стыдливо ответила: «Господин мой, он дома». Тогда Гвальтьери, сойдя с коня и приказав всем дожидаться его, вступил в бедную хижину, где нашел ее отца, по имени Джьяннуколе, которому сказал: «Я пришел взять за себя Гризельду, но наперед желаю расспросить ее кое о чем в твоем присутствии». И он спросил ее, станет ли она, если он возьмет ее в жены, всегда стараться угождать ему, не сердиться, что бы он ни говорил и ни делал, будет ли ему послушна, и многое другое в том же роде; на все это она отвечала, что будет. Тогда Гвальтьери, взяв ее за руку, вывел ее из дома, велел в присутствии всего своего общества и всех других раздеть ее донага и, распорядившись, чтобы ему доставили заказанные им платья, приказал одеть ее и обуть поскорее, на ее волосы, как были всклокоченные, возложить венец, и затем, когда все на то дивились, сказал: «Господа, вот та, которую я намерен взять себе в жены, если она желает иметь меня мужем». Потом, обратившись к ней, застыдившейся на себя и смущенной, он спросил ее: «Гризельда, хочешь ли ты меня мужем себе?» На что она ответила: «Да, господин мой». – «А я хочу взять тебя себе женою», – сказал он и в присутствии всех повенчался с ней. Посадив ее на выездного коня, он привез ее в почетном сопровождении в свой дом. Тут был свадебный пир, великолепный и богатый, и празднество такое, как будто он взял дочь французского короля.

Казалось, молодая вместе с одеждами переменила и душу и привычки. Она была, как мы уже сказали, красива телом и лицом и, насколько была красивой, настолько стала любезной, столь приветливой и благовоспитанной, что, казалось, она – дочь не Джьяннуколе, сторожившая овец, а благородного синьора, чем она поражала каждого, кто прежде знавал ее. К тому же она была так послушлива и угодлива мужу, что он почитал себя самым счастливым и довольным человеком на свете; также и в отношении подданных своего мужа она держалась так мило и благодушно, что не было никого, кто бы не любил ее более себя и не почитал от души, и все молились за ее счастье, благополучие и возвышение; и как прежде обыкновенно говорили, что Гвальтьери поступил не особенно разумно, взяв ее в жены, так теперь признавали его за разумнейшего и рассудительнейшего человека на свете, потому что никто другой, за исключением его, не смог бы никогда угадать ее великие достоинства, скрытые под бедным рубищем и крестьянской одеждой. Одним словом, не прошло много времени, как она сумела не только в своем маркизстве, но всюду устроить так, что заставила говорить о своих достоинствах и добрых делах, обращая в противное все, что говорили из-за нее против ее мужа, когда он на ней женился.

Недолго прожила она с Гвальтьери, как забеременела и в урочное время родила девочку, чему Гвальтьери очень обрадовался. Но вскоре после того странная мысль возникла в его уме, а именно желание долгим искусом и невыносимым образом испытать ее терпение, и он начал укорять ее словами, представляясь рассерженным, говоря, что его люди крайне недовольны тем, что она низкого рода, особенно же увидев, что у ней пошли дети; что они очень опечалены рождением девочки и только и делают, то ропщут. Когда жена услышала эти речи, не изменившись в лице и ни в чем не изменив своему доброму намерению, сказала: «Господин мой, поступи со мною так, как ты найдешь более удобным для своей чести и покоя; я буду довольна всем, ибо знаю, что я ниже их и не была достойна той почести, до которой ты, по своей милости, возвел меня». Этот ответ очень понравился Гвальтьери, так как он увидел, что она ничуть не возгордилась от почета, какой оказывали ей он или другие.

Немного времени спустя, передав в общих словах жене, что его подданные не могут выносить девочки, рожденной ею, он, научив одного из своих домочадцев, послал его к ней, а тот, очень опечаленный с вида, сказал ей: «Мадонна, если я не желаю себе смерти, мне следует исполнить повеление моего господина. Он повелел, чтобы я взял вашу дочку и чтобы я...» Более он не сказал. Жена, услыхав эти слова, видя лицо слуги и вспомнив мужа, поняла, что ему было приказано убить девочку: потому, быстро вынув ее из колыбели, она поцеловала и благословила ее, и хотя ощущала в сердце страшное горе, не изменившись в лице, передала ее в руки слуги со словами: «Возьми, исполни в точности все, что поручил тебе твой и мой господин, но не оставляй ее так, чтобы ее растерзали звери или птицы, если только он не приказал тебе этого». Слуга, взяв девочку, сообщил Гвальтьери все, что отвечала жена, а он, удивляясь ее твердости, отправил его с ребенком в Болонью к одной своей родственнице, с просьбою, чтобы она, никому не говоря, чья это дочь, тщательно ее воспитала и обучила нравам.

Случилось после того, что жена снова забеременела и в урочное время родила мальчика, чему Гвальтьери очень обрадовался, но так как ему недостаточно было уже сделанного, он нанес жене еще большую рану, сказав ей однажды с гневным видом: «Жена, с тех пор как ты родила этого сына, я никоим образом не могу ужиться с моими людьми, – так горько они печалуются на то, что внук Джьяннуколе будет им после меня господином; вследствие этого я и боюсь, если только не желаю быть изгнанным, как бы не пришлось мне в другой раз сделать то же, что я сделал, а, наконец, и покинуть тебя и взять другую жену». Жена выслушала его с невозмутимым духом и ничего иного не ответила, как только: «Господин мой, лишь бы ты был доволен и удовлетворено твое желание, а обо мне не думай, ибо ничто мне не дорого, как лишь то, что, я вижу, тебе по сердцу». Немного времени спустя Гвальтьери таким же образом, как посылал за дочкой, послал за сыном и, так же притворившись, что велел убить его, отправил на воспитание в Болонью, как отправил девочку, к чему жена отнеслась не с иным видом и не с иными речами, как то сделала относительно дочки, тогда как Гвальтьери сильно дивился, утверждая про себя, что никакой другой женщине того не учинить, что чинила она; если б он не видел ее страстной любви к детям, пока он допускал ее, он подумал бы, что поступает она так по равнодушию, тогда как теперь он познал, что она действует как женщина мудрая. Его подданные, полагая, что он велел умертвить детей, сильно его порицали, почитая его человеком жестоким, а к жене возымели величайшее сожаление, она же ничего другого не сказала женщинам, соболезновавшим ей об убитых детях, как лишь то, что ей приятно, что в угоду их родителю.

Когда прошло несколько лет по рождении девочки и Гвальтьери показалось, что настало время в последний раз испытать терпение жены, он сказал многим из своих, что никоим образам не может выносить долее Гризельду как жену, сознавая, что поступил дурно и по-юношески, взяв ее за себя; потому он употребит все старания, чтобы получить от папы разрешение взять другую супругу, а Гризельду оставить, за что многие почтенные люди сильно его укоряли. На это он ничего иного не ответил, как только то, что так быть должно. Жена, услышав про это и ожидая, что ей, повидимому, придется вернуться в отцовский дом, а может быть, и пасти овец, как то делала прежде, и видеть в объятиях другой женщины того, которого она так много любила, сильно опечалилась про себя, но тем не менее, как она выдержала и другие напасти судьбы, так с твердым видом решилась выдержать и эту. Не по многу времени Гвальтьери велел доставить себе подложные письма из Рима и показал их своим подданным, будто в них папа разрешал ему взять другую жену и покинуть Гризельду. Потому, велев позвать ее к себе, он в присутствии многих сказал ей: «Жена, вследствие позволения, данного мне папой, я имею право взять другую супругу, а тебя оставить, а так как мои предки были большие люди и властители этих областей, тогда как твои всегда были крестьянами, я желаю, чтобы ты более не была мне женой, а вернулась бы в дом Джьяннуколе с тем приданым, которое ты мне принесла, а я возьму себе затем другую, которую найду более себе подходящей».

Услышав эти слова, жена не без величайшего усилия, наперекор женской природе, удержала слезы и отвечала: «Господин мой, я всегда сознавала, что мое низкое происхождение никоим образом не соответствует вашему благородству, признавала, что чем я была с вами, то было от вас и от бога, и никогда не делала и не считала своим дарованного мне, а всегда представляла его себе одолженным; вам стоит только пожелать его обратно, и мне должно быть приятным и приятно отдать его вам: вот ваш перстень, которым вы со мной обручились, возьмите его. Вы приказываете мне взять с собою принесенное мною приданое; чтобы сделать это, вам не надо будет плательщика, да и мне не будет необходимости ни в мешке, ни в вьючной лошади, ибо у меня еще не вышло из памяти, что вы взяли меня нагой; если вы считаете приличным, чтобы все увидели это тело, которое носило зачатых от вас детей, я уйду нагая, но прошу вас в награду за мою девственность, которую я сюда принесла и которой не уношу, чтобы вам благоугодно было позволить мне взять с собою па крайней мере одну рубашку сверх моего приданого».

Гвальтьере, которого более разбирал плач, чем что-либо другое, сохраняя суровое выражение лица, сказал: «Так возьми с собой рубашку». Все, кто там были, просили его дать ей платье, дабы ту, которая была ему женой в течение более чем тринадцати лет, не увидали выходящей из его дома столь бедным и позорным образом, как если б она вышла в одной рубашке; но их просьбы были напрасны, потому жена в сорочке, босая и с непокрытой головок, поручив всех милости божией, вышла из его дома и вернулась к отцу среди слез и стонов всех, кто ее видел, Джьяннуколе, никогда не веривший, что Гвальтьери станет держать его дочь своей женой, и ежедневно ожидавший этого события, сберег ей одежды, которые она сняла в то утро, когда обручился с ней Гвальтьери; потому, когда он принес их ей, она их одела и стала заниматься мелкой работой по отцовскому дому, как то делала прежде, мужественно перенося суровые напасти враждебной судьбы.

Когда Гвальтьери все это устроил, он дал понять всем своим, что взял за себя дочь одного на графов Панаго, и, приказав делать большие приготовления к свадьбе, послал сказать Гризельде, чтобы она пришла к нему. Когда та явилась, он сказал ей: «Я намерен ввести в дом ту, которую недавно взял за себя, и хочу чествовать ее первый приезд, а ты знаешь, что у меня в доме нет женщин, которые сумели бы прибрать комнаты и сделать многое другое, что требуется для такого торжества; потому ты, ведающая эти домашние дела лучше всех других, приведи в порядок все, что необходимо, пригласи дам, каких сочтешь нужным, и прими их, как будто бы ты здесь была хозяйкой; затем, когда кончится свадьба, можешь вернуться к себе домой». Хотя каждое из этих слов было ударом ножа в сердце Гризельды, не настолько отказавшейся от любви, которую она к нему питала, как отказалась от счастья, она ответила: «Господин мой, я согласна и готова», и, войдя в своем платье из грубого романьольского сукна в тот дом, из которого незадолго вышла в одной сорочке, она принялась выметать и прибирать комнаты, велела повесить в залах ковры и разложить настилки, занялась приготовлением кухни и, точно она была последней служанкой в доме, ко всему приложила руки; только тогда она отдохнула, когда все приготовила и всем распорядилась, как то подобало. После того, велев пригласить от имени Гвальтьери всех дам в округе, стала ждать празднества, и когда наступил день свадьбы, несмотря на то, что на ней было рубище, с вельможным духом и вежеством приветливо встретила явившихся дам.

Гвальтьери, который тщательно воспитывал своих детей в Болонье, у своей родственницы, выданной а дом графов Панаго, и у которого дочка, уже двенадцатилетняя, была красавица, каком еще никто не видал, а сын – шести лет, послал в Болонью к своему родственнику, прося его, чтобы он с дочерью его и сыном приехал в Салуццо, привез бы с собою богатую и почетную свиту и всем бы говорил, что везет молодую девушку ему в жены, не открывая никому, кто она такая. Именитый родственник, устроив все, как просил его маркиз, пустился в путь и спустя немного дней вместе с девушкой, ее братом и знатной свитой прибыл к обеденному часу в Салуццо, где нашел всех местных жителей и много соседей из окрестности, поджидавших новую жену Гвальтьери. Когда она, встреченная дамами, вступила в залу, где были накрыты столы, Гризельда, в чем была, приветливо вышла ей навстречу и сказала: «Добро пожаловать, государыня». Дамы, много, но напрасно просившие Гвальтьери, либо дозволить Гризельде остаться в какой-нибудь комнате, либо ссудить ей одно из бывших ее платьев, дабы она не выходила таким образом к его гостям, были посажены за стол, и им стали прислуживать. Все разглядывали девушку, и каждый говорил, что Гвальтьери сделал хороший обмен, но в числе прочих хвалила очень и Гризельда ее и ее маленького брата.

Гвальтьери, который, казалось, вполне убедился, насколько того желал, в терпении своей жены, видя, что никакая новость не изменяет ее ни в чем, и будучи уверен, что происходит это не от худоумия, ибо он знал ее разум, решил, что настало время вывести ее из того горестного состояния, которое, как он полагал, она таит под своим непоколебимым видом. Потому, подозвав ее в присутствии всех, он сказал, улыбаясь: «Что ты скажешь о нашей молодой?» – «Господин мой, – ответила Гризельда, – мне она очень нравится, и если она так же мудра, как красива, в чем я уверена, я нисколько не сомневаюсь, что вы проживете с ней самым счастливым человеком в мире; но прошу вас, насколько возможно, не учиняйте ей тех ран, какие вы наносили той, другой, что была когда-то вашей, так как я уверена, что она едва ли перенесет их, как потому, что она моложе, так и потому еще, что она воспитана изнеженно, тогда как та, другая, уже с малых лет была в постоянных трудах». Гвальтьери, видя, что она твердо уверена, что девушка станет его женой, а тем не менее ничего, кроме хорошего, не говорит, посадил ее рядом с собою и сказал: «Гризельда, теперь настало тебе время отведать плода твоего долготерпения, а тем, кто считал меня жестоким, несправедливым и суровым, узнать, что все то, что я делал, я клонил к предвиденной цели, желая научить тебя быть женой, их – уменью выбирать ее и блюсти, себе – приобрести постоянный покой на все то время, пока я буду жить с тобой, чего, когда я брал себе жену, я страшно боялся, что не достигну; вот почему, дабы испытать тебя, я тебя язвил и оскорблял, ты знаешь, сколькими способами. И так как я ни разу не видал, чтобы ни словом, ни делом ты удалилась от того, что мне угодно, и, мне кажется, я получу от тебя то утешение, какого желал, я намерен вернуть тебе разом, что в продолжение многих лет отнимал у тебя, и уврачевать величайшей нежностью те раны, которые я тебе наносил. Потому прими с радостным сердцем ту, которую считаешь моей женой, и ее брата как твоих и моих детей: это – те, которых ты и многие другие долго считали жестоко убитыми мною; а я – твой муж, который более всего на свете тебя любит и, полагаю, может похвалиться, что нет никого другого, кто бы мог быть так доволен своей женой, как я».

Сказав это, он обнял ее и поцеловал и, поднявшись вместе с ней, плакавшей от радости, направился туда, где дочка сидела, пораженная всем, что слышала: нежно обняв ее, а также и ее брата, они вывели из заблуждения ее и многих других, там бывших. Обрадованные дамы, встав из-за стола, пошли с Гризельдой в ее комнату и, при лучших предзнаменованиях сняв с нее рубище, облекли ее в одно из ее прекрасных платьев и снова отвели в залу, как госпожу, какой она казалась даже и в лохмотьях. Здесь она необычайно порадовалась на своих детей, и, так как все от того развеселились, утехи и празднества умножились и продлились на несколько дней; а Гвальтьери все сочли мудрейшим, хотя полагали слишком суровыми и невыносимыми испытания, которым он подверг свою жену; но мудрее всех они сочли Гризельду.

Граф Панаго вернулся через несколько дней в Болонью, а Гвальтьери, взяв Джьяннуколе от его работы, поставил его, как тестя, в хорошее положение, так что он жил прилично и, к великому своему утешению, так и кончил свою старость. А он затем, выдав свою дочь за именитого человека, долго и утешаючись жил с Гризельдой, всегда почитая ее, как только мог.

Что можно сказать по этому поводу, как не то, что и в бедные хижины спускаются с неба божественные духи, как в царственные покои такие, которые были бы достойнее пасти свиней, чем властвовать над людьми? Кто, кроме Гризельды, мог бы перенести с лицом не только не орошенным слезами, но и веселым, суровые и неслыханные испытания, которым подверг ее Гвальтьери? А ему было бы поделом, если б он напал на женщину, которая, будучи выгнанной из его дома в сорочке, нашла бы кого-нибудь, кто бы так выколотил ей мех, что из этого вышло бы хорошее платье.

Новелла Дионео кончилась, и дамы достаточно о ней наговорились кто в одну сторону, кто в другую, та порицая одно, другая кое-что хваля в ней, когда король, поглядев на небо и увидев, что солнце уже склонилось к вечернему часу, не вставая с места, начал говорить: «Прелестные дамы, я полагаю, вам известно, что ум человеческий не в том только, чтобы держать в памяти прошедшие дела или познавать настоящие, но что мудрые люди считают признаком величайшего ума уметь предвидеть, при помощи тех и других, и дела будущего. Завтра, как вы знаете, будет две недели с тех пор, как мы вышли из Флоренции, чтобы несколько развлечься для поддержания нашего здоровья и жизни, избегая печалей и скорби и огорчений, какие постоянно существовали в нашем городе с тех пор, как наступила эта моровая пора; это мы, кажется мне, совершили пристойно, ибо, насколько я мог заметить, хотя здесь и были рассказаны новеллы веселые и, может быть, увлекавшие к вожделению и мы постоянно хорошо ели и пили, играли и пели, что вообще возбуждает слабых духом и к поступкам менее чем честным, несмотря на это, я не заметил никакого движения, никакого слова и ничего вообще ни с вашей стороны, ни с нашей, что заслуживало бы порицания, и мне казалось, я видел и слышал только одно честное, постоянное согласие, постоянную братскую дружбу, что, без сомнения, мне крайне приятно, к чести и на пользу как вам, так и мне. Потому, дабы вследствие долгой привычки не вышло чего-либо, что обратилось бы в скуку, и дабы не дать кому-либо повода осудить наше слишком долгое пребывание, я полагаю, так как каждый из нас получил в свой день долю почести, еще пребывающей во мне, что если на то будет ваше согласие, было бы прилично нам вернуться туда, откуда мы пришли. Не говоря уже о том, что коли вы хорошенько поразмыслите, наше общество, о котором уже проведали многие другие вокруг, может так разрастись, что уничтожится всякая наша утеха. Потому, если вы согласны с моим советом, я сохраню венец, мне данный, до нашего ухода, который я полагаю устроить завтра; если бы вы решили иначе, у меня уже наготове тот, кого я увенчаю на следующий день».

Много было разговора между дамами и молодыми людьми, но, наконец, они признали полезным и приличным совет короля и решили сделать так, как он сказал; вследствие этого, велев позвать сенешаля, он поговорил с ним о том, что ему делать на следующее утро, и, распустив общество до часа ужина, поднялся. Поднялись дамы и другие, и, не иначе, как то делали обычно, кто предался одной утехе, кто – другой. Когда настал час ужина, они сели за него с великим удовольствием, после чего принялись петь, играть и плясать; когда же Лауретта повела танец, король приказал Фьямметте спеть канцону, которую она так и начала приятным голосом:

*Когда б любовь могла существовать одна,*
*Без ревности, – я женщины б не знала*
*Счастливее меня, кто б ни была она.*
*Коль женщине милы в любовнике красивом*
*Веселость юноши, иль мужа мощь и смелость,*
*Иль славный дух, иль нравов чистота,*
*Слова в течении своем красноречивом,*
*Ума испытанная зрелость,*
*Все, чем душе дается красота, –*
*Так без сомнения я из влюбленных та,*
*На благо чье судьба все те дары послала*
*Тому, по ком томлюсь, надеждами полна.*
*Но так как спору нет, что женщины другие*
*Нисколько мне умом не уступают,*
*То трепещу от страха я,*
*Всего ужасного жду для своей любви я,*
*Боясь, что и себе другие пожелают*
*Того, кем жизнь похищена моя.*
*И вот, в чем для меня блаженство бытия,*
*В том и источник слез, и бедствий всех начало,*
*Которым я навек обречена.*
*Когда б властитель мой внушал мне столько ж веры*
*Умением любите, как доблестью душевной,*
*Я ревности не знала б никакой;*
*Но все мужчины-лицемеры,*
*Менять предмет любви готовы ежедневно.*
*Вот это-то и губит мои покои,*
*И смерти я желаю всей душой.*
*Какую б женщину я с ним ни повстречала, –*
*Боязнь быть кинутой во мне уж рождена.*
*Поэтому всех женщин ради бога*
*Молю не делать мне обиды этой кровной.*
*Но если вздумает любая между них*
*Мне этот вред нанесть, открыв себе дорогу*
*К нему посредством слов, иль ласкою любовной,*

*Иль знакам», и о делах таких*
*Узнаю я, – пусть мне лишиться глаз моих,*
*Коль я не сделаю, чтобы она прокляла*
*Свое безумие на вечны времена.*

Когда Фьямметта кончила свою канцону, Дионео, бывший рядом с нею, сказал, смеясь: «Вы сделали бы большое удовольствие, объявив всем о своем милом, дабы по неведению у вас не отняли бы владение, так как вы уж очень на то гневаетесь». После этого было спето несколько других канцон, и, когда прошла почти половина ночи, все, по распоряжению короля, отправились отдохнуть. Когда же настал новый день, все поднялись и, после того как сенешаль отправил их вещи, пошли под руководством благоразумного короля по дороге во Флоренцию. Трое молодых людей, оставив семерых дам в Санта Мария Новелла, откуда с ними вышли, и распростившись с ними, отправились искать других развлечений, а они, когда показалось им удобным, разошлись по своим домам.

# ЗАКЛЮЧЕНИЕ АВТОРА

Благородные юные дамы, в утешение которых я предпринял столь долгий труд, мне кажется, что по милости божьей, пришедшей мне на помощь по вашим благочестивым молитвам, не по моим, полагаю, заслугам, я вполне совершил то, что в начале этого труда обещал исполнить; с благодарностью за это, во-первых, богу, а затем и вам, мне следует дать отдых перу и усталой руке. Но прежде, чем я то им дозволю, я намерен кратко возразить по поводу кое-чего, что иная из вас или и другие могли бы высказать, как бы побуждаемые молчаливыми вопросами; хотя мне кажется, и я в том уверен, что рассказы эти не дают на то большего права, чем другие, напротив, я, помнится, доказал в начале четвертого дня, что они его не дают.

Может быть, иные из вас скажут, что, сочиняя эти новеллы, я допустил слишком большую свободу, например, заставив женщин иногда рассказывать и очень часто выслушивать вещи, которые честным женщинам неприлично ни сказывать, ни выслушивать. Это я отрицаю, ибо нет столь неприличного рассказа, который, если передать его в подобающих выражениях, не был бы под стать всякому; и, мне кажется, я исполнил это как следует. Но предположим, что дело обстоит именно так (ибо я не намерен с вами тягаться, вы бы меня победили); я утверждаю, что в объяснение того, почему я так сделал, у меня наготове много причин. Во-первых, если в иной новелле есть кое-что такое, то того требовало качество рассказов, на которые, если взглянуть рассудительным оком человека понимающего, то станет очень ясно, что иначе их и нельзя было рассказать, если б я не пожелал отвлечь их от подходящей им формы. Если, быть может, в них и есть малая доля чего-либо, какое-нибудь словцо, более свободное, чем прилично женщинам святошам, взвешивающим скорее слова, чем дела, и тщащимся более казаться хорошими, чем быть таковыми,

– то я говорю, что мне не менее пристало написать их, чем мужчинам и женщинам вообще говорить ежедневно о дыре и затычке, ступе и песте, сосиске и колбасе и тому подобных вещах. Не говорю уже о том, что моему перу следует предоставить не менее права, чем кисти живописца, который, без всякого укора, по крайности справедливого, не только заставляет св. Михаила поражать змея мечом или копьем, св. Георгия – дракона в какое угодно место, но изображает и Христа мужчиной и Еву женщиной, а его самого, пожелавшего ради спасения человеческого рода умереть на кресте, пригвожденным к нему за ноги не одним, а двумя гвоздями. Кроме того, ясно можно видеть, что все это рассказывалось не в церкви, о делах которой следует говорить в чистейших помыслах и словах (хотя в ее истории встречаются во множестве рассказы, куда как отличные от написанных мною), и не в школах философии, где не менее потребно приличие, чем в ином месте, и не где-нибудь среди клириков или философов, – а в садах, в увеселительном месте, среди молодых женщин, хотя уже зрелых и неподатливых на россказни, и в такую пору, когда для самых почтенных людей было не неприличным ходить со штанами на голове во свое спасение.

Рассказы эти, каковы бы они ни были, могут вредить и быть полезными, как то может все другое, судя по слушателю. Кто не знает, что для всех смертных вино – вещь отличная, как говорит Чинчильоне, Сколайо и многие другие, а у кого лихорадка, тому оно вредно? Скажем ли мы, что оно худо, потому что вредит лихорадочным? Кто не знает, что огонь очень полезен, даже необходим смертным? Скажем ли мы, что он вреден потому, что сжигает дома, деревни и города? Так же и оружие охраняет благополучие тех, кто желает жить в мире, и оно же часто убивает людей, и не по своей вредоносности, а по вине тех, которые злобно им орудуют. Ни один испорченный ум никогда не понял здраво ни одного слова, и как приличные слова ему не на пользу, так слова и не особенно приличные не могут загрязнить благоустроенный ум, разве так, как грязь марает солнечные лучи и земные нечистоты – красоты неба. Какие книги, какие слова, какие буквы святее, достойнее, почтеннее, чем священное писание? А было ведь много таких, которые, превратно их понимая, сами себя и других увлекали в гибель. Всякая вещь сама по себе годна для чего-нибудь, а дурно употребленная может быть вредна многим;

то же говорю я о моих новеллах. Кто пожелал бы извлечь из них худой совет и худое дело, они никому в том не воспрепятствуют, если случайно что худое в них обретется и их станут выжимать и тянуть, чтобы извлечь его; а кто пожелает от них пользы и плода, они в том не откажут, и не будет того никогда, чтоб их не сочли и не признали полезными и приличными, если их станут читать в такое время и таким лицам, ввиду которых и для которых они и были рассказаны. Кому надо читать «Отче наш» либо испечь пирог или торт своему духовнику, та пусть их бросит, ни за кем они не побегут, чтобы заставить себя читать, хотя и святоши рассказывают порой и делают многое такое.

Явятся также и такие, которые скажут, что здесь есть несколько новелл, которых если б не было, было бы гораздо лучше. Пусть так; но я мог и обязан был написать только рассказанные, потому те, кто их сообщил, должны были бы рассказывать только хорошие, хорошие бы я и записал. Но если бы захотеть предположить, что я был и их сочинителем и описателем (чего не было), я скажу, что не постыдился бы того, что не все они красивы, потому нет такого мастера, исключая бога, который всякое бы дело делал хорошо и совершенно; ведь и Карл Великий, первый учредитель паладинов, не столько их сумел натворить, чтобы из них одних создать войско. Во множестве вещей должны быть разнообразные качества. Нет поля, столь хорошо обработанного, в котором не находилось бы крапивы, полыни и терния, смешанного с лучшими злаками. Не говоря уже о том, что, принимаясь беседовать с простыми молодухами, а вы большею частью таковы, было бы глупо выискивать и стараться изобретать вещи очень изящные и полагать большие заботы на слишком размеренную речь. Во всяком случае, кто станет их читать, пусть оставит в стороне те, что ему претят, а читает, какие нравятся. Все они, дабы никого не обмануть, носят на челе означение того, что содержат скрытым в своих недрах.

Будет, думается мне, еще и такая, которая скажет, что есть между ними излишне длинные. Таковым я еще раз скажу, что у кого есть другое дело, тот делает глупо, читая их, хотя бы они были и коротенькие. И хотя много прошло времени с тех пор, как я начал писать, доныне, когда я дохожу до конца моей работы, у меня тем не менее не вышло из памяти, что я преподнес этот мой труд досужим, а не другим; а кто читает, чтобы провести время, тому ничто не может быть длинным, если оно дает то, для чего к нему прибегают. Короткие вещи гораздо приличнее учащимся, трудящимся не для препровождения, а для полезного употребления времени, чем вам, дамы, у которых остается свободного времени столько, сколько не пошло на любовные утехи. Кроме того, так как никто из вас не едет учиться ни в Афины, ни в Болонью или Париж, следует говорить вам подробнее, чем тем, которые изощрили свой ум в науках.

Я вовсе не сомневаюсь, что явятся и такие, которые скажут, что рассказы слишком наполнены острыми словами и прибаутками и что было неприлично человеку с весом и степенному писать таким образом. Этим лицам я обязан воздать и воздаю благодарность, ибо, побуждаемые добрым рвением, они пекутся о моей славе. Но я хочу так ответить на их возражение: сознаюсь, что я – человек с весом, и весился много раз в моей жизни, потому, обращаясь к тем, которые меня не весили, утверждаю, что я не тяжел, наоборот, так легок, что не тону в воде; и что, принимая во внимание, что проповеди монахов, с укоризнами людям за их прегрешения, по большей части наполнены ныне острыми словами, прибаутками и потешными выходками, я рассудил, что все это не будет не у места в моих новеллах, написанных с целью разогнать печальное настроение дам. Тем не менее, если б они оттого излишне посмеялись, их легко может излечить плач Иеремии и покаяние Магдалины или страсти господни.

А кто усомнится, что найдутся и такие, которые скажут, что у меня язык злой и ядовитый, потому что я кое-где пишу правду о монахах? Тех, кто такое скажет, надо извинить, так как нельзя поверить, чтобы их побуждала какая иная причина, кроме праведной, ибо монахи – люди добрые, бегают от неудобств из любви к богу, мелят от запасов и не проговариваются о том, и если бы от всех не отдавало козлом, общение с ними было бы куда как приятно. Тем не менее я сознаюсь, что все мирское не имеет никакой устойчивости и всегда в движении и что, может быть, подобное случилось и с моим языком, о котором недавно одна моя соседка (ибо я не доверяю своему суждению, которого, по возможности, избегаю во всем, меня касающемся) сказала, что он у меня лучший и сладчайший на свете; и в самом деле, когда это случилось, оставалось написать лишь немногие из этих новелл. Тем, которые судят столь враждебно, довольно будет и того, что сказано.

А теперь, предоставляя каждой говорить и верить, как ей вздумается, пора положить предел словам, умиленно возблагодарив того, кто после столь долгого труда своею помощью довел нас до желанного конца. А вы, милые дамы, пребывайте, по его милости, в мире, поминая меня, если, быть может, кому-нибудь из вас послужило на пользу это чтение.

# ОГЛАВЛЕНИЕ

www.ingramcontent.com/pod-product-compliance
Lightning Source LLC
Chambersburg PA
CBHW060636310726
48982CB00003B/791

* 9 7 8 1 7 6 3 8 2 2 3 5 1 *